《诗探索》创刊40周年纪念丛书
《诗探索》编辑委员会　主编

寻找话语的森林

王光明　主编

学苑出版社

图书在版编目（CIP）数据

寻找话语的森林 / 王光明主编 . —北京：学苑出版社，2020.11

（《诗探索》创刊40周年纪念丛书）

ISBN 978-7-5077-6077-4

Ⅰ.①寻… Ⅱ.①王… Ⅲ.①诗歌研究—中国—当代 Ⅳ.①I207.22

中国版本图书馆CIP数据核字（2020）第228370号

本书为
首都师范大学内涵发展经费资助成果
教育部人文社会科学重点研究基地首都师范大学中国诗歌研究中心成果

责任编辑：李　耕　徐志琴
出版发行：学苑出版社
社　　址：北京市丰台区南方庄2号院1号楼
邮政编码：100079
网　　址：www.book001.com
电子信箱：xueyuanpress@163.com
联系电话：010-67601101（营销部）、010-67603091（总编室）
印　刷　厂：北京建宏印刷有限公司
开本尺寸：710mm×1000mm　　1/16
印　　张：29.5
字　　数：448千字
版　　次：2020年11月第1版
印　　次：2020年11月第1次印刷
定　　价：148.00元

总序

我们见证一个时代
——《诗探索》40年（1980—2020）

谢　冕

昨日已经过去

我们经历了一个漫长的黑夜。月亮是惨白的，星星是灰暗的，无边的暗黑，空漠，萧索，荒芜。就此刻谈论的诗而言，也深陷于这种无边的暗黑之中。这岂止是通常说的"单调"或者"划一"所能概括！那是一个没有文学、没有艺术，当然也没有诗歌的时代。一个漫长得看不到希望的岁月，一批又一批的诗人被迫走上了流放和监禁的囚徒之旅。烹鹤毁琴，绝圣弃典，诗歌也被迫流亡或者禁毁。愚蠢、无知、野蛮代替了高雅和智慧！

黑夜无边，春天遥远，那年有一个极冷的冬天。诗人穆旦长期受摧残的身子，感到了这个冬天的艰难："我爱在淡淡的太阳短命的日子，临窗把喜爱的工作静静做完；才到下午四点，便又冷又昏黄，我将用一杯酒灌溉我的心田。多么快，人生已到严酷的冬天。"[1]这个在民族生死存亡时刻走出西南联大校园，投身于滇缅战场的诗人，曾以青春的声音向我们宣告"因为一个民族已经起来"[2]的歌者，此刻，他感到了彻骨的寒意。

---

[1] 穆旦：《冬》。此诗作于1976年12月，同时写作的还有《停电之后》。同年10月，是"四人帮"覆灭的日子，可惜诗人没能享受胜利的欢欣。

[2] 穆旦：《赞美》。"在耻辱里生活的人民，佝偻的人民，我要以带血的手和你们一一拥抱。因为一个民族已经起来。"此诗作于1941年12月。

也是这一年，还有一位诗人，他幸运地迎接了团泊洼的凝寒的秋日阳光，但不幸的是，他终于因胜利到来的狂喜而葬身燃烧的火海。他用死亡迎接了他所祈望的秋天，而把一切的新生与希望留给我们。他是来自延安的郭小川。"他以优美的诗歌颂赞过他曾经为之奋斗的新生的社会，后来他又被痛苦地推入深渊。直至那个难忘的秋天的胜利带来了狂喜，他又在那场狂喜到来的时候消失在狂喜的烈焰之中。"[1]

很多人没有回来，他们消失在受难的路上。更多被流放的、蒙难的幸存者，由于金秋十月的召唤，正踏上归来的路途。而一批因失去昨日而热望今天的新诗人，已经迫不及待地喊出了他们反抗的和怀疑的声音："如果海洋注定要决堤，让所有的苦水注入我心中；如果陆地注定要上升，就让人类重新选择生存的峰顶。"他们宣告："新的转机和闪闪的星斗，正在缀满没有遮拦的天空。那是五千年的象形文字，那是未来人类凝视的眼睛。"[2]

这些崭新的意象所传达的声音给我们以力量和信心。四点零八分的北京，那场悲哀的、撕心裂肺的离别场面已是过去。中国以坚决的行动结束了一个长达十年的黑暗岁月。正是当年写出那首被迫剥夺了学校和家庭的离别画面的诗人，如今，他正以激情的声音昭告我们："相信未来。"[3]

站立在今天

以上是我们对中国诗歌曾经的漫长的噩梦所做的简略的叙述：我们曾有并结束了一个长长的肃杀的昨天，我们如今拥有一个崭新的今天。历史曾是如此地沉重，我们同样怀有"时不我待"的紧迫感。此刻我们正面对一个挽救诗歌沦亡的残酷事实——我们需要接续被粗暴隔断的中国诗歌传统；我们要以坚韧的精神维护并坚守诗歌的圣洁与尊严；面对今天的世界，我们要清除加于诗

---

[1] 谢冕：《郭小川的意义》。此文为青海人民出版社 2020 年版《郭小川诗歌精选》代序。
[2] 北岛：《回答》。
[3] 食指：《相信未来》。

歌的侮辱与伤害，并改写中国诗歌与世隔绝的封闭与孤立处境；我们要在开放的窗口与世界对话，并且坚定地支持和开展诗歌在新时代的新的探索。

以上，就是当日我们的境遇。它使我们拥有了沉重的使命意识和自觉精神。一个荒唐的年代：一片喊"杀"和"打倒"声中，博大精深的华夏文明和中国文化传统，文学、艺术以及诗歌，在那些人眼中都成了"封、资、修"，都成了"黑线"。拨乱反正，驱邪扶真，我们要在一片废墟上恢复并建立对诗歌的信心。这就是在1980年那个早春时节充盈我们内心的吁求。我们把昨天留在身后，我们站立在今天。我们不仅要告别昨天的乱局，我们还要认定属于开放年代的新的目标。

当年的我们，面对的是受到摧残的诗歌废墟，需要重新确立对诗歌的信心和理想。当年的我们，只能在记忆中想象遥远的唐代的明月，也只能在内心深处怀想和致敬那些现代的和以往的历代诗人，为他们的辛劳创造，也为他们的辉煌的存在与黯然的陨落。我们渴望以行动来表达我们的念想与敬意。

1980年春天，正是民间的三月三、壮族一年一度盛大的诗歌节举办之际。赶着民间节庆的气氛，一个空前的诗歌理论会议在广西南宁召开。会议之所以召开，是由于出现了《今天》杂志，以及出现了以这个刊物为基点的一批新诗创作。这些创作带来了普遍的陌生感和新的启迪，也随之带来了完全不同的价值观和巨大的诗学分歧。当然，从根本上看，它们带来的是中国诗歌的新气象和新生机。这些现象引起诗歌理论界和其他学界的注意。这样，由几所大学和相关研究所、学会共同筹划的全国当代诗歌讨论会就在广西南宁隆重召开。

会议的参加者基本上是来自民间的诗歌研究者、理论批评工作者和大学教师。像这样一个专门讨论诗歌理论批评的大型会议，在中国诗歌史上可能是第一次。我之所以在这里郑重提及南宁会议，是因为它与随后诞生的专门研究诗歌理论批评的刊物《诗探索》有着密切的甚至是直接的关联。或者可以说，南宁会议是催生《诗探索》的前奏，甚至可以说，它是诞生这个刊物的最初的灵感。

沐浴着新时代阳光

　　南宁会议的议题基本上围绕着对当日出现的"朦胧诗"的评价而展开。两种完全不同的观点进行了尖锐的交锋。这些交锋唤起了人们对诗歌理论研究与建设的警觉与关注。与会者的诸多发言涉及中国的诗歌传统、诗与时代和政治、诗的时代归属与审美本质、诗歌艺术的借鉴与创新等问题。争论涉及的深度和广度均为历年所未见。数日会议之后,诗评家们带着对即将到来的诗歌高潮的预期,兴奋地走向了三月三广西民间歌会,走向了更为广阔的诗歌现场。

　　从南宁一路行走到桂林,看的是新时代早春蓬勃的生机与活力,谈的是对于复兴与重建中国诗歌的愿望与念想。记得那时我们看望中途因病住院的公刘,带去大家对他的关怀与祝福,更带去众人的会间余兴——由丁力、晓雪、沙鸥等"集体创作"嵌名诗:

> 桂林无晓雪,阳朔有沙鸥。
> 蓝天藏雁翼,病榻念公刘。
> 久闻山水秀,谢冕驾轻舟,
> 北方冰已化,春满漓江头。

　　虽是游戏笔墨,但也显现当日活跃轻松的友好气氛。我的日记记载,1980年4月25日,当日前往181医院看望公刘的有闻山、刘登翰、孙绍振、张炯、洪子诚、鲁原等。当然更有高洪波,他一直在医院陪护公刘。日记称:"公刘较前大有起色,他有点兴奋,对我们说,我充满了信心。他希望会议的文集有照片作插图,并且决心健康恢复后的第一件工作,是把会上发言整理出来,加入文集。"

　　带着对未来的期望和祝愿,我们一行登上了北上返京的列车。我的日记继续记载当日的"余绪"。其间触及我们对未来刊物(《诗探索》)的最初想法:1980年4月26日:"车上,研究了《诗歌界》(暂定名),或叫《诗歌研究》的编委人选。高洪波参加了议论。"作为当事者,我返京后的第一件事是着手写作《在新的崛起面前》。这是会上黎丁先生为《光明日报》的约稿。[1]与此同时,就是在北大邀集同人紧张地为即将诞生的《诗探索》做准备。

永远的坚守和探求

《诗探索》创刊于1980年。记得它的创刊号是在这一年的年末,当时我们放下手中所有的工作,全力以赴,要赶着在1980年末之前宣告《诗探索》创刊。因为1980年是一个特殊的年份、一个值得永远记住的年份,在我们的意念中,不管时间多么紧促,不管从组织到筹备、设计、组稿、出版,再到发行,其间有多大的困难,我们认定,这个刊物只能,而且必须在非凡而伟大的1980年创刊。《诗探索》注定只能是1980之子!

1980年,中国诗歌伴随着一阵惊雷,开始了一个新的诞生。这是一个告别过去、迎接未来的新的诗歌时代。"假、大、空"的覆灭,朦胧诗的崛起,幸存者的归来,特殊的遭遇,特殊的经历,为此,我们要留下前行的足迹:向着世界开放的新的艺术手段与方法,中国诗歌的继往开来的伟大复兴,诗歌面临着新的前所未有的挑战。新的主题、新的艺术方式与新的表现手段,这一切,亟须诗歌理论的支持、总结和阐释。这一切,概括起来也就是当年《诗探索》发刊词的一句话:我们需要探索!那是一个反思的年代,那也是一个创新和探索的年代。我们的方针十分明确:站立在时代的潮头,排除一切的阻挠与偏见,即使是一种巨大的压力乃至一时的孤立无援,我们没有退路,唯有韧性地坚持,以坚定的意志、无畏的探索,热烈地支持中国诗歌的新的崛起。

《诗探索》始终没有办公室,开始借用北大中文系的一间会议室"办公"。编稿、看稿、讨论,都在这个房间。约好时间,朋友们从北京的各个角落赶到北大,骑自行车,坐公交,风雨无阻。办完公,没有饭局,各自散去。因为"定居"在北大,倒也沾了些这所学校的"仙气"——不知不觉间,学术独立、

---

[1] 1980年4月28日日记:"作《在新的崛起面前》,近三千字。下午,寄《光明日报》。"

思想自由、兼容并包，倒也成了刊物的"精气神儿"。

前面谈到南宁诗会的召开与参会者的民间性质，这种民间性一直延伸并贯穿于《诗探索》的办刊以及它所展开的活动中。为什么是民间？因为它是由几个民间学术团体和单位主持的，主编和编委无须上方指派；所有的编者都是"志愿者"，从主编到编辑，没有任何报酬，有时甚至还要"自掏腰包"予以补贴；刊物没有固定经费，所有的费用都要"自筹"；更为特殊的是，这样一个纯学术刊物，长达40年的办刊历史，居然没有申请到刊号。

《诗探索》的编者无时无刻不在"求人"，由于没有刊号，只能用书号出版，求出版社少收点儿出版补贴，一家出版社接着一家出版社，"求"一次，办几期或十几期，再"求"，再换一家出版社。岁月过得"有点惨"，却也是"人不堪其忧，回也不改其乐"！我作为创刊主编，看到大家为刊物奔波辛苦，有时不免心疼，想，我们已尽力了，我们当然想坚持，要是客观情势不允许，我也可以学徐志摩前辈那样昭告天下：《诗探索》放假！但是这刊物却真是"命硬"，几次都是遇到"贵人"搭救，然后"绝处逢生""柳暗花明"！《诗探索》创造了一个奇迹，不拿公家一分钱，不要一个编制，不要刊号，也没有一间办公室，居然坚持到今天，足足40年。

而我，已经打好"腹稿"的，而且随时准备发表的《诗探索放假》的文章，却是始终派不上用场！《诗探索》坚持"在岗"，坚持站在诗学探索的前沿，为中国现代诗歌的繁荣发展自觉地守望和探求！时间过得真快，不觉40年匆匆过去。早先创刊的"元老"们约定，只要健康和精力许可，依然坚持他们的"义务劳动"，做《诗探索》忠实的永远的"志愿者"。

我们见证一个时代

亲爱的《诗探索》同人是我们同甘苦、共患难的朋友。我们有幸共同走过，有幸一起聚过、奋斗过，我们快乐过也痛苦过。我们有幸共同见证了诗歌复兴的新时代，我们共同见证了一个伟大的繁荣的时代。

请允许我在这文章的最后表达我对朋友的"不忘",我的敬意和感谢。

深情缅怀——我们的好友,为《诗探索》的出版、编辑作出过贡献的钟文、刘士杰。

深情感谢——在不同时期为《诗探索》的出版作出过贡献,让《诗探索》转危为安的"贵人":张炯、洪子诚、白烨、张仃、石虎、于炼、郭栋、臧博平、张洪波、刘鸿、潘洗尘、庞俭克、赵敏俐、徐伟、苏历铭、邹进。

深情感谢——《诗探索》的编辑队伍:杨匡汉、吴思敬、林莽、王光明、刘福春、陈旭光、张桃洲、王士强、徐丽松、陈亮、谈雅丽。

深情感谢——《诗探索》的出版单位:四川人民出版社、中国社会科学出版社、首都师范大学出版社、天津社会科学院出版社、时代文艺出版社、九州出版社、漓江出版社、作家出版社。

2020年7月1日于北京大学

目 录

001　矛盾重重的诗篇　/ 钟来因
007　公刘诗作新探　/ 叶 橹
018　辛笛与敬容　/ 唐 湜
037　读《萧三诗选》　/ 彭燕郊
046　何其芳：倾听飘忽的心灵语言　/ 蓝棣之
057　顾城之死　/ 唐晓渡
071　在历史话语的转换之间
　　　　——对李瑛作品文本的一次"重读"　/ 程光炜
083　《晚景》论纪弦　/ 刘登翰
095　干雷酸雨走飞虹　/ 公 木
101　孙大雨与中国现代诗　/ 黄昌勇
107　林莽的方式　/ 陈 超
119　论杭约赫的诗歌艺术　/ 臧 棣
128　自在声音颜色中
　　　　——废名诗品　/ 冯健男
134　穆旦研究评述　/ 李 怡
145　食指论　/ 林 莽
157　犹如操场从半空落下，犹如上午……
　　　　——臧棣和他的诗　/ 肖开愚
164　动物、植物与空旷：牛汉诗的灵魂之旅　/ 张同道

172	林庚先生和新诗	/ 洪子诚
176	在智性抒情的"僻路"上	
	——评金克木的诗	/ 罗振亚
187	古典与现代纠结的艺术迷宫	
	——走进《微雨》的世界	/ 孙良好
197	卞之琳：沟通中西诗艺的"寻梦者"	/ 孙玉石
201	模仿的顺便与超越的艰难	
	——论袁可嘉的诗	/ 北　塔
214	洛夫与中国现代诗	/ 龙彼德
234	杨炼诗歌中的主观性　/ [英] 米娜（Mina Bruno）著　王秋海译	
252	孤立之境	
	——读北岛的诗	/ 一　平
270	一位唯美的现代诗人	
	——唐湜先生的诗和诗论	/ 谢　冕
275	论郑敏1940年代的诗歌创作	/ 张玉玲
286	寻找话语的森林	
	——论朱朱诗中的词与物	/ 张桃洲
308	熔铸的执着	
	——论绿原诗歌中的理性化色彩	/ 张立群
318	书《邵燕祥诗选》后	/ 何西来
329	幻视的能力：彭燕郊的早期诗作	/ 陈太胜
340	在民间的黑夜里"独自成俑"	
	——关于诗人梁小斌的随感	/ 张清华
348	在历史和诗神的祭坛上	/ 谢　冕　孙绍振
359	邵洵美的诗探索	/ 绡　红
378	窗中·风景	
	——叶维廉诗歌的存在之思	/ 张志国
404	屠岸的十四行诗	/ 郑　敏

408 茨娃密码
　　——张枣诗歌的微观分析　/ 张光昕

428 精神与文化的背负者
　　——骆一禾论　/ 闫　文

441 灵魂话语的建构
　　——兼论灵焚散文诗探索的意义　/ 罗小凤

457 后　记　/ 王光明

矛盾重重的诗篇

钟来因

纵观三十多年的诗坛，我们不难发现一个奇妙的、几乎带有普遍性的现象，不少诗作是为一个短暂、特定的历史时期服务的。时间的洪流把这些作品托举到另外一个新的历史时期时，这些作品中的虚假的热情、空泛的感情、对生活的虚伪的（或不真实的）歌唱，甚至对人民的不负责任的愚弄，使这些诗歌像杂技团里的丑角那样，令人发笑。一句话，这些诗经不起历史的检验，时间会把它们淘汰得干干净净。例如，有不少诗人对延安、井冈山等老区，唱过不少赞歌。其中，歌颂这些革命圣地在新中国成立前后起了天翻地覆的变化，如今那里生活美好、欣欣向荣、前程似锦等等，又是最常见的主题。可是，待我们知道周恩来同志在1970年代曾因这些老区生活水平过于低下而流泪时，我们对那些诗人的"啊啊颂歌"感到愤慨：我们宁可相信周恩来同志的真诚的眼泪，而决不相信这些瞒和骗的谀词！有的诗人，或许是幼稚，在老根据地蜻蜓点水式地转了一圈，只找光明的地方，凑成些诗；有的诗人，决非幼稚，他们受数千年瞒和骗的传统的影响，吹牛拍马已成为他们最拿手的本领。他们为了赢得诗人的桂冠，学会了应时趋势，他们胸中无激情，嘴里有"啊啊"；他们两眼盯住风向标，善于见风使舵；他们为了发表作品，就说假话。这种毛病像瘟疫一样，在许多作家中传染。

要不受这种时疫的一丝一毫的影响是很困难的。但各个诗人的素质、修养、生活阅历、艺术爱好各不一样，于是受影响的表现则很不一样。在郭小川身上反映出来的则是一些诗篇中思想内容上存在着矛盾。这一点，在郭小川最成熟、最优秀的诗《团泊洼的秋天》中，诗人自己也意识到了：

不管怎样，且把这矛盾重重的诗篇埋在坝下；
它也许不合你秋天的季节，但到明春准会生根发芽。

的确，我们不难发现，这是一首"矛盾重重的"诗。大诗人身处秋季，憧憬着春天，许多话欲说不敢说，有些应付的话不必说，但是却又说了；诗人自己毫不隐讳地承认这首诗中存在不少矛盾。让我们对这篇诗味醇浓、感情沉郁的诗作一剖析吧，它在四首诗中颇具代表性，看一看诗人的心灵深处藏着哪些矛盾。

此诗作于一九七五年九月。十年浩劫期间，小川经受了严峻的考验和磨炼。一九七〇年一月，他随中国作协到湖北咸宁五七干校劳动锻炼。在咸宁，他坚持劳动，热情工作，也写了一些"乐观"的诗行。一九七〇年六月，他被宣布"解放"。一九七二年，江青、姚文元就指令亲信搞郭小川的"问题"，诬他为"修正主义分子"，"组织裴多菲俱乐部式的小团体"，宣布对他"专案审查"。一九七四年八月，他再次被送到咸宁。这年底，他被勒令迁往天津静海的团泊洼干校。他的身体和精神都受到严重摧残。一九七五年八月，毛主席关于《创业》的批示间接传到团泊洼后，他欣喜至极，振奋不已，写下了《团泊洼的秋天》《秋歌》两首诗。

经过多年的折磨，诗人的笔没有生锈。他思索了许多年，对事物的观察更深了。《团泊洼的秋天》第一部分分六节，显示了小川同志作为一流诗人的杰出才华。诗人在团泊洼的旷野里以精细的眼光捕捉了一系列形象很美的景物：像梳子似的秋风，像汗珠一样发亮的秋光；会悄悄观察道路的高粱，会微笑的向日葵；垂柳会抚摸庄稼，芦苇会护卫野花；蝉声、蛙声都已停了，麻雀和独流减河也不吱喳，不喧哗了。那里有大雁、野鸭，气候交替，秋凉暑热都有："秋天的团泊洼，好像在香甜的梦中睡傻；团泊洼的秋天呵，犹如少女一般羞羞答答。"诗人以缓慢的节奏、旋律，吟诵着团泊洼的一桩一桩一样一样的优美景物。活泼而优美的形象,绚丽而多彩的词藻,"洼、洒"定下的比较难于应付而小川却从容裕如地应付的诗韵,把读者带进了美的世界。这一段是多美的诗,令多少读者惊叹诗人观察景物的能力和遣词造句的本领!小川深深地热爱生活,热爱祖国——哪怕是团泊洼干校这种专门"改造"他的地方,他也为之唱出深情的赞歌!

　　诗的第二部分七节是写团泊洼五七干校的生活的。只要是细心阅读与思考的读者,不难发现,这七节的内容充满了矛盾。请看:

　　　　这里没有第三次世界大战,但人人都在枪炮齐发;
　　　　谁的心灵深处,——没有奔腾咆哮的千军万马!

　　　　这里没有刀光剑影的火阵,但日夜都在攻打厮杀;
　　　　谁的大小动脉里,——没有炽烈的鲜血流淌哗哗!

　　　　毛主席的伟大号召,在这里照样有最真挚的回答;
　　　　无产阶级专政的理论,在战士的心头放射光华。

　　　　解放军兵营门的跑道上,随时都有马蹄踏踏;
　　　　五七干校的校舍里,荧光屏上不时出现《创业》和《海霞》。

　　　　在明朗的阳光下,随时都有对修正主义口诛笔伐;
　　　　在一排排红房之间,常常听见同志式温存的夜话。

　　作为一个敏感的诗人,小川同志深知五七干校的战士们的胸中,也有雷霆怒吼,每个人心里都在思索,都有"千军万马"!他是把握住1970年代五七干校学员的脉搏的。可是,他毕竟受教条主义的束缚,对复杂的历史时期的微妙的现象做了错误的判断,错误地去歌颂那些不该被肯定的事物。

　　团泊洼干校里,"人人都在枪炮齐发","日夜都在攻打厮杀"。试问:这些炮弹不是射向无数像小川同志一样的无辜者的身上的吗？"四人帮"要打要杀的不也是郭小川式的战士吗？"四人帮"抛出的胡言乱语，"在这里照样有最真挚的回答"吗？难道整个中华民族在"四人帮"闹得最厉害的时候，都丧失是非判断力了吗？难道五七干校中最善于思考的一批干部、知识分子，竟会幼稚到这种地步吗？张春桥胡诌的"无产阶级专政的理论"，用时髦的语言阐述的所谓"全面专政"，跟秦始皇"焚书坑儒"式专政不是一路货吗？这种理论竟能"在战士的心头放射光华"？笔者有幸在五七干校结识了一批打过日本侵略者、参加过解放战争、跨过鸭绿江立有战功的老干部以及一批知识分子，他们身处荒野，心忧天下。"四人帮"搞的一连串"继续革命""阶级斗争"，他们控制的报纸所发的一篇篇社论，批出的一段一段的指示，只是令人深思，令人疑惑，令人愤怒。那是令人忧心忡忡的年代，"真挚的回答""放射光华"云云，掩盖了事实真相，美化了"四人帮"对人民实行专政的历史！一九七五年"对修正主义的口诛笔伐"的真实含义是什么？"四人帮"的矛头所指是邓小平同志，这是人所共知的历史真相。显然，小川同志对当时流行的一套，有的能抵制，有的却虔诚地信以为真理，丧失了警惕，颠倒了是非，对生活做了错误的观察。发而为歌，这自然不可能成为时代的主题曲，而是变了调，走了样。待到乌云过后阳光现、严冬过后春光来时，这些诗自然失去了斑斓的色彩，成为缺乏生命活力的作品。

这一段诗与第一段相比，在艺术上也相距甚远。前一段句句有优美的形象，有活泼的思想，后一段却以干瘪的理论、空洞的口号为主，"伟大号召""专政理论""对修正主义口诛笔伐"等诗句，则干脆以社论句子入诗，毫无形象，哪有诗意！内容不真实时，即使有小川这样的诗才，也写不出诗啊！这对大大小小的诗人应该有所启发吧！

诗的第三段，又恢复了小川战士诗人的英雄本色，它歌颂了战士的坚强性格、远大抱负、不凡胆识、坚贞爱情。这里小川同志睁大了眼睛看现实，抑制不住胸中的愤怒，在第二段中被压抑的感情在这里得到初步解放。它感情奔放地歌颂战士的崇高品格，鄙视和鞭挞新贵们的卑劣。在这里，小川同志再也不像第二段中那样虔诚、驯服，他终于忍不住要爆炸了：

是的，团泊洼是静静的，但时刻都会爆炸；

不，团泊洼是喧腾的，这首诗篇里就充满着嘈杂。

不管怎样，且把这矛盾重重的诗篇埋在坝下；

它也许不合你秋天的季节，但到明春准会生根发芽。

我们不管这一次"爆炸"究竟有多少"吨级"，但手榴弹、炸弹、原子弹，不管是什么，是爆炸就是觉醒，是爆炸就有威力。小川同志在这里"掏出"的心里话是什么呢？这就是：团泊洼是喧腾的，时刻都会"爆炸"！——够了，说出这句话，就是原子弹试验中起爆的指示灯亮了！这是一九七五年中华民族中的优秀儿女的心理状态，小川同志把握得很准！这就是郭小川自己的声音，这是他醒悟、成熟时发出的呐喊！

如果说第一段是风景美是看得见的美，那么第三段就是一种不是一般人能发现的雄壮美。罗丹在《艺术论》中说："美是到处都有的。对于我们的眼睛，不是缺少美，而是缺少发现。"这对雕塑、绘画是如此，对诗人又何尝不是如此呢！《团泊洼的秋天》第一段很美，第三段也很美，小川在这两段中发现美、创造美。第二段则相反，作者说了一些言不由衷的应酬话，不真实，违反了历史，于是根本无美可言。听听黑格尔老人的话吧："艺术家之所以成为艺术家，全在于他认识到真实，而且把真实放在正确的形式里。"《团泊洼的秋天》一三两段，诗人把两种截然不同的美放在多么"正确的形式里"，显得多么协调、多么感人！而第二段在这首美的诗歌中是变调！它是刺耳的！

小川同志对自己的诗的"矛盾重重"是有所察觉的，除了在诗中直截了当地说出之外，还有两个有力的证明。一、《团泊洼的秋天》后《诗刊》编者注云："作者曾把这篇诗稿抄给一位同志，稿末注明：'初稿的初稿，还需要做多次多次的修改。'"我们不难设想，这首结尾高喊"轰轰爆炸"的诗，一定是抄送给自己一位久经考验、绝对不会"出卖"小川同志的朋友的。因此"初稿的初稿，还需要做多次多次的修改"绝不是为逃避文祸而虚设之辞，的的确确是出自肺腑的由衷之言。我们毫不怀疑，小川同志如果不是早逝于那场不幸的火灾，他能活到如今，他一定会对这首"初稿的初稿"的诗作毫不犹豫的修改，特别是第二段，一定会作"多次多次的修改"！

证据之二，在写完《团泊洼的秋天》后两个月，即一九七五年十一月六日，郭小川在致晓雪同志的信中有一段话："我觉得，我在创作上的青春，不在过去，而在未来。"这种极其理智、讲得多么沉静的话，也决非朋友之间的谦辞，而是小川同志具有远大抱负、对自己的诗才充满自信的心里话。这封信的写作时间与这首诗是如此相近，说明诗人也深感以前所写的诗并不成熟，他将创作出更新更美的诗来。

笔者得再次声明：小川同志是第一流的诗人，尽管他的诗"矛盾重重"，总比许多假话连篇的诗耐读，总比那些应时趋势之作更有生命力，小川的诗将永远载入新文学史册。我希望今后各种诗选本中，对《团泊洼的秋天》第二段，永远不要删改。——从某种角度说，这也是一种"真实"：一些强大的、错误的时代思潮，怎样迫使最有才华如小川者唱出这种"矛盾重重"的诗篇。

小川同志不幸早逝了，"死者长已矣"！仍然健在的诗人怎么办？是"存者且偷生"下去吗？普希金生前留有遗言："自己的诗作，就是自己最好的纪念碑。"杜甫在晚年深有体会地说："文章千古事，得失寸心知。"诗人们，时代的歌手们，你们能否从小川同志最优秀的诗篇的"重重矛盾"中吸取教训：我的诗就是我的纪念碑，千万要让这纪念碑经得起千秋万代的考验啊！

原载《诗探索》1981 年第 1 期

公刘诗作新探

叶 橹

任何一个时代都会产生属于自己的诗人,而任何一个真正的诗人都不可能不属于他那个时代。诗人是社会的宠儿,而社会则是诗人的摇篮。诚然,真正伟大的诗人不仅属于他所处的那个时代和社会,而且应当为全体人类社会所共有。不过我们这里所论及的诗人公刘和他的一些作品,首先是从我们这个时代和社会的特点及其在诗人身上的体现而着眼的,至于诗人的整个创作究竟将在我们的文学史上居于何等的地位,现在来谈论它未免为时过早。

众所周知,公刘在这四分之一世纪还多的年代里,曾经走过了一条坎坷的生活道路和创作道路。与我们时代其他很多才气横溢的作家和诗人一样,整整有二十年的时间,在他们的创作历史上竟是一片空白。这究竟是作家和诗人们的个人不幸,抑或是我们这个时代和社会的不幸,这恐怕只能让将来的文学史家们去详加评说了。只是在粉碎"四人帮"两年之后,公刘才开始了他艺术创作道路上新的探求。更确切地说,是他能够重新使诗篇与读者公开见面了,因为在此之前,诗人仍然在写着他心中的诗,少数的诗篇仍在以"地下方式"流传着。说到底,一个在心灵上与广大人民群众相通的诗人,是不可能用任何罪恶的黑手阻挡住他与人民群众之间的思想和感情的交往的。

二十多年以前,公刘曾经以《在北方》《上海抒情诗》等一系列诗篇吸引了人们的注意。作为一个崭露锋芒的青年诗人,他所显示出的艺术才能,他那具有鲜明的、独特的个性的诗篇,曾经获得了交口称誉。作为 1950 年代闪烁于我国诗坛上的群星中的一员,他既不像郭小川那么热情奔放、气势宏大,也迥异于闻捷的那种清流宛转、情趣盎然。但是,从《运杨柳的骆驼》《烽火台》《上海夜歌》等诗篇中,我们都可以看到诗人常常显露出一种特有的艺术才能,这就是他能够而且善于从生活中迅速地捕捉到某种场景和稍纵即逝的日常现象,并且立即从中升华出一些奇妙的哲理思想。当这两者结合在一起时,便和谐地构成一种鲜明的艺术形象,使读者从中感受到生活的美,体验到深邃的哲理思考。

作为一个人民军队中的战士,公刘的早期那些诗篇中,处处洋溢着一种明朗欢快的情绪和自豪之感。在祖国边防,"带着深谷底层的寒气,带着难以捉摸的旭日的光彩",诗人唱出了他那独特的战士之歌:

> 一条小路在山间蜿蜒,
> 每天我沿着它爬上山巅;
> 这座山是边防阵地的制高点,
> 而我的刺刀则是真正的山尖。
>
> 这条小路我走了三年,
> 对于我它不复是崎岖难行;
> 因为我心上有一条平坦大道,
> 时刻都滚过祖国前进的车轮……
>
> (《山间小路》)

在这里,一种时刻与祖国的命运相连,自己的心脏与时代前进的步伐紧密配合的基调,糅合着朴素纯真的战士感情,真正体现着透明的赤子之心的精神境界。其后,当诗人从边防的土地踏进了祖国的心脏——北京的时候,更是思潮翻涌,从内心升华起庄严的诗句:"我愿把自己比作一滴水,小小的一滴水,我要反射出你全部的辉煌永恒的阳光","生活多么令人爱恋,为了享受这一夜,我们战斗了一生"。令人难以想象的是,正当诗人以如此昂奋的激情在为祖国歌唱的时候，一场突然刮起的政治风暴却把诗人卷进了生活的底层。

在时间整整逝去了二十年之后，当解冻的季节降临大地，我们才从那冰块的炸裂声中，听到了诗人从生活底层所发出的呐喊：

> 人脑诚然很小，才不过一千四百毫升的平均容量，
> 可你又怎能测定革命者的头颅？那真正是一片汪洋！
> 遍布于大脑皮层的沟回呵，谷何其深，峡何其长！
> 多少事，和着血掺着汗在这里层层沉积，深深蕴藏……
> 　　　　　　　　　　　　　　　　　　　（《铁脚歌》）

这是怎么回事？这难道是公刘的声音？是那个写下了《边地短歌》《在北方》《上海抒情诗》等明朗、欢快、朴素、纯真的诗篇的诗人吗？是诗人那满腔的诗情被压抑的时间太长久了，还是他难言的激愤无法以简明的语言传达？可是随着诗人其后所发表的一系列诗篇，我们终于重新认识了诗人的本来面目，他仍然是那个公刘。只不过在他把生活现象凝聚成诗篇时，画面上的色彩更添了一点浓重的气氛，思想的内涵更显示着深沉的审视了。诗人的那颗与祖国和人民共命运的跳跃着的火烈的诗心，始终保持着一种艺术的光华，呈现出久经磨难而矢志愈坚的斗志。

如果说诗人在二十多年前曾经用稍嫌幼稚和天真的眼光来看待现实，因而在描绘现实生活中的诗情画意时，显得过于纯净而圣洁；如果说诗人的画笔在涂抹生活的色彩时未免过分斑斓和艳丽了一些，那么现在的诗人则已经由于生活的磨练和现实的教训变得日趋成熟与深沉了。诗人已经不再是那个"太年轻、太爱夸张"的天真形象，他克服了"幼稚的幻想"，"瘢痕犹在，往事怎能淡忘"。在"等待若干岁月"和"经历几许风浪"之后，他已经识别和认清了骗子们的真面目，要"剥下那最最最红的袈裟，使之一丝不挂，还他们以骗子、流氓和叛徒的本相"了。然而，诗人的感情并没有只是沉溺于过去的伤感，也不仅仅停留在对丑类的斥责和揭露上面。清理过去，是为了开拓未来。诗人又以饱含着深情和挚爱的声音唱道：

于是，我们又在连续作战的废墟之上，
着手规划新的宫殿、新的画廊；
看呵，劫后余烬犹自风中飞飏，
推土机却已开足马力向前冲闯，
怀着对于破坏的深仇大恨，
怀着对于建设的朝思暮想！

（《献给宪法第十四条的恋歌》）

当年的那个满怀战士豪情的公刘，在历经生活的磨练之后，并没有从精神上被摧垮，而是以一种更为深沉的和成熟的声音来倾诉他对祖国和人民之爱了。"我忠贞的恋歌呵，愿你永不寂灭，地久天长。"这声音不同样是千万人民发自内心的呼唤吗？

显然，诗人不可能不表现自己的经历，也不可能不顽强地突出自己的艺术个性和风格。当他表达着自己对现实的认识、思考和爱憎之情时，总要以艺术个性和风格上的"这一个"而呈现在读者面前的。作为一个曾经在政治上受了二十年不公正待遇的诗人，人们不免担心，公刘会不会过于沉溺于对个人命运不幸的哀叹，或者是让个人的恩怨掩盖了对祖国和人民命运与前途的关心呢？事实上，这样的诗人所写的诗篇，在我们的报刊上是曾经出现过的。

我以为，这里问题的关键在于，诗人是把自己的不幸遭遇同祖国和人民的命运紧密联系在一起，还是仅仅着眼于个人的升降沉浮上面。我们的诗歌界曾经长期为诗究竟应当表现"小我"还是"大我"而争论不休，其实这个问题我认为并不是关键和根本之所在。问题的关键和根本是取决于诗人自身的精神境界。诗应当表现"我"，这应当是颠扑不破的真理，是符合抒情诗创作的艺术规律的。勉为其难或一厢情愿地表现"大我"，其结果只能是制造出一些装腔作势的作品，而绝不会创造出真正的艺术。反之，诗人如果真切地表现了"我"，而这个"我"的灵魂是高尚的，这个"我"的神经是与祖国和人民的命运血肉相连的，那么他所写的即使是"小我"，人们也仍然可以从中看到"大我"。如果一个诗人由于自身精神境界的低下和灵魂的卑微渺小，即使他的诗篇所表现的感情是真诚的，那么也只能被少数具有相同感受的人所接受和理解，而与广大的人民群众是处于绝缘或半绝缘状态的。通观古今中外，人们对一个诗人价值的权衡和评价，似乎离不开这个原则。

以公刘的艺术才能，他完全可以写出一些表达个人激愤的动人篇什。可是，如果他的激愤仅仅是为了感叹个人的荣辱盛衰，他的诗篇如果成为鸣奏猥琐情怀的乐章，他就会在自己与人民之间画上一道鸿沟而远离了人民。然而我们却庆幸地看到，诗人是爱惜自己的过去的声誉的，是敢于面向现实和未来，是忠于祖国和人民并且具有高度艺术责任感的。他把自己全部的爱和恨融化在广大人民群众的感情洪流之中。他是一个伟大集体中的一员，又是一个独具艺术个性的诗人，他参与了一个雄壮的合唱队，但仍然发出了特殊音色的嗓音。诗人的这种艺术上的表现，在周总理、毛主席逝世期间所写的一些诗篇中有着突出表现。当诗人还处在政治的重压之下，没有发表作品权利的时候，为周总理的逝世，他写下了《誓》《白花》等八首诗，这些诗以"地下方式"流传着。对周总理的辞世，诗人以血泪之声喊出：

每一条江河呵，每一个土坡，
大张开颤抖的颤抖的胳膊；
伟大的周恩来呵，不朽的共产主义者，
人民的心窝，就是您的陵墓与棺椁！

（《骨灰呵骨灰》）

诗人并不满足于传达某种所谓"朴素的阶级感情"，他既不把个别的领袖人物当作神来加以讴歌，也不把千百万人民群众当作离开了"神"便不能活下去的"阿斗"。他只是如实地把某一个特定历史时期的人民情绪传达出来，把一种社会环境的气氛烘托出来，让人们从中看到时代的风云和历史的动向。毛主席与世长辞了，在那样一个特定的社会环境之下，诗人看到了什么样的时代风云，把握住了什么样的历史动向呢？请看：

>   一夜霜风燎，
>   香山的枫叶红了！
>   今年的枫叶，
>   是否红得太早？
>   看，日历上分明标着：
>   一九七六年……九月……九号。
>
>   不，不，三山五岳的枫叶
>   于今全都红了！
>   掏出枫叶般的红心来吧，
>   这是号令！这是警报！
>   勇敢地迎上前去！中国——
>   将有一场特大雪暴！
>
> （《大地以红心为盾》）

这绝不是一首一般意义上的"悼亡诗"，而是一首以奇妙的艺术构思而异峰突起的时代风云画！作为一个伟大时代的伟大人物，毛主席的与世长辞理所当然地牵动着亿万人民的心，影响着国家的前途和命运。其所以会如此，是因为那是一个特定的历史关键时刻，一小撮丑类正在蠢蠢欲动地觊觎着党和国家的最高权力。诗人以独具慧眼的深刻观察，看到了政治上的秋风凛冽使现实中的枫叶"红得太早"。可是被政治上的秋风染得发红的枫叶，却是亿万人民在政治上觉醒的一个征兆：枫叶红了，而人民也开始在政治上成熟了。于是诗人向人民发出了"中国——将有一场特大雪暴"的报警。历史的进程证明了诗人的这种观察是完全符合实际的。没有对社会和民心所向的深切体察，没有对祖国命运和前途的萦怀忧虑，没有对历史进程和动向的深刻把握，没有对艺术探求的创新和勇气，是不可能写出这种诗篇来的。

我们在上面曾经指出过，公刘在早期的诗作中就表现出一种善于从生活场景中捕捉到某种现象，并且迅速地把它升华为一种哲理的思考。如果说在他的早期，这种哲理的思考还未免显得过于直观和简单一些的话，那么在经过二十多年之后，我们看到诗人的这种才能明显地有了深化和发展。这种情况之所以会出现，也许可以从诗人下面的诗句中找到答案：

既然历史在这儿沉思，
我怎能不沉思这段历史？

(《沉思》)

的确，历史已经停下了步伐而沉思，人民又怎能不沉思一下这一切究竟是怎样发生的呢？远在二十多年以前，诗人曾怀着高昂的激情写过一个组诗《写在烟囱上的诗》，其中有一首这样写道：

应该写一千首诗，
来赞美我们的丝，
赞美自古至今采桑的女子，
养蚕的女子和织绢的女子。
……
母亲中国呵，当你披着丝的头巾，
走在世界的大街上，吸引了多少行人！
但我们的财富又岂仅在于丝？
更值得自豪的是天才的人民！

(《丝》)

这是一首充满着多么自豪的激昂之情的诗篇呵！可是，谁又能想得到，二十多年前的这种自豪之感，到了今天，却成了一种在历史和现实面前感到抱愧的反省和自责了呢？当诗人参观了腈纶、涤纶、维纶的生产后，禁不住这样写道：

> 据说，三家工厂＝二百五十万棉田，
> 好一个火爆的数字！给了我多少温暖！
> 岂料想才出大门，冷气就伸来冰凉的指尖，
> 从我的电子脑中，提取了一个信息：贫寒。
>
> 朋友，你可去过西北，去过黄土高原？
> 那儿，有赤裸裸的肌体，赤裸裸的难堪，
> 那儿，革命的细胞加倍感到羞耻和不安，
> 是的，二百五十万棉田≠丝毫自满。

把这前后相隔二十余年的诗篇加以对比，不禁使人产生一种愧对历史、愧对现实之感。不能埋怨今天的诗人过于冷峻和严酷，因为生活本身是这样告诉他的；也不能指责昨天的诗人过于乐观和轻狂，如果历史的进程不是被扭曲，而是沿着一条正确的轨道前进，诗人是不会因为面对这些过去的诗作而"脸红"的。重要的在于时刻要记住不能有"丝毫自满"，不能在历史和现实面前闭上自己睿智的眼睛。嘲弄历史和现实的人，是难免被历史和现实所嘲弄的。

二十年的苦难经历和百般折磨，对于像公刘这样的诗人来说，究竟是一种悲哀还是一件幸事？恐怕一时还不能妄作结论。因为，在我们这个时代，历史老人好像有意地安排了一大批颇具才华的作家和诗人到生活的底层去吸取丰富的营养。深深地植根于人民群众之中，与他们同甘苦、共患难，使公刘以一个普通的劳动者身份参与了社会生活。然而，他又时刻没有忘记自己作为一个诗人的战斗职责：

> 该回车间去了，
> 去锻造新诗——
> 像锻造砍马蹄的刀子！
>
> （《我做了一个噩梦》）

身处逆境而不忘公民的责任和良心,身为平民而热切地关怀着祖国的前途和人民的命运,这不正是一个正直的诗人最可宝贵的政治品质吗?

人民始终是历史的主宰者,是推动历史前进的原动力。不因为一时的失败而丧气,不因为短暂的凌辱而消沉,也不因为曾经遭受欺骗愚弄而自暴自弃。公刘也许正是在这二十年的底层生活中树立了一种坚韧的信念,磨炼出一副敏锐的眼光的。他珍视人民群众的这种平凡而伟大的政治信念,深刻地体察到他们作为历史的主人的这种精神力量。不仅在失意时,而且在胜利的情况下,亿万普通人民的意志和心声也是这样被表现出来的:

> 是的,星星消溶了,消溶于
> 明净的蓝天和灼热的流光;
> 难道这意味着从此不设防?
> 不!无名的星体永远守卫着天宇浩茫,
> 像小小的纤尘不染的螺丝钉,
> 紧紧地拧在了庞大的机器上……
>
> (《星》)

这也是经过了沉思而悟出的真理,是付出了沉重的代价而悟出的真理。如果不是因为有了那"条条大路通向天安门广场,而广场……怎么通向了'四人帮'牢房"这个伟大而惊人的问号,人们也许还不能这么迅速地醒悟过来。从"五四"运动到"四五"运动,历史已经走过了一段漫长而又短暂的途程,惊人相似的历史现象竟然发生在迥然不同的社会里,这不能不促使善良的人们去思考,去探索了。没有这个思考和探索,历史便会倒退到另一个时代,有了这一思考和探索,人民才能够积聚起力量进行那有力的反击,把那些丑类们扔向他们应当陈尸的阴暗角落里。

公刘不仅是一个善于构思奇巧篇章的诗人,在他的内心好像始终汹涌着一种诗的激流和诗的情思。诗人的眼睛的确成了他灵魂的窗户。透过诗人的眼睛所看到的大千世界,总好像充满了一种诗的色彩。也许,这正是诗人的最可珍贵的艺术品质。二十多年前，我曾十分惊异地读到下列诗句：

> 上海关。钟楼。时针和分针
> 像一把巨剪，
> 一圈，又一圈，
> 铰碎了白天。

（《上海夜歌》）

像这样在极其平凡的现象中发现诗意，以巧妙的联想编织出一种画面、一种意境，然后用十分凝练的语言表现出来，正是公刘诗作中的一大特色。二十多年后的今天，诗人似乎更多地把这种才能运用于对现实的严肃思考上，运用于对诗的职能的新的认识和理解上了。诗人心中的那股诗的激流并未衰减，只是似乎在向深处潜流了。诗人的音调也显得不再那么轻快明朗，而带有几分沉重浓郁。诗人眼中所看到的现实，也已经染上了若干霜风秋色。在他的《哀诗魂》《铁脚歌》《星》《大地以红心为盾》等篇章中，我们都可以明显地看出这种变化和发展。

对于一个有艺术才能的诗人来说，他的艺术创作道路就应当是一个不断探求、不断思考、不断创造的过程。公刘正是这样。他总是在探索中加深思考，在思考中继续探索，力求能够有所创造，有所前进。他的最可贵的艺术品质表现在这样几个方面。

首先，他不拘泥于陈规陋习，力图以自己独特的艺术构思来体现他对生活的观察和思考所得出的结论。在这方面最突出的表现就是那首《大地以红心为盾》。在众多的悼念毛主席的诗作中，这首诗可以说是独树一帜，不同凡响，说它标新立异、奇峰突起，完全可以当之无愧。

其次，他敢于根据实际生活所提供的实践经验表达他的观点和看法，不为一时的政治气候和风向所左右。这在他的那些悼念周总理的诗和《大军行》一诗中可以看到。诗人没有为"四人帮"一伙的凶焰所吓倒，而是大胆地表现人民群众的情绪和愿望。在粉碎"四人帮"之后，诗人也不为"凡是"派观点所桎梏，而敢于否定神化领袖的做法，恢复毛主席的本来形象。应当说，这种胆识是十分难能可贵的，也是二十年来诗人在生活实践中获得的真知灼见。

最后应当指出的是，他具有一种不断探求的可贵精神，不满足于既有成就，力图把新的艺术构思和形象引入诗中，以达到一种新的艺术境界。作为一个诗人，我以为这正是最值得称誉的。尽管这样做有可能遭致失败和挫折，但我以为，如果没有这种精神，就谈不到任何艺术上的追求和创新，也就不可能开拓出宽广的艺术道路。

我并不认为公刘的诗作是尽善尽美之作。任何大作家、大诗人都尚且有败笔，何况公刘还只是一个在艺术创作道路上继续进行着长征的探求者。由于历史的不幸，我们一大批颇具才华的诗人曾经长期被剥夺了创作的权利，而像郭小川、闻捷这样的优秀诗人也因受迫害而过早离去。公刘在《哀诗魂》和《诗的复活》一节中曾表达了他对郭小川的深切怀念。照我的理解，这是诗人对同辈战友的怀念，也是一种责无旁贷地肩负起死者未竟事业的愿望的表达。诗人是深知郭小川同志的诗在我们新中国的诗史上所具有的重大意义的：

　　你属于党，属于人民，属于中华民族，
　　呵，诗人！你的诗是子弹和珍珠！
　　应高悬于国门呵，
　　须深藏于武库……

（《哀诗魂》）

愿公刘也以此自勉，把每一首诗都写成射向敌人的子弹和艺术宝库中闪烁光辉的珍珠。

我们期待着诗人在艺术创作的道路上有新的创造和新的成就。

原载《诗探索》1981 年第 3 期

辛笛与敬容

唐 湜

黄昏的朦胧中，一本新近出版的《九叶集》在西窗下闪着绿莹莹的光芒，九张绿色的树叶像九个诗人的手掌样张了开来。

我忆起了三十多年前上海的"月下诗会"：

来一次月下诗会，
来一次即景长吟，
我们在梧桐树下
遥望荧荧的星辰；

……
克凡意兴浩然，
神游于蒲昌海上，
听云彩样遨游的美女，
把先知样的智慧轻唱；

辛之仰望着明月，
冷哂那玩火的暴君，

欢呼勃南的森林[1]，
涌欢虐暴的丹西嫩；

巡礼于月下的郊原，
我冀望有真淳的觉醒，
高歌混凝土的地层里，
亮起了新人类的早晨；

这儿是上海的公园，
却幻成了月明的草原，
我们就肃然游吟着，
抒唱那沙漠上的梦幻。

（唐湜：《月下诗会》）

兰冰就是陈敬容，她常拿这个名字发表译诗。克凡是唐祈，他在学校里就叫这名字。而辛之姓曹，是诗人兼美术家杭约赫的真名。我们当时曾经偶然在上海法国公园的月下谈诗论文，有时也编集我们的刊物《诗创造》或《中国新诗》的稿件。

但当时的现实是严峻的，像这样偶然的"诗会"，其实只是几个人来公园透透气，或交换一些意见，也是不可多得的。（后来，刊物与出版社被国民党反动派查封，辛之、敬容分头出走香港，这种聚会就更不可能了。）当时，我们在《中国新诗》发刊的代序《我们的呼唤》中说过："历史使我们活在生活的激流里，历史使我们活在人民的搏斗里。"[2]我们面对着的是"严肃的时辰"中的"严肃的考验"与"严肃的工作"。而我们，"是一群从心里热爱这个世界的人，我们渴望拥抱历史的生活，在伟大的历史的光耀里奉献我们渺小的工作"。

---

[1] 出自莎士比亚悲剧《马克白斯》。
[2] 刊于《安徽文学》1982年9月号。

就这样，我们蚂蚁一样工作起来了，对当时的残酷的现实做出了我们各自独特的反映，自然也各自探索着抒情方式。有时从个人的生活出发抒写人民的沉重的苦难，有时对大的政治搏斗做出了新的勾描，有时布谷鸟样以"全生命来叫出人民的控诉"，有时也对"丑角的世界"进行烈火似的无情嘲笑，而大家也都在瞩望着"共同的黎明"的到来。

应该感谢当时在上海的冯雪峰、蒋天佐、戈宝权等同志，给了我们党的关怀与帮助；也应该感谢各地文艺界的前辈和朋友，冯至、李健吾、罗大冈、金克木、卞之琳、方敬、徐迟、袁水拍、汪曾祺、李瑛、方宇晨等都以自己的力作支持了我们，我们与我们的刊物就在他们的大力帮助下成长起来，形成了一个在当时中国新诗坛上产生过影响的诗歌流派。

认识辛笛是稍后的事，他是我们之中热情的长者，是《汉园》诗人卞之琳们的友人，当时在一家银行工作，比较忙，没有与我们常在一起聚会。但他在经济上大力支持了我们，使我们的星群出版社与两个诗刊能在物价一日千里地飞涨中维持下去，直到被特务查封为止。当辛之把他的 20 世纪 30—40 年代的诗选集《手掌集》的校样交给我要我写评论时，我一翻开，真感到了惊羡不已：

>   一生能有多少
>   落日的光景？
>   远天鸽的哨音
>   带来思念的话语……

（《怀思》，1934）

轻轻的一问却给了人多么深的印象，我们仿佛听到了鸽铃的悠然的哨音而怀念起远行的人来。而《航》（1934）是多么完整的象征的画面：

>   帆起了
>   航向落日的去处

明净与古老
风帆吻着暗色的水
有如黑蝶与白蝶
明月照在当头
青色的蛇
弄着银色的明珠
桅上的人语
风吹过来
水手问起雨和星辰

似乎完全是透明的意象。是的，生命是"一个永恒而无涯的圆圈"，"从日到夜，从夜到日"，我们就"航不出这圆圈"。诗人点出了生命的局限，也显示了自己那时思想的局限。之后在西山松堂的《冬夜》（1934）火炉前，诗人感受到——

百叶窗放进夜气的清新，
长廊柱下星近；
思念温暖外的风尘，
今夜的更声打着了多少行人

我们读着像是读着宋人的词，凝练的语言里有无穷尽的意味。

《Farewell》（1935）是向读了四年书的"水木清华"的清华园告别，给我们勾描了一幅"无画的画帖"：牧场、前溪、楼前的白杨……呵，他多爱听"黎明的笳吹/吹起西山的颜色"！而《二月》（1936）与《潭拓》（1936）则都那么清新而幽深。前者较轻快，后者较幽深，诗人说自己"更爱北国春日之迟迟"。

当轻马车轻辗着柳絮的时候，
我将是一个御者，

  载去我的，或是你的
  一袭风，一袭雨。

（《二月》）

  而在四月的潭拓山中，却有虫声让诗人"怀着夏日的绿意"，呵，"山气的幽深先取了天地的暖，光影明晦相成以去"！
  这两首诗就也似光影、明晦样相反而相成。更最后的"珠贝"[1]：《垂死的城》(1936)抒写了抗战前夕北平"山雨欲来"似的沉重气氛：

  暴风雨前这一刻历史性的宁静
  呼吸着这一份行客的深心

  诗人要与这"垂死的城"相别，去异国读书了，想的却是：

  呵，是谁
  是谁来点起古罗马的火光
  开始笑一次烧死尼禄的笑

  这个尼禄指的是谁，对明眼人是不言而喻的。
  《异域篇》的开头是一首对过去的《挽歌》(1936)：

  船横在河上
  无人问起渡者
  天上的灯火
  河上的寥阔
  ……

---

[1]《手掌集》的第一辑名《珠贝篇》，选自辛笛的第一个诗集《珠贝集》。

这是渡向异域的开始，他的心情是苍凉的，他知道"智慧是用水写成的，声音自草中来"。要我们"看一支芦苇"，颇有类于哲人的指点。在巴黎逆旅中，他写了别致的《秋天的下午》（1936），六行小诗俨然似一张印象派的小品素描："阳光如一幅幅裂帛，玻璃上映着寒白远江……"抒写的却是"年光的渐去"。同时写的《休战日所见》包含着较多社会性内容，以一声喟叹"可怜的泥土之子"作结束，悼惜着那些在帝国主义战争中无谓的牺牲者，但写得比较浅。我却更喜欢《寄意》中所集的"墙壁上的影子像花枝，春风吹过了一个个季节"，隽永中多可回味的情思与放达的风致。呵，时间不待人，

　　在时间的跳板上
　　白手的人
　　灵魂
　　战栗了

（《对照》，1937）

而我，更喜爱《再见，兰马店》（1937），常常记起那店主人温柔的话："多有一些骄傲地走吧！"入选于《九叶集》的第一首《刈禾女之歌》有一些谣曲风味，叫我想起了华兹华斯与彭斯的名作，但它却另有一种现代风格，平淡而沉静的气氛中有跃动的意象奔来：

　　兰的天空有白云
　　是一队队飞腾的马
　　你听　风与云
　　在我的镰刀之下
　　　　奔骤而来

多么平凡，又多么神奇！还有《Phapsody》，抒写一个"病了的契丹人"在楼上听风雨的袭击，觉"楼乃如船　楼竟如船"，是一组意象的奇妙组合，

一首契诃夫式的心理素描诗篇,却未入选于《九叶集》。更有《巴黎旅意》,抒写巴黎的气氛如画:

> 花城好比一株美丽耐看的树
> 可是欧罗巴文明衰颓了
> 簇生着病的群菌……
> 而且《巴黎夜报》的声音太紧压了,
> 谁能昧心学鸵鸟
> 一头埋进波斯舞里的蛇皮鼓
> 就此想瞒过这世界的动乱

诗人要我们正视那个病入膏肓的现实,去追求那个时近时远的崇高的理想。他"全不能为这异域的魅力移心,而忘怀于凄凉故国的关山月"。这首诗也未入选。还有《孩子》:

> 兰的海
> 满树的柠檬
> 孩子不爱柠檬的酸味,
> 却说海有意思
> ……

抒写得那么轻松,像孩子在幻想"千百个世界,千百个神奇,一时一世界",最后却结以偈语似的"天地惟一老人　坐对此光此海之圆之寂",孩子与老人就像是幻想与现实、童稚之年与迟暮之年的生动的对照。我也喜欢《杜鹃花和鸟》中异国的四月,在这诗人勃朗宁怀乡的四月,英伦雾岛上可以看到"杜鹃花的肥硕与明媚",叫诗人自己想起了故国的北平故城中杜鹃鸟的凄苦啼声,诗人运用反复循环的婉转节奏来表达凄苦的异国旅情。《姿》是一幅完整的素描,画的也许是一个娟秀的少女,或一个纯洁的诗意的幻象,有着

"圣洁的光辉",却是一朵经不起吹弹的"年轻的白花"。最初的美感与最后的现实感在这儿形成了鲜明而强烈的对照。而入选的《门外》也是片重重叠叠的记忆的交织,秋虫的鸣声像繁复的奏鸣,"二十年 二十年 找不曾寻见熟稔的环佩"。《识字以来》抒说知识分子的可悲:"一直向前 像一只哑嗓子的陀螺 奋然跃入了漩涡的激流",却捉不住"那时远时近崇高的中心"。《月光》是深挚的感情流露,叫人不由得倾心于那种"渴想",那种"清亮的情操",那种"芬芳热烈地在我体内滋生"。

《手掌篇》的开头是《手掌》:

形体丰厚如原野
纹路曲折如河流
风致如一方石膏模型的地图
你就是第一个
告诉我什么是沉思的肉
富于情欲而蕴藏有智慧
……

象征地抒写了"人"的理想,体质丰厚,灵肉一致,如像罗丹的《沉思者》,我爱那种"高高地举起你时可以呼吸全人类的热情"的抒发,却觉得后面有点不够从容、有点松气了。我也喜欢谣曲风的《布谷》,但觉得直截了当的诉说多了点,而含蓄的抒情较少。这之后的一些近于轻松诗或讽刺诗之作,如《夏日小诗》《回答》《逻辑》《阿Q答问》,在当时应该是具有现实意义的。但我以为抒情素质较少,不如送诗人卞之琳赴英的那首《赠别》:

为了你所追求的语言的智慧
你在知了声中
带着你的圆宝盒
离开你爱的人远了

> 离开爱你的朋友们远了
> 云水为心，海天为侣
> 你要珍重，多珍重

可后面却过于坦直、率真地说出了"东方的人民由警觉中已经起来了"一类的话，离开了形象的抒情。

《九叶集》中诗人的后期作品最好的还是1948年去美洲旅游时写的《尼亚加拉瀑布》与《熊山一日游》。前者开头：

> 如猫的雾爬行于路上
> 树端摇撼一片天地之声
> 是千百处的源头水
> 拔木穿崖
> 澎湃汇聚
> 澎湃汇聚一齐来
> 都只为到此长空一泻……

在这儿，我们可以看出，诗人善于熔铸中国传统的文采与欧美现代的诗风于一炉，只是有时缺少一气贯穿到底的气势，这一首还是显得比较有力而完整的。后一首有极妙的：

> 流水渐流我情怀清浅
> 青林渐染我生命欣新

抒情手法的试验，只是在

> 野棠花落无人间
> 时间在松针上栖止

之后，给了人盛极难继之感。

　　看来，诗人中很少能像辛笛那样继承唐宋词的倩巧风格，喜欢读唐宋词的人一定会爱读他的新诗，他的诗如像唐宋词中的婉约派，善于写心中的惆怅与离情别绪，读起来使人感到非常亲切，不过一写到家国之痛与较大的社会问题，就稍显得英爽豪迈之气不足，因此往往有过于直率的诉说，而使整篇诗显得不太完整了。

　　以齿序仅次于辛笛的女诗人陈敬容，也是在1930年代中期就开始发表诗的，如她的《盈盈集》开头那首《十月》写于1935年之春：

　　　　纸窗外风竹切切，
　　　　"峨嵋，峨嵋，
　　　　古幽灵之穴……"

　　　　是谁在竹筏上
　　　　抚着横笛，
　　　　吹山头白雪如皓月？

　　这六行诗写尽了她对故乡蜀山碧水的眷恋，直叫我想起了洪昉思的"峨嵋山下，直是少人行"。真是一首绝唱，表现了她的惊人的早慧，她那时还不过是一个寄居北平的未满十八岁少女！她在北平还写了《夜客》《东上》，叫我想起了当年写《燕泥集》的汉园诗人何其芳的风格。

　　　　我爱远梦中山水
　　　　谁呵，又在我梦里轻敲

　　　　　　　　　　　　　　（《夜客》）

　　我记得那时我还是个初中学生，曾在《文学季刊》或《水星》一类刊物上读到她的一些珍珠样熠耀的抒情诗，还以为她是何其芳、方敬们的年龄相仿的同伴呢！

我也喜爱《哲人与猫》，尤其是《窗》：

> 你的窗
> 开向太阳
> 开向四月的蓝天

但她自己的窗却"开向黑夜，开向无言的星空！"她这时的诗里，即使是深沉的玄想，也总是由带着郁郁色调的意象托出。终于，转徙流离，她一九四〇年到了兰州，开始了一个青春的悲剧，才二十岁左右，就写了好些成熟、凝练的诗。一首首都那么完整，能给人深长的回味，只是所遇不合，常常是：

> 夜伴着我
> 我伴着不可知的悲哀
>
> （《夜歌》）

她觉得心里有一片深深的秋意，有时序在"潜默地推移：流水，飘风，无言的色调的转替"（《秋》）。她说：

> 我将伴着八月走向你
> 我们静静地听
> 九月黄昏的雨

她要求她的同伴"去我们的堤边哭泣，为那青春，为那爱情；去，去，去那遥远的海洋找寻……"（《给杏子》）。她的《海》，像波德莱尔的"象征的森林"，完整而又含蓄：

> 我给你以我的凝望，
> 无言的大海，

> 我的凝望里有盛夏灼热的骄阳,
> 有时又冰冷,冰冷,
> 像冬夜哭泣的月亮。
>
> 我的眼缄默地
> 啜饮你满满的绿意,
> 而我的双足随着帆影,
> 徜徉在你遥远的边际。

这首诗的风格也叫我想起了何其芳的《夜歌》,可它写在《夜歌》发表之前,而且写得那么冷静而深沉,不像个才二十出头的少女写的。因为她那时是"在雾中穿行,在雾的深林"(《在雾中穿行》),她心里有"云的渴意,风的倦意":

> 我驶向黄昏
> 日与夜
> 在我的船舷交替

她的早期作品,除了每一篇章(不管短的或稍长的)都那么完整,那么神完气足,很少有力竭气衰的败笔外,我更惊异于那种构思的新巧常出人意料,很少有重复,特别是最后的结尾,常"投掷一颗晶莹的珠"(《珠》)。如《晨星的梦》,最后来这么三句:

> 在我的心的沙滩上!
> 蚯蚓以线形吹奏,
> 祈求着密密的雨。

的确,她是"地心的火,伸向地面,化作潺潺的河"(《薄暮》)。由于她是在乱离的时代里经历着不如意的青春的悲剧,她的诗就给一层忧郁的纱幕笼罩着，只偶尔有一片喜悦的光芒从纱幕下透出。

但悲剧总还是悲剧，她所遇的"骑士"是用"鲜红的心涂上一些更红的谎语"来射她这只"飞鸟"的，他还想用他的所谓"适当的谴责，和及时的暴戾"来叫她"不能高飞，也不能歌唱"，只在他的"园中默默地低翔"！

可她却与人们一起在等待"那春天的第一道闪电"，"勇敢的旗手"挥动"那大旗"。因而她终于冲出那家庭的囚笼，来到抗战末期的重庆，以无比的喜悦歌着飞鸟：

> 负驮着太阳
> 负驮着云彩
> 负驮着风……
>
> （《飞鸟》）

说自己"从疲乏的肩上卸下艰难的负荷：屈辱、苦役和几个囚狱的寒冬"，说自己"生命也仿佛化成云彩，在高空中无忧地飞翔"。

这就是《九叶集》中她的诗辑的开始，她也许不愿再触及过去的创伤，要忘了那个郁郁的悲剧，而从《飞鸟》开始欢乐的飞行。她说：

> 我想起夏娃，
> 想起她初尝禁果，
> 那奇异的、新鲜的欢腾。
>
> （《遗留》）

她要学杜鹃鸣叫，向春天呼唤风雨："雨呵，洒给我你那些晶圆晶圆的水珠！"（《烛火燃照之夜》）她给自己画了一幅《自画像》：

> 透过一片苔藓，你张望
> 碧蓝的海，碧蓝的天，

惊讶于阳光的七色流彩，
和翩翩的蝴蝶、嗡嗡的蜜蜂，
你在叶脉的森林中漫游，
作了一只小小的青虫。

她说自己在灿烂的想象的王国里是个富足的主人，爱"向光向爱投掷，如一只勇敢的飞蛾"，她说自己"也需要欢乐或痛苦来锻炼"。她说："我爱生命，连痛苦也爱。"她要欢乐与痛苦一起流来，叫"红色的欢笑，灰色的眼泪"都变成"雪白的音符"。她要"计数着宇宙的脉搏"：

急急地写下
一些灵魂与灵魂的
秘密的语言

这一首较长的《自画像》不像别的诗那么单纯而明净，却显示了她当时矛盾而丰富的心理变幻，它与后面的《假如你走来》都没有入选《九叶集》，这是可惋惜的。后者是最好的心理戏剧断片，是一幅淡淡的素描：

假如你走来，
不说一句话
将你战栗的肩膀
倚靠着白色的墙。

我将从沉思的坐椅中
静静地立起，
在书页里寻出来
一朵萎去的花，
插在你的衣襟上……

她就依靠着友情的书信来消灭时空的距离,"去探寻那唯一的通到'美'的方向"(《友情和距离》)。

入选的《律动》抒写得那么单纯而迷人,如雪莱的《爱的哲学》有着透明的哲理意味,是透明的诗,却归结于一种纯洁的爱:

> 而我的窗上,
> 每夜颤动着
> 你,永恒的星光!

《盈盈集》中还有一些好诗都没有入选,因为带有过去时代的忧郁甚至伤感,与我们这伟大的时代不合拍。偶尔也有一些诗不太完整,如《生命的雨滴》,只有一些好的片段:

> 我掬饮欢乐,
> 且将它洒在
> 我的沉思的湖上

最后却是"我要含着笑掬饮死亡",未免过分地达观或伤感。又如《雨季》:

> 雨季,
> 凝冻的哑默的
> 手,悄悄地
> 从每一个屋顶上
> 将春天抹去。

写得多么新俏,但写的还是那时代的"小儿女的哀怨"。只有入选的《船舶和我们》,把人与人的关系比作水上的船舶,在街市上相互漠然走过,在深山或孤岛,却"焦急地等待着陌生的话语",犹如船舶在港口各自起航,在风浪翻滚的海面相遇，却亲切地招手。短短三节平衡而完整，比喻更新鲜、单纯，这就摆脱了那种郁郁不欢的哀怨，而可以寻味深思了。

比起《盈盈集》的单纯来，诗人的第二个诗集《交响集》就显得是一些繁复、交错的勾描。她以蜀人的敏感气质感受了蜀山碧水间乱离的悲欢，更糅合了一些生命悲剧的火焰，乃以男性的气质弹起了急促的哀弦，爆出了一些智慧的火花。《鸽》里还描出了她的姿态：

> 清晨的雾凝聚在
> 欲雨的天空
> 暗红色的旧屋瓦上
> 几只鸽子想飞
> 又停下了
> 折叠起灰翅膀伫望

可她不是在踟蹰，而是在探索、在深思，她是在"激流中背负着希望　背负着梦想　迈步在辽阔的空间"(《在激流中》)。她就像她抒说的娜塔莎那样，"在星月辉耀的窗前 / 设想着自己就会飞去"。可那时候是"鸱鸮们狞笑的午夜"，有"地狱的探戈舞"在跳着，白昼就比黑夜更黑(《假如》)。因而，她的诗里交响着一片矛盾的火花，一片深沉的乱离之音，曲折而有致，繁复而一致，有一种沉思后的成熟，一种丈夫气概的悲凉。入选的《无泪篇》以《夜奔》中两句说白"丈夫有泪不轻弹，只因未到伤心处"作引，可以算个例子：

> 无数楼窗开了又关上
> 蒙蒙细雨
> 把暮春拉进秋天
> 远代人悲秋的心事
> 早凉去了
> 大旗飘飘
> 风过处一阵血腥

> 走遍天涯
> 踏尽每一条路
> 问谁的足步还能够
> 轻轻举起
> 漠然地弹一弹
> 鞋底上粘着的泥土

但这首诗到第三节有点似强弩之末,急躁有时使她不能轻盈自如,却局促地结束了一首诗。

她更多的诗是突然的感悟或"智慧的高歌":

> 在熟悉的事物面前
> 突然感到的陌生
> 将宇宙和我们
> 断然地划分
>
> (《划分》)

她感到"手臂和手臂在夜里接连,一双双眼睛望着明天",正如"河流一条条纵横在地面 街巷一道道交错又连绵"(《群象》)。她更震惊于闻一多先生伟大的死,觉得:

> 斗士的血迹溶入尘土,
> 大地上年年有新草茁生,
> 风刮不走,水流不去,
> 英雄的业绩亘古长存!
>
> (《斗士、英雄》)

在那个日与夜的边际,黎明之前的昏黑里,她写了《黄昏,我在你的边上》与《逻辑病者的春天》。两章现代诗风的作品,把时间与空间杂糅在一起,展开了一些辩证的寓言,还添上一些对当时现实的讽刺,叫我想起了艾略特的一些手法。她说:"黄昏,你的故事令我沉默",因为"没有风,树叶却片片飘落,向肩头掷下奇异的寒冷"。可她,要攀上黑夜拍动的翅膀,直到力竭而跌落在夜的边上,为了

  那儿就有黎明
  有红艳艳的朝阳

(《黄昏,我在你的边上》)

她也反对当时现实的生活"逻辑",说"完整等于缺陷,饱和等于空虚,最大等于最小,零等于无限"(《逻辑病者的春天》)。这两首诗较长,思想内容较为丰富,可她似乎迫不及待地去随意描写,没有做精心的构思,显得有点冗杂。我反而更爱《力的前奏》这样的短章,从歌者的凝神、舞者的呼吸、天空的云与海洋在大风暴来到之前的可怕的寂静,归结到

  全人类的热情汇合交融
  在痛苦的挣扎里守候
  一个共同的黎明

这是对力——革命暴力的有力的歌颂。这个"前奏"其实就是黎明乐队的前奏,解放的前奏曲。《捐输》也是对革命的歌颂:

  疾风骤雨,短暂的时辰,
  为了化开云雾把一切捐输

这儿没有浮浅的叫喊,却有剥落一层层虚饰的深沉气度,一种丈夫气概,这在《无泪篇》也早有明白的表现。

的确，那时人们"生命的琴键上正奏起一片风雨之声"(《冬日黄昏桥上》)。她的心是无法安静的，但她却仍然希望保有雕塑家那样冷静的睿智，那样"原始的朴素"。我最喜爱她的《雕塑家》与《题罗丹作〈春〉》，这两首诗多么从容而完整，叫我想起了里尔克笔下的罗丹，给了我很深的印象。自然，诗人有时也不免有一种纳蕤思式的自矜或自恋，感到生涯的苍茫，在往日的回忆里踟蹰：

> 一弯流水绕着
> 我，和我的沉思，
> 我落入夜的水流里，
> 船呵，船呵，不要远行，
> 一夜里风吹草白。
>
> (《贝壳》)

可她更向往的是渡河者的圣洁的姿态，那个罗曼·罗兰笔下的克利斯朵夫式的理想主义者：

> 渡河者背负着
> 每一片阴影的黑暗和沉重
> 背负着命运的巨轮
> 和巨轮下面的泥沙
> 渡呵，渡呵，
> 向黎明的彼岸
>
> (《渡河者》)

她期待着那个背负历史的苦难与解放全人类任务的"渡河者"的到来。

原载《诗探索》总第10期（1984）

读《萧三诗选》

彭燕郊

　　每一个诗人都应当在读者心里留下一个完整的形象。通过诗人的作品，读者和诗人之间必定会有情感的交流、思想的交流。由于诗是最率真的语言，诗所表达的往往是诗人极为真切细腻的感受，诗人的性格、气质、教养是必然要全部地、毫无掩饰（谁会想去掩饰它，又怎样掩饰呢）地呈现在读者面前。因此，读者必然能够像得到一位最亲密的良师益友那样，心中有了一个最贴近的人——一位可敬可爱的诗人。

　　读诗人萧三的诗，你的面前就会出现一位革命老战士。这位战士把他的一生献给革命，对革命事业的忠诚是他的一切感受的总的根源，革命信念是他的一切感受的动力。他所追求的是作为一个革命者所必须具有的刚强、纯洁、博大的人格的完成，而且他达到了。这是我们从诗人用他的朴素的诗的语言所表达出来的真诚的感受中十分清晰、亲切地看到的。

　　每个诗人都有他自己的"诗神"，这个习惯的说法或许可以理解为：由于对生活的感受角度不同，由于从情感上把握客观现实的方式不同，由于在观察和表现现实生活上各有特长，由于在艺术创造上遵循的道路和追求的目的各有差异，由于在想象力和形象塑造的方式上以及对语言色调的爱好上都各有不同，这就终于形成了对于一位诗人来说是必不可少的创作个性以至艺术风格，这些道理是我们大家都十分清楚地知道的。

　　诗人萧三的"诗神"就是革命。诗人所关心的是亿万灾难深重的中国劳苦大众怎样经由中国共产党所领导的革命斗争而获得解放，并从而在自己生息的大地上建设一个自由、幸福的国家。诗人同时是一位坚定的国际主义者，多年从事国际革命文学运动。全世界被压迫被剥削的劳苦大众的解放和共产主义社会制度在我们这一颗星球上得到实现，是诗人的全部理想所在，诗人的喜怒哀乐完全由于这个，为了这个，诗人是把自己的爱和恨整个地融化进崇高的革命事业里面了。我们有不少诗人是从诗走向革命的，而诗人萧三则像雅典娜直接从宙斯的头脑里跳出来一样，是直接从革命斗争中产生的。

半个多世纪以来的中国和世界的历史是壮丽的，这个壮丽的革命斗争进程在《萧三诗选》里得到热情的反映。特别可贵的是，诗人不单在"理智上"认为应该把自己的诗当作革命史来写。对于诗人萧三，不去歌唱壮丽的革命斗争几乎是不可想象的。对我们时代的革命斗争的关心，对于他来说，是像一个活着的人不断地呼吸那样自然的，革命斗争是无时无刻不为他所感受的，《萧三诗选》里的所有作品都表明，诗人的脉搏永远和世界革命、中国革命一起跳动。一个革命者所必然具有的爱和恨是诗人调节他的语言的唯一的和声器。这是一种新型的个性的美，如果我们不是囿于旧习，认为只有不断地歌唱"我"才算有个性。当然，我们也并不认为"我"就不可能具有新的内涵，或者认为必须取消"我"的存在。诗人萧三的诗里很少有"我"，但到处有个不能不不由自主地去参加革命斗争、去歌唱革命斗争的新型的"我"、最美的"我"。

从诗人萧三的这些诗里，我们可以看到任何重大事件，当它成为个人感受时都不能不带有个性的印记，对于一个诗人来说更应该是这样的。现实生活中任何不平凡的现象，如果诗人没有用自己的心血去哺养它，使它长上诗的想象的翅膀，它是不能够成为诗的素材，最后也不可能成为一首诗的具体内容的。文学艺术不可能照抄现实（哪怕某一现实现象从艺术创造的要求来说确实已经"完美无缺"、几乎唾手可得了），更不用说从情感角度上掌握和表现世界的诗是不能"照抄"现实的了。

《南京路上》歌唱的是1930年代上海租界上的地下斗争。这首诗一开始就把我们带到当年上海英国租界那种使每一个血性男儿感到压抑的夜色里，那是一个帝国主义者及其走狗们享福的地方，是被压迫、被剥削的中国人民受难的地方，是革命者进行艰苦斗争的地方。夜已深了，"南京路上冷清清"，英雄的革命战士开始行动了，半明半暗的街灯在雾里用力地闪出光芒，革命战士们在北风紧吹、细雨霏霏里，沿着那些在迷茫的夜色里发出迟钝的亮光的湿墙潜行着，墙里面，太太老爷们正在做着好梦，他们的好梦还能做好久呢？"雾里街灯半暗明"，"四面湿墙只发亮"，这是从现实生活感受上产生的诗，它们被写成诗以后，直到现在，好像还带有那种感受的"体温"，还带着现实生活的温热气息。诗人成功地描绘了"墙儿入梦"时革命战士"影儿憧憧"的动态，这动态被描绘得如此生动：第一个一溜往前走，后面两个人紧紧地跟上去。"目光锐如剑，步履不闻声"，气氛是那么紧张，革命战士是那么镇定："角儿，这里！""快点！且停！"我们于是被带进一个需要高度机智和勇敢的战斗里去了，我们好像和革命战士一起在深夜的南京路上行动，听到他们急促的耳语，追随着他们矫健沉着的步履，"一个往左行，一个上前去，第三个，向右奔"，我们热切希望自己也能成为一个革命战士，成为他们中间的一个。这正是一首好诗所能给人的最好的精神营养，我们从诗里得到了提高。一首诗为什么具有这样强烈的感染力？我认为，主要在于，如果诗人自己没有在艺术想象里重新看到这些，如果诗人不是满腔热忱地来再现这些，而是"冷静地"叙述它，就不可能这样强有力地感染我们。这不是技巧问题。虽然革命战士的行动是被用如此新颖的表现手法来描绘的，但毫不使人感觉到诗人是在有意炫耀他的表现能力。从诗的艺术上来说，可以说是高超的表现手法而又使人觉得不是故意炫耀，这确实是非常难能可贵的。读诗人萧三的诗，使我们喜爱的首先几乎都不是属于艺术表现手法这一类东西，而是在朴素精练的语言中流露出来的诗人那种一往情深地关心革命斗争的真心实意，固然这些诗都有着可喜的艺术成就，但是我们宁愿首先赞美这种来自生活的最深感受的美好情感。

　　诗人萧三的诗的想象有他自己的特色。想象是诗人的神圣权利，也是诗人的崇高的精神劳动。想象力的强和弱不在于它的"量"而在于它的"质"。无边无际的驰骋不等于富于想象力。想象，归根到底只能来自它的最初的源泉——现实生活，它必须从坚实的土地上起飞，而不能以半空中的云彩作基地。《三个（上海的）摇篮歌》里面小姐姐唱的那一段特别动人：小姐姐带着小弟弟，偷偷地跟着妈妈到车间里来了，妈妈要做工，她得带好小弟弟。可是，弟弟小，不懂事，哭起来了，小姐姐紧张地想办法哄小弟弟，小弟弟不哭了。可他想睡觉，睡着了，车间里，有什么地方可以"搁下"小弟弟呢，只好让小弟弟在机器旁边睡倒。"可是机器闹，弟弟睡不了，满屋棉花灰，弟弟吸个饱。"多么真切感人的一幅悲惨图画！诗人没有去用力刻画，也没有加上感慨和叹息，而是用现实生活本身所具有的不道义和悲惨性质，进行了最有力的控诉。这里，是不存在单纯的"技巧"问题的。

还有，像《礼物》里写战士跳上敌军汽车，发现日本司机已经自杀那一段：

> 静得很，一声不响，森林也给呆住。
> 走近去……一个战士跳上了汽车，
> 双手抱住那个司机。
> 他抱住司机的两肩，
> 紧紧地，用力地压，不让他出气。
> 但是司机不动，头垂在胸前，
> 就像一块石头，没有了呼吸。

表面上看，这些似乎都只不过是用极简单的几笔勾勒下来的画稿，然而却已经给我们以多大的艺术欣赏上的满足了。看来，一个读者要求于诗人的不一定就是精致优美或者华丽，固然这些也未尝不好，但朴素和单纯却往往更能使人神往。在诗里面能够这样动人的秘密好像应该就是诗人的真诚的心：它必须使读者毫不勉强地相信，他所写的确实是他自己所深深的相信而且深深感受到了的，他确实在自己的想象里看见了这些。诗人萧三的这些作品就是证明。

歌唱的内容是好的，不等于歌唱得好。诗的现实内容和诗人的情感世界即使完全是美的、进步的，如果不具有诗的最基本的要求，情感的真和随之而来的诗的个人风格，那还不可以是诗。如果可以离开诗在艺术上的完成程度，单单从诗的内容（现实的和情感的）判断一首诗的成功与否，事情就再简单不过了。对文学艺术的评论，不能不从对具体作品的具体分析开始，而具体分析的必由之路只能是从艺术分析去达到思想分析，然后又从思想评价去达到艺术评价。我们对诗人萧三作品内容的现实性正是这样地获得认识的。当然，感受和想象在诗的创作过程里只是一个阶段或是一个组成部分。想象被运用在什么地方和想象的"程度"在每个诗人都是不同的。同样，我们在每个诗人处理素材和作品语言的造型方式上，也可以看出各自的艺术个性。《萧三诗选》里有不少诗鲜明地从艺术构思这个角度上显示了诗人自己的创作个性。

《棉花》的构思是独特的。诗人从农民用血汗种出来的棉花归大地主资本家写起，忽然几乎有些使人感到意外地写白军听了红军的火线宣传（喊话），就大批跑过来投诚。蒋介石慌了，把棉花发给他的兵士，要他们临阵时用棉花塞住耳朵。接着，诗人又写道，富人抓到共产党人就在棉花上淋火油把共产党人烧死，劳动果实落到阶级敌人手里，结果就会成为阶级敌人杀害劳动人民的武器，这个主题就这样地被表现得非常充分了。《我又来谒列宁陵》从诗人来到莫斯科不久列宁就患病、逝世，诗人参加哀悼列宁的活动，转而写诗人回到家乡给父母上坟，"我伤心，不能给你们诉说列宁"，接着写诗人"又来到列宁的墓前"，想起"再回到家乡的那一天，能不能重上父母的荒塚？"这两首诗在结构上都有几次跳跃，然而并不使人感到不协调，也不使人感到是有意这样安排的，全诗仍然那么流畅自如。这是为什么呢？我认为，这仍然是由于诗人既有对真挚感情的珍视，又有对艺术剪裁的正确认识。有时候不加剪裁可以比精心安排更能感动人。诗人的这些诗作使人想到民歌的质朴动人之美。民歌就往往不加剪裁地表现那种"左思右想"的情感活动，往往反而使人感到有一种别出心裁的高超之处。

《满洲里的两个日本士兵》《车夫》《扬子江边》都是短小的叙事诗。在情节的安排上，同样显示出以不剪裁为最高剪裁的从容不迫的特色。情节都是在"平铺直叙"里开展的，但都很严谨，脉络清楚，比例恰当。老祖母从生气到不生气，不会说中国话的日本兵和会说日本话的中国学生，合乎规律地变化和穿插，使这首诗具有引人入胜的艺术效果。《车夫》和《扬子江边》都写得比较紧凑，但又仍然有起伏，有曲折。重要的是，在这些诗里，诗人不是为讲故事而讲故事，它们的引人入胜之处应该说首先是由于诗人是以非常认真的态度来告诉你一件他认为是非常之感动人的事情，而他自己是首先被感动了的。因此他才能这样充满感情地来歌唱这一些小人物的悲惨的遭遇和悲壮的命运。

构思在诗的创作过程里占有比较重要的地位。诗人想告诉人什么这是一回事，怎样告诉人（先说什么后说什么，多说什么少说什么，什么说得重什么说得轻，以至于什么非说不可什么可以不说等等）又是一回事。《萧三诗选》里有几首诗特别引人注意。例如《敌后催眠曲》，这是一首难得的好诗，是"五四"以来新诗的重要成果之一。这首诗之所以写得成功，首先还是因为它所表现的现实内容正是诗人所善于感受的。诗人正好从自己所擅长的角度来感受并进而表现这个具有悲剧美的现实和情感内容，因此才有可能充分运用自己的表现能力来圆满地表达它，并且在艺术上使作品达到完善。它的单纯的民歌风结构，朴素的民间语言色调，恰到好处的和情感完全合拍的节奏所形成的真切的风格是令人难以忘怀的。这首诗主要是一个母亲的内心独白，诗人用群众感到亲切的对话体来写战争、紧张和悲痛气氛，在艺术处理上是有他的比较困难的一面的，但是用这种方式可以写得更加真切。虽然对话体的内心独白有很多需要克服的局限，但是诗人成功地驾驭了它。一开始就通过对老大娘、老大爷的提醒，把一个伟大母亲的敌忾心充分地表现出来，同时也把我们带到了火线附近的处于危急情况中的山洞里面来了：

> 静些，静些，老大娘！
> 不要咳嗽，不要响。
> 老大爷！不要抽烟，
> 火星儿敌人能看见。

从第二段到第四段，几乎每一个字都充满着崇高的爱国主义精神，并与崇高的母性的高度一致。伟大的母亲对怀抱里的爱子的这一段又一段的独白几乎每一句话都含有无限丰富的"潜台词"。战争必须胜利，为了取得胜利必须做出牺牲。谁来牺牲？如果每一个人都争作牺牲，战争就必然胜利；相反，如果谁都害怕牺牲，胜利就会属于敌人。躲在山洞里的乡亲们不能暴露，因此就算母亲怀抱里的爱子的哭泣完全是无罪的，但由于它将导致失败，也是不可宽恕的。这里，对于这个母亲来说，有一个选择，在爱国主义和母爱之间必须取得一致。而这个伟大的母亲作了正确的选择。诗的第四段从字面上看几乎是什么也看不出的，似乎一切都平静无事，似乎什么都已经过去了，但是我们知道正是母亲用这些话来安慰她的小宝宝的时候，她已经把她心爱的小宝宝闷死了，为了保全整个山洞里的乡亲……上面写的这一些，仅仅是我们读这首诗时所想到的一部分，但已经超出诗本身多少倍了！可见，所谓诗是最富于感染力的语言，诗之所以有这样神奇的功能，并不单纯因为诗人懂得如何删繁就简，并不由于诗人懂得文字的加减法，最根本的是诗人在思想上情感上和最广大的人民大众的息息相通。

你听，枪声响的远了，
你爸爸快能回转了。
小宝宝，你不要嚷，
一忽儿就会大天亮。

我们不知道这个伟大的母亲当时是怎样忍住她那悲痛的心情的，诗人并没有去写它，在诗的结束处，诗人写道：孩子的父亲回来之后，抱到手里的是一个已经闷死了的小宝宝。这里已经不需要更多渲染了。那样反而会损害即将到来的诗的结束，诗的高潮。情节实际上从诗的开始就在进行了，它是在浓郁的抒情气氛中进行的，我们在读到第五节诗的时候，才领会到这里有一个正在发展的情节。到诗的第六节，我们已经从对悲剧的强烈预感中明确地把握到情节发展的脉络，并用自己的想象去丰富悲剧的许多细节。或许可以说，一个诗人所能给予读者的最好的东西就是他通过最少的语言来启发你去作的最丰富的想象了。值得注意的是，在这首诗里，我们被唤起的想象是前后互相补充的。这不是次序的颠倒，一首浑然一体的完整的诗是必然会引起读者去体验那种酣畅的想象的。

构思上具有特色的还有《悼舌头》《天山》《无题》等诗，这些诗都有较鲜明的政治内容，但是即使像《悼舌头》这样的愤怒的控诉，最后出现的那些类似战斗口号的诗句，也没有给人以简单的"口号标语"的感觉。构思上的一气呵成不单纯是艺术表现能力问题，诗人萧三的抒情风格是以真切见长的，《忆陶妹》《那深深的黑海》《记住》……感情一点也不浮躁，语言开展自如，具有飘逸之势，增加了这些诗的感人力量。作于近年的《无题》使人感到艺术上更为成熟。这首诗有着民歌般的晶莹风格，感人之处似乎更在诗的艺术之外。诗人在十年动乱期间曾经受到难以形容的折磨，这无疑是诗人自己心灵的伤痕，是我们国家的伤痕、人民的伤痕，提到这些伤痕是为了引为戒鉴，而不是为了别的。正如诗人在《代序》里说的，他是多么愿意把它"当成一场噩梦"呵！诗人是不会丧失对革命前途的信心的，拨乱反正后的今天，诗人所感到的只是对党的万分感激，这是何等可贵的热爱党信赖党的一片赤子之心呵。

《萧三诗选》的语言特色是口语化和以口语为主的向着民族化的努力。语言是诗的表现和造型的基本材料，语言问题其实也就是形式问题。当然，对于诗人萧三来说，不存在单纯追求形式的问题，民族化的努力是和诗人写诗的目的紧密联系在一起的。诗人在《代序》里说他自己"主要是为了宣传中国革命而写，并且写出来的东西力求其通俗化口语化"。在《我的宣言》里，诗人说，他写诗"只希望读下去顺口顺眼"，"但求其写出来像人说话"，"假如是，这形式和这内容读起来、听起来比较好懂，我宁肯被开除'诗人'之列，将继续这样唱和这样写。"诗人的这个努力方向是正确的，《萧三诗选》里面的许多作品已经证实了这一点。值得注意的是，诗人所说的"像人说话"的语言和"读下去顺口顺眼"的形式并不是某种固定的格式，我们在上面谈到过的那些优秀诗作也大多数是以自由诗的形式写的。《萧三诗选》里有一些用七言句式写的诗，但并没有固定的行数，也就是说并没有被作为一种固定的格式。看来，拘于格式就不免损害语言的"顺口顺眼"反而难以达到"比较好懂"的要求，现在的人民大众的口语是否必须和可能限定在某种固定的形式里，效果将是怎样的，仍然有待于探索。我们应该支持这种探索。像民族化——发展民族传统以及它和现代生活的关系这样的问题，理论的探讨和创作上的实验都应该受到尊重。至于说"偏重这一面，所以诗意更少"（《代序》），这是诗人的自谦之辞，

《敌后催眠曲》这样的好诗就是例证。艺术的道路漫长而广阔，不可能局限于形式的探索，诗人们应该各显神通，都来为新诗的繁荣和提高做出贡献。解决对语言的认识问题，在新诗的创作实践上仍然具有重要地位。在探索的过程中是往往不免要做出一些牺牲的，为了句式的整齐、押韵而不得不去迁就，去降低要求，结果就会不知不觉地用上一些含糊、板滞、失去了生命力的陈旧语言，极大地损害了情感的自然流露和语言的纯净。诗的用语除了首先要求准确之外，还要求统一、和谐，具有那种我们可以称之为弹性和韧性的素质，才能够发挥更大的艺术功能。这也是《萧三诗选》里许多成功之作所启示我们的。

新诗已经走过了半个世纪的战斗历程，党的十一届三中全会以来，随着文学创作的空前繁荣，可以预计新诗的前景也将同样是十分美好的。当然，我们需要作更大的努力，而努力的主要方向应该是首先记住人和诗的一致，不论写什么，既是一个革命诗人，首先自己就应该是一个革命者。我们正处在一个大革命、大建设的时代，我们的诗人必须首先是一个革命者。忠心耿耿地为革命热情歌唱了一辈子，为新诗的发展辛勤地劳动了一辈子的诗人萧三的作品是非常值得我们珍惜的。

原载《诗探索》总第 11 期（1984）

何其芳：倾听飘忽的心灵语言

蓝棣之

何其芳是我国著名的、重要的、有建树的、始终为青年所喜爱的诗人、散文作家、文艺理论家、文学批评家和古典文学学者。他最早的文学活动是写诗，后来写散文，然后转向文学批评与理论。由于从事作文教学，他研究诗的创作论与欣赏论。转到文学研究所以后，他又从事古典文学的研究工作。何其芳是聪明和有才气的，又肯下功夫，他在每个领域都做出了独创性的建树，可以说长时间里是文坛学界的风云人物。然而，诗是他的出发点、归宿和基础，贯穿于他一生活动之中。在这里，请让我们对他在这些方面的活动略作扫描。

《预言》论

《预言》是何其芳早期的创作诗汇集，于1945年2月出版，皆为1930年代的作品。

"预言"取自集子内一首叫《预言》的诗。何其芳早期的诗风，受影响于象征主义。梁宗岱的瓦雷里评传对何其芳有很大影响。西方诗的象征主义与中国古典诗中的寄托、讽喻以及雕琢风气有相通之处，因此何其芳也喜爱并受影响于李商隐、李煜等的冶艳凄绝。

在这个时期，何其芳倾听着一些飘忽的心灵语言。他捕捉着一些在刹那间闪出金光的意象。他最大的快乐或辛酸在于一个崭新的文字建筑的完成或失败。这种寂寞中的工作竟成了他的癖好,他不追问是什么吹着他,在他的自感空虚里吹出悦耳之声,也不反省是何等偶然的遭遇使他开始了抒情的写作。还在小时候读书时,他就惊讶、玩味,而且沉迷于文字的彩色图案、典故的组织、含意的幽深和丰富。

何其芳开始诗创作,是在到北京读书以后,他说他在寒冷的气候和沙漠似的干涸里坚韧地成长起来了,开出了憔悴的花朵。旧日的都城那无云的蓝天,那鸽笛,那在夕阳里闪耀着凋残的华丽的宫阙,曾经使他做过很多的梦。在经过一段写诗的练习之后,那阴影一样压在他身上的那些 19 世纪的浮夸的情感变为宁静、透明了,他仿佛呼吸着一种新的空气流,一种新的柔和、新的美丽。

他读着晚唐五代时期的那些精致冶艳的诗词,蛊惑于那种憔悴的红颜上的妩媚,又在几位巴那斯以后的法兰西诗人的篇什中找到了一种同样的迷醉。与别的深思的人不同,何其芳在读诗时不要在那空幻的光影里寻一份意义,他从儿童时起读书便坠入文字的魔障。何其芳喜欢的是那种锤炼,那种色彩的配合,那种镜花水月。他喜欢读一些唐人的绝句,那譬如一微笑、一挥手,纵然表达着意思但他欣赏的却是姿态。

因此,他的创作就带上了这种倾向。他不是从一个概念的闪动去寻找它的形体,浮现在他心灵里的原来就是一些颜色、一些图案。用口语去表现那些颜色、那些图案,是很费苦涩的推敲的。他从陈旧的诗文里选择一些可以重新燃烧的字,使用一些可以引起新的联想的典故。然而,他有时又厌弃自己的精致。

总之,何其芳的诗创作是 20 世纪二三十年代中国新诗创作的一个表现,他的诗作表现出二三十年代的《新月》,尤其是以后的《现代》派的共同特征,而他自己也受到徐志摩、戴望舒(主要是后者)不小的影响,这一切都在诗集《预言》里留下鲜明的痕迹。

《预言》一诗当然是这本诗集里最有特色的诗,尽管诗人后来说这本诗集其实应该另外取个名字,叫作《云》,因为那些诗差不多都是飘在空中的东西。但在当时,诗人是很在乎这首诗的。《预言》一诗写于 1931 年秋,其中一再提到的"年轻的神",典出法国象征主义大师瓦雷里的长诗《年轻的命运女神》。瓦雷里的这首晦涩的长诗,按照梁宗岱的解释(何其芳当时即据此而了解长诗的),是写一个年轻的命运女神,或者不如说,一个韶华的少妇——在深沉幽邃的星空下,柔波如烟的海滨,梦中给一条蛇咬伤了。她回首往日的贞洁,想与肉的试诱作最后的抗拒,可是终于给荡人的春气所陶醉,在晨曦中礼拜光明与生命——的故事。何其芳的《预言》写初临爱情时的惊喜,对爱情的憧憬和态度,以及初恋消逝之后的怅惘。诗人这里所谓"预言"的意思,参照瓦雷里《年轻的命运女神》的象征,可以理解为诗人对自己爱情的预言。大概是诗人太耽于幻想与书本气吧,他预言那些给荡人的春气所陶醉的礼拜生命的命运女神是不会光顾他的,即使临近了也会离他而去。

《预言》的意境也与戴望舒的名诗《雨巷》的意境相通。《雨巷》里的丁香姑娘逐渐走近了,叹息之后又走远了,消失了;《预言》里的命运女神也是无语而来,无语而去,渐渐近了,又终于消失了骄傲的足音。《雨巷》是从视觉,从姑娘丁香一样的颜色展开想象;而《预言》是从听觉,从命运女神的足音展开想象。所以,要理解《预言》的丰富含义,得要理解瓦雷里的长诗《年轻的命运女神》和戴望舒的名诗《雨巷》。此外,还要了解何其芳在1931年春夏即创作此诗之前几个月时的一次对一位南方姑娘的初恋体验。

《预言》集分为三卷。卷一时间为1931—1933年,内容大致上是青春与爱情;卷二时间为1933—1935年,写到了一些个人以外的事情,越出了个人的太狭窄的天地;卷三时间为1936—1937年,诗人开始接触了些现实,更多地看到社会的黑暗。这三卷诗,从内容说一卷比一卷开阔,愈到后来,愈走出了自己的天地,但从艺术上看,一卷比一卷粗糙起来了,后面不如前面。这是一个很让人困扰的悖论,是何其芳留给后世的一个难题。无论如何,对于《预言》这本诗集来说,还是卷一最有特色,《预言》《脚步》《秋天》《欢乐》《爱情》《夏夜》《赠人》等都是名篇。正是这些诗,较好地体现了象征主义诗风的特点,也较好地表现了一个耽爱艺术与唯美的青年的内心世界,语言精致,感情真实,敏于感受,表达新颖,在当时的诗坛上有自己的特色和位置。

《夜歌》论

　　《夜歌》是何其芳个人的第二本诗集，收入他在 1938 年夏天至 1942 年春天所写的 26 首诗，因为大都是在繁忙工作之后的夜晚或凌晨写就，所以取名为"夜歌"。其实他的第一本诗集《预言》也可以叫作《夜歌》，因为《预言》的事件情境也发生在夜晚。何其芳这个人喜欢在夜里写诗或写作，他的灵感在夜晚特别活跃，他的感觉在夜里特别敏锐。可以说何其芳特别喜欢夜晚，因此他取了"夜歌"这个名字。然而，"夜歌"这个名称在政治色彩和意识形态色彩很浓的时代，往往容易误解，夜晚与黑暗这些字眼往往容易被看成有政治上的暗示。大概也由于这个原因，《夜歌》在再版时（内容和篇目上有重大增删），改作了《夜歌和白天的歌》。何其芳从政治上去阐述其含义："其中有一个旧我与一个新我在矛盾着、争吵着、排挤着。"这是他的初衷。

　　《夜歌》是何其芳在当时的抗日革命根据地延安创作的诗歌，其基本构成是 1940 年从春到冬写成的抒情组诗《夜歌》（1—7）。《夜歌》是对小布尔乔亚知识分子在一个以拯救民族的存亡为己任的以农民为主体的武装集团里所面临的思想情感问题的诗性回答，一方面是教育别人，一方面也是为了要求自己。这些诗篇的重要特点是它的真诚，真诚地追求着，真诚地改造着，诗人相信他的目标是走向进步、走向光明、走向理想境界。这些诗有时像是政治抒情，有时又像是日记。可以说这些诗为何其芳日后参加政治斗争和政治文化斗争做好了思想上和感情上的准备，这些诗的创作使何其芳完成了从"画梦"者向现实主义者的过渡。这其中有些诗可以看作是作为鲁艺文学院文学系主任的何其芳给鲁艺学员做思想工作的诗性记录：亲切、善意与富于哲理性、启示性。

　　何其芳的诗，有时真诚得让人伤心落泪，例如他在《解释自己》里对自己的解剖和回顾。我们今天读到他这样的诗句"我犯的罪是弱小者容易犯的罪，／我孤独，／我怯懦，／我对人淡漠"，就觉得忽然对他的一生都理解了，都贯通了：从他的感情和爱情，从他的做事的"认真"到天真、轻信。

1940年和1941年是何其芳写诗的第二次高潮,它一直延续到1942年春天。此后,1942年4月至1945年9月他没有再写诗。从1942年早春他写的诗来看,他在思想感情上确是比较成熟了,经过了三年来的思考,好些问题他都思考得十分透彻了。这些诗性思考至今仍是我们的宝贵财富,因为它们超越了时空而具有极大的普遍性。三年来何其芳是在广阔的背景上驰骋自己的诗思:延安的环境,中国人民的抗日战争,世界的反法西斯战争,他的过去和他的故乡的过去,古今中外的文学和哲学。最终他写下这样的诗句:"生命并不虚伪。/我们承认自然的限制。/在限制里最高地完成了自己,/人就证明了他的价值和智慧。"他说他曾经是一个"认真地委身于梦想和爱情的人","但梦想和玻璃一样容易破碎/爱情也不能填补人间的缺陷",最后他发现:"不对!这个人类生活着的社会完全不对!"这些诗里集中地精炼地写出了他对人生社会的看法。记得好像是罗素说过,知识分子有两个特点,一是对于知识的热爱,二是对普通的人类苦难的同情。在《多少次呵我离开了我日常的生活》里更集中地表述了这种感情。何其芳也正是这样的知识分子,也正是基于这样的原因,他要管束自己胸中的激荡,给自己的感情构筑堤岸,如把猛兽囚于笼中一样驯服自己,把波浪埋藏在平静的海里。这是何其芳在1942年春天就已定下来了的他的选择。大概就是因为这个经过三年来(甚至是诞生以来)思考之后的选择,何其芳在这之后不久,当毛泽东主席在1942年5月发表《在延安文艺座谈会上的讲话》,他很容易就接受了。所以我们甚至于可以说,何其芳的诗集《夜歌》,是毛泽东所号召的中国新文学新文化一次历史性变化的预兆。人们可以从这里看到一个知识分子在内心深处、在世界观和感情上所起的真实变化。

在写诗集《预言》里那些诗的时候,何其芳受到西方和中国古典的象征诗风的影响,受到瓦雷里和温庭筠的影响;而在写《夜歌》时,他把眼光转向了惠特曼和马雅可夫斯基。何其芳此时已经从纯艺术的象牙之塔走出来,试图在工农当中生根开花。《夜歌》中很多诗篇在出版前都在当时延安鲁迅文学院师生的文艺晚会上朗诵过。这就是说,《夜歌》是为这些献身于民族解放事业的年轻的工农知识分子而写的,这给这些诗带来了广泛的群众性,《预言》里的艰涩不见了。在创作了篇幅较长的适宜朗诵的散文化的《夜歌》(1—7)那样的自由体的同时，何其芳还创作了一系列抒情短诗。它们更紧凑，更有意蕴，有更多的想象，更多地采用比兴而不是赋的手法，有一种在艺术方法上向早期诗风回归的不自觉趋向。《黎明》在构思上有惠特曼意味，并且有非同寻常的比喻："山谷中有雾，草上有露。/黎明开放着像花朵。"把雾和露比喻成黎明的花朵，这种创意是象征主义的。《河》所写的已经不仅是延河，它从现实世界升华出来，成为"伴侣"的象征。当何其芳寂寞的时候，当他听见流水的声音，他就消除了寂寞，因为"听着你像听着大地的脉搏"。这比喻也是新颖而富于创意的《生活是多么广阔》通常被看成这本诗集的代表作，而《我为少男少女们歌唱》被看成这首诗的序曲。这两首诗写于同一天早晨，并一起发表在延安《解放日报》上。《我为少男少女们歌唱》是何其芳写给自己的，是对自己诗歌特征的新发现。《预言》里的诗是有些未老先衰的声调的，而《夜歌》变得年轻了。《预言》时期的何其芳看不到希望，而《夜歌》时的何其芳看到了希望（尽管他还了解不深），希望这宝藏总是和少男少女连在一起的。《生活是多么广阔》之所以凝练和丰富，是因为它集中了可以说是整个《夜歌》所吟咏和思考过的问题，例如什么是快乐、生命的意义等等。这首诗题旨是热爱生活、快乐和生活连在一起，一切未知的东西——意义、价值、希望等等都需要我们去发掘（这就是"宝藏"的含义），而快乐产生于发掘之中。

1942年春天过后，何其芳基本上停止了诗歌创作，开始了文学理论、教学和宣传方面的工作。

《何其芳诗稿》论

《何其芳诗稿》是何其芳个人第三本诗集，收入1952—1977年的作品。

这些作品从何其芳1950年代早期的思想认识来说，他是要为"巨大的劳动者全体"写作，写共同的美梦，讴歌英雄，讴歌时代。表现在诗里，他写一些他所接触到的国家大事，如宪法草案的讨论、武汉的抗洪、世界人民的觉醒和斗争，追忆农民革命斗争、与农民的友谊、祖国的变化、全国运动会、卫星上天、中国加入联合国，怀念毛泽东、周恩来、贺龙等。其中，《西回舍》《写给寿县的诗》《北京的早晨》《北京的夜晚》等，是很下功夫的诗篇，文字上精雕细刻的功夫，并不少于早期诗集《预言》。

何其芳在这 20 多年时间里，所写的诗是很少的，其原因当然与他主要精力的转移有关。然而，最重要的原因还是他从来不写自己没有体验过的东西，他是个老实人，即使怎样成熟，也还是书生气、诗人气十足。但这是好事。他的缺点可能是过分认真，但他从来不粗制滥造。当然这又是因为他是个眼光很高的诗论家。一个眼光很高的诗论家是不会随便拿出作品来的，他总是假设别人的眼光也是很高的。

现在我们来看何其芳 1949 年后写的这些诗，可以说每首诗都是他生活中的一次事件，每首诗都是他的一次深入的感情体验，每首诗都表现了他感情的某些方面，而且看来写每首诗时他都有好些想法，在构思和语言上下过很多功夫。他经常说诗是在他心里长得很慢的植物，常常要好几年才能长成。这里很重要的一个特征就是，无论在题目、主旨和表达生活与感情方面，何其芳这些诗绝无重复、雷同或者总是一种情调的变奏。的确，何其芳对诗神是很严肃的。

1956 年和 1957 年写的几首诗，他在艺术上，在形象和格律上下过更多功夫，或者说看得出来注重了艺术本身。《有一只燕子遭到了风雨》很讲究结构和诗行的错综：第一节为比喻，第二节为主体，第三节为题旨，干净利落，炉火纯青。《海哪里有那样大的力量》曲折婉转，含蓄耐读，让人感觉到其中有一些隐藏的故事：美人鱼的泪，沉默的爱情，比铁石还要顽固的人的感情，人的忧伤等。然而，在回味这些往事时，诗的意思升华了："能够像风一样吹开／人的忧伤的，不是海，／却是陆地上人自己创造的／生活的欢乐，劳动的愉快。"总之，这两首诗，一首写感谢，一首写忧伤，寄托深远，形象鲜明，一点也没有说教或过分的散文化倾向。这两首诗同时也是何其芳所提倡的现代格律体的样板。这种诗体，对于别人，对于诗坛，可以作出种种评价；然而，对于何其芳来说，这样的两首诗的确是他的理论的成功应用，值得仔细揣摩。

《听歌》也是一首不同寻常的诗，写的是听歌的感受。诗人说它是迷人的，也就是说，它使诗人着迷了。为表达对这快活、年轻的歌声的赞美，诗人用了这样一些只有灵感来临才会涌起的比喻：像晨光快乐地颤抖在水波上，像春天突然回到园子里，像花朵带露开放，像少女的眼睛含愁，像初恋破土而出，像青春的血液在生命里奔腾！这都说明，诗是一种更内在的东西，可以是一种外在东西的内化，但一定要转化成长久的蕴藏。

《赠范海亮》是一首赞扬劳动人民诗歌的诗："如今的诗歌谁作得最好？／千千万万个劳动人民。"写这首诗时，何其芳正卷入关于民歌体是否有局限性的大论战。看来何其芳是想表明，他虽认为民歌体有局限性，但他并不认为劳动人民不能写诗。范海亮的被何其芳赞美的诗句是："毛主席的两只眼睛像天上的星星，住在深山里的人们也看得见它的光明。"这两句诗就是劳动人民写的非民歌体，甚至更像是何其芳所提倡的现代格律体。而意味更深长的是，何其芳在这首诗里却又采用民歌体比兴手法的长处，在第一、二句用比喻衬托，使这首诗明朗、单纯而节奏感强。

关于何其芳 1949 年后写诗为什么数量很少这个问题，他本人从多方面作过思考。他问："我身边落下了树叶一样多的日子，／为什么我结出的果实这样稀少？"他的"回答"是："有一个字火一样灼热，／我让它在我的唇边变为沉默。／有一种感情海水一样深，／但它又那样狭窄，那样苛刻。／如果我的杯子里不是满满地／盛着纯粹的酒，我怎么能够／用它的名字来献给你呵，／我怎么能够把一滴说为一斗？"这就是说，对诗的虔诚和对读者的眼光的尊重，常常使他难以开口；如要奉献，他就要奉献纯粹的酒。后来，在 1970 年代初，何其芳又有了进一步的思考："我熟悉的北京是很小很小的角落，／写诗最根本的还是生活。／要写得很多很快才算数，／我的气质就不宜写诗歌。"他还说他发掘古代文化的研究工作，或许是可怕的，故纸堆压死了他诗的幼芽。愈搞研究，眼光愈高；而愈不写诗，手就愈低。因此，眼手矛盾愈益突出，理论的成就与创作的成就距离逐步加大。然而这几乎是一切理论家的困扰，而非何其芳一人如此。我们又能再说什么呢？

从《预言》到《何其芳诗稿》，我们看到他早期的创作是从文字的彩色、图案开始的，甚至只惊讶、玩味和沉迷于文字，倾听飘忽的心灵语言，捕捉刹那的意象，而不要在那空幻的光影里寻一份意义。而后来的创作，则恰恰是从"意义"开始的，甚至于有的诗只注意"意义"。何其芳那些最成功的、堪称传世之作的诗，往往就介于光影与意义之间，在于形式与意味之间，在于理性与感性之间，在于把思考转化成艺术形象。何其芳诗的一切成功得失，都将从这里取舍衡定。

何其芳的诗歌理论

何其芳不仅是一位重要诗人，而且是见解深刻的诗歌理论与批评家、眼光高超的诗歌鉴赏家。他的诗论专著《关于写诗和读诗》和《诗歌欣赏》曾经对20世纪五六十年代的诗坛产生过巨大而广泛的影响。他的诗歌论文如《关于诗歌形式问题的争论》《再谈诗歌形式问题》以及他与艾青的辩论，他为自己的诗集一而再再而三地写出的后记、再版后记等，都是新诗的重要理论遗产。

《关于写诗和读诗》是何其芳1950年代几篇论诗的文章的结集，其中更重要些的是《关于写诗和读诗》《关于现代格律诗》《写诗的经过》几篇文章。

关于什么是诗，关于诗的特点，何其芳最早认为，诗所反映的是一种更激动人的生活，因此采取了直接抒情或歌咏事物的方式，而语言文字也就更富于音乐性。在这个基础上，在1953年的一次演讲里，他给诗下了这样一个界说："诗是一种最集中地反映社会生活的文学样式，它饱和着丰富的想象和感情，常常以直接抒情的方式来表现，而且在精炼与和谐的程度上，特别是在节奏的鲜明上，它的语言有别于散文的语言。"内容集中，感情饱满，想象丰富，节奏鲜明，这是他所认为的诗的四个特点。何其芳这个界说曾经是五六十年代我国文学教育界关于诗的标准定义，曾经在几代人的诗歌观念形成上产生过巨大作用。然而，这个界说尽管包含着诗在意象方面的要求，但并不醒目，另外与此相联系的"直接抒情"的说法也留下疑点。中国的比兴和西方所谓意象者，在这里不仅不醒豁，"直接抒情"之说还易让人误解为把感情和盘托出，而不借助比兴或意象。而在何其芳自己，直接抒情只是歌咏事物的对举而已。大概何其芳意识到了这个不清晰之处，于是他在后来的论文里，在表述上有所变化。如果说在给诗下界说时他把诗的特点最后归结为集中与节奏这两条，那么他后来在针对初学写诗者的缺点时则把诗的特点归结为形象和精炼这两条（有时又加上气氛和情调）。他总结说，诗在表现形式上的特点是：形象的优美和丰满，语言的精炼、和谐和富于音乐性，作为一个整体的天衣无缝的有机的构成。我们希望今天的读者把何其芳的理论前后贯通来理解，这样会更确切一些。与此同时，何其芳还指出，诗歌这种文学样式也有自己的局限。他说在表现过于复杂的生活，特别是表现包含着复杂问题的生活上，在刻画人物的性格，特别是刻画人物内心生活上，诗就不如小说和戏剧。

《诗歌欣赏》是这样一本书，它"用一些例子来具体地讨论如何欣赏诗歌"，希望能从而提高读者对诗的鉴别力。在这里，何其芳虽然深感"说诗之难"，而且自认为"好读书不求甚解"，他仍然对民歌、少数民族诗歌、五四以来的新诗和古典诗歌作了精彩的"说解"。这些"说解"因何其芳敏锐细腻的对文字和对生活的感受力而显得若有神助。例如他对杜甫、李白、李贺、李商隐、闻一多、冯至、闻捷的诗的欣赏，至今读来，犹觉新鲜而富于启示性。

怎样辨别诗的好坏，何其芳提出了一个理论由来的标准，它在当前很有现实意义：理论总是从具体的事实中概括出来的。没有可靠的事实作为基础，或者仅仅从前人的理论演绎出来的理论，都是一些可疑的理论。

何其芳的《诗歌欣赏》正是这样做的。他从大量的诗歌作品归结好诗在内容上和表现形式上的特征。好的诗歌总要有这样的内容：它是从生活中来的，它是饱和着作者的感情的，它是有一定的典型性和独创性，而且能造成一种美的境界的。好的诗歌总要有这样的表现形式：它是完美的、和谐的、有特点的，它是和散文有区别的，它是和它所表现的内容很适合因而能加强内容的感染力的。好诗的形式、写法和风格千变万化，要随着时代和阶级的不同而有变化和差异，每一个有独创性的诗人都要有自己的特色。总之，好诗总是美好的内容和美好的形式的统一，总是能够深深地打进读者的心里，总是经得起反复玩味，而且使人长久长久不能忘记。

建立新诗的现代格律，这是何其芳作过多年探讨的一个目标。他的探讨不是孤立和偶然的，一方面他从自己的创作发展过程中，感觉到这个问题，同时他又从闻一多、孙大雨那里受到启示。闻一多早在1926年即提出了"诗的格律"的问题。他提出诗的格律不独包括音乐的美（音节）、绘画的美（词藻），并且还有建筑的美（节的匀称和句的均齐）。闻一多把"音尺"作为节奏的标志，并且在例如《死水》这样的诗里作了尝试："这是　一沟　绝望的　死水，/清风吹不起　半点　漪沦。"孙大雨也在他创作的诗歌《诀绝》《老话》，以及译诗剧《罕姆雷特》等对"音组"作了尝试："你不能　推辞，说这是　情爱，因为/在你　这样的　年岁，血里的　欲火/已经　驯静，已经　卑微　无力。"何其芳在前人多方面探索和尝试的基础上，提出了他自己对"现代格律诗"的设想和设计。他这方面的意见，集中在《关于现代格律诗》《关于诗歌形式问题的争论》《再谈诗歌形式问题》等几篇长文里。何其芳的意见，以"顿"作为节奏的标志，充分地考虑了现代口语的特点和现代汉语词汇构成上的特点，主张每行的顿数要大体整齐（不必顾到字数整齐），每行基本上以两个字的词收尾（也不排除一个字的词收尾），每节的行数应有规律，押大致相同的韵，但不必一韵到底。在建立新诗格律诗的理论方面，闻一多的意见是针对着"五四"诗体解放之后的新诗创作中出现的散漫无序的自由状态而提出的，何其芳的意见是针对着1930年代以来一股由散文美而带来的散文化诗风而提出的。在新诗史上，先后还有陆志韦、刘半农、刘梦苇、朱湘、饶孟侃、梁宗岱、卞之琳、田间等做了不少有关探讨与建树。然而，在这当中，何其芳思考得最多，思考得也更细致和长久一些，他的意见理所当然地应当引起史家和诗坛的注目，当作一份遗产继承下来，并继续探索下去。

原载《诗探索》总第13辑（1994）

顾城之死

唐晓渡

这些年我已经目睹了太多的死亡。但顾城、谢烨的死仍足以令我震惊。对这一悲惨结局的本身我没有更多的话可说。当一个诗人握笔的手最终操起一柄斧头时，一切语言都立刻变得软弱无力，包括事后对他的谴责。

我只是忍不住去想——最初是自发地、战栗地，继而是强迫性地、尽可能冷静地——想究竟是什么力量驱使着顾城，在冰冷的一闪中制造了那个邪恶的瞬间？！

这不可能是顾城！这不应该是顾城！然而，各种来源的消息都在无情地提示我，确实是顾城，是那个曾经写下"黑夜给了我黑色的眼睛／我却用它寻找光明"的名句、为一代人立言的顾城，那个纤弱、单薄、忧郁得仿佛一片落叶，总是躲在一身风纪扣扣得实严的灰色中山装背后，表情严肃而荒诞，目光诚恳而无望，在恍恍惚惚中企图既永保童贞的神性，又拥有老人的智慧的顾城！

为什么偏偏是顾城？顾城可以是一切或什么都不是；他可以为诗而活着或仅仅为活着而活着；如果他想死，尽可以选择一种他愿意的方式去死，就是不能去操那柄斧头。究竟是什么力量？！

疯狂！只能疯狂！彻底绝望深处变态的疯狂！他的朋友曾经在为他做过心理测试后警告他：要小心发疯。居然被不幸言中！他毫不避讳地公开了朋友的警告又意味什么？是不以为然还是心中惕然？不管怎么说，他终于没有能够避免这宿命般的结局。只是，无论是那位朋友还是他自己，当时恐怕都没有料到，他竟会以这样的方式"发疯"！

所有的疯狂都导源于偏执和追求绝对，这正是顾城自我揭示过的两个主要性格特征。在他旅居国外之前的几年中，我曾多次听过他的朗诵和发言。从第一次起，我就注意到了他独特的姿态和语言方式：在整个过程中一直两眼向上看着天花板，双手规规矩矩地垂在两侧或交叉置于胸腹之间，不动声色，语气平直，几无抑扬顿挫，一任那优美而神秘的语流从口中汩汩而出。在我的印象中，这种姿态和语言方式在类似的场合下从来就没有改变过。他的发言无须改动便是一篇漂亮的散文。和他的诗一样，明亮的星空、挂着晶亮雨滴的塔松和精灵般的小动物构成了其中最主要的支撑点，即便他没有直接言说它们也罢。

这种两眼向上、旁若无人、规规矩矩、一成不变的姿态和语言方式，在我看来正是他内心偏执和喜欢绝对的写照。我很清楚他一直盯着天花板的目光其实并没有在那里驻留。它径直穿透过去，聚焦于天空深处以至背后的某一点，那里有他无限渴慕和神往的"纯美"的天国。他平直的语气表明他其实无意与任何人交流。他只对着那冥冥中的天国喃喃自语。而他的双手无论是下垂还是交叉，都不自觉地流露出了他此刻内心的敬畏，如同一个谦卑的学生站在严厉的老师面前。

这种独特的姿态和语言方式使顾城在初识者的眼中充满魅力。但见多了，就不免显得僵硬、乏味，甚至看上去有明显的表演色彩。有朋友据此便认为他是在"做假"，并把同样的结论引申到他的诗中去。我理解他们的意思，但我并不这样看，或者不想这样看。因为我认为这里除了顾城的内心之外，并不存在什么客观的真假尺度。退一步说，即便他是在"做假"，前提也是"真"。我宁愿认为他是在自觉不自觉地履行某种个人仪式，而随意改动仪式的规范是不道德的。如果说某种表演性确实是存在的话，那只是因为他弄错了场合。所有公开进行的个人仪式都难免有表演之嫌。

那几年顾城的每次朗诵或发言都令我感动，并且无法不被感动。但这并不表明我认同顾城；恰恰相反，越是到后来，我就越是感到某种由衷的恐惧，甚至厌恶——不仅是对顾城，对其他类似的诗人也一样。我的恐惧和厌恶完全是出自自我保护的本能，因为我在他对"纯美"虔敬而绝望的追求中直觉到某种巨大的、难以克服的结构性生命缺陷。

这种缺陷甚至在他对诗最初的领悟中即已显出了端倪。当他把那株塔松上挂满的晶亮雨滴，那在水滴中游动的无数彩虹和精美的蓝天视为他的天国启示时，他显然对眼前景象的有机性严重估计不足；尤其没有想到，如果没有塔松那在地下痛苦地盘曲、伸展着的根，所有这一切都将无所凭附。他只凭善良的愿望或天性中某一部分的冲动就齐腰截断了这株塔松。结果他充其量只是带回了一件圣诞礼物，而没有真正收获诗的种子。

这听起来有点像事后的苛责。当然，要求一个八岁的孩子想那么多是太过分了。问题是顾城追述这纯美诗意的最初一闪时早已不是孩子，而在他的追述中我没有看到丝毫反省，有的只是深深的自我感动。显然，塔松没有凋敝，它一直奇迹般地经由主人的血泪供养活在他心灵的暗室里，只不过现在这位主人拆除了将其与纷乱的尘世相隔绝的厚厚墙壁，或者把它移到了布勒东所说的"玻璃房子"中而已。至于这样一来，暗室就成了客厅或展室，塔松连同那些多年前的水滴，将在短暂的大放异彩和众口赞叹之后变得黯淡，失去光泽，直至枯萎，成为业已逝去的那个时代的珍奇标本。他或许一时来不及想到，即便想到了也于事无补。因为接踵而来的新时代——一个混合着旧时代的遗迹，同时又以欣快症的方式像吐纳物质一样吐纳精神文化的大众消费时代——会一步步把这些变成现实。

他将为新时代付出新代价，但更沉重的代价甚至在这之前就已经付出了。躲在暗室里长久地凝视幻想的天国已经成了他全部生活的核心部分，而那株塔松则成了他生命结构的象征，只不过是以倒置的方式——不，随着年岁的增长和生活中的一再受挫，倒置的塔松已经变成了倒置的金字塔，其中"有锋利的长剑，有变幻的长披风，有黑鸽子和贞女崇拜"，可就是没有大地，充其量只有被幻化了的大地。换句话说，他以一种趋于无穷小的方式与真实的大地（包括他身体内部的大地）相维系。

这样的生命结构是危险的，站在一座倒置的金字塔近旁是危险的。

顾城对天国的需要远远超出了天国对他的需要。我相信这一深刻矛盾是导致他最终疯狂的重要原因。另一个并非是不重要的原因存在于天国的反面。当他似乎置大地于不顾时,大地(同样包括他身体内部的大地)仍然牢牢地把他攥在手里。新时代毫不吝啬地以各种方式赋予了他以内涵复杂的声誉,但从一开始就没有打算接受他的天国理想。大多数人们一瞥之下,便分配他到一幕叫"朦胧诗"的戏剧中扮演"童话诗人"的角色,意即他虽然才华出众,但终于是个还没有长大,也许也永远长不大的、喜欢做梦的孩子。用少时苦难酿成的纯美之酒就这样被可笑地泼进一只诗的万花筒中。与此同时,另一些人则只凭训练有素的鼻子就透过"朦胧",从这纯美之酒中嗅出了异己的味道。这使他们有充分的理由相信顾城其实不是个孩子,或者说是个心怀叵测的孩子,暗中被赋予了杜勒斯预言的使命。总之,仅就对他的梦幻施行不间断的打击而言,新时代较之旧时代并不逊色多少。

所有这些本来是他把暗室变成展厅后所必须付出的代价,然而还是造成了新的受挫感。他所获得的声誉在这方面帮不了他多少忙,某种程度上甚至帮了倒忙。1980年他所在的单位因为种种原因解散后,他觉得自己已不再适合出去工作。他执拗地相信,他能够靠卖诗卖文养活自己和他的爱情,结果在大多数情况下事与愿违。尽管他以"饱和轰炸"的方式飞快地向各级编辑部投寄稿件,但仍然不得不一再从梦幻的天国跌回琐屑的尘世,为生计操心,忍受令人难堪的清贫。这种日常生活的窘困同样构成了他理想受挫经验的一部分,并且由于意识形态的介入而多出了一重阴沉的威胁意味。

无论从哪个方面看,顾城都是一个极其主观的人。在他的头脑中,确如他自己所承认的,"有种堂吉诃德式的意念,老向一个莫名其妙的地方高喊前进"。如果说在孤独的天路旅程中,这位堂吉诃德宁愿把如入无物之阵的悲哀看成某种快乐的话,那么在现实中他却永远做不到这一点。因为他挺出去的长矛往往不是戳在臆想的魔鬼身上,而是反过来直接命中他自己。风车仍然以"莫名其妙"的方式旋转不停,注定当不成骑士的堂吉诃德却遍体鳞伤,筋疲力尽。

假如顾城真是个堂吉诃德也好。可惜他不是,也不可能是。他自己也竭力指明彼此的分野。这时他使用的是看上去非常理性的语言。他说:"我……一直在裁判自己","生怕学会宽恕自己"。

然而,这种小心翼翼的自我甄别,其含义却远远超出了理性。我们从中更多看到的是存在于他与事实之间,以及他的自我内部的双重紧张关系,正是这种双重的紧张关系,而不是有无理性,从根本上区别开了顾城和堂吉诃德。对于堂吉诃德来说,这种紧张关系是不存在的。他生活在里里外外、彻头彻尾的虚幻中。

里里外外、彻头彻尾的虚幻总带有喜剧色彩,而紧张关系却意味着痛苦的撕扯。当然,较之对纯美天国的迷恋,它更真实地显示了顾城的"在世之在"(海德格尔语)。真正残酷而荒唐的是他试图在这种关系中居中裁判。抛开他的主观性和当事人的自我相关性不论,那"裁判"赖以进行的公正尺度又在哪里?不难想象,每逢这样的时刻,便是他最混乱、最无辜、最屈辱也最无助的时刻。那几年经常听到他"莫名其妙"发作的传闻,我相信在每一次传闻的背后,都隐藏着一个这样的时刻。

这是顾城看不到对手却再次受伤的时刻。在这样的时刻他更不可能是堂吉诃德。那么,在这样的时刻他会听到他生命中那"锋利的长剑"在"黑披风"下面铮铮作响的声音吗?毕竟,创痛总是比天国更加具体,而从伤口中生长出仇恨总比生长出宽恕更加容易。尽管那"长剑",那"黑披风"同样是出于臆想,尽管现实中的顾城优雅、文静,对暴力抱有某种神经质的反感,但我还是倾向于认为,正是经由无数这样的时刻,狂暴的力量像溶洞里的石笋一样,点点滴滴地在他心中积累起来。这是一种他既很陌生又极熟悉,既竭力压抑回避,又克制不住地暗中受其诱惑的力量。每一个经历过类似"文化大革命"那种情境的人,即使再善良,也不难理解我这样说是什么意思。他之所以经常"莫名其妙"地发作,或许更大程度上是因为反复意识到这种力量并为之惊惧,而不只是任性宣泄以求暂时的心理平衡。

多年来顾城其实一直行走在疯狂的边缘。说到底,在中心解体、信仰破碎、价值悬浮、道德失范、经验世界和文化世界同样混乱不堪的时代背景下,对"纯美天国"的迷恋本身就几近疯狂,并且可能是所有的疯狂中最疯狂的一种——尽管看上去既圣洁又温柔。说疯狂并非是说不可能,而是说,除非坚持创造奇迹,否则这种追求注定要在经历一系列无可摆脱的恶性循环之后崩毁。

顾城无疑是一个相信奇迹、一直试图以自己的方式创造奇迹并且不断创造出奇迹的人。但他终于难以为继。

顾城的"天国"梦实际上早在1984年前后就已经破灭了。在这方面,他的诗似乎比他更加诚实。在那一时期的集辑《颂歌世界》中,自《生命幻想曲》以来总体上的清纯幻想风格仿佛突然经历了一场地震,变得支离破碎。《叙事》《群狼》《丧歌》中充满了不祥的意象;《内画》表达了在世根本上的受困图景;《方舟》甚至对世界使用了恶毒的咒语;而在《应世》等其他一些诗中,突然嵌进的某些梦呓般的句子以及语气和字里行间无缘无故的断裂表明,他已很难在一个完整的语境中说话。所有这些都构成了对总标题的强烈反讽效果,使之变得荒诞不经。被用作总标题的《颂歌世界》一诗干脆就让这个世界"在地上拖着"一条阳光的"明亮的大舌头"。它舔舐着"早晨的死亡"。

但是,并不能据此就认为顾城同时也放弃了对纯美天国的迷恋。事实上,迟至1984年底,他还在一次私下接受的访谈中重申了这种迷恋——虽然换了一种说法。在访谈结束前他表示,在他的诗中"城市将消失,最后出现的是一片牧场"。

"城市"和"牧场"在顾城的用语里是两个有着特定所指的隐喻。"城市"意味着促狭的空间、规定好了的道路、恶浊的空气和时装包裹的灵魂,不仅如此,更重要的是它象征着现实中那种似乎无所不在、无所不能的机械统治力量。这种力量把人变成了"齿轮和螺丝钉"、符号和代码,无论在生存还是文化的层次上都是如此。对于顾城来说,"城市"似乎集中体现了工业文明一切愚蠢和邪恶的方面。他极尽讥诮地将其比喻成一些"含光的小盒子"和"溶化古老人类的坩埚"。

"牧场"则相反。它象征着可以放纵灵魂和梦幻之马的自由而广阔的空间。奇怪的是,在顾城那里,它与其说被期许给了未来,不如说早就存在于过去,存在于他少时农村生活的记忆中。他记忆中的农村具备"牧场"的全部特征:在那里,"大地像磨盘一样转动";在那里,他可以"一个人随意走向任何地方";在那里,他"可以想象道路","可以直接面对太阳、风,面对着海湾一样干净的颜色"。

顾城曾多次试图谈论自己和他的诗,但在我看来1984年底的那次是最本质的一次。因为在那次访谈中,他不仅清晰地勾勒出了一幅他的现实/精神矛盾冲突的基本图像,而且无意识地点明了他的"纯美天国"的"阿喀琉斯脚踵"。

当顾城说"我不习惯城市","我习惯了农村……我是在那里塑造成型的"时,他实际上是在说"我的根在农村",就像当他说"在我的诗中,城市将消失,最后出现的是一片牧场"时,他实际上是在说"我曾经拥有过这样一片牧场,现在丧失了,但我最终将再次获取"一样。

顾城没有撒谎,但他在自欺欺人。他的"根"真的在农村吗?或者换一种问法:他的"根"在真正的农村吗?谁都能看得清楚,他所言说的"农村"只不过是被诗意地幻化和抽象化了的农村、被无意识精心选择过的农村,或者说乌托邦的农村。

如果说这样的"农村"看上去很像是自然的延伸的话,那也毫不足怪;因为我们同样可以在顾城一再以感恩的心情谈到的"自然"中发现农村。他曾经意味深长地——现在读来就更加意味深长——引用过科普作家法布尔的《昆虫记》中的一段话(着重点系我所加):

> 我有个最大的梦想,想在野外有个实验室——一块小小的土地,四面围起,冷僻而荒芜。最后我得到了这个乐园。在一个小村的幽静之处杂草多极了:偃卧草、刺桐花、婆罗门参……沙土堆里,隐藏着掘地蜂和猎蜂的群落……,树林中,聚集着唱歌鸟、绿莺……小池边住满了青蛙,在五月,它们组成了震耳欲聋的乐军……

证之以他的诗,我毫不怀疑这就是始终活跃在顾城心目中的"自然"。换句话说,他骨子里尊崇的不是滋养、繁衍万物的自然母体本身,不是它生生不息的全部生命活力,而只是它的一部分,并且同样是经过无意识精心选择过的、不可能对他构成伤害的那一部分。

自然化了的"农村"或农村化了的"自然",这对于顾城来说都是一回事,都是他扎根其中的"乌邦托"。这个染有浓重的农业文明或自然经济社会色彩的乌托邦从一开始就是他感悟"纯美天国"的最重要的契机和最丰沛的灵感源头。反过来，在天国圣光的辉耀下，它们也和天国本身一样，封闭、孤悬，与社会不搭界，并且暗中蓄满事先准备好的宁静和温馨。

在这样的乌托邦中被"塑造成型"的顾城与"城市"格格不入是必然的，他怀揣的"纯美天国"在"城市"的重压下扭曲、变形乃至破碎也是必然的。在这两点上顾城都没有错（如果说有什么错，那也首先是时代的错——正如他对"纯美天国"的迷恋很大程度上是出于对时代苦难的逃避一样，这种迷恋也是他从那个苦难的时代所能获取的最好馈赠）。他仅仅错在一点，就是对他的乌托邦始终坚信不疑，并且仅仅从某种唯美主义的立场出发，直接诉诸浪漫冲动就把它强加给了未来（换一个角度，这种唯美主义和浪漫冲动就成了毫无理性的独断论）。除此之外，他没有、也无法向我们提供任何他将重获他所预期的那片"牧场"的内心根据。这恐怕也是他的偏执和喜欢绝对在诗面前所能犯下的最大的错。

但这却不只是顾城个人的错。因为我们立刻就能从中辨认出一种混合了"桃花源"和"重返伊甸园"两种古老原型的现代乌托邦原型。

在某种程度上甚至不能简单地称之为"错"。因为无论时代怎样变化，"乌托邦"（包括反"乌托邦"的"乌托邦"）恐怕都是，或是说不能不是人类精神活动的一个重要维度，不能不是诗和诗人存在的依据之一。

顾城正是从这一原始的角度，以其独特的方式——即便是"错"的方式——深刻触及了时代和诗的复杂母题。城市/牧场的对抗之于他绝不只是阶段性的"习惯"、"不习惯"的情感纠结，而是从一开始就具有时代和诗学意义上本体对抗的严重意味。我不能说这种对抗必然导致他的疯狂和毁灭；如果他能表现出更强大的存在的勇气，如果他能及时地将最初曾经帮助他创造了诗的奇迹的童贞的神性转化为存在的智慧，他或许会不断找到精神上新的、尽管同时也可能是更危险的平衡支点。

遗憾的是顾城却无法做到这些。对纯美天国的迷恋似乎已经耗尽了他生命中最好的那一部分的能量。在这一过程中他的灵魂染上了洁癖，从而使得他本来就发育不良的人格愈趋薄脆。而他的心灵在不知不觉中已成为一座封闭的哥特式教堂，他至多可以在尖锐的穹顶下隔着窗扇的彩色玻璃打量外面的世界，却无意也无力将它们一一开启。"城市"之进入他的诗在他看来完全是一种蓄意的冒犯和入侵，他不得不起身应战，并急于将其驱逐出境。不难想象，在这种情况下，他既得不到存在的勇气所必需的人格后援，又缺少获取存在的智慧所必需的向存在敞开的前提。

随着岁月流逝，他那童贞的神性也像季节河一样无情消失。现在它成了一种最靠不住的东西。他曾经以极大的热情投入意识形态的抗争，以开辟新的力量源头；在那场抗争中他骄傲地向世人宣称，他在"旧我"的瓦砾上发现了新的"现代自我"。但未等尘埃落定，他已感到他在这方面其实并没有多大的兴趣。于是"现代自我"又变成了"古老的人类"。

总而言之，在城市／牧场的对抗中，顾城从根本上说无可足恃。然而"城市"并没有因此而心慈手软。无论顾城睁着眼还是闭着眼，这个怪物都是每天必须面对的直接现实。确实，在顾城的心目中"城市"一直都是一个发出巨大机械轰鸣的怪物，并且越来越像一个这样的怪物。当然"城市"也给了他好处——不只是他所说的"食物、博物馆、书"和"信息"，也包括他同样不打算拒绝的巨大名声。但是，所有这些加在一起，都无从激发他的丝毫感念，无从平衡他对"城市"发自内心的恐惧。尽管他也意识到他"无法回避"，他"只有负载着"它"前进"，但谁都不难听出在这半是无奈、半是故作大度的语气里所隐含的诅咒。

事实上他脆弱的灵魂和肩膀也"负载"不了"城市"。于是只剩下一条路，那就是从与"城市"的对抗中撤退。这使得他给自己下达的"前进"命令成为一句只有他才听得懂的暗语。

同时这种撤退既不是，也不可能是任何意义上的"光荣撤退"。因为它实际上表明了某种失败，而他又不可能心平气和地承认和看待这种失败。不要忘记他是一个偏执和喜欢绝对的人。

但真正可怕的问题是撤向哪里？俗话说从哪里来，还回到哪里去。可是，他所来之处又是"哪里"呢？

或许顾城当时已经隐隐约约地意识到多年来他其实一直在大地上作无根的灵魂飘泊。但无论如何，他只能向着所来之处撤退。"乌托邦"尽管是"乌何有之乡"，却是他唯一能够据持也唯一能够亲切感受的所在。从那里他曾经苦心孤诣地提炼出纯美的天国佳酿；他明明看到，一些人们曾心怀感激地接受了这份他所能馈赠的最厚重的礼品；然而"城市"，他不得不与之互相抛弃，永远抛弃。

"城市"仍然不放过他。现在它甚至可以更加肆无忌惮地在身后追逐他。这提供了一种加速度。撤退很快变成了绝尘的逃跑。

一方面，他更深地逃往内心。那里曾经充满天国的梦幻，眼下则更多充满了"城市"的梦魇。他试图用，或者说重新发明了一种李商隐的"锦囊"方式把它们转化为诗。但那些断断续续的、高度私人化的意象和诗句显然不再能够提供灵魂的慰藉。他无法为之心安，他在诗中回不去。

另一方面，既然诗已沦落至此，现实的行为就开始显得越来越重要。不能说过去的顾城是一个完全不懂行为意义的人，但哪一次也不会有这次重大而决断。他1988年去新西兰尽管最初不可能是出于一己的选择，但回头看去，在那里居留却更像是一个事先经过深思熟虑的决定。和大陆比起来，海岛显然更接近某种"乌托邦"，或更具有乌托邦色彩。

更有力的证明是在新西兰他继续逃跑。在奥克兰大学亚语系研究员的职务聘期期满之后，他和谢烨一起搬到一个叫作激流岛——一个岛中之岛——的地方，买下一幢破屋，过起了半隐居的生活。虽说激流岛同时也是一处旅游胜地，但他们主要生活在一个荒僻的山村里，生活在一群当地土著人中间。

在激流岛顾城那一直在逃跑的身心似乎真的找到了归宿。他似乎真的得到了法布尔早就向他允诺过的小小"乐园"，或陶渊明即便在古人也只是可思而不可即的"桃花源"——一个现实的"乌托邦"。这个乌托邦现在更清楚地显出了它的性质：在那里他和谢烨一起搬石筑地，采贝养鸡，喝雨水烧木柴，有时还烧制一些陶器，确实有点"日出而作，日落而息，帝力于我有何哉"的味道。在那里他们的儿子木耳也一天天长大。"木耳"是一个兼有自然和梦幻双重象征意味的名字。

在激流岛的生活是顾城留给这个世界的最后一个奇迹。在那里他似乎真的摆脱了现实多年的追迫，卸下了"城市"（尘世）的重负，成了一个"化外"之人。尽管他的身影不时出现在欧美的某一座会议大厅，或某一所大学里，可这对于他来说这并不矛盾。因为不论在哪里，他都同样过一种孤岛式的生活。他仿佛随身携带着激流岛，并且慢慢使自己成为这样的一座孤岛。

如果顾城就这么坚持下去，那么不管世人如何评价，在他都可以说是求仁得仁，道成肉身。激流岛将成为又一个塔西堤，而他将成为又一个高更——即便是一个冒牌的高更也罢。

今年四、五月间顾城确实趁便朝觐过塔西堤。然而，这次朝觐却因为死亡阴影的笼罩而失去了本义。从此后他在给友人的信中开始更频繁、更决绝地谈及准备自裁这一点来看，他的塔西堤之行与其说是去凭吊高更，不如说是去事先凭吊自己。他仅仅从这一角度向一个伟大的亡灵表示了他的敬意。

问题不在他早在那时——或许更早——就已坚定了死志，而在于他为什么会萌生出死志？尤其在于他为什么会最终选择了那么残酷的死亡方式？

当然，对情爱的绝望看上去提供了最直接的解释。可是，只有当情爱意味着一个人的全部生活时，对情爱的绝望才会转化为死亡的冲动；只有在情爱的毁灭不仅意味着自我的毁灭，同时也意味着某种更高的东西的毁灭时，一个人才会不在乎毁灭的方式。那么，类似的结论对顾城又意味着什么？

米兰·昆德拉在他的小说中曾多次谈到并致力探讨所谓"存在的不能承受之轻"。他笔下主人公的死亡大多与此有关。在我看来，这种"轻"也是驱使顾城最终走向毁灭的主要压力。从他逃上激流岛，隐身于大海和丛林的屏障背后那一刻起，他过去的全部生活，包括他对天国的迷恋、他的乌托邦、他与"城市"的抗争，以及他的逃跑本身，就马上变成了这种"轻"。无论是整日地搬运石头，还是劳作之后"睡得像石头"，都不但不能改变，反而只能强化这一境遇。他苦心经营的小小家园或可使他获得一时的心理满足，却无法长久地成为他生命天平上对称于"轻"的砝码。而当他决心令其成为他的"天国花园"时，甚至这小小家园也成了一种"轻"。

他不得不一一承受起所有这些"不能承受之轻"，并设法与之抗衡。这表面的宁静平和掩盖下的新的抗衡比以往往任何时候都更是一种自我抗衡。在这种抗衡中他比以往任何时候都无可足恃。"轻"一旦成为一种负担，沉沦的恐惧也就随之而至。"化外"的顾城因此愈加虚弱。

假如顾城不是出自在"轻"下沉沦的深切恐惧，假如他不是愈加虚弱，那场扑朔迷离的情爱之于他就决不会具有分断生死的严重意味。顾城毕竟不是少年维特，也不是贾宝玉；他的痴迷从开始就不是，至少不仅仅是对情爱本身的痴迷，毋宁说更像投入一场他私下设置的命运赌博，并且是暗中以生命为注的最后一搏。尽管他由于"轻"的重负而绷得太紧的心弦已经不起任何失败的打击，但他还是对自己掷出了骰子。我不认为顾城曾经真的指望能够取胜，更吸引他的或许是骰子一掷间所可能产生的幻觉，在这种幻觉中他将一劳永逸地证明他是"天国"的忠实子民。

在顾城不久前写成的他的第一部，也是最后一部长篇小说《英儿》中，他详尽描写了主人公顾城（恰与现实中的他同名）和他的两个妻子在太平洋一个小岛上的生活、情爱、冲突和阴差阳错。这位顾城"不仅不想建功立业，做一个桃花源中人，甚至不想为夫为父，疏离子裔，以实现他意念中的净土——女儿国的幻想"。顾城把这部小说称为他的"情爱忏悔录"，其实，称为"天国忏悔录"或许更加恰当。因为我们马上就能辨认出，所谓"意念中的净土"，所谓"女儿国的幻想"，只不过是"天国"的一个别称，一个蜕化了的新代码而已。

这部小说确实也以昔日回声的方式重现了他最初作品中的天国梦幻色调。然而，正如后来在现实中被印证的那样，它也注定有一个阴郁的结局。"异样的幻想终于驱使主人公走向毁灭"，他留下的遗嘱以这样两句绝望得美轮美奂的诗句开头：

> 你们真好，像夜深深的花束
> 一点也看不见后边的树枝

这是小说中的顾城献给"女儿国"的最后礼赞，也是现实中的顾城献给"天国"的挽歌终曲。

如果现实中的顾城也像小说中的顾城那样走向毁灭，我仍然会写这篇文章，但会是另一种心情。小说中的顾城让妻子雷（与谢烨的笔名"雷米"只差一字）活了下来，她将成为他如梦一生的最有力的见证；然而现实中的顾城却在履行他在《英儿》中早就作出的死亡承诺的同时，又把死亡强加给了曾经是他最亲爱的人。这种强烈的对比和他不可理喻的行为本身一样令人骇异。

顾城迷恋"纯美"天国的人类学（或神学）原理是：他心中有一个可能的天国；人人心中都有一个可能的天国，因而他"要用心中的纯银，铸一把钥匙，去开启那天国的门，向着人类"。

他没有说出的另一条互补的原理是：人人心中都有一个可能的地狱，他心中也有一个可能的地狱；地狱之门无需任何钥匙便可能在不意中开启，从里面会钻出既吞噬他人也吞噬自己的恶魔。

他或许一直在小心翼翼地看守着那个恶魔，但那一直在暗中积累的狂暴的力量最终还是在一瞬间占有了他。那一瞬是顾城精神彻底崩溃的一瞬，然而任何崩溃都有一个极限内的、漫长的内部坍塌过程。

假如没有谢烨，顾城的精神可能早就崩溃了（虽然可能以另一种方式）。尽管他们的婚姻最后出现了裂痕，但多年来她一直以深挚的爱心和无边的宽容，悉心关切和照料顾城。她不断根据顾城的需要变换和调整着自己的角色：一会儿是圣母玛丽亚，一会儿是贝亚特丽齐，一会儿是杜茜尼娅，一会儿是潘·桑丘。她既是一根顾城不可须臾离开的拐杖，又是一座随时准备向他提供庇护的移动的屋宇；而不论她是什么，她都给了顾城一个妻子、一个朋友、一个人所能给予的一切。她的旷达、乐观，她旺盛的生命力都决定了，她不会接受任何强加给她的死亡，就像她不会料到，死亡真的会——并且是经由一只最不应该的手——被强加给她一样。她的死因而成为她和顾城共同的悲剧中最悲惨的一幕。

二十四年前顾城在诗中写道：

我在幻想着，/幻想在破灭着，/幻想总把破灭宽恕，/破灭却从不把幻想放过。

那时他还是一个13岁的少年，却似乎已经对他作为诗人（更准确地说，是一种类型的诗人）的一生所难以违逆的命运逻辑有了足够的领悟。这种逻辑的残酷性在于：它时刻以一种催眠的方式呼唤着死亡。因为只有死亡才能在某一环节上中止——而不是偿清——这笔仿佛既继承自前世又从来世透支的夙债。

最后我想说的是：今天的诗人不需要死亡！我谨以一位并非以诗人名世，却有着一颗伟大诗心的哲人所写的如下诗句，作为祈愿顾城和谢烨安息的祷词：

  对众神我们太迟
  对存在我们又太早。存在之诗
  刚刚开篇，它是人。

原载《诗探索》总第 13 辑（1994）

在历史话语的转换之间
——对李瑛作品文本的一次"重读"

程光炜

我们有必要对文学史那些既定的综合,对那些我们不作任何考察就欣然接受的种种分类,问一个为什么。比如,李瑛的创作通常被看作现代文化思想史运作的产物,于是不大有人对其更复杂的文本内容作学术性的分析。从这种有意思的立论中还可以引申出另一个十分重要但没有深入讨论的问题:在李瑛诗歌的当代政治话语中是否还隐含着另一种话语,即以"五四"新文化为背景的知识分子话语;围绕着李瑛 50 年创作的仅仅是大写的、复数的而非小写的、单数的历史叙述吗?倘若所谓历史,是一个有着千差万别话语活动的领域,那么在这一宽泛背景下的李瑛的写作,存不存在一两个时代文化接缝的问题,它们又是如何磨擦、交锋或者交换的呢?毕竟,李瑛所代表的政治文化话语不是一个绝缘体,它和整个"五四"以来新文化的历史上下文有着千丝万缕的关系。如何重新清理这个上下文是我们研究当代诗歌史的一个先决条件。因此,这篇文章的目的之一,可以说是想在既定的李瑛研究的思想框架之外寻找另一些可能性。我想把李瑛半个世纪的创作尽量放在一个复杂的视野和背景之上。

重构不同时代之间的文化语境

我们首先碰到的,是 1949 年前后不同文化接缝的问题,而这常常是被当代文学研究"遗忘"了的区域。这两个历史时期诗歌话语的磨擦和交换，假如从某个宽泛的文化角度上看，它不仅是一个"历史叙事"，不仅是一个"现实抒情"，甚至也不仅是一种话语，它还关联着一种新的意识形态，即一种在解放区形成的特定的文化实践。这种文化实践的生产过程和传播方式既不同于"五四"以来知识分子阶层中的新文化形态，又有别于原汤原汁的民间文艺。它既有明显的"本土""大众"或"通俗"的色彩，反映出从农村包围城市，进而占领城市的政治、文化策略，又流露着重构历史，并希图迅速地在城市知识分子话语之上确立一种新的意识形态中心话语的急切心情。这样说并不是否定它的政治特征及其有效性，而只想说明，李瑛们碰巧遇上的确实是"一个不平凡的年代"。[1]这个时代文化语境上的直接性、强制性与不容回避性，决定了1949年前后一大批投笔从戎、挟带着新的时代诗歌美学原则的新诗人的出现。

　　进一步说，这正是《讲话》的设计。或者说，它相当完整地表意为毛泽东的文艺思想和文化策略。没有任何一部古典小说像《水浒传》那样同毛泽东的实践有如此紧密的关系。毛泽东的性格中似乎有一种"《水浒》情结"——乃至成为他思考农民革命问题包括文学问题的潜在文化背景。他从《水浒传》前半部里读出了革命的必然性和合理性、革命的道路、革命者的主体及策略诸方面的意义。像《水浒传》《隋唐演义》乃至《西游记》这样的作品，毕竟反映了下层与上层的对立，而代表着经典文艺（或称雅的上层的文艺）的知识分子作家阶层（或称现代意义上的士大夫们），则无论在价值取向、审美趣味还是直接操作上，都与前者有所抵牾。另外，不论是作为农家子弟的毛泽东，抑或作为政治家的毛泽东，他接触的都是长年辛劳的农民，而文学作品竟不以他们为主角。既然人的生存的首要条件是吃饭，种地的农民就应该是社会生存中最重要的角色，可在艺术的偌大空间里却没有他们的位置，而让那些不种田耕地的人，诸如帝王将相、才子佳人（其实就是知识分子）充当主角。这种历史未免太不公平。于是，文学范围里的问题开始超越文学范围，升华为社会学的命

---

[1] 李瑛：《李瑛诗选》自序，四川人民出版社1981年版，第6页。

题；文学与社会之间的关联，就这样自然地在毛泽东心目中系结在一起了。这一"系结"竟成了一部别具特色的当代文化思想史，成了李瑛创作善始但终究没能善终的"文化语境"。事实上，作为农村包围城市、农民取代城市人成为社会主角总体策略的一部分，毛泽东上述文艺思想在延安时期的旧戏改造、新民歌活动中就已开始实验，而它最全面和彻底的艺术实践，则展开在之后20世纪五六十年代的历史场景中。尽管，这并不影响毛泽东将他个人的艺术旨趣，始终集中在屈庄的奇幻、李白的浪漫和南宋词的悲凉沉雄上。他宁肯情之独钟于古典文学，也不愿对同样出自知识分子之手的五四新文学做出稍高一点的估价。它显然反映出毛泽东个人艺术实践在手段与目的的关系上的深刻矛盾，这种不协调也被带到了当代文学的生产过程当中。

李瑛生于一个多子女的铁路职员之家。据他追述，7岁被送回河北老家丰润县农村读小学，10岁随父亲去天津，一年后因抗战爆发，再次回到离故乡很近的唐山，勉强读完小学和中学。"父亲是铁路职工。在从天津到沈阳的铁路沿线，他多次调动工作，我们的家便随着他在一个个荒僻的三等小站迁移。小站口上寂寞高悬的号志灯，孤零零地被抛在旷野的简陋月台和火柴盒般的铁路工房，给我留下了深刻的印象。我的记忆里，充满蒸汽机车的喷气声和车轮辗动铁轨的单调的轰响。"[1]这种生活缺乏一种安全感，所以，17岁前他一直生活在压抑屈辱之中，性格倾于内向，平素"喜欢安静，不爱讲话，家中来客人"，"总是羞于见人，常常是匆忙地躲起来"，"十分腼腆甚至孤僻"。1943年，李瑛初中毕业后去天津谋职，未果。1945年考入北京大学，他才结束了流浪生活，但仍须一边读书一边当家教挣饭费。李瑛的文学启蒙最初来自他父亲的口头讲述。1944年，他和几个同学在唐山自费出版了诗歌合集《石城的青苗》。真正对他写诗产生重要影响的是当时任教于北大的冯至、卞之琳和沈从文等著名教授以及袁可嘉和其他九叶诗人。为此，他在前者主编的《大公报·副刊》和《中国新诗》上，发表了200余首诗。他写过长篇论文《论绿原的道路》，拟定的毕业论文题目是《读冯至的诗》。李瑛偏爱古典诗词散曲，同时又

---

[1] 李瑛:《李瑛诗选》自序，第2页。

十分倾心于雪莱、歌德、里尔克和艾略特的诗。李瑛后来激动地回忆道："我永远也忘不了我在大学时那一段峥嵘岁月。那里，我是在一边读书、一边在学生运动的激流中度过的——我们组织社团活动，我们秘密印发传单。"[1]以至这些传单还不时出现在他所崇敬的冯至、卞之琳和沈从文等先生的书桌上。他和同学一起游行示威，"攀上"天安门华表"基座的石栏"，[2]贴上条条标语……直至解放军和平进入北京。之后不久，他参加四野随军新闻队南下。

以上所述中至少存在着两个"说话者"：一个是"历史说话者"，另一个是"个人说话者"。拿福柯的话说，它们之间存在着沉默中的差异，并且都要受制但又承担起文本规则的阐释责任。正是这种差异，构成接受了知识分子传统的李瑛与非知识分子化当代文化思想史之间一种由磨擦到交换的话语关系。首先，有一个为什么要由"我"向"我们"的诗人角色的转换问题。它在李瑛身上是怎样发生的？是来自从上而下的"引导"，还是对冯至、卞之琳、里尔克、艾略特精神传统的一种自觉主动的"放弃"呢？据李瑛说，他诗风的转变是由于南下途中目睹战友的壮烈牺牲，长期军旅生活所促发的感情价值上对战士的认同。[3]我不怀疑李瑛的内心世界深处的这种真诚。但它未能说服我为什么非得转换这个被悬置起来的历史疑问。其次，假如在这之间，我们承认有一个解放区文化实践战胜国统区文化实践，也即农民意识形态最终"征服"或"吸引"知识分子意识形态的前提，那么李瑛从北大传统所承袭下来的知识分子意识的"在场"，是不是不作任何抵抗就甘愿变成"缺席者"了呢？写作并不等于对一种现成文本的"改编"，它更多是来自于深陷诗人内心的一种回忆、修养和人格。它更不是那种随机应变的生存方略，而要满贮着生命的狂欢、痛苦和战栗——它或许也可以说是一种比这一切更强大、深厚结实因而无法变通的传统的积累和压力。

李瑛写于1948年末的《石像》和1949年9月的《睡着的战士》的构成方

---

[1] 李瑛：《李瑛诗选》自序，第5页。
[2] 李瑛：《歌》。
[3] 见《李瑛诗选》自序，第6页，并参照1994年4月15日他和笔者本人的一次谈话。

式，正好反映了这种文化上勉为其难的接缝。两首诗下面的落款分别是"北大"和"赣南"，两个地名之间的差异也许不只是空间上的，它有着比这更深广的不同意识形态之间转型的内容。在诗人角色"我"向"我们"表面看似习焉难察的变迁中，其实深蕴着一个令人震撼的新的时代，顺便说一下，这曾使国统区的著名学人包括朱自清、吴晗、胡风们抱以很高的期许，但后来证明又给他们出了一个令其难堪和茫然的难题。李瑛在前一首诗中写道："当我读完了绥拉菲磨维支的《铁流》……/在一次跌倒或一次失败里，/使我想起你了；/在我被愤怒撕裂了胸脯的时候，/在我受着迫害而激怒的时候，使我想起你了；/我走在你的面前，/像走在悬崖峭壁的下面/为一个庄严的人格和灵魂，/使我惭愧，然而又/山一样的矗立！"这是令人眼熟的那种知识分子的忏悔与自省。它趋向的正是康德所说的"内心的道德力"。康德在他著名的《道德形而上学》中将之确切有力地表述为："我们应这样行动，即把每一个人当作本身即是目的来对待。"在重读了卢梭的《爱弥儿》之后，他又像是自言自语地说："再没有任何事情会比人的行为要服从他人的意志更可怕了。"[1]显然，我们所限定的"知识分子"的词义，不关涉民间俗称意义——"受过教育的人"，也不是《现代汉语词典》所列的意义——"具有较高文化水平、从事脑力劳动的人"，即一般知识的承载者。我们所说的是这样一个概念："从事脑力劳动的人"中关心文化价值的那部分人。他们把一种独立的、个体的、自由的思想活动视为最高责任，他们服从的是一种纯粹意义上的"内心的道德力"。我们转而来读李瑛一年后的另一首诗《睡着的战士》。诗人这样写道："我们勇敢的战士休息了，/当他们给老乡扫净了院子，挑满了水缸，/当他们在一天的行军后擦完了枪支，——一个甜蜜的舒适的睡眠在开始。"在一种文化比较视野中人们稍感吃惊的倒不是题材上客观事物具象描绘对主观抒情悄悄地替换，不是解放区文化实践上的社会学内容，倒也不是为了写作方便在人称、角度、语调、节制上的暂时调整，而是所深刻暗示的两种精神活动之间性质、目的和灵魂含义上的巨大差异。正是这一差异，令当代文学在相当一段时间内将众多小

---

[1] 参见罗素:《西方哲学史》下卷，商务印书馆1982年版，第247页。

写的、单数的精神写作，演变成了一种彻里彻外的"历史修撰"。真正的历史被抽空了，历史的统一性和连续性被悬置起来。而上述修撰的经典性，恰恰成了马克思所说的是对历史真正的讽刺。循此逻辑，李瑛在两大时代的接轨处，实现了文化上的接缝，进入了意识形态权威所允许的写作程序。但他内心活动深处的"接缝"，却始终完成得不那么好。这使他的写作体现为这样一种尴尬：为了建立一套被士兵（实则是《讲话》所说的"农民"）所能接受的诗歌话语，就要排斥他原有的新文化修养，与本土的民间文艺实现结合；但是，却又始终与农民和士兵的民间文艺审美趣味格格不入，相反，它倒在青年知识分子读者中广为流传。就是说，真正的"接受者"不是工农而是知识分子。这或许正是《红柳集》《红花满山》《一月的哀思》等具有文学史意义的某种原因。写作愿望与文本效果上的二律背反，李瑛个人与历史接缝上的操作失当，使他在以后的命运中连遭厄运：1955年因胡风问题被隔离，1957年被错划为"中右"，1958年被迫到海岛当兵，"文化大革命"中的再次被审查，以及诸多不便见于文字，却使心灵一次又一次支离破碎的歧视与自虐——这才是真诚、单纯希图由知识者变成战士的李瑛所根本没想到的！马舍雷曾提醒人们说："一部作品之与意识形态有关，不是看它说出了什么，而是看它没有说出什么。正是在一部作品的意味深长的沉默中，在它的间隙和空白中，最能确凿地感到意识形态的存在。"[1]这包括写作者本人手段与目的的不自觉颠倒。我想，研究文学复杂的历史上下文的困难和意义似乎也在这里——那是一种可以千般意会却难于表达的历史修辞。

诚然，1949年前后文学话语的转换不是骤然发生的。它的出现不单是国家政权权力话语的结果，还应该被编织在现代文化史某种预期以外的复杂脉络当中。从"五四"到"解放区"，中间有一个过渡状态的"三十年代"。这个十年事实上标志着"传统"与"现代"相对峙的信念的拆解。解放区文化实践孜孜以求的反映下层价值取向的"民族风格"与"新国家理想"的结合，与其说是新权威主义的独创，毋宁说它也取得了一部分激进青年知识者的共识。我们

---

[1] 参见特里·伊格尔顿：《马克思主义与批评》，人民文学出版社1980年版，第39页。

不只在李瑛《石头：奴隶们的武器》(1947.1)、《我们的旗》(1949.5)等作品中依稀看见了它的"影子"，从七月诗派、九叶诗人们日益激烈的诗歌声调中感到了它的迫近，而且还从朱自清教授非同寻常的扭秧歌动作中，深深体悟到这个动作与新历史之间的关系其实并不短浅和"寻常"。国民党政权的腐败与将要出现的"中心话语"的失范，太容易促使一大批报图心切而且敏感的知识分子，在思想情绪上向"左"转了。在这里，在政治上一向保持中立的朱自清的一段论雅俗共赏的话，在"转换"中的时代背景上也许更有其代表性："所谓现代的立场，按我了解，可以说就是'雅俗共赏'的立场，也可以说是偏重俗人或常人的立场，也可以说是人民的立场。"据此，在知识群体和政治力量之间存在着怎样一个共同的意识形态基础，这种共同基础又是在怎样的历史契机下形成的（比如抗日统一战线、反对内战与建立联合政府），就应是值得讨论的问题。此外，还不能忽略五四时期文人从乡村向城市和1930年代后期作反向迁移过程中对民间文艺形成的集体性采集、讨论这些历史现象。实际上，"现代"与"传统"的关系之间并不只是磨擦和交锋，它还有一个"因果"意义上的交换问题。

从文学角度上看，李瑛写普通劳动者的源头可以一直追溯到五四以来平民文学的创作方式。他的创作如果与后者有差别，也只是角度、色彩明暗、作者与表现对象关系上的，而不是形式特征上的。后者的城市背景与还乡者背景，被转移到了更广大的空间背景如南下战场、海岛、戈壁、朝鲜战争和军营生活上，下层被压迫者（如人力车夫、破产农民）被换成了穿上军装的士兵和在公社田野上作业的翻身农民。这些话语化了的新时代文学主角，我们在《哨所静悄悄》《月夜潜听》《边寨夜歌》《伊宁八月》和《从县城来的大路上》等大量诗作中可以随处碰到。其实，李瑛作品的文本形态介于洋文化与土文化、城市文化与乡村文化之间。它在视觉上是古典文学和民间的（比如明朗清新），可能又不甘于古典或民间；它的场面编排或许容易被权威的审美原则所接受，但它文字的调度与整体控制又比较专业性，这就与同陕北民歌有直接血脉勾连的李季和张志民的作品有所不同，更不用说与烘托出乌托邦理想境界的大跃进民歌的质的差异了。下面我将对李瑛作品文本的运作程序作进一步的分析。

李瑛创作的两种操作程序

马克思说，文学是一件人工产品，一种社会意识的产物，一种世界观，但同时也是一种制造业。这个提示是有益的。艺术可以如恩格斯所说，是与经济基础关系最为"间接"的社会生产，从另一种意义上也是社会基础的一部分。对马克思主义文学经典文本的阐释，本雅明着重于生产过程的技术手段。另一个西马理论家布莱希特则对演员与观众之间的"距离效果"表现出浓厚的兴趣。本雅明说，一个社会采用什么样的艺术生产方式——是成千本印刷，还是在风雅圈子里流传手稿——对于"生产者"与"消费者"之间的社会关系来说相当重要。因为，它必然地依赖某些生产技术——某些绘画、出版、演出等方面的技术——这些技术在不同的社会制度中又必须服膺于某种特殊的意识形态。布莱希特认为，戏剧的任务不是"反映"一个既定的现实，而是说人物与行动如何历史地产生。于是，剧本成了一种实验，用演出效果回过头来检验自己事先的设想；它本身并不完整，加上观众的反应才算完整。因此，演员在演出舞台上不是进入角色，而是同角色保持距离，他运用的台词和形体动作是要提示人物的社会环境，说明在什么历史条件下使他做出这样的行动。这样，演员与观众之间就产生出一种奇异的"复合的视觉"，其效果即在于一个共同的意识形态视点上，存在着几种互补与互否的可能性。[1]这显然是我们今天重读李瑛的一个有意义的角度。

先看看作品从采访到完成的过程。

20世纪五六十年代有一个著名说法，叫"体验生活"。这个说法包含了一个完整的作品操作程序。1949年到1950年，李瑛随大军南下追击白崇禧残部，完成并出版了《野战诗集》。1950年后，他两次入朝，留下了《战场上的节日》。1954年到1961年，李瑛又多次深入海防前线、戈壁、草原以及红军当年长征路线，于是有了《海防晨号》《寄自海防前线的诗》。后来，他还有根据以前的采访，凭记录和回忆写成的《静静的哨所》《枣林村集》《红花满山》《北

---

[1] 参见特里·伊格尔顿：《马克思主义与文学批评》，人民文学出版社1980年版，第67—73页。

疆红似火》等。"文化大革命"中他因受冲击中断了这种"采访",1979年处境改变后,他随即又去了广西,写就了最后一部军旅诗集《在燃烧的战场》。几十年来,李瑛几乎走遍了大江南北,一边采访,一边勤奋写作。有的作品完成于回到北京寓所以后,其他大部分作品则构思并写就于各种艰苦不堪的旅途。据说,1961年他去新疆采访,因不知道当时的火车(全是慢车)不供饭食,曾有两天两夜没吃上一顿饭。那时火车还未通到乌鲁木齐,李瑛在盐湖车站下车后两眼昏黑,急忙钻进维吾尔族老大妈开的小旅店去躺下。老大妈端来一碗羊肉汤、一块馕,他立即狼吞虎咽下去,那滋味怎么也不会忘。同年他去旅大当兵,部队把粮食节省下来救济附近群众,他们去山沟打橡子果,然后背回晾晒,碾成粉蒸食品。各班战士争先恐后,其场面颇令诗人感动。[1]这样的表述确实无助于深化李瑛创作的社会学意义,它只是与作者作品操作程序有关的一些细节材料而已。显然,从采访到作品完成,这一过程中有两个不可或缺的技术手段:旅行工具与印刷出版。而技术手段又被限定在政治话语所允许、所倡导乃至所鼓励的范围之内,只有在后者那里被"获准",前者才可以证明是有效的,它也才可以促成艺术生产的全过程。然而,虽说政治话语塑造了李瑛作品的主题思想,却未能全部左右其叙事机制。他的作品操作程序的多样文本效果,是技术手段包括政治话语本身都大大没有预料到的。李瑛很喜欢在他的作品中保持一个日常民间伦理秩序的叙事,有时是一个细节,有时是一个场景、一个人物,它们常常犯一点自由主义地跑到"主题思想"之外,或常常从严肃的集体中跑回亲情的个体回忆当中。比如,《有一天休假》原来的构思是写清明为死去战友献花的,未想这个叙事间隙里却出现了作者另一个死去的童年伙伴的影子:"想起儿时,想起雨后,想起/花翅膀的山雀子啼开的野花,/心中涌起多少想说的话。"《哨所鸡啼》显然是对自然生命的某种默认,最后扯上与战士性格的关系,多少有点不够自然。大组诗《戈壁日出》的实际效果,与作者原先想采访"闪光东西"的设计之间多出其右。比如,它们使你明显感到,诗人李瑛对那些奇异的边地情调、当地民俗中的文化价值似乎更为倾心:"烟

---

[1] 章亚昕:《一个燃烧着的灵魂》,《创造与人才》1987年1期。

雨里，/我来过古渡口；/黄河呵，/可否借我一只羊皮舟"（《过黄河渡口》）；"忽然，忽然谁在吹笛子，/苍茫里笛声像一股清泉……但我知道笛声下有一行脚印，/脚印该是笛声的河床和水滩／看他们多么倔强，多么矫健！／从脚印可猜出主人的勇敢"（《笛声》）。即便是在容易显得严峻的军旅诗中，李瑛对憨直的士兵性格后面的民间文化底蕴，似乎也更感兴趣。使"采访"原意与作品二律背反的并不是政治因素，倒是一些非政治的、具有知识分子个人兴味和民间文艺形态的叙事惯例。值得一提的是作者李瑛的"北大出身"，他是从具有很高文化教养的欧美和中国文学传统中出发并开始写诗的。换言之，从叙事的角度看，这样的教养在作品的操作程序中有它非政治的运作效果。正因为如此，李瑛在他长达50年的创作中，能在风云际会中生存下来，又始终保持了自己相对独立的艺术个性，以至在"文化大革命"大量乏味的文学作品中，他的诗集《红花满山》仍在"尚可一读"的作品行列中。这里，问题涉及的已不仅是政治文学的娱乐性，而是当代政治文学中的非政治实践。因为，这个非政治运作程序的特点不是以娱乐作政治宣传，反倒是在某种程度上以传统文化价值和写作的道德逻辑作为作品的结构原则。这样，李瑛的创作操作程序的多样文本效果就体现为：从教育人出发的采访及写作，满足的是另外一些非政治性的欣赏目的。诸如有生离死别音讯两茫茫（《歌英雄李启》），有绝处不死（《一束金达莱》），有异地重逢（《走向山冈》），有英雄还乡（《红楼》），有善恶终有一报（《古巴情思》）。总之，传统文化价值在很大程度上与政治话语一道，共同主宰着李瑛作品的生产过程。其次，乡土的写作原意（"为工农兵所喜闻乐见"）却并不为"消费者"所欣赏。就李瑛几十本诗集的流传渠道和发布而言，它们真正的读者其实是文人化的青年知识分子。也就是说，经过"国家意识形态"的抑制、调节这个中介，生产者（李瑛）与消费者（工农兵）之间并未取得技术手段所预期的理想关系。最后，李瑛的作品即使在前期，也不单单是"反映"了一个既定的现实，而恰恰其反，它们"说明了人物与行动如何历史地产生"的过程。堪为新时期诗歌初期杰作之一的《一月的哀思》，即是著名的例子。李瑛原想通过它表达自己的悲愤之情，却未想到，他实际上为历史留下的是一大组活动中的历史人物"如何产生的"活的浮雕。

正如布莱希特所说，"剧本成了实验，用演出的效果回过头来检验自己事先的设想"，从主观上讲，李瑛在创作中也许无意与他自己（角色）保持距离，但由于不可能绕过的知识者修养及文本客观性这个环节，他的作品与观众（当时读者、批评家、不同版本的文学史）之间实际上原本有一个但今天才被认识的"复合的视觉"效果。这是我们今天重读李瑛的真实意义所在。或许，这样的工作才刚刚开始。

历史话语：在两个文学史版本之间

已经问世的当代文学史各种版本不在少数，为表述方便，我想仅以华中师大集体编写的《中国当代文学》（1984年版）和洪子诚、刘登瀚的《中国当代新诗史》（1993年版）为例。

从《中国当代文学》到《中国当代新诗史》，史作者在李瑛这一节上做了不少修改。从中可以看到不同叙述倾向、不同话语可能性之间的磨擦、交换和妥协，这一过程向我们展示了历史话语在文学史中活动的复杂内容。

显然，1980年代社会思潮的突变，并未在《中国当代文学》的"李瑛部分"上遗留下多少痕迹。与其说它是对周扬1959年定稿权威版本的重写，倒不如说是同一个文化视野的印刷再版。实际上，"历史"不是一个连贯的故事形式，而是一个又一个不断更新着的认识层面。历史也不仅仅是文学的"背景"或"反映对象"，而多半是二者之间一种相互影响、相互塑造的关系。因此，历史话语活动的首要特征，就表征为它是"不同意见和兴趣的交锋场所"。前者将李瑛的创作虚构成政治话语的直接翻译，而事实上，倒是虚构者本身，仍思想在20世纪五六十年代的权力话语幻象中。

于是，在洪子诚和刘登瀚，如何处理不同文学史表述间文化视野的差异，实际上关系到如何表述不同文化之间关系的问题。这也是一个话语问题。在《中国当代新诗史》叙述中可以看到这样一个过程，它将李瑛与政治话语关系的固定空间微妙地转换成一种今天读者可以接受的、有人性色彩也相对亲切起来的文学世界。

与《中国当代文学》相比，洪子诚、刘登瀚的版本改写强化了某种能针对李瑛性格气质特点的理论主题。在前者那里,政治性的叙述焦点始终把李瑛假设为非个性化的文学英雄,个人经历通过与国家概念的僵硬关系被抽象为普遍性的时代传奇——这种处理方式,是包括其他诸多当代文学史在历史叙述上的一个通病。而在洪子诚们那里,这种政治化程序被翻译为"李瑛写作上的个人局限":"对于战争的主题,对于战争有关的人性、人的心灵、情感的揭示,他始终停留在一个极有限的范围内,而未能达到更值得重视的广度和深度。他未能把这一具有普遍性的人类问题,放在人类历史、人类面临的生活环境这一背景上来体验、思考。"这表面上指出了李瑛气质上的缺陷——他内心的某种谦和与妥协的性格基因对写作本身的限制,然而其中何尝又没有"说明人物与行动如何历史地产生"这样一个莫大的意义?!

这里显然有一个政治话语运作与文学史文本运作之间少为人知的会合和映衬的问题。政治话语运作使文学史文本运作具有了某种合法性,后者对作者、作品、读者之间复杂关系及不同话语的强调,又将前者由一个冷冰冰的批准者塑造成不乏亲切然而可信的权威。文学史所实现的正是上述二者之间这场成功的合谋。在这个意义上,当代文学史在一个被政治话语所压抑的表现领域,似乎具有了它的某种生长性。

正因为李瑛尤其他近年来的创作(《多梦的西高原》《江和大地》《纸鹤》等)存在如此大的非政治运作空间,"文学史"才有可能被一次次修改,关于人类人性的主题部分被强化,而体现阶级斗争的地方被削弱被删减。到了洪子诚、刘登瀚这里,已经有了另一种解释的可能性,尽管这个角度是潜在的、曲笔的、擦边球和偷偷摸摸的。

从这个意义上看,我的这篇文章从构思到写作仍是实验性的,正因为它存在着种种可能性,所以我宁肯提出一些被忽视的问题,也无意留下任何有结论意味的文字。我甚至将它当成了与李瑛包括喜爱李瑛作品的读者之间的一场积极的对话,因为我们都分明知道,从根本上说,历史话语是非叙述、非再现的,除了以文本的形式,它几乎无法企及——至少在目前确实如此。

原载《诗探索》总第 15 辑(1994)

《晚景》论纪弦

刘登翰

走入晚景：不再喧嚣的纪弦

纪弦已经从一名"摘星的少年"走入他的"晚景"。这个自称"天才中之天才"的"爱云的奇人"，这个给台湾诗坛带来一阵阵惊愕与骚动的"20世纪第一狂徒"，这个最善于营造气氛使自己时时都置于热闹中心的"现代派"创始者，这样一颗不甘寂寞和不肯认输的灵魂，突然在一个凄凉的黄昏，发出这样的慨叹：

几十年往事，如看一场电影／啊，这人生！究竟是怎么搞的呢？／忽听得大提琴的一弓，／似乎有谁在长叹，／竟是如此其悲凉啊……
(《读旧日友人书》)

这是我们所曾认识的纪弦。比之当年那种自信和自负——

李白死了，月亮也死了，所以我们来了，／我们鸣着工厂的汽笛，庄严地、肯定地、如此有信仰地，宣告诗的复活；／并且鸣着火车的尖锐的、歇斯底里的、没遮拦的汽笛，宣告诗的复活；／鸣着轮船的悠悠然的汽笛，如大提琴徐徐擦过之一弓，宣告诗的复活。
(《诗的复活》)

这是两个纪弦，两把从大提琴上擦过的发出截然不同的音响之"一弓"。岁月无情，岁月催人成熟也促人衰老。在成熟的意义上岁月使生命焕发光彩，而在衰老的层面上岁月却使人生暗淡下去，这是《晚景》相辅相成的两种境界。从回望人生的角度，《晚景》或许是我们觅视纪弦60年诗歌生涯——还有缘他而起的种种诗坛纷争的一个可堪登临的制高点。

纪弦的诗龄超过一个甲子。越六十年而还能诗，这在中国新诗史上并不太多。他曾将自己的创作划分为三个时期。据他自撰的写作年表称，纪弦自1929年开始写诗，1933年自费出版第一部诗集《易士诗集》，至1948年去台，先后有《行过之生命》《火灾的城》等9部诗集出版。1950年代初他将这些旧作编写为《摘星的少年》和《饮者诗抄》两部诗集出版，是为第一阶段"大陆时期"的小结。纪弦诗歌生涯的辉煌阶段在第二阶段"台湾时期"。他写诗、办刊、组派，成为1950年代台湾诗坛公认的"祭酒"。后来他以"槟榔树"为总题，分甲、乙、丙、丁、戊五集，选编了这一时期的作品。《晚景》则是纪弦1974年从台北成功高中退休后于《槟榔树》之外出版的一部诗集，收1974年至1984年共11年间的诗80首，分"晚景三部"（收1974年至1976年间的诗作52首）和"美西三部"（收1977年作者移居美国后八年间的诗作23首）。前者收入"台湾时期"，后者则是作者单独划出并雄心勃勃希望能"来它一个强有力的最后冲刺"的"美西时期"。不过这一时期似乎只是纪弦诗歌生涯的一个尾声，无论数量还是影响，都很难与前两个时期相比，但对纪弦自己则别具意义。本文所赖以分析的，实际上也只是"美西时期"这一部分作品。

回溯纪弦以往的全部创作，他灵魂里有两个不安的因子：不甘寂寞和不肯认输。二者主导着纪弦的诗歌经历。早在大陆时期，他就追潮逐浪地参与了当时几乎所有的现代诗刊的活动。抵台之后，他于20世纪五六十年代在台湾诗坛所有轰轰烈烈的演出，都戏剧化地使自己始终处于风潮的中心。因此在某种意义上说，纪弦的诗歌活动给予台湾诗坛的影响，可能更甚于他自己创作所提供的范本。过多浪花与泡沫的喧嚣，反而容易失去大海的朗润和深沉。纪弦的诗，不能不失之于这种深度和厚度的不足。退休移居美国之后，纪弦实际上远离了他曾经翻搅其中的台湾的人文环境，退出使他兴奋也让他激怒因而灵感不断的台湾诗坛，在异域过起宁静的"寓公"生活。1980年代以来在台湾那些最富先锋意识的"后现代浪潮"，似乎与这位最喜欢新潮的诗人无关。一颗不甘寂寞的灵魂不得不由此寂寞起来，这是纪弦《晚景》最难忍受又不得不忍受的一种尴尬心态。

不过他依然怀有一颗不肯认输的心。即使退休之后，他还说："我不否认我的做人处事，在许多地方都显得笨拙了一点。但是写诗，我绝不相信我会输给任何一位作者的。"一到美国，他就摆出"一种再出发的姿势"，为自己作了一幅《勇者的画像》。他不承认自己已"交给了历史"，不愿接受"人们给我打好了的分数"，而希望"来它一个强有力的最后冲刺"。他还常常在新作的附言中，为某些佳句妙思得意地提醒读者。步入耄耋之年，依然能保持这种心态，当然十分可贵，但是在其背后，多少有点强打精神的酸辛，连他自己也感到，"我的姿势也许怪可笑，有如堂吉诃德策其瘦马挺其长矛取风车的那种英勇"。事实上进入"美西时期"后，"不肯认输"只剩一种精神。一向多产的诗人，居美八年，成诗28首，平均一年不足4首，的确有点少。他的《七十自寿》已经不能像35岁生日或40岁生日时写的《致诗人》和《四十的狂徒》那样，充满活力和自信：

你站着/像一座巨大的发电厂/沉默/在夜的中央

而且这座"发电厂"，只是"凭一块饼的发动力，从黎明到午夜，不断地工作着"。70岁的他只能"独立徘徊……在这属于我的小小的后院里"，与十几株玫瑰，"相看两不厌，无言以终老"。一颗不肯认输的灵魂面临着不得不认输的现实，却又要强打精神支撑自己，悲剧的内涵以喜剧的形式出现，其中有调侃，也有辛酸。这正是纪弦诗歌的难堪之处，也是他生命精神的难得之处。这种尴尬局面和奋进心态，构成了纪弦《晚景》复杂的感情基调。

《晚景》里的纪弦，是不再喧嚣的纪弦。在异邦的大街上走着，面对太平洋那"已不再有一块可以入画可以写生"的异域的天空，他有一种"被遗弃了似的，被放逐了似的/踽踽凉凉之感"的寂寞。于是他对故国、对人生，便兴起了"茫茫的感慨"。40多岁时他写过一首《萧萧之歌》，也是思乡，但对人生充满了热烈的渴望。企愿自己古铜色的头发飘向遥远的城市，落在邻人的阶前，被爱美的女孩子捡去夹在纪念册里……而此时的《茫茫之歌》，无论唱歌、跳舞、长啸、短吟，或者沉思、冥想，忽喜、忽热、忽又肃穆起来，都有一种无所归依的茫然之感。这种由生命巨大落差所带来的飘泊感和失落感，使对昨日人生的回望与反映，成了《晚景》最重要的内容。情感也从喧嚣转向平和，并且使无着的灵魂归依于自然、宇宙和上帝。"美西时期"的28首作品，不少是写与猫为伍，同玫瑰厮守，在海滨散步，赞美上帝，神经飞向宇宙……题材重心的这种转移，社会现实因素的减弱和个人情感因素的增强，也使纪弦的晚年诗作充满了更多飘逸超然的神采。

这就是走入《晚景》的纪弦，从喧嚣走向平和的纪弦。

人生泛味：从悲壮要苍凉

诗是一种人生批评，这是纪弦一直坚持的主张，尽管他曾把"诗的纯粹性"写在自己"现代派信条"的大旗上。但这里所谓的"纯诗"，主要指的是对诗歌艺术本质的强调，而不是脱离社会人生的游戏。"好比把一条大牛熬成一小瓶的牛肉汁一样。天地虽小，密度极大。每一行诗乃至每一个字，都必须是'诗的'，而非'散文的'。"到晚年，他还借一首诗的后记说："一切文学是人生批评，诗也不例外，无论传统诗或现代诗，都是写人生的。""诗乃人生之批评，赞美其当赞美，诅咒其当诅咒，此之谓批评。"

不过，纪弦对诗歌这一人生批评职能的实践，更具特色的并不是赤裸裸的赞美或诅咒（在这些赞美或诅咒中，常有一些并不"纯粹"的政治噪音），而是从自己生命历程中宣泄出来的自嘲与讽世的调侃，这构成了纪弦诗歌最宝贵的美学特征。纪弦是在人生和艺术两方面都有着过高自许和自负的诗人。他在《爱云的奇人》中写道：

爱云的奇人是不多的，/古时候曾有一个，/但如今该数到我了。

然而，他的实际人生却和他的自我期许有相当距离，这便造成了纪弦性格和心态上有某种失衡，酿就了他常有的一种变幻莫测的落寞与狂躁的情绪。落寞使他对人生充满了不平的自我调侃，而狂躁则使他对未能尽为己愿的世界怀有着毁坏一切的愤怒。他在《动乱》一诗中很直接地表达过这种心绪：

忿怒，忿怒，忿怒。／使我变得如此其[1]愤怒的。／是那颗熊熊的心么？／心之火早熄灭了，／剩有行将冷却的灰一堆，／忿怒乃死灰之复燃。／／烦躁，烦躁，烦躁。／即使是继狂歌的切腹，／尚嫌毁灭之太慢。／捺不住的，／生命之动乱——／我将吞灭以忘忧。

即使在个人生活上，纪弦似乎也有排解不开的不得志和不安乐。这在他的作品中屡屡可见，例如著名的《脱袜吟》，或者只有四行的《风后》：

风后的夜空，／朦胧之月如湿的水彩画，／晚饭时的清菜汤／遂带有几分凄其[2]之感。

清菜汤的凄戚是一份人生的凄戚，正如流浪人的袜臭是无家可归的证明一样。从朦胧之月到凄戚的清菜汤，大煞风景的两组意象的对比、跌宕，透出的是一个带有苦味的人生调侃。尽管诗人想以此来调节心理的失衡，但其在很实际的层面上，更加深了诗人的落寞与狂躁。所以他在《四十的狂徒》中才愤愤地喊道：

然而捕狮子的陷阱，／就设在我的座椅下；／纸包的定时炸弹，／就藏在我的抽屉里；／你们好狠！

愤懑到了无可奈何和无能为力，冷却之后便转化为调侃。这是一种痛苦的

---

[1][2]原著如此。

化解之道，寓在悲剧里的喜剧。然而，将自嘲与讽世结合起来，以嘲己来讽世，便同时又是一种出击。这种出击，犹如以自己的头颅做炸弹，就带有很深的悲剧意味。最典型的莫如早年的那首曾引起许多误解和批评的《六与七》。手杖和烟斗是纪弦的标志，而数字7与6分别具有手杖与烟斗的形态，于是诗人说：

手杖7+烟斗6=13之我。

这个故作数字游戏的诗句很巧妙地寓蕴着诗人的自嘲，使他悲哀地感到，一个"天才中之天才"的诗人，却是一个"最最不幸的数字"。所以，诗人又说：

悲剧悲剧我来了，/于是你们鼓掌，你们喝彩。

诗人的不幸唤来的不是同情，而是嘲笑和取乐，这才是更使人怆痛的社会的不幸和悲剧。于是，自嘲的另一面便转化为讽世。当诗人以病态的社会作为个人不幸的背景，他的化解自己无力抗拒的内心痛苦的调侃，即使有时如堂吉诃德持长矛骑瘦马向风车出击，也都带有悲壮的色彩。

进入《晚景》以后，纪弦仍然坚持"诗乃人生之批评"的信念。他在《顽童与老人》这首以儿童枪杀老人的事件来揭露美国社会教育问题的诗中，重申了这一观念，并且表示要对自己"来美两年多"的西方社会生活，"分析之，理解之，并批评之以诗"。但他过的毕竟是异域的"寓公"生活，社会人生并不像往昔在台湾那样，时时将他卷入其中。在他这种表示之后也无更多类似的社会批评之作出现，倒是远隔重洋，也远隔了诗坛喧嚣的异域生活，使他的批评意识更多地转为对自我人生的况味和重估。这或许是一个有过丰富人生经历的老人，更便于进行更有价值的批评。

有着一个甲子以上的诗龄，这是纪弦最堪回味也最以自豪的人生，而且他是个永远不甘于寂寞、不安于规范、时时都求标新立异，因而也时时都处于诗坛风暴中心的诗人。这样围绕着他所激起的一切反响，诸如肯定、否定、褒美、臭骂、批评、论争，随着时间的推移，就越来越超出了他的"个人"性质，而成为诗坛的"社会的"存在。于是对"自我人生"的况味，便也同时是对"社会"的况味。

在艺术上充满自信地追求标新立异，使60年来纪弦的诗歌创作一直处于良好的创作心态。即使到了晚年，人生的许多方面都暗淡下去，这种良好的自我感觉依然闪烁光辉。他在《不再唱的歌》中写道：

当我的与我不同，/成为一种时髦，/而众人都和我差不多了时，/我便不再唱这支歌了。//别问我为什么，亲爱的。//我的路是千山万水。/我的花是万紫千红。

尽管这种自信或自负是基于对"明天"拥有的自信，而这"明天"，在此时诗人心中只是"在地平线的那边，那边的那边的那边……"，多少有一点渺茫。但这种对自己敢于追求新异的创造心态的肯定，是纪弦况味自己人生最直截了当的、坦然的肯定。而对周围人世对他这种追求新变的异端行为的反应，纪弦则有更复杂的意谓。《鸟的变奏》是被徐迟称为对纪弦"一生的一个概括"的一首意蕴极深的佳构：

我不过才做了个/起飞的姿势，这世界/便为之哗然了！//无数的猎人，/无数的猎枪。/瞄准，/射击：//每一个清空的弹着点，/都亮出来一颗星星。

诗歌意象所涵括的，是人类在创造历程中所可能碰到的普遍的际遇，然而当我们以纪弦的诗歌生涯为注解，则可以看作是对他人生经历的概括。纪弦诗歌生命的价值集中到一点，就是他对诗歌艺术突破传统的热烈的追求。40多年前，纪弦写过一首《摘星的少年》，讲述"摘星的少年，跌下来"，而被晴空和大地嘲笑；然而历史将肯定他，新建的博物馆将建立他的塑像。历史的肯定是对"摘星"精神——追求精神的肯定，而"摘星"的实现则需要付出许多的艰苦的创造和曲折的实践。纪弦对自身不足的自觉、反省尚还不多，而对不被理解和不被容纳所引起的委屈、愤懑不平和抗争，则体验极深。无论《摘星的少年》还是《鸟的变奏》，主要都从对俗世的讽喻中来表现对创造精神的肯定。前者有着更多青春期的浪漫，后者则融汇着历经人世沧桑后的悲慨。"每一个清空的弹着点，都亮出来一颗星星"，被扼杀了的追求又成为照耀另一次追求的光明。《鸟的变奏》也就是追求和创造精神的变奏，尽管愤懑和悲戚是难免的。

纪弦对自我人生的批评，更多是对自己往昔浮躁心绪的否定。这种情绪在他1970年代以后的创作就已相当普遍。《六十自寿》中说："从前我不时地大声呐喊，／是因为害怕寂寞的缘故，／如今我已懂得享受寂寞，／我还有什么话可说的呢？"从"害怕寂寞"到"享受寂寞"，人生心态的变化，使他进入另一种境界，也获得另一种衡世的准则。于是他对少年时那种"把剑磨了又磨，去和情敌决斗"的狂躁行为觉得可笑，多傻，复又可爱，而"真想重回40年前，把当初摆错了的姿势重摆一遍"。回首难免追悔，而追悔已不可能，于是只有在调侃中慨叹。"不是乐天知命，而是认了命的；亦非安贫乐道，而是无道可乐。"这种无可奈何的心态使他后期的诗许多写酒："所以我的梦是很单纯的，只能复一则故事。唯有那些杯子、瓶子、坛子……变来变去而已。"《晚景》所承续的也是这种心绪：

  我已不再高兴雕塑我自己了：／想当然不会成为一座雕像。／／从三十年代到七十年代，／始终立于一圆锥体发光之顶点，／高歌，痛哭与狂笑，／睥睨一切，不可一世，／历半个世纪之久，／把少年和青年和中年的岁月挥霍殆尽，／而今还打算扮演些什么呢，今天？／去照照镜子吧，多么老而且丑。

（《铜像篇》）

追望已属无奈，连愤懑也少有了。剩下的一点调侃，在岁月这面镜子面前，伴随着豁达超然的处世态度升起的，还有一种无以名状的悲慨。"欲说还休，欲说还休，却道天凉好个秋。"不再高兴雕塑自己的纪弦，又最后为自己雕了一尊塑像：况味人生后的苍凉。

发出和归止：在"现代"与儒道之间

纪弦从一开始创作，就把自己归依于现代派旗下。现代主义艺术思潮的兴起，在西方有其深刻的现实背景和深厚的哲学基础，在中国则相对要淡薄得多。因此，现代主义无论在 20 世纪二三十年代的大陆，抑或五六十年代的台湾，更主要的是一种艺术范式，而不是思想范式，这或许是现代主义在中国始终未能强大到足以成为艺术思潮主流的原因之一。在纪弦倡导的"现代派六大信条"上，除了第一条约略涵盖了现代主义的精神内容外，第六条是一种政治性表态，其余四条所指均是艺术方面的要求，其集中一点是求新求变，对传统规范的叛逆。当然反规范也是一种现代的艺术精神。但如果淡漠了新变的思想底蕴和哲学内涵，新变也可能流于纯粹形式上的更迭。

纪弦早期的诗，主要表现了对现代人的内心世界的深入。这是一种失去了生活重心的敏感的青年知识分子，对畸形的都市生活所产生的感伤、抑郁、迷惘和怨怒。写于 1930 年代的久负盛名的，直到半个世纪后还常常为人们提起的《火灾的城》，是一首最具代表性的作品：

> 从你的灵魂的窗子望进去，／在那最深邃最黑暗的地方，／我看见了无消防队的火灾的城／和赤裸着的疯人们的潮。／／我听见了从那无限的澎湃里响彻着的／我的名字，爱者的名字，仇敌们的名字，／和无数生者与死者的名字。／／而当我轻轻应答着／说"唉，我在此"时，／我也成为一个可怕的火灾的城了。

现代人的灵魂都有一种焦灼的疯狂和寂寞。你看别人灵魂的窗子里是座"火灾的城"，你在别人的眼里也是一座"火灾的城"。只要你应答一声，你便要被卷入这片火海之中。这种普遍的焦灼感，是现代人无可救药（没有消防队）的生存心态。整首诗相对的处理方式，颇有一点卞之琳的《断章》之妙，在冷漠里把不可遏制的炽热传递给了周围。

抵台之后，纪弦这种可以称作"冷激情"的诉诸心灵的含蓄之作似乎不多。他似乎更重视刻画现代工业社会对现代人审美心态和价值的准则所引起的激荡和变化，他认为"被工厂以及火车、轮船的煤烟熏黑了的月亮不是李白的"，并且相信"要是李白生在今日／他也一定很同意于我所主张的／'让煤烟把月亮熏黑／这才是美'的美学"（《我来自桥那边》），因而他是唱着"李白死了，月亮死了，所以我们来了"的歌，宣布"诗的复活"的。在他1950年代中期以后创作的如《存在主》《春之舞》《阿富罗底之死》《我来自桥那边》等一系列作品中，收敛起以往过多泛滥的浪漫激情，在冷静的意象呈示中，寓蕴着对现代工业社会和都市生活的某些剖析、批判和认同。这是一种不同于中国新诗传统的田园主题和牧歌模式的新型的诗，放在新诗发展的历史背景上，纪弦的"独特"在这里，有所贡献也在这里。

纪弦表现工业社会的诗中，他感觉和意象的触角都伸向了人类以外的星球，一个神秘的，可以遨游、可以寄托也可以逃避的空间。还在1930年代，纪弦的同辈诗人就敏锐地感觉到这点，徐迟在1937年写的《赠诗人路易士》一诗中就说："你匆匆地来往，在火车上写宇宙的诗。"这一方面是对现代工业社会和科技精神的肯定，如五四初期郭沫若在《女神》中开始写烟囱一样，新的审美意象被选择入诗来表示一种新的审美心态的出现。另一方面，在纪弦则是对现实人生和旧有规范的一种讽喻、批判、遁逃和心灵的寄托。纪弦的艺术精神，崇尚现代；而他的人生态度，实际上还在中国传统的儒道之间。这是一个很复杂而有趣的现象。纪弦强烈的入世精神，是中国传统的知识分子的习气，因此他的诗有相当部分具有相当浓郁的载道气味，包括他时不时要发出的那些有违于他自己"纯诗"信条的用诗所作的粗浅的政治表态。他的诗中常常表现那种关怀弱小、怜抚生命的精神，如他在《人间》中所呼唤的："那些见不得阳光的，给他一盏灯吧！"然而，当他在现实人生中碰壁，有许多不得志和不快乐时，他在对现实的嘲弄、讽喻和批判同时，寻求对这些不愉快的超越，中国传统的老庄的处世哲学，便悄悄在他的诗中流露出来。入世则儒，出世则道，得意则儒，失意则道，"现代"如纪弦者，也很难摆脱中国传统知识分子这种普遍的人生规律。只是传统知识分子的出世，往往是放浪诗酒，寄托山林，而纪弦除诗酒之外，所寄托者则更远至外星世界。《我之遭难信号》对美丽的织女星、天狼星，以及"还及得，令人发狂的银河外神秘的河状星云们"所发出的求救信号，多少也向我们传递出一点诗人心灵的"遭难信号"和他处理自己遭难时的求救方式。

进入《晚景》之后，纪弦在宗教信仰上皈依上帝，但思想核心乃是与基督精神相通的"仁人"的儒，以及向星外世界飞逸的同样超拔脱世的道。"传统"和"现代"仍然构成纪弦奇妙的诗歌的情感世界。晚年纪弦思想最大的变化，是他对"顺乎天命"这一儒家观念的认同。他不再在诗中作愤世嫉俗的"悲壮"表演，也不再自我嘲弄地装出一副故作潇洒的"诙谐"面孔。他承认：

啊啊命运！命运！命运！/不是乐天知命，而是认了命的；/亦非安贫乐道，而是无道可乐/所以我必须保持宁静，单纯与沉默，/不再主演什么，也不看人家的戏。/然则，让我浮一大白以自寿吧！/止于微醺而不及于乱，此之谓酒德。

（《一小杯的快乐》）

这是夫子之道，"认命"而非"知命"，所以无可"乐天"；"安贫"只因"无道"，因而亦无什么"可乐"。一切并非自己情愿，但一切又不得不如此。命运不能抗拒，命运也无可规避，于是只有以"宁静"来和"命运"相处。不是完全割舍，也不再沉迷其中，而是顺乎自然、不即不离的"止于微醺而不及于乱"。这是人生态度的一种超越，其执着人生的一面是儒，而超拔人生的另一面是道。

这是一种境界，即把人生看淡又不把人生看破的境界。诗人崇尚现代科技的宇宙意识，拓展了这种豁达超然的生命认知。科学的宇宙意识，化入了他的人生态度之中，使他在回望人生时，就能够比较坦然地来肯定自己和批判自己了。作为"一向生活于一有情世界"的"性情中人"，他不沉溺过去，幽思复旧，"一个箭步回到了唐朝"；而是"欣欣然"上了直达仙女座大星云的宇宙船，走向更广阔的空间，依然是当年的"摘星"精神，却不纠缠于现世。由失落向超然提升,纪弦或许未曾料到,他晚年人生态度的淡然和超化,竟给他某些诗歌带来曾经孜孜以求、却难以获得的那种较为纯净的境界。不事夸张造作,也不必故弄技巧故显高超,一切顺乎自然,平平静静地娓娓道来,押韵或不押韵,格律或不格律,似无技巧,实大技巧。"传统"乎?"现代"乎?什么"派"也不是,就是晚年的纪弦。

原载《诗探索》总第 17 辑(1995)

干雷酸雨走飞虹

公 木

我和蔡其矫相识于 1954 年 10 月，其时我调任中央文学讲习所所长，他先我两年到所任教，主讲外国文学。我们一见如故，很谈得来。我早在十年前就从延安鲁艺文学系同学中听过蔡其矫这名字，知道他写诗，随大队到晋察冀前方去了，不图在讲习所会到，实相见恨晚。这期间，他总使我联想到天蓝：在鲁艺，天蓝帮我读惠特曼，还啃《资本论》，谈美学；在讲习所，蔡其矫也曾帮我读惠特曼，又钻唐诗，抠诗学。分别于 1940 年代与 1950 年代，在精神和感情上天蓝、蔡其矫是我最贴近的朋友。而在讲习所，共同活动更多些，当然还有另外一些同志。我们接丁玲、田间，主持了一个培养青年作家的集体，还筹办了第一届青年文学工作者代表会议，又以通信方式联系了社会上广大文艺青年，其中有许多闪耀着才华的佼佼者。我在青代会上关于诗歌问题的报告，便是在蔡其矫和沙鸥的协助下准备的。在讲习所教员中，写诗的不少，沙与蔡堪称两家，他俩都对唐诗感兴趣，并化用于新诗创作中，各具新的风格，对我都有启发。沙以应报刊邀约兼作诗评，蔡为着教学需要偶搞译诗。有些欧美诗，特别是惠特曼的译稿，尤其为我所嗜读。因而我特邀他同赴长春东北师大和东北人大讲学，由诗人胡昭陪同去原始森林旅游。在往返旅途中我们谈的更自由且广泛，了解的便更多些深些。这逐渐使我感觉到，在所接触的友人里蔡其矫是最富诗人气质的：于天真的单纯中，燃烧着熠熠铮铮的理性之光；热爱生活，热爱自然；富有同情心，富有感染力；真诚、坦率、无私、无畏。他的诗时发奇响，写于 1957 年 2 月的《大海》，便颇具震撼性。在这前后，我曾在北京与上海几次有关诗歌的座谈会上谈到蔡其矫，是同艾青和聂鲁达并列谈及的，非出私谊，确由实感。回忆那一段相处的岁月，的确是有滋有味有意义的。不无遗憾的是，运动一个接连一个，我们自己也颇有几分陷溺在"虔诚的狂热"中，没得几天松闲。迨至 1958 年秋，在一种极为特殊的情况下，是我被推到被批判的"位置"上，他作为一个沉默的后排"会众"，咫尺千里相望无言地告别了。20 年后重逢，只是在某些会议场合，偶亦互赠诗文，而 7200 天阔别期间的山山水水、雨雨风风，就只可付诸想象中了。这些年来我对蔡其矫的一贯认识，约略说来，可以概括为以下三端。

第一，作为诗人，蔡其矫是以诗为生命的，因而便确是以生命为诗。他一生生活在诗的灵光里，同时也把一生化为诗的灵光。他是一个有血有肉的真正的诗人。

他走向诗，不是羡慕诗的桂冠，也不是受着什么神秘力量的诱惑，而是在民族危机深重、救亡大潮汹涌的背景下，以跃身投入革命激流作为起点的。从 15—20 岁，几经求索，他便到达抗战圣地延安，从而也进入诗的"艺境"。他的诗的行程便是战斗的行程，于是"路社"，于是三千里行军，于是加入中国共产党。父母生身党给魂，骄阳霹雳炼精神。这意味着一个新生命的诞生。他的诗在战火纷飞中生长，在《肉搏》中、在《兵车在急雨里前进》中走向成熟，由胜利到胜利，由战歌到颂歌。向左、向左、向左，在"左的进行曲""左的大合唱"中，逐渐出现了杂音而失谐走调；这是由于纵使"虔诚的狂热"，仍然保持着清醒，没有失去人文精神与宽容态度。这便使着《大海》的作者在大跃进中的三面红旗照映下，竟被背对背评议为"漏网右派"，从而遭到"贯耳干雷""浇头酸雨"般批判。

更难能可贵的考验是，这些蒙头盖脑的批判，没有熄灭了他的诗情，而是更激励了他。诗人就像一棵矗立的"被诗的火焰点燃"的木棉，风雨雷霆只会助长它更坚挺地向高空延伸。我无意为诗人的每一行动作辩解，而在那"干雷"化"酸雨"的 20 年间，诗人遭受的打击和痛苦，说来是令人咋舌的。但是，诗人却在"牛棚"里翻译《诗品》，顶着"三反分子""老牌反革命修正主义黑诗人"的帽子在劳动农场里写《梦》，写《希望》，写《山雨》，写《新叶》。在这期间，他把农场变成了诗场，有多少富有才情的知青追随着他，受到熏陶鼓舞！稍后他更经之营之，以栽花造坛、植树成林点缀家乡。不是说诗人没有孤独、没有寂寞、没有伤感、没有痛苦，而是他爱诗爱花爱人，向往着真善美的天性，使他感到"不被窒息就是幸福"，并且清醒地认识到真正的诗人无我，他总极力避开自己的问题。诗中有自己的个性，但没有个人的利益。沉浸在美与艺术的快感中忘却炙心的痛苦。一只多么坚强、勇敢而潇洒的海燕啊："所有的飞鸟全不见，／暴怒的风谁敢抗衡？／唯独你不躲闪，迎风站立／发光的脸上仿佛有歌声。"(《迎风》)诗啊！诗人啊！

第二，作为诗人，蔡其矫关注着人类的命运、民族的兴亡，热爱人民大众，热爱祖国山河，热爱大自然。生死以之，苦乐由之。这一切都是他永不涸竭的灵感的源泉。

诗人得于天者独厚，他生成一等坚强的体魄，具有旺盛的自然力、生命力，作为天赋和才能，作为欲望存在于先天主体，当然与一切人同样是感性地、对象性地存在着。由于他的坚强和旺盛，他对感受到的自然界、接触到的社会现实便具有突出的亲和力。更由于他诞生在一个沿海省份的华侨家庭，父祖辈都爱花如命，童年时期又曾以逃避战乱随全家旅居南洋，沐雨栉风，见多识广，这就奠定了他的旷达、爱大自然的脾性，以及他的世界观念、人类意识。他特别关注着祖国的盛衰兴亡，自幼养成强烈的爱国主义精神。随着年岁的增长，他循序接受教育，知识日益丰富与提高，终于使他在历史与现实的纵横交汇点上找到真实的自我，找到自我的位置与前进的道路，从而形成自觉意识的世界观、人生观、审美观。他充溢着自由心态的生活态度，单纯而深厚、坚韧而谦虚。与出身于山村僻壤的一般青年不同，在汇入战斗中的革命洪流之前，他已经从中到外、从外返中，又从东到西、从南到北，把整个中国差不多都串联过了。这养成他喜欢活动、喜欢生活多样化的性格，对自然山水、风土人情、社会习俗，具有永不疲倦的观赏与考察的豪兴。

到新中国成立，生活已经安定下来，诗人却要求作为创作实习特地去体验海军生活，一次深入舟山群岛，二次深入西沙群岛。这使他在现代中国诗坛成为第一位"大海诗人"。就在中央文讲所任教期间，他还到东北森林旅游，并考察了哈尔滨、沈阳、鞍山等大工业城市。在"中国农村社会主义运动高潮"中，他还曾骑车或徒步访问了冀中冀东地区被提名的先进农庄和模范人物。文讲所结束后，他又曾一度任职于负责九省水利建设的"长江流域规划办公室"，任"政治部宣传部部长"，这方便了他的江汉流域的漫游。然后他返回福建故乡，从事采风，了解民歌运动情况，从而开始了计划中的《福建集》的调研与创作。

假如说，非常时期，偏居三闽，也还"踏遍青山人未老"；那么，到天回地转，进入历史新时期，诗人又开始一年三个月的单独远程考察旅行。这才是中国诗史上空前的壮游，论其行踪广袤，远远超过徐霞客。约略说来，第一次，1981年8月开始，路线为河南、陕西、甘肃、青海、新疆，直到伊犁和喀什；第二次，翌年6月开始，由湖南、湖北、河南、山西至内蒙古；第三次，1983年春应邀赴洛阳参加"牡丹诗会"后，走访华北战争岁月旧地，从河北西部穿过山西到陕西延安等地；第四次，1984年春由福建入云南、贵州，访石林和滇西北，直至丽江，实则滇桂一线，此前此后诗人还曾几度客游；第五次，1985年春"踏李白晚年的足迹"，路线是贵池、秋浦、泾县，再经九华到宣城及马鞍山一带；是年冬至翌年春，应联合国教科文组织邀请，赴菲律宾参加"马尼拉第一届国际诗歌节"活动，会毕经香港返回内地，这可作为考察旅行的第六次；第七次，1986年夏访问西藏，足迹所至，前藏、东藏、藏南、藏北、后藏。历尽艰辛，无远弗届，而收获亦丰。

诗人说："我为自己找到一条道路，走遍全中国，追寻历史文化痕迹，反照现实。"正是这样做了，他时逾半个世纪诗的历程，尽管遭遇不少坎坎坷坷，而诗兴总是郁郁葱葱。为什么？生活底子深厚啊！生活内容丰富啊！而生活不是河，它是路。路在脚下，是走出来的。依诗人自己的界定，诗是汇入人类文化之流的一段个人人生经验或一时感触。它是属于个人的，又是富有深长的人情味的。诗不能脱离现实，却不复制现实，而是创造。让我们追踪诗人一生生活的道路，来解开这些诗的秘密吧。

第三，作为诗人，蔡其矫的思维空间、审美视野实兼古今中外，而基点仍是当代中国。在诗创作上，立足于"五四"以来现代诗歌以及现代诗歌的嬗变，进行时空双向化的，即古典传统与世界先进的批判、继承、吸收、扬弃，从而辩证地综合，以抵于创新。

假如说，心灵生活化加生活心灵化等于诗，那么诗创作便是或冷或热、或浓或淡地把这双向化的成果表现出来，以无物之象给藻思秀调绘制定形，必须用节奏韵律加强语言。这当然需要技术。而技术不可能与生俱来，必须经过学习才得掌握。诗人起步于中国现代诗歌的第三个十年，彪炳于第四个十年，自称嗜读艾青，也曾手抄何其芳诗稿成册，更热心于同相与过从的青老诗人砥砺诗艺。当然诗人首先是置身于中国现代诗歌园地里，并为这个园地增添了郁勃的生机与耀目的风采。诗人的技艺与创造是不能不是以现代诗歌为始基的。

不过，诗人懂得不能只顾求新而忽视了诗本身，诗、语言都不能没有历时性，也不能摒弃共时性。特别是当今世界已经进入"世界历史"，文学已经形成"世界文学"，中国乃是世界的一部分，现代乃是古代的延续与飞跃。"所以我们决不可拒绝继承和借鉴古人和外国人，哪怕是封建阶级和资产阶级的东西。"而且这两方面还是不可偏废，必须同时并举。中国现代诗歌是立脚点和出发点，如果只讲历时性、纵的继承，不讲共时性、横的借鉴，那就不免会陈腐；反之，只有后者而无前者，那就不免会单薄、偏狭。我们的诗人蔡其矫深深懂得这一发展的经纬，因而对古典传统和西方新学都潜心钻研，并且达到含英咀华、为我所用。

先说古典传统。诗人在讲习所任教时就曾费许多心血把唐诗宋词翻成白话，仔细揣摩；自己创作则坚决使用口语，而又有意识地向古典诗歌学习结构方法，学习谋篇手法。这就是说，他依照古典诗词译稿的样式进行创作，甚至把自己的诗篇也叫作"绝句"，叫作"律诗"，叫作"词"。其实所谓"绝句"就是四句体新诗，所谓"律诗"就是八句体新诗，所谓"词"就是分上下两段而又句法大略相同的新诗。这些诗或押大致相近的韵脚或不押，都是新形式，而的确又是从古典诗词中脱胎出来。这不只是一个时期的兴趣，而是基于对传统的认识，他那年困在"牛棚"里不是还搞过司空图《诗品》的语译吗？而且对传统的批判继承，他摒弃偏于歌功颂德的"赋"，独取适于抒情的"诗词"，是经过着意选择的。

再说西方新学。诗人童年的侨居生活,方便了他接受欧风美雨,也比较顺当地打下外语基础,青年时期就担任过英语教师。他主要靠自修,中年任教中央文学讲习所,主讲外国文学,讲肖洛霍夫,讲普希金,讲马雅可夫斯基,讲惠特曼。他选译《草叶集》作为教材,还以此作为讲稿,到东北师大、东北人大讲学。更主要的是用作创作的借鉴,在早期诗集的序言他里就申述过受艾青和惠特曼的影响。而后他还曾热衷聂鲁达,他的关于聂鲁达的译稿被结集出版。聂鲁达的创作经验要现实主义又不仅仅是现实主义,要有点朦胧而又必须让人懂,这也为诗人所认同,他也有近似的主张。

总之,我们的诗人生着一个有极大包容量且最富消化力的胃口,古今中外的无所不读,无所不用。但他又不仿古,不崇洋,不为任何主义所俘虏。他是把思维浸入感觉中,又从感觉升华出思维,这意味着创造。他说:"传统是神圣而神秘的东西,它无所不包,唯有一项除外,那就是人类不计一切地追求创新。"他把继承与借鉴都当作创新的动力,而又绝不滥用缪斯,不硬造谬喻,不强施教化。他认为,诗不告诉人走哪条路,而只是唤起他心底的渴求;无所明指的象征性可以长存,复制品却不能。诗人没有什么"必须",只听从自己的本能,服从自己的天性。正因为如此,他才对人类的未来具有影响力,他代表人类去梦想、去求索。关于形式,他说:"现代的中国的自由诗,经过西方浪漫派散文化的影响,又逐渐发展到现代派的表现手法,减少连接词,物我合一,不用直言陈述,恢复音乐性,这都与旧诗的优良传统不谋而合。"诗人在创作实践上自亦暗合这一辩证规律。

原载《诗探索》总第 18 辑(1995)

孙大雨与中国现代诗

黄昌勇

一、少年诗人梦

新月诗人孙大雨诞生于20世纪初年的南方大都会——上海。少年时代他热衷于数学和天文学；同时，在五四新文学的浸染下，也喜好新诗。他从各种报刊阅读新诗人的青春诗章，就读的上海青年会中学的优越条件又使他能接受到莎士比亚、弥尔顿、雪莱等外国名诗人的华章。少年时代，孙大雨已有了成为诗人的梦想。

1920年5月，《少年中国》第1卷第11期发表了孙大雨的诗作《海船》共20行。年仅15岁的孙大雨以"守拙"为名发表的这首诗，有着五四自由诗的共同特质，诗篇在稚嫩中带着五四时代的青春气息，但是"海船"在飓风恶浪中前行的象征意蕴却不似一个少年中学生所应承载的心境。

孙大雨的处女诗作或许还预示着他此后人生的坎坷路途！

此后，孙大雨在《时事新报·学灯》副刊、《小说月报》等刊陆续有诗作问世。其中《小说月报》13卷5号上以《滴滴的泉流》为总题的小诗30余首明显带有对五四时期盛行的"小诗"的模拟与借鉴，表露了少年孙大雨坚强、多思、流动的心绪。

孙大雨试作的成功，无疑在他的幻想国度里打开了一片绚烂的云天，然而学业的压力、升学的现实、人生经验的限制、文学视野的局促，都决定了诗神对于他不过是一个晃动在眼前的影子。

　　1922年夏，孙大雨以优异的成绩考入清华学校高等科，对于这位曾经在国内颇有影响的刊物《小说月报》等刊发表过新诗的新生来说，已成立有时的"清华文学社"中的老大哥们自然不敢小视，很快，孙大雨就加盟了清华文学社。清华文学社主要成员有闻一多、梁实秋、朱湘等，文学社分为小说、诗歌、戏剧三组，由于大部分社员喜好诗作，所以诗成为文学社的中心。

　　孙大雨先后参与编辑《清华周刊》文艺副刊，并有诗作《秋夜》《舞蹈会上》等发表。

　　在文学社中孙大雨（子潜）与朱湘（子沅）、饶孟侃（子离）、杨世恩（子惠）并称"清华四子"，他们后来都成为新月派诗人，所以也称为"新月四子"。四子当时同寓居在西单梯子胡同的两间屋内，常常一起写诗作文，豪情满怀，吟咏酬唱、意兴飞湍。

　　孙大雨进入清华时，清华文学社老大哥闻一多已放洋留美，但闻一多仍关注着文学社的活动。他在1923年5月致梁实秋的信中说："孤守拙（即孙大雨——引者）的小诗有几首过得去的，没有一首好的。"显然对孙大雨的诗作评价不高，事实上确是如此，少年孙大雨的诗作颇有些雅嫩和显浅。

二、格律诗艺的探求

　　1920年代中后期，孙大雨仅有为数不多的诗作问世。现在我们能见到的有《爱》《海上歌》《纽约城》《一支芦笛》等，上述这几首诗无论在意境的深邃、音律的铿锵等方面都是新诗艺术中的上乘之作。孙大雨此一时期诗作数量有限，尽管有多重原因，但不可忽视的是与他对五四自由诗的深层反思、探索新诗发展途径的艺术追求有着密切关系。

　　在五四自由诗第一浪潮趋向低落之时，以闻一多、徐志摩为代表的新月诗人正积极为重建诗的新的美学原则而努力，即格律诗的试验与倡导。作为新月诗人之一，孙大雨在此次新诗潮泛起中功不可没。新月格律诗理论以闻一多的"三美"理论影响至深，而孙大雨在格律诗艺上的思考则独树一帜。

值得注意的是，孙大雨在对白话诗散文化倾向泛滥提出批评的同时，也发现了闻一多"等音计数"格律论的弊端及其影响到创作所出现的"豆腐干""骨牌阵"的形式化倾向。

孙大雨后来在《诗歌的格律》一文中说："我最初在我国语言里摸索这音节，结果发现了它并且加以试验，是在1925年夏天，……就在随后的冬末春初时，和闻一多先生等交换心得的结果，我曾写一首含有整齐音节数的十四行体。"这首十四行体诗就是发表在1926年4月10日《晨报·副镌》上的《爱》，这是新诗中第一首有意识的格律诗，闻一多的《死水》是在五天之后发表的。

与闻一多的格律理论相比照，孙大雨认为："除了各行音节数应当整齐的这一点和我的意见一致外，其他各点我当时都不能同意。"可惜的是，孙大雨当时只是有艺术上的直觉，他没能从理论上做出精深而令人叹服的探讨。他只是在此后的创作或译诗中坚持他认为的这一形成韵文的前提——音组的创造。因为缺乏理论上的阐述，所以在1920年代中期开始的那场格律诗运动中孙大雨的独创理论并未引起新诗界的注意，在创作上当然没能发生自觉的影响。直到1935年孙大雨才开始准备写《论音组》一书，系统提出自己的格律诗理论，不想这部书稿后来在辗转途中毁于战火，直至1954年孙大雨才以《诗歌的格律》（载于《复旦学报》1956年第2期、1957年第1期）为题系统地阐述了自己的格律诗理论。

孙大雨将汉语分为语音、音节（音步或音段）、音组三级单位，他认为利用汉语言文学独有的语音间的粘着性，可以联结语音成为音节，积音节成为音组。

他首先从理论上论证了各民族语言形成节奏的共通的材料是音长而非其他三个原素即音高、音势和音色。因为这四种因素的不可分割性，所以孙大雨给音长的定义是："音波在时音上的持续"或"持续方面的语音"，而在他看来，诗的节奏必须是由相同数目的"音节"有秩序、整齐的排列。因而新诗的格律应当是以两个或三个汉字为常数（音节）而有各种不同变化的"音组"结构，诗的每行音节数相等。对于韵脚，他认为可以加强节奏，但长诗可用可不用，对于平仄，则给予摒弃。

孙大雨认为，自由新诗以来关于格律或形成节奏的理论可概括为四种：

1.自由诗的形式；2.等音计数主义；3.旧诗翻新的计数主义格律；4.高低或长短相间说的理论。他认为这四种理论不是违反了节奏的根本原理，就是生吞活剥外国的东西抑或脱离了本民族语言特征。正是在此基础上，孙大雨通过对语言节奏原理的探索结合汉语言的特征又汲取西洋诗特别是 Blank Verse（无韵诗）的形式提出了具有独创性的音组理论。

由此，孙大雨建立了属于自己的诗学体系，他认为散文和诗是人类表达思想感情的两大方式，格律诗是诗的正宗，而自由诗和散文诗只是诗的变体，指出诗和散文有彼此交界接壤的地方，诗接近散文时就是自由韵文，散文接近诗就是散文诗。为此，孙大雨做了一个形象的比喻：

> 正如海洋有接近陆地的海滨，陆地有接近海洋的岸滩；或者像夜晚接近白昼时乃是破晓，白昼接近夜晚时便是傍晚。但我们不能把自由韵文和散文诗当初跟正常的诗势均力敌、平分诗国秋色的一种类型，正如我们不能把海滨和滩头跟海洋等量齐观，不能把破晓和垂暮当作跟夜晚同样地位的景象。

在孙大雨看来，五四自由诗只能算作"自由韵文"而不能是诗，新诗只能是与他所创造的音组理论相一致的作品。

果真如此，新诗史将要重新编写，而一部现代诗史中的诗作数量也屈指可数了。

然而，孙大雨格律理论的探索我们并不能简单地忽略，这是一个有待深入的重大课题。

三、不可漠视的现代风

1930年代，徐志摩为重振诗坛，着手创办《诗刊》，并于1931年1月由新月书店出创刊号。

徐志摩在类似发刊辞的《序语》中说，他将这份刊物看作是5年前北京晨报 11 期《诗镌》的延续,"希冀早晚可以放露一点小小的光",他欣幸于"5 年前的旧侣,重复在此聚首",而这"旧侣"之中,就有刚回国的孙大雨。

《诗刊》第 1 期的稿件是由徐志摩、陈梦家、邵洵美共同征集,由孙大雨、邵洵美负责编选的。这期中既有闻一多、朱湘等新月老将、也有陈梦家、方令孺等新人的作品,但是孙大雨的 3 首十四行诗《诀绝》《回答》《老话》则显豁地置于篇首。

如果说 1926 年孙大雨的十四行试作《爱》没有引人注意的话,那么,此次推出的 3 首诗作则令人注目了。对于西方十四行诗的移植,在中国新诗运动中,早有反对者的声讨。就在刊载孙大雨这 3 首诗的同期刊物中,就有梁实秋的文章《新诗的格调及其他》,明确指出:"我不主张模仿外国诗的格调,因为用中文写 Sonnet[1] 永远写不像。"在一片异议声中,徐志摩起而为孙大雨辩护,认为孙大雨的成功"竟许从此奠定了一种新的诗体。"指出这是"钩寻中国语言柔韧性乃至探检语体文的浑成、致密以及别一种单纯'字的音乐'(Word-music)的可能性的较为方便的一条路"(《序语》)。

值得注意的是《诗刊》第 2、3 期连载的孙大雨的长诗《自己的写照》共 300 余行,这是诗人计划中的一部一千行长篇诗作,之后,又在 1935 年第 39 期《大公报·文艺》上发表 90 余行,终未能续作,成为残篇。

《自己的写照》残篇是诗人 1930 年前后所作,仅是长诗的一个开端。诗作发表时竟有 90 多处排印之误,直到 1990 年长江文艺出版社出版《中国新诗库·孙大雨卷》时作者才一一作了校订。

长诗在诗艺上用挥洒的每行四音节构成的音组来表达,由于气质的蓬勃横溢,诗作多用飞腾扬沸的跨行或泛溢来表达。诗作以现代都市纽约城为背景,这里有晨昏中滚动不息的人海车潮,有大都会物质重压之下人们的空虚荒淫与辛酸悲愤……诗人将五彩缤纷的大都会比作圣书中大蝗虫造成的"焦原",在宏大的现实背景中展示自己对整个人类生活充满智性的沉思。

这首残诗不仅采用了类似艾略特《荒原》中"非个人化"的手法,而且以

---

[1] 十四行诗。

现代人的焦虑与沉思,明显带有对"荒原意识"的寻求。

诗人自己在半个多世纪后写道:

> 这首未能完成的长诗,它的题目和它所咏叹的现象之间哲理方面的关键,是法国16世纪到17世纪中的哲学家笛卡尔的一句妙谛:"我思维,故我存在。"思维的初级阶段是耳闻、目睹等种种感受,即意识,用凝思和想象深入,探微、绵延、扩大,张扬而悠远之,便由遐想而变成纵贯古今,念及人生、种族与历史的大壁画和天际的云霓。

孙大雨还自信地感慨:这样的写法我不知道西方有哪一位现代诗人曾企图作过。(《我与诗》)

这首诗的发表引起了当时诗坛的震动,徐志摩、陈梦家、邵洵美等诗人推崇备至,认为它是自有新诗以来最精心结构的诗作,托出了一个现代人的错综意识,带来了一种新的技巧。

《自己的写照》或因是残篇,或因"新月派"及孙大雨此后的遭际,而为新文学研究者乃至读者长久地遗忘。直到1970年代初,台湾诗人痖弦认为此诗"为中国新诗后来的现代化倾向作了最早的预言"(《未完工的纪念碑》)。对于中国现代诗,人们既惊赞它外接世界诗潮和新的审美观态的不断创造,一面又叹息它纤柔的风格和都市题材的缺乏而不能产生类似《荒原》的鸿篇情深之作,这固然有种种历史传统、现实困境、个人创造多方面的因由,但人们却往往忘记了在中国现代诗苑中尚有新月诗人孙大雨以都市文明为背景极力趋近类似《荒原》的可贵努力。

由于徐志摩英年早逝,红火一时的《诗刊》在出完第4期后无疾而终,而这一期自然成为同人悼念志摩的专号了。

孙大雨于12月2日写完悼诗《招魂》之后,在此后漫漫生涯中或因兴趣移至莎剧译介或因战乱中辗转求生或因在政治风浪中沉浮而少有诗作问世了。

原载《诗探索》总第20辑(1995)

林莽的方式

陈　超

一

　　1983年，朦胧诗作为一场审美革命，已与一个界限相遇。社会化的抒情和审美的人本主义面临着被纳入新一轮语言集体生产线的威胁。"新诗潮"冲刷开的河道开始分叉，河水漫向各个不同的方向。林莽作为早期朦胧诗群的一员（"白洋淀诗群"1969—1976），在完成了《列车纪行》(1973)、《二十六个音节的回想》(1974)、《盲人》(1975)、《我流过这片土地》(1979)、《海明威，我的海明威》(1981)等有影响的诗作后，开始模糊了其写作与朦胧诗的关系。代表这种转折的是《宁静的阳光》集的写作(1984)。从意识背景上，他不再热衷于处理社会化或可以类聚的历史文化母题，而是从个人经验受到的内在震动中寻找使自己写作的力量；从语言态度上，由繁缛的幻象拼合构成的认知型，转为明净沉着的体验型。在同期的一篇诗学随笔中，林莽表达了这样的看法："我们那些年写了许多激情洋溢之作，写了许多凄凉沉郁之作（这不光指情感，更多的是指政治情绪）。它们在回顾与指责中站住了历史的位置，那已经是一个阶段。……是步入自然，还是以一个永远无法摆脱的受害者的面孔，无尽无休地重复那些怨气；是用情感来审美，还是用原则去审美；是把艺术纳入所谓的道德规范或其他形式的社会习惯，还是还艺术以自由创造的活力，保持它的灵感与沉思。这将决定着一个人是走向艺术，还是背向艺术而去。"

(《这仅仅是一个开始》)这既是对当时某些先锋诗人写作过分固持意识形态的批判,对造成写作的集约化、类型化的提醒,也是对自己过往写作的警示和省察。"步入自然",在这里首先是作为形容词词组使用的,它是指诗人对各种"角色感"的清除。"自然"是通向自明的前提,在这种状态中,人的感悟力和智慧开始吐露辉光,意识和潜意识达成彼此接引,生命经验在话语中找到并扎下根茎,结出"那颗果子"——

> 阳光振颤
> 扩散于枝头和草的茎秆上
> 悬垂初秋的果子
> 静默
> 听雨水
> 淡淡地润化
> 润化绵延的时光
>
> 浑然间托浮着,浸透远山和树木
> 寂静的边缘,墨色淡如青烟
>
> 这就是那颗果子
> 那颗圆圆的初秋的果子
> 时节融融
> 无形散落
> 一片幽鸣
> 不绝如缕的幽鸣
>
> 坠入宇宙和风
> 透明如水雾飘荡

(《感知成熟》)

经过较久的摸索、汰洗、淬砺，林莽的诗之果在1980年代中期也使我"感知"到了"成熟"。那是"初秋"的澄澈、旷远、从容、涵永。语言"淡淡地润化"，"浑然间托浮"，"坠入宇宙和风，透明如水雾飘荡"。但不要以为林莽是在追求一种萧然淡泊的士大夫情趣，他的"秋天"是艺术自律意义上的气韵贯通感。而"心中的秋天更高远"，有时"高得让人发空"（《雨中长笛》）。正是这种"发空"，引发了林莽诗歌具有的"世俗"活力，以及对普通人生的深深依恋和温和质询。林莽的诗是"入世"的，这保证了它们具有亲切动人的美质，而不是停留在岑寂清奇的遣兴水平上。

二

弗洛斯特说过："我和世界有过一次情人的争吵。"这句话也同样适用于林莽的诗歌。作为阅历丰富、历经锤炼的中年诗人，生存的压迫、人性的沦落、技术主义微笑的"暴力"，在林莽的诗中同样得到了反映。但他采取的不是以恶抗恶的自发反弹，也不是自抚伤痛的挽歌调性，而是以灵魂的对话、沟通来表达他对这一切的质询。

  这股病房的气息 / 空荡荡的 / 飘过洁白的四壁，变得 / 空泛又虚无 / 这不是病痛的声音 / 这生命飘逝的气流使人眩晕
（《无法驱散》）

  你说过 / 你喜欢晴朗而干燥的天气 / 而命运令人无法选择 / 你把那些摆在画布的正中 / 一个声音呐喊着冲出 / 压抑来自一个无形的敌手
（《寻找自己》）

  我不想记述那样的日子 / 那一切震动了我的心 / 灵魂的逃离比北风的呼啸还凄厉 / 一切都曾在我们面前 / 那些抹不掉的记忆冷峻而黑暗 / 那片灵魂中的阴影 / 终将无情地把我们陪伴
（《深夜·幽鸣》）

这里的忧患超出了意识形态意义上局部是非本质的评判，因而它不是一正一反式的对抗。"生命飘逝的气流"压抑来自一个无形的敌手，"那片灵魂中的阴影"（重点号为引者加），因其无处不在而近乎无形，乃是源于现代人生命本体内部发生的"比北风的呼啸还凄厉"的精神的逃离。精神不是被什么东西摧毁了，而是被渐渐抽空了。在绵长而噬心的力度上，被抽空是每一个坚持价值和信念的人所能体验到的最痛苦的感觉。这种损耗精神内核的缓慢过程，在今天我们置身其中的生存境遇中，仍是以集体顺役的方式体现的。人们"逃避他的自由"（弗洛姆语），以便能逃避对选择和无意义的深层追问。对技术和新一轮物质放纵主义的信心，仍然是集体顺役主义在"后新时期"的交格形式。而在《滴漏的水声》《若有所失》《一片被火烧焦的草地》《秋天在一天天迫近尾声》等诗中，诗人同样写出了我们的危机是一种奇怪的危机，它不仅表现为灵魂的丧失，而是连这种丧失感也一并丧失了。有如病理学发现的"真空精神病"，与其说是令人不知所措的，不如说是使人懵然不觉的。"许多人在梦中还不曾知道 / 一片夏日的草地已被火烧焦 / 许多事情在不知不觉中正在发生"（《一片被火烧焦的草地》），"光线暗淡 / 过于熟悉的一切让人深感痛楚 / 梦中你辗转反侧"，"在午夜的梦境之外 / 你被无情地敲打"（《滴漏的水声》）。林莽对生存的质询，是通过个人的隐语世界建立起来的。它们不是观念的推演，而是一个个具体的心象，每个心象都有现实生活和经验为其活生生的依据与源头。在事关个体的生存细节中，语言的深渊被缓缓举起，完成个人私语化的诉说。

对这一切，一个诗人能作出怎样的"应对"呢？是纵情恣意地斥骂，狂噪放浪的宣泄？还是占据某种"道德优势"，申说未来学的、救民论的高调？我不想也不能否认这两种姿态在某种程度上的合理性、有效性，特别是在这样一个生命感性受到压抑、道德理性被变异制导为某种政治制度的具体历史语境中。但是，问题还不仅于此。"诗人的应对"，说到底是语言的应对。或如勒内·豪克所说是"格调主义"的应对。如果诗人一定得对什么作出承诺的话，我想他应对语言作出承诺。诗人意识到作为存在之家的语言受遮蔽的境遇、澄明及提升的可能，以及通过拯救语言进而拯救想象力、树立精神的现实依据——他的自由与限度、欣悦与服役仅在于此。诗歌作为一种高尚而难能的语言技艺，不是退入人的原始欲望的自发抛散，不是与生存锱铢必较的谶言和咒语，甚至也不是简单化的"表现自我"，而是估价灵魂之思限度的尝试。在此一意义上谈及语言的"透彻"与"明亮"，不是返回"比德"的传统，而是艺术品质的自律要求。

《九十九页诗选·污水河和金黄色的月光》一诗，正是林莽对上述问题所作出的沉思。这里，"污水河"是欲望主义和技术图腾媾和的精神障碍时代的象征。它污秽、柔软，"微微散发着热气"。"九十九页诗选"，暗示着诗歌艺术的艰难，你终其一生也不敢说"我写好了那一首诗"。这是对诗人与语言真正临界点和真正困境的残酷关系之体验。而"金黄色的月光"，则暗喻着人的纯洁精神及对想象力的捍卫。污水河与金黄色的月光遥遥对称，构成上／下维度。时间维度是前后的，而精神维度则是上下的。人类伟大的精神共时体摆脱了历史决定论的钳制，自高处同时呈现在我们面前。虽然诗人看到了"人类的恶行、战争、苦难和恐慌"，"生命充满疑虑"正漫浸着"桥头上紊乱的人流"，但这一切作为背景恰好构成对我们语言载力及历史想象力的考验。"当那些充满恐怖的阴影突然袭来／灵魂的冲动／那体验比什么都更有力量"，"而灵魂／更应贴向战栗的嘴唇／说出你心中最光辉的语言"，"许多幼小的生命正摇曳着站起／幻想依旧充满了温情与魅力"（重点号为引者加）。

捷克诗人赛弗尔特在其长诗《月球上的五金店》中表述过这样的意思：当人类把金属的行星滑落在月亮冰冷的裸体上，它已不再是迷人的"女郎"。而林莽这首诗的整体运思就源于与之进行的互文性对话。我认为，二者之间不是盘诘关系，而是复调关系。一个揭示出技术这"柔软的法西斯"对幻想的戕害，一个则表达了在技术时代争取幻想的意志和可能。林莽这样写道：

当我在幽暗中／第一次被几行文字所照亮／我便相信世界上有一种力量／……／月亮并没有死亡／当人类在潮湿的崖壁上画出／第一笔线条／幻想的力量就使我们找到了／一片更加坚固的土地／人类已在那儿生活了许多个世纪／／升上天空的月亮冷清、秀丽，白玫瑰般的芬芳幻想并不是华彩碎片的聚拢，对于真正的诗人来说，幻想是一种精神的成长，是一种生命敞开的生气和勇敢（同样，对于敢于捍卫它的人来说又是一种危险）。上面我谈到了林莽式的质询是"温和的"，的确对于他而言，"智慧是一只蝴蝶，它不是阴沉的食肉鸟"（叶芝语）。他对世界充满了爱恋，由爱恋产生出深切的遗憾之情。虽然就个人的兴趣而言，我更倾心于艾略诗、奥登式深刻冷静的知性揭示，但我也理解并感动于林莽的方式：

灵魂的歌声萦绕着那些美好的瞬间
我渴望在人们心中抛下一片光焰

三

林莽诗歌的另一个特征，是对自然、生命、时间的综合处理。他通过这三者的融合，表达个我独白式的追忆和沉思。在他的诗中，生命是舒展而闪光的，与自然的律动呼应，趋向我心与天地同参的境界。而这时的"时间"，仿佛消失了过去、现在、未来构成的连续一维体，成为某种"永恒的瞬间"（此为林莽一本诗集的名字）。这是用词语招引已逝事物到达"现场"的瞬间，是时间向空间的转化。不仅是挽留，更是点亮和激活、持存和发现。"时辰一如往昔／心灵深处隐约感到／远方谷地／一片闪动无声的潜流。"（《一切都别出声》）

以上因素决定了他的诗不是认知型，而是体验型。他诗中的物象，虽然饱含着心理能量，但又是物象自身，力避夸张和变形，保有自然物象恒久而宁静的生机。这正是东方审美性格的贯注使然。在一个追求表面语言效果甚于追求内在韵味的时代，林莽的"古老"和素朴反而使我们感到"陌生"：

黎明
树木的枝干闪出银辉
春雪的润泽使我想到了你

大河千年涌流
还有亘古的牧歌与梅雨
一头牛正穿过清晨的雾霭
你在一首歌中渐渐呈现

那是一片多么平静的原野
蓝色的炊烟
使初春之晨充满了生机
晨风料峭
吹进敞开的窗子

(《晨风》)

　　这里，自然和人的生命契合无间，短短的十二行，却是语境开阔，细节清晰，高远与现场浑然一体。在诗中使用直接意象，往往会造成清寂隐逸的气格，这等旨在遣兴的诗歌固然有其价值，但却缺乏内在的活力和亲切动人的鼻息心音。而从林莽的诗，最见本领的地方恰好在于能在纯净的境界中融进世俗的温情，在文人化语感的自然流泻中，体现普通人生命的感悟和心智的闪烁。这首诗中"你"的出现，可能会使一些读者感到不适，认为它破坏了诗歌的宁静气息。但我却为之感动。正是这个"你"，使全诗的根深深扎在了与世俗生命沟通与对话的基调上。"你"的出现，使我感到自己与这一系列景物的相遇具有了重量。灵魂在晨风中翩然远举，但并非栖以避世，而是人性的开放。"你"体现了林莽诗歌的姿势，它决定着此诗的向度和结构关系。最后两句"晨风料峭/吹进敞开的窗子"，亦是有力之笔，由超远返回现场。我以为，这是另一高度的"篇终接混茫"（杜甫句）。它不是接向清旷萧然的山林，而是接向人间的"窗子"、生命的混茫和欣悦。在《秋天在一天天迫近尾声》《小城霏雨》《暮冬之雪》《黄昏，在异乡的寂寞中》《水乡纪事》《骑手》《灰蜻蜓》《正午，穿过树林》《故乡、菜花地、树丛和我想说的第一句话》《晨光》《面对大海》等诗篇中，我们都可以发现这种与"你"达成的开放式关系，它们已成为林莽诗歌的"完型"。

　　林莽在一篇文章中谈到了"情感的时间"问题，他说："精神的延伸性是无限广阔的，时间为生命提供了实现以往宿愿的机会。……一首短诗能融入诗人几十年生活的体验、情感需要时间来完成，经验需要不断转换。"(《面对诗歌》)熟悉林莽诗歌的读者会注意到，他相当多的作品与其逝去的青年时代的生活经历直接相关（林莽1969年赴河北水乡白洋淀插队，1975年返城。这六年的插队生活在他的生命中尤其留下深深的刻痕）。他的许多诗产生于对往昔经历的追忆中："这曾是我心中的季节／在那条充满往事的路上／记忆从所有的情节中回来"，"当回想进入心境／有一片闪烁的星火／遥远而美好／那就是我心灵的回声"，"旋纽转动着／一只黑管在那里诉泣／夜已经深了／仿佛过了许多年／我记起了你们、往事、友人和希望／我记起了你们"，"这一切已经远了／对于记忆／梦依旧翔过下午三点钟的村落"，"一只灰蜻蜓，穿过逝去的记忆／在塘边，在秋天的草茎上／而生活，你又怎么知道／未来的一切与记忆中的往事／哪些更长久"，"这城市，这紊乱而嘈杂的人流／回忆跃然于尘埃之上"，"倾听灵魂中最寂静的时刻／一股股旋律在内心不停地撕扯／有时候／人们离去得比时间还要快"，"雪，落在心中不再消融／往事有许多时辰仍与我们同在"，"有一种声音／来自天空和深远无边的岁月／当你站在深沉的黄昏之上／就能听到它"，"一夜无眠／唤醒了记忆中另一片沙滩上的早晨和黄昏"，"在你和我记忆的深处／那些无声的对应，悬挂着、沉默着"，"当你们回过头来寻找／在诗行中，记忆走得缓慢而惆怅／雨还在下／我的诗悬挂在那些年的葡萄藤上／在时间的流逝中渐渐成熟／和秋天一样感人"。以上只是我在阅读林莽二十几首诗时信手摘下的句子。我相信如果我们将他已出版的三本诗集作一次细致的统计学上的词义辨识，那么涉及"记忆"的语词将会更多。这种追忆，正是林莽所言的"情感时间"。往事被这种"情感时间"吸收、容纳，"经验"被"转换"为诗。它是具体的、细节的、碎片式的，但恰恰是这种"持之有据"使我们恍惚，使我们置身于"最高的虚构"。林莽对"回忆"的固持，不仅缘于简单的怀旧，更重要的是对诗歌艺术的深邃和透彻的抱负。他反对灵感型的速成诗歌，他追求使"怀乡和离别之情沉淀得透明"。"艺术的道路没有捷径可寻"，如果没有

"情感时间"的持续考验（真正把捉到回忆中萦绕最久的"瞬间"），没有现实经验向审美悟性之光的转换，"它不会真的属于你"。这种对速成诗歌的抑制，体现了诗人扎实的精神成长。说到底，诗的价值即诗本身，"技巧考验真诚，如果一件事无须花上技巧去叙说，它的价值就比较差"（庞德）。从1985年之后林莽大量地处理"秋天"题材。"秋天"经过他连锁的、不同向度的摸索和穿透，已具备了"主题"的性质。如果将这些诗拿来对读，我们会听到一部众语盘诘的微型剧。对自然、生命和时间的综合处理，在他这里是有方向的、有难度的。

四

在持久的诗歌阅读中，我产生出一种感觉化的"观念"。感觉化的观念肯定不够牢靠，但它长期拂之不去，说明其有一定的确指性。这里不妨贸然提出，以求大家校正。

我感到目下在现代诗内部，有三种诗歌"发生学"型态：第一种是对历史文化抱有雄心的诗人，其诗历史语境广阔，体制庞大，在繁富纵横的知性推移中，处理准学术材料。这类诗人热衷于价值论和诗歌主题的效果史。第二种诗人是对"书写"本身抱有深度迷恋的人。一般地说，其兴趣牢牢限定于诗歌形式内部。他们在快速展开的能指漂移中，处理稳定的美文材料。这是一种源于阅读的写作。诗人的写作动力，通向某种已成的"好诗"。他们会依据已成"好诗"成功的经验和模式进行写作，也能写出成色不错——以致使人看不出哪首更本真——的诗来。第三种诗人是热衷处理个人本真经验的人。其写作动力不是源于已成的"好诗"，而是源于使他写作的力量。他们诗歌的根茎扎在现实经验和语言交互打开的某个点上，是自明的，可以还原的。这个点常常不够"重大"，甚至有时极端个人化，但它与现实生活密切相关，是个体生命受到震动后产生的经验。林莽的许多诗就属于第三种。再具体些说，他类似于雅姆、赛弗尔特、弗洛斯特以及某种程度上的叶芝和晚年的杜甫。他从这些诗人身上领悟到的是诗歌与日常生活经验的关系，而不是对其翻译语型的仿写。

　　林莽的写作具有"中年写作"的特征。关于"中年写作",欧阳江河在一篇文章中作过很有力的表述。他从写作者的心情、写作中的时间、写作中对量度的强调等方面,对此问题作了基本含义的廓清(《'89后国内诗歌写作:本土气质、中年特征与知识分子身份》)。但欧阳江河的兴趣,是在那类具有不同程度玄学色彩的诗歌方面,与我所谈的林莽诗歌的"中年特征"不是一回事。我认为,林莽诗歌中的"中年特征",主要体现在对日常生活经验的显幽烛隐,对写作中易感倾向的抑制,对语言自然、准确、内在、透明的追求。这种诗的特点是,不矜持,不藻饰,平静陈述心灵中确切要表达的东西,对世态人情怀着诗心善良的体谅。其题材往往是平凡甚至琐屑的,表面上看缺乏所谓的"诗意",但深入细辨,我们会体验到它与更深远的个体生命背景联系在一起,有一种幸福和苦楚融合一起的复杂难辨的领悟:

　　有时候,邻家的鸽子落在我的窗台上 / 咕咕地轻啼 / 窗口的大杨树不知不觉间已高过了四层楼的屋顶 / 它们轻绕那些树冠又飞回来 / 阳光在蓬松的羽毛上那么温柔 / 生命日复一日

　　我往往空着手从街上回来 / 把书和上衣掷在床上 / 日子过得匆匆忙忙 / 我时常不能带回来什么 / 即使离家数日 / 只留下你和这小小的屋子 / 生活日复一日

　　面对无声无息的默契 / 我们已习惯了彼此间的宽容 / 一对鸽子在窗台上咕咕地轻啼 / 它们在许多瞬间属于我们

　　日复一日 / 灰尘落在书脊上渐渐变黄 / 如果生活时时在给予 / 那也许是另一回事 / 我知道,那无意间提出的请求并不过分 / 我知道,夏日正转向秋天 / 也许一场夜雨之后就会落叶纷飞

不是说再回到阳光下幽深的绿荫／日子需要闲暇的时候／把家收拾干净，即使／轻声述说些无关紧要的事／情感也会在其间潜潜走过／当唇际间最初的战栗使你感知了幸福／这一瞬已延伸到了生命的尽头／而那些请求都是无意间说出的

（《瞬间》，1986）

1987年，我在撰写一部细读专著《中国探索诗鉴赏辞典》时，与这首诗相遇。那是一个追求尖新的龙吟虎啸的写作年代，但这首平淡朴素的诗却更使我感到隐在的"震惊"。我曾和内蒙古诗人、批评家雁北交换过我对此诗的看法，原想得到这位更"新潮"的友人的反诘，没想到我们彼此的认识惊人的一致：这是当时少有的用恰切成熟的口语，真实地表达内在经验的佳作之一。于诚朴中求真味，于直接中求隐奥，意味着诗人对语言的挑战进入了另一重量级。"中年写作"不再追求烈焰熊熊的效果，它更像是恒久的木炭，不会纷扰我们的视线，使人凝神。这种诗只用基本词汇写作，然而正如布拉克墨尔所言，"如果诗人精确地知道他的词代表什么，那他的写作很可能比懵懵懂懂、随便乱用字眼时，显得新颖奇特——甚至难以理解。这是因为，当每一个词都有确定的性质时，糅和在一起便不能不独具特色。"（《现代诗歌的形式与价值》）语言的除幻功能来源于诗人内在经验的压强量，正是求真求新把林莽逼成了"守旧"的诗人。在1985年后的诗歌写作中，林莽自觉地使诗成为朝向明朗与精确的摸索，像《被遗忘的高原小站》《骑手》《雨中长笛》《我探知冬天多雪的缘由》《在一本书与另一本书之间》《晨光》《树》《穿越坡地》及此文中我提到的诗篇，大都具有这种诚挚、内在、湿润而闪光的美质，"平和、深邃、不再蛊惑"，"亲切、友善，触动你的心房"（《星光》）。

林莽1969年开始写诗，迄今已有26个年头了，在他诗歌探索的道路上，有诸多闪失，诸多困惑。这篇文章中，我选择了三个方面来陈述"林莽的方式"，意在将论点限定在诗人写作的"个人性"和"差异性"上，而不是绝对的价值判断。林莽经历了自1960年代末至1970年代初的初期写作，1973—1983年约十年对现代主义诗歌的寻求，1983年后有意识地脱离群体而进入

"个人性"的创作，以及 1990 年代以来对人的内在精神、人类更广阔的文化背景及语言艺术本质的关注。诗人已经历了四个创作阶段。对近几年诗人诗作的变化，本文涉及较少。1973 年 12 月，24 岁的林莽写过这样的诗句——

实际的与空虚的 / 一个在心上，一个在手中 / 到站了 / 我依旧驰向前方
（《列车纪行》）

是的，如今他还在语言这辆永无终点的列车上。

原载《诗探索》总第 20 辑（1995）

论杭约赫的诗歌艺术

臧 棣

人们通常不会把杭约赫这样的现代诗人看成是一位能够独立存在的诗人，而更倾向于把他作为一个重要的诗歌流派（中国新诗派）的代表人物来看待。这种看法包含着以下的学术潜台词：杭约赫的诗歌个性和作品质量还不足以支撑他享有脱离现代诗歌史而存在的条件。如果脱离中国新诗派这个诗歌背景，他的诗歌就会因为个性贫弱和形象模糊而淹没在1940年代大量粗制滥造的诗歌垃圾之中。因此，他的诗歌位置是从诗歌史的眼光里获得的。他与他所归属的诗歌流派血脉相连；就像有些诗人，我们之所以会提及他们，是因为他们从属于某一种诗歌风格的缘故。这种看法是错误的。像所有从诗歌史的角度进行的评判一样，它过分关注诗歌价值的甄别，而没能充分估计到诗歌写作的特性。并且，这种看法也存在着一个过分简化的问题。按照诗歌史的标准，杭约赫虽说附属一个极其重要的诗歌流派，但他本人只能算是一个次要诗人，其艺术成就无法与戴望舒、卞之琳、冯至、艾青、穆旦这样的重要诗人比肩。我无意改写诗歌史。至少有一点是可以确定，无论我们对像杭约赫这样的诗人怎样重新发现，都不会影响到现代诗歌史中那条似乎已很理想的文学链条的改动。然而，从诗歌批评的角度看，那种看法由于对诗歌写作的特性的极端忽视，很可能会掩盖一些非常值得注意的而又引人深思的仅仅属于某个特定的历史时期的诗歌现象。比如，作为一个次要诗人，杭约赫却拥有一种我们通常在他同时代的主要诗人身上很难见到的诗歌抱负和写作气势。杭约赫具有用诗歌为城市撰写一部完整的历史的强烈愿望。或许，他也是唯一试图用现代史诗的眼光和笔触来处理城市题材的现代诗人。尽管他的努力不那么成功，但仍然为我们留下了许多值得认真探讨的东西。

杭约赫认真开始写诗是在1940年代初期，是在他辗转延安和晋察冀抗日根据地迁居重庆之后。他的社会角色也经历过几次转换：热衷抗日宣传活动的左翼文学青年，延安鲁迅文艺学院美术系的学生，生活书店一份周刊的编辑，烟草公司的小职员。我之所以罗列这些属于传说方面的背景材料，是因为我觉得它们深深地影响杭约赫的诗歌动机的形成。杭约赫的诗歌总呈现出一种接触和拥抱客观事物的姿态。中国新诗派的其他诗人也有这种倾向，但他们接纳客观事物的目的，是再次返回主体的内心世界。而返回过程中携带的客观性有助于提升主体的精神境界，从而增强诗歌想象力的概括性。杭约赫的诗歌则停留在对客观事物的接纳中。所以阅读杭约赫，读者产生的最鲜明的印象是：他的作品并不构成对诗人内在的精神世界的印证，像戴望舒或穆旦的诗歌具有的那种印证功能。他的作品具有一种代言的倾向，把诗人的观念和读者的观念并置在同一层面上；他倾诉或抒发的情感，通常是读者本身也具有的。

在1945年出版的处女诗集《撷星草》的后记中，有一段话很能反映杭约赫早期的写作意识："生活在这朦胧的曙色里，我喜爱了那些掉落在草叶上的露珠。纵或它们底生命是那样的微弱而短暂，但当这春寒阴沉的季节，一滴清露，也会给一棵小草和一片叶子以些许滋润和慰藉。因此，在朝阳还没有冲出云围之前，我用我底爱，将它们穿掇起来，赠给一些同样生活于这块天地里的朋友们。"这段话具有艺术表白的性质，它涉及诗人的写作背景、艺术心理、诗歌趣味、文学观念等方面。"朦胧的曙色""春寒阴沉的季节"，是诗人对现实的意识，也反衬着他的作品所针对的现实的写作背景。"草叶上的露珠"，指的是诗歌由于同现实的阴暗进行对比之后所具有的一种纯洁的真挚的精神形象。"滋润和慰藉"，反映出诗人对诗歌的社会功能所持有一种看法——诗歌适用于精神生活的交流，因此它应给人以鼓舞、教益、安慰和美感。但我认为这段话更值得关注的特征，是它所包含的隐喻性写作。诗人表达或陈述他的意图，几乎总是采取隐喻性的思维方法和比喻性的词藻。像"朦胧的曙色""草叶上的露珠""阴沉的季节""朝阳""云围"这样的语汇,虽然它们的语义功能是隐喻性的,但它们的意指却既明确又浅显,不会引起误解。在1940年代,无论在散文领域还是在诗歌领域,这种隐喻性写作泛滥成灾,是被采用得最普遍的一种写作。杭约赫的诗歌写作,特别是短诗,深受这种隐喻性写作的浸染。我认为这是他的短诗缺少独创性和诗歌个性的根本原因。对于诗歌,隐喻性写作的主要危害是抑制了经验的作用。诗人往往惰性地移用词语和意象的已广为人知的文学意蕴,而没能充分地为这些意蕴提供新颖的或奇妙的语境。比如诗人所使用的词汇,如"牡丹"和"万年青",分别表示"富贵"和"长寿"(见题名为《掇》的诗)。诗人没能通过某种经验的整合作用,在新奇的语境中赋予它们以新鲜的意蕴。其他诗人经常运用的词汇,如"荒原""荒漠""生命""光亮""血""历史",等等,都没有在诗人为它们安排的语境中获得新的艺术生命的力量。

作为一个诗人,杭约赫喜欢传达(communication)远甚于表达(expression)。有时,我们会惊讶于他总有那么多的思想、观念和情感需要传达给读者。这是他与中国新诗派的其他诗人的一个明显的不同之处。中国新诗派的其他诗人,如穆旦、郑敏、杜运燮更倾心于表达某些独特的感受。而杭约赫即使有某种感受,他也要把它们转换成观念性的东西加以传达。比如在《落潮以后》这首诗中,诗人感受到一种自我与世界的疏离,一种个人境况中的被抛弃的感觉:"潮水退走了,/我们不幸给流落在这里/世界不再属于我们——"。不过,这种疏离感不会发展成一种深刻的诗歌主题,它只是诗人传达一种观念性的东西的前提。在这首诗中,这种念性的东西是"让我们靠拢点,/相互以自己的涎沫,来/潮润这快要枯瘠的生命"以及"挣扎着活下去呵"的强烈意愿。此外,这首诗也充斥着隐喻性写作的大量痕迹,如"凶鹏在天空里飞,/毒蛇在爬行,/猫头鹰在歌唱……","我们时刻在向往着/辽阔的江湖","我们在祈求,在默默地召唤:/洪水的泛滥;半天里/降下阵暴雨……"。这些带有隐喻性写作风格的诗句,其强烈的诗歌效果是使诗歌意图变得明显而确定,排除了可能引起歧义的发展线索。也可以说,诗歌的力量在隐喻性写作中得到某种强化,而诗歌的美感却在其中受到了某种削弱。隐喻性写作在诗歌中也不是没有优点，它不容易在阅读中造成隔阂，并且能毫不困难地与读者产生共鸣。但是很显然，过分借助这一特点就有降低诗歌的写作水准的危险。

我想我们也不应忘记杭约赫的画家身份。但是在考虑绘画的才能对他的诗歌写作所产生的作用时，我想还是慎重些好。在对事物的观察上，杭约赫没有显露出多少他作为画家的特长。他的观察能力显然不及中国新诗派的另一位女诗人郑敏。出乎意料的是，绘画的才能并没有在诗歌领域中与之最为贴近的咏物诗的写作上得到相应的延伸。诗人只写过屈指可数的几首近似咏物风格的诗，如《风筝》《萤》。我说"近似"，是因为这些诗没能将咏物的格调贯穿始终。《风筝》这首诗中的咏物格调，在诗的结尾被讽刺性的笔触毁坏殆尽，并且它的本质也更接近于寓言诗。尽管这样，绘画的经验还是会强化诗人身上的某些特征。首先，杭约赫的诗有一种匀称而坚实的结构。这种结构的形成，除了同诗人总在他的诗歌中安置一个明确的思想观念有关外，我以为另一个原因，应归结于诗人对构图的熟悉。他对诗句的安排，有时会让我们想到画家对线条的运用。其次，从诗歌动机的角度看，杭约赫对他所想传达的诗歌内容，总能保持一定的心理距离。他避免像浪漫主义诗人那样，与他们想要表达的思想情感融为一体，从而使诗歌所触及的经验受到无羁的情感之焰的损害。他经常像画家注视或观察所临摹的事物一样，审视他所要传达的诗歌内容。比如，对自然的存在物，他常常喜欢用拟人化的"你"来称唤。收录在《撷星草》第一辑中的那些十四行诗，对"你"的运用更是手法变幻。中国现代诗人多喜欢在爱情诗中才使用"你"，而且专指意中人。而杭约赫却能在多种抒情姿态中使用"你"。既能在正剧格调的抒情姿态中使用"你"，如《播》和《誓》；也能在富于讽刺意味的抒情姿态中使用"你"，如《朽》和《腐》。在《誓》这首十四行诗中，"你"的意指甚至带有猜谜的味道。我们能明显地感到，诗人对"你"的运用，意在使他所传达的东西看上去有一种客观性。而表达上的客观性，的确是让中国新诗派诗人心仪的诗艺。

T. S. 艾略特在《诗的三种声音》中，把诗歌动机从类型上归结以下三种：第一种是诗人同自己交谈，第二种是诗人同读者交谈，第三种是诗人用拟想的戏剧人物的口吻说话。杭约赫的诗大体上可以归入第二种。他的诗总是倾向于与读者进行交流。诗人自己也称他写诗的目的是要把诗歌献给"同样生活于这块天地里的朋友们"[1]。但是，在实现这种同读者交谈的愿望上，杭约赫却没有采用他那个时代多数诗人习惯的表达方式，而是尽可能地避免直露，避免机械的说教。我们能明显地感到，他总是倾向于营造一个理性的诗歌空间来同读者交谈。也就是说，这种交谈是在经验的层次上进行的，而不是在情感的层次上进行的。在1940年代，在追求诗歌的现代性的诗人的观念中，情感由于它在浪漫主义或受浪漫主义影响的诗歌中所起的美学作用，常常遭到诗人们的强烈抵制。他们狭隘地理解情感同诗歌的现代性的关系，甚至是它同诗歌的关系，并把这种理解视为诗歌观念现代化的一种标识。这种理解，无论从理论上还是从写作本身上看，都有致命的缺陷。但在当时，它的确是一股推动诗歌前进的力量。

此外，诗人同读者交谈，这种诗的声音正如艾略特自己分析的，它适于写史诗，或是有史诗风格的诗。如果不把它同其他两种声音交互使用，一个诗人很难靠单独运用它而写出有独创性的诗歌。1940年代，独创性虽然还算不上最主要的文学意识，但还是受到中国新诗派诗人们的关注。不过，他们追求独创性的方式很特别。杭约赫写过一首题为《严肃的游戏》的诗，把抗战时期的游击战喻为一场"游戏"。这种独出心裁的比喻理所当然地受到左翼批评界的抨击，尽管诗人已把他的美学观念中最高级的名词拿来修饰"游戏"，尽管诗人明确地写道："在严肃的游戏里，竟成长为一支／震撼世界、掌握人们航向的力量。"时隔一年，诗人在长诗《复活的土地》的自注中，他坚称"严肃的游戏"是正确的命名，并引用鲁迅译的厨川白村有关"游戏说"的论述"就是向上，也就是有进步，不独艺术，凡有思想生活，大概都是在这种意义上的严肃的游戏"来为自己辩护。从诗歌本身的角度看，《严肃的游戏》所运用的经验缺乏独特的个性，所采用的意象也不新颖，它的新奇只在于诗人所选择的大胆的抒情角度。

---

[1] 见《撷星草》后记，1945年版。

在杭约赫身上，比较突出的诗歌个性是他的讽刺意识。这种讽刺，从诗歌动机上说，是诗人对 1940 年代的社会现实中的黑暗与腐败的一种浪漫的报复；从诗歌艺术上说，是诗人强化诗歌的表达力量的一种方式。杭约赫的短诗中的讽刺，已有点接近新批评所说的反讽（Irony），但总的说来还不是。他的讽刺有强烈的倾向性，如那首针对周作人的十四行诗《腐》；并且讽刺总是向对象投射，绝少反射自身，因而缺少一种含蓄的张力。许多讽刺最后都发展成一种批判的笔触，如《致伪善者》《最后的演出》《丑角的世界》。在他的长诗中，讽刺的作用可能是一个颇值得争议的问题。讽刺是一种观察素材的角度，也是一种诗人叙述的态度。但由于倾向性太明显，并且运用得过于频繁，最终对诗人想撰写的史诗风格和结构构成某种损害。杭约赫的讽刺缺少一种思辨或自省的东西，不过这不能过分归结于他个人的缺陷。

杭约赫的讽刺，同他的诗歌态度中的昂扬、坚定、自信、理想倾向不无关系。意识形态方面的因素，虽然也能导致诗歌中讽刺的产生，但不会长久。讽刺如果作为一种连续性的诗歌态度出现，肯定需要某种强旺的生命意志作其后盾。一个脆弱、善感的诗人，显然不具有驾驭讽刺的持续的能力。因为他通常难以跳出他那唯美的、同时也是神秘的忧郁。杭约赫的抒情品格，具有一种开朗的气质。我以为，这既是性格和经历的产物，也是一种世界观的反映。虽然诗人自己声言，在《木叶集》时期（大抵从 1940—1944 年），他的诗"趋于空泛，情绪低沉，在写作手法上过多的追求形式的'美'"。但从诗人所属的时代看，他的诗歌情绪在总的倾向上充溢着一种理想主义的格调。当然，这种理想主义的核心是关于政治哲学的，而不是关于人生哲学的。

杭约赫诗歌中的讽刺也反映着 1940 年代诗歌潮流中的一个主要趋向。许多诗人都热衷写讽刺风格的诗歌，并把讽刺作为一种认识现实或面对现实的武器。1930 年代的诗人，用绝望、伤感、自我怜悯、高傲这些通常被归入逃避的方式来表示对社会现实的不满。1940 年代，绝望、伤感，已很少被诗人作为一种文学情感来认真对待了。诗人多采用讽刺来表示（与发泄有别）对社会现实的不满。讽刺，有时还会被看成是没有让社会现实压垮并有能力发出抗议的标志。在 1940 年代出现的讽刺诗热当中，似乎还有一种与小说中的讽刺竞争的味道。在小说领域,讽刺已发展成一种文学精神,比如张天翼和钱锺书的小说。而在新诗那里,讽刺仍然滞留在表现手法的层面上。不过,杭约赫的讽刺已开始显露出它作为一种基本的诗歌态度而存在的鲜明的倾向。讽刺已不仅仅是一种修辞手段,而且开始意味着一种看待事物的方法。

按照1940年代流行的诗歌标准,杭约赫的短诗可以说写得娴熟、凝练。结构匀称,节奏流畅,语言舒展,但主题缺少一种统一性。不过,这种缺陷在他雄心勃勃的长诗的写作中得到了弥补。杭约赫共写过三首长诗——《火烧的城》《复活的土地》《仇恨的埋葬》,后面一首鲜为人知的原因是原诗已散佚,仅有部分章节刊于《诗创造》。前两首长诗在诗歌主题上表现出一种突出的探索性,它们展示了一位1940年代的中国诗人对新诗的现代性的一种宏大的意识:用诗歌来概括现代城市的历史,并试图通过城市史来揭示中国现代历史的发展趋势。

也许,有人会嫌这种城市史的概括中诗人的主观意图过于外露。在某种意义上,我同意这类看法。我不想挑剔诗人所借重的历史决定论,但是我不赞成诗人如此迫切地用他选择的历史决定论来取代诗歌自身的认知和概括历史的能力。甚至,我觉得他把想象力的视角限定在光明与黑暗、乡村和城市的对立上,也有过于简化和天真的一面,特别是在考虑到他的长诗所努力建构的史诗结构之后。在杭约赫的诗中,城市的变迁被解释成一种受历史力量任意摆布的换代过程,而没有像我预感的那样被展示和解释成参与并决定社会变革的历史力量本身的演化过程。诗人看待城市的视角也不够稳定:时而采取天真的乡村知识青年的眼光,时而采取满怀义愤的新闻记者的眼光,时而又采取教条主义者的眼光。就他已触及的城市的历史内容而言,他的视野中明显地缺少文明意识、社会学的知识和情趣、哲学思辨和人文精神。诗人对城市所进行的某些社会分析,看得出他是一位《子夜》的爱好者。不过,他用的是《子夜》得出的结论,而忽略了《子夜》所运用的分析过程。《复活的土地》中有关城市的形象,如冒险家的乐园等,都是从小说中借来的,缺少诗歌自己对城市形象的重新发现。

尽管如此,我仍然倾向于说《复活的土地》是现代诗歌中一次令人难忘的努力。把城市史作为现代史的缩影,确实需要一种宏大的诗歌想象力。这多少表明,中国新诗开始尝试运用现代史诗的想象力来处理城市题材。在 1940 年代,一个诗人把他的诗才与城市这一主题和素材紧紧系连在一起,是需要眼光和魄力的。即使我们考虑到艾略特的《荒原》在构思和主题上对杭约赫的影响,我们赞扬的语气也不会减弱。一个有意思的现象是:在 1940 年代,如果不具有强烈的现代主义的美学意识,一个诗人绝不会把他的目光和兴趣如此专注地投向城市,更遑论对城市进行历史主义的整体把握。

1980 年代中期,在回顾《火烧的城》的写作时,杭约赫说它"写得零乱芜杂,过于散文化"[1]。其实,这还不是它的主要缺点。它更严重的缺点是异常显著地采用了《荒原》那样的现代史诗的构架和视角,却写成一部风格拖沓的叙事诗。这首诗的主题是毁灭与新生,它有两层含义:一是指城市的毁灭与新生,二是指历史的毁灭与新生。诗人用"灰色的城"和"贪婪的嘴"来为行将毁灭的城市画像。贪婪,在这里的含义是指城市对乡村进行的肆意掠夺和榨取。杭约赫还对一种等级观念感兴趣:乡下人供养城里人,城里人却用对乡下人的嘲笑来作为回报。从一种农业的视角出发,他把城市和乡村的关系描写成掠夺与被掠夺的关系。这是他那个时代的知识分子所普遍持有的天真观念。《火烧的城》中也展示了城市的生活景观,但往往失于流水线式的空泛的叙述。诗中的讽刺笔触仍是主要的,但有些地方的反讽意蕴也很突出,如诗人把人对城市的依赖感说成是鸟对"巢穴"的依恋,把商贩沿街叫卖的杂音称为"城市的诗意"。偶尔,诗人也能写出有力的诗句:

> 这灰色的城市在下沉,下沉
> 我的记忆便开始在这个时候。

对城市现代化的进程,诗人囿于一些丑恶的表象,把它说成是"畸形的繁荣"。这时,他的想象力流露出一种浪漫主义的准确:"乡村患着严重的贫血

---

[1]见《最初的蜜》后记。

症"，而城市的面容"憔悴"。不过，诗人的另一种概括却很深刻：城市正变得越来越"拥挤而空旷"。"空旷"，相当凝练地概括出人在城市中的异化的程度，他找不到自己的位置。"失业"和精神上的"死亡"正"袭击着"城市。尽管旧时代的城市有它深重的罪恶，但诗人为它发明的辩证法仍显得过于残酷。诗人宣称，新生必须经过烈火的洗礼。总的说来，《火烧的城》写出了一种包容的气势，但没能写出一种诗歌的深刻。

《复活的土地》进一步发展《火烧的城》的主题。它的《序诗》的倾向性展露得异常鲜明。诗人透露："我们"已不再耽于理想的梦幻，而开始投身于"一齐举起战栗的手，夺取'人'的位置"的那样一种历史的行动，去迎来"童话的诞生"。全诗共分三章。第一章题名"舵手"，这个意象潜在地把历史的前进比作可以操控的过程，而"人民"就是历史的舵手。法西斯被巧妙地比作"最后的火灾"，"人民"在反法西斯战争这场灭火行动中空前壮大，并日益觉醒："面前的路/由我们依据理性来挑选。/人类不仅要生活，还需要生活得/合理。"第二章名为"饕餮的海"。贪婪的意象再次被赋予城市。上海，这"都市的花朵"最后仍为"荒淫的海"所吞没。诗人对以都市为代表的集殖民主义和资本主义于一体的"现代文明"的批判，越来越不留情面，既激进、尖刻，又天真、浮泛。就它和西方现代主义诗歌的关系而言，它在结构上仍受到《荒原》的影响；在观察和分析以及表现手法上，奥登的影响则异军突起，诗中至少有三处直接引用奥登的意象和诗句。这首诗还受到《圣经》、希腊神话、莎士比亚的戏剧、高尔基的小说、密尔顿的《失乐园》、勃洛克的《十二个》等的影响。更值得称道的是，诗人还取用流行歌曲、时事新闻、政治地理学名词来充实他所开拓的题材。

原载《诗探索》总第 21 辑（1996）

自在声音颜色中
——废名诗品

冯健男

关于废名的新诗创作，我已写了一篇《人静山空见一灯——废名诗探》（载《文学评论》1995年第4期）。为什么又要写这一篇呢？可以说是因为意犹未尽。我写前一篇文章，也试着从一个"禅"字来说废名诗，这是从众，因为评家是这样说的。这自是说这位诗人之一法。但事后一想，这样说诗是否就说到是处呢？是否一定要这样说呢？这倒是一个问题。其实，废名自己说他自己的诗，如《谈新诗》中的《〈妆台〉及其他》章，并不着一个"禅"字，只在谈《掐花》一诗时说诗中用了佛经上的一个典故。他说诗，总是说他于某时有所见、所闻、所感、所思，于是吟成某诗。同时，我还想，废名写长篇小说《桥》，本来就像写一首一首诗，画一幅一幅画，那么他写起诗来，倒没有自然风景和人间情致了吗？出于这些想法，我又写这篇文章，再说废名诗。这一篇题曰"品"，以别于前文的"探"。当然，"品"（品味）中也会有"探"，正如"探"（探索、探险）中也会有"品"。所谈的诗，这回"别有用心"，也为了避免重复，前文说过的此文就不说了。

我们先品这一首——《画》：

嫦娥说，
我未带粉黛上天，

> 我不能看见虹，
> 下雨我也不敢出去玩，
> 我倒喜欢雨天看世界，
> 当初我倒没有打把伞做月亮，
> 自在声音颜色中，
> 我催诗人画一幅画罢。

晚唐诗人李商隐有咏月中嫦娥诗多首，废名借以逗他自己的想象。"嫦娥无粉黛，只是逗婵娟"（《秋月》），"青女素娥俱耐冷，月中霜里斗婵娟"（《霜月》），"嫦娥应悔偷灵药，碧海青天夜夜心"（《嫦娥》），这是晚唐诗人的想象。"我未带粉黛上天"，"没有打把伞做月亮"，这是现代诗人的想象。古代诗人启发了现代诗人，而现代诗人超越了古代诗人，现代诗人的想象是跃动的、立体的了。现代诗人的这首诗也写了嫦娥的"悔"，"悔"什么呢？"悔"其"无粉黛"，也就是"未带粉黛上天"。由"粉黛"而"虹"，而"下雨"，而"打伞"，都是想象的跃动、感觉的串联，直要把人间天上、天上人间，打成一片。"自在声音颜色中"，可说是写尽了人间天上的赏心乐事。当然，在诗里，也就是在《画》中，这句诗是说嫦娥"打把伞做月亮"的乐趣，"声音"是伞上的雨声，"颜色"是伞上画花的颜色。一个施粉黛的嫦娥，打了一把花伞在雨中看世界——这样的画，只有诗人才能画之，故嫦娥"催"之。

"自在声音颜色中"，这句诗可以题在《桥》上。《桥》是一部写人间声色的书。其中有一篇题曰《今天下雨》，写了少男少女雨中看世界，看到想到说到各种颜色和声音（或无声）的雨。故事的主人公对两位少女说："你们这样很对，雨天还是好好的打扮。"又说："我常常喜欢想象雨，想象雨中女人美——雨是一件袈裟。"

《画》中的嫦娥，也正是诗人"想象雨中女人美"，不但在雨中，而且在月中。

废名还有一首诗，不是写嫦娥的，而是寄与嫦娥的。题目是《诗情》——

> 病中没看梅花，
> 今日上园去看，
> 梅花开放一半了，
> 我折它一枝下来，
> 待黄昏守月
> 寄与嫦娥
> 说我采药。

《画》写嫦娥的激情（于"催"字可见），《诗情》写诗人的深情（于"寄"字可见）。我折下梅花一枝，待黄昏守月寄与嫦娥说我采药，这个诗情深而淡，温而雅。"采药"，可以说与"我"在"病中"有关，采药以治病也。"采药"持赠嫦娥，也可以说嫦娥有病（乡思和相思之病），寄梅花一枝以慰之、治之也。

当然，诗往往可作多种解说。你也许要说，这首诗中的嫦娥，不是天上的仙女，而是世间的美人。"待黄昏守月寄与嫦娥"者，实"月上柳梢头，人约黄昏后"意也。那就由你。废名曾说，他的《妆台》《小园》《掐花》，可以说是"特别的情诗"，那么《诗情》也可作如是观。不过其中的女郎仍是"嫦娥"，出于诗人的想象。

园中的梅花富有诗情，院里的芍药富有画意。请看《画题》：

> 我倚着白昼思索夜，
> 我想画一幅画，
> 此画久未着笔，——
> 于是蜜蜂儿嗡嗡的催人入睡了。
> 芍药栏上不关人的梦，
> 闲花自在叶，深红间浅红。

我倚着白昼思索夜，我想画一幅画，那么这应是一幅什么画呢？是夜？是怎样的夜？是倚着白昼的夜？思索着，久未着笔，入睡了，画完成了。风景人物自成一幅画。人在睡梦中，仿佛入夜，而芍药仍在自由自在地开放。这种意境和情趣，在废名小说中有所表现，如写灯照白庙，灯过而庙仍在，灯照红花，灯过而花仍开。废名在《桥》中说："李义山咏牡丹诗有两句我很喜欢：'我是梦中传彩笔，欲书花叶寄朝云。'你想，红花绿叶，其实在夜里都布置好了，——朝云一刹那见。"废名的芍药，亦梦中传彩笔也。

废名爱花，也爱树。但他的树不上天，不入夜，这也许是因为他爱树荫之故。例如《路上》：

  路上我看见一个好树影，
  我想我打一把伞，
  好像点一盏灯。
  我不晓得花是怎么样画，
  我想我是一把莲叶伞，
  我想莲叶是花之影。

一个好树影，打一把伞，点一盏灯，这个联想是闪跳的，又是自然的、富丽的，因为树下有影，伞下有影，灯下有影。"我不晓得花是怎么样画"，这大概是说，伞上要画花，不晓得怎样画，灯光要照花，不晓得怎样画。最后的两句"我想"，乃是解决了"不晓得"的事，我是莲叶伞，莲叶是花之影了。意象之美，意境之奇，读者自可感知。不过我可以透露一个秘密：据作者原稿，此诗第三句原是"我画它为一生"，第四句原是"我不晓得菩提树影怎么样"。这样看来，此诗含有禅机。但我在此文开头说过，这一篇文字不谈禅，其实也不必谈了。

废名的树是在人生的"路上"，此路通生死。请看《花盆》：

  池塘生春草，
  池上一棵树，
  树言，

"我以前是一颗种子。"
草言,
"我们都是一个生命。"
植树的人走了来,
看树道,
"我的树真长得高,——
我不知那里将是我的墓?"
他仿佛想将一钵花端进去。

废名爱说种子,是从佛学上说的,这里不谈禅,只说诗。植树人称其树长得高,这个情意甚好,由此想到他的墓,这就更妙,"他仿佛想将一钵花端进去",这就更其引人入胜了。这个意境为诗人所独创,但为读者所接受,因为墓和树和花在一起,是人生中常见之事。只是"端进去"之"想",情意更为特别而新颖。坟墓是废名不可少的风景,其小说常写到。例如,"'松树脚下'都是陈死人,最新的也快 20 年了,绿草与石碑,宛如出于一个画家的手,彼此是互相生长","一片青山,不大分得出坟","谁能平白的砌出这样的花台呢?'死'是人生最好的装饰"(《桥·清明》)。无怪乎植树人走了来,赞其树,思其墓,"想将一钵花端进去"以装饰之。

再看《小园》:

我靠我的小园一角栽了一株花,
花儿长得我心爱了。
我欣然有寄伊之情,
我哀于这不可寄,
我连我这花的名儿都不可说,——
难道是我的坟么?

这小园实在好,因为栽了这一株花。"我欣然","我哀于",情意委婉曲折,至花一转而为坟,其意更婉,其情更哀了。花和坟相连结,相融合,意象妙善。废名喜欢鲁迅的《他》这首新诗,诗中写"大雪下了,扫出路寻他;这路连到山上,山上都是松柏,他是花一般,这里如何住得!"废名说这首诗给他以"感彼柏下人"的空气,而又是新诗的写法,"表现实在的诗感",由这一首《他》联想到《写在〈坟〉后面》那篇文章,不禁想着鲁迅"很是一位诗人"。废名还说,鲁迅在《药》那一篇小说里,描写着"分明有一圈红白的花,围着那尖圆的坟顶",虽然鲁迅在《呐喊》自序里对他为何为瑜儿的坟上"平空添上一个花环"有所解说,"我想原因还是因为鲁迅先生自己的诗的感觉罢,写到坟上他想到了画一点花"(《谈新诗·鲁迅的新诗》)。我想,废名此言不虚,可为鲁迅小说增彩,当然这也出于他自己的诗的感觉。废名本是诗人,写到坟,他就要植树、栽花——或者反过来说,他写树、画花,往往想到坟,这个风景实好。

原载《诗探索》总第 22 辑(1996)

穆旦研究评述

李 怡

　　穆旦，现代中国新诗史上最优秀的诗人之一，从他在1940年代诗坛崭露头角的那一天起，就把自己最执着的探索、最优异的才华贡献给了中国新诗建设，他以自己超于常人的对苦难的敏感和对文化传统的批判接通了自鲁迅以降的中国现代文化之最坚毅的生命之流，从而在整体上完成了对许多诗坛前辈的超越，站到了现代中国新诗发展的前区。穆旦的实绩显示了20世纪中国诗歌在"现代转化"程序中的最鼓舞人心的景象。但是，与穆旦诗歌巨大成就形成鲜明对比的却是，我们的新诗史在一个相当长的时间之内几乎把他"遗忘"了。继1940年代穆旦的几位友人撰写评论之后，在将近30年的时间中，他的名字不再有人提起，连批判性的提及也没有！中国诗史对穆旦的重新接受是在1980年代以后特别是1980年代的后期，穆旦研究也和穆旦诗歌一样充满了令人惊讶的成分。——它的曲折、它的不足所蕴含着的是中国现代诗学建设自身的艰难，是新诗发展在基本价值取向上的某些反常，而解读穆旦的每一分成果也将直接与中国诗歌的现代化前景联系在一起。

一

　　以穆旦遭受冷落的30年为断，穆旦研究大体上可以分为1940年代和1980年代以后两个时期。其中，1980年代以后的这一时期又可以1986年为界划分为前后两个阶段。

1940年代穆旦研究的主要贡献在于向诗坛推出了作为"新人"的穆旦。王佐良、袁可嘉、唐湜、周珏良、默弓（陈敬容）、李瑛的论述是这一时期的代表，他们大多是穆旦的同学和诗友，出于对诗人切近的了解和感悟，所以能及时地发现和肯定他的探索。

王佐良是穆旦在清华和西南联大时的同学，他为《穆旦诗集》（1945年版）所写的《一个中国诗人》是目前见到的最早的全面评述穆旦诗歌的文章。[1] 这篇文章感觉敏锐、语语中的，对穆旦诗歌若干特点的概括比如"用身体思想""非中国化"的诗学品质等等都是相当精辟的，尤其引人注目的是这篇文章以生动的笔调描述了穆旦生命观的形成背景，由此成了人们理解穆旦的最重要的依据之一。比如王佐良这样描述了穆旦的"死亡体验"："那是1942年的缅甸撤退，他从事自杀性的断后战。日本人穷追，他的马倒了地，传令兵死了，不知多少天，他给死去战友的直瞪的眼睛追赶着，在热带的毒雨里，他的腿肿了。疲倦得从来没有想到人能够这样疲倦，放逐在时间——几乎还有空间——之外，胡康河谷的森林的阴暗和死寂一天比一天沉重了，更不能支持了，带着一种致命性的痢疾，让蚂蟥和大得可怕的蚊子咬着。而在这一切之上，是叫人发疯的饥饿。"作为穆旦最亲近的朋友，王佐良提供的这一材料是相当权威又相当重要的，它突现了穆旦的生命体验，从而拉开了穆旦与其他许多中国现代诗人的距离。类似的精辟概括我们还可以在与穆旦同样亲近的周珏良的笔下看到。

1940年代西南联大特殊的文化环境形成了一群诗风相近的诗人，除穆旦外，还有郑敏、杜运燮和袁可嘉。这些诗人和另外的五位诗人都经常在上海的《诗创造》《中国新诗》上发表作品，以诗会友，由此聚合了一个具有某些共同诗学趋向的诗人团体，这就是人们所说的"九叶诗派"。九叶诗人虽各有其艺术个性，但在反对诗歌的说教和感伤，追求"客观"和"间接"，自觉推进新诗"现代化"方面却比较一致。于是，穆旦作为这些追求的最前驱的体现者也就

---

[1] 此文又载伦敦《生活与文学》杂志1946年6月号。

常常为他的诗友们所论及。默弓（陈敬容）论及过他"剥皮见血的笔法"[1]，唐湜论及过其中的"丰富的痛苦"[2]，袁可嘉更是把他当作为"新诗现代化"走向的典型，[3]李瑛不是九叶诗人，但却曾是《中国新诗》的作者，所以他对穆旦也有过专论。[4]

1940年代的穆旦研究都出自一批优秀的诗人和译诗家笔下，他们对诗的天才般的感受力是后来的一些文学史研究者所不能比拟的，这充分保证了这些研究的质量。直到今天，穆旦同学和诗友的这些最早的诗歌感受也常常成为今天研究的重要依据。不过，一位优秀的诗人仅仅只能由他的同学、诗友们来撰文评述，这似乎也是不够正常的。它表明，穆旦诗歌的价值在1940年代还没有得到更广泛的注意。1940年代的中国，救亡呼声是高过一切的，像西南联大诗群、像九叶诗派这样的执着于个人精神探寻的人们终究不是在直接地表达社会的政治选择，所以也无法改变自身被冷落的遭遇，而在这样的精神探寻中，穆旦实在又走得最远。"吾行太远，孑然失其侣……见放于父母之邦矣"，这是一个孤独的先驱者的莫大不幸。

1949—1979年的中国社会更不需要这样的精神探寻，新民歌并不是民歌，不过是穿着民歌外衣的政治宣言，标志着新时期诗歌到来的天安门诗歌其实也不是诗，而是政治反抗的宣泄。像白洋淀诗派，像郭路生（食指）这样的诗人是被淹没在"地下"的（白洋淀诗派和郭路生的再发现都是在八九十年代以后）。在这样一个文化环境中，穆旦从我们的诗歌史上消逝是不足为奇的。

穆旦的再发现是在1980年代以后。作为这一"再发现"先声的是1979年，他的诗友如杜运燮等人在海外报刊上撰文追悼诗人逝世2周年（穆旦于1977年2月逝世）。[5]接着，随着1981年江苏人民出版社《九叶集》的出版，九叶诗派重新获得了研究界的注意，对穆旦的评述也越来越多地出现了。在1986

---

[1] 默弓（陈敬容）：《真诚的声音》，上海《诗创造》1948年6月号。
[2] 唐湜：《穆旦论》，上海《中国新诗》，杂志1948年8月、9月号。
[3] 袁可嘉：《新诗现代化》，天津《大公报·星期文艺》1947年3月30日。
[4] 李瑛：《读穆旦诗集》，天津《益世报》1947年9月27日。
[5] 杜运燮：《忆穆旦》，香港《新晚报》1979年2月27日。

年以前，这些评述大多是与人们对九叶诗人的研究联系在一起的，穆旦作为九叶诗人中最重要的一位见诸研究者的笔端，这方面较有代表性的论述有严迪昌《他们歌吟在光明与黑暗交替时——评〈九叶集〉》，[1]唐弢《四十年代中期的上海文学》，[2]以衡《春风，又绿了九片叶子——读〈九叶集〉》，[3]蓝棣之《论四十年代的"现代诗"派》，[4]骆寒超《论晋察冀、七月、九叶三诗派及其交错关系》[5]等。对穆旦所在的文学流派作整体研究无疑更具有"史"的意识，从这一时刻开始，穆旦便不再像1940年代那样仅仅由朋友、诗友们来加以介绍了，他已进入了历史，成为更多的研究者解读中国现代新诗史所不可回避的人物。这不能不说是研究的进步。

穆旦研究在1986年以后进一步得到了发展和深入，标志是：

（1）《穆旦诗选》由人民文学出版社在1986年1月出版，收入穆旦1937—1976年的诗作59首。这是1949年以后出版的第一本穆旦诗集，也是迄今为止收录穆旦诗歌最多的一部诗集，它的出版显示了穆旦作为个体诗人的价值已经得到了当代研究界的重视。

（2）对穆旦之于中国现代新诗史的独立贡献展开了前所未有的深入研究。这种研究不再停留于对穆旦的介绍，也不再仅仅把穆旦作为一个诗派中的一员加以介绍，穆旦作为一位独立的个体诗人开始被人们置于整个新诗发展的背景中进行研究，既要研究诗人在1940年代的创作，也要研究他在早年及晚年的创作。因为只有这样，我们才能把握穆旦自身思想和情感的内核及其发展演变的线索。

作为穆旦研究走向深入一大总结的是《一个民族已经起来》，这是江苏人民出版社为纪念穆旦逝世10周年在1987年11月出版的一本研究专集。专集收录了关于穆旦的评论及回忆文章20篇，还附有穆旦小传、穆旦著译目录等，

---

[1]载《文学评论》1981年6期。

[2]载《文学评论》1982年2期。

[3]《诗探索》1982年1期。

[4]《中国现代文学研究丛刊》1993年1期。

[5]收入《中国现代诗歌论》，江苏人民出版社1984年版。

是目前穆旦研究的最重要参考读物。20篇文章中既有王佐良、袁可嘉、周珏良、郑敏、唐祈、杜运燮等穆旦同龄人的华章，也有蓝棣之、梁秉钧等当代诗家的佳作，既有对诗人的理性思考，又大量披露了诗人的生平和鲜为人知的诗论。穆旦没有留下一篇诗论，这是让人深为遗憾的事，但他在与青年朋友的通信谈话中却零零星星地阐释了不少精彩的思想，这都可以从书中郭保卫、孙志鸣、柳士同等人的回忆文章中略见一斑。

在1980年代末到1990年代初的穆旦研究中，还值得一提的是李怡《黄昏里那道夺目的闪电》一文及《20世纪中国文学大师文库·诗歌卷》的出版。前文从新诗史的角度全面总结了穆旦的诗史的地位，在与郭沫若、李金发、戴望舒、何其芳等前辈诗人的比较之中阐述了穆旦之于中国新诗的独立贡献。[1]后者虽是一部作品集，关于穆旦的评述也非鸿篇大论，但它却引人注目地将穆旦置于现代诗人之首，显示了编选者张同道对诗人"至高无上"的评价："穆旦是中国现代诗最遥远的探险者，最杰出的实验者与最有力的推动者。"对于这套《20世纪中国文学大师文库》，评论界议论纷纷，褒贬不一，但我认为，仅就《诗歌卷》推重穆旦来看，却无疑是独具慧眼的。从1945年穆旦同窗王佐良撰文《一个中国诗人》到1994年的"文库"将穆旦置于现代各家诗人之首，这正好显示了现代中国对穆旦的认识、接受直至充分肯定的全过程。穆旦，一位现代诗史上的伟大诗人直到1990年代的今天才被人推至诗史首席，这个时间实在也够长的了！

二

从1945—1994年，我们的研究到底从哪些方面展开的，又阐述了穆旦诗歌什么样的特质呢？

诗歌首先是情感和情绪的艺术。穆旦诗歌之所以在经过50余年的大浪淘沙之后还能光芒大增、摄人心魄，首先就是因为它凝聚着与众不同的情感和情

---

[1] 文载《中国现代文学研究丛刊》1989年4期。

绪。我们知道，在中国现代新诗走向成熟的过程中，徐志摩起了关键性的作用。郭沫若开一代诗风，而徐志摩却以他的创作实绩为新诗争取了更多的读者。只是徐志摩所拥有的成熟是以他对中国诗歌"感性抒情"传统的"重构"为主要依托的，从徐志摩的新月派到象征派及现代派，这是一条顺乎自然的发展道路，沿这条道路而行的中国现代新诗实际上是在"中西交融"的艺术理想中折回了古典诗歌的境界，那份温和节制的古典式情感流淌成了中国新诗的一道主脉。穆旦的特别恰恰在于他自觉地抛弃了这一诗情传统，为中国新诗的发展另辟蹊径。于是对穆旦诗歌的情感情绪特征的解剖就成了穆旦研究的一个首要课题。在这方面，许多研究者的感受都是比较一致的，袁可嘉认为穆旦诗中蕴含一种与感伤无关的深深的"沉痛"、深沉的亲情，唐湜认为那是一种"丰富的痛苦"，杜运燮谓之为"灵魂深处的痛苦"，郑敏归纳为"矛盾和压抑的痛苦"，蓝棣之概括为"热烈而又冷漠，厚重深沉"。但是，穆旦的诗歌又不仅仅是痛苦的宣泄，而是把痛苦"紧紧地挟进理智的河床，通过沉思的闸门，化成了点点涓滴"。对于这与前人判然有别的诗思哲理化特征，研究者作了大量的阐述，袁可嘉引穆旦之语称这是"结晶"的价值，周珏良说穆旦永远是"加劲的思想"，杜运燮认为："穆旦是个深思的人。他特别意识到自己是一个现代人，具有现代知识分子的特有的思想和感情，对许多新问题进行思索。"蓝棣之指出："他注意从思想上开掘一首诗，知性成分重，往往带有玄学或神秘色彩。"

穆旦诗歌既充满了深沉的痛苦情绪，又带着浓重的理性色彩，在情绪和理性之间，便不能不存在着一定的矛盾，通过对矛盾本身的分析，我们的研究才能作出一种综合把握，以高屋建瓴的姿态解剖对象。梁秉钧通过对穆旦诗歌自我形象的剖析，阐述了"我"的破碎和转变，认为这是内省式现代主义作品的重要特点。郑敏则从诗歌文本结构的几个层次上见出了"矛盾"，她借用句法理论，将穆旦诗歌分解为主、谓、宾（补）三个部分的矛盾组合：

主语：矛盾着的几股力量
谓语：矛盾的行动，即各力量间的冲突和亲和
宾语及补语：行动的结果和矛盾的解决及诗中人物的影响

与其说这样的分解的意义在于新颖，倒不如说它是真正地在诗歌基本结构的层面上解开了穆旦诗歌的"矛盾"之谜。正是运用这一句法理论模式，郑敏对穆旦《春》《诗八首》的分析，就成了迄今为止对穆旦作品的最仔细也最令人信服的阐述。

　　中国现代新诗的发生发展，始终都面临着一个接受西方诗歌潮流推动和择取传统诗歌养料的问题，这个问题不是空悬一个"中西交融"的理想就能够解决的，但每一位诗人又都试图提出自己的解决方案。可以说正是他们处理中西诗歌文化互相关系的具体方式，最终决定了其诗歌创作的面貌。从穆旦诗歌那"沉深的痛苦"，那浓重的理性色彩及对矛盾的包孕等追求来看，都鲜明地体现了诗人对中西诗歌文化的独特理解，因此对穆旦诗歌的研究也将重点解析其中的"中西关系"。

　　人们较多地挖掘了穆旦对西方现代主义诗歌的继承。这方面，周珏良、郑敏、唐祈、杜运燮、以衡、蓝棣之、梁秉钧等人都有过精彩的论述。唐祈、杜运燮都认为"穆旦是中国最早有意识地采取叶芝、艾略特、奥登等现代诗人的部分表现技巧的几个诗人之一"。郑敏进一步剖析了穆旦走向现代主义的环境因素，她说："在四十年代，虽然战争成为每个人生活中主要的一面，国际文学交流并没有停止，在某种程度上也许比三十年代更普通。四十年代在西方是世纪初诞生的西方现代主义走向高峰的时代，到中国来访问的学者和诗人带来他们对20世纪诗的美学的理论创新。大学里的诗歌课、翻译课，诗人、教授们的创作实践对不少诗歌爱好者起了作用，使他们渴望将中国新诗的发展向20世纪中期推进，而不是停留在19世纪的传统里。"蓝棣之以史家的眼光将穆旦的现代主义追求与前代诗人略作对比，从中显出了穆旦的独立价值："穆旦诗正是在现代主义精神和现代派艺术手法方面，给中国新诗带来了比闻一多、李金发、戴望舒更新的东西，并且也区别于冯至和卞之琳，从而给后世以启发。"

　　人们也注意到了穆旦对中国诗歌传统的背叛。王佐良认为："（穆旦）最好的品质却全然是非中国的。在别的中国诗人是模糊而像羽毛样轻的地方，他确实，而且几乎是拍着桌子说话。"这实际上道出了穆旦对感物吟志的中国"轻型"抒情的根本不同。李瑛也认为："穆旦的诗，我们可以说是突破传统的范畴，这里我们可以说出来的，一个是意识的进步，一个是旧词藻的扬弃，这两面显示得最完全。"[1]

穆旦诗歌背叛古典传统，接受西方影响又是通过诗人对诗歌语言的建构表现出来的。关于穆旦诗歌的语言追求，研究者从许多方面作了概括，如袁可嘉归纳为"文字节奏上的弹性和韧性"，[2]李瑛感到"诗中每一个字都像经过周密的思索，丰富的变化的差别，而取它的威能"，[3]杜运燮的概括与李瑛近似："他的诗中很难找到可有可无的'过于稀释'句子，为了在最少的文字中装进最大容量的思想感情，他用字几乎达到吝啬的地步。"[4]而默弓（陈敬容）又把这种语言处理称为"剥皮见血的笔法"。[5]在总结前人研究成果的基础上，李怡归纳了几点：主张诗语的"现代生活化"、口语化，反对"雅言化"；强化句子的逻辑联系，反对语言意义的模糊化、朦胧化；追求文本结构的"时间感"，反对传统所习以为常的"空间感"。[6]

穆旦诗歌从内涵到语言都与中国诗歌深厚的传统相去甚远，也与中国新诗史上的许多前辈诗人的"中西交融"追求判然有别，在中西文化冲撞的20世纪，穆旦的选择是别具一格的，甚至还可以说是相当孤寂的，缺少更多的同道者（就是九叶诗人其实也各有特色，并没有都认同于穆旦的诗歌观念），这本身也构成了一种发人深省的文学现象。如何认识这一现象，恐怕意义也就超出了穆旦和诗歌本身，而涉及整个中国现代文学的"中西选择"问题，以及中国现代知识分子的精神结构。这方面的研究虽然还不太多，但我们却也欣喜地读到了钱理群关于1940年代中国"哈姆雷特"精神的论述。钱理群认为，穆旦

---

[1] 李瑛：《读穆旦诗集》，天津《益世报》1947年9月27日。
[2] 袁可嘉：《新诗现代化》，天津《大公报·星期文艺》1947年3月30日。
[3] 李瑛：《读穆旦诗集》，天津《益世报》1947年9月27日。
[4] 杜运燮：《穆旦诗选·后记》。
[5] 默方：《真诚的声音》。
[6] 李怡：《黄昏里那道夺目的闪电》，《中国现代文学研究丛刊》1989年4期。

对绝对的否定,他与众不同的怀疑、内省式思维是对鲁迅思维的真正的继承,是对中国现代知识分子中最缺乏的"直面人生"勇气的真正发扬。钱理群的阐述大大地拓宽了穆旦研究的思维空间。

三

以上我们概述了穆旦研究所取得的主要成果,但与之同时,我们却也不能不看到,与中国现代诗歌史上其他的一些个体诗人(如郭沫若、闻一多、艾青等)相比,穆旦研究仍不能说是一个十分红火的学科,等待我们进一步展开的问题也还不少。这与穆旦自身在新诗创作中所取得的巨大成就是很不相称的。

穆旦研究的队伍并不壮大,回首1945—1994年的穆旦研究史,我们会看到,其中数量较多、分量较足的文章还是出于穆旦的同学、诗友笔下,其他文学专业工作者对此关注还不够,人们更习惯于评述作为"流派"的九叶诗人,而穆旦仅仅是九叶诗人的一个代表。迄今为止,穆旦诗歌的"全编"也未见编辑出版(编者按:由李方编的《穆旦诗全集》,作为"20世纪桂冠诗丛"一种,已由中国文学出版社于1996年9月出版),也没有出现一本穆旦个人的评传和比较全面的研究论著,这都是让人引以为憾的事情。

在穆旦研究中,也还有不少的疑问有待我们去解答,不少的空白有待我们去填补。比如,王佐良在《一个中国诗人》这份最早的穆旦论中就提出了一个"穆旦之谜":"他一方面最善于表达中国知识分子的受折磨而又折磨人的心情,另一方面他的最好的品质却全然是非中国的。"我认为这最早发现的"谜"直到今天也还没有得到完满的解析。为什么最富有现实感的穆旦是在"非中国""反传统"的诗艺追求中才获得了成功,或者说,中国化的体验在形式化之后竟"全然是非中国的"了。穆旦这一艺术实践到底暗含了中国现代文化与中国现代文学的什么样的命运?对照穆旦前辈诗人的艺术实践,我们或许应当对这一"谜团"更加感兴趣,因为在新月派、象征派和不少的现代派诗人那里,事实又恰恰表现为中国化的形式之下寄寓着非现实的梦境!

与"穆旦之谜"联系在一起的另一个问题是,我们究竟应当怎样来认识穆旦所代表的新诗"西化"趋向?"民族化"总是令人备感亲切,但事实是"西化"的穆旦在推进新诗寻找区别于古典诗歌的独立品质方面做了许多的工作,也取得了更大的成就。我认为,如果不重新认识穆旦的"西化"与"民族化"的区别与联系,实际上也将最终妨碍我们对穆旦诗歌本质的把握。比如郑敏对穆旦诗歌的认识是很深的,但值得注意的是,郑敏又在1990年代指责"五四"一代诗人草率抛弃了母语这一"瑰宝"。殊不知,为她一贯赞许的穆旦恰恰是继续走着背弃母语规范的道路,而且在"以文为诗"的取向上,穆旦与胡适并非就没有共同之处!这不禁让我们颇感困惑,穆旦式的"西化"选择究竟在何种意义上得到了研究家的首肯,而且我们对穆旦诗歌的讨论是不是也应当首先检查自身的价值基准和话语系统,否则对话就会歧义百出,再难继续下去。

除此之外,穆旦研究本身也还有值得开拓的领域。比如,对诗歌的语言的建设,穆旦是十分重视的,但如何更准确更细致地描述穆旦诗歌的文本特征迄今也没有出现更多的成果。像郑敏运用句法结构的理论对穆旦《春》《诗八首》的解读实在就是凤毛麟角了。再如,穆旦既是诗人,又是一位优秀的译诗家,我们已经读到了关于他创作的评论,也读到过关于他翻译的评论,但却还缺乏对译诗与创作的综合性研究,穆旦的译诗是如何与他的创作互相助长的呢?探讨这一问题,也将有利于我们对穆旦的"西化"选择有一个更确切更富有实证性的说明。

总之,从1945年到1994年,穆旦研究的发展是缓慢的。这种缓慢折射出的是整个现代中国诗学的艰难发展过程。穆旦曾被遗忘了整整30年,这种"遗忘"除了政治化原因外,恐怕更主要的还是现代中国对穆旦"西化"诗风的不适。与徐志摩、何其芳比较起来,穆旦诗歌无疑是"艰涩"的,离中国诗人固有的审美趣尚也很远。只有当中国现代诗的接受者们已经厌倦新月派、象征派、现代派的"感物吟志"模式时,或者说只有当这一诗思的僵化性已暴露无遗时(实际上这在1930年代后期已有显现),人们才会真切地感受到变革自己传统的意义,才会重新开掘穆旦的意义,在"陌生化"的探索中创化自身的诗学传统。民族审美心理的嬗变的缓慢决定了穆旦诗歌在中国诗诗史上的悲剧性命运。

所幸的是，这一局面已经大有改观。我相信，随着中国社会在整体上的转型和嬗变，人们的审美需要也将朝着多元化的方向发展，那将会吸引更多的研究者投入穆旦诗歌，更多的更引人注目的成果将会问世。

原载《诗探索》总第 24 辑（1996）

食指论

林 莽

　　谢冕先生在《新诗潮的检阅——〈新诗潮诗集〉序》一文中写道："1978年底，有一批向着今天礼赞的诗人开始聚集，他们唱着新的歌，他们试图改变原有诗歌的凝滞状态。他们庆幸'历史终于给了我们机会'。"谢冕先生把这场为中国诗坛带来冲击的诗之革命运动命名为"新诗潮"（因1983年前后围绕新诗的一场争论，人们更习惯于把它称之为"朦胧诗"这一约定俗成的称谓）。自此，一批陌生的名字出现在中国的新诗史上。然而有一个名字一直被忽略着，甚至1985年北京大学"五四文学社"编选的第一本《新诗潮诗集》仅仅选入了他的一首短诗。他就是1960年代末以手抄本形式，在一代青年中广为流传并产生过重大影响的诗人食指（郭路生）。

　　新诗潮的重要成员们都曾宣称，食指是开辟一代诗风的先驱者。那是比1978年要早十个年头的"文化大革命"初期，这位当代中国文学史上不可或缺的天才诗人，已写出了数十首具有历史价值的光辉诗篇。他以独特的风格填补了那个特殊年代诗歌的空白，以人的自由意志与独立精神再现了艺术的尊严与光荣。而他的后继者们正是在这种人格力量的启示与带领下，开启了中国诗歌艺术的新篇章。

　　历史有时是不公正的。中国近代的艺术史似乎是一个负债累累的历史，许多艺术家在本应得到那份荣誉的时候，却被无情的现实剥夺了。"文化大革命"后的十几年，在纷乱的争执与前进中，在补偿了老一代的旧账时，又欠下了新账。各种各样社会动荡的尘埃所生成的历史积垢,需要时间来消解。当那些浮泛的社会问题不再干扰人们的正常思维,许多问题才会显露出来。当又一个十年过去了,当人们追寻"新诗潮"的源流,食指(郭路生)——那个当年在一代青年中广为传颂的、传奇式的诗人,才再一次被发现。

一

凡·高讲:"厄运助成功一臂之力。"这是伟大艺术家的切身体验。食指自初中时开始沉湎于文学,一向学习优秀的他,升高中的考试前因一时的晕场而考试失误,这一挫折使诗人初次尝到了人生的苦果。那一年,他开始找到了自己诗歌创作的基调。回顾食指的创作历程,也可以说,食指在艺术上的起步,正是他心灵飘泊的开始。

1978年,当诗人走过了十几年的创作历程,在他的名作《相信未来》的姊妹篇《热爱生命》中,他写道:

> 我流浪儿般地赤着双脚走来,/深感到途程上顽石棱角的坚硬。/……/但我有着向旧势力挑战的个性,/虽是屡经挫败,我绝不轻从。

1960年代现代诗歌组织的发起者张郎郎在《"太阳纵队"传说》一文中说:

> 郭路生(食指)来找我参加"幸存者诗歌节",用食指点着我说:"别客气了,我那首《相信未来》,题目得自于你。"那首名作,我在大狱里听说过。70年代,在地下隆隆地轰鸣过一段。白洋淀的好汉们,差不多都知道,都读过。有人说,那是一种火种的传递。
>
> 那四个字,就算是我先说的,又算得了什么?真正的力量在于他的诗本身,他的诚挚,他的敏感,他的激情。那时我听他念了那首关于鱼的诗,关于在浮冰上的那条鱼。至今,他还是当年那样,他是那个时期的一条鱼。
>
> 我们是某种鱼出现的前奏。

该文还记叙了早年食指作为最年轻的文学沙龙成员参加秘密文学活动的情况。在那个政治文化极端封闭的年代，一批有志献身于中国文学发展的青年，以心灵之光相互照耀，唤醒了许多个探索者的心。

食指保存下来的最早的诗歌作品是短诗《波浪与海洋》，这首写于1965年的诗歌共分四节。诗人通过对海洋的歌颂，抒发了自己的寻求与希望：

喧响的波浪／深沉的海洋／引我热烈地追求／使我殷切地向往。

因为我有时惆怅，／所以我喜爱大海宽阔的胸膛。／因为我有时怯懦，／所以我喜爱大海的无比坚强。／……

这首短诗与食指"文化大革命"初期所写的《再也掀不起波浪的海》《给朋友们》组成了一首挽歌般的长诗《海洋三部曲》。它与一代青年的失望与痛苦融为一体。从1960年代"太阳纵队"的那种"前奏"所形成的历史积淀，到食指最初的写作，似乎有一种潜在的指向。仅从食指而言，这位从最初透明而热情的诗句中所显现出的少年天才，是"史无前例的那场大革命"触发和启迪了诗人生命内在的潜能，他智慧的诗句成为那个动荡年代永恒的碑文。

二

1966年那场使每个人都遭受了一次灵魂冲击的"伟大运动"，并没有偏爱风华正茂的一代青年。从"红卫兵"的发起到沉落，这场青春的"游戏"由激情与狂热的心态而突然坠入沮丧与无奈，继而是一代青年的反抗与觉醒。如何把握自己的人生与命运，如何认识20世纪五六十年代的社会教育与"革命理想"，如何面对广大知识青年上山下乡这一规模宏大的放逐，成为一代青年最为关注的心灵命题。

食指以诗人的敏锐与天分为一代人立言。

纵观诗人食指的创作，可分为四个时期，具有两大特征。

1966—1969年，在那个社会极端动荡，思想极度混乱的岁月，食指完成了他最为辉煌的青春创作期。代表作《相信未来》《海洋三部曲》《鱼儿三部曲》《这是四点零八分的北京》《烟》《酒》《愤怒》等诗歌作品，正是对那些心灵命题的记录与回答。

1970—1977年，因辗转插队、参军、患病，诗人的作品较为分散，是其创作的相对停滞期。这期间也曾写过长诗与叙事诗等作品。

1978—1982年，新时期开始，诗人写出了再次引起人们关注的《疯狗——致奢谈人权的人们》《热爱生命》等诗作，进入了恢复心灵震荡的再创期。

1983年至现在，诗人步入中年，写出了《愿望》《诗人的桂冠》《向青春告别》《人生舞台》《归宿》等不可多得的诗歌佳作。诗中对人生的认知、对社会的领悟让我们充分体会到诗人已进入了沉郁的历史回顾期。

食指在三十多年的创作过程中，经历了极端的文化压抑与后来流派纷呈的"新时期"，但他不曾屈从，也不为之诱惑，一直坚持自己的新格律体风格，他在整齐的分节与排列中达到了他所说的"我的诗是一面窗户，是窗含西岭千秋雪"的至高境界。

在这种境界中，食指感悟十年动荡，回顾以往的希求与向往，他以自己的诗句向人们表明了艺术不是工具，而是人的自由意志与独立精神的体现。正是食指的这种姿态，启示了他的同代人。

三

我在另一篇文章中曾说："如果我们称食指为'红卫兵'诗人，这无疑是偏狭的，但这却是一种有益的提示，因为他的创作正是发轫于那个时期。"

一代青年满怀激情投入的运动几乎在几阵秋风中骤然面目全非，憧憬与未来也如同残枝败叶，幻灭与痛苦使人们开始自省。食指在失落与惆怅中站起来歌唱，歌声中充满了苦行者般的哀婉与深情。

> 不，朋友，还是远远地离开／离开这再也掀不起波浪的海／我噙着热泪劝你／去寻求灿烂的未来

(《海洋三部曲》之二《再也掀不起波浪的海》)

呜咽的风啊，掀起滔天的浪 / 精神的船啊，划着意志的桨 /……/ 深情的嘱托絮絮的叮咛 / 乘海风随帆船飘零 / 待海风再把它们送回岸上 / 也化作令人心碎的桨声

(《海洋三部曲》之三《给朋友》)

"红卫兵"运动的兴衰，是"文化大革命"这场非理性运动的缩写。那种冲动与盲目的激情受挫之后，很快地，反思与觉醒替代了幻灭之后的沮丧，成为那个时期青年思想的主流。食指以与生俱来的悲剧意识，面对这场民族的动乱，以清醒的艺术洞察力，准确无误地表现了那个时代青年的心灵与声音。食指在回忆《鱼儿三部曲》的创作经过时说：

> 那是1967年初的冰封雪冻之际，有一回我去农大附中途经一片农田，旁边有条沟不叫沟、河不像河的水流，两岸已冻了冰，只有中间一条瘦瘦的流水，一下子触动了我的心灵。因当时红卫兵运动受挫，大家心情都十分不好，这一景象使我联想到在见不到阳光的冰层下，鱼儿（即我们）是怎样的生活。

这首又名为《鱼群三部曲》的长诗，表达的正是这一代青年的心灵发问以及追求神谕与阳光的"鱼群"的声音。诗人以象征的手法面对历史发出了纯洁而透明的歌唱。

为什么悬垂的星斗像眼泪一样晶莹？/ 难道黑夜同样也有真挚的友情？/ 但为什么还没有等鱼儿得到暗示，/ 黎明的手指就摘落了满天慌乱的寒星？

这种心灵的战栗来自诗人切身的体验，诗人用血和泪为那个时代写下了两篇永恒的祭文。如果说《海洋三部曲》表现得更宏大而悲怆，《鱼儿三部曲》则

更深入而细微。诗人既是在潮退之后海岸边那个虔诚的殉道者，又是那条在历史的冰层下追求神谕与光明的鱼。诗人心中深知自己的职责与命运。20年后，食指在《诗人的桂冠》一诗中说：

> 诗人的桂冠与我毫无缘分 / 我是为了记下欢乐和痛苦的一瞬 /……/ 人们会问你到底是什么 / 是什么都行但不是诗人 / 只是那些不公正的年代里 / 一个无足轻重的牺牲品

岁月与涛声渐渐远退，诗人不朽的歌声却永存在人们的心中。

四

白洋淀诗歌群落的成员宋海泉先生在他的长文《白洋淀琐忆》中谈到食指时，有既清醒又准确的认知：

> 是他使诗歌开始了一个回归：一个以阶级性、党性为主体的诗歌开始转变为一个以个体为主体的诗歌，恢复了个体人的尊严，恢复了诗的尊严。
> 可惜，这个回归不是在一个人性健康发展，并受到了普遍新生的条件下完成的；相反，是一个人的尊严受到普遍的蔑视、践踏、摧残乃至丧失的情况下开始这个转变的。
> ……这种复苏与觉醒是初步的、肤浅的。虽然幻灭的痛苦已经击倒他们，但还固守着旧日的精神家园，编织着已破碎的梦。大有"虽九死而犹未悔"的气概。这种矛盾或者这种张力，使这种觉醒的感觉更加敏感。正因为如此它们受到上山下乡的知识青年们的热烈的欢迎。

初步的复苏与觉醒，固守旧有家园，编织破碎的梦，这种评价是准确的，正如其他的评价并非过誉之词一样。食指面对那个时代，不是为个人的恩怨，而更关切的是国家以及人民的命运，他的这种精神是纯粹的、清澈而明亮的。

他的预言性的诗歌力作《相信未来》以一个充满希望的光辉命题，照亮了沉郁之中的前途未卜的命运。那是混沌之中，一个诗人的灵魂发出的智性的声音，尽管是"用美丽的雪花""在凄凉的大地上""用孩子的笔体写下：相信未来"：

> 我之所以坚定地相信未来／是我相信未来人们的眼睛／她有拨开历史风尘的睫毛／她有看透岁月篇章的瞳孔／……／我坚信人们对于我们的脊骨／那无数次的探索、迷途、失败和成功／一定会给予热情、客观、公正的评定／是的，我焦急地等待着他们的评定

一位好的诗人不仅是语言的匠人，也是与他所处的时代以及人类的文化背景相通的，他所表达的不是一时一事，而是属于全人类共同的情感。古往今来，千秋万代，人类的情感深处是共通的，艺术家为我们打开了一条贯穿历史与未来的情感的道路，使我们在另一个世界，那个艺术的世界中找到并实现自己的光荣与梦想。

希望的破碎、爱情的失败、生活的无望构成了1960年代末期的社会病。《相信未来》像迷雾中的闪电，撕裂了沉郁的幕布，为人们心中投下了一线光明。

一个背负历史十字架的灵魂是沉重的，诗人在述说希望的同时，内心充满了压力。1970年代初期，诗人被无情地击倒在生活的尘埃中，但他心中依旧充满抗争的力量：

> 我的一生是辗转飘零的枯叶／我的未来是抽不出锋芒的青稞／如果命运真是那样的话，／我愿为野生的荆棘放声高歌。／／哪怕荆棘刺破我的心，／火一样的血浆火一样地燃烧着，／……

（《命运》）

> 我的愤怒不再是泪雨滂沱，／也不是压抑不住的满腔怒火，／……／但是在我未完全成熟的心中，／愤怒已化为一片可怕的沉默。

（《愤怒》）

这两首写于 1960 年代的作品，和诗人其他的创作一样，表现了诗人心灵的纯正与独立的人格。诗人是什么？是语言的艺术家，是时代的歌者，是生活的预言家。从食指的作品中我们感到了这些，他无疑是一位伟大的歌者。

五

当"朦胧诗"的主将们还处于蒙昧之中，食指已写出了划时代的篇章。他以严谨的形式，真实的情感，朗朗上口的音韵，鲜明而准确的意象与象征，完成一首首自由的新格律体诗作。食指的作品基本上遵从了四行一节，在轻重音不断变化中求得感人效果的传统方式，以语言的时间艺术与中国画式的空间艺术相结合，实现了他所反复讲述的"我的诗是一面窗户，是窗含西岭千秋雪"的艺术追求。

食指的诗是质朴的，没有华而不实的语言，一切从体验出发，经过了认真而严格的推敲，因而他的作品每一首都是独到而完整的。早期的代表作《这是四点零八分的北京》现在读来仍有新意。这是一首描写别离的作品，它写于1968 年大批知识青年上山下乡的热潮中。诗人在赴山西插队的列车上开始创作这首作品，几经删改后成了一首流传于世的佳作。

> 这是四点零八分的北京，/一片手的海浪翻动；/这是四点零八分的北京，/一声雄伟的汽笛长鸣。/……/我的心骤然一阵疼痛，一定是/妈妈缀扣子的针线穿透了心胸，/这时，我的心变成了一只风筝，/风筝的线绳就在母亲的手中。//线绳绷得太紧了，就要扯断了，/我不得不把头探出车厢的窗棂。/……
>
> （《这是四点零八分的北京》）

这首诗作，即使拿到今天，经历了现代诗歌各种风潮冲击与涤荡过的今天，它的语言与构思也并不滞后，比喻与情感的微妙的结合令人叹服。而重要的是，诗人诗歌背后的巨大载力，它使诗的生命植根于时代与人们的心中；那种血与泪的历史史实,使诗歌的魅力永不衰竭。永每当我读到这首诗时,心中就会浮现出当年惊心动魄的告别场景,就会浮现出那些远离家乡的岁月与生活:"北京站高大的建筑,突然一阵剧烈的抖动。"

崔卫平在《郭路生》一文中评论他的诗歌作品时说:

> 郭路生表现了一种罕见的忠直——对诗歌的忠直。在任何情况下,他从来不敢忘怀的诗歌形式的要求,始终不逾出诗歌作为一门艺术所允许的限度,换句话说,即使生活本身是混乱的、分裂的,诗歌也要创造出和谐的形式,将那些原来是刺耳的、凶猛的东西制服;即使生活本身是扭曲的、晦涩的,诗歌也要提供坚固优美的秩序,使人们苦闷压抑的精神得到支撑和依托;即使生活本身是丑恶的、痛苦的,诗歌最终将是美的,给人以美感和向上的力量。

食指不仅对诗歌是忠直的,对生活、对爱、对友情亦是如此。

> 我下决心:用痛苦来做砝码,/我有信心:以人生作为天秤,/我要称出一个人生命的价值,/要后代以我为榜样:热爱生命。
>
> (《热爱生命》)

经历插队、参军等生活辗转的磨难之后,在那个特殊的年代里,诗人无法实现自己所追求的理想与愿望,被无情的现实抛弃在坎坷的生活之路上。在农村生活的经历中,他深深为祖国人民的贫困与坚韧所打动,他一直念念不忘自己故乡的那些一生勤劳而终生贫困的劳动者,因而在生活中他从不挑剔,即使朋友再三的劝说,在第三福利院里,他一直保持最低的生活标准,抽最差的烟,唯一的要求是能在夜深人静的病院中,冲一杯浓茶,加少许白糖,他有这种静夜深思苦读的习惯。食指为人极为谦和,一向怕妨碍他人,怕为别人带来麻烦,每次朋友们去看望他,他都一再致谢,说自己什么都好,不必惦记。这些在许多朋友的文章中都曾提到过。他对自己的诗作也是同样平和与谦逊,正如他诗中讲的：

> 诗人的桂冠与我毫无缘分
> 　我是为记下欢乐与痛苦的一瞬
> 　　　　　　　　　　　（《诗人的桂冠》）

诗人敞开自己的心胸面对世界，面对自己，面对他所热爱的这片土地与人们。他的每一字，每一句都源于生命，都是以血泪、以体验作为代价的。无论是20世纪六七十年代那个充满政治口号的时期，还是1980年代实验之风席卷全国的风潮中，诗人都以独立的、自由的人的精神歌唱，他以直觉、以经验、以真情、以人的自由意志与人格的力量，为后来者们树立了榜样。朦胧诗正是沿袭了这一点，而开辟了新一代诗风。从这一点上讲，食指无疑是一位划时代的诗人，是新诗潮诗歌的第一人。

虽然食指对自己发自生命的歌唱没有过高的评价，但经过了历史的考验，他的价值已镌刻在我们的文学史上。经历了精神的崩溃、理想的幻灭、生活的磨难之后，他的生命也渐渐澄彻起来："当惊涛骇浪从心头退去"诗人已"跨越了精神死亡的峡谷"。

六

在经历了30年的创作生涯之后，诗人写了一组题为《人生舞台》的诗作，仿佛诗人要对自己的生活作个适当的小结。那种平静的语调，如秋风吹拂大地，但那丝寒意也来自诗人的心底。

> 愁苦过早地把皱纹深刻在眼角
> 可嘴边还是那丝对人生的嘲笑
> 　　　　　　　　　　（《人生舞台之一》）

在人生舞台上我匆匆行走 / 谁知已走过了四十五个年头 /
人世的冷暖给了我一颗心 / 虽外表寒酸，但内心富有
（《人生舞台之二》）

从惊涛骇浪中的歌手到草木知秋的吟唱，诗人的生命之火依旧在不熄地燃烧着。这组诗到目前为止已写了五首，诗人说："我不愿拖着舞台腔在人生舞台上 / 扮演叱咤风云的英雄"，只是"一点一滴地品味着 / 稍有些苦味的人生"。

对食指诗中那一丝悲凉之感，也许对这段文学史与社会发展史了解甚少的读者不愿接受，也许它显得过于"古典"。然而经历了现代主义风浪冲击后的中国现代诗坛，应该在食指的诗中再次发掘出一种启示，应该提倡食指这样的创作精神：以纯净的精神质量抗拒那些哗众取宠的花样翻新，以几十年如一日的坚韧人格抗拒那种急功近利的市侩作风，以一丝不苟的严谨创作态度抗拒那些自欺欺人的伪劣作品。食指之所以受到一代诗人的敬重，正是他发自生命的诗歌作品与无限真挚的创作态度。自1980年代起，他每年只写几首诗作，经过反复的苦思冥想，克服疾病的折磨，为我们留下了许多好作品。他从一位青春型的诗人成为一位更全面的成熟的诗人。我在《生存与绝唱》一文中曾说："他的作品中充满了青春的力量，但绝没有虚拟的欢乐；他的作品中充满了渴求，但绝不认为欲望是万能的；他的作品使读者沉醉，但他也告诉我们，生活充满了挑战，逃离是没有希望的。当然，如果说他的作品充满了失望与沉重的历史负罪感，这也绝不为过，因为我们所经历的历史正是如此。诗人毕竟是与他生存的世界融为一体的。"这种说法现在想来似有些不足，他的作品中没有浪漫主义的欲望万能与矫揉造作，更应指出的是他的作品在经历了精神死亡后的复苏，变得澄彻而凝聚了。那些历史的回声让我们感到了过去，也认知着未来，虽然经历了理想的幻灭、精神的崩溃——

但终于我诗行方阵的大军
跨越了精神死亡的峡谷
（《归宿》）

食指近几年的作品《人生舞台》《归宿》《诗人的桂冠》《向青春告别》等向我们表明，诗人久经磨难之后，成熟的灵魂正渐渐沉静下来。《在精神病院》一诗中他写道："为写诗我情愿搜尽枯肠／可喧闹的病房怎能苦思冥想／……当惊涛骇浪从心头退去／心底只剩下空旷与凄凉……"时代的变革并没有改变一名伟大歌手内心深处的理想与愿望，他依旧为诗歌努力地写作着。

长年居住于福利院的诗人食指，牢牢地固守着艺术的良知，依旧如当年一样不为功利与其他非诗的力量所动。虽然，人们开始关注了他的存在，但他的境遇并没有发生根本的改变，历史好像仅是供人们回顾与使用的，公正的评价也只是纸上文字。也许食指是幸运的，正如他的笔名一样，如不再被人们于背后指指点点，他已是幸运的了。

近几年来，我在许多书本及文章中读到了有关食指的文字与记叙，人们并没有遗忘了那个当年叱咤风云的传奇式的诗人，因为他确实为我们记录下了历史的一瞬。而今天，在他沉郁的历史的回声之中，我们仍可寻觅到那种巨大的精神潜能。而这种精神无疑已在社会的变革与进步中发挥了他的作用，食指那精神潜在的神秘，当我们以敬心待之时，或许会隐约间将其接近。任何一位伟大的歌者，一定是与他生活的世界浑然一体的，无论他是一位古典主义的还是现代主义的。

诺贝尔文学奖获得者、希腊大诗人埃里蒂斯讲："双手将太阳捧着不为它所灼伤，并把它像火炬般地传给后来者，这是一项艰巨而我认为也很幸福的任务，我们正需要这样做。"诗人的使命感与敬业精神使食指坚定地生活着，他给予我们的是巨大的遗产，他开拓者的姿态将被载入中国当代文学史。

原载《诗探索》1998 年第 1 辑

犹如操场从半空落下，犹如上午……
——臧棣和他的诗

肖开愚

　　诗的秘密有时就是因为过于简单，所以不可思议。在诗人和诗人之间，他们往往只需要一两个字就能够传达一个深奥的发现。有时他们用平淡的语气交换文学、思想和意志的风暴。就诗人对交流的热情而言，他不会允许自己蓄意地崇尚省略，尽管很多时候他想到让沉默发出沉默的和低于沉默的声音。如果他确实期待着潜伏在意识的平原之下的混沌的湖泊与另外的无声而孤立的世界达成默契，他会殷勤地铺设很多桥梁。可是诗人的写作又确实是十分简单的，他竭尽全力清除围绕、纠缠在事件和语言上的繁文缛节，去描述一个往日的（也可能刚刚从中脱身的）生活画面，一个人或者一个情节。并不是因为比起其他的记忆稍稍有趣一些，或者想要将死气沉沉的细节推入表达与生活交互融汇的手术室，令其至少显出尴尬的样子。他要写它们，仅仅是它们和他有着生活（发生学）上的、伦理上的、普通的认识论上的联系。然而写作的魔力就从这个去掉了野心、微微有点儿懒洋洋的起点，开始创造生活的奇迹。诗人（由他自己的、也许追悔的利益出发）精心制作的回忆录式的小故事（关键的地方光彩四溢，隐蔽的暗处敞开着侧门）像一张历史地图，从半空落到地面的时候，生活本来的样子就不复存在，或者被覆盖、校正、遗忘了，或者在对比中找到了差别、光线的对比度、方向感和生机。

　　作为一个有着深刻的自觉性的诗人，臧棣理所当然地熟悉生活经历与写作进程之间存在的互文关系。他一直运用他那格外引人注目的洞察力研究着当代汉语诗学的变化，而且他驾驭着他的诗歌天赋，经过一系列的写作尺度和写作主题的调整，最终（于最近几年）写下了一些从词藻到形式、从伦理的立场的充沛的诗意都非常得体地记录和评论（即创造）了他（大部分是关于学院）的生活的诗。他敏锐地感觉并且加入到这样一个发现中：一遍又一遍，关于生活的诗篇改造着生活。不妨这样设想，一个诗人的愤怒和赞美，一个诗人沉溺在一代又一代诗人协力建造和装饰的历史剧场里想象到的，一个诗人疲惫的身体拥挤在大街人流中，他所有内脏单调地共鸣着的唯一愿望，就是以正确的感情投入美好的生活。因此，他在电影院的黑暗里眼泪夺眶而出，因为从劣质、感伤的教育电影中他看到了这一瞬间的正确感情，这一瞬间的美好的生活道德。可是时间机械地带走每一个瞬间，每一个正确的情感和每一个美好的道德的关系。因此每一个存在于世界上的事物，包括存在于我们的意识和遗忘、存在于宇宙的黑暗深处的每一个空虚——的的确确，以死亡、以生命的意义的中断为代价——每一个瞬间都在要求着诗人的激情。如何才能使得诗人热烈感伤的工作不至于被时间那不可抗拒的分配力量还原为记忆的薄雾遮蔽下的一片茫然（实际上它的确可以被任意利用和重塑），臧棣挑选了文学的伟大传统。选择向文学传统的群山索取写作背景，并为之贡献另一个时代的新的高度，意味着像建筑师一样大胆但是严谨地劳动，意味着更加享受的骄傲：他的生命的百分之七十用来延续了传统的生命，新传统中有那么有机的融洽的一点儿是他加进去的（我们的注意力将不在此处停留，免于卷入来自直观现实的疑问：在某些集体进行生命复制的时代，那些赋予语言中的事物以生命的诗人的新传统会是何种性质和何种规模？）按照当代中国诗歌的写作现实，有点儿落伍的疑问反而尖锐一些：当诗人们住在廉价工房里一边向往好房子一边赞美稀少的野兽（仅仅因为稀少他们才赞美它们）的时候，诗人中间有谁还敢于领受"匠人"这个称号中所蕴藏着的益处呢？

　　在这篇试图了解一个不断取得飞跃的诗人的创作与一种人生经验的阅读方法的交叉结果的评论文章里，退一步清理当代中国诗歌的可能的传统这么重大复杂的诗学问题，依然是不合适的。但有一个个人观点作为以下讨论的基础却不能不提。一个美国人（人类学家？）伊万·勃拉迪恰当地认为"'诗'尽可能多地以本地人的观点了解并表现这个世界"，然而我们注意到，在诗人这里，所有那些以其他地方的观点了解和表现世界的诗歌作品，只要诗人喜欢，都可以成为构成本地文学传统的一个有效的部分。这样，在这里提到奥登的名字并联想到他的名字所代表的从哈代到布罗茨基和某种程度上的穆旦的似乎空间不断扩展的诗歌传统，就可以原谅了。臧棣在他的文章和谈话中曾经谨慎地论及这些诗人和他们所代表的不因个人遭遇而缩小文学视野的写作风格。一定程度上他还把这一将个人写作纳入文学的整体格局来考虑的写作风格当作评价当代文学中的各种写作现象的水平线，而他自己的诗歌创作也明显地加入了这个高度重视用对主题掘进的深度来保证诗歌形式的生命力的英式传统。他的诗作具有两个识别性质的写作特征。第一是诗中的说话人强烈的伦理色彩。这个人——应当是诗人为自己画的自画像——裹在他敏锐道德观的礼服中参加一个个聚会和一个个仿佛专为心理分析而约定的幽会。他是热情的参与者，甚至他的形象和口头禅被用作许多虚荣竞赛的武器，但是他礼貌地前去和离开，并不干涉事态的假设程度。他的出现却又不只使得事件得以浑然一体地进行性展开，他的心理分析和伦理批判的眼神不知不觉地让他正确参与着的那些个场面具有了讽刺效果。自然，说话人自己也承担了一部分讽刺的痛楚。也就是说，诗中说话人对任何事件、事态、人物的任何评论，都被诗人的写作克制地理解为进行中的生活的一部分。第二个引人注目的写作特征是谐音字组和双关语的频繁使用，正是在这种调情式的修辞辩解——文雅的放荡——的情境中，诗人刻意在暗中进行的从心理到精神的（文学）分析几乎随随便便地获得了轻快的节奏和喜悦的气氛。不过把上述两个绅士味极浓的特征和某种"英式"文学的人生态度联系起来，反而不和苏轼式的幽默强行对比——臧棣在苏轼家乡以南的金沙江畔度过了少年时代的部分时光，而且他的许多诗作像生活在友情中的古代中国诗人一样是写给他友人的。即使在今天，能够作为引力吸引当代中国诗的步伐的文学磁场，还是坦率地分析自我和坦率地介入社会的英美诗歌。中国诗歌的外国读者不会想得通，中国诗人一直都在争取坦率地表达个人意愿的权利，他们转弯抹角的用典和隐喻，那种曲折抒情的风格化的技巧是在漫长岁月里日益加重的被动的压力下形成的。但是"英式"的坦率和介入，顶多表现为道德上的怀疑和批判力量，在少量极端的情况下，表现为来自山区威尔士的狄兰·托马士的自我燃烧，或金斯堡的情感的爆炸。臧棣的风格温和而高傲，通过那难以看出跳跃性和大面积的忽视的痕迹的叙述，他让事物和事情悄悄地改变了模样。

在一首名为《自我总结及其神话》的短诗中，臧棣写到了一种无法控制的力量，那种被描述为游戏和梦的一半的神秘、自主的秩序，也许就是他在其他诗作中也时常向其模糊固执的暗影致敬的命运。在那首诗里，它迫使另一个人成为"我"的另一个自我，一个晚上的、亲切的、倾听和鉴别我的日常生活的困惑的自我。饶有趣味的是那首诗是借用洗扑克牌的偶然性引出命运的力量，而特别注重从心理学角度研究诗学（文学批评）的艾·阿·瑞恰慈讲到他的具体观点大多不是个人创见的时候，顺便暗示了诗人形成和使用诗艺的命运。他说"正如玩牌的花样由来已久，谁也不会指望有新式扑克，出牌才是关键"。最悲观的诗人也不会完全听信瑞恰慈的警告，然而我们确实要看看诗人是怎样开始出牌的了（需要说明的是，简要的分析诗作是非常残忍的行为，除非感到无力或无须通过对一首诗的阅读创造另一部诗情洋溢的散文作品，不得已而为之。诗歌之所以成为诗歌，在于饱满的热情；经评论文章解剖之后，诗歌倒更像是一套冷酷的诡计）。臧棣的第一张牌是《红桃皇后》。诗里的确出现了一位像红桃一样耀眼的皇后，诗作写的生日晚会的确就是一局牌。一个人一个人轮流出牌，大牌总是出得晚些。所谓"迟到的客人有嘉宾的礼貌"。晚会的主题，生日——生命的庆典——正好和玩牌的主题，胜利——多余的欢乐——吻合成为一个调子。这场家庭式游戏的表面的轻松维护了扑克牌的老式规则：牌局必须愉悦体面地善始善终，另外，必须有一个今夜的赢家。今夜的赢家无疑是"仅属于今晚"的灿烂的夫人。她获得了"灿烂"这个耀眼的、含有转瞬即逝的意味的词。她想象不到命运巨大的掌爪已经在午夜（蜡烛熄灭了，电灯估计还亮着）恭候着她。即使在晚会上，她不了解还是精心布置了，借助于裙裾的飘动和花香（如同牌桌上的挤眉弄眼），每个人都和他们的狡猾一同被完美地捆束在命运的俗套里。博尔赫斯在一首诗里把人比作棋子。臧棣把人比作扑克牌。他的分量最重的作品篇幅较长，像《简易招魂术》《书信片断》。在关于维拉的那个组诗里，臧棣用八首诗讲述了一个时髦的北京女人的散事。那个北京女人的时髦由自我崇拜和社会形象的飘忽不定的两个当代人的个人追求构成。她原来可能是个同性恋者，根据后来的乐趣来看，更可能是性别之爱的惊奇者。把八首诗连接起来读，维拉的骄傲一点点贬值：她不过是一张扑克牌，仅此而已。难道维拉不就是前面那个在聚光灯下一闪而过的"红桃皇后"吗？不是另一副扑克中的红桃皇后吗？她在八首诗里如同在八局牌里，在每一局里她都有机会像决定胜负的磁针一样重要。她造成骚动，真正发挥关键作用并引人注目的，却只有一次。红桃皇后，每一副扑克中的同样一张牌；维拉，每一个男人身边的同样一个女人。当事物循从人类的意志纷纷朝向幻影演变，诗人浇冷水肯定是最为热切的善意行为，他喝令繁荣的表象现出符号（也许还有元素）的原貌。

　　臧棣本人讲起维拉组诗时强调了他对心理分析的重视。就组诗的重头戏《维拉的女友》一诗他有如下解释："这首诗选取了一幅当代城市生活的日常画面，但从心理角度切入。诗也有一种叙事性，写的是一位正在与维拉恋爱的男人，某天突然接到维拉的女友约他在快餐馆见面。晤面中，这位女友暗示她和维拉有过同性恋，并认为男人没法理解维拉这样的女人。她渴望拆散一桩恋情，但并不急于求成。这是该诗的背景部分。"还是一个三角故事吗？臧棣接着写道，"我在写这首诗时，力求把节奏感、语调、讽喻、细节性、心理主题融合起来"（引自臧棣信函）。经过诗人的融合，繁荣的景象和诗人刻意研究的主题巧妙地形成了一条若隐若现的透视线。或许这条透视线还可以再粗壮一些，不然就再潜伏得深一些，但是它的存在消除了叙事成分很重的诗歌易于产生的弊端：视野局限在现象和现象变移的现象上。同时代一些诗人的写作证明，引用其他人的观点无法给属于自己观察到的现象添加有用的背景和从现象向现象自身的内部消失的深度。臧棣在这一点上非常成功，以至于他熟练的技巧又诞生了另外一个忧虑（已经有人提出，不光针对他，还为了委婉地提醒我），密度太大的叙事，为了开掘主题而迁就题材，是不是将诗歌导向了小说的领域？其实诗人严肃的写作是否合乎标准的"诗"的标准——向来那样的僵化不变的标准——倒不打紧,当代诗歌的独特读者(诗人)有权要求诗歌放弃对题材的依赖。臧棣应当警惕的倒是与他对文体的追求相适应的严谨的写作形式会否妨碍诗的活力,妨碍相关又不融洽的文学和理解的信息进入、逸出他的诗作。与那些朋友们的意见相反,臧棣的诗的弱点,我宁愿将其看作优点——是写得太优雅、保守了一点,减轻了对初次阅读的冲击力度和反复阅读的意外效果。在这里,要做一个简洁的辩护就得举哈代为例。哈代诗歌优雅到了粗心的当代普通读者误以为文弱的程度,而且他的爱情诗全都称得上是题材诗。哈代呢?他那些短小的诗作影响了一代又一代大诗人。或许哈代的启示有待于在1990年代的新诗歌中更为细心的辨认,他的诗既是叙事诗,又是抒情诗,既有表面的情节,又有深处的愿望,既有感官上的肯定(无可奈何),又有理智上的否定(哦,勇敢的犹疑,勇敢的哀伤,勇敢的判断)。读一读他的《在火车上的一次心软》,他(哈代)的诗的分明的层次感与当代诗人(如臧棣)的诗的模糊的层次感之间的区别一目了然。假如说布罗茨基的诗也有层次感,他的层次感也是模糊的。

臧棣的诗写了一些在当代城市里随随便便发生的事情,随便得就像学校里的学生的练习本上的错误,好像是偶然的粗心大意,其实不然,那些错误如同源于必然一样,是必然的。学生的错误果真是错误,还是注定要被老师纠正的来自天然的真实?臧棣生活在大学校园里,所以他要把主要不是写学院生活的诗集定名为《燕园纪事》,这有点儿顺理成章,似乎表示他把教育理解为一场在幻想中进行的必须决出胜负的游戏,和诗歌一样,是为了改正从上次游戏已经检查出的失误。老师多么像诗人。从课堂里的一个小盹也能听到人生的警告。而这些失误,这些生活规则愉快演出的破绽,给诗人的想象提供了通道。什么样的诗人算得上好诗人?好诗人看见但并不使用那些通道。臧棣的诗带着微笑,语气有点儿调侃,披露了他找见和着迷的公式:一首又一首诗自虚无而来,带来了解决生活中的情感和道德难题的决心;而学生,一批又一批,练习着对付未来生活中的所有难题的办法;诗人的战场(他的脑海,他的稿纸或电脑屏幕)等于是学生练习身姿的操场,诗行如同跑道。所有那些现实生活中的半是困惑的喜剧,因为其学习的性质,获得了另外一次在未来演出的机会。学生(所有人都是学生)在学校("赌博"学校)里学习牌技(出牌的技巧)。当一代新人带着他们的操场从半空落下,会像骰子一样肯定"偶然"的重复,还是像臧棣在他精彩的爱情诗《借助于歌唱》中(反映了他自我批评的另一面)写到的,"这首歌,却无法被另外的两人再唱一遍"?

原载《诗探索》1998 年第 1 辑

动物、植物与空旷：牛汉诗的灵魂之旅

张同道

诗歌是语言的艺术。

这是毋庸置疑的确论。然而，有一种诗不是语言，而是心灵在发言；不是方块字的组合，而是心的激荡与沉思，是灵的颤抖和呼号，是风暴在天宇爆出的声响。这里，技巧消失，华丽撤退，只要一个灵魂，一个血淋淋的灵魂，在空旷中奔突，在地层下呐喊，把声音固定在海上的夜空。只要你抬头，它就横在那里，晶莹，光耀，饱含灾难的微笑与欢乐的苦容。伟大、辉煌、桂冠，一切都太遥远，仿佛来自另一个星球。

我所乐意这样描述的一位诗人便是牛汉：灵魂的不懈搏击者。

真正的诗发自生命内部，是灵魂底色的反照。牛汉诗歌正是他一生苦难历程的美学记录。苦难是炼狱，洗净了幻想、幼稚与柔软，却没有洗去骨气、胆魄与坚毅，人格从苦难的煎熬里升华，闪露熠熠光辉。两度坐牢、历经坎坷的牛汉几乎用诗度自己的灵魂越过弱水一样的岁月。

1930年代末，牛汉在日本人的炮火里写下最初的诗篇——像艾青一样，那只握画笔的手画出的是诗句。"回想一下，我从童年到青年，画的画比写的诗要多。后来不知道为什么，我不是画画的天趣转入到诗的梦境之中，当年买不起颜料和纸也是一个实际的原因。"[1]那些带有田间、艾青诗风的作品显示了

---

[1] 牛汉：《对于人生和诗的点滴回顾和断想》，《蚯蚓和羽毛》，人民文学出版社1986年版，第7页。

牛汉学诗的起点,如《鄂尔多斯草原》:

> 今天,/我歌颂/绿色的鄂尔多斯。//歌颂,北中国底/绿色的生命的乳汁/绿色的生活的海/绿色的战斗的旗子。//向远方我底歌/滚滚地奔流……/发散着绿色的气息呵!

但作为一名个性鲜明的诗人,牛汉在《地下的声音》里已经找到自己的主题:

> 我知道/《桃色的云》中/反叛的土拨鼠/就是看不见阳光的爱罗先珂/他是光明世界上的土拨鼠/他为地下的奴隶们/呼喊光明//这是地下的声音/"上帝的法律/必须修改……"

当然,这是书生意气,带着年龄的幼稚与狂妄。真正触摸到生命深处的根却在1970年代,他和许多有良知的知识分子一样,在共和国的土地上被放逐。在湖北古云梦泽荒凉的沼泽里,他们围困一个数十里大湖的最后一片水域——填湖造田。尊严从专制者的铁拳下扑倒,诗歌却从生命里升起:"炎炎似火的阳光下,我看见阳光热透了的小小的湖沼(这是方圆几十里的湖最后一点水域)吐着泡沫,蒸腾着死亡的腐烂气味,湖面上漂起一层苍白的死鱼,成百的水蛇耐不住闷热,棕色的头探出水面,大张着嘴巴喘气,吸血的蚂蟥逃到芦苇秆上缩成核桃大小的球体。一片嘎嘎的鸣叫声,千百只水鸟朝这个刚刚死亡的湖沼飞来,除去人之外,已死的和垂死的生物,都成为它们争夺的食物。向阳湖最后闭上了眼睛……十几年来,我第一次感到诗在心中冲动。"[1]这一次诗情冲动是牛汉诗歌生命里最辉煌的高峰,他从身边的动物、植物开始生命反思——生命成了牛汉诗歌的支点。

进入牛汉诗歌意象的动物大都是悲剧性的,或是生命受到囚闭,或是生

---

[1] 牛汉:《对于人生和诗的点滴回顾和断想》,《蚯蚓和羽毛》,第19页。

命遭遇威胁，或与风暴为伴，或以泥土为生。总之，诗人从它们的生存状态中得到生命启示并发而为诗，产生了一系列震撼心灵的杰作。如写于1973年的《华南虎》：

> 你的健壮的腿／直挺挺地向四方伸开，／我看见你的每个趾爪／全都是破碎的，／凝结着浓浓的鲜血！／你的趾爪／是被人捆绑着／活活地铰掉的吗？／还是由于悲愤／你用同样破碎的牙齿／（听说你的牙齿是被钢锯锯掉的）／把它们和着热血咬碎……

这只华南虎原是林中之王，现在却被锯了牙齿和趾爪，囚禁在动物园里供游人观赏。这让人想起波德莱尔的《信天翁》，信天翁被船员捉了，用烟斗烫："云霄里的王者，诗人也跟你相同，／你出没于暴风雨中，嘲笑弓手；／一被放逐到地上，陷于嘲骂声中，／巨人似的翅膀反倒妨碍行走。"但是，华南虎并未屈服，在墙上留下道道血痕。诗人在幻想里看见一个不驯服的灵魂：

> 恍惚之中听见一声／石破天惊的咆哮，／有一个不羁的灵魂／掠过我的头顶／腾空而去，／我看见了火焰似的斑纹／火焰似的眼睛，／还有巨大而破碎的／滴血的趾爪！

这个不屈的灵魂正是诗人自己。牛汉的华南虎汇集了里尔克《豹》的疲惫无力和布莱克《虎》的威猛雄浑。不过，燃烧的辉煌终归是梦想，而牢笼则是现实。苦涩的信念和希望穿过乱石断崖，顽强向前。

如果说《华南虎》是生命被湮没的愤怒，那么《鹰的诞生》和《鹰的归宿》则是强健生命的颂歌。这位流着蒙古族血液的诗人保留了草原人对鹰的敬意——《鹰的诞生》没有温暖和安适：

> 鹰的蛋，／是在暴风雨里催化的，／隆隆的炸雷／唤醒蛋壳里沉睡的胚胎，／满天闪电／给了雏鹰明锐的眼瞳，／飓风十次百次地／激励它们长出

> 坚硬的翅膀，/炎炎的阳光/铸炼成它们一颗颗暴烈的心

生得轰轰烈烈，死得又何尝像个懦夫？！《鹰的归宿》一样壮丽：

> 当隆隆的雷/在天地之间驰骋/仔细谛听吧/在风声雨声中/有一阵一阵的/凄厉而悲壮的啸声//那就是鹰/向太阳/向大地/永远告别……

生于雷声，死于雷声，鹰是一个生命的榜样。这弥漫着浪漫精神的赞歌支持了苦难的信念，同时沉默的忍耐也象征了生命的坚毅。蚯蚓长年生活在地下，"为了阳光下面的大地丰收/蚯蚓默默地/在地下耕耘一生"（《蚯蚓的血》）。出于对生命的信念，诗人无法容忍生命的屠伯，太多美妙的生物被残害，而美丽常与单纯相伴，诗人几乎压抑不住愤怒、辛酸与担忧，大声喝道："哦，麂子，/不要朝这里奔跑。"因为"五六个猎人/正伏在草丛里/正伏在山丘上/枪口全盯着你"（《麂子》）。

直到1980年代，诗人仍然坚信自己，坚信理想。灾难磨砺了他的智慧与人格，沉淀的是幻想、懒散，而留下的是钻石一样坚实光耀的生命。《汗血马》正是他灵魂的写真：

> 跑过一千里戈壁才有河流/跑过一千里荒漠才有草原//无风的七月八月天/戈壁是火的领地/只有飞奔/四脚腾空的飞奔/胸前才感觉有风/才能穿过几百里闷热的浮尘//汗水全被焦渴的尘沙舐光/汗水结晶成马的白色的斑纹

直到生命终点，"流尽了最后一滴血/用筋骨还能飞奔一千里"。但诗人不用"死亡"这类暗淡的词汇，而把它当成生命的升华，如同佛教之涅槃或神话里羽化登仙：

> 汗血马/扑倒在生命的顶点/焚化成了一朵/雪白的花

从囚闭的虎、地下的蚯蚓、天真的麂子、壮丽的鹰到扑倒在生命顶点的汗

血马,牛汉关注的是生命的尊严与自由。同样,他的生命意识也投射于植物意象,但他爱的不是美丽妖冶的花朵,而是树尤其是根。《悼念一棵枫树》曾广为流传,它真诚地为一个生命的夭亡而痛苦:

伐倒了一棵枫树 / 伐倒了 / 一个与大地相连的生命

这棵树储藏着芬芳,即使倒下也不减丰仪。这是生命的尊严。因此,《半棵树》就更令人敬重。生命受到损害,却不放弃生命的尊严与价值。

它是被二月的一次雷电 / 从树尖到树根 / 齐楂楂劈掉了半边 // 春天来到的时候 / 半棵树仍然直直地挺立着 / 长满了青青的枝叶 // 半棵树 / 还是一整棵树那样高 / 还是一整棵树那样伟岸

根是牛汉反复吟咏的意象,如《毛竹的根》《根》《巨大的根块》《伤疤》等,让人想起叶芝在诗中一再注目的塔、白色、旋转的楼梯等。这些意象构成了诗人的核心意象,隐蔽着诗人的内在心路历程,因为它们是"作者的个人和隐私的神话学"(罗兰·巴尔特语)。根意象所隐喻的凝重、庄严、深厚和它的形象秘密相接,它埋在地下,不见阳光,有时还缺少水分,没有显耀的荣光,没有华丽的姿仪,一切外在的美丽都与它无涉。然而,它拥有最顽强的生命,支撑着地平线上伟岸的大树。失去了根,多么美丽、多么高大的乔木都将倒下、死去,成为枯枝。根,意味着起源与支点。

灌木丛顽强的生命 / 在深深的地底下 / 凝聚成一个个巨大的根块 / 比大树的根 / 还要巨大 / 还要坚硬

(《巨大的根块》)

灾难没有焚毁他生命的花朵,反而磨炼了生命的硬度、韧度和力度。如同对鹰和马的赞颂,牛汉对根托付了信心和理想:

> 我是根，/一生一世在地下/默默地生长，/向下，向下……我相信地心有一个太阳。
>
> （《根》）

这些意象，动物——虎、鹰、蚯蚓、马，植物——树、根，都统一在生命的支点上：坚持自己、发展自己、丰富自己、永不屈服。这是牛汉的生命历程，也是牛汉的诗歌历程。

几十年的风雨洗涤了人生的层层面面，正如一位俄国哲人所说的，在海水里洗三年，在盐水里浸三年，在血水里泡三年。多少人弯曲变形，改换了脊椎的几何形状和面部的肌肉组织，而牛汉那高近两米的身躯、诚挚的目光和一激动就语调短促、句子阻涩的情景还明确地提示了他灵魂的悸动与坚贞。

与他所选择的意象一样，牛汉的诗歌从不修饰，他仅仅在呈现，让生命自我展示。他的句法不欧化（别忘了，他是外文系大学生），也不复杂，甚至根本不像通常意义上的知识分子，朴素的语言负载着同样朴素的诗情。他无意结构，却得到一种自然的结构，宛若山涧小溪一路拍打着山石歌唱而去。如《改不掉的习惯》：

> 聂鲁达伤心地讲过/有一个多年遭难的诗人/改不了许多悲伤的习惯——//出门时/常常忘记带钥匙/多少年/他没有自己的门//睡觉时/常常忘记关灯/多少年他没有摸过开关/夜里总睡在燥热的灯光下//遇到朋友/常常想不到伸出自己的手/多少年/他没有握过别人的手//他想写的诗/总忘记写在稿纸上/多少年来/他没有笔没有纸/每一行诗/只默默地/刻记在心里//我认识这个诗人

诗语近乎大白话，结构一目了然。但是，末节一语千钧，将诗提升到一个高度。没有了这一句，诗歌的美学力量一落千丈。《麂子》的结构与此相仿。牛汉不刻意修辞，却往往获得一种意外的修辞效果。也许这正是艺术理论上的一种悖论。

1987年，65岁的诗人又一次鼓满风帆，独自远征。晚年相对自由的生活状态为诗歌带来一些花花草草、夕阳皓月，但诗人的心灵却没有轻松。从动物、植物出发，他切入浩冥的宇宙，让生命搭上后羿的神箭，全力冲刺新的高度。《冰山的风度》和《空旷在远方》记录了他新的探索。

《冰山的风度》是硬汉子海明威与诗人的感应。海明威满身创痛，头上缝了50针，腿上中了237块弹片，摔断了6根肋骨，6次脑震荡，却继续打猎、写作，直到他认为自己丧失生命力，便"删掉了自己生命无力的结尾"。牛汉从海明威的生命态度里找到自己的位置，他写道：

在你面前我也想说 / 一千次悲伤和失望加起来 / 变不成一次绝望 / 一千个新的旧的伤疤连起来 / 不过是一个大的伤疤 / 绝不是死亡

冰山虽然大部分沉在水下，却毕竟还有形状。诗人告别冰山，深入无名、无形的"空旷"：《空旷在远方》。空旷，一个不可触摸的形而上学的存在，隐藏着汉文化的玄学精神，如道或空，超越了物质实体、装饰或肉身。他双手托起灵魂，越过头顶，海的意象支撑了空旷的意境：

空旷总在远方 / 那里没有语言和歌 / 没有边界和轮廓 / 只有鸟的眼瞳和羽翼开拓的天空 / 只有风的脚趾感触的岸和波涛 / 空旷是个恼人的诱惑

惠特曼没有，牛汉也没有到达那片空旷。"一百年前惠特曼自信到达的那个没有被人发现、没有被人航行过、连人迹都没有的海和岸，我并没有与之相遇和相融合。我其实仅仅是一直了望到冥茫的远方而已。"[1]牛汉把《空旷在远方》当作晚年的第一首诗来写。

现在，时间又带我们到新的季节，牛汉仍然感到灵魂强劲的波涛，在空旷中独自前行，在梦游中感受生命的呼吸。中国诗人的晚年大多驶入一片平静的

---

[1] 牛汉：《牛汉抒情诗选》，青海人民出版社1989年版，第302页。

海面，像王维诗中写到的"晚年惟好静，万事不关心"，但牛汉做不到，他似乎更加焦灼地期待、寻找。早年诗歌单纯、明朗的信仰歌唱变为历尽人世沧桑之后复杂、缠绕、艰难的心灵探索，"虽九死其犹未悔"。《三危山下一片梦境》写道：

再不愿拜见那些相识已久形象日渐风化的神佛 / 我一动不动盘脚坐在厚厚的沙碛上 /（盘脚坐本是我从童年起养成的才性 / 并非有意学僧人坐禅时虔诚的姿势）/ 我的手心朝下而不是朝上 / 我的两眼圆睁而不是闭着 / 我平生最憎恶那种祈求和期待的姿态 / 我的双手有力地托着肌腱隆起的膝部 / 随时可以一蹦而起，去奔跑或搏击

岁月在生长，心灵却年轻，这就注定了牛汉痛苦的精神跋涉将继续下去，而诗承载着他跋涉的历程。正如他自己所说的："我不属于任何美学的'主义'，我不在什么圈子里。我读的书很多很杂，恨不得把人类的全部优美诗篇咀嚼完，但我永远不依赖文化知识和理论导向写诗，我是以生命的体验和对人生的感悟构思诗的。我的人和我的诗始终显得粗糙，不安生，不成熟，不优雅。我的诗都是梦中望见的一个个美妙的远景，我和诗总在不歇地向它奔跑，不徘徊也不停顿，直到像汗血马那样耗尽了汗血而死。"[1] 牛汉的诗歌里没有史诗，然而如果把他一生的诗篇汇集起来，那正是一部生命史诗。

原载《诗探索》1999 年第 2 辑

---

[1] 牛汉：《谈谈我这个人，以及我的诗》，《牛汉诗选》，人民文学出版社 1998 年版，第 4 页。

林庚先生和新诗

洪子诚

林庚先生是诗人。新诗自诞生以来，诗坛有各种流派，发生过种种冲突和争论。但是林庚先生不属于哪一诗派，我们也不知道该把他归入哪一派别里，没有见他发表过宣言，打出什么旗号。文学界和诗坛拉帮结派、党同伐异的事情，并不稀罕。但这些与林庚先生都无关。时代的潮流自然也会呼应，却从不推波逐浪。关于诗歌创造和批评，自然有他的见解、主张，也只是以执着平实的态度加以陈说、阐发，而不考虑自己在"诗坛"占据什么样的地盘，不卷入意气的宗派之争。他也许比谁都清楚，在现代社会，文人虽然已经摆脱了依附的地位，但他们要保持思想、人格、学术和诗艺的"独立"，其实并不就比古代容易多少。不过，他依照自己的生活信念，尽力去做。这几十年的生活道路，他和新诗、和诗歌研究所建立的关系，使我们理解了他所推重的古代"寒士""布衣"的内涵。[1]他在文学史叙述中认为，那些优秀、伟大的精神财富和传统，那些具有恒久魅力的诗歌，都是这些具有独立思想和人格、这些具有"解放"的开拓精神的"寒士"所创造和承传的。不过，需要说明的是，林庚先生这种潜心于他的学问和诗艺，而不随波逐流、趋炎附势的生活态度，并不是一种"姿态"，而大抵上是心性使然。

林庚先生是诗人，但他是写"新诗"的诗人，是能写好旧诗但坚持写新诗

---

[1] 参见林庚：《中国文学简史》上卷，古典文学出版社1957年版，第264页。

的诗人，而且还是到了晚年仍倾心于新诗的诗人。他说过，他是1931年开始写新诗的。在这之前他热衷于古典诗词，"写得很多，也博得一些赞誉"。[1]从林庚先生对古典诗词研究和解读所表现的修养，我们相信得到"一些赞誉"的说法只能是包含着谦逊。尽管旧诗写得好，他却改写新诗。因为他看到传统的诗的源泉似乎已经枯竭，"一切可说的话都概念化了，一切的动词形容词副词在诗中都成了定型的而再掉不出什么花样来了"。[2]所以，林庚先生虽然对古典诗词十分热爱，但他毫不夸张地意识到，"创造自己未来的历史比研究过去的历史责任更大"。他目睹了新诗道路上发生的这种现象："那原来不想从事于创造的且不在话下，有希望于创造而结果落入了旧圈套。"这在他看来，是够悲哀的事情。[3]因此，这几十年有着"新的情调和感觉"需要去捕捉，人类情感中"以前所不曾察觉的一切"需要加以揭发，用新的方式给予表达。这些古典诗词已经不能完全承担。有的人以现代人也能写出好的旧体诗作为证据，来说明旧诗并不"过时"。对普遍用来质疑新诗的这一论点，林庚先生的回答是，"这是不解决任何问题的"，"所谓过了时是指的一种形式已经不再能够像过去那么活跃，那么广泛的普遍被使用，而不是说这一种形式就绝对不能偶然出现优秀的作品"。他坚信，"文言是过时了，旧诗词也已过时了，这乃是无可挽回的"。[4]

其实，林庚先生并不是不知道写新诗的苦处。新诗的路子近百年了，其间当然有一些很热闹的时候：那种时候，新诗几乎处于各种文学形式的中心位置，有时甚至出现超出文学范围的影响。但这样的时候并不多见，在大多数情况下，诗坛总是显得荒凉，诗人也总是感到寂寞。1943年，他刊在《宇宙风》上的一篇文章，就描写到诗坛的这种景况："恐怕不必写诗的人，只要看如今冷落的诗坛，便已会令人打个寒噤了。"[5]这种冷落的原因各种各样，普遍性的

---

[1] 林庚：《谈谈新诗 回顾楚辞》，《问路集》，北京大学出版社1984年版，第278、285页。
[2] 林庚：《诗与自由诗》，《问路集》，第167、168页。
[3] 林庚：《漫话诗选课》，《问路集》，第190页。
[4] 林庚：《关于新诗形式的问题和建议》，《问路集》，第234页。
[5] 林庚：《甘苦》，《问路集》，第170、180页。

压力却是来自两个方面。一是灿烂辉煌的古典诗词的巨大"背景"的笼罩，即使新诗的探索者"接受着一般只愿读那烂熟了的作品的人们的骂"[1]，又让探索者"迟早也是要做古诗的"。这使热爱着古典诗词的林庚先生也不免生出这样的感叹："这文化的遗产真有着不祥的魅力，像那希腊神话中所说的 Sirens，把遇见她的人都要变成化石吗？"林庚先生并不否认古诗在新诗建设上的重要作用，而主张新诗的作者要"好好地来谈一点古诗"——但这是为了在比较中加强对"独创性"的自觉，而警惕着对现成的东西的模仿。新诗所经受的另一方面的压力，则来自新诗写作自身。"外表的冷落"还只是一个方面，更大的苦处是"当你有一点感受想写出来时，便会觉得一切表现的语言都是不现成的，你的话说不出来你还得要去找这表现的语言，然而你找的方向对不对呢？"[2]你不知道，觉得是空，无依傍。在连续碰壁之后，茫然而苦闷的感觉"是无可形容的"。对前一种压力，林庚先生已有思想上的准备，并不特别在意。对后者，他则感到道路的漫长和曲折。他对此的表白是，"我是天性愿意忍受一些悄悄与荒凉的"，因为：

> 像天文学家发现海王星一般，希望的开始是悄悄而荒凉的；没有人晓得，只有几个天文学家在冷清刻苦地探索着，终于这希望是证实了，于是热闹起来了；然而那最快乐的却是曾经忍受着寂寞的人。[3]

在 21 世纪之初，面对新诗的现状，面对诗坛的混乱，我们真的不知道新诗会有怎样的前景。希望能得到证实吗？诗坛能热闹起来吗？林庚先生对新诗达到的境界的期待能出现吗？也许这些根本就是空悬的美丽梦想？在我们消极和沮丧的时候，让我们来听林庚先生给我们讲讲历史，以便能接近他那"年青的，发展的，富有想象力"的精神态度：

---

[1] 林庚：《诗与自由诗》，《问路集》，第 167、168 页。
[2] 林庚：《甘苦》，《问路集》，第 170、180 页。
[3] 林庚：《甘苦》，《问路集》，第 170、180 页。

回顾历史上诗坛创业的艰难过程是有好处的，这可以使我们在不顺利的时刻并不灰心。看看五七言在古代诗坛上一旦成熟出现，便为人们开辟了那么光彩夺目的园地，带来了多少世纪繁荣的盛况。我们难道就不能为自己的新诗创造合乎规律的完美形式吗？历史检查着过去，也预示着未来……[1]

这就是林庚先生的"永远给人以无穷的想象，光明的展望"[2]的"少年精神"。

原载《诗探索》2000年第1—2辑

---

[1] 林庚:《谈谈新诗　回顾楚辞》,《问路集》,北京大学出版社1984年版,第278、285页。
[2] 林庚:《中国文学简史》上卷,古典文学出版社1957年版,第264页。

在智性抒情的"僻路"上
——评金克木的诗

罗振亚

正如施蛰存一直坚持根本不存在现代诗派的观点一样,金克木始终不承认自己是"现代派"诗人,但我们说他是"《现代》派"诗人恐怕是不会错的。

金克木走进《现代》多少有一点偶然。他虽然在 1920 年代于故乡安徽寿县读小学时即已开始习诗,1930 年前后来往于北平的几所大学旁听时笔耕愈勤。但当时他并"没有以诗出名的欲望,甚至没有挣稿费的'野心'"[1],只是借诗抒发感情而已。1932 年,在山东的中学与初级师范任教的他,随意将草就的《秋思》等几首小诗寄给北平的一位朋友,不想那位朋友竟把它交给《现代》刊发了。因之诗人深得编者施蛰存、戴望舒赏识,彼此成了朋友,也结识了徐迟、南星等诗人,并经戴望舒举荐,他的诗集《蝙蝠集》被列入邵洵美主编的《新诗库》于 1936 年出版,他也渐成《现代》与《新诗》杂志的创作骨干。

那时金克木写诗比较自觉,不但在非写不可时才动笔寄情,还以"柯可"为笔名撰写了《杂论新诗》《论中国新诗的新途径》《论诗的灭亡及其他》等诗论,研讨现代诗现状及存在的问题,新见迭出。他认为"新起的诗可以有三个内容方面的主流:一是智的,一是情的,一是感觉的"[2],并具体分析了三种主

---

[1] 陈晨:《金克木先生访谈录》,《诗探索》总第 20 辑(1995)。
[2] 金克木:《论中国新诗的新途径》,《新诗》1937 年第 4 期。

流诗的特质，称其中的主智诗走的是文学之路中的"僻路"，"然而正因其僻，却适成其为新"[1]。针对当时诗坛普遍书卷气过重的僵化局面，他呼唤野性、粗犷、新鲜的诗风崛起，并且以其满贮"智慧"与"野性"的诗创作，印证了自己倡导的新智慧诗理论，成了继卞之琳、废名之后智性抒情"僻路"上又一位卓越的探险者。

"以智慧为主脑"

金克木诗歌的意象视界斑斓而阔达。从《更夫》的"单调"到《黄昏》的"飘忽"，从《晚眺》的"寂寥"到《生辰》的"清愁"，从《邻女》的"笑声"到北方《鸠唤雨》"变调的哀哭"，几乎心灵内宇宙与现实外宇宙经诗人灵性的抚摸都幻化成了诗的情思符号。

1930—1937年间断续的北平学院生活练就的敏感，使饱具艺术良知的金克木在诗中对"九一八"事变后严酷的世态与心态都有所感应。《秋思》中泪珠"不息地流下，千滴，万滴"，不乏悲秋的感伤；《春病辑》的十首小诗在诗学主题上统统患了三春小病的美学流行症。这种时代主潮之外的情思咀嚼，"小处敏感，大处茫然"，充满哀伤幽怨的浪漫情调。但这并不等于悲观消沉，因为它是与深切的忧患相伴生，所以现实黑暗苦痛的矛盾观照中仍有理想主义的筋骨支撑。《晚眺》枯树、落日、西风织就的颓败景象中，诗人听到的是充满震颤、生机的"边塞的笳声"，"叫破这无穷的寥寂"；《愁春》面对残春中被折磨的老人、肺病的女儿等黯淡世相，却"愿北征的燕子／将南国的春信捎来／给这忧愁的大地吧"。这些拥抱着乡愁的都市抒情，在某种程度上折射出了北国苍茫沉郁的心灵颤动。孤寂中，《期待》《雨雪》《肖像》《邻女》《招隐》等情诗开始大面积生长。这些情诗多写情而不涉及"性"，纯洁无瑕，情趣盎然，近于五四时期湖畔情诗的天真烂漫。如《雨雪》的男女之亲被写得那般洁净，纤尘不染；《默讼》有对情侣抛爽盟约的责备埋怨，但深层则是对往昔恋情的

---

[1] 金克木：《论中国新诗的新途径》，《新诗》1937年第4期。

缠绵留恋，无望却执着，辛酸又美丽。诗人这种具有清丽纯洁趣味的情诗，不但在象征诗风盛行的1930年代，就是时隔半个多世纪的今天也十分少见，因此弥足珍贵。

按理说，仅传达北国心灵信息、昭示爱之纯洁深挚这一点已令人倾目。但诗人风骚诗坛的拿手戏远非这些。金克木认为新的智慧诗"以不使人动情而使人深思为特点"，"极力避免感情的发泄而追求智慧的凝聚"[1]。他的诗之所以能确立个性、打动人心，凭借的就是对宇宙、人生、生命等抽象命题智慧的体悟玄想。

如《生命》即是诗人刹那间对生命存在形式的体验审视：

生命是一粒白点儿，
在悠悠碧落里，
神秘地展成云片了。

生命是在湖的烟波里，
在飘摇的小艇中。

生命是低气压的太息，
是伴着芦苇啜泣的呵欠。

生命是在被擎着的纸烟尾上了，
依着袅袅升去的青烟。

生命是九月里的蟋蟀声，
一丝丝一丝丝地随着西风消逝去。

---

[1] 金克木：《论中国新诗的新途径》，《新诗》1937年第4期。

它类似思维平行而无交叉的无主题变奏,生命是悠悠碧落里变幻的云、历经飘摇的舟、被迫呻吟出的无可名状的啜泣、烟尾上的青烟、随西风消逝的蟋蟀声,但它们却共织成了生命由变幻莫测到溘然消逝过程的忧患感情。诗人在绝望的处境面前顿悟到生命之渺小之压力之沉闷,进而触摸到了进取与挣扎、美好与悲哀并存的生命本质内核。《羞涩》也是对生命内涵的体认:"一笑便低下眉眼/你有什么不如意吗/得意才感到不安呢/又被我猜对了吗//乍来到世间旅行的生客/你的自觉的悲哀开始了/你已自己知道自己的可爱/不久便会听到你的幽怨声了。"随意的写法似有从智性层次逃脱之嫌,其实不然。诗人从"得意"与"不安"的组构里悟出"可爱"与"幽怨"乃人生的二重奏,生命原本就是如此残酷又真实。再如《神诰》已进入死亡观的揭示层面:"死于非命者不得托生/永久的漂流,无期的漂流/自由的枷锁,枷锁的自由/安心了吧//安心享你的福命/在世执着,出世解脱/一切苦厄,永劫不磨/游魂呀,去吧。"人生乃无尽无休的飘泊,充满各种各样的羁绊,因此活着该平静地面对苦厄,死时也不必惊慌,那是一种解脱的福分。宗教用语转世、托生、福命的介入,为诗涂上了一层神秘的宿命光晕,达观背后隐匿着人生的大悲哀。金诗的慧思不仅表现为上述诗的整体性覆盖,在一些诗中也表现为局部穿插与闪烁。如"从有到无是这宇宙的目的,无中生有便是宇宙的玄机"的抽象、那"群星""动"与"死"的辩证、那霹雳与死寂的交替,无不包孕着一种耐人寻味的深厚哲思。

  金克木的诗,不但抽象化命题的玄想沉潜着智慧的风度,就是那几首"不是情诗的情诗"(金克木语)也都理趣丰盈,不直接抒写爱本身,而展开一种爱的思索与体验。如《肖像》"你的相片做了我的镜子/我俩的面容在那儿合成一个//我在热闹场中更感到孤独/到无人处却并不寂寞/因为我可以对你私语/我有那些说不尽的回忆……因此我愿在无人处对着你/看你的迷人的永远的微笑"。它虽然散文的意味浓些,但却内含着能给人以深省的哲思;在爱的过程中,海誓山盟固不可少,但那只是外在的形式,最重要的是心与感情的流通,二人"合成一个",成为互相的"镜子";愈是热闹愈会产生思念恋人的孤独,而愈是无人时却愈感到内心充实,可以尽情在精神世界里展开对恋人的忆念。辩证的思维向度,整合了爱的复杂感受与多重体验。

金诗诗情智化带来的哲理深度，垫高了新诗的艺术品位。可贵的是诗人虽是享誉国内外的东方文化研究专家，却从不卖弄知识以学问作诗，而选择了一条"同感情的""非逻辑的"诗性道路，所以他的诗总能"情知合一"，将慧思内涵化为意象的整体体现，达到形象、思想、情感的"三位一体"化。"新诗人若要表现新人生又不能漠视其所处的环境，又不能不对周围的人事有分析的认识和笼括的概观"[1]这一观念导引，又使诗人的慧思总是力图在现实的底版上展开，以时代因素的渗入强化诗情诗思的现代性，从而超越了古代智慧诗，新颖而不"狭陋"。

如被公认为寻梦价值与理想伊甸园的哲思神品的《旅人》，就实现了情、知、象的统一。"你背负着雨伞的／辛苦的旅人啊／艳阳天是早已不在这里了／且枕着枯树根／沉沉睡去吧／难道你还要寻觅夭桃秾李／／是那天角有绿窗／引诱你奔走吗／辛苦的旅人／待噪倦了归鸦时川、饭铺里的马槽边／无罩的煤油灯将要抚慰你了……可别曳了这里的沙漠风／去伤害远方的未婚花鸟。"它在远天的"绿窗"与现实的"沙漠"对立背景上，表现寻梦的旅人不计路程、时日、后果，向诱惑人的"绿窗"跋涉的价值。其间有对旅人劳顿的同情、矢志前行的礼赞与实现理想的祝愿，达到了情绪流动与慧思的交融。而象征性意象的出台与承传递进，又形成了自然而深沉的感情梯度与深度，使形象大于思想，整体寓意趋于含蓄，生活具象有了超越自身的内涵。"绿窗"可视为遥远又迷人的理想之境，"未婚花鸟"当是梦中未被社会庸俗欲望污染的纯净乐园，"沙漠风"则也有现实社会氛围的深层所指，它们与"旅人"形象结合既有透明度又具暗示力。《生命》优卓于一般说理诗就在于它的慧思是在整体抒情建构中隐蔽、深藏、展开，在五个并置比喻提供的一串生动意象中进行立体化的诗意呈现。主体与喻体间"是"的联系建立，似平淡单调；但其喻体本身的朦胧实际上模糊了主体与喻体间桥梁联结点，仍使诗在给人以启悟的同时充满朦胧美。再如"遥远的梦，遥远的梦／三年，九年；三十年，九十年／人生不过百年哪／待天边飘起一片云时／花的梦，鸟的梦，月的梦／都是风里的蜘蛛网了／

---

[1] 金克木：《论中国新诗的新途径》，《新诗》1937年第4期。

残留的许只有这临水的岩石"(《抒情诗》),诗表现了岁月飘忽、人生短暂、世事多变,花、鸟、月等意象的起用,使这抽象的思考与怀恋旧情的伤感变得具体可触。金诗的慧思还有一定的现代性。如《生命》就无法抽掉时代的底版求解,正是1930年代的腥风血雨、战乱频繁,才使诗人感到世界一无是处、生存方位无定,顿悟到生命之渺小与渺小生命压力之沉重,那是与古诗中忧患之思摇落之秋不可同日而语的典型的现代情绪。《晚眺》中的"笳声",正是时代的心音、北国灵魂寻求新生的搏动。

总之,金克木的新智慧诗,既在横向上与那些以诗形式说明道理的说理诗、卖弄聪明的警句诗大异其趣,又在纵向上超越了出离时代感悟人生的狭陋的古代智慧诗。它以体悟的"现代性"与"向来产诗的道路"的"诗性"融汇,达到了智性与感性、哲学与诗的同构,避免了诗思僵化,将缪斯引向了智慧的"新"路,虽非人人可解,却多有上佳的明珠。

"野蛮"的活力

金克木放眼1930年代的诗坛后指出,诗的僵化在于书本气太重,过于文明,因吃得多而营养不良,被古今中外的传统压倒,"必有野蛮大力来始能抗此数千年传统之重压而前进","要有野蛮、朴质、大胆、粗犷,总之是新鲜的青春的活力来的诗中间才能使人耳目一新"[1]。因此,他呼唤要创造诗坛的一种野蛮新鲜的活力。

与理论的倡导同步,金克木在创作中尽力摆脱各种传统的因袭,不拘一格地进行创造。也许是受《蝙蝠集》扉页所题的两句诗"山石荦确行径微,黄昏到寺蝙蝠飞"(韩愈《山石》)的影响,当年就有人认为金诗"有意无意地在学'乐府'",意境苍老,多取古代的事物做背景[2]。事实上这只看到了事物的表层,因为金诗确多古诗的时空和意境造型,但它从中却总能蜕化出现代意识与

---

[1] 金克木:《杂论新诗》,《新诗》1937年第2卷第3、4期。
[2] 孙作云:《论"现代派"诗》,《清华周刊》1935年5月15日第43卷第1期。

现代审美意趣，有种"化古为今"的倾向。同时金诗也"很难说直接受到西方现代派文学、现代主义诗歌的影响"[1]，艾略特以及其他现代派诗人的作品和理论，都是诗人开始写诗有一段时间以后才看到的，所以对之不能简单地用西方现代派诗歌的先验模式去套评。甚至金诗与1930年代的现代诗派也"貌合神离"，它具备施蛰存论述的《现代》诗的共同特征，不用韵，句子段落的形式不整齐，混入一些古字或外语，诗意不能一读即了解；也追求纯粹性，认为新诗应从根本上拒绝散文的教师式的讲解，读之应类似参禅的人的悟道，"诗在现代世界上总是一部分人的事，不能和大众中流行的歌曲相比，无法热闹"[2]。但他初期诗歌的意象联络不会太夸张，题旨也不像现代派的有些诗那样晦涩难懂，他的诗起用现代诗派钟情的象征艺术，却无它的晦涩。也就是说金诗既不是模仿外国诗，更脱掉古诗痕迹，以对古今中外各种传统入乎其内、超乎其外的创造性转换，创造了具有"野蛮"新鲜活力的"现代的中国人写的现代诗"，促成了现代主义诗歌在中国具有积极意义的演进。

金诗野性新鲜的艺术活力来源于多种因素，主要有以下三个途径。

一是野蛮新颖的意象、想象，饱具一股陌生鲜活的冲击力。如《年华》：

> 年华像猪血样的暗紫了！
> 再也浮不起一星星泡沫，
> 只冷冷的凝冻着，
> ——静待宰割。
>
> 天空是一所污浊的池塘，
> 死的云块在慢慢地散化。
> 呆浮着一只乌鸦，
> ——啊，我的年华！

---

[1] 金克木：《新诗断想》，《诗探索》总第20辑（1995）。
[2] 金克木：《新诗断想》，《诗探索》总第20辑（1995）。

首句隐喻一语点破年华牲畜般被砍杀的惨状，暗紫的猪血虚指青春已凝冻而无一丝热气，而苦难犹未了结，尸体般的青春还要静待宰割，愈见残酷。高高在上的天空也异化为污浊的泥塘，布满死的云块，连唱挽歌的乌鸦也难以幸免地呆浮为诗人年华的典型意象。猪血、泥塘、乌鸦这以往诗中少见的意象，已让人感到新鲜不已，而年华像猪血、天空似泥塘的出人意料的"远取譬"更大胆骇人，然而诗人正是借助它们传达了独到的发现与思索：置身于"酱缸"文化的社会，人的生存圈已局促到了天地不容无所栖止，活即死死亦如活一样悲哀。创新的意象获得了批判的指向与力量。《生命》用明喻呈现对生命的思考，它把生命比成烟尾上"袅袅升去的青烟"，随西方逝去的"九月里的蟋蟀声"，这种美妙又奇诡的意象令人经久难忘，且内含着一种彻悟。生命的消逝不可违抗，生命的最后升华即是死亡，生命走完艰难旅程后必然进入告别启身的季节。闭目冥思，好像真的感觉到生命如轻烟缕缕、虫声阵阵渐渐消逝，空留下袅袅又沉重的余响。再如诗人这样写旱天见云："黑衣女。莫更矜惜你的鸩毒吧／许已有携了清凉剂的／匿名的医师姗姗来了呢。"这种感觉真是别致得新鲜，别致得可爱。

金诗这种"野蛮"新鲜的意象，这种在风马牛不相及、间距遥远的本体与喻体寻找联系的"远取譬"，不仅增强了诗的抒情力度和陌生感，造成了一种飘忽不定的朦胧；而且它与习惯的彼特拉克式的老化死亡比喻拉开了距离，它的荒诞不经与富于暗示，打破了从物到物的传统想象路线，大胆而具有潜在的刺激性，荒诞而合理，陌生又简约，显示出诗人葱郁蓬勃的创作生气。

二是俏皮奇绝的巧思，"合道"又"反常"。这方面最典型的诗篇是《雨雪》：

我喜欢下雨下雪，
因为雨雪是你的名字。

我喜欢雨和雨中的小花伞，
我们可以把脸在伞下藏着；

> 我可以仔细比比雨丝和你的头发，
> 还可以大胆一点偷看你的眼睛。
>
> 我喜欢有一阵微风迎面吹来，
> 于是你笑了笑把伞转向前面；
> ……
> 我喜欢微雨中小小的红花纸伞；
> 我喜欢下雨，因为我喜欢你。
> 但我更喜欢晶莹的白雪，
> 愿意作雪下的柔软的泥。

以恋人名字与自然景物偶合点的寻找作为构思契机，这种构思法相当少见。以恋人的名字"雨雪"作为实题，不比路易士《你的名字》的虚题，本身就意味隽永，情思观照充满温情，有一点儿游戏似的新鲜，而至正文愈见其妙。因有恋人名为雨雪的前提，爱屋及乌的诗人开门见山地破题，"我喜欢下雨下雪"，这只是它一般的外延含义，真正的内涵是雨天在伞的掩护下，可以尽情大胆地观赏恋人的容颜秀发，所以诗有四分之三的篇幅写伞下情趣。结尾两句似乎随意突兀，实则感情负荷最重，漂亮至极；将雨雪分为两种感情层次，就使诗在温柔缱绻中又加入了深沉的情愫，透露出诗人愿与恋人做浅层的感情交流，更愿做深层的感情渗透的心曲，言近旨远，余味绵长。《默讼》以季节性词语、句子作为结构组织的框架，沟通了过去爱情的姣好、如今诗人的孤独以及对未来无望的企盼，也很新颖。"从梁间燕子的呢喃／谛听到长空的鸣雁／然而何时才听得你足音跫然呢"，"秋风驱落叶打我的纸窗／又拾起积雪来敲我墙壁／然而还不是你的剥啄声哪"，这两段诗表明诗人从春到秋、从秋到冬，一直等待着恋人践约的足音与剥啄声，可却始终没有候到。前后两段旋来转去的复沓，将悱恻的责备与深情的怨艾传达得一唱三叹，婉转浓郁。《招隐》的构思也带着些许俏皮。它的第一人称"我"与"远游的人"对话，确切地说是以"我"对"远游的人"的呼唤展开构思，既符合"招隐"的口吻，又使"远游的人"成为诗人情绪外化的载体,令人们感到"我"与"远游的人"有种心心相印的契合关系,可以互换。这种有意无意的"模糊"构思,比直接让"我"抒情更具包孕力和含蓄美。

三是反讽的张力。反讽在新批评理论家布鲁克斯那里解释为"表示诗歌内不协调品质的最一般化的术语",是"承受语境的压力"。在瑞恰兹那里反讽被称为"反讽式观照",即"通常互相干扰、冲突、排斥、互相抵消的方面,在诗人手中结合成一个稳定的平衡状态"。不论人们对反讽概念怎样界定,它的内涵都是指诗中诸种因素的对立与不协调,具体有语调反讽、语义反讽、意蕴反讽等几种类型。反讽这种现代派诗歌常用的技巧,在金克木诗中已由一般的方法上升为思维方式的本体论层面,开放出许多"矛盾"情境的智慧花朵。

如《年华》这富有诗意的字眼,本该是如花似月、青春活力的同义语,可在诗人笔下却变奏为生命被压抑生活遭调侃的意蕴反讽,幻化为静候宰割的牲畜、呆浮的乌鸦。这种打破常规的构思,使诗带上了意向的多种可能性,是隐性批判生存圈,还是暗喻生活之沉闷,抑或昭示青春的被动状态？你无法用习惯的思维方式去穷尽它。它的事实应具有的美好形态,与现有的残酷形态,在截然不同的悖逆中有股难以遏止的张力。《招隐》不但全诗中沙漠的幻想的美与都市生活沙漠现实的寂寞反差强烈,把逃离寂寞的主题表现得极具张力。一些段落也具体运用了语义反讽笔法。如"远游的人啊,我要你快来,快来／快来同我一起到沙漠中去／／都市是喧哗的沙漠／这沙漠却一点也不可爱／这里又没有风,又没有太阳／有的只是永远蒸腾着的寂寞",它的笔法有一种类似悖论的效果。喧哗的都市反倒成了沙漠,充满寂寞,不再可爱,而并不可爱的真正的沙漠却成了人心所向。语义的错综中,将诗人沉痛的寂寞感与逃离企图包容起来,对都市的不满与对自由自在的开阔的向往趋于直露。《旅人》兼用了语义反讽与语调反讽。"且枕着枯树根／沉沉睡去吧／难道你还要寻觅夭桃秾李",诗人不甘沉睡却又无奈,在荒漠中寻找夭桃秾李只是美丽又荒谬的梦,这一事实本身就造成了所想与实际间的对立与差距,容纳着旅人明知不可为而为之的顽强与可悲。可对旅人的劳顿不堪,诗人却以"难道你还要寻觅夭桃秾李"的戏谑出之,在实际的艰辛与故作轻松中拉开了距离,以自我讥讽的方式从相反方向强化了跋涉的艰辛。另外像"一任花儿自开自落/到两极去寻找温暖吧"（《雪意》），也是典型的语义反讽操作。

金诗的反讽运用，使我们得到的不是浪漫的冲动，不是机智的笑声，而是"智慧难以简单征服对象而引起的艰涩与含蓄"，它赋予了金诗一种无穷的张力。

金克木野蛮新鲜充满活力的诗艺探求，敦促诗歌剔除了学问家的书卷气，摆脱了传统的因袭与限制，使诗人成了智慧抒情"僻路"上的高手，"僻"得"新"、"僻"得"智慧"、"僻"得才气夺人。

原载《诗探索》2000年第3—4辑

古典与现代纠结的艺术迷宫
——走进《微雨》的世界

孙良好

> 我有一切的忧愁,
> 无端的恐怖,
> 她们并不能了解呵,
> 我若走到原野上时,
> 琴声定是中止,或柔弱地继续着。
>
> （李金发:《琴的哀》）

或许可以这样说,正是"她们并不能了解"的"一切的忧愁"和"无端的恐怖",铸就了李金发《微雨》集"迷宫"般的艺术世界。而我,在小心翼翼地走进《微雨》的世界时,却也正是透过"一切的忧愁",体会到蕴藏其中的古典情思,透过"无端的恐怖",意识到弥漫其中的现代诗绪,从而在其晦涩的语言迷宫中获得"柳暗花明又一村"的欣喜。

承载"忧愁"的古典情思

《微雨》的情感基调是忧愁。一个孤独的诗人,走在空旷的原野上,"微雨"迷蒙,这就是《微雨》展示的基本图景。尽管其中也闪现过"赞叹这妩媚的风光"的《下午》,"欢乐如同空气般普遍在人间"的《幻想》和"你于我是日之出兮,我于你是涧草的间散"的《温柔》,但是从开篇的《弃妇》到收束的《夜起》,给人更强烈的感受无疑是"弃妇之隐忧"终于"使我的心不能再有微笑"。

事实上,以忧愁作为《微雨》的情感基调正是李金发有别于同时代诗人的"孤立"之处。郭沫若的《女神》是时代的黄钟大吕,闻一多的《红烛》跳动的是爱国的火焰,而同年出版的蒋光慈的《新梦》在展示新的曙光,徐志摩的《志摩的诗》在诉说着"爱""美"与"自由"。

《微雨》的"忧愁"首先来自于李金发在异国他乡真实的人生体验。且看月夜的景象:"吁!这平原,／细流,／秃树,无恙的天涯。"让人马上就联想到马致远的小令《天净沙·秋思》。飘泊的旅人穿越时空的隧道,从古代到现代,从中华古国走到法兰西。显然,中国古代文人的羁旅之思传染给了远在法兰西的李金发。在《里昂车中》,闯入诗人视野的是"山谷的疲乏惟有余光,／和长条之拽曳,／使其深睡,／草地的浅绿,照耀在杜鹃的羽上"。诗人追问:"细流之鸣声,与行云之飘泊,长使我的金发褪色么?"中国古典诗歌的意象纷至沓来,让人在现代情境中频频回首。然而,羁旅之思仅仅是诗人"忧愁"的广阔背景,让"忧愁"四处绵延的是无法躲避的凄惨的现实生活:"淡月下之钟声,／如夜猿长叫在空谷之侧:／海潮与舟子细语,／而泣下,凄怆,战栗。"(《巴黎之夜语》)以及无法消除的无尽的内心怅惘:"奈时光之流去,／如林鸟一唱,／奔飞在我的眼下。""地已荒凉了,／独有冷风细语,／如末路之英雄。"(《手杖》)诗人曾想在梦中寻求解脱:"长林后的静寂,／惟日光斜照着／现出谐和。／野鸥又再来,如同清晨红霞的摇曳／无意的罢。"这是一个远离喧哗与骚动,也远离了现代文明的情境,但拥有这种情境的"典礼告终了!"(《幻想》)诗人又让"我们徐步在世界之梦里,／幻想醉着心,肯定照着手足","每个日光的'永久之华'／都回忆他的清晨在我的眼瞳里"(《英雄之歌》)。"英雄之歌"在"世界之梦"里缓缓流淌,但又疑心:"我做梦么:石子跳舞在日光下,／行人的雨伞深藏在肘边。"这只是梦境,犹如"杜鹃伤春天不常在／Rossignols 歌唱夏天的晴和"(《我做梦么》)。于是,诗人终于看到"无底底深穴,／印我之小照／与心灵之魂",明白了"无须幻想,期望终永逃遁"(《无底底深穴》)的真实处境。

如果说借梦幻来消除"忧愁"本就是显得虚无缥缈,那么爱情王国的甜蜜与温馨理应有更切实的抚慰心灵的作用:"记取晨光未散时,/——日光含羞在山后,/我们拉手疾跳着,践过浅草与溪流,/耳语我不可信之忠告。和风的七月天/红叶含泪,/新秋徐步在浅渚之荇藻,/沿岸的矮林——蛮野之女客/长留我们之足音。""晨光未散时"的窃窃私语,"和风的七月天"里长留的足音,确实让诗人备感欢欣,但"漂泊之年岁,/带去我们之嬉笑,痛哭,/独余剩这伤痕"(《故乡》)。故乡那一段纯洁无瑕的青梅竹马式的爱情在岁月中烟消云散,留下的只是"伤痕"。在异国他乡,诗人也曾用心体验爱的"温柔",在"四月的和风"吹拂下,"你明澈的笑来往在微风里,/并灿烂在园里的花枝上"。在"长夏的庭院里","蜜蜂的闹声,到花枝上止了;/蔷薇的香气,奔飞在我们臂下,/枝头的瘦索欲去还留"。在"萧索的秋,/接着又这冰冷的冬"的辰光中,"你于我是日之出兮,我于你是涧草的间散",一年四季唱不完的"情歌",也不能道尽诗人心中的那一份向往:"我奏尽音乐之声,/无以悦你耳;/染了一切颜色,/无以描你的美丽。"但是,诗人却又宣称:"我相信神话的荒谬,/不信妇女多情。"(《温柔四首》)原来,歌唱终归是歌唱,它不是现实爱情的真实演绎。

梦幻破灭了,爱情消散了,"忧愁"依然笼罩着诗人。和许多中国古代的文人一样,李金发也有过"月是故乡明"的期盼:"我的故乡,远在南海一百里,/有天末的热气和海里的凉风,/藤荆碍路,用落叶谐和/一切静寂,松荫遮断溪流。""热气""凉风""藤荆""落叶""松荫""溪流",这些源于自然的质朴的意象,描画了故乡的原始古朴、宁静谐和,正是消解"忧愁"的理想之所。但"如兽群的人","生着苔"的"断桥","穿人屋"的"鼠儿","与野狗争宿所"的"狼儿",又使得诗人浓浓的乡恋蒙上厚厚的阴影:"他伤心了,/以为是不可救药,/遂毁了其所欲写的笔,/蓦地走了,逃向何处?"彷徨于无地的悲哀,最终使诗人爆发出:"我,长发临风之诗人,/满洲里之骑客,/长林中满贮着我心灵失路之叫喊。"(《给X》)就这样,"忧愁"包裹了微雨。而在这"一切的忧愁"中,频繁闪现着中国古典诗歌意象,其中渗透着诗人丝丝缕缕的古典情思。正是在这里,我们看到微雨的情调与中国古典文化,尤其是与中国古典诗歌千丝万缕的关系。

从李煜的"春花秋月"到李清照的"寻寻觅觅",从汤显祖的《牡丹亭》到曹雪芹的《红楼梦》,直到李金发少时爱读的鸳鸯蝴蝶派爱情小说,播下的都是多愁善感的种子。其实《微雨》的开篇就显示了这样的意趣:"弃妇之隐忧堆积在动作上,/夕阳之火不能把时间之烦闷/化成灰烬,从烟突里飞去,长染在游鸦之羽,/将同栖止于海啸之石上,/静听舟子之歌。"(《弃妇》)"弃妇""夕阳之火""游鸦之羽""海啸之石""舟子之歌"蕴藏"忧愁"的古典情思在这纷繁的意象中被渲染得十分充分。其中,更有"月儿装上面幕,桐叶带了愁容,我张耳细听,知道来的是秋天"(《律》)。中国文人的"悲秋"情结在一种静谧、安宁的氛围中,由"月儿"与"桐叶"和盘托出。最后微雨又在极其低沉的调子中落下帷幕:"在老旧之宫的石级里,/月季低着头,/蜂儿来往一二次全无意勾留;/在阴湿的长林里,/摘野菌的低着头,/天光在枝头后诮笑,/秃死的矮木似恨春天不常在。"(《夜起》)在沉沉的夜色中,万物都显得无生机,"春天不常在",一种比"悲秋"情结更甚的情绪蓦然升起。从中我们不难看出,诗人"忧愁"的情思借助于古典意象乃至古典意境得以释放的心路历程。在20世纪20年代的中国新诗中,这种承载古典情思的微雨式的"忧愁",的确算得上是"别开生面"。

直面"恐怖"的现代诗绪

如果说,承载"忧愁"的古典情思使《微雨》在中国古典文化情境中找到了生命之源,那么直面"恐怖"的现代诗绪则使它在法国的象征主义诗歌中找到了生命之力。正是在波德莱尔、魏尔伦和马拉美那里,李金发发现了"忧愁"的古典情思实现现代转化的可能,因为这些象征派的诗人并不在意化解"忧愁",而是把"忧愁"直接当作美的品质加以追求,并外化为近于"恐怖"的现代诗绪加以充分表现。

《微雨》的"恐怖",首先在于黑夜的可怕。"黑夜与蚊虫联步徐来,/越此短墙之角,/狂呼在我清白之耳后,/如荒野狂风怒号:/战栗了无数游牧。"(《弃妇》)这是黑夜在《微雨》中第一次亮相,虽然没有任何宣示,但与之俱来的蚊虫的嘈杂,却制造了混乱也散布了丑恶,逼得清白之人无处栖身。紧接着,诗人"深望黑夜之来,遮盖了一切/耻辱,明媚,饥饿与多情"(《给蜂鸣》),在这样黑白混淆的辰光里,人们除了"蜷伏手足"似乎别无选择。面对着"可怖的空间之沉寂","罪恶之良友,/徐步而来,/与我四肢做伴"(《月夜》)。极富诗意的月夜,竟以可怖为帷幕,让罪恶四处蔓延。即使以"海誓山盟""溪桥人语"为背景的爱情,在黑夜中也失去任何亮丽的色彩。"我们散步在死草上,/悲愤纠缠在膝下";"粉红之记忆,/如道旁朽兽,发出奇臭。"(《夜之歌》)没有花前月下的欢声笑语,只有死草上纠缠着的"悲愤",那些"粉红之记忆"不再拥有往昔的芬芳。"窗外之夜色,染蓝了孤寂之心,/更有不可拒之,冷气,欲裂碎/一切空间之留存与心头之勇气。"正是在这样夜色里,诗人看到"无数人尸与牲畜",感到"四肢僵冷如寒夜"(《寒夜之幻觉》)。置身于这样的夜色中,诗人反复追问:"为什么窗子以外全衰死了?"(《夜起》)至此,《微雨》的"恐怖"氛围完全凸显。

沿着"黑夜"的脚步,我们察觉到诗人心灵的迷失,这使得《微雨》的"恐怖"由外在世界转入内心情绪。"阵雨的急迫,/群众的拥挤,/我心将迷失来路!"(《心》)"迷失来路"的预感,迫使一种飘来飘去的状态如期而至:"我的灵与白云徜徉在天际,/云儿带着傲气说:/可死的生物,与我游行罢!"(《我的灵》)云儿的傲气消解了徜徉天际的安详与平和,加剧了漂游的无奈与惶恐。那种惶惶不可终日的场景闪现了:"多疑的心终日徘徊在道旁。"(《超人的心》)在道旁终日徘徊的心,使诗人焦急万分,在回忆中,他念念不忘、苦苦追寻:"我丧失了 Naiveté,/更丧失了心,/Naiveté 被风吹去了,/心呢?/是我现在寻找的。"(《忆韩美》)但追寻并无结果,"我的灵魂是荒野的寺钟"(《我的灵》)。阅尽春花秋月,历尽世事沧桑,却依然迷雾重重,与温情无缘,与家园无缘,不知何处是归程,"心"的恐怖伴随生命的始终。

为消除这种"心"的恐怖,诗人开始踏上"爱"的旅程。"七尺的情欲之火焰,/长燃在毛发上端。"(《A mon ami de la bas》)"爱"的火焰燃起了,但被爱者竟"残忍"地写上:"亲爱的诗人,/我希望你的生命终久比我荣耀,/我们再见罢！"使得爱的人"惟有流我心头之冷血为池沼"(《给X》)，并且几乎无助地告白："呵，哀戚之女皇，以闪烁之黑纱／笼罩你可怖之叹息，与我心头之夜气。／欲哭未哭之泪腾沸着，／在生命之桥下，如清流滚滚。"(《给女人X》)"欲哭未哭之泪"在把爱的千般烦恼和万般无奈宣泄出来的同时，也把爱的凄迷状态呈示出来。但诗人并没有退缩，反而信誓旦旦："我愿老死于你唇之空处，／或仅长记我的L／在你脑里，一切之幸福／潜隐在你毫毛光影之后，／至十字架腐朽之末日，／我们之同情仍如瓟瓜挂着！"(《给Charlotte》)这是对天荒地老的爱情理想的追慕，也可视作诗人"作孤注一掷"式的爱情宣言。可诗人终于发现："一切情爱，如船在浪前消失，毁碎了。"(《无题》)至此，曾经寄存了无数热情和希望的爱遁迹了，诗人深深体会了爱的无常，"心"的恐怖依然无法摆脱。

　　经历了"爱"的无常，诗人意识到"生之疲乏"，"衰老的裙裾发出哀吟，门徜徉在邱墓之侧，／永无热泪，／点滴在草地／为世界之装饰"(《弃妇》)。"弃妇""衰老的裙裾"所发现的"哀吟"，正是诗人在经历了"黑夜"中的奔突、"心"的迷失和"爱"的无常之后的生动写照，除了"装饰"，似乎再也找不出生的意义和价值。既然如此，诗人就开始去关心："枯老之池沼里，／终能得一休息之藏所么。"(《夜之歌》)这近于绝望的生存状态，呈现出与生机、活力、奋斗等生命意蕴背道而驰的倦怠景观："我抚慰我的心灵安坐在油腻之草地上。／静听黑夜之哀吟，与战栗之微星，／张其淡白之倦眼，／细数人类之疲乏，与牢不可破之傲气。"(《希望与怜悯》)以"安坐""静听""细数"的方式来抚慰心灵，颇有些中国道家风范，但却只有"无为"之状而无"清净"之境，"油腻""哀吟""战栗""倦眼""疲乏""傲气"把所有美好的诗意全都驱逐出"境"。而在那疲于奔命的日子结束之后，诗人恸哭："我的鞋破了，／终将死休于道途，／假如女神停止安睡之曲。／我手足蜷曲了，／不能在远处招摇而呼喊。"(《恸哭》)于此生死模糊之界，"历史上之惨杀，／和饥饿之呼声，永在我门外骚扰着，／我的心灵全蹲伏了，／如夜候疲乏之兽群"(《生之疲乏》)。疲乏之极的诗人似乎再也感觉不到世界的"喧哗与骚动"了，但"喧哗与骚动"却在世界上依然故我地上演着一幕幕悲剧："生命／叩了门儿，／要我们去齐演／这悲剧。"(《使命》)人的使命竟是去齐演悲剧，这又是何其"恐怖"的生命体验。

从黑夜的可怖到心灵的迷失，从爱的无常到生的疲乏，李金发把人的生存状态的方方面面都做了直接的展示，从而把一种"恐怖"的情绪深深地根植于《微雨》之中："我见惯了无牙之颚，五色之颧，/一切生命流里之威严，/有时为草虫掩蔽，捣碎，/终于眼球不能如意流转了。"（《生活》）"在我的眼下，恐怖可怕之回想，如幻鹿在/林间走过，因死叶的声息而战栗了。"（《幽怨》）描摹生活和倾诉幽怨的方式，与法国象征派诗人们如出一辙，却与胡适的直白、郭沫若的咆哮、徐志摩的浅唱、蒋光慈的召唤迥然不同，这是他在20世纪20年代中国诗坛"别开生面"的又一表现。

曲折晦涩的语言迷宫

在《微雨》的古典情思与现代诗绪之间，是一个曲折晦涩的语言迷宫。就是这个语言迷宫使得许多人望《微雨》而却步，更别提深入体验它的"忧愁"和"恐怖"了。

《微雨》的曲折晦涩首先来自诗歌意象的奇特组接。微雨的意象世界扑朔迷离，奇诡莫测，是与它奇特的组接分不开的。这种奇特组接的表现方式多种多样，较为明显的有三种：变形、错位和跳跃。《微雨》中的意象几乎都在变形中产生，在变形中组接，如在《无底底深穴》中：

> 无底底深穴，
> 印我之小照
> 与心灵之魂。
>
> 永是肉与酒。
> 黄金，白芍，
> 岩前之垂柳。

这里，从"我之小照与心灵之魂"到"肉与酒"，再到"黄金，白芍"与"岩前之垂柳",做了多次变形,改变的幅度也在增大。这些变形,基本上删略了外表的相似性,只求本质上的相通。又如"耳后万众杂沓之声,/似商人曳货物而走,/又如猫犬争执在短墙下"(《寒夜之幻觉》);"地已荒凉了,/独有冷风细语,/如末路之英雄"(《手杖》)。前者,是抽象(杂沓之声)到具象(商人曳货物、猫犬争执)的变形;后者,是由物(冷风细语)到人(末路之英雄)的变形。

错位,是指超越正常的推理而进行的反常规组接,如"微雨溅湿帘幕,/正是溅湿我的心"(《琴的哀》),"晴春露出伊的小眼,/正睨视着/我的背脊和面孔"(《幻想》)。"微雨"溅湿"我的心","晴春"睨视"我的背脊和面孔",都具有突破常规的意义。而《温柔(一)》中所写的:

你明澈的笑来往在微风里,
并灿烂在园里花枝上,
记取你们爱之裙裾般的草色,
现为忠实之春天的呼唤而憔悴了。

这里的错位程度更显而易见,"笑来往在微风里"、"灿烂"在花枝上借助于想象尚可理解,但"草色"因"春天的召唤而憔悴"却错位得颇令人费解,只有进入全诗的情境,你才会明白原来诗人在伤悼过去的美丽与哀愁。不过,《微雨》的模糊费解,更多地来自于意象的跳跃,跳跃分为视觉意象的跳跃与情感意象的跳跃。前者较容易把握,如前面提到的《月夜》中描述的:

吁!这平原,
细流,
秃树,

短墙,
无恙的天涯,
芦苇。

这里，视觉意象的跳跃与转换相当频繁，但这种跳跃在中国古典诗歌中相当常见。而在《弃妇》中，则更多的是情感与意义的跳跃：

　　弃妇之隐忧堆积在动作上，
　　夕阳之火不能把时间之烦闷
　　化成灰烬，从烟突里飞去，
　　长染在游鸦之羽，
　　将同栖止于海啸之石上，
　　静听舟子之歌。

"弃妇之隐忧"与"夕阳之火""游鸦之羽""海啸之石""舟子之歌"在外部关系上没有任何联系，但均在同时阐释弃妇的"隐忧"。《微雨》中的意象跳跃，较多的是后一类，一些诗意象跳跃十分任意、飘忽，给人应接不暇甚至杂乱的感觉，如《里昂车中》《巴黎之呓语》《夜起》等，读者只能凭借意象的情感色彩来猜到是人的情绪或含义，也许李金发创作《微雨》时用意也正是如此。

然而，意象的奇特组接只是《微雨》曲折晦涩的外在表现，更让人费解的应是其中过多的暗示象征。《微雨》的创作指向不在于对外部世界的客观描述，而在于主体心灵世界的呈现。因此，从意象的营构到语词的选择，都不是直接从观察、感知得来，而是对主体心灵的自我认识后寻找客观对应物获得。这使得《微雨》中的大多数意象和语词都具有象征与暗示的功能，如在《小乡村》中：

　　无量数的感伤，在空间摆动，
　　终于无休止亦无开始之期。
　　人类未生之前，她有多么的休息和暴怒：
　　狂风遍野，山泉泛生白雾，幽寂的长夜，
　　豹虎在林里号叫而奔窜。
　　无尽的世纪，长存着沙石之迁动与万物之消长。

在这里，"狂风""山泉""白雾""豹虎""沙石"等意象，都不是来自于观察，都不是旨在描绘什么，而是主观心象的呈示，具有象征功能，象征着人与自然并不和谐的关系。再如《无题》中，"伤春之野雀在晴空里歌唱，我们希望／藏身在其翼下，得一休息之片刻，然而影／终移去，我呆立在你肩后了"，象征着美好的爱情终将不存；《温柔四》中，"小鹿在林里失路，／仅有死叶之声息"，象征着热恋中的迷失感。

暗示与象征十分接近，都离不开特定的具象物，但象征与"物"的关系似乎更为直接，而暗示仅取意义，如《憾》中的句子："我听生命之足音，／——在天边，海的深处。"这是暗示"生命之足音"的渺远，生命之足音本身的象征意味显得并不重要。与象征一样，《微雨》中也颇多暗示，这是《过去与现在》中的一节：

> 我们带着清晨的昏睡，
> 从这里望到那里，
> 如临阵之鼓手，
> 勇气满着心头。

"清晨的昏睡"似乎不是一个好的兆头，但"勇气"却并未丧失，"临阵之鼓手"就暗示"勇气"的存在。再如《夜起》的最后一句"为什么窗子以外全衰死了"，则暗示了外在世界的虚空与衰败。可以说，象征、暗示作为《微雨》的内核，构成了其曲折晦涩的内在意蕴。

最后，《微雨》的曲折晦涩还在于文言与白话的间杂，以及法文的不时介入和组词的过于随意性。这些外部特征与意象的奇特组接，过多的象征、暗示一起营构了一个让当时人，也让后来者颇为费解的语言迷宫。而要进入《微雨》的世界，语言迷宫的破译无疑是不可绕开的。

原载《诗探索》2001 年第 1—2 辑

卞之琳：沟通中西诗艺的"寻梦者"

孙玉石

中国新诗自诞生之日起，就是在挣脱传统诗歌文言用语和韵律形式束缚的要求下，接受西方现代诗歌影响而进行创造的。当它脱离了民族传统诗歌的轨道，努力重建自身的艺术传统的时候，始终面临着一个与生俱来的带有永恒的命题：如何在外国与民族诗歌艺术营养的双重吸收中，寻找和沟通中西诗歌艺术之间的深层联系，建立现代民族诗歌的新的道路和规范。这是中国新诗80多年来一个最美丽的梦想。现代许多杰出的诗人都为这个梦的实现做过不懈的努力。卞之琳先生就是其中最富建设性的"寻梦者"之一。

为了反驳早期新诗倡导者对民族传统的过分疏离，闻一多先生不但勇于破坏，也勇于建设。他反对"欧化的狂癖"的倾向，提出了创造中西艺术结婚后的"宁馨儿"的诗歌美学理想。但是他们过分依恋英美古典诗歌的形式美，在摆脱自己的镣铐的同时又多少陷入西方新镣铐的束缚。李金发提出在东西方诗人之间"思想、气息、眼光和取材"的"同一"处试为"沟通"和"调和"，但他的过于欧化的实践使这些设计成为空洞的理想。周作人提出在传统诗歌的"兴"与西方诗歌的"象征"之间进行融合与创造，期望走出新诗比较隐蓄朦胧的道路，但这个空疏的设想也没有可能更多地付诸实践。卞之琳与他们不同的地方在于：他真正地用自己的理论思考与卓越实绩，超越西方古典主义和浪漫派提供的抒情范式与空间，进入现代诗歌对日常生活中诗性的发现；超越坦白直露的抒情方式，进入更深层的含蓄隐藏方式的探索；超越单纯模仿象征派造成的生硬晦涩，追求将西方的象征的精髓融入民族诗歌固有的灵魂。他在这样的构想框架中，与西方"现代主义"文学是"一见如故"，"有所写作不无共鸣"，自觉地探索着一条民族的现代主义诗歌的道路。

1932年，刚刚22岁的卞之琳，在《新月》杂志上发表了尼可孙《魏尔伦与象征主义》的译文，在"译者附识"中，他肯定象征主义诗歌，但反对李金发式的晦涩，明确地提出这篇文章中提倡的象征派诗的"亲切与暗示"，其实正是中国传统"旧诗词的长处"，"可惜这种长处大概快要——或早已——被当代一般新诗人忘掉了"。他的慨叹与批评，是自觉地在借"他山之石"，匡正当时中国新诗人过分忽略自己的民族传统诗歌艺术，盲目崇拜西方象征主义诗歌的弊病，他想在"暗示与亲切"这两个方面，找到传统与现代诗歌艺术的结合点，为新诗的现代性发展开辟一种新的可能性。"亲切"，就是要用敏锐的感觉在日常生活里发现诗，拉近诗的题材与人们情感及生活之间的联系，让诗更加贴近人的心灵。"暗示"，就是要避免诗歌传达的过分明白直露，用"契合"或"客观对应物"，象征和暗示诗人的情感与智性思考，给读者更多吟味和想象的美的空间。卞之琳的《断章》《圆宝盒》《白螺壳》《几个人》《鱼化石》《距离的组织》《半岛》《寂寞》等许多诗篇，所以耐人寻味，引人遐想，在物象与情趣的巧妙结合中传达朦胧的旨趣，几十年后仍然给人超越时空限制的人生启示和美的享受，原因首先就在这里。

卞之琳与现代主义文学"一见如故"，他喜欢并学过波德莱尔、T. S. 艾略特，但却从不生硬地模仿象征派、现代派诗歌的方法。他以人文主义的博大爱心，关注北京街头普通人的痛苦与欢乐、麻木与荒凉、寂寞与辛酸，也在现实与理想的矛盾中痛苦地追寻人生的真谛。在民族的悲凉中他唱出《尺八》这样的故国之思。为了以美的极致传达自己的真实的心，他总是从自身固有的深厚古典诗词修养中，调动自己认为可能具有鲜活性的艺术的积累，与西方现代诗歌的艺术方法进行融合与创造，努力探索一种富有民族化的抒情之路。他自觉地探索中国古典诗歌的重视"意境"与西方现代诗的"戏剧性处境"之间的内在联系，淡化诗的浪漫的感伤成分，加强诗的智性与客观色彩，使得诗最大限度地具有像艾略特所说的那种"模糊与浓缩"的特征。卞之琳自己说："在自己的白话新体诗里所表现的想法和写法上,古今中外颇有不少相通的地方。""我写抒情诗,像我国旧诗一样,着重'意境',就常通过西方的'戏剧性处境'做戏剧性台词。"他把这种追求说成是倾向"小说化,典型化,非个人化"(《雕虫纪历》序)。他的诗因此有一种颇具深度的普遍性的魅力。《西长安街》中叙述者的声音,与老人、与站岗的黄衣兵的联想,巧妙地纠合在一起,构成一个历史与现实感极深的批判境界。《几个人》中几个人物真实与荒诞的生活片段,带我们走进一个令人战栗的世界。《白螺壳》在抒情主体的不断转换中完成了理想追求者永恒怅惘心境的开掘。《水层岩》在拟想的小孩子与母亲在水边的对话中,暗示了时光易逝的生命悲哀的哲理。这悲哀不是属于他个人的:"'水哉,水哉!'沉思人忽叹/古代人的感情像流水,/积下了层叠的悲哀。"这种抒情诗创作上的小说化和"非个人化",有利于比较能"跳出小我,开拓视野,由内向到外向,由片面到全面"。他沟通中西诗艺的形式探索,使他的诗走进更多人的心灵世界。

  心灵的沟通需要有对现代艺术的理解。民族象征诗的艺术"寻梦者"戴望舒,为此提出了适应民族接受的诗美的传达尺度:"隐藏自己和表现自己之间。"卞之琳用自己的理论和实践,为这样的审美追求做了最好的诠释。他与李健吾先生著名的关于《鱼目集》的反复讨论,他与朱自清之间关于《距离的组织》一诗的说明,不仅解除了对自己诗的误读,也阐明了现代主义诗歌阅读与理解的理论和方法。关于《圆宝盒》,他这样说:"我写这首诗到底不过是直觉的展出具体而流动的美,不应解释得这样'死'。我以为纯粹的诗只许'意会',可以'言传'则近于散文了。但即使不确切,这样的解释,未尝无助于使读者知道怎样去理解这一种所谓'难懂'的,甚至于'不通'的诗。"他又说:(诗的)"'独到之处',并大量标新立异,在文字上故弄玄虚或者把字句弄得支离破碎,叫人摸不着头脑,假若你自己感觉不具体,思路不清,不能操纵文字,不能达意,那没有话说,要不然,不管你含蓄如何艰深,如何复杂的意思,一点窗子,或一点线索总应当给人家,如果您并非不愿意他理解或意会或正确的反应。"(《关于鱼目集》)他翻译纪德的《浪子回家集》中,为《纳蕤思解说》所写的序,更对象征诗的诠释提出了许多宝贵的见解。他的许多诗,朦胧而不艰深，含蓄而不隐晦，隐藏复杂但给我们可以走进的"一点窗子"或"一点线索"，他的诗美，也就是读者经过思考可以接近而领悟的了。那首著名的《鱼化石》就是一个例证：

> 我要有你的怀抱的形状，
> 我往往溶化于水的线条，
> 你真像镜子一样的爱我呢。
> 你我都远了乃有了鱼化石。

因为诗人给了一个副标题"一条鱼或一个女子说"，又加了这样的注解："鱼成化石的时候，鱼非原来的鱼，石也非原来的石了。这也是'生生之谓易'。近一点说，往日之我已非今日之我，我们乃珍惜雪泥上的鸿爪，就是纪念。"这样，作者就给了我们可以追踪作者的想象，领略更多的艺术给予的美丽。

在悼念卞之琳先生离我们而去的悲痛时刻，我头脑中总是回响着他《白螺壳》中这样的诗句："我梦见你的阑珊：／檐溜滴穿的石阶，／绳子锯缺的井栏……／时间磨透于忍耐！／黄色还诸小鸡雏，／青色还诸小碧梧，／玫瑰色还诸玫瑰，／可是你回顾道旁，／柔嫩的蔷薇刺上／还挂着你的宿泪。"卞之琳是一位自觉地追求民族化的现代主义诗人。他有世界的眼光，他更有现代的意识。他不拒绝"欧化"，也从不忘记"古化"。他在西方与传统诗歌之间寻找一种艺术结合的平衡点。用他自己的话说，就是："一方面，文学具有民族网络才有世界意义；另一方面，欧洲中世纪以后的文学，已成世界的文学，现在这个'世界'当然也早已包括了中国。就我自己论，问题是看能否写得'化古''化欧'。"诗人几十年后写下的这番充满理性的论述，包含了一个民族现代诗的"寻梦者"一生心血探索的结晶。

原载《诗探索》2001 年第 1—2 辑

模仿的顺便与超越的艰难
——论袁可嘉的诗

北 塔

一

"九叶诗派"是一个以质取胜的流派，他们作品的数量都不多，袁可嘉先生的尤其少。收录他的作品最多的是《半个世纪的脚印——袁可嘉诗文选》一书，共收诗作31首，其中1949年前的21首，1949年后的10首。正式发表的仅有6首，其余都是手稿。蓝棣之编的《九叶派诗选》收录袁诗22首，九叶诗人们自己编的《九叶集》中有袁诗12首，辛笛先生的哲嗣王圣思女士编的《九叶之树长青——"九叶"诗人作品选》则收入袁诗11首。纯粹从诗歌创作的角度来说，袁先生可能是九叶诗人中被关注得最少的一个，他是九人中唯一没有出过个人诗集的。辛笛、陈敬容、杜运燮、郑敏、穆旦、唐湜的创作数量都比较大，其中唐湜简直可以说是多产诗人，杭约赫和唐祈虽然首数比较少，但两人都有规模可观的长诗，所以总量也比较大；不用说在九叶诗人都声名籍籍的年代里，就是在诗友们都比较活跃的1940年代，袁可嘉也主要是以诗评家的形象而不是以诗人的形象出现在文坛。

实际上，在一般读者的心目中，袁可嘉首先是一位翻译家，其次是一位理论家，然后才是一名诗人。尽管如此，他的诗还是有自己的特色，而且跟他的翻译和批评密切相关。

现在我们见到的袁先生最早的诗作发表于1946年的《文艺复兴》上的《沉钟》和《空》，最晚近的是1994年的《我歌唱在黎明金色的边缘上》。在他自己手定的诗文选集《半个世纪的脚印》中，他把自己历时长达半个世纪的诗歌创作分成了两辑，实际上是两个时期，即1949年前和1949年后的。笔者以为大致可以分成三个时期。第一个时期为1946—1947年，第二个时期为1947—1948年，第三个时期为1958—1994年。

尽管袁可嘉自己谦逊地称《沉钟》是"习作"，但那已经是相当成熟的作品。那时候，他已经从西南联大毕业，开始在北京大学西语系任助教。在此之前，他肯定写过不少真正意义上的习作，正如他自己所坦诚的："中学、大学时代在校刊和壁报上练过笔。"我们可以猜想，那些练笔之作在笔法上可能比较幼稚、粗疏，但在意蕴上与第一个时期的那些作品应该相当切近，都是些"青春期感伤诗，空灵飘忽，或是内省的体验，或是对生命的沉思"。

第一个时期的作品包括《沉钟》《空》《岁暮》《墓碑》《无题》《归来》《名字》和《穿空唉空穿！》等。这些作品的格调都相对深沉，甚至可以说是低沉，但并不消沉。这一时期的代表作就是《沉钟》。诗中用了"沉默""沉寂"等带"沉"字的词语，而且"沉寂"一词还是重复了的，但诗中直接修饰"钟"字的是"洪"字。全诗三节，每一节中都出现了"洪钟"，全诗的中心意象就是这带有悠缓、浑厚而又沉郁的"洪钟"。虽然这是"锈绿的"或"沉寂的""洪钟"，但"洪钟"在音、义两方面都给人以宏阔、宽广、凝重的感觉。"ong"音的大量使用——全诗十二行中有十一行都以此音为韵脚，而且行中还夹杂着不少——更加强了这种感觉。年轻的诗人感到自己周围满是虚无与空落，生命在这样的情境中无所归依，正如时针在运转中生锈，生命在进行中消耗。他感到自己没有能力去改变这种情境，也许通过自身的变更能改变它，但他连自身都改变不了，这使追求生命价值的诗人感到沮丧和沉重。而且这不是个别现象，不是个体生命所面临的问题，而是数千年来的普遍压力。对于浑浑噩噩的庸人来说，这种压力反而很小，或许他们反而能享受到廉价而轻浅的所谓福分。然而诗人不能！虽然外界对他内心的压力不是直接的、强力的、逼迫的，但敏感的心灵以具有历史感的触须伸入虚空，他感到了虚空的实际存在，发现了那阻碍自己的追求步伐的敌人。这一方面使他感受到了疼痛，另一方面使他痛定思痛，反而激发了他的斗志，使他相信"生命脱蒂于苦痛"。于是，他高昂地喊出：

> 我是锈绿的洪钟
> 收容八方的野风！

这"洪钟"虽然在荒野里生锈了，但仍然有志向去降服四面八方袭来的狂风！所以我们说，诗中以"洪钟"为中心的众多"ong"音，不是在催眠或麻痹，而是在警醒和激励！

"孤寂"是一种具有形而上意义的心态，是我们自己心中的敌人的投影及其所施行的巫术；在"孤寂"中，我们可以胡思乱想，也可以沉思默想。"孤寂"使诗人对黄昏、衰老和死亡有着更多的感触。在一天的黄昏和一年的岁暮，我们总感到无所适从、惶恐不安，仿佛明天的"我"、明年的"我"会面目全非，仿佛我们的存在会就此中断，所以我们不免对存在本身和通向存在的途径产生疑问。因此，袁可嘉在《岁暮》一诗的最后连续打上了三个问号：

> 车破岭呢船破水？
> 等远客？等雪花？

车和船是行进的两种方式，诗人还没选定；远客来了还会回去，雪花开了还会消融。这一切都无法使我们肯定自己的生命。然而，当真正的大问题——死亡来临时，诗人表现出了积极与达观。他说他要"去死的窗口望海！"对于他来说，死亡不是无底的深渊，他不是道路的尽头，而是窗口；通过死亡，我们可以打开更加宽阔的视野，看到更为广袤的空间、更为精彩的镜头。正是死亡本身使我们超越了死亡，也超越了生命中的种种限制！

经过了几番内心的自我驳斥与自我辩护后，诗人的心态平衡了、放松了、和顺了。《无题》一诗的结尾说：

> 我虽爱狂风暴雨
> 尤爱风暴后海蓝天青

是啊，谁愿意自己的心灵一直处于与自我设置的敌人的搏斗之中呢？在紧张情绪得到消解之后，诗人感到澄明与静穆。外在的时空恍如已经不在，至少我们的追索已经没什么滞碍。他破解了《穿空唉空穿！》一诗所描述的轮回情景：

> 穿山甲迂回于迂回
> 原只是从泥灰穿到砖灰

于是，诗人好像修炼到了佛的境界：

> 如今我手捻佛珠
> 日子飞落像飞絮

第一个时期的创作是最好的。他的思考虽然不够多样，但比较深刻；他的意象虽然来自想象，但颇有质感。从立意到布局到调子虽然都有明显的模仿的痕迹，但还是可以看出他自己的感想和组织。《沉钟》模仿的是戴望舒、穆木天和王独清等后期象征主义着重音乐性的风格，也可以看出新月派的影响，韵律整齐，节奏分明，形式感强。这首诗和《空》《岁暮》《穿空唉空穿！》等都模仿了卞之琳的诗风。张曼仪说："《空》简直是卞诗《白螺壳》的缩影。"袁可嘉承认"她说得对"。如卞诗云：

> 请看这一湖烟雨
> 水一样把我浸透

袁诗云：

> 水包我用一片柔
> 湿淋淋浑身浸透

再如卞诗云："掌心里波涛汹涌。"袁诗云："我的手能掌握多少潮涌。"还如卞诗云："玲珑吗，白螺壳，我？"袁诗则云："我……学小贝壳水磨得玲珑？"

这样两相类似的例子还不少。《白螺壳》中有这样一组脍炙人口的名句：

> 黄色还诸小鸡雏
> 青色还诸小碧梧
> 玫瑰色还诸玫瑰

袁可嘉在《沉钟》里也用了这种行式：

> 把波涛掷给大海
> 把无垠还诸苍穹

虽然第一句中用了"掷给"，但由于波涛本身就是属于大海的，所以"掷给"完全可以换成"还诸"。《白螺壳》中的另一名句"从爱字通到哀字——"，被袁可嘉置换成了：

> 穿山甲迂回于迂回
> 原只是从泥灰穿到砖灰

卞之琳在《白螺壳》中喜欢用"穿"字达六处之多，而袁先生则"青出于蓝"，不仅在诗中用，还径直用在了诗题中（即《穿空唉空穿！》）。

袁先生还学用卞老喜欢的一些特殊形式，如分割式诗行。卞诗《圆宝盒》云：

>是桥——是桥！可是桥
>……
>珍珠——宝石？——星？

袁诗《空》云："我的船呢，旗呢，我的手？"《穿空唉空穿！》云：

>载一列失眠，虚幻，鬼火
>……
>天似海，海似天，你都不必管

再如，卞诗《无题》云："水有愁，水自哀……"袁诗《岁暮》云："鸟有巢，人有家。"还如卞诗《无题二》云：

>杨柳枝招人，春水面笑人。
>鸢飞，鱼跃；青山青，白云白。

袁诗《岁暮》则云："山外青山海外海。"两人间极为类似的命意、形式、意象和措辞等方面的例子举不胜举，以至于有研究者指出："很少有一位诗人模仿其前辈到这样的程度，袁可嘉这两年间的十几首习作，与卞诗相较，很多地方差不多形成了一对一的关系。"[1]卞老对他的老师徐志摩的感情也深挚，有时甚至要曲意地回护徐的瑕疵；但卞在诗艺上并没有亦步亦趋地跟随老师，而是有着许多重要的突破和超越，走的完全是自己的路子，也许那是因为两人的性情相差太大。而袁先生不仅一辈子尊敬乃师，而且在诗艺上也一直在学习卞老。他固然学得不错，但那毕竟只是一种学习，而不是卓异的独创，也许那是因为两人的性情过于相近吧。

---

[1] 江弱水:《卞之琳诗艺研究》，安徽教育出版社2000年版。

二

袁先生说:"1947年以后,我走上了自己的道路。"意思是说,那时他摆脱了卞的影响。这话其实不准确。首先,1947年以后,他并没有摆脱卞的影响,在诗艺风格上仍然可以见出《慰劳信集》的痕迹。其次,像袁先生这样善于模仿的诗人,他不模仿甲,就会模仿乙。当他意识到老师的影响像阴影一样存在时,当他焦虑不安试图消除这种影响时,他却跌进了老师的老师的阴影,他试图以对师爷的模仿来否定老师的影响,结果只能是导致师爷和老师的双重影响。这位师爷不是别人,正是卞之琳相当推崇的英国大诗人奥登。奥登的伟大之处在于他对现实具有极大的处理能力,他用十四行诗这种欧洲古老的诗歌形式表现了战时中国的状况,这就是著名的《在战时中国》。这使许多中国诗人既羡慕又惭愧,这刺激卞之琳由对个人、宇宙两个极端的寂然沉思转向对社会现实的强烈关注,实现了由内向外的转变、由个人向社会的移动,写出了十四行组诗《慰劳信集》。作为他的高徒,袁可嘉随后跟进,于1947年开始了转变和移动,视角转向大众和社会,写起了政治抒情诗,从而进入了他的诗歌创作的第二个时期。他后来坦承奥登的影响,说:"我在奥登《在战时中国》的启迪下,用并不严格的十四行体,描绘上海、南京和北平几个大都市的外貌和实质,力求用形象突出它们各自的特点。"[1]张曼仪说:"穆、郑二人接受了奥登底沉思的一面,而袁可嘉则接受了他写实的一面。袁可嘉在当时可说是最能表现战后中国社会的一位诗人。"[2]虽然这"最"字用得有点过火,但袁可嘉的诗笔确实触及了现实的层面。

卞之琳的对外视角是正面劝进的,如《慰劳信集》是在肯定、歌颂和鼓励当时的抗日军民,再如《翻一个浪头》旨在宣传、赞美和鼓吹抗美援朝的爱国

---

[1] 袁可嘉:《半个世纪的脚印·自序》,人民文学出版社1994年版。
[2] 张曼仪编:《中国现代诗选》,转引自王圣思编:《"九叶诗人"评论资料选》,华东师范大学出版社1996年版,第305页。

主义和国际主义。这些作品跟时代主潮都是一致的、合拍的；只不过他所用的方式带有现代主义特征，与现实主义的、社会主义现实主义的以及革命现实主义的文风有所区别。在第二个时期的诗歌创作中，袁可嘉也采用了现代主义手法。而与乃师不同的是，他对外在现实基本上持有否定的、反对的态度，而且更多地使用了嘲讽与怨恨的语调。所以游友基说，"批判都市文明"是"九叶诗人的重要主题之一"[1]。其实，他们对都市文明的批判跟对整个社会或政府的批判是一致的。

第一首露出转变端倪的诗是《冬夜》。它是由北平城的一些典型画面拼贴而成的。诗中的北平是空虚的，但充满了罪恶、谣言、忧伤、欺骗、势利和无奈等乱七八糟的东西。第一节云：

  为远距离打标点，炮声砰砰，
  急剧跳动如犯罪的良心。

袁可嘉有条注解："当时北平守军常于深夜乱向城外发炮。"游友基据此解释这两行诗道："国军的炮声砰砰与其内心的恐惧构成矛盾。"[2]《进城》的主题还是城市的空虚与荒凉，袁可嘉径直将城市比成了沙漠。诗中所罗列的现象虽然不如《冬夜》里的多，但更具体、更客观，所以关于本事的交代也更多了。如作者给"'春季廉价'的广告画"所做的注解是："解放前国统区城市里，常有商店以'春季廉价'为名倾销积存的商品，实际上'廉价'两字往往有名无实。"他给"黄浦江畔的大出丧"的注解是："解放前京沪一带的达官贵人做丧事，雇佣大批乐队和哭泣者，以示炫耀。"这一时期，袁可嘉最引人关注的是三首直接以地名为题的十四行诗《上海》《南京》和《北平》。作者极尽揭露与批评之能事，分别嘲骂了上海的资本家、南京的政客以及北平麻木的文化人。他自己最感得意的是《上海》。但笔者以为写得最尖锐、大胆、概括的是《南

---

[1] 游友基：《九叶诗派的结构形态及外围诗人》，《宁德师专学报》1998年第1期。
[2] 游友基：《九叶诗派研究》，福建教育出版社1997年版，第264页。

京》,它的矛盾直接指向独夫民贼蒋介石及其走狗。诗云:

> 总以为手中握着一支高压线,
> 一己的喜怒便足以控制人间,
> 讨你喜欢,四面八方都负责欺骗,
> 不骗你的便被你当作反动、叛变。

有很多诗人在他们的视角由内转到外之后,就再也不能转回到内——直到他们诗患枯竭。袁可嘉不是这样。一方面,在他的外视角作品中,也保持着对别人的心思的悬猜或自己的心灵的交代。如《进城》的结句:

> 夜深心沉,也就不想再说什么,
> 恍惚听见隔池的青蛙叫得真寂寞。

另一方面,他仍然写一些内视角的作品,如《出航》探讨了人生的来与去、离开与返回、送行与追踪之间的矛盾与尴尬。再如《母亲》一诗是对母爱的崇高礼赞,作者不惜贬低自己来突出母亲的高大形象,并把它扩展为全人类的主题。还如《孕妇》表面上写妇女的分娩及对未来的希望,实际上是在探讨创造的困难与痛苦,并把责任归咎于四周环境的龌龊。可见,袁可嘉在第二个时期所写的沉思之作中已很少脱空的高蹈的玄思,而更多的是以现实为基座的有感而发。个体对命运的探索与对社会的思索结合起来了。这是理解袁诗乃至九叶派诗的主线。正是因此,虽然唐湜说,袁可嘉与穆旦、杜运燮、郑敏一样,"受西方现代派熏染较深",但公刘先生认为,他的基本估计是"倾向于现实主义的"。而李雁飞干脆说,袁可嘉他们"倡导的诗歌现代化是为矫正诗坛与现实人生、时代以及文学艺术脱节而提出,并不能因此而归入现代主义流派"。他们是"在现实主义天空"下闪耀的星辰。他们只是在诗歌艺术上"对西方现代主义流派进行了有意识的借鉴和吸收"。[1]

　　锻炼诗艺要趁早，要趁题材和体裁还相对比较单一、狭隘的时候。因为一旦你脑中充满了纷乱的念头、眼前布满了驳杂的物象时，可能就无暇细心地从容地照顾艺术技巧。袁可嘉由于在内视角创作时代有过相当长时间的学徒生涯，所以手艺学得比较精到、熟练。当他出师后走向社会时，他那些技巧应用得也比较到位，往往显出奇妙的效果。

　　一个诗人才能的最集中的体现是比喻。袁可嘉自己曾说他的《冬夜》一诗"受西方现代派诗的影响"的一个方面是"多处运用大跨度的比喻"。而所谓"大跨度的比喻"指的是在表现上互不相干的两件事物之间架起意想不到又切实熨帖的相似的桥梁。他的比喻往往出人意料，而又在情理之中，显示出了他特殊的思维优势和语言才华。如"街道伸展如爪牙勉力捺定城门"。他先把街道比成"爪牙"，街道被赋予了动物性；然后他进一步说街道"勉力捺定城门"，街道被赋予了人性。街道本来跟城门是连成一体的，城门就在街道之上；而且在城门之后，街道依然要存在并且延伸。那么它为何要"捺定城门"呢？是怕城门打开后自己被更多地暴露乃至被践踏、被占领吗？是为了合力乃至逼迫城门一起守住城池吗？是为了迫使城门紧闭掩盖起城门后的那一片空虚与荒诞吗？还是像游友基说的，是为了使街道与城门之间"形成相反的压力"？袁可嘉的联想能力相当强大而持久。首先他能联想到那个与喻本八竿子打不着的喻体，而且还能找到那个谁也想不到的极为罕见的相似点。其次，他在发现一点相似后，常常还不满足，还要挖掘其余，牵连出其他的相似点，从而使比喻更加丰富、曲折、多变。如最为人们所熟悉和赞誉的：

　　　　谣言从四面八方赶来，
　　　　像乡下大姑娘进城赶庙会，
　　　　大红大绿披一身色彩，

---

[1] 李雁飞:《在现实主义天空下闪耀的九颗星辰——重评"九叶"诗派》,《济宁师专学报》1999年10月号。

招招摇摇也不问你爱不爱。

(《冬夜》)

"谣言"其实是一个相对比较虚的名词性主语,谓语动词"赶来"是转喻,即将"谣言"转喻成了具有实感的人;接下来,作者又用明喻把喻体具体化为"乡下大姑娘"。"进城赶庙会"表面上是补语,实际上是后置定语,这大姑娘不是一般情况下的村姑,而是要赶庙会的村姑。她平日里很少有机会出来参加群众性的活动,赶庙会是她最重要的社交活动,她要在庙会上引来最多的男性的关注,所以她打扮得花枝招展、招摇过市。她沾沾自喜于路人投来的目光,至于这目光是好奇、赞许、欣赏还是嘲讽、讨厌,她管不着那么多。

袁可嘉曾高举新诗戏剧化的旗帜,这是在挪用艾略特的著名主张。所谓戏剧化,根据艾略特的说法,是诗人在作品中设置另外一个或多个自我的形象,使之与作品中的"我"形成对话关系。如果这种关系是隐蔽的,即那个对象化的自我形象被用括号括了起来,那么诗中所用的手法就是戏剧独白,戏剧独白与直抒胸臆的区别就在于语言背后是否潜在着一个对话者。总之,现代诗人忌讳直抒胸臆的写作策略,最排斥诗歌中出现对感情的直接命名和描述。我们所体验的最强烈的感情莫过于爱情,当我们体验爱情的时候,我们可能除了所爱的人看不到世界上其他的一切,当我们看不到所爱的人的时候,我们只愿意向内注视自己的内心,而不关心周遭的事物。浪漫主义诗人非常纵容爱情和爱情的直接表达,所以在他们的爱情诗中充满了表示情感及其特征的词汇。艾略特对此曾表示极为不满,他提出要用"客观对应物"来描写我们所要表现的情感。这一点袁可嘉等曾自觉地加以强调和学习,而且学得相当到家。如在我们现在所能读到的他的唯一的爱情诗《走近你》中,"没有一个表达爱情的字……思想感情都是通过意象来暗示、启发的,具有丰富的多义性"。他写两人之间的距离,不是说遥远啦、思念啦、如隔三秋啦等等,而是说"旅行家的脚步从图画移回土地"。旅行家显然不是抒情主人公自己,而是自我的另一个投射对象,图画上的距离是想象之中的,而土地上的距离是实际存在的。所以,"从图画移回土地"的意思是诗人确确实实感到了两人之间的距离。这样的写法使诗人的感受更加生动、更加丰盈，使他在"热情抒发中夹杂着自觉的理性思考"[1]。这是符合袁可嘉"理性与感性相融合"的核心诗学观念的，所以他曾自豪地说，这首诗"像穆旦的《诗八首》一样"，"是40年代新诗现代化运动中的典型作品"。

自从现代主义诗歌的开山鼻祖波德莱尔以来，富有成就的现代主义诗人都同时是优秀的文艺批评家。袁先生作为一个现代诗人也不例外，从表面上看来他似乎具备成为一名现代派大诗人的条件，但主客观的一些不利因素限制了他的诗歌成就。

首先，他不是一个对诗歌创作执着而精心的人，他对批评的瘾似乎比创作的还要大。随着他的批评文章的增多，尤其是理论研究的深入，他的创作不仅没有得到加强、丰富和深化，反而受到了削弱并且慢了下来。有些诗可以打磨得更光洁些、更完美些，但他似乎没有兴趣和耐心去做。如他在押韵上就比较懒散、随意，《沉钟》和《北平》基本上都用了"一韵到底式"，中间很少变化，尤其缺乏有规律的变化。他自己曾坦诚说，《南京》一诗在体式上"是不正规的十四行体"，实际上以他的才华和修养是可以作得更正规些的。

三

1949年以后，袁可嘉像许多知识分子出身的文人一样，不再舞文弄墨。那时，既要政治学习，又要劳动锻炼，很少有时间、有心思搞文学创作。随着政治与文化的大一统局面的到来，一切不谐和音都被自觉不自觉地取消了。延安时期定下的意识形态基调迅速得到广泛的铺展。毛泽东虽然说诗歌可以同时向民间歌曲和古典诗词学习，但最后剩下的只有民歌。像袁可嘉这样受西方影响极深的作家如果继续按照以往的风格写作，就意味着与时代直接对抗。他们中的大多数试图努力跟上时代，转变思路和文风，开始写作那些浅易的、宣传的文字。如卞之琳写了他晚年不愿为人所提起的诗集《翻一个浪头》，以浅易

---

[1] 刘静：《论"九叶"派诗歌的现代化探索》，《上海大学学报》（社会科学版）1998年8月号。

的方式宣传当时的各项政策，结果还是遭到了批评。这样的趋时付出的代价是双重的：一是在他一生的创作中留下了败笔；二是依然没有得到许可，心头徒增伤痛而已。于是卞之琳只好罢笔，转向创造性相对弱得多、自我可以包裹起来的翻译工作。他的爱徒穆旦和袁可嘉也几乎走了这样的路子。整个1950年代，袁可嘉几乎都忙于翻译领袖著作和其他的任务。也许他还真的是想恢复写作的，但在那个除了颂歌便不再有任何诗歌的时代里，他甚至不敢拿出以前的旧作来，更遑论新创了。"现代派"三个字简直可以成为罪证，成为自杀的利器。在那个除了颂歌就是散文的时代里，如果一个诗人写不了颂歌，而他又念念不忘想写诗的话，恐怕他只能写散文诗。1959年，袁可嘉自认为被改造得差不多了，于是斗胆写了几首散文诗。其实这些散文诗即使拿散文的标准来衡量也是不能及格的，当然它们在政治上是及格了——毕竟是一个经过了近十年的改造后的人写的。在那三首可能是从日记里摘抄出来的散文诗里，频频出现当时流行的、领导所喜欢的词，如"大军""奋斗""收获"等等。而且还有"批评正是更高级的关怀"这样幡然悔悟、诚惶诚恐而又感恩戴德的坦白。像所有的交代材料一样，其中的文学性几乎是零。这是时代为了整治人所付出的时代的代价，也是人为了迎合时代所付出的个人的代价。

1980年代袁可嘉写作的环境和心境似乎好多了，但写作的冲动和创造力对于他来说，是多么难得，更何况是像他那样本来就激情不足、个性不强的人呢。数量提不上来不说，诗作本身的局面也太小，里面还夹杂着许多散文语句。《扁与圆》和《断章》只是来自生活经验的琐碎哲理，《水、泪、爱》和《空中的表》都像是硬挤出来的。这样的诗不写也罢，但谁能阻止老人的笔呢，谁能阻止一个顽固又天真的老人以顽固的方式展露他的天真呢。他仿佛回到了儿童时代，唱起了儿歌——《贝贝百日歌》。唉，如果天真指的是一个老人的头脑而不是性情，那就不是可爱，而是可悲。

原载《诗探索》2001年第3—4辑

洛夫与中国现代诗

龙彼德

就像高原不能缺少雪山一样,论及中国现代诗决不能绕开洛夫。

这不仅仅在于台湾诗歌界早在1978年就给了他这样的定评:"从明朗到艰涩,又从艰涩返回明朗,洛夫在自我否定与肯定的追求中,闪现出惊人的韧性,而对语言的锤炼、意象的塑造,以及从现实中发掘超现实的诗情,乃得以奠定其独特的风格,其世界之广阔,思想之深致,表现手法之繁复多变,可能无出其右者。"

这也不仅仅在于他的传奇般的经历,他自称为"二度流放",无论直接或是间接都与中国现代诗的发展有关。一度流放是1949年从大陆到台湾,使他的文学事业得以发轫。从1972年至1996年,洛夫担任《创世纪》诗刊总编辑长达24年,对中国现代诗起到了举旗掀浪的作用。"二度流放"是1996年从中国台湾到加拿大的温哥华,打算在那美丽和平的新环境里,以宁静的心境重新关照人与自然的和谐关系,再创现代诗的高峰。经过短时期的沉默,洛夫又有佳作问世。特别是那首写于20世纪末、发表于21世纪初的三千行长诗《漂木》,是他飙升在新高度上的辉煌,又上了一个新台阶的标志。

这还在于他穷其一生都在追求中国诗学与西方诗学的彼此参照与相互融合,并希望由此而衍生出一种新的东西——中国现代诗,或现代化的中国诗。

一

　　洛夫与其他诗人最大的差别，就是他的诗绝大多数（而不是偶尔、少数）都具有猛烈的视觉冲击力与持久的灵魂震撼力，带给读者一种美学上称之为"惊奇"的美感。

　　前期（"一度流放"时期或称"台湾时期"）的例子俯拾皆是：

　　　　而我确是那株被锯断的苦梨／在年轮上，你仍可听清楚风声、蝉声
　　　　　　　　　　　　　　　　　　　　　　　（《石室之死亡·1》）

　　　　山色突然逼近，重重撞击久闭的眼瞳／我便闻到时间的腐味从唇际飘出
　　　　　　　　　　　　　　　　　　　　　　　（《石室之死亡·12》）

　　　　你猛力抛起那颗磷质的头颅／便与太阳互撞而俱焚
　　　　　　　　　　　　　　　　　　　　　　　（《醒之外》）

　　　　唐玄宗／从／水声里／提炼出一缕黑发的哀恸
　　　　　　　　　　　　　　　　　　　　　　　（《长恨歌》）

　　　　望远镜中扩大数十倍的乡愁／乱如风中的散发／当距离调整到令人心跳的程度／一座远山迎面飞来／把我撞成／严重的内伤
　　　　　　　　　　　　　　　　　　　　　　　（《边界望乡》）

　　寻求矛盾，制造冲突，刻意营建诡奇且具爆炸性的意象，构成极强的戏剧性，正是这一时期的基本特征。正如吴三连文艺奖对他的评语："早期锐意求新，意象鲜明大胆，发展腾跃猛捷，其主题不在静态中展现，而在剧动中完

成,可谓诗人中之动力学家、重级举手。"尽管人到中年,瀑落深潭,心绪之海渐趋平静,诗语之弦逐步舒缓,但动的姿态犹占主导,刻意求奇仍属首选。

后期("二度流放"时期或称"温哥华时期")的例子亦不胜枚举:

晚近我们都选择了独处 / 选择了 / 一棵最高的树 / 睥睨,风骨就让它悬在空中吧 / 仅仅一只脚印足以对付任何岁月的诡异

(《大鸦》)

(时钟,不停地 / 在 / 消灭自己)当融化时将如何忍受 / 冰水滑过脸部时的那种痒 / 从史书中翻滚而下的那种绝望

(《初雪》)

一个厚嘴唇的黑妇 / 在铲雪 / 白色的乡愁 / 从邻居的烟囱袅袅升起

(《或许乡愁》)

在那比肚脐眼 / 还要阴冷的年代 / 冰河,一夜之间 / 生出许多的脚。四出寻找 / 自己的家,没有名字的源头

(《大冰河》)

就近取材,得失随缘,萧散冷肃的味道,漫不在乎的境界,意象经营于平凡中出奇,则是这一时期的主要特征。虽然人已暮年,难免有一种"夕阳无限好"的惊怵,但不是颓废,也不是放弃,而是对生命的全面观照,对历史的强烈敏感,静的姿态占主导地位,奇仍是他的诗学追求。只不过不是"刻意"求奇,而是常中寻妙、平中见奇。作品少了一些斧凿痕迹,多了一些原生态,少了一些烟火气,多了一些冷僻感。

我无意于比较前期与后期的得失,对于一个"肯认写诗此一作为,是对人类灵魂与命运的一种探讨或者诠释,且相信诗的创造过程就是生命由内向外的

爆裂，迸发"[1]的大诗人来说，前与后、得与失（尤其是后与失）都需要，二者缺一不可，缺了就不完备、不完美了。我要着重指出的是，正是这种不受风格、姿态左右的对"惊奇"的追求，使洛夫的诗进入了全然的审美，也让读者得到了美的享受。

西方的文论家与诗人是很重视"惊奇"的美学意义的。亚里士多德以为"惊奇"就是发现；黑格尔特别看重"惊奇"在艺术观照中的作用；海德格尔说"惊奇"既属于哲学，更属于诗。柯勒律治评论华兹华斯诗的目标，就是要使笔下描写的日常事物具备一种新奇的魅力，产生"惊人"的审美效应，以便激活熟视无睹的麻木感觉。俄国形式主义文论所提出的诗学命题"陌生化"，也是为打破读者知觉的机械化，恢复生动的刺激性，造成令人吃惊的效果。西方马克思主义理论家本雅明以"震惊"为核心审美范畴来评论波德莱尔的现代抒情诗，并把它看作现代艺术区别于传统艺术的根本特点之一。

在中国古代诗人与诗论家的观念里，"惊奇"也是一种至高标准与最佳效果。"为人性僻耽佳句，语不惊人死不休"是杜甫毕生的追求，"当其取于心而注于手也，惟陈言之务去"是韩愈努力的方向。李贺奇峭不羁，瑰丽凄恻，使他的诗不同凡响。"学诗漫有惊人句"，压倒须眉，为女词人李清照树立了自信。皇甫湜力主出众之奇："夫意新则异于常，异于常则怪矣；词高则出众，出众则奇矣。"李渔论词曲重尖新惊奇，同时指出这种尖新惊奇即在日常见闻之中，而不在于离奇的杜撰。

正因为参透了中西文论，吸取了中外杰出诗人的经验，洛夫的诗才会从意象到语言、从想象到手法皆奇警不俗，使人一见而惊，目眩神迷，摇动震撼，不忍弃去。

二

中国新诗已有八十余年的历史，从它诞生的那一天起，就面临着传统与现

---

[1] 引自洛夫：《魔船》自序，中外文学月刊社1974版，第1页。

代、东方与西方的矛盾，交锋、论争始终没有停止过。当此千年之交，世纪更替，随着"全球化"问题的提出，这些矛盾又取得了新的语码，这场论争又显示了新的意义。

洛夫有关中国现代诗的理论与创作，既给我们带来了兴奋，也使我们打消了疑虑。

洛夫诗的现代出发，来自五四以降中国新诗所形成的传统，这从他青年时代喜爱冰心的作品、随军来台的行囊中仅带着艾青和冯至的两本诗集，特别是1957年出版的处女集《灵河》倾向感性的诗风、写实的与即物的直接表达方式不难看出。诚然，洛夫对五四以来的白话诗是不满的，认为它语言粗糙、散漫，有闻必录，有感必发，"其精神与表现技巧仍是非现代的，只可说是现代诗之过渡阶段"。也正因为如此，洛夫曾经一度效法唐僧玄奘，求经于异域，希望从西方文学中吸取营养。这在他写作那首被誉为"早年投身现代诗创作的一块重要里程碑，也是中国新诗史上一项空前的实验"的长诗《石室之死亡》过程中，体现得尤为明显。其时，洛夫的文学生命正处于狂热的巅峰状态，感觉敏锐，诗情丰沛，精力旺盛，阅读广泛而专注（他先后读过尼采、萨特、贝克莱、康德、瓦雷里、里尔克、纪德等人的著作，还看过超现实主义者的诗作翻译），吸取西方哲学观念、文化传统与文学技巧，如长鲸饮水，涓滴不漏。尽管现实环境极其恶劣，他精神苦闷无以复加（其中夹杂着远离母体的孤绝、文化背景的错位与精神世界的分裂），但他从域外寻找参照系数，向内心开掘以求得压力的纾解，用创作来建立存在的信心。果然，长诗首辑于1959年7月刊出，全部于1965年1月出版，一炮打响，洛夫在中国现代诗史上的地位从此奠定。

与此同时，甚至还早，洛夫就提出过"建立新民族诗型的刍议"，那是他为《创世纪》诗刊第5期写的社论，于1956年3月出版。在这篇社论中，他指出："新民族诗型的基本要素有二，一是艺术的——非纯理性阐发，亦非纯情绪的直陈，而是美学上直觉的意象之表现，我们主张形象第一，意境至上，且必须是精粹的、诗的，而不是散文的。二是中国风的，东方味的——运用中国文字之特性，以表现东方民族生活之特有情趣。"虽然，到1959年4月，出第 11 期时,《创世纪》开始改版,不再提倡"新民族诗型",转而强调诗的"世界性""超现实性""独创性"与"纯粹性",洛夫在 1984 年写的《看创世纪闪光之剑》一文中,专门作了解释:

> 所谓"不再提倡新民族诗型",并不表示我们放弃民族精神内含与中国风格,而是以为"诗型"的意义难以界定,似乎意味着一种新的格律。格律诗在五四白话诗运动时期迭经实验,但均告失败。我们以为,一种时代的诗风,泰半决定于这个时代所流行的,但经过提炼过的生活语言,某种固定诗型对诗的表现并无帮助,故无发展的必要。事实上《创世纪》同仁重视诗中意象的经营,也正是对中国传统诗艺的继承。其次,所谓"超现实性",必须作广义解释,即利用"超现实主义"的表现手法,以图突破流行的诗观和因袭的散文语言,并借重新组合的新句构,以期产生语言的新机能,更能确切掌握"超以象外,得其圜中"的表现效果。

这说明,洛夫主张诗的现代化与主张诗的民族化是同步进行的,他追求的是此二者的融合,是西方与东方的互补,是借鉴与继承的统一。所以,他在《诗辨》(作于 1968 年)中写道:"我们不能仅局囿自己于东方的或民族的一隅。世界性固以民族性为基点,但民族的特殊性只有放在世界的普遍性中去衡量才能显出价值。"在《中国现代文学大系》诗选(1972 年出版)序中他指出:"从世界各国文学史中我们可以发现一个事实,即任何一个正在发展中的新文学形式,必然要受到纵的与横的,也就是传统的与外来的两种相互交织的影响,偏于任何一面均非正常。"他将中国现代诗的特性归纳为四句话:"从混沌中建立秩序,从矛盾中求取和谐,以特殊表现普遍,以有限暗示无限。"1988 年,《创世纪》诗刊第 73、74 期合刊号发表了洛夫的《建立大中国诗观的沉思》,进一步提出了两条建议:第一,追求诗的现代化,创造现代化的中国诗;第二,开创诗的新传统。他说:"我们都应秉持开放精神,利用各种不同的表现方法,创造出符合现代人的精神内蕴,呼应现代人的生活节奏,表现现代人的生命情采的现代诗。""我们要创造的现代诗不只是新文学史上一个阶段性的名词,而是以现代为貌、以中国为神的诗。因此,一个现代中国诗人必须站在纵的(传统)和横的(世界)坐标点上,去感受,去体验,去思考近百年来中国人泅过血泪的时空,在历史中承受无穷尽的捶击与磨难所激发的悲剧精神,以及由悲剧精神所衍生的批判精神,并进而去探索整个人类在现代社会中的存在意义,然后通过现代美学规范下的语言形式,以展现个人风格和地方风格的特殊性,表现文化心理结构下的民族性和以人道主义为依归的世界性。"1993年,洛夫诗集《我的兽》在中国文联出版公司出版,他在代自序《诗的传承与创新》中再次强调:"当我们思考继承及创造新传统之时,我们必须具备一种含有历史意识的批判眼光;换句话说,我们必须放弃自我封闭的保守心态,一方面从传统中审慎地选择和摄取有益于创新的基本因素,另一方面也不排斥对世界经典文学的借镜,尤其应从西方现代主义大师身上吸取新的观念与表现手法。"由于持有上述辩证的观点,洛夫就避免了极端性与片面性。

在具体的创作实践中,洛夫特别注意将西方与中国、现代与古典作一比较,从事一种极有意义的甚至是非凡地将二者熔接在一起的工作。他早年热衷于法国的超现实主义,并对其予以修正(因此,不能称洛夫为"超现实主义者"):重视从潜意识去找寻基本表现的资源,但是表现的媒介,却不主张那种不加控制的"自动写作"与不知所云的"自动语言"。诸如:"我是从日历中翻出的一阵嘿嘿桀笑","光在中央,蝙蝠将路灯吃了一层又一层"(《石室之死亡》),"没有嘴的时候/用伤口呼吸"(《汤姆之歌》),"当灵魂为一盏灯所追击/我们便逃入自己的痛楚"(《逸之外》)等一类的诗句,遽然切断联想,产生一种意象上的惊喜与语言的火花,正如柯勒雷奇所谓的"不协和的各种特质的平衡或谐调",均得益于超现实主义。在此之后,也就是1970年代初期,在写《魔歌》这本诗集的作品时(该诗集1974年出版),洛夫研读了唐诗,也看了点禅学方面的书,开始是无意后来是有心对超现实主义与禅做了比较,发现盛唐不少诗人的诗已达到禅的境界,或者说诗禅一体,而诉诸潜意识的超现实主义与通过冥想以求顿悟而得以了解生命本质的禅是相通的,二者可以熔接在一起。于是,他写了《随雨声入山而不见雨》《有鸟飞过》《金龙禅寺》《秋日偶兴》《焚诗记》等禅诗(1990年出版的《诗魔之歌》称这类诗为"禅趣"),如

《金龙禅寺》：

> 晚钟／是游客下山的小路／羊齿植物／沿着白色的石阶／一路嚼了下去／／如果此处降雪／而只见／一只惊起的灰蝉／把山中的灯火／一盏盏地／点燃

在这首诗中，"晚钟"与"下山的小路"，"羊齿植物"与"白色的石阶"，"灰蝉"与"山中的灯火"，都是性质不同、毫不相干的事物。然而，洛夫用了一个"是"字、一个"嚼"字、一个"燃"字，便将它们联结在一起，使不可能化为可能，有限经验化为无限经验，无情世界化为有情世界。这正是超现实主义的终极目的，求取绝对的自由，"带来感官上和想象上的真正解放"（埃利提斯语）。这种表现方式，恰好符合禅之"不说"而悟的主张。所谓"是"，所谓"嚼"，所谓"燃"，按常情常识都是难以理解的，但由此三字联结的事物却以具体而鲜活的意象给人以暗示："晚钟"催游客下山，时不我待；"羊齿植物""嚼"的不仅仅是"石阶"，更是宝贵的生命；"灰蝉""点燃"的除了"灯火"，还有一种不宜停留的紧迫感。"如果此处降雪"一句，加强了这人生的感喟。

洛夫在谈创作时，不止一次地提到过《金龙禅寺》，称它是"我国禅诗与超现实诗两者的融合"，并解释道："禅诗是从万事万物具体的实相的感觉中产生，是极端客观的；而超现实诗则是对自我潜意识的体现，是极端主观的。两者都可能唤起暗示，但并不具有象征意义。"[1]他还从我国古人的诗话中得到启发，譬如宋代严羽以禅喻诗："大抵禅道惟在妙悟，诗道亦在妙悟。"而妙悟的关键是"不涉理路，不落言诠"，即无理而妙，"言有尽而意无穷"，"也就是超现实主义所讲求的'想象的真实'和意象的'飞翔性'"。[2]再如苏轼所谓"诗以奇趣为宗，反常合道为趣"，洛夫指出："就是经过修正后的超现实主义。'反

---

[1] 洛夫：《我与西洋文学》，《诗的边缘》，汉光文化事业股份有限公司1986年版，第57页。

[2] 洛夫：《超现实主义与中国现代诗》，《诗的探险》，黎明文化事业股份有限公司1979年版，第100页。

常'是一种矛盾,表面看来是对现实的扭曲,却因而形成一种奇趣,为诗提供一种惊喜,能即刻抓住读者的注意力,亦如禅师的'棒喝',但这种反常绝不是为了反常而反常,仍须有它表现上的必要性,且最后应能'合道',即合乎我们的普遍经验,也就是说,虽出意表之外,却又在情理之中。"[1]

《魔歌》是洛夫的第5本诗集,也是他调整语言、改变风格,以至整个诗观发生蜕变后所呈现的一个新风貌,1999年被评选为台湾"文学经典"之一,可见其在洛夫创作生涯中的重要性。自《魔歌》以后,洛夫干脆就从我们老祖宗所走的路线——妙悟的路线——中去发掘诗的奥义,然后通过不断的实验去追求前人未曾试探过的路子。这极大地提高了中国现代诗在世界诗坛的竞争力与影响力。

三

请看下面的诗句:

我们降落／大地随之撤退／惊于三十哩的时速／回首,乍见昨日秋千架上／冷白如雪的童年／迎面逼来

(《雪地秋千》)

惊见荷叶上一滴／黑色的泪／在溜转中渐次扩大／而后／从一面巨额的粉墙上／无声的滚落

(《墨荷无声——怀大千居士》)

这是东方智慧。在时空中捕捉一点即赋予其永恒性与普遍性,"故能在顷刻中见到终古,在微尘中显出大千,在有限中寄予无限,此乃对诗本质的根本

---

[1] 洛夫:《我与西洋文学》,《诗的边缘》,汉光文化事业股份有限公司1986年版,第58页。

认识"[1]。这种具有纯粹性、抽象性的诗，正是那种"不涉理路，不落言诠"为盛唐北宋所宗的诗。

> 不错，每个汉字 / 都在这里找到了残破的家 / 据说它将以最坚硬的核 / 巩固我们 / 即将沦为废墟的灵魂
>
> （《碑林说》）

> 院子的落叶何事喧哗 / 我把它们全都扫进了 / 一只透明的塑料口袋 / 秋，在其中蠕蠕而动
>
> （《未寄》）

这有人文精神。强调社会人格而不强调个体价值，是中国人文精神与西方人文精神的不同之处。重"人文"与"天道"之契合，求人与自然的和谐，是洛夫用以对抗机械文明、工具理性所造成的"意义危机"，化解生之悲苦，高扬人之价值的手段，也使他的作品具有哲学的深度。

> 不经意的 / 那么轻轻一笔 / 水墨次第渗开 / 大好河山为之动容 / 为之战栗 / 为之晕眩 // 所幸世上还留有一大片空白 / 所幸 / 左下侧还有一方小小的印章 / 面带微笑

这首《水墨微笑》，诗的境界是在静观中以直觉见出来的，只有"直觉"的内容，而无"名理"的内容，使人在静观中兴起一种悠然神往、物我两忘的纯粹感应，而进入一种超物之境。这种境界只能感悟，不可言说，也就是钟嵘所谓的"文约意广"、司空图所倡的"韵外之致"、王世贞所主的"兴会神到"。

> 行色匆匆却不知前往何处 / 到了路的尽头耳边响起破鞋与河的对话 /

---

[1] 洛夫：《灵魂的苍白症》，《诗人之镜》，大业书店1969年版，第131页。

水中他看到一副倾斜的脸／穷困如跳蚤／处处咬人／／坐在河岸思索一个陌生的句子／看着另一个句子在激流中逐渐成熟／云从发髻上飘过／起风时，／鱼群争食他的倒影

这首《行到水穷处，坐看云起时——赠王维》的隐题诗，表现出中华民族特有的情趣，有别于西方及世界其他民族。这是与地域文化、历史积淀分不开的，也是情志趣尚及语言形式的安排所致。

艾略特认为，诗人过了三十五岁一定得具有历史感，洛夫也有同样的看法。他说："我们唯有看清历史，才能深刻地了解我们面对的现实。"他曾一度热衷于从古典诗中寻求灵感，希图"通过对古典精神的把握和古典题材的吸取和消化"，"使读者更清楚地看到历史的真貌。"[1]《李白传奇》《与李贺共饮》《走向王维》等脍炙人口的现代诗，就是对古典题材的加工与重铸。《猿之哀歌》采用了《世说新语》中的典故，《爱的辩证》(一题二式)则取自庄子《盗跖篇》的寓言，它们都不是"古诗今译"，而是一种新的创造，具备现代观念、现代情绪与美学趣味的创造。最著名的是以现代手法改写白居易的《长恨歌》，"不相信唐玄宗和杨玉环之间的爱情，真如白居易所写的那么纯真美好"，对古典进行现代式的解读，将这出传颂千古的悲剧化为辛辣的反讽与深刻的批判。

他开始在床上读报，吃早点，看梳头，批阅奏折

盖章

盖章

盖章

盖章

从此

君王不早朝

---

[1] 洛夫：《诗的传承与创新》，《我的兽》代自序，中国文联出版公司1993年版，第6页。

这四个"盖章"用得最妙，既是对做爱动作的隐喻（对应上节"我要做爱/因为/我是皇帝"），也是对昏庸无能的暗示（除了"盖章"，什么事情都不会干），还有对唐玄宗的谴责。"在床上读报"，只有现代人才有的生活方式出现在千年前李唐王朝的宫廷，未免荒诞，滑稽可笑，反讽的效果是够强的。

  他是皇帝 / 而战争 / 是一摊 / 不论怎么擦也擦不掉的 / 黏液 / 在锦被中 / 杀伐，在远方 // 远方，烽火蛇升，天空哑于 / 一锅叫人心惊的发式 / 鼙鼓，以火红的舌头 / 舐着大地

两场战争同时进行，唐玄宗与杨贵妃的"床笫之战"是因，远方的真正战争是果，"发式"将二者连在一起，既隐喻"烽火"，又与杨的象征暗合，乃是歧义的成功运用，显示了洛夫诗语言的张力。

结局不言而喻，杨贵妃在马嵬坡被缢死，成了唐玄宗安抚将士、维护皇权与私利的可悲的牺牲品。

  一堆昂贵的肥料 / 营养着 / 另一株玫瑰 / 或 / 历史中 / 另一种绝症

"昂贵的肥料"是杨贵妃的谐音，她以生命作代价成就了别人，而那取代了她的地位的别人又何尝不是皇帝的玩物，又何尝不会重复她的命运？人性有难以克服的缺欠，体制有无法排除的弊端，历史有令人惊讶的相似。洛夫的批判既是社会的，也是文化的；既是历史的，也是现实的；既是民族的，也是人类的。一语双关、三关乃至多关，给予人全方位的震撼！难怪资深评论家张汉良惊呼："这首诗，无论就诗行、段形式的复杂，意象结构的严密，用字的精炼，叙述过程的浓缩，任何一方面而言，都可以算是《石室之死亡》后洛夫最成功、最庞大的作品，即使在这二十年的中国诗坛上，也是难得一见的。就其取材而论，洛夫跳出了《石》诗的生死玄想，抛开了《外外集》以后日常生活的琐事，甚至摆脱了个人经验与乡愁，而回过头来正视浩瀚的中国历史与丰富的中国文学传统，透过新的价值观念与文学技巧，加以批判与再处理，这更是

可贵的。也许这是洛夫该走的方向,也许这是中国现代诗该走的方向。"

有人问洛夫:"在你与古典诗有关的作品中,为什么多以古代诗人为写作对象?"洛夫如是答道:

> 中国古典诗中蕴含的东方智慧、人文精神、高深的境界,以及中华民族特有的情趣,都是现代诗中较为缺乏的,而我个人所追求的也正是为了弥补这种内在的缺憾。40岁以前,我很向往李白的儒侠精神、杜甫的宇宙性的孤独感、李贺反抗庸俗文化的气质,但到了晚年,我却转而欣赏王维的恬淡隐退的心境。我发现,现代诗强调知性,直接介入现实人生,这固然有其时代意义,但有时我也觉得现代诗太冷酷,不能与时空保持一种超然的距离。如果以古典诗的表现手法来处理现代生活的题材,是否可能产生意想不到的艺术效果?这便是我近二十年来所做的实验。我诗中运用古典题材来表现东方智慧,有人误以为我在"回归传统"。正如前面所说的,这是一种谬断,因为旧的传统是不可能,也没有必要"回归"的,我只是希望回到中国人文精神的本位上来。我所追求的是最现代的,但也是最中国的,继承古典或发扬传统最好的途径就是创新。创新才是我最终的目标,最本质的追求。[1]

这是洛夫个人的创作总结,也是中国现代诗的宝贵财富。

四

关于中国现代诗与中国新诗的关系,理论界至今尚有分歧。有人认为"现代诗"在中国一般已赋予"现代派"或"现代主义"的特殊意味,而现代主义并没有成为中国诗坛的主潮,或者说现代主义只作为众多潮流之一种而存在,因而不同意把中国新诗叫作中国现代诗。有人说在国外早有论者指出那种"现

---

[1] 洛夫:《诗的传承与创新》,《我的兽》代自序,第7页。

代主义"只能称为"近代主义"了,所谓的"现代诗"也只能称为"近代诗",中国新诗作为一种诗体,还没有更"现代"的诗体取代它,所以仍可全部称为中国现代诗。还有人追溯了从"白话诗"到"新诗"的历史行程,从诗歌本位立场出发,反思了它们的观念形态及其发展过程所形成的"情结",提出将20世纪中国诗歌划分为"白话诗""新诗""现代汉诗"三个阶段。笔者倒是趋向著名诗人、评论家痖弦的意见,他把新诗的发展分为两个时期:1919—1949年为"新诗时期",1949年到现在为"现代诗时期"。"现代诗"又有广、狭二义,广义指当代的新诗,狭义指以现代主义诗的美学原则创作的新诗。笔者以为,众说纷纭的含义让人不得要领,还是宽泛点好,中国现代诗就是中国新诗的当代形态。

洛夫的诗途跋涉,已近六十年,他为中国现代诗的建设提供了哪些可贵的经验呢?除了上文谈到的,尚有以下五条:

1. 静态的悲剧

此一命题最早见于《试论周梦蝶的诗境》(写于1970年代)。洛夫发现:"中国诗中往往以时间不可抗拒的无限流动,与空间浩瀚无穷的运化来暗示命运的力量;这种命运没有人格意志,巨大无比,超乎任何个人之上,但它如出之以诗的形式,则产生的不是冲突式的,而是观照式的,静态的悲剧。"[1]究其原因,洛夫认为,中国是一个讲"天命",讲"道"的民族,个人面对巨大的自然力量时,唯一处理的态度是屈服认命。"这种态度的结果,一则形成了与自然妥协而使两者产生和谐的关系,这就是儒家'天人合一'的思想;一则是企图超越自然的压力,而把自我提升到一种无我无物,澄明自如的境界,这就是老庄与佛家的思想。所以中国文学一直没有那种冲突式的悲剧"[2]。源自古希腊的西方悲剧,就是冲突式的悲剧。洛夫以杜甫名诗《八阵图》——"功盖三分国,名成八阵图,江流石不转,遗恨失吞吴",与王维的"大漠孤烟直,长河落日圆"为例证,说明:"这种悲剧经验的价值乃在以有限的事物来暗示无限

---

[1] 见《诗的探险》第224页。

[2] 见《诗的探险》第224页。

宇宙中生存的意义，使我们能从深切的孤绝中感悟到生命的严肃性。"[1]洛夫有不少作品表现这种静态的悲剧，如"老屋里弃置一把黑雨伞／它背后孵出的／蟋蟀的梦／却永远是湿的"（《美浓乡村偶见》）、"船上，阴郁的钉子／紧紧抱着一块腐朽的木头入睡／鼾声中，徐徐吐出／满嘴的锈味"（《八斗子物语》）、"而今，听到隔壁军营的号声／我忽地振衣而起／又颓然坐了下去／且轻轻打着拍子"（《时间之伤》）、"旷野无人／让秋空／自己去寂寞"（《旷野无人》）……。

2. 神与物游

2001年7月21日，在加拿大召开的第五届"华人文学——海外与中国"研讨会上，洛夫作了《神与物游——兼谈长诗〈漂木〉创作的心路历程》的演讲。他说："所谓'神与物游'，即是内在世界的旅游，一种属于形而上的思想的，或精神的融会。《文心雕龙》神思篇有云：'文之思也，其神远矣，故寂然疑虑，思接千载，悄然动容，视通万里……故思理之妙，神与物游。'这里讲的虽是文艺创作的构思过程，但也说明了文艺作品（尤其是诗）的审美主体（神，作者）与审美客体（物，描述的对象）之间的互动关系。"他指出：在西方，"神"重于"物"；在他，"神"与"物"互为主体（不是主从也不是对立关系）。"二者必须融为一体才能统摄全局，真正体现我与万物共生并存的宇宙情怀，如此也才能达到庄子所谓'乘天地之正，御六气之辨，以游无穷'，和'独与天地精神往来而不傲睨于万物'的境界"。长诗《漂木》正是"神与物游"这一审美意识的创作体现。全诗共分四章：第一章《漂木》，直接展现"漂泊"的主旋律，这根逐浪漂流的木头本身即是一个象征，从它可以窥探到诸多冷酷的现实和一个不安的世界；第二章《鲑，垂死的逼视》，通过鲑鱼这种天涯浪客的经验，探讨爱和生死辩证问题；第三章《浮瓶中的书札》，又分四节，一节一信（致母亲，致诗人，致时间，致诸神），分别表现了母爱、诗美学、时间观、宗教观；第四章《向废墟致敬》，针对因漂泊心态与精神不安等所导致的人类整体文化的衰颓，甚至沦为废墟而提出质疑与批判。洛夫解释创作这首长诗是基于两项因素："一是实现我近年一直在思考的'天涯美学'，一是自我

---

[1] 见《诗的探险》第225页。

二度流放的孤独经验。"并概括"天涯美学"之主要内容为二:"一是悲剧意识,乃个人悲剧意识与民族集体悲剧经验的融合;二是宇宙胸怀,尽可能摆脱民族主义的符咒,走出政治、宗教、文化等意识形态的框架,做一个抱着梦幻飞行的宇宙游客。"

"神与物游"也就是洛夫在诗集《魔歌》自序中特别强调的"真我":"要想达到此一企图,诗人首先必须把自身割成碎片,而后糅入一切事物之中,使个人的生命与天地的生命融为一体。作为一个诗人,我必须意识到:太阳的温热也就是我血液的温热,冰雪的寒冷也就是我肌肤的寒冷,我随云絮而遨游八荒,海洋因我的激动而咆哮,我一挥手,群山奔走,我一歌唱,一株果树在风中受孕,叶落花坠,我的肢体也随之碎裂成片;我可以看到山鸟通过一幅画而融入自然的本身,我可以听到树中年轮旋转的声音。"也正因为如此,无论"出世"还是"入世",无论"情感的争战"还是"对意义的冥思",无论探入生命的底层还是探向外界的现实,无论横的移植还是纵的继承,洛夫都得心应手,游刃有余,不受这个世界的限制,获得了最大的自由。具体到《漂木》这首长诗,它既是形而上的,也是形而下的,既是个人化的,也是人类性的,既堂庑庞杂,又脉络清晰,既维持了《石室之死亡》那样的张力与纯度,又避免了该诗过分紧张艰涩的弊病,故在台北《自由时报》副刊连载三月之后,立即引起轰动,被誉为"集古今中外之大成的精品""当代诗坛的重要收获""在空境的苍穹眺望永恒的向度"。马森教授则将其与屈原之作相照映,赞叹道:"屈原有《离骚》,洛夫有《漂木》;屈原致父祖,洛夫致母亲;屈原问天,洛夫问神;屈原写《远游》,洛夫写远游的《鲑》;屈原招魂,洛夫向废墟致敬……以一诗企图囊括屈原半生之作,何其壮哉!"

3. 意象化

洛夫认为,中国诗歌的演进之最显著的标志,即由平铺直叙的描写,进化到意象的呈现。"所谓意象化,就是诗人把情感深刻地渗入事物之中,再透过鲜活而具体的景象表达出来,而这种表达是情与景的融合,故它是综合的,想象的,感性的,意在言外的,其审美效果就在'言近旨远'。换言之,就是以最精简而生动的语言，表达出最丰富而深刻的含意。"[1]洛夫并不否认他从西方现代主义学过熔铸意象的方法，但同时指出自己语言的意象化更多的是受惠于中国古典诗。如："当镜的身份未被面貌肯定"（《石室之死亡·42》）、"昨夜风起／我们大家都说／枯叶爱火"（《大地之血》），使我们联想到杜甫的诗句"香稻啄余鹦鹉粒，碧梧栖老凤凰枝"，均源于刘勰《文心雕龙·夸饰》："颠倒文句，上句而抑下，中乱而出外"，"摈古竞今，危侧趣诡"。"夏也荷过了／秋也蝉过了／今日适逢小雪"（《今日小雪》）、"开一树灿然的寂寞"（《一株裸着的木棉》），在宋代词人周邦彦的"风老莺雏雨肥梅子"妙句中，我们看到了同样的手法，即词性的活用，形容词作动词或名词。《丽水街》一诗只有12行，却并列了10种景物：家具行、照相馆、一张脸、女生们、其中之一、狗、狗主人、弹钢琴、炸臭豆腐、酒店，与马致远的小令《秋思》（"枯藤老树昏鸦，小桥流水人家，古道西风瘦马。夕阳西下，断肠人在天涯。"）何其相似！每一景物都是由情与智结合成的意象，一串意象组成一首没有主人翁在场，然而却充满情感与知性的诗，传达了诗人对人生的感受与思考。

仅仅是字、词与句法的重新乃至最佳组合，并不是最难的，最难的是对意象的思维方式，有人叫"意象思维"，有人叫"直觉思维"，有人叫"灵感思维"，还有人叫"审美思维"，笔者以为还是叫"意象思维"为好，一是突出了诗的特征（意象），二是涵盖了直觉、灵感与审美，换言之意象离不开直觉、灵感与审美，是它们的全部而非其一。洛夫的意象思维具有直觉性、突发性、矛盾性与神秘性的特点，在艺术技巧之前，就"先天"地保证了意象的新奇、鲜活与丰富。如："我便怔住，我以目光扫过那座石壁／上面即凿成两道血槽"（《石室之死亡·1》）、"把夜折成你所喜悦的那种款式／且望着你脱光肌肤伏在睡眠上／亦如雪片覆在洁白上"（《石室之死亡·54》），未经充分逻辑推理的直观，有敏感与不受固有思维概念限制的长处。"把一大叠诗稿拿去烧掉／然后在灰烬中／画一株白杨／／推窗／山那边传来一阵伐木的声音"（《焚诗记》）、"摇篮中我儿子被一头白发追赶得不断换尿布／祖母的微笑带有浓浓的樟脑味"

---

[1]洛夫：《诗的传承与创新》，见《我的兽》代自序，第4页。

(《漂木》),由于偶发事件的介入,原意中断,新意突起,好像使了魔法。"涧水边／一朵山花／在一瓣瓣地剥自己的脸"(《秋日偶兴》)、"而妈妈那帧含泪的照片／拧了三十多年／仍是湿的"(《家书》),两种或两种以上的矛盾构成张力,提供一种似谬实真的情境,给日常事物以新的美感。"潮来潮去／左边的鞋印才下午／右边的鞋印已黄昏了"(《烟之外》)、"进入草堂／首先迎向我的／竟是从后院蹑足而来的一行青苔"(《杜甫草堂》),生命本身充满神秘的律动,赋予存在以难以测定的深度,语符的能指不只对应一个所指,而是适合其象征范围的众多所指,使语词的潜力得到极大的发挥。

4. 虚与实的处理

洛夫将其提高到"无"与"有"的关系来看待。他说:"我们所向往的'无'既非佛家顽空,渐灭空的'无',亦非柏拉图的 not-being,而是无限有的'无',向上超升而无所不被的'无',故可说'无'乃宇宙万物之本源。"[1]所以,他在创作的时候,总是努力将可述性的意义减至最小程度,将可感性的诗质提高到最纯程度,不仅写"可能存在"的事物,而且写意识领域内"不存在"的事物,"实"即"有言之境","虚"乃"无言之境",他的一些引起反响的好诗,如《午夜削梨》《子夜读信》《剁指》《独饮十五行》,以及前文提到的那些禅诗,便是这二境的完美结合。"无"中含"有"、"有"中显"无"的反复体验,"虚"中充"实"、"实"中留"虚"的多次处理,使洛夫的想象力得到了空前的腾飞,他的那些朦胧的、模糊的、杂乱的、众多的原始情结、集体无意识、宗教情绪、潜意识以及智性、理念都被调动起来,共同掀起生命向力的大潮,并把诗人推进到平时求而不得的"巅峰状态"。用洛夫自己的话说,"也就是诗神进入我们内心工作时的状态:有点颠,有点狂,有点酒意,甚至有点装醉,而达到最高点则是忘我的放。这一时刻,也就是进入诗创作,为诗所迷,不辨物我的时刻,理性的现实世界全部解构的时刻。这么一说,还真吓了自己一跳,回头一望,四五十年的岁月竟有大部分时间是在如此半醉半醒的状态下度过"[2]。这

---

[1] 见《诗人之镜》,第48页。

[2] 洛夫:《如是晚境(代序)》,见《雪落无声》,尔雅出版社1999年版,第3页。

是审美的迷狂，这是人魔的神往，不言之言、非美之美由兹而生，中国现代诗的神往与魅力也展示无遗。

5. 对形式的探索

形式之于现代诗，其重要性是不言而喻的。它不仅表现内容而且塑造内容，是以另一种感性的方式对诗的表现性意旨的承载。对诗的形式的探索，也是对诗的美感基调、美感设计、美学目的、美学信息的探索。洛夫在这方面也花费了许多心血，付出了极大的努力，值得我们效法。他一生求变，尝试了多种诗体：有长诗，有短诗；有大体整齐的诗（如《石室之死亡》，64节，每节2段10行，总计640行）；有齐中有变的诗（如《漂木》，4章，143节，最长节215行，最短节5行，长节行数参差不齐，短节整齐划一，总计3000行）；有对古典诗的改写（如《长恨歌》）；有以古典诗句为纲（如《车上读杜甫》，以杜诗《闻官军收河南河北》的8句为题写了8节诗，构成历史与现实双向并行式，古典与现代相互映衬）；有以古典诗句相嵌（如《杜甫草堂》，诗中嵌入"感时花溅泪/恨别鸟惊心"、"花径不曾缘客扫/蓬门今始为君开"等以调节气氛，刻画人物）；有一题二式的（如《爱的辩证》，同一题材两种不同的写法）；有讲究排列的（如《白色墓园》，全诗2节，第一节20个"白的"在诗行之前，第二节20个"白的"在诗行之后，诗行排列有序，或抵地，或顶天，十分整体，颇有图像诗的味道）；有变换句式的（如《漂木》，"跟着险滩走/跟着海潮的惊呼走/跟着把岁月踩得嘎吱嘎吱的鞋子走"、"肉身化了/还有骨骼/骨骼化了/还有磷质/磷质化了/还有一朵朵幽幽的不灭之光"，《致诸神》中一连10个"神啊！这时你在哪里？"一连62个"在……"，《向废墟致敬》中一连12个"忘了……"，一连24个"向……致敬"。排句与叠句加强了诗的音乐性），有注意字形的（如《烟之外》，整首诗几乎是"氵"部汉字的变形与组合，"涛""潮""沉""海"以及"云""雪""茫然"等，显示了水的流动与变幻，将汉字的神奇发挥到极致）……真是绞尽脑汁，极尽变化之能事。

尤其值得一提的，是小诗与隐题诗的创新。洛夫的小诗，玲珑剔透，颇有唐诗绝句的味道。除了用字经济、句构简短之外，其表现手法更侧重"赋、比、兴"中的兴，即暗喻起了主要作用，象征的意义大于文字表面的意义，因而能留给读者极大的想象空间，不仅耐读，而且有味。由于小诗都是取材于生活，无不是生命的关照，故反讽的现代感十分强。加之多数篇什是在灵光一闪之间迅速完成的，所谓"妙手偶得"，更有一种自然天成的亲和感。如《华西街某巷》《西贡夜市》《剔牙》《乌来山庄听溪》《马雅可夫斯基铜像与鸟粪》等，都广为读者传诵。洛夫的隐题诗，与前人所创仅具实用价值的藏头诗大异其趣。它是一种预设限制，以半自动语言所书写的新诗型，标题本身是一句诗或多句诗，每个字都隐藏在诗内（或句头，或句尾）。它具有诗的充足条件，符合既定的美学原理，但又超乎绳墨之外，故有时不免对约定俗成的语法语式有所破坏，甚至破坏成了它的特色，如前文所举《行到水穷处，坐看云起时》一诗，是在限制与反限制的矛盾中，掌握诗的无限性；在创造两难的困境中，重建诗的形构秩序；在放风筝般的运作下，达到"务去陈言"的目的。除了"穷困的跳蚤／处处咬人"外，其他篇什获致的佳句，还有"碑石上的字／比上帝还要苍老""楼上的箫声洒下一把／玉的寒意""养一尾月亮在水中原是李白的主意"等，隐题诗的短处，是受标题的制约太大，翻出全新或相反的诗义者不多，未免给人某种程度的重复感。此外，炼字有余炼意不足，虚字不好安排，也使某些新手望而却步。总之，洛夫在形式上的探索是多方面的，成绩也是主要的，对中国现代诗的定形、丰富与发展做出了贡献。

洛夫的诗艺也有某些不足之处，如他的政治抒情诗比较直露，对中国政治的把握尚欠准确，对一些问题的观点偏激失误，前期作品有的过于晦涩，后期诗篇有的比较平淡……但这并不能掩盖他的光辉，更不能抹煞他的成就。洛夫的出现可以说是中国现代诗的一大幸运，洛夫的道路也就是中国现代诗的道路。

原载《诗探索》2002 年第 1—2 辑

杨炼诗歌中的主观性

［英］米娜（Mina Bruno）著
王秋海译

> 伟大的文学是在某种外国语中写就的。
>
> （普鲁斯特：《圣伯夫之路》）

我研究杨炼诗歌的方法是通过翻译：我用汉语文本和两种英语译文进行比较，在比较的基础上，探讨这位作者作品的作诗法。

这种不同寻常的处理诗歌手法的缘由是基于这一认识：翻译中的变化所显露的差异不仅表明汉语和英语"本质"之间大体存在的必要差异，而且也表明使用那种语言的个性化特点。在诗歌研究中，翻译构成一种特殊的维度，主要是因为它重新激活，被一首源语诗加强了的差异，从而显示出那首诗的语言与写那首诗的语言有怎样的区别。

我主要以文本为中心，从文本过渡到理论：通过分析翻译指出一些反复出现的变动；对这些变动的描述焦点集中于汉语的某些特点上；找到这些特点最终就渐渐地，虽说可能部分地，勾勒出他的诗学理论。由于这篇文章是中文，我便不引用译文，而直接引用汉语文本，必要时简单解释在我的研究过程中遇到了什么样的变动。

因此我要达到的目标并非仅是描述文本形式特点本身，而是为了文本的连贯性指出这些特点的功能意义。我希图回答这样的问题，为什么诗人选择了某些形式，而没选另外一些可能的形式，因为我以为使一个作者突出的不仅是他表达的思想，而是他对所使用语言的形态的选择。

鳄鱼——词语

诗人主要关注的一点是语言的力量和失败，这种语言寻求的是创造出新的、主观思想的可能性，而不是重复。消除重复的欲望永远是诗歌的活跃动力，这意味着这样一种可能性，即诗歌只不过是皮影戏，具有无法控制的指涉。从这种程度讲，"说"就是"说谎"，"谁说"就是"说谎者"，因为词语并不有助于诗人本人的思想，而是独立地做出反响。

就主观思想而言，语言是恐怖和危险的：

> 鳄鱼像一个字紧闭鼻孔
> 不屑理你
> 仅仅在这页白纸上浮沉
>
> 你绝望呼救
> 用潜伏已久的字
> 没入满是鳄鱼的水中
>
> （《鳄鱼》）

从诗人这个"基本意识"的角度来说，语言与主观性、字与意义之间的关系成为写作的紧要关注点：

> 世界上最不信任文字的　是诗人
>
> （《冬日花园》）

借助人称代词的主观性

在比较杨炼的诗歌和其英语译文期间,我一直在记录能与主观性有关的各种变动。[1]其中最明显和反复出现的是那些与人称代词有关的。比如下面一句译文中,物主代词"你的"就被加上了。

> 一厢情愿的纯洁的恐怖
> the pure terror of your wish[2]

研究表明,杨炼的诗折射出不同程度的主观性,早期和后期的诗歌之间变化显著。

针对这个作者的全部诗作,当仅仅记录第一人称代词出现的情况时,明显的特征一上来就能注意到。在杨炼早期几乎所有的作品(从1979—1989年)中,人物都通过第一人称代词"我"而在场;而在1989年之后的诗作中,人称代词"我"的频率减低,被自我指称代词"你"所取代,或根本就消失了。但在那些以"我"作为人物的诗歌里,已经遇到了异质因素。譬如在组诗《自白》中,诗中的角色很可能就是一个诗人("我将高声朗诵自己的诗篇"),他似乎在诗歌的过程中占据着中心功能,透露出诗人主观创造力的信仰(我要让玫瑰开放,玫瑰就会开放)。虽然在一个废墟的世界上,角色可以说"我相信":

---

[1] 在此我主要指人称代词的频繁增加,但也指宾/谓语语法群组的变化、表现时空和形象的技巧、互文性、标点和句法的选择等。我还想澄清的是,借助这样的文本特点详细阐发我对主观性的解读,按照后结构主义和解构主义批评,"主观性"被认为是诗歌文本的一种效果,不是源点(即作者、诗人、杨炼)。

[2] 参见杨炼:《看视停止的地方》(*Where the See Stand Still*):Brian Holton 译, Bloodaxe Books, Newcastle upon Tyne, 1999, 第141页。

我相信：这是为我自己创造的
废墟的大地上

（《语言》）

我将相信所有冰凌都是太阳
这废墟，因为我，布满奇异的光

（《诗的祭奠》）

这种使用第一人称的主要效果是使讲话的声音类似于一个带有生动宣言式标识的个体声音。这一点得到朝历史性发展的句法的支持，这种句法通过使用代表未来（将、会）的状语分词或随意性从句（因为）能指向历史的发展。角色指涉某种现实，所以证实自己作为言说者的现实，即一个言说和生成交互现实的"我"。这些诗中的角色再现是连贯的，读者在阐述中并不作为主体进入。然而，在这些最初的诗歌中，也能识别出一种后来发展成苦涩幻灭诗学的怀疑，对能演绎个人意义的词语力量的怀疑，对诗人主观性"在场"的怀疑。因此，还是在组诗《自白》中，角色还说：

我不知道：谁能收集眼泪和金属

（《灵魂》）

作为中心自我的"我"的连贯地位已被语言游戏所破坏，后者决定着诗中读者（谁）的入场。

"一"代表着使用人称代词中的变化。比如在"与死亡对称"的部分，诗中的《山第一》《山第二》《山第七》和《山第八》并不代表任何人称代词，除了在结构的尾部，第三非人称代词"它"用粗体字印出来。Mabel Lee 第一次翻译的《山第二》用"实体"一词替换了这一人称代词[1]，显露出对这一人称代词抽象的相当重要的分量属性。非人称代词"它"的功能像是一个指示词，需要一个有所指涉的名词或句子。但在这一例子中，文本没有为"它"字提供一个清晰的指示称谓，因此读者无法明了"它"的意思。

这四首诗的句法好像没有按某种时间序列或从属关系组织起来，但非常片断化，因而很难处理，因为连接这些片断的原则不确定。控制这一经验的程序之一是隐喻结构。使用混杂、碎片隐喻的拼贴结构是杨炼作品的典型特征。这首诗也为我们提供了一系列隐喻特质，但我们没有任何可以附着其上的客体，除了"它"之外。无疑，这些隐喻明显的随意性是有逻辑的，但这一逻辑没有提供给我们一个对"它"的完全满意的定义。连接的原则是很多的，但没有显著的统一，仿佛为了强调原则是在自我意义的非一致性之中：

大地孤独的符号：它

(《山第一》)

为所欲为之鸟：它

(《山第二》)

结尾在冒号之后出现的"它"是为了用所有前面的隐喻为这样一个人称代词下定义。但由于隐喻似乎遵循隐秘逻辑的原则，全诗的主要分量便以一个名词落在了人称代词之上，仿佛说意义即寓于从自我的解脱之中，"为所欲为之鸟"。没有控制它们的主观性，因此隐喻本身好像在描述诗词意义的过程和问题。

"与死亡对称"的四首中心诗《山第三》《山第四》《山第五》和《山第六》展示出一种叙事句法，自我与人称代词"我"融合在一起：

---

[1] Mabel Lee 的译文见杨炼的 "Masks & Crocodiles"(《面具与鳄鱼》), Wild Peony, Broadway, 1990, p.29。在最近的第二个版本翻译中，Mabel Lee 决定把"它"译成"it"。参见杨炼：《一》, Green Integer 35, Los Angeles, 2002, pp.113, 117。

到了结尾的时候,已没有语言能传达人类的幸运。我虽然忝居其一,但要描绘自己也无能为力。倘若用此喻,说是"镂空的石头",也还远不足以形容那种静、那种高超、那种美。不吃不喝,不明不暗,不冷不热……和死一样,比死更强,是慢吞吞的活。

这才叫"不可说"之境!……

忽见门外走进四个小孩,每个都有一张和我一模一样的脸。他们鞠躬,对我说……"我是你儿子,恭贺你死。"

(《山第六》)

有意识的感觉是,无论赋予"我"怎样的描写,它永远不能体现主观性。诗人认识到作为主观性的再现,诗歌总是受到"鳄鱼字"、语言游戏以及文字出卖真理的可能性的威胁。为此,诗歌存在于"两者之间",位于表现主观性的欲望和知晓语言只能标志着那一主观性死亡之间:

这是梦。这是寓言。这是我自己的墓志铭。……我不知道从什么时候起,就遗失我自己……我在自己建造的囚牢里久久哭泣着,始终和别人素不相识,连自己对自己也永远陌生……

(《自己》)

因此,其他诗歌关注的是主观性的缺乏。倘若作品没有表现任何角色,主观性就因省缺而不存在,倘若文本中有人称代词,它也被死亡的语义所贬低。无论如何,杨炼诗中使用的人称代词具有相关的意义。在《𠔌》[1]的"自在者说"部分,即结构是按照零、一个或两个空白方框排列的地方,人称代词"我"只在有一个空白方框(批评家宁峰称它为"合"、组合或平衡)的诗行里出现。人称代词在其他两类诗行中根本不出现。在有一个空白方框的诗行里,角色的出现再一次与死亡的语义融在一起,并且这个"我"不再是自我表述、

---

[1] 为杨炼所造象形字,音 yī。

自我言说的，而是由自我之外的某样东西所决定：

>   死亡的语言，侵入我未经防腐的嘴唇……

>   我是我不认识的先知，我是我的遗嘱
>   我说已死的我带进墓志铭的话
>   蛊惑一滴精液
>   又被另一张嘴啐出，布散这死地纯种的后裔……

>   回声不绝
>   我歌唱的间歇，群鸟飞翔……

>   我远离我，累累翻新脱下风尘如脱下镀金的脸庞
>   穿过语言的死亡挥霍不死

（《天》）

有消解主观性的"无限的反响"，只是在沉寂之中，"我歌唱的间歇"，诗歌才发现了它的潜力，创造出"群鸟飞翔"。这种沉寂经常在杨炼的诗歌中提到，它是谈论世界喧嚣中的间歇，而不是让世界为自己说话。它回应道家虚空的观念，肯定了主观性的空虚。在许多诗歌中，在诗行片断中间的空白处找到其形态的表现。它也是被转换成具有深远意义和正面效果的负面空间。于是与空间的关系被理解成语言游戏的局限，并依次被理解成语言的活动，正是它将语言的空缺与主观的空缺联系起来。

从杨炼离开中国的时候起，自我指涉的人称代词"你"便在他诗作中出

现。[1]组诗《面具与鳄鱼》是这种新的作诗法的第一个例子。在题为"摘不掉的面具"的序言中，诗人清楚地阐述了集子的主要关注方面，因而加深了从前作品中已经暗示过的内容：

  我开口说话，一页白纸上荡开不知是谁的回音。诗人和诗已这样对峙了千年。
  或许诗从来是没有的。……每一种语言，因此诞生，因此以沉默为终极的光明：

  万物是蓝
  当我缺席时是那么蓝

"我缺席"，因为"不知是谁"进入了诗歌的文字，角色本身从写作中放逐，成为了"你"：

  无人称的话里肯定有某人
  或许是你
  或另一个你

  而你仍是无人称……

(《鳄鱼十八》)

称作"你"的是一个多少受制于词语和语言游戏的形象，它保持着"非人

---

[1] 这意味着诗人生活中发生的事和他诗歌中发生的事的一种巧合，因此与我正在推论的、文本中的角色是独立于诗人自身的说法想抵牾。然而，这一点后面还会说得更清楚，在杨炼诗歌中其他更加以文本为中心的诸多方面中，这一侧面可以放在其中加以考虑。我在这里愿意把它说成是一种巧合，而不是主要的原因。

称",主观性被剥夺,因此被替代:

> 你不在这里
>
> (《流亡之书》)

在中国之外写的所有诗歌中,放逐的主观性成为共同的关注。因此地理似乎在这方面很重要,但它被认为是物质的置换,是加在相似的、更复杂的心理置换之上的。祖国、汉语本身被作为具有浓郁的异质情调而感受着:

> 我从所谓"中国"的诗人逃到"中文诗人"……探索中文性的内在因素,再逃而成为"杨文的"诗人……我的诗,甚至在我的原文里也是陌生的![1]

正如我们从《面具与鳄鱼》之后的诗集名称《无人称》下已经看到的,由诗歌创造的非人称地位已得到进一步的阐述。那本集子的第一首题为《易经、你及其他》的诗歌再次提出了互文性的问题,将其作为语言中主观性的张力,安放了一个将作者与读者分开的"你"。这里角色(自我称呼的"你")用直接说话的形式引出一个"我",而且只有一次,十分有意义地把诗人的"你"换成了读者的"我":

> 你来了 你说 这部书我读了千年

于是这里的替换形式是从"我"到"你"、从作者的角度到读者的角度,从《易经》的过去到写作的当下。但替换也可以从"你"与文化和地理的疏远中感觉到:

---

[1] 杨炼:《谎言的游戏》,在意大利帕维尔举办的当代世界诗歌会议上的发言,2000年8月30日,未发表。

> 没有故土　在陌生人中间
> 有没有你那座搁置整个东方的小屋

在《无人称》的 70 首诗中，自我称呼的人称代词"你"是用得最多的。只有极个别的例子里"你"明确地有所指，而不是指向角色。[1]

在这本集子的一些诗中，"我"虽出现的不频繁，但也使用，作为一个空泛的实体而出现，身份不明晰，而且被强烈地置换：

> 终于我在众多面孔中成了真空……

> 直到我只能不真实地活着……

> 我的血肉失踪成陌生人的血肉
>
> （《失踪》）

> 地图挣脱我的小小星球
> 逝去　朝另一个人另一座房间
>
> （《隔壁》）

有时"我"成问题地与"你"同时存在。比如在互文性表现得比较清晰的组诗《幻象中的城市》的几首诗中，"你"被用来称呼某个人，角色（我们）希望与此人建立互文对话。然而，"你"和不明朗的角色"我们"之间的距离不确定，让人感到既统一又有分别，既混乱而又是一种巧合。在任何一点下我们都无法确定"我们"和"你"的真正划分，因为诗中展现了互文性的置换，模糊了这一划分：

---

[1] 它们是《戈雅一生的最后房间》，里面的"你"指向世界/政治寓意较强的诗歌，如《一个记忆中的女孩》《为了一个在大屠杀中遇难的女孩》《另一个海伦》和《夏季唯一的港湾》。

>   你不是我们　你是那不能再沉溺的
>   青铜冷却的一刹那
>   从我们嘴里挖走最后的呼声
>   你在我们深处坐下　修饰每一块骨头
>
>   　　　　　　　　　　　　（《读〈地狱之门〉》）
>
>   这样　我们死于你
>
>   　　　　　　　　　　　　（《死于幻象的人》）
>
>   我从你一瞥中目睹自己在变形
>
>   　　　　　　　　　　　　（《母亲》）

《幻象中的城市》可以被认为是一种详尽的尝试，在诗人写作的背后寻找他变化的自我。正如杨炼在 1993 年与李霞（音译）的一次采访中所说，《幻象中的城市》"标志着我从作诗过程本身的迷恋中跳出来，进入了诗歌、现实和存在的混杂世界，这也是这本集子的主旨"。这样，杨炼已经有意地把他的大厦建立在了诗人的自身和诗歌之间的复杂和变化的土地上——由于诗人宣称诗作是非人称的，所以就愈发复杂。

诗歌追求生活的状况，但它所生成的世界与真实没有统一性。诗人知道字词仅仅是字词，但他仍安排字词，选择字词和创造字词，以便主题被他自己对生活的幻象所抵消：

>   死于幻象的人　正如诗人死于一首诗
>
>   　　　　　　　　　　　　（《死于幻象的人》）

相反，一首诗先天是语言的幻象。因为这一点，也成为存在的隐喻。一个最基本的自觉：从不可能开始。总是这样：诗人不知什么是真实，仅仅在逃出知道的"不真实"。这场连续不断的逃亡，不仅是哲学的、政

治的,是语言的本身的……[1]

这种未完成的感觉尤其在杨炼最后出版的诗集《大海停止之处》里频繁流露出来。这本诗集从多方面讲代表着上面已经论述过的最详尽的体现:自我称呼的"你"甚至增多了,而且叙述的并置片断形式、无标点和破碎的言说在结构和意义上产生出一种微妙的开放性。

三个角度共同存在于《大海停止之处》——亲密的("你",第一、第三段的第一、第三部分);社会的("我们",第二、第四段的第一、第三部分)以及诗性的(没有角色,每一段的第二部分)——确保这些不同的思想状态总是比肩地存在,以不同的方式解读相同的经验。

主观性的第一次失误发生在第一段和第三段之间,希望赋予"你"一种意识行动的企图,导致了与其他人的互动:

谁和你在各自的死亡中互相濒临
谁说……
谁和你分享这痛哭的距离

下一次的滑动,从第二段的"我们"到第四段的"我们",尤其有意思。在第二段中,"我们"是为整个一代人(一百年……/刷新我们的名字……一百年才读懂一只表漆黑的内容)以非人称的形式使用的,而在第四段中,他转向了诗人群体。这最后的个人化认同既是一个位置(一个地址),也是移位:

King Street　　　　一直走
Enmore Road　　　　右转
Cambridge Street　　14 号

---

[1] 杨炼:《谎言的游戏》,在意大利帕维尔举办的当代世界诗歌大会上的发言,2000 年 8 月 30 日,未发表。

> 陌生的辞……
>
> 就是一首诗　领我们返回下临无地的家
> 和到处……

它显示出正是写作的共同过程使任何主观性退出了自身的词语，而这个诗人也在观察、等待和结合：

> 我们听见　自己都摔在别处粉身碎骨
> 没有海不滑入诗的空白……
>
> 这是从岸边眺望自己出海之处

因此标题的矛盾修辞法（大海怎能停止不动？）解释了诗中固定的主观性在场的不可能。大海的形象是易变的隐喻。首先，这些隐喻暗示出自我和他者的易变。其次，它们还是语言潮汐和运动的共鸣，支撑起每一种言说，以此种方式承担起一种形象，诗歌在这一形象下隐喻式地谈论它的自我生成。海洋和陆地的结合对于围绕着主题身份的对话来说，也是一个恰切的形象。这占据着一个需要不断加以界定的阈限的和变化的地点。主观身份是时间性的，从不定格，在与他者的关系中不断重塑。这是一种表达不完整的状态，角色在不间断的流动中或消解，或形成。

既然置换以一种永久的自由飘泊的形式呈现，文化置换的一些感觉便失掉了。[1]根据这一视野，"流亡"不再被认为是件坏事，而是诗歌过程的必要，

---

[1] 杨炼为自己的状况下定义时，更喜欢用飘泊（float）而不是流亡（exile）。比如参见与高行健对话的标题《飘泊使我们获得了什么？》，《直立的空间》，上海文艺出版社1988年版，第323页。Oliver Kramer在他关于流亡中国作家的文章《没有所渴望的过去？》中也指出了这一差别，见Michel Hockx编的《20世纪中国的文学场》，Cuzon Press, Richmond, 1999, p.168。

只有流亡才是可能有潜力的时刻。

结语

　　杨炼的诗歌因晦涩而著称。恰如我在这一章里所讨论的，其难懂之处是他希冀从诗作自身的意义负荷中清理符号的企图：这些诗作由于不得不打破现成的语言表述、反叛语言的权威，便变得难懂。但难懂也可理解为诗作让读者去创造，而不仅仅是消费的一种方法，从而在意义过程中承认作者和读者的平等地位。

　　对这一诗学的翻译方法格外有用，因为它表现出意义和形式的差距，企图用各种各样位于不可避免的解读之内的诠释填补那些差距。所以翻译的变动不仅揭示了两种语言的裂隙，而更主要的是揭示了源语中文字的空白和意义的沉默。

　　翻译变动表现出杨炼的诗歌中如何运用不同的手法贬低时间而青睐空间。从动词时态的使用到修辞技巧以及作诗结构，所有手段都指向叙事的非历史发展。

　　我们已看到诗歌的语法是如何正规地呈现强烈并列排比的形式，逻辑和句法连接不经常出现，在表面上毫不相关的一系列片断叙述和抒情方面，诗歌的大框架也是并列排比式的。有时字到字，经常是行到行，实际上从段落到段落，我们作为读者的第一经验就是期待中的连接空缺。因为没有我们熟悉的连接，句子链（以及线形时间）便被各种裂隙、错位和空白破坏，形成开放的并列结构。这些非连接是表述的标识，但也构成不间断的能指对所指的滑动。在这种作诗法中，一词多义、语义模糊和互文性一起认同不间断的写作偶然性。这种不间断的偶然性现在可以被看作不间断的结合、变化和主观性的合适的框架。

　　我已考察了这些诗歌所提供的种种变化和可能性：从早期的作为不间断的诗歌声音的单一自我身份的概念到主观的概念，这种主观是具有不间断的关联性，在自我与他者之间移动，是互动和以语境为基础的。在对主观性的探索之中，与句法和标点符号的游戏为造成一种理论感起到了作用。

不少诗中因没有清晰的角色而为翻译过程的阐释造成了问题,不得不插入人称代词或将动词种类变成名词种类而填补差距。

翻译上的变动显示出,主体与客体、情感及时间之间界限的模糊可以限定出一个世界,其间行动是为客体保留的,仿佛它们不需要自我的干预就能进入生活。

让我们再一次阅读《大海停止之处》,这一作品在许多方面都可看作这一作诗法最充分的体现。在第一部分,我们可以留意到实际上所有的宾语都被作为主语呈现:

> 蓝总是更高的　当你的厌倦选中了
> 海　当一个人以眺望迫使海
> 倍加荒凉
>
> 依旧在返回
> 这石刻的耳朵里鼓声毁灭之处
> 珊瑚的小小尸体　落下一场大雪之处
>
> 死鱼身上鲜艳的斑点
> 像保存你全部性欲的天空
>
> 返回一个界限　像无限
> 返回一座悬崖　四周风暴的头颅
> 你的管风琴注定在你死后
> 继续演奏　肉里深藏的腐烂的音乐
>
> 当蓝色终于被认出　被伤害的
> 大海　用一万支蜡烛夺目地停止

(《大海停止之处·1》)

因此，"蓝总是更高的，你的厌倦选中了"，"一个人以眺望迫使海"，"珊瑚的小小尸体落下"，"你的管风琴注定……继续演奏"，以及"被伤害的大海用一万支蜡烛夺目地停止"，但最重要的主语"我"却不在场。"你"在场，但只以所有格"你的"形式出现，所以不是主语。这个技巧在以前的作品中已经使用过，但在这里更加强烈，它是把行动归于客体（宾语），而不是一个观察中的"我"，同时句法通过将人的行动归之于环境，剥夺了诗歌的主观性。

在第一段的第二部分，句子里充满了名词，表现的形式是限定词＋动词＋宾语＋名词：

> 现实　再次贬低诗人的疯狂……
> 恨　团结了初春的灰烬
>
> 花蕊喷出的浓烟……
>
> 一厢情愿的纯洁的恐怖
> 这一天　已用尽了每天的惨痛……
>
> 孩子们犯规的死亡……
>
> 偶然的仇敌　黑暗中所有来世的仇敌……
>
> 　　　　　　　　　　（《大海停止之处·2》）

诗在节奏上强调的是名词，而不是动词。译者布莱恩·霍顿（Brian Holton）为表现这一特征所采取的选择是强调复合名词形象：非法的；雪白的病房；鬼一样白的鸟；锈色漆黑的一口；吸气吐风；雪白的后跟；再次召回的粉笔；雪白的毒奶；死一样的瞬间；刨开的核桃；上千部分的百科全书；雪白的皮肤；可嚼的粉色果冻；眼窝；早死的光。

读者再也不知道情节，他不得不参与，上演认知行距之间互动的过程。

通过在诗行里降低推论性和解释性成分及程序，通过让情节苍白，通过推崇宾语的广泛再现，这一文本表现出了一种特殊的空白类型，这一空缺借助失落、缺乏和死亡从语义上传达出来：生活的空白、真理的空白，而且从某种程度上讲，意义的空白。

失落的悲怆被清楚地表达出来。作为极端空白的死亡是在场的死亡及意义的死亡，必须陪伴着声音的死亡。

诗人无法想起语言，除非他同时想到空白、失落和死亡：

生者身上的光已死去很久了
空白　就这样到处被画出

(《缺席》)

面具　自空白之页诞生
掩饰空白
又仅有空白

(《面具·一》)

然而空白并非虚无。当语言必须携带空白揭示在场时，抵达意义也就是抵达死亡，但尽管面对语言宣布的死亡，语言的转变就是生活，是意义的生成：

死亡太静，因此万物都在响

(《哭忘书》)

对于这个诗人来说，一切都是从死亡的意识开始的。杨炼诗中的死亡激发出一种奇异的在场和空白的结合（死者说话，活着的死者，流亡中的死者等）。死亡一词具有既死又生的鬼一样的模糊性：它宣布死亡为一种空内核，但这一空无是虚无的空无，却看上去又有所指涉。同其他关联物一样，如"废墟""坟墓""墓碑""埋葬""墓志铭"，死者并非是简单死亡的象征：它必须被视为一个拥有特权的场地，提供出意义和无意义共生的可能性。鳄鱼字词是可怕的，因为宣布了死亡的危险，但字词的神秘寓于诗歌的构造之中：作为墓碑的诗歌是一种揭露空白的活动。但同时也提供可见的东西，标识出似乎失落的在场：

> 与死者最邻近的是一首生者的诗
> 一座可能的墓穴隐匿在天上
>
> （《邻居（四）》）

> 墓碑的陈述绝对明亮
>
> （《刻有不同海洋名称的博物馆窗户》）

废墟、墓碑、死亡地点标志着死亡，揭示出在场。诗歌是一个被词语隐藏的空白场地，它从意义空白中激活意义。

> 是　死亡那类似母亲的眼睛
> 熏香了树木
> 是母亲眼中的死亡诞生一首夏天的诗
>
> （《鬼魂的形式·四》）

原载《诗探索》2003年第1—2辑

孤立之境
——读北岛的诗

一 平

20世纪的后50年,中国文学一件很有意义的事情是《今天》的出现。由1949年到这里,中国文学发生了转折,回到了民间,恢复了其人文精神和语言。《今天》出现于1978年,但其诗人们的创作1960年代末即已开始。北岛是《今天》将这些流散的作品和诗人呈现给社会,改变了中国新诗的趋向。北岛是《今天》的主要诗人,也是其创造者——还有芒克。人们一般把北岛作为朦胧诗的代表,将之创作看作是新时期文学。这实际不确,当然此概念的产生,有中国特殊的社会原因和背景,如果深究一下甚至可以看到1980年代中国政治和文化微妙的运作关系。谈北岛,首先需要将他的创作追溯到1960年代末1970年代初,需要追溯他对《今天》的创办,这是此文的前提。

一

北岛是难懂的诗人,这是1980年代"朦胧诗"命名的原由之一。北岛之难懂有很多原因。1980年代中国许多读者读不懂北岛的作品,责任在于中国1950年代后的政治。几十年的单一意识形态使人的精神、文化乃至语言高度简化,人没有了正常的精神交流。北岛的早期诗作其实挺简单,例如《回答》《太阳城札记》,哪一句不好懂呢?"在那镀金的天空中/飘满了死者的倒影",

是正常的诗歌语言,但是很多人丧失了阅读的能力。对于一个有悠久文化传统的民族,这是悲哀之事。记得这首诗歌发表的时候,有人竟提出这样的问题:《回答》是写于党的某次会议之前还是之后。离开中国当时的政治文化背景,即无法理解北岛和《今天》的出现。《今天》诗歌的真正意义还不在其作品,而是在中国特殊的背景下,其颠覆了权力对语言的操纵,恢复了汉语的人文情态和诗歌语言。这是北岛和《今天》诗人们对中国文学的真正贡献。这些本是二十多年前该说的话,但却一直没有可能。

北岛的诗创作有三十余年了,大体可以分为国内和国外两部分。而我个人将北岛的国内作品又分为两个阶段:1980年之前为早期作品——地下时期;1980—1989年为作者获得中国文坛承认之后的创作。我以为此划分较重要,一方面这是两个历史时期,中国发生了剧烈变化;再者,于历史的变迁中作者自身的精神意识及写作也发生了变化,研究北岛的作品需要注意这一点。

最近国内新出了一部《北岛诗歌集》,是作者30年创作选。诗集将《日子》编为第一首作品,我以为颇有象征寓意。1980年代初,北岛在中国最有影响的作品是《回答》和两首《给遇罗克》的诗,很多人不很注意《日子》这首作品。其实它挺重要,更接近北岛个人,显示了他的孤立性,甚至可以说此诗是解读北岛的一把钥匙。30年过去了,今天再读此诗可以更清楚地看到作者最初的性格特征、社会的位置及写作的立足点和角度。在以后的时间中,作者的创作虽然有许多探索和变化,但此是其生命和写作的一个内核。

《日子》应该是1960年代末或1970年代初的作品,体现的是少年进入青春期的生命状态。北岛早期的不少作品实际上挺传统,甚至有些浪漫,比如《黄昏,丁家滩》《岸》《迷途》《走吧》,甚至是《回答》和《结局或开始》。但《日子》则更有现代性,其表现的不是人的共识,也不是人的渴望和期待状态,而是个人对现实和孤立的接受,清醒冷静,在与社会的分离中孤立地延伸个人的道路。这正是现代人格的特点。"用抽屉锁住自己的秘密/在喜爱的书上留下批语","当窗帘隔绝了星海的喧嚣/灯下翻开褪色的照片和字迹",作者清楚地锁定个人与社会的界线,拒绝外部社会进入,持守个人的孤立,由此伸延个人的生活和内心精神。而在传统社会中,人则是主动进入社会,依靠社会共识和价值而存在。个人孤立，这是北岛人生和写作的基点。"信投进信箱，默默地站一会儿"，既表示对人的期待，又表示与他人关系的间接性。由此可以追索北岛的诗风何以晦涩。现代社会个性空间越大，个人越独立，人之关系也越疏远间隔。当人的言语交流到达边缘的极限就成了暗语，这就是现代诗难懂的原因之一。诗人的隐蔽语言方式间隔了作者和阅读的距离，给个人提供保护。当然奇僻也是诗人语言优越和骄傲的表示，其给人意外的想象和境界。"风中打量行人"，"打量"这个词即具有不信任性、自我保护的距离性，也包括挑衅性的窥测和审视。它是冷静、理性、孤立的，而且有对立性。这正是作者个人与外部世界的关系。特别是到了国外，当外部世界变得更为陌生庞大冷漠，他的这一特点也就更强化了。"在剧场门口幽暗的穿衣镜前／透过烟雾凝视自己"，这是对个人的审视。北岛的诗深邃，原因之一是其有自省精神。当人们开始声讨的时候，他写了《履历》《同谋》："我们不是无辜的／早已和镜子中的历史成为／同谋"，"当天地翻转过来／我被倒挂在／一棵墩布的老树上／眺望"。人对外部世界的深入，实际取决于他对自身的深入。因为人是以自身为刻度来测量对象、完成判断、进行创造的。人类的精神文化最终来源于人生命的内部，人根据其需要而建立自己的精神世界。上帝与魔鬼俱来于人的内心——"罪恶的钻石"（《回声》）。

二

　　北岛的早期作品是以"天空""岸""帆""海""月亮""信""路""星星""灯光""芦苇""木屋""鸟""船""窗口""雨滴""风""芦苇""清晨"等意象表述的——可以说"北岛"的名字即集中了这些词语。这些词语均属于人类传统的诗歌意象——主要是欧洲18世纪至20世纪初的诗歌，"五四"文学将此吸入现代汉语，建立了一种青年知识分子的个人自由主义和人文理想精神。由徐志摩、林徽因、戴望舒、冰心、朱湘、何其芳、冯至到《九叶集》，我们可以看到这一传统。北岛早期作品体现的正是个人自由主义和人文精神，只是更理想更绝对化。由于个人和自由被剥夺，诗人因而在精神上将之绝对理想化了。比如在《黄昏，丁家滩》中，"自由"这个词赋予了爱情绝对的理想性。《雨夜》也同样显示了个人和爱情的可贵，在严酷的专制下个人和爱情被赋予了神圣感。而人性在真正自由的时候，爱情的理想恰恰趋向瓦解。人的行为和精神成反比。"我不是英雄 / 在没有英雄的年代里 / 我只想做一个人。"北岛确实不是一个愿意做英雄的人，"谁愿意做陨石 / 或受难者冰冷的雕像"，"我是人"，"渴望在情人的眼睛里 / 度过每个宁静的黄昏"。由于没有个人和自由的可能，个人和自由的理想最终将诗人导向对社会权力的反抗和挑战。这本是个人的反抗挑战，由于理想的绝对性，而具有了殉难性的悲剧光彩。这就是《回答》："我——不——相——信 / 如果你有一千名挑战者 / 那就把我算作第一千零一名。"一个孤立的个人由此有了道义的悲壮性，因此有了社会之公共性，于是他成为时代的英雄。北岛的长处是他的清醒，他没有接受这个符号，也没有放弃他的孤立，明白"这普普通通的愿望 / 如今成了做人的全部代价"（《结局或开始》）。"英雄"是一个时代偶然凸显的人格假象。"一个人"的意愿拯救了他，而此即是人文精神的意义。

1980年代的中国有了巨大变化，自由和宽松逐渐增长。经过《今天》，北岛的诗由地下到公开，到被主流文化容纳，他已经成为中国重要的诗人、朦胧诗的主要代表。此时他参与了更多的活动，与社会有了更广泛的关系，甚至有几次机会到国外（这在当时尚属特权），无疑他的声名和地位使他比过去有了更多的自由空间和个人权利，但是这期间他的写作却由社会的风潮重新走回个人的孤寂。这时期他的作品发生了三个变化：一是早期的积极理想精神消失——由对理想的歌唱转为对之哀悼；二是更多地学习吸收西方现代诗歌的语言方式；三是对现实和个人进行更冷静深入的表述。长诗《白日梦》大约可以作为代表。

"我们生下来不是为了一个神圣的预言，走吧"，"把钥匙留下 / 走过鬼影幢幢的大殿 / 把梦魇留下 / 留下一切多余的东西 / 我们不欠什么 / 甚至卖掉衣服，鞋 / 和最后一份口粮"（《走向冬天》）。这是个人出走撤离的姿态。他进入某种位置，但又转身走掉。"忘掉我说过的话 / 忘掉被击落的鸟 / 忘掉礁石 / 让它们再次沉落 / 甚至忘记太阳"，"只有一盏落满灰尘的灯"（《雪线》）。如果说

"第一千零一个挑战者"是理想的激情,那么在此他已冷静,更关注真实。"其实难以想象的／并不是黑暗,而是早晨／灯光将怎样延续下去"(《彗星》)。"自由／不过是猎人与猎物之间的距离"(《同谋》)。理想的产生取决于人对现实的认识和期待。认识属于理性,而期待则是生命诉求,二者相互冲突制约。人以自身为中心,其对外部世界的认识越简单有限,便有更多更强烈的幻想和期待。"上帝之死",其实就是科学对人的终极理想的瓦解。北岛早期积极的理想精神有年龄的原因,但更重要的是当时社会的封闭和压制;当中国社会变得开放宽松,作者对人、世界有了更真实广阔深入的认识,积极的理想就变得单薄脆弱了——其可相对一个封闭压抑的年轻生命成立,但对一种开放深入熟知世事的理性却失效。因此,他对理想的歌唱即转为哀悼。今天什么理智可以相信"人类重新选择生存的峰顶"呢?诗人理想的失落是自然的。以后作者反复写过理想破灭的痛苦。《白日梦》的诗题即是对之反讽。当《今天》的作品被社会接受,"朦胧诗"在刚刚解冻的中国召唤起许多青年人理想的时候,作者已经"化作一股冷泉／重见黑暗"(《同谋》)。

这一时期他的作品晦涩冷峻,没有了早期作品的天真和亮度,但他的思考却更坚实深入了,对个人内心有了更准确的表述。1980年代初人们接受的是北岛的理想,实际上他的作品更深处隐含着极度的孤独、绝望和悲哀。北岛有很深的厌世感,他说他曾有过轻生的念头。《一切》这首诗很说明他的内心。十二个"一切",十个都是否定,虚无绝望,只有最后两个属于肯定:"片刻的宁静"和死亡"冗长的回声"。根本地说,北岛的理想是从现世的否定——死亡延伸出来的。"人类重新选择生存的峰顶"当然是至高的理想,但它的下面则正是对现世的绝望和否定。死亡"冗长的回声"既包括对死亡的迷恋——相对于人世,以死亡否定、拒绝现存;也包括对死亡的抵抗——相对于宇宙,对永恒绝对的肯定和追求。北岛的诗即此"回声",这是他写作的中心秘密。

如果说北岛早期的作品是由对现存的否定指向绝对理想,那么之后他则是更具体地叙说世事的荒谬和他内心的荒芜与绝望。生命指向理想——生命的渴望和期待。而当渴望和期待不可能的时候,他便转身落回真实并与之冲突。《白日梦》是中国1980年代一部重要的作品,可惜当时人们没有注意。大概人们没有理解这部作品。这首近五百行的作品结构上不很完整,以"你"的离别为线,随情绪的流动串联起十几首短作。实际这是一部组诗。可能中国诗人不适合写长诗,汉语缺少组建理性秩序的传统。但这部作品还是真实深入地表述了作者1980年代的内心,可以说这是1980年代中国知识分子的一个精神记录。人们说1980年代是中国思想解放的时代,而实际"解放"不过是"人们从石棺中醒来"。在作者笔下这是一个破碎、荒败、绝望和死亡的世界。"新的季节的阅兵式 / 敲打我的窗户",而"向日葵的帽子不翼而飞"。生活:"白马展开了长长的绷带","影子重重叠叠","来苏水味的早晨 / 值班的医生填写着死亡报告";历史:"巨蟒在蜕皮中进化 / ——绳索打结 / 把鱼群悬在高处 / 一潭死水招来无数的闪电";时代:"牌位接连倒下","昼与夜发生了裂缝","热病使羊群膨胀",而权力依然是权力,"占据广场的人说 / 这不可能";文明:"一只铁皮乌鸦 / 在大理石的底座上","那伟大悲剧的导演 / 正悄悄死去";人:"动物园里的困兽","迷失在航空港里的儿童",而"铀,存放在可靠的地方","你们并非幸存者 / 你们永无归宿";我:"心如枯井","地下室空守着 / 你内心的白银"。艾略特的《荒原》中,文明由于"疾病"正在死亡,"伦敦桥塌了",《荒原》的结尾落于"收拾好自己的田野"。而《白日梦》最后一节是死亡的祭祀:"你把一棵棵松枝插在地上 / 默默点燃它们","从死亡的高冈上 / 我居高临下",但"一无所知"。如果说艾略特有个人内心的"田野",有寄托有希望——他尚有天主教和古典主义可以归属;但中国则是人没有归属,其内心的"田野"已经毁坏,"在一家小店铺 / 一张纸币,一片剃刀 / 一包剧毒的杀虫剂 / 诞生了"。

《结尾与开始》《随想》应该是1980年左右的作品,这两首诗的语言有些变化。北岛的语言方式大致是自语或是个体与个体间的交谈,但这两首诗的部分语言则显出诗人对社会群体的言说,流露出个人语言转向公众语言的痕迹。比如:"人民在古老的壁画上","以太阳的名义","让沉重的影子像道路 / 穿过整个国土"。这让人想到1980年前后中国社会群情激昂的情形,诗人作家们意欲为时代立言。但是于作者,这是一个不当的语言姿态——尽管《结局与开始》在中国产生了很大影响,这却不是他的声音。北岛大约意识到了这点,没有过深陷入。《履历》是作者新的语言试探。它是个人的,但力求更口语化直接化:"剃光脑袋","万岁！我只她妈的喊了一声","赤条条","赌输了腰带"。许多读者喜欢这首作品，语言大胆、直接，使人畅意；但是在同一首诗中，我们也可以看到他语言的另一面：隐蔽，孤僻，与"直接化"正相冲突。"冷漠的山羊""蝇眼中分裂的世界""倒挂在／一棵墩布似的老树上"，这些都不是容易理解的意象。以后作者没有保持直接化的语言方式，看来对之不很适应，他还是更喜欢间接和隐蔽。《同谋》内容上可算《履历》的姊妹，但语言更有北岛的特点。它保持了与阅读的距离，在早年的风格中尽力加入"现代"的成分：选用生僻意象，非和谐拼合，增加陌生感、冲突性和紧张性，比如"云母""蝮蛇眼中的太阳""镜子中的历史""同谋"。这批作品还有《回声》《峭壁上的窗口》《关于传统》《雨中纪事》等等。它们体现了作者对"陈旧语言"自觉的蜕变，对西方现代语言方式的积极汲取。之后，北岛语言的现代性更强了，与其早期作品的距离更远，似乎作者对现代语言方式的运用有了信心。《在黎明的铜镜中》中现代语言方式的运用很是娴熟，几乎没有破绽。但北岛在现代语言的运用中难免有夹生之处，比如《八月的梦游者》即为败作，语言松弛，意象颇为勉强。此语病他出国后也还有，我们后面讨论。

三

北岛的诗晦涩，但不是不能懂，更不是没有意义。他的大部分作品寓意坚实，保持着对世界及自身处境的敏锐观察和思考。较之国内的创作，他海外的作品更冷静也更深入，有更多的视角，实际他的创作是更成熟了。当然，他有更多的孤零和内心的冷寂。在国外，北岛《白日梦》中的绝望感减弱了，但幻灭在理性上更彻底了。他看到了，他明白，怨愤让位给理性。他的作品有了更多的反讽，甚至有了玩笑和自嘲，越往后此倾向就越明显。

"来自东方西方相向的暖流／构成了拱门"，"他坐在水下狭小的仓房里"，"自由那黄金的棺盖／高悬在监狱的上方"，"在巨石后面排队的人们／等待着进入帝王的／记忆"(《无题》)。我们将这里的"自由"和"自由的白玫瑰"之"自由"、"自由不过是／猎人与猎物间的距离"之自由相对比，即会看到作者的精神和写作的前后变化。《黄昏，丁家滩》中，"自由的白玫瑰"的中心是性；同时它被绝对化了，成为绝对精神——"月亮的指环"，由此人的存在被理想化了，其赋予人的存在以"自由"之神圣意义。"自由的白玫瑰"是生命绝对的期望和要求——神话。因此说它是简单的，甚至浪漫。但是在《同谋》"自由不过是 / 猎人与猎物间的距离"中，其"自由"的概念已经不再简单，它的绝对精神性熄灭了（其表现的即此熄灭），也没有性指涉，它是人"存在"的命题，但包含政治指涉。诗人表述人不可能得到"自由"，自由只在争取自由的过程中。这是一个悲观的表述，但也还是肯定了人行为的意义——人有争取自由之必要。"医生举着白色床单 / 站在病树上疾呼 / 是自由，没有免疫的自由毒害了你们。"（《白日梦》）他对"自由"的意义是失望的，但没有放弃抗争，因为争取自由即自由本身。但是《无题》中，自由却仅是人"存在"的命题，没有政治蕴含。"来自东方西方相向的暖流 / 构成了拱门"，这是一个世界，"自由"作为人存在的哲学命题，对所有的人一样：人没有自由，或"在巨石后面排队的人们 / 等待着进入帝王的 / 记忆"，或"黄金的棺盖 / 高悬在监狱的上方"。人存在即监禁，"自由"只是人昂贵的期待和神话想象。由"自由的白玫瑰"到此，这是一个自由神话的破灭和完结的过程。

为此，"词的流亡开始了"。这一句很重要，包括作者赋予写作的意义。明了地说：写作即人对于存在的流亡。"流亡"这个词是出走和放逐，是为了自由，却不是得到自由。人不可能于存在中得到自由，真正获得自由只有进入绝对精神——宗教。但那不是北岛的期待，"海鸥，尖叫的梦 / 抗拒着信仰的天空"（《远景》）。他的写作始终相关人的存在和处境，特别是他个人。写作即他的抵抗和自由。在他的笔下，人世荒谬、坚硬，充满死亡，他置身其中，而他的言词——生命之泉——由交错的缝隙间流走，携泥沙暗痕，返身汇集映射倒影。《新世纪》："我们读混凝土之书的 / 灯光，读真理。"《创造》："一只狗向雾狂吠 / 船在短波中航行。""电梯下降，却没有地狱。"《完整》："当完整的罪恶进行时 / 钟表才会准时 / 火车才会开动。"《醒悟》："那交响乐是一所医院 / 整理着尘世的混乱。"《钟声》："带暴力的孩子们 / 黑烟一样升起。""这是死亡的钟声。"这些言辞在北岛的诗中比比皆是，他的确不相信这个世界，他在死亡"冗长的回声"的那一端。

　　北岛的出走有政治原因，但他的写作却未曾意识形态化。20世纪的历史教育我们，将人事政治化甚为危险，因为它会将人类丰富的存在简化为权力和即时，最终是消灭人性和文明。文学包含对政治——任何政治——的距离和抵御。社会按照符号概念组织，依等级建立秩序，按一致的规则运行，并以武装为保障，通过权力来管理，等等。此是人类组建社会的必须方式。由是人作为具体个体，人性的被侵犯伤害侮辱也就不可避免，其是人存在的必然代价。而面对时间、宇宙和死亡，人无限微小脆弱，不幸是人的绝对命运。由是文学也就有了人文精神的绝对理想——人性乌托邦——维护人性，抵抗世界，抵抗现实，此是生与死、生命与物质、个人与制度、人性与权力、精神与现实的平衡。北岛早期写作，办《今天》出于此；他写于西方的作品也还是基于此。只是前者更积极、理想；而后者更消沉颓丧，矛盾于放弃和持守之间："我的头发白了／退休——倒退着／离开我的岗位"（《岗位》），但同时"老去已经不可能，老去的／半路，老虎回头"（《夜巡》）。

　　流亡者是一个政治符号，他需要扮演此角色，并被镶嵌在另外的版图上，这是他在西方生活的代价，也是他的尴尬。过去许多东欧作家反复写过这个主题。对于诗人这是一件痛苦的事，是另一重意义上人格的丧失和被伤害，人最终还是未能逃脱权力与政治。"他侧身于犀牛与政治之间／像裂缝隔开时代"（《一幅肖像》）；"我沿着陌生人的意志攀登／那自行车赛手表情变形／他无法停下来，退出急流／像弹钢琴的某个手指"（《东方旅行者》）；"我把影子挂在衣架上／摘下那只用于逃命的狗的眼睛／卸掉假牙，最后的言语／合上老谋深算的怀表／那颗设防的心"（《夜归》）；"我伪装成不幸／遮挡母语的太阳"（《毒药》）；"回家，当妄想收回一缕青烟／我的道路平行于／老鼠的隐私"（《回家》）。证实此问题是对一个作家真实性的考验，扮演一个英雄有种种政治的需要，有时甚至是道义的需要，但是于人性并不真实，其一定遮掩了某些溃疡。文学非同于政治和道德，因为它维护人性，而真实是其基础。"我像个伪证人／坐在田野中间／大雪部队卸掉伪装／变成语言"（《无题》），语言的意义之一是恢复存在和人性的真实。

"船只登陆／在大雪上滑行／一只绵羊注视远方／它空洞的目光有如和平。"(《晚钟》)一个流亡者,意谓个人生命的突然截断。以往:作废死亡;新境:陌生绝缘。船只航行陆地,举步维艰,他陷于彻底的隔绝与孤立。如果说《日子》《白日梦》之孤立是其个人的选择,有其骄傲与自信,是主动的,"居高临下";那么流亡之孤立则全然被动,他是个流落者异乡人,不是拒绝,而是被拒绝。"我被辞退,一封信／带着权威数字／让我承认他们的天空／是的,我微不足道。"(《代课》)生命之根拔于泥土,置于石间。一柄桅杆无论多么孤独,但如果它在水中,舟即为舟;但如果搁置陆地就是另外的事。一个诗人突然置于异域——另一种文化和语境,即中断了生命的延续,新的背景中他半生的经验、思想、语言、写作及身份变得没有意义。这一切都成为围困他的蚕茧,使之更隔绝,他的孤立有了新的含义:"改变了夜的方向／山崖上的石屋／门窗开向四面八方";"醒来是自由／那是星辰之间的矛盾","我是被你否认的身份／从心里关掉的灯"(《无题》);"当一块石头裸露出结局／我以此刻痛哭余生"(《在天涯》)。北岛清楚自己的处境,体验甚深,不自欺是其性格坚韧所在。"我从风暴和暴行中回来／穿过四季的门／在下着雪的房间里／找到童年的玩具／和发条上隐秘的刻痕。"(《发现》)把这个"我"和《日子》中那个"毫无顾忌"的少年、《回答》中的青年勇士、《白日梦》中那个孤立骄傲的对抗者比较一下,就感到"我"之苍凉。这是一个失败退守的姿态,他不再"居高临下",承认自己"是的,我微不足道"(《代课》),"失败之书博大精深／每一刻都是捷径／我得以穿过东方的意义／回家,关上死亡之门"(《新年》)。文学的人文意义多来自人的失败,是由于命运的绝对不幸而有悲剧,这也是文学给予人世的奉献。胜利的尺度是权势,它使人趋向简单和坚硬,而失败使人解脱权势的眼障和限定,看到真实和复杂——"博大精深",是接受失败使人归复人性的丰富。"夜的背后／有无边的粮食／伤心的爱人。"(《远景》)人们所说的那些伟大的作品,其实都是关注人的不幸和失败。正是由此,它们展现了复杂丰富的人性以及对人广阔的精神关怀。"爱失败的人／那察看时间的眼睛。"(《关于永恒》)

"怀念""回家""祖国""母语",这是北岛国外作品中反复出现的主题。由于异境的困难,这些变得重要了,它们是防守之盾,抵御之城。"这脆弱的时刻／敌对的岸／风折叠所有的消息／记忆变成主人"(《无题》)，置身孤境，记忆是家园。但是他清楚以往已经消亡，"比故事更陌生／比废墟更完整／说出你的名字／它永远弃你而去"(《无题》)；但是他无法阻止怀念，以往是他的安慰、意义、力量的源泉，"流亡者的窗户／对准大海深处放飞的翅膀……／是昨日的风，爱情"(《毒药》)，"往事令我不安／它是闪电的音叉／伏击那遗忘之手的／隐秘乐器"(《回家》)；但是他亦嘲讽自己这是"从死者的眼里／采摘棉花"(《否认》)，迷恋过去意味失败、衰老和死亡，于是他又表示对之拒绝，匆匆逃避，"果园没有历史／梦里没有医生"，"逃离纪念日／我呼吸并否认"(《否认》)。这些矛盾和纠缠无非说明他不能解脱。以往之命题在他的精神的高点体现为悲剧："余下的仅是永别／永别的雪／在夜空闪烁。"(《此刻》)精彩之句，可为经典，失败、丧失、死亡在绝对的时间宇宙中具有了绝对的意义。

北岛最早使用"祖国"这个词是1970年代初的《太阳城札记》，我记得在他国内作品中"祖国"只用过这一次。但在流亡中，作者重新启用了"祖国"这个词："我对着镜子说中文……／苍蝇不懂什么是祖国"(《乡音》)，"临近遗忘临近／田野的旁白／临近祖国这个词／所拥有的绝望"(《不》)，"回到叙述的中心……／像祖国之子／暴露在开阔地上"(《怀念》)。这个词的使用不是出于理念，而是孤独的生命之音。作者于异域的孤立中，潜在地给个人身份一个类属认定，体现诗人与所处境域的微妙分离，对"家园"的归属实际是对外界的抵御。"仅仅一瞬间／一把北京的钥匙／打开了北欧之夜的门／两根香蕉一只橙子／恢复了颜色"(《仅仅一瞬间》)，是家乡的记忆安抚了孤独的寂寞和恐慌。人有群体和文化的属性，生命会自然地趋向这里，生命有此需求，无论你有怎样的意识和观念。"古老的文明／常使我的胃疼痛"(《仅仅一瞬间》)，"覆盖死亡的地图上／终点是一滴血"，但是"清醒的石头在我的脚下／被我遗忘"(《在路上》)。人对归属的渴望超乎现实和理性，也不在于道德和价值，因为它来自生命之底的孤单，是人性深底之源。如果有人一定要对之否定，或将之政治化，那或是自欺，或是出于权力的残酷。

北岛写于国外的作品中，和"祖国"相关的词语，还有"家""回家""乡音""母语""故乡""北京""乡愁"等等，它们都属于此命题。由于家乡不能抵达，母语便突兀出来。"我对着镜子说中文⋯⋯/ 祖国是一种乡音"(《乡音》)，"在母语的防线上 / 奇异的乡愁 / 垂死的玫瑰"(《无题》)。人类有如生物，异体细胞进入本体，彼此有抗性。语言蕴含文化密码，并承负人的记忆经验。当"我"失去家园并作为异体受到排斥，母语便有家园的意义，提供认同和保护。世界各地的侨民在使用当地语的同时大多保留母语，并也多坚持让孩子学习——虽然没有实际用处，但有此语言能力的孩子比没有此语言能力的孩子，一般有更强的自信力和适应力。母语给人心理上提供文化的支持和防卫。人对母语的强调反衬其于异域的障碍和孤立。一个有趣的现象，注意一下北岛的国外作品。他居住西方，诗的意象选择和组织都更有西方现代色彩，但是他作品的语音则加强了汉语性。和早期作品比较，其语音更口语化，旧话说是乡音浓了。比如语气词的使用："休息吧，疲惫的旅行者"(《在天涯》)，"哦，岁月的愤怒⋯⋯/ 哦，出发的意义"(《抵达》)，"荒芜啊"(《无题》)；句子缩短，语音更放松，与呼吸气流和谐："你必须忍受年龄 / 守望田野 / 倾听伟大事业音乐中 / 迂回的小径"(《无题》)；更多地使用口语："为什么不说"(《练习曲》)，"又是一天"(《第五街》)，"再来点盐"(《夜空》)，"红灯亮了"(《开车》)；以重复设置音境，体现诗的整体感："在冬天转车 / 在冬天转车"(《夜巡》)，"我调整时差⋯⋯// 我调整时差⋯⋯// 我调整时差 / 我调整时差⋯⋯"(《在路上》)；利用中断，增加音节的力度："不，简单 / 但并不多余"(《无题》)；使用排比、连锁强化语音的回旋："是历史妨碍我们飞行 / 是鸟妨碍我们走路 / 是腿妨碍我们做梦 // 是我们诞生了我们"(《新世纪》)，"是父亲确认了黑暗 / 是黑暗通向经典的闪电""是笔在绝望中开花 / 是花反抗着必然的旅程"(《零度以上的风景》)，等等。

四

北岛在国外写了许多关于写作的诗。我做了一个统计，新出版的《北岛诗歌集》中，后 4 辑写于国外的 118 首诗中谈及写作的有 38 首，占 32.2%，比例相当大。而前两辑写于国内的 50 首诗（不包括长诗《白日梦》)中谈及写作的只有4首，占8%。何以如此？如果说写作的对象是生活，而写作本身成为写作对象，即说明诗人关注和生活的范围相应缩小。一般来说人在异域眼界开阔了，但他实际参与的生活却更狭小了，于是写作便成为支撑诗人个人存在的主要形式，我写故我在。这是北岛的一个重要特点，体现了人存在的某种危机。

中国作家在西方用汉语写作，经翻译而被西方文化界所接受，是很特别的情况，全部不过三五人而已。北岛有幸在内。但这不是正常写作，他的作品不能进入中国，少有中文读者；而在西方他的作品亦属边缘，而且要经过翻译。说到底他的写作很孤立，在边缘之处，没有实现写作的完整意义。这是北岛的另一重困境。"失魂落魄／提着灯笼寻找春天"，"钉子啊钉子／这歌词不可变更／木柴紧紧搂在一起／寻找听众"（《我们》）。孤独使人更关注自己，而孤立的写作也同样。他需要不断地关注它、思考它、强调它、认定它，阐述自己的困惑与质疑。写作有如"心病"。大概这就是北岛写了那么多此类作品的原因。他是明白人，看到写作的黑暗、荒诞、空无："我的影子很危险／这受雇于太阳的艺人／带来最后的知识／是空的。"（《关键词》）但写作是他存在之根，是他于世界只能的意义，因此他赋予写作绝对之意义。"生命是一个诺言……／而诗在纠正生活"（《安魂曲》）；"是笔在绝望中开花／是花反抗着必然的旅程"（《零度以上的风景》）。对于他来说是语言抵抗存在、带领生命，诗是生命的真理。"钻石雨／正无情地刨开／这玻璃的世界"（《写作》），"歌手与盲人／用双重光辉激荡夜空"（《在路上》），"考古学家会发现／底片上的时代幽灵／一个孩子抓住它，说不"（《新世纪》）。联系"词的流亡开始了"，可以看到他最终是否决此世并与之作对。诗代表那个绝对的世界："绝对的辨音力／绝对的天空"（《知音》），"必有人重写爱情"（《我们》）。由此，我们就回到他的《回答》："我——不——相——信。"尽管北岛的作品前后有很大区别，但有他内在精神的一致性。

我们看这几句："在通往阐释之路上／杜鹃花及姐妹们／为死亡而开放"（《无题》），"还有语言的坚冰中／赎罪的弟兄／你为此而斗争"（《边境》），"一首歌／是一个歌手的死亡"（《午夜歌手》）。这里有殉道性，这是北岛诗的力量所在。北岛国外的作品不如早期纯粹，颇斑杂，但他的诗有时依然会显出绝对的力量，这是一般的诗人不具有的。前面我已经引用了不少诗句，可以再引用几节:"我是没有尺寸／飞翔的夜／我带着一滴／天堂的血"(《收获》);"夜空:关闭的广场／一道光芒指出变化／移动行星／我们开始说话"(《夜空》);"充了电的大海／船队满载着持灯的使者／逼近黑暗的细节"(《晚景》);"大海骤然生辉／船只四处追逐夜色／带着灯,那天使们的水晶"(《夏季指南》);"母亲的泪／我的黎明"(《无题》)。

什么是北岛的绝对指向?不是宗教,宗教有道德性,非尘世;也不是智慧,智慧非情感;也不是自然,自然在人之外。北岛的中心是人,"永恒,正如万物的耐心／简化人的声音／一声凄厉的叫喊／由远古至今"(《在天涯》),而人是不幸的——"那镀金的天空／飘满无数死者的倒影",这是北岛对人的终极认识。一方面是对人的绝对肯定和要求,一方面是人的绝对不幸,二者展开极端的对立和冲突,这构成了北岛的诗界。"夜在法律上奔走","总是有一种原因／一只狗向着雾狂吠"(《创造》),于是"词的流亡开始了"。他的词语不是超然而去,而是在相应的引力间与人的存在对立,"保持危险的平衡"(《钟声》)。"一首歌／是棵保持敌意的树／在边界另一边／放出诺言／那群吞吃明天的狼"(《午夜歌手》)。将人绝对化,那么人的所有人文限定也即瓦解,"人"成为"生命",而生命本身包括黑暗、暴力、非理性。心——"黑恶的钻石",可以是"天使的灯","天堂的一滴血";但也是"毒药"、"黑暗","蒸汽火车头／闯进教堂"(《午夜歌手》)。西方古典主义正是在这点转向现代主义。由《黄昏,丁家滩》《回答》到诗人的国外作品,也可以看到此变化。但是人承受不了绝对,最终无法接受无限定的生命,因此现代也就自然地转向了后现代。

五

生命有限,人的存在有限,如果人不毁灭,亦不寄托于宗教,即须接受局限和欠缺,将有限作为存在的前提与之妥协。因此西方现代主义转向后现代主义有道理,其文明是更理智更成熟了。"恺撒的归于恺撒,上帝的归于上帝。"放弃人不可能的期愿和要求,将妄想转为明智,将未来转为现在,将拒绝转为介入，将对立转为迁就，将愤慨转为玩笑，由无穷回至有限。如果说仰望天空，人生是永恒之悲剧；那么就让我们垂下眼睑，让它成为通俗喜剧。

《第五街》的最后一节挺有意思："一缕烟指挥 / 庞大的街头乐队 / 不眠之夜 / 我向月光投降。"北岛固然骄傲，"高叫永不"（《晨歌》），但"投降"还是必需。堂吉诃德在第五大街进入橱窗。后现代不可抗拒，它是生活潮流，也是生活的真理，因为人不可能是别的样子。北岛的国外作品明显地增加了后现代文化的色彩，游戏、玩笑、反讽、自嘲、日常化、随意性被带入诗中。"我放上音乐 / 冬天没有苍蝇"（《乡音》）；"到处是退休者的鞋 / 私人的尘土 / 公共的垃圾"（《岁末》）；"太阳伞礼貌地照顾我 / 太阳照顾一只潮虫"（《午后随笔》）；"让我们分享这煮熟了的愤怒 / 再来点盐"（《夜空》）；"古董，假货和叫卖者的 / 智慧都蒙上了灰尘…… / 你看到窗户里的广告 / 明天多好，明天牌牙膏"（《嗅觉》）；"我凌晨三时打开罐头 / 让那些鱼大放光明"《午后随笔》是首随意戏作，"女侍沉甸甸的乳房子 / 草莓冰激凌"一句是性玩笑。《问天》有语音的实验性和游戏性，类似打油。这些体现了作者的妥协，无论他怎样愤世嫉俗，可是他得承认，世界就是世界，人无可奈何。北岛诗中的后现代成分和他的那种绝对的诉求是矛盾的，它们常常出现在同一首诗中，这是一种特别的文化现象。比如《在路上》："覆盖死亡的地图上 / 终点是一滴血"，同时有"游客们的草帽转动 / 有人向他们射击"；"绝对的辨音力 / 绝对的天空"，同时有"一只管风琴里的耗子 / 经历了风暴"。《写作》："钻石雨 / 正无情地刨开 / 这玻璃的世界"，同时有"打开水闸，打开 / 刺在男人手臂上的 / 女人的嘴巴。"《夜空》："一道光芒指出变化 / 行星移动 / 我们开始说话"，同时有"这煮熟的愤怒 / 再来点盐"等等。看来接受后现代不可避免。不甘心妥协，而又必须妥协，而妥协又加深内心的不安。艺术、诗均是人精神之幻，其光彩产生于绝对——生命必有终极的指向，如此才有至高的境界；其与现实有强烈的张力和反差，人才能致幻。丧失这点，艺术和诗歌即瘫痪瓦解。但是人却不能不妥协，这不是由于现实的强大，而是人那个终极目的的消失。科学一旦发现日月的物质性，其神话即消解。

幻想和理性成反比。当人认识到荷马吟诵的不过是衣衫褴褛的部落厮杀，人还可能再写英雄神话和史诗吗？战后西方诗、音乐、绘画均趋于衰落。有人批评西方当代艺术想象力的贫竭，但为什么贫竭？其实是人对自身有了更真实深入的认识，不可能对人再有更多的期望和幻想。而人失去终极目的和幻想，艺术即失去创造的动力和意义。理性发展，幻想消失。尼采说："上帝死了。"他以为英雄可以取代神，可是人最终看到人也仅是一种动物，那么他还有什么可以相信期待的呢？后现代主义标志着西方人文神话——由文艺复兴到现代主义——的完结。

　　北岛国外的诗篇幅更短，语言更简约含蓄，有更大的间隔和跳跃。他的诗纳入了更多的现代词语，比如"水泥""汽油""非法""救护车""罐头""时差""旅馆""停电""作证""咖啡""齿轮""退休""鞋""面具""平行""电话""报纸""公共"等等。他采取非同类词语和意象的硬性拼合，打破日常思维，构制超现实空间。比如"非法的气候"；"大雪部队卸掉伪装"；"风暴加满汽油／光芒抓住发出的信"；"星期五在冒烟"。他的词语常常搛入生活的细节，比如："有人在公园读报"（《开锁》）；"我悠闲地煮咖啡／……我加了点糖"（《乡音》）；"小城贴满了电影海报"（《剪接》）。但作者又由此把诗带入超现实的想象，"楼梯深入镜子／盲人学校里的手指／触摸鸟的消亡"（《另一个》）；"死亡的乐器里／充满了水"（《二月》）；"街灯，幽灵的脸／细长的脚支撑着夜空"（《布拉格》）。生存的具体现实和精神的超现实幻想，构成诗人的艺术世界。北岛大量使用空白——停顿、跳跃、省略、凝缩词语，以加强诗的浓度，给读者以回旋想象的空间。这也是他的诗难懂的一个原因。他对当今诗的批评是：水分太多，他希望自己以后能写三五行的诗，就此他有中国诗的传统。我们看《纪念日》，此诗大概是纪念《今天》创刊，但作者没有加注，因此它可以成为每一个人的不同纪念，有纪念的普遍意义。全诗只有七行，第一节一行："于是我们迷上了深渊。""于是"之前的内容完全省略了，他交给读者自己去唤醒记忆，如果读者没有此经验即无法进行阅读。第二节："一个纪念日。"由事件发生到对之纪念，跳跃了漫长时间，其间是巨大空白，留给读者用自己的经验去填补。后一节写事情在时间中死亡，并在时间中成为人的记忆，由于记忆而成为人黑暗存在中永恒的知识。诗起于沉默，归于沉默；往昔在时间中死亡，在时间中永恒。作者还有一首短诗《无题》，只有六行，"比故事更陌生 / 比废墟更完整……"甚精粹。我对北岛作品最认同之处是简约。现代文明的问题是人说得太多、物像太多、符号太多，人陷于其中日益脱离真实和本质。今天人类不是艺术贫乏，而是物像泛滥。人的精神需要的不是数量增多，而是消减，直至使人归复沉默，由沉默归复自己。可能这倒是写作的一个意义——由言导默。

1980 年代后，北岛即很自觉地吸收西方现代诗艺。他有许多出色的作品，但也常有勉强生硬之处。如果说"带暴力倾向的孩子 / 黑烟一样升起"(《晚钟》)为传神，那同一诗中"裙子纷纷落在树上"则是败笔。"在路上"，"我调整时差 / 于是我穿过我的一生"，用语甚准确；但"腹中躁动的婴儿口含烟草"则与之距离太远。"街灯，幽灵的脸 / 细长的腿支撑夜空"(《布拉格》)，想象非凡；而"含果核的情人"(《中秋节》)就甚勉强。"我借清晨的微光磨刀 / 发现刀背越来越薄 / 刀锋依然很钝"(《磨刀》)，大概这该归于散文。"当陌生人的骄傲 / 降下三月雪"(《教师手册》)，甚牵强。"花粉与病毒 / 伤及我的肺及 / 一只闹钟"(同上)有做作之感，似乎没有必要用这么多的现代装饰。"太阳的螺旋桨 / 驱赶蜜蜂变成了光芒"(《边境》)，我似乎很难原谅这一句，大概这也是他最糟糕的句子。我想追问一下，作者有那么多如此出色的诗，为什么会出现如此幼稚的语句？甚不平衡。我想这大概是面对纷杂的西方现代艺术，作者语言自信动摇而产生的失误，刻意"现代"实为有害。

中国新诗的历史不到一百年，加上战争革命，留给我们的语言遗产甚为可怜。1960 年代末中国出现的《今天》诗人，除郭路生外，他们受翻译作品的影响远大于前辈。在中国当时的状态中，"五四"以来的新诗不足以帮助他们表达自己，他们是受西方现代诗的启示，从汉语口语找到了自己的表述方式。当时他们表达内心的要求重于形式追求——形式因表达的需要而产生，他们的作品虽然简单，但有震撼力。就中国当时具体的背景，是石击沉潭。但由于没有传统，没有文化准备，因此 1980 年代中国开放后，面对大量西方的翻译作品，诗人们目不暇接，马上感到自己"语言突然变得陈旧"。1980 年代，中国诗人的困难实际不是文化专制，而是文化的辨识。面对西方几个世纪中那么多的主义、流派、大师、杰作，他们的确乱了阵脚，没有人清楚汉语诗应该怎么写，什么是诗的标准。"现代主义"风行，当时的诗人中一句流行的口号是"赶上翻译的速度"。诗人们充满激情地进取追求，但也混乱和浮躁。这是一个诗歌语言变更、探索和实验的阶段。今天我们可以对之有很多批评，"在箭猪般丛生的年代里/谁又能看清地平线"（《关于传统》）。我提这些是要说：汉语新诗的语言创造异常困难，因为缺少传统，因为长久的文化中断和破坏，也因为汉语面临异常复杂的中与西、过去与现在的文化的差异和冲突，还有现代文明中诗本身也趋向没落被挤向边缘。因此中国诗人的语言创造异常孤立，没有相应文化背景的支持和呼应。在此境况中，诗人很容易丧失自己，被风尚所左右，对此特别应该警惕。

汉语长时间处于封闭的状态，如果它面对世事必须开放，那就只能接受往昔的解体，被迫接受语言的挑战，主动让它的字词重新进入世界，随同生命的参与而重新获得广阔的言说能力。实际上20世纪中国由文言到白话的变革，其意义即在此。之于汉语，诗人流亡即言语之流亡，其使命就是于异域以生命为泥土播种言辞的种粒，为汉语开拓新的地域，汲取新的养分、经验，增加其光色、范畴、质量，扩充言说的空间和内涵。诗人是语言的祭司，看守语言的质量、意义，为其开拓道路，增添光彩。当今汉语是弱势语言，对此诗人应该看到并承认，但是汉语诗人的命运和责任亦在此——在开放的状态中恢复、继承、调整、吸收、丰富、创造。世界在相融中，同时也在冲突和混乱中，没有谁能够"看清地平线"。当我们在种种纷乱庞杂中感到茫然困惑的时候，宁可保持生命的质朴。"心是看家狗/永远朝向抒情的中心。"（《借来的方向》）"心"是语言发生的最终根据，而其他都是外在的。而20世纪六七十年代，中国在那样的封闭和专制中，依然产生了由郭路生到《今天》一批优秀的诗人。虽然他们微弱简单，但他们留下了一个可贵的传统，即以心歌唱，以心抵抗权力，也以心抵抗种种喧嚣。其实，这正是人类文明之根。

原载《诗探索》2003年第3—4辑

一位唯美的现代诗人
——唐湜先生的诗和诗论

谢　冕

我从事诗歌研究受到了许多前辈诗人和学者的启迪。而在诗歌批评方面，特别是在诗歌的文体和文风方面，给我以最深刻、也最直接的影响的是唐湜先生。我在初中时代便喜欢诗歌，1940年代后期，在决定中国命运的光明与黑暗际会的时刻，一个少年人把对国事家事的焦虑和期待，都集中到了诗歌上面。那时节，《王贵与李香香》或者是《王九诉苦》，对于生活在国统区最南端的中学生来说，是遥远而陌生的。而上海和香港那时就成了提供精神文化资源的可靠的"后方"。我就是这样地接近了《中国新诗》、《诗创造》、星群出版社、森林诗丛，以及它们的编辑和作者们。这些闪烁在乌云笼罩的沉沉暗夜里的"严肃的星辰"们，给我寂寞而悉苦的心以慰藉。唐湜先生（还有后来被称为"九叶诗派"的一群）就这样走进了我的视野——尽管我们的相识是迟到的。

唐湜先生的著作非常丰富，他有非凡的想象力和不竭的诗思。第一篇《海上》写于1943年，他要找"渴慕已久的北斗星"，因为它"刚强的屹立"。1940年代中期他有一次"诗意的洗礼"[1]，一周间写了一部《交错集》和两章长诗。这些诗作反映了当时社会的动荡和自己天真的幻想，乃是所谓矛盾交错的

---

[1] 唐湜：《我的诗艺探索》，《唐湜抒情诗选·霞楼梦笛》代序，人民文学出版社1993年版，第3页。

产物。唐湜先生的创作最辉煌的时间,应该是在1940年代后期,他那时充满着期待和憧憬。他借悼念朱自清先生的机会,表达了他对即将开始的时间的信念:"我已看到在混凝土的地层里／一个新人类的早晨／已经发亮,树林下有遥远的／海,沉沉的云预言似的／下垂,呐喊,熊似的生命／众多的手臂是人们的森林。"[1]

唐湜当年意气飞扬,诗思如涌。他的一首题为《诗》的诗中,表达了诗歌对时代的期许:"诗如其可以在生活的土壤里生根,它应该出现在生活的胜利里。""果实是为了花的落去,闪烁的白日之后才有夜的含蓄。"[2]在这首诗中,唐湜还表达了在新时代里新生的意愿:"主呵,苦难里我祈求你的雷火,烧焦这一个我,又烧焦那一个我。""圆周重合,三角揳入,在自己之外又欢迎另一个自己。"在同一期刊物里,他还有一首《剑》,也表达了更新旧我的决心:"我曾想爱一把剑使自己流血／痛苦里我创造一个崭新的自己／有剑的锋利,水的坚韧／更有年青的野兽那样的奔突直前。"他的这种埋葬旧我、呼唤新我的声音,让人想起穆旦后来引起恶评的《葬歌》,但唐湜的作品比穆旦提早了大约十年。

唐湜自述,他年轻时常与同学"倾听欧洲的诗人们在明媚的湖畔歌吟,有时听着雪莱的云雀鸣啭,济慈的夜莺轻啼,有时也进入一片象征的森林漫游。浪漫主义的激情引起了我的狂放不羁的幻想"[3]。欧洲19世纪的浪漫激情与中国当时社会正在进行的巨变的现实的结合,构成了唐湜这个阶段诗歌的基本精

---

[1] 见唐湜:《手》,《中国新诗》第2集《生命被审判》,森林出版社1948年版,第1—2页。此诗发表时署名迪文,并有作者附记:"朱自清先生于1920年前后曾在浙江温州中学任教三年,温中的校歌就是他写的。'雁山云影,瓯海潮踪,看钟灵毓秀,桃李葱茏——',现在仍然在我心里袅袅不息,朱先生写了不少关于温州风土的文章,《梅雨潭的绿》就是每一本教科书上都会有的。作为一个故乡山水的爱好者,我对朱先生有着一种沉默的向往——一种脉脉的活动如秋雨后的微思,但我更爱把朱先生看成这个时代受难的到处给人蔑视的知识生活的代表,从他身上看出人类的受难里更深重的知识的受难,他的'背影'是很长的。"《霞楼梦笛》收入此诗,见该书第17—19页。

[2]《中国新诗》第2集《黎明乐队》,森林出版社1948年版,第10页。

[3] 唐湜:《我的诗艺探索》,《唐湜抒情诗选·霞楼梦笛》代序,第3页。

神。从根本上讲,他是一位注入了现代精神的"唯美"的诗人。后来他把自己的一部诗集定名为《幻美之旅》,另一部诗集定名为《遐思——诗与美》,他在后者的前记中说,"诗应该有纯净的美","一切美都应该是抒情的"[1]。唐湜除了致力于抒情的十四行体写作之外(在中国,他的十四行体写作的产量可能是最为丰硕的,计达一千多首),他还是叙事长诗最忠实的实践者。从《英雄的草原》[2]开始,此后又有《海陵王》《泪泉》以及叙事诗集《春江花月夜》等多种。

唐湜在九叶诗人中身兼诗人与评论家的双重身份,诗和诗论都取得了引人注目的成就。诗的成就特别表现在十四行体和长篇叙事诗的写作上,而我更愿意强调他在诗歌批评方面的成就,甚至可以说,后者超过了前者。无可置疑,评论是他诗歌写作中最为鲜丽的一笔。唐湜的诗歌批评开创了一个崭新的风格。他自认为是"以抒情风格来写评论","我是要引导人们进入诗的王国去欣赏奇异而鲜艳的景色,我想在自己的引导中勾描出诗人的风采,诗的浑然风格来"[3]。关于这一点,他在题为《怀刘西渭先生》的诗中讲述了刘先生对他的影响:"四十多年前,一个中学生 / 由于您的'咀华'的光照 / 进入了一个新奇的世界。"[4]这说明他的批评也得到了前辈批评家的启发。

他为《中国新诗》创刊执笔写了《我们呼唤》。在这篇发刊词中,他以"严肃"这个关键词,来概括他所面对的时代以及这个时代的艺术和诗。应当说这是非常凝重而准确的,体现了他作为诗人和评论家的敏感和智慧。"我们面对的是严肃的时辰,到处有历史巨雷似的呼唤:到旷野去,到人民的搏斗里去,到诚挚的生活里去。它以它的光让我们知道:只有在历史的光辉里才有人的光辉,人的存在只因为它的严肃的工作,人的存在只因为它的自我牺牲——在生活里也在文艺与诗的创作里。"[5]唐湜置身在新时代与新诗歌的洪流中,他

---

[1] 唐湜:《遐思——诗与美》,漓江出版社 1987 年版,第 1—3 页。
[2] 《诗创造》刊登的森林诗丛的广告说:"这是首史诗型的长诗,一个虔诚的理想主义者的寓言,作者具有一份宏大的气息,一份可惊的浪漫蒂克的力量,波浪万丈,使人迷晕又振奋。"
[3] 唐湜:《我的诗艺探索》,《唐湜抒情诗选·霞楼梦笛》代序,第 4 页。
[4] 唐湜:《幻美之旅》,宁夏人民出版社 1984 年版,第 67 页。
[5] 《中国新诗》第 1 集《时间与旗》,森林出版社 1948 年版,第 1 页。

把握到时代和艺术的激烈脉搏，他以华美而灵动的文字，准确而又生动地传达他对诗的评价和抉择。他的气势宏大的文字，有力地激发着人们的创作热情和阅读热情，并有效地影响着一代人的审美风尚。

《穆旦论》是他的一篇杰作。他对穆旦诗歌的分析直逼他的诗歌生命的内质，他为穆旦所做的判断迄今没有过时，仍具有长久的经典的意义："朴素的唯物论的精神，以肉身的感觉体现万物，用自我的生活感受与内在情感同化了又贯穿了外在的一切，使蜕化成为一种雄健的生命。真挚，虔诚，坚忍，一种'坚贞的爱'，一种爱与恨的凝结与跃进使他有了肉搏者的刚勇与超越博大的生命力。"[1]他的概括很有文采，有强烈的抒情性，不免也有点抽象。但就是这种不确定的叙述，却使读者感到了一种接近切实的言说。诗无达诂，谈诗原也不必拘泥，诗论的某种"游移"不仅是允许的，有时却更显魅力。唐湜论诗，往往能于激情恣肆之中夹杂着切实的缕析。举例说，他在分析穆旦《成熟》（之二）"那改变明天的已为今天所改变"这句诗时说："这句短短的话，真可以是一个数学公式，一个可惊的透明的结论，含有多么可怕的世情。"[2]在这些含蓄的语句背后，我们很容易地读出了"具体"，而且被感动。

唐湜是1940年代后期对当时具有现代主义倾向的新诗实践的最热烈、最有力的支持者和推动者。他为这批诗人写了大量的奔腾激越、气势宏大的文章。这些文章是那样及时具体地向读者和社会推出这批新锐诗人的新作。辛笛的《手掌集》出版，是他最先加以推介的。而立论之精警，以及基于艺术风格的深知，使他对辛笛的定位具有了相当恒定的价值。

有两种天才：一种内敛，一种外放；一种凝重，一种奔泻；一种含蓄凝藉，一种意气感人；一种恬静，一种激动。如果说后者的气质是浪漫蒂克的，则前者就是克腊西克的。奇怪的是向外奔放的却往往只表现了自我人格的投掷，而内向凝含的却反常常能入神于众多的人生光景，任意象自由地遨游。[3]

---

[1] 唐湜：《穆旦论》，《中国新诗》第3集《收获期》，森林出版社1948年版，第27页。

[2] 唐湜：《穆旦论》，《中国新诗》第4集《生命被审判》，森林出版社1948年版，第26页。

[3] 唐湜：《手掌集》，《诗创造》第9集《丰饶的平原》，星群出版社1948年版，第23—29页。

这里所指"前者"则是辛笛一路风格。在唐湜的主持下,《诗创造》推出诗论专号。他在《严肃的星辰们》这篇文章中有力地推荐了唐祈的《诗第1册》、莫洛的《渡运河》、陈敬容的《交响集》、杭约赫的《火烧的城》。在《诗创造》第8集《祝寿歌》中著文《诗的新生代》,以更为广阔的视野和胸襟介绍了风格迥然不同的诗人。他做着及时性的、几乎是同步的诗歌批评,在他的笔下展开的是一幅又一幅壮丽动人的诗歌的时代画图。我们总能在唐湜的评论中,捕捉到当年诗歌行进的脉搏。

他所接触的诗歌资料的丰富性,以及他立足于中国传统诗学、西方浪漫派诗学,以及与西方现代主义潮流结合的交汇点上,使他的立论有一种难得的开放性和包容性——他不囿于作为单纯的"九叶诗派"的批评家而存在。他是当日中国——至少是战事日益逼近的中国诗歌运动的最及时、最有力、最权威的阐释者。

原载《诗探索》2004年春夏卷

论郑敏 1940 年代的诗歌创作

张玉玲

在中国现代诗歌史上，郑敏的创作是个奇迹。这不仅因为她是九叶诗人中为数甚少的女诗人之一，更重要的在于她是九叶诗人中创作激情保持得最为长久的人，直到 1990 年代，她的创作还甚为活跃，甚至还能不断地超越自我，使诗歌艺术进入一个全新的境界。有人说，诗歌是青年人的事业。郑敏的创作则使这一命题变得可疑起来。正因如此，走进郑敏的诗歌世界，从而发现郑敏诗歌的独创性价值，对于诗歌研究来说是一个极富诱惑力的话题。然而，要走进郑敏的诗歌世界，就必须对郑敏早期的诗歌创作进行把握和探索。因而，本文旨在论述郑敏 1940 年代的诗歌创作，以期从源头来梳理、分析、阐述郑敏诗歌所具有的基本美学特征。

郑敏 1940 年代的诗歌创作，正如九叶诗人，特别是西南联大诗人的创作一样，就灵感冲动而言，主要来自两个方面：一是战争时代知识分子特有的那种忧国忧民的忧世情怀；二是由西南联大特定的艺术氛围而造成的一代敏感的青年诗人特有的忧世情怀。

1940 年代是一个战争时代，抗日战争时期的民族灾难唤起全民族同仇敌忾、共赴国难的民族热情，解放战争时期则汹涌着一浪高过一浪的和平民主潮流。这一切自然强化了中国知识分子固有的忧国忧民的忧世情怀，这种民族热情自然会化为诗歌创作的激情，他们用诗的形式为时代召唤做出应有的应答。九叶诗派的诗歌就崛起于这样一个民族抗战的伟大时代，他们的诗也同七月派的诗一样是射向敌人的子弹、振奋人民的鼓点,具有密切关注现实的特点。

在1940年代前半叶抗日战争的烽火硝烟中,西南联大作为当时中国的最高学府倒是保持着一片弦歌之声,学术气氛异常活跃。闻一多、沈从文、卞之琳、李广田、冯至等一代文学宗师的言传身教,英美新批评的大师燕卜荪的讲学,为一个新的现代诗派的崛起准备了足够的条件。郑敏、穆旦、杜运燮、袁可嘉等西南联大诗人正是在这种艺术氛围的滋养下走上诗歌之路的,后来他们又由于同声相应同气相求,与陈敬容等一批同样具有现代艺术气质的青年诗人走到一起,形成了1940年代的九叶诗派。西方现代主义也可说是一种立足于个体本位的个人主义的人道主义,它对现存资本主义社会秩序以及传统的理性、人道主义表示出极大怀疑和反叛情绪,从而关注现代科技理性对人性的异化,关注个体的生存问题。因此,现代主义诗歌普遍具有一种忧生的旨趣,九叶诗派当然也普遍表现出这样一种现代旨趣。

上述原因铸成了1940年代九叶诗派特有的文化品格,即一种文化综合的品格。论者普遍认为,九叶诗派将对社会现实的关注与对个人内心的逼视,将现实主义和现代主义、西方与东方、理智和情感、感觉和知觉等有机地结合起来,从而标志着中国新诗的成熟。因而谈论郑敏1940年代诗歌的特征和独到性,也完全可以以此作为一种重要的价值尺度。

公刘认为:"如果现实可以比作一个能够目测的坐标,那么,女诗人郑敏大概是九叶中距离最为遥远的星座。她有一部分诗作写得很美,仿佛一口布满青苔的古井:幽深、清澈而甘洌,还寒气逼人,云天的影子隐约可见,却又不甚了然。"[1]这种立足于现实主义立场对郑敏诗歌的评价尽管有点隔靴搔痒之嫌,但由于评价者对自己艺术直觉的尊重,还是歪打正着地触及郑敏诗歌的一个基本特点。

首先应指出郑敏诗歌并非如公刘先生所认定的那样是远离现实甚或回避现实的。即使是公刘也承认"她的某些诗篇,也充满了人道主义精神,从内容

---

[1] 公刘:《〈九叶集〉的启示》,王圣思编:《"九叶诗人"评论资料选》,华东师范大学出版社1996年版,第125—126页。

到形式都平易近人，可惜它们的数量太少，如《清道夫》《人力车夫》等有限的几首"[1]。其实，郑敏关注现实、反映现实甚至是干预现实的诗作，又岂止《清道夫》等寥寥几首？且不说反映战乱时代下层人民命运的《小漆匠》《清道夫》《人力车夫》《盲者》表明了郑敏的现实关怀，就连《1945年4月13日的死讯》《时代与死》《死》等这些似乎纯粹的哲理诗，也是因现实的刺激有感而发的，与现实并不遥远。

为什么人们一般并不认为《时代与死》等诗是关注现实之作？或者即便认识到也总是回避谈到它？这恰恰关系到世界反法西斯战争史上一个最为重要的历史事件，或者说一种最为重大的现实，这就是1945年4月12日美国总统罗斯福的死，毫无疑问，中国报纸上的4月13日的死讯传达的正是罗氏4月12日的死。作为诗作来看，诗人说"当那"惊人的哀耗传来／我们像航在飓风里的船只／在我们情感的海里／垂下万钧的铁锤压制着悲痛的波涛"，"世界是在极大的哑静里，／接受一个冷酷的试探"。1945年4月，什么人的死才能引起整个世界的震撼？无疑，那应该是一个曾令世界震撼的大人物之死，是罗斯福之死。在当时众多的悼念之作中，郑敏这些写得很隐曲的诗当然不会引人注意；在新中国，罗斯福这个名字又与美帝国主义联系在一起，歌颂这个人物的诗更是不会为人提起。

还是回到现实关怀这个话题，郑敏与九叶诗派其他的人的区别，并不在于（或主要不在于）与现实的距离，而主要在于关注现实、表现现实的角度和方式，从这种种的差异中正可看出郑敏的特点。

与1920年代后期的新月派及1930年代的现代派相比，九叶诗人确实表现出密切关注现实的品格。但也应该承认，他们关注的现实还主要是政治经济现实，是一种以阶级对抗、民族对抗为特征的现实，他们着力描绘的正是那种由战争、死亡、饥饿、压迫等造成的社会"荒原"。为评论者所喜欢引用的几首诗，如《风景》《追物价的人》《老妓女》《旅店》《旗》《在寒冷的腊月的夜里》

---

[1] 公刘：《〈九叶集〉的启示》，王圣思选编：《"九叶诗人"评论资料选》，华东师范大学出版社1996年版，第125—126页。

等等，无不具有这样一种荒原的特色。辛笛的《风景》写1948年夏沪杭道上的所见：瘦弱的耕牛与瘦弱的人，疲惫的伤兵。"比邻而居的是茅屋和田野间的坟，/生活距离终点这样近。"杜运燮的《追物价的人》则讽刺了国民党在抗战时期大发国难财造成的物价的飞涨："物价已是抗战的红人。/从前同我们一样，用腿走，/现在不但有汽车，坐飞机，/还结识了不少要人，阔人，/他们都捧他，搂他，提拔他，/他的身体便如烟一样轻／飞。"袁可嘉的《进城》写的则是1947年的城市印象："走进城就走进了沙漠，/空虚比喧哗更响；/每一声叫卖后有窟窿飞落，/熙熙攘攘真挤得荒凉。"而且街上的一切，都显得不真实，"恰似'春季廉价'的广告画"。唐祈的《挖煤工人》《老妓女》则以极为愤怒的语言控诉了社会的不公："我奉送一千，一万，十万个生命的挖掘者供养着三个五个大肚皮。/战争贩子，他们还要剥削不停／一直到浸得我们眼丝出血／到死，一张淡黄的草纸／想盖住因愤怒而张开的嘴唇。"就连以哲理沉思见长的陈敬容的《逻辑病者的春天》，写的仍是一种社会病、一种社会荒原："多少形象、姿势、符号和声音，/我们早已经厌倦，/你倒是一直不老啊：这个蓝天！/温暖的春天的晨朝，阳光下有轰炸机盘旋""儿童节。有几个幸运儿童，/在庆祝会上装束辉煌，/行礼，背演讲词，受奖；/而无数童工在工厂里／被八小时十小时以上的／苦工，摧毁着健康。"

在谈到诗与现实的审美关系以及与此相连的诗歌表现现实的方式时，九叶诗人们一般认为诗要"扎根在现实里，但又不要被现实绑住"，强调对现代诸般现象的深刻而实在的感受：无论是诉诸听觉的视觉的，还是内在和外在生活的。但总体来看，九叶诗人在表现科学真实和人性真实或诉诸感觉的外在真实和内在真实上，偏重的还是前者，因而在表现方式上，即在现实主义和现代主义的结合上，偏重的也是现实主义。他们虽然都强调要与现实保持一定距离，但这距离并不太远，因而在具体写法上，主要还是对生活加以夸张和变形，以及像论者们所说——象征的写实或写实的象征的方式。

九叶诗人中对哲学沉思表现出浓厚兴趣的人并不在少数，但真正受过严格的哲学训练并深受冯至影响的诗人可能只有郑敏一人，她对中国现代哲理诗做出了一定的贡献。这种特定的审美旨趣，使郑敏诗歌在表现现实上与其他九叶诗人拉开了距离，呈现出较大差异。如果说其他的诗人关注的是科学的真实，即政治经济的现实的话，郑敏更关注人性的真实即人生、人性、人类的现实。她的诗往往将政治经济的现实作为一种深远的背景，而把这种生存背景中的人推到前台，更是对这种人的精神、灵魂作一种放大化处理。以写战争年代情景为例，他人更多的是关注人所从事的战争或人在战争年代的生存状况，她更多地关注的是战争中的人，而其中更注重关心战争年代人的精神状况。在那种战争直接影响着每个人的生存的年代，她没有也不能在战争面前闭上眼睛，但她也确实没像辛笛那样勾画出战乱年代的《风景》，没像陈敬容那样描绘《逻辑病者的春天》。她只是将这种《风景》经过一番哲学的抽象，化为个人精神存在的一种底色、一种基调，一种战乱年代人们普遍具有的人性特征，如痛苦、坚忍、孤独、恐惧等等，她努力表现的则是在这种底色基调上的人的命运、人的精神状态，是那种艰难世界中勇敢地面对艰难、面对苦难的人性力量。在《献给悲多汶》（贝多芬）中，她说贝多芬"从一切的冲突矛盾中从不忘将充满希望的主题灿烂导出"，说他是从痛苦的生长的"一座幽闭的硬壳里的火山，在不可见的深处热流旋转"，因而"神"的声音便会从"辽远的朦胧"中降临他心中，这"神"就是强大的生命，在斗争与坚持中所走到的璀璨的顶峰。其实，这也可看到诗人自己的一种诗歌追求。所以她在《诗人的奉献》中写道：

> 多少人都奉献了所有，/这个贫穷的诗人/也勇敢地走来，打开/他的胸怀，但是，看/这里是一片阴郁的森林/没有肥硕的果实，除了痛苦/用他的累累组成了丰富/诗人：你没有看见那/燃在花瓣里的火焰/藏在海波下的温柔/画在天空下的明朗/和百灵喉头的欢乐？/他只是俯首摘食着/胸前的果实，仿佛要/从那口口的苦汁里/寻得一个平衡的世界

那些被人们普遍看好的《小漆匠》《清道夫》《残废者》《盲者》都是用"苦汁"酿成的诗。在《盲者》中她写了世人的两种发现：妇女和儿童。"从你漠然的脸上，读到了那命运所写下的奇特的文字：和看到了一幅描写着荒原的图画"，而"那些目送你远去者，却从你平稳的迈步里，觉悟到纵使在黑暗中，

也有一只手牵引着,那忠于忍受苦痛的人",显然诗人就是那种"目送你远去者",她有直面现实世界的独特眼光和角度。

唐湜评 1940 年代郑敏的诗歌是"静夜里的祈祷","在她的诗中找不到尼采所说的酒神(台翁尼苏斯,Dionysus)式的疯狂,但却可以找到圣经里的那种坚忍的浪漫感情。我们可以把她比作一个在静夜里祈祷的少女,对大光明和大智慧有着虔诚的向往"。[1]仅就诗人对现实的态度而言,唐湜的这些话倒可称为对郑敏的批评。是的,郑敏绝不是一个厉言疾色的诗人,面对现实种种苦难和不幸、痛苦和不公,她不是愤怒地抗议、控诉、揭露、批判,或是辛辣地进行嘲讽,而是以那种深刻的人道主义情怀祈祷、祝愿、抚慰着那一颗颗不幸的灵魂,赞美着在痛苦中不断向上升华的生命。她有一首诗,叫《战争的希望》,就是一种祈祷。诗分两节,开头一节她希望有一天战争突然停止,第二节则设想了一幅战争结束的景象:"自己的和敌人的身体,/毗邻地卧在地上,/看他们搭着手臂,压着/肩膀,是何等的无知亲爱,/当那明亮的月光下/他们是微弱的合着眼睛/回到同一个母性的慈怀/再一次变成纯洁的幼稚的小孩。"

毫无疑问,这对战争的希望就是对和平的祈祷,是一首典型的反战诗歌。在那样一个需要明确地分辨敌和友、爱和仇、正义和非正义等等的时代,这样的反战诗歌是不合时宜的。人们很容易发生这样的责问:难道我们不应该用正义战争去消灭非正义战争吗?难道不应该为我们战士的牺牲而痛心为敌人的死亡而高兴吗?难道可以用这种超然漠然的态度对战争双方各打五十大板并同时为他们祈祷吗?进入 20 世纪五六十年代,这样的反战诗更容易被扣上阶级调和的帽子。面对这样的指责,我想郑敏也只能先说"惟惟"。因为这些指责都依据于常识,郑敏无法对常识说不。但一旦超越常识,超越了对眼前现实的形而下的关怀,站在人类生存和人性得以美好健康地发展的视点上,郑敏也有理由说不,说"否否"。试想,难道战争不仅只是一种手段而并非最终目的吗?难道战争的目的不就是为了追求和平吗?难道人类不是永远追求着人和人之间都彼

---

[1] 唐湜:《郑敏的静夜里的祈祷》,王圣恩选编:《"九叶诗人"评论资料选》,华东师范大学出版社 1996 年版,第 266 页。(默弓即陈敬容)

此理解互相关爱的美好境界吗？难道爱国主义不也可以与人道主义兼容吗？难道不应该把敌方那些作为战争工具的人与发动战争的统治者区别开来吗？

近几年来，抗战文学的研究者们一直抱怨缺乏反战题材的作品，郑敏的这类诗歌应该使抱怨者们稍微收敛一些怨气。正是郑敏的这种不合时宜但却具有超越性的诗歌，才真正显示了她的个性。

"思想知觉化"和"新诗戏剧化"是九叶诗派的另一个突出追求，也体现了九叶诗派的一个突出特点。按照袁可嘉的说法，所谓思想知觉化就是"充分发挥形象的力量，并把官能感觉的形象和抽象的观点炽热的情绪密切结合在一起，成为一个'孪生体'"。所谓新诗戏剧化就是"要求诗歌不仅仅满足抒情功能，还应像戏剧那样具有一定的冲突性和较大的情感张力，能够显示出心灵深层的运动与变化"。[1]"就是要求诗歌表现上的客观性与间接性，也就是对诗歌说理与抒情的控制与规范。"[2]细读九叶诗派1940年代的诗歌，人们可以公正地得出这样一个结论，在坚持思想知觉化、新诗戏剧化方面做得最好并堪称代表者应推穆旦和郑敏。关于穆旦，评论界有人认为他的诗歌意识之流动、象征暗示的运用、整体性涵盖的注重，都表现出新异的现代诗美；"有着鲜明的现代诗风""最深沉的哲理内涵"。在思想知觉化方面，郑敏起码在以下几个方面显示了自己的独创性。

一、郑敏诗歌以哲理见长，几乎每一首诗都可称之为抒情性的哲理诗

她诗中的哲理最深刻扎实，也最丰富系统，而并不是那种日常性的生活化的小感小悟，或者常识性的格言警句。哲学科班出身的特殊经历及文化教养决定了她的诗依托了一套较为完整系统的现代生命哲学体系，体现出对现代人生价值的种种深刻思考。但同时应当指出的是，她的诗并非为有人所说的那样是外在哲学理念的平行移入，是什么主题先行，是先有一个知性框架再往里搭

---

[1] 龙泉明：《四十年代新生代诗歌综述》，《中国社会科学》2000年第1期，第167—168页。
[2] 龙泉明：《四十年代新生代诗歌综述》，《中国社会科学》2000年第1期，第167—168页。

配什么意象、比喻等等的填充式诗歌。她诗中的哲理同样也来自自己的深刻的生命体验。打个比方说,她诗中的哲理是一种内长型的理而不是什么外发型的理,这种理也始终未脱离自己的种种感觉、印象、回忆等等,达到了内和外、理性和感性的有机结合。《寂寞》就是这种哲理诗的代表作。这是一首130多行的长诗,诗的主题无疑就是寂寞。而稍微了解西方存在主义哲学的人都知道,所谓寂寞不过是西方存在哲学中的一个常见概念——孤独的同义词而已。而孤独恰恰紧连着个体生命存在的本质——自由。只有体验到孤独的人,才能体验到个体生命存在的独立性、独特性、不可替代性,正如郑敏诗中所表达的那样:"世界上有哪一个梦,是有人伴着我们做的呢?……人们各自生活在各自的生命,他们永远使我想起一块块的岩石,一棵棵的大树,一个不能参与的梦。""但是,有一天当我正感觉'寂寞'它咬我的心像一条蛇,忽然我悟到:我是和一个最忠实的伴侣在一起,整个世界都转过他们的脸去,整个人类都听不见我的招呼,它却永远紧贴在我的心边,它让我自一个安静的光线里,看见世界的每一部分,它让我有一双在空中的眼睛,看见这个坐在屋里的我:他的情感,和他的思想。"人只有守定孤独、守定自我,才能认识到世界的定义和自我的价值。谁没有过孤独寂寞的时刻呢?然而又有多少人深深地体味过这份孤独和寂寞,从而顺着存在开启的这一条小小的裂缝,深入探寻过孤独下面所隐藏的生命个体的本质问题呢?郑敏这样做了。她的诗启示给人们的正是一种存在主义的哲理,然而我们又不得不承认,这种哲理来自她自己的生存体验,来自她自己对生命的那份领悟,这完全是一种感性化表达、诗性化表达。从全诗的结构看,这完全是一种递进式和展开式结合的结构。诗的开头写黄昏中的一棵小棕榈树,"独自站在泥地和青苔的绿光里"。当"我"仿佛从一场闹宴上回来,面对这棵平常熟视无睹的树,突然感到它似乎是每个人生命的一种象征,于是进一步认识到,"我是单独地对着世界"。思想的火花一旦被点燃,便会向着四面八方辐射,于是联想到印象中海里的两块岩石,庭院中不能行走的两棵大树,它们都是"永远站在自己的位子上",它们渴望沟通,然而又难以沟通。以下进一步写孤独给生命带来的痛苦和悲剧,然而深深玩味这份痛苦,却也发现这里蕴藏着"生命最严肃的意义",唯有把握了这种意义,守定了自我,"人们才无论在冬季的风雪的狂暴里,在发怒的波浪上,都不息地挣扎着"。全诗始终未脱离个人的感觉、印象、联想、体验,似一颗敏感心灵的自然跳动,似一种情感的自然深化过程,也似一段人在青绿的水中的自然行程,哪里是先有什么知性框架或主题先行呢?同时还应承认,郑敏过去习得的哲学理念和瞬间此刻的感受体验是水乳交融般地化合在一起的,你很难(也没必要)分清哪是外在理念,哪是内在体验。这正是诗的一种理想境界。

二、在处理诗歌的情与思的关系上,郑敏有着更多执着的追求

在《1945年4月13日死讯》一诗的开头,她写道:

因为我们是活在一个这样的时代:/理性仰望着美丽的女神——情感,/自她那神圣的面容上/寻得无量生命的启示:/情感信赖地注视着她的勇士——理性/扶着他强壮的手臂,自/人性的深谷步入真实的世界

她希望理性能从情感中获得活力,获得美好的感性形式(如同女神神圣的面容),情感依赖理性的扶助和节制,从而变得更深沉(如同来自人性深谷)。理性要情感化,情感要理性化。关于前者,从对《寂寞》的分析中已可见一斑。下面想重点谈谈后者。郑敏诗歌中塑造了许多生动感人的艺术形象。这些形象有一个共同的特征,即具有一种节制美、宁静美,富有启示性。如写《马》:

这浑雄的形象当它静立/在只有风和深草的莽野里/原是一个奔驰的力的收敛/藐视了顶上穹苍的高远

写《Renoir少女画像》:

追寻你的人都从那半垂的眼睛走入你的深处,/它们虽然睁开却没有

把光投射给外面的世界，/ 却像是灵魂的海洋的入口，从那里你的一切 / 思维又流返冷静的形体，像被地心吸回的海潮

《一瞥》中，写一个半开门的门旁的少女：

优美的是那消失入阴影的双肩，/ 和闭锁着丰富如果园的胸膛 / 只有光辉的脸庞像一个梦的骤现 / 遥遥地呼应着歇在门上的手，纤长。// 从日历的树上，时间的河又载走一片落叶 / 半垂的眸子，谜样，流露出昏眩的静默

这奔驰的力的收敛，半开半合的眼睛，最突出地昭示出郑敏的一种审美追求：她追求由矛盾的对立统一而造成的一种张力美，而这矛盾统一的根本所在又在于情与理的互相渗透和互相节制。

三、在处理虚和实的关系上，郑敏追求虚和实的完美融合

这里的关键是抽象的具象化和具象的抽象化。所谓抽象的具象化是指情思总是深深地寄寓在形象之中；所谓具象的抽象化，是指从具体形象中深入发掘深埋的情思，她诗中的"象"往往是实象与虚象的统一，甚至是一种象外之象。

为了实现抽象的具象化，她的诗追求绘画感、雕塑感，追求光、影、色、线、面、体的有机组合，有人称她的诗塑造的是思想的雕像。比如《怅怅》明显写一种离别之情，但这"离别"二字始终未出现，她只是写光与影的变化，但从这变化中可以看出一对情人离别时的难分难舍的忘我状态和那种一往情深：

我俩同在一个阴影里，/ 抚着船栏儿说话，/ 这秋天的早风真冷！/ 一回我低头的当儿 / 仿佛觉得太阳摸我的脸，/ 啊，我的颊像融了的雪，/ 我的心像热了的酒，/ 我抬头向你喊道：/ 不，我们俩同在一片阳光里了？//

抚着船栏儿说话，/这秋天的太阳真暖！/为什么你只招着手儿微笑呢？/原来一个岸上，一个船里，/那船慢慢朝着/那边有阳光的水上开去了。

为了实现具象的抽象化，她往往尽力发掘具体的感性形象的象征意义，寻找物与理、物与情之间的异质同构性，从而使有限的物象超越自身，这样实象其实也就成了虚象。如《马》《鹰》《树》《岛》《墓园》《池塘》等等，显然都不仅仅是生活中具体的马或鹰的形象，而同时是某种精神情感的象征。

综上所述，郑敏1940年代的诗歌既具有九叶诗派诗歌的一些总体特征，同时又呈现出自己的个性特色：抒情见长，富含哲理，塑造心灵等特点。

原载《诗探索》2004年秋冬卷

寻找话语的森林
——论朱朱诗中的词与物

张桃洲

法国批评家让·里夏尔的警句"观念不如顽念重要",曾经深深地打动了朱朱。我以为,由这句箴言般的断语开启的联想链,会将阅读引向朱朱在诗歌写作中所作的独特探索。在朱朱那里,诗歌的意义处于缄默和幽闭的状态,它们消融在纷繁错落的语词结构中,一如他本人自甘寂寞地隐匿于表面喧闹的诗人群体的边缘。这正是现代诗歌的命运:那些诗篇不会自行敞开,除非遭遇西默斯·希尼意义上的"挖掘"(digging),或者"卜水者"般的探测。

一

在一首受到广泛赞誉、同时多少引起了争议和猜测的长诗《一位中年诗人的画像》(1995)里,朱朱准确地勾画了(毋宁说揭示了)处于变换期诗人的尴尬境遇,诗中那位"中年诗人"所背负的屈辱和压抑,其实具有很大的普泛性:

启明星通宵燃烧/这春秋,或者战国,/一代人缓慢地成长,/减弱了,甚至不抱希望,/没有明确的标志用于相认,/没有象征将品质衡量,/灼热的才能在世纪中冷却,/对付每一天的,是荒凉的思想。

与其说这首诗隐约包含着叛逆的意绪，不如说它通过描绘一个寓言式形象，折射了一代诗人所处的"语言本身的战壕"，即一种诗歌成规和现实，在其中"像虫蛀过一样的空虚、黯淡、不堪守护，它的内部和现实的内部同源，不足以带给人安慰，没有强大的精神与主体力量支撑着这片天空"。这也是后来他在解释这首诗的成因时所说的，"选择了一个这样的人，或者说选择了某个独特的角度来透视现实的艺术环境"。透过这首诗多侧面的叙述撩开的一角帷幕，朱朱不无谨慎地表述了某种省思，显示他对中国现代诗歌过去与前景的透彻觉识。比如，"新诗，在它被称之为传统的那方面，类似于倒映星光的池塘，镶嵌画，在我们的回忆和想象力的填充之后才得以丰富起来的东西……缺少真正意义上完成了的个人形象，或者说它是一个由众多出自不同诗人的作品交织而成的一个'个人形象'"[1]，便是他就中国现代诗歌做出的富于洞见的判断之一。

　　用朱朱自己的话说，写作《一位中年诗人的画像》的当时，他还处于诗歌的"第一阶段"，写作的某种风格虽然已经呈现，但有待进一步强化、巩固，因而这似乎是一首溢出他早年诗歌"氛围"的诗。一位诗人写作风格的确立，如同一件雕像在精细的打磨中由混沌变得清晰。诚然，从朱朱"第一阶段"写作的整体风格（这一点后面将详细阐述）来看，《一位中年诗人的画像》的出现是令人惊讶的，它以叙述替代了抒情，粗粝、异质的词句以及执拗、尖刻的语气，改变了惯有的纯净与细密——就像平缓的河流上突然涌起急遽的漩涡，结构却是严谨甚至完美无瑕的。值得留意的是，前面引述的诗节不经意地隔行用了"ang"韵，这种开敞的音调在朱朱的诗作里也十分少见，因为朱朱诗歌的音调在总体上是趋于抑制、低缓的。尽管此诗在主题上似乎占了上风，但我乐意将之视为施勒格尔心目中的"既是诗，又是诗的诗"[2]，理由是它除对诗歌内部的历史予以反思外，更多是关于诗艺本身的忧郁的缅想。它的呈梯状的

---

[1] 臧棣、朱朱等：《重识中国新诗传统》，《扬子江诗刊》2003年第1期。

[2] 施勒格尔：《雅典娜神殿断片集》，李柏杰译，生活·读书·新知三联书店1996年版，第95—96页。

行句，演奏着后来在《更高的目标》(1998)等诗篇里一再回响的"诗是诗的主题"——当然，这一命题，正如我将要讨论的，还可在中国现代诗歌观念构建的视阈内做出多重解释——的旋律。

如果说《一位中年诗人的画像》做出了关于当代汉语诗歌内部现实的观照，那么在长诗《鲁滨孙》(2001)中，朱朱则通过展示一个孤僻的艺术家（其原型是一位幽居巴黎的前辈画家）的处境，从更开阔的范围思考了中国诗歌的现代性境遇：

> 在飞往旧金山的飞机上，我想／从此我就要画得更好了，／而太平洋就是见证人。不幸的是／我再也没有画过一幅画。

这不仅关乎艺术（诗歌）创造本身的问题，而且涉及艺术的自我与他者的关系的问题——具体到当代汉语诗歌而言，就是人们喋喋不休的诗歌的民族身份与国际化问题。显然，朱朱试图以《鲁滨孙》对西方经典文本《鲁滨孙漂流记》的改写，来回应这一无可避视的命题。事实上，对经典文本的解构式改写，成为现代诗人进行自我体认、表达艺术观念的有效策略，正如有人在评价沃尔科特对笛福的改写时说，"这些颠倒视角的作品，于是形成了一种与以前不同的方式来读解现实"[1]。《鲁滨孙》虽然挪用了一个西方文本里的形象，但完成的是关于中国艺术（诗歌）境遇的陈述与反讽："我已经是一个计算旧时光的漏壶里残剩的沙，／已经是'无'的影子，／它的奴仆。"

《一位中年诗人的画像》里提出的关于诗歌的境遇，或者说关于诗歌宿命的问题，数年后在他的《灯蛾》(2000)一诗里得到了充满寓意的呼应和发挥。《灯蛾》重新塑造了那位变换期诗人的形象，不过他已蜕化为卡夫卡笔下那只甲虫的僵硬部分，被无情的岁月遗忘在"黑暗的墓道"，在遥遥无期的期盼中被风干、粉碎，"成为一个人形的拓片"。《一位中年诗人的画像》里"他缩小，

---

[1] 艾勒克·博埃默：《殖民与后殖民文学》，盛宁、韩敏中译，辽宁教育出版社、牛津大学出版社1998年版，第235页。

在岁月中不停地迁徙，/ 遗失了细腻和优美，假想的手稿；/ 从厌烦中开始，/ 从冰的理智里钩索温情，/ 他敏捷地抨击，敏捷地击打，/ 笨拙的身体紧贴桌面，/ 却难以建一座堡垒，用语言"，所表现出的无助，在《灯蛾》中转变为一种被迫放弃后沉静的绝望：

　　那些我不想在第一时间带走的 / 东西将陪伴我，/ 成为爱与诅咒的化身

　　令人饶有兴味的，是《灯蛾》在整体黯淡布景下的光影与色块。黑暗映照了墓道里所有物件上的光斑，像虚空反衬了灯蛾努力的徒劳："火把""釉彩""青苔色的绿水"等凸显的色块，加深了墓穴里的死寂。据我所知，这首诗的情景源自一个经过推断、然而显得确实的掌故：一群盗墓贼的最后一名，当所有应攫取的珠宝经由他的手被运走后，他被同伙永远地尘封在墓道里，待到千年后重见天日时已化作一堆白骨。[1] 而灯蛾的意象，则显然是一次艺术化转换的结果。这里，物象再次幻化为视角：这只轻盈、凝固的"灯蛾"扑闪着羽翅，它对时空的无尽穿越被朱朱用来比拟诗歌写作的漫长、艰辛的行旅：

　　忽然我知道它是我，// 我必须摆脱 / 这一个幻象

　　这一比拟，在诗的末尾被突然嵌入的观察者加以明确，观察者使诗的语流为之一转（由"我"转向"他"），将叙述主体轻轻地抛在一边：

　　一只灯蛾趋向于地下的光辉 / 他的死历数了 / 同伴的邪恶 / 和地上的日全食

　　"灯蛾"沉陷其中的"黑暗的墓道"，构成了诗歌写作的隐喻式征候。按照

---

[1] 这使我想到西默斯·希尼曾在一系列令人惊悚的与古代干尸的照面之后写下了《沼泽女皇》《格拉伯男尸》《惩罚》等诗篇，当然它们的主题与《灯蛾》毫不相干。

朱朱的设想,"黑暗的墓穴"属于写作的第二阶段。当一位诗人已经走完奠定风格的第一阶段,"黑暗的墓道"无疑是一道必经的难关,同时也是一条万劫不复的危险准则。进入"黑暗的墓道"对于任何诗人来说,都是一场心智、耐力的考验。"灯蛾"的轻盈是脆弱的,"写作史上的巨人从来不给你一丝软弱的机会,你要每时每刻挣得你的自由"[1]。有案可查的诗歌及文学历史向人们显示,"黑暗的墓道"倾覆了多少富有才情的诗人和作者!

不过,一旦如此索解《灯蛾》包蕴的微言大义,这首诗也就随之遭到了瓦解。作为一种自我提示(在一定程度上),《一位中年诗人的画像》和《灯蛾》关于诗歌境遇或写作过程的省思,是以诗歌本身为主题的两个范例,这可被看作"诗是诗的主题"的表面含义。我不过想借此表明,朱朱进行的是一种有准备的写作,他直觉地悟察到诗歌写作陷入的困境。这是一种深刻的历史感。在另一方面,"诗是诗的主题"显然意味着,诗最终必须回归到它自身,哪怕再重大的主题也决不能损害诗,这几乎是一条无形的律令。朱朱诗歌文本的屋宇,依靠词句细节的缜密搭配、语气分寸感的悉心调控得以建立,一俟建立便保持着不容冒犯的完整。这种完整性是可予分析的,但只有还原到诗的完全结构并游弋于它的生动气息里,"灯蛾"才能展示它在幽暗的时空中轻盈而凝固的颤动。

二

在一些人的印象中,朱朱属于典型的江南诗人,这也许由于他的个人气质,或者说他的诗歌较多地处理了所谓的江南场景。譬如,柏桦在他的回忆中,谈及江南名城扬州时顺便提到,"在苍凉的街市、在幽独的林庙、在旧日的深院,别梦依稀、风韵犹在……绿荫如盖、婉约有致,我蓦然想到一位出自扬州、大学毕业于上海的诗人朱朱,他纤细唯美的诗句应该含着扬州的身影

---

[1] 朱朱:《遮阳篷——关于风格和停止写作的人》,《晕眩》,解放军文艺出版社2000年版,第146页。

吧"[1]。这样的判断似乎无可厚非,但遮蔽了一位诗人的独特性。

尽管朱朱一向致力于确立某种风格,但我宁愿把他视为舍弃风格的诗人。如果确如朱朱所说,"第一阶段"是一位诗人建立写作风格的时期,那么他本人是通过《枯草上的盐》(2000)这部诗集完成他的第一阶段的,并坚固地确立了自己的风格。这个过程大约经历了十年,要是不算此前更早的涂鸦期。以一种精细、冷峻的形体,克制、准确的表述,凝练、结实的节奏——如果这些可以统称为风格的话——朱朱将他的诗歌与同代诗人的作品区分开来。因此,依据这部诗集尤其是早年的《小镇的萨克斯》《幻影》《夏日南京的主题》《石头城》等诗作,人们很容易得出结论:朱朱是一位风格型诗人。实际上,更多情形下他警觉地规避着风格:"有些人,从写作的开始就敏感于风格,他们的脉络因而太明显了,如果不是天才性地解决这一点,即无比极端地解决这一点,他们就会从某一天开始将自己伪造。"因而风格的实质是,"只有我们要自己有所转变时,我们才为'风格'迷惑"[2]。风格也许是十分必要的,可是,在朱朱"第一阶段"即一种整体风格形成过程的全部写作中,细微的变化(调整或充实)无时无刻不在发生:

> 我永远是未被创造出的男人,/不过多地猜测。//吃下石头,写出诗篇
>
> (《猜测》,1994)

《枯草上的盐》并不是朱朱的首部诗集,但它的出版为这些不断的变化作了一次完结,他感到"和过去的写作有了一次近乎生理上的割断"。而在此之前,在一年一本自印的小册子累积到一定厚度后,他于1994年出版了诗集《驶向另一颗星球》。这部诗集里的一些诗篇如《夏天和其他的季节》(组诗)、《序曲》,还留有朱朱年少时过于眩目、夸饰的印痕,一如诗集封面的那幅超现

---

[1] 柏桦:《左边:毛泽东时代的抒情诗人》第5卷,《西藏文学》1996年第5期。
[2] 朱朱:《遮阳篷——关于风格和停止写作的人》,《晕眩》,解放军文艺出版社2000年版,第144页。

实主义绘画。及至《枯草上的盐》出版,《驶向另一颗星球》里超过半数的诗作未被选入（这自有其严苛的尺度）。从《驶向另一颗星球》到《枯草上的盐》，体现了朱朱在诗歌观念与实践上不断删汰、选择和自我改变的历程。这既是一位诗人确立风格的渐进过程，也是他抵制风格从而摆脱风格的过程。

  一直到今天，中国现代诗歌仍然难以消除两个明显的沉疴：对宏大的追随和对激情的放纵。前者表现为诗歌不恰当地担负了超乎自身承受力的重压，在遣词造句上往往流于空疏；后者表现为诗人随意、任性地宣泄情绪或言辞，导致语词的过剩与泛滥。前一点在近年来的"个人化"书写中有所校正，后一点则始终未得到遏止，且由于某种时尚的推动愈演愈烈。这两点，都关涉诗人对自我的错误估价：要么拔高、要么贬损了自我的位置和可能的意义。这种误解延迟了诗人们对诗歌本性的觉悟，以致他们无法潜心地思索：在汉语的范围内，现代诗歌的真正秘密在哪里呢？——我想，朱朱的写作探入了现代诗歌的隐秘神经。在此我认同蔡天新在"安高诗歌奖"颁奖词中指出的："朱朱对当代汉语诗歌所作的主要贡献在于，在他的作品里，诗歌的形象既不是为了发泄内心的压抑，也不是为了批评的需要营造的虚拟，而是作为语言的一种发现存在。"[1]

  的确，"作为语言的一种发现"形成了朱朱诗歌的内核，或者说成为他"第一阶段"的醒目之处。事实上，对语言的关注承接着自波德莱尔以降的某种诗学观念（如瓦莱里的"诗歌具有改变语言功能的决心"），它向来是现代诗歌的重心之一。一代一代现代诗人寻求着语言的突破。然而，在对待语言的态度上，一部分诗人滥用了语言的自足性，把诗歌仅仅当作不及物的词汇游戏；另一部分诗人过于轻视语言的表现力，写诗只是为了词语与情感的简单应对。或者，语言表面的光滑或绚烂，成了有些诗人追求的目标。无疑，"作为语言的一种发现"将会更新诗歌中的语言意识，"发现"意味着一种语言潜能的唤醒，显示写作已经触及语言最鲜活的区域，实现了对语言的再度创造，以及对人的精神世界的重新构建，从而带来阅读上的惊异感。

---

[1]蔡天新：《一头狮子的相互撕咬》，《山花》2002年第3期。

"发现"语言是一段艰辛的旅程。在一次友人间的闲谈中,朱朱说:"你不能说我没有经历苦难,常常我陷入语词的苦难里,写诗面对的最大困厄其实就是如何调遣语词。"就像他笔下那位古怪的中世纪诗人维庸,朱朱不得不忍受语言的"饥渴"与"严寒":

漫长的冬天,/一只狼寻找话语的森林。
(《我是弗朗索瓦·维庸》,1998)

借助于对这位法国诗人形迹的戏谑式仿写,朱朱呈现了在完成一首诗的过程中,为寻找语言所经历的灾难般的体验——困惑,沮丧或者狂喜。这就是他自己谈到的"语词的苦难",必须以无尽的搜寻为代价,然后是"发现"的灵光的降临。"这漫天的雪是我的奇痒""全部的往事向外膨胀""模拟暴风发出一阵嚎叫",这些奇特的诗句本身,就是在语言上的再度创造,相称于瓦雷里对维庸诗歌的由衷赞叹:"令人难以忘却的警句层出不穷,每一句都是一个新发现,一个堪称古典的新发现。"

对于朱朱而言,"作为语言的一种发现"的另一层含义,就是"写水晶的诗""能够有一次超尘世的凝视"(《更高的目标》)。这是指语言聚合为诗歌所具有的形体特征与内在质感。倘若依照卡尔维诺所作的"晶体派"和"火焰派"的划分,朱朱的诗无疑属于前者,因为卡尔维诺说,"具有精确的小平面和能够折射光线,晶体是完美性的模型"。这里特别要指出,不应在一般的意义上理解"水晶的诗"和"超尘世的凝视",如果联系这两个词组出现在朱朱那首诗中的具体语境的话——诗本身包含了对其流俗意义的否定。毋宁说,"超尘世的凝视"表明语言的功能已被改变(但我并不认为朱朱会过分相信所谓诗人是"通灵者"的浪漫主义说法),"水晶"的形象则显示语言中的被敞亮;经过细细的雕琢和熔铸,诗歌已成为关于语言的音韵、色泽、样态等特性的追忆:

语言,语言的尾巴/长满孔雀响亮的啼叫。
(《沙滩》,1994)

在此，语言（不仅是诗里写到的语言，而且是写这首诗的语言）被赋予了充满动感的状貌，它在诗歌中的生动的、明亮的部分被凸显出来。与此相对应的是：

> 写作，写作 / 听沉向黑暗的沙……
>
> 　　　　　　　　　　（《下午不能被说出》，1992）

暗含着可以把握的细碎质地、宁静的心境与时间的流动感，"沉向黑暗的沙"这一短语，让我想到另一个关于朱朱诗歌语言形体的比喻，那就是他自己诗集的标题——"枯草上的盐"。这两个短语具有等值的力量，都在隐喻的向度和实际视觉效应的双重感受上，彰显了诗歌写作的真正含义。一些诗歌的碎片和语言形体被比喻为"枯草上的盐"，这既表明了一种偏于精致的美学趣味，又体现了趋于内敛、孤僻的价值取向。从中国现代诗歌的发展脉络来看，朱朱将精细的刻绘功能臻于极致的诗歌语言，一定程度上抵达了自1920年代穆木天以来，诗人们无限向往却又无力实现的诗歌理想境界[1]：

> 我喜欢用烟丝，用铜丝织的诗。诗要兼造型与音乐之美。在人们神经上振动的可见不可见，可感不可感的旋律的波，浓雾中若听见若听不见的远远的声音，夕暮里若飘动若不动的淡淡光线，若讲出若讲不出的情肠才是诗的世界。

这无疑是对现代汉语表现力的极大丰富。

三

出于对语言的不同寻常的敏感，另外，也许由于常年居住在江南都市郊

---

[1] 穆木天：《谭诗》，《创造月刊》第1卷第1期（1926）。

区，朱朱在诗歌中表现出对大自然的光线、声响和节奏的强烈感受。大自然的这些属性，"那种古老的抒情灵感与净化的风暴"，激发了他自己的语言。

这个"为经验所限制的观察者"，总是敏于对自然界光影的捕捉：

> 此刻的阳台，/ 像缩小在一个模糊光斑里的冬天。
>
> （《即兴》，1994）

他的诗句充满了太多的光："多刺的骄阳啊 / 蘸满紫色的毒汁"（《秋日》）；而且光变幻着太多的形象："一夜的雪积满梢头，阳光像丰满的百合"（《我梦见一头狮子的相互撕咬》）。借助于阳光的天然魔力，"观察者"既发现了为万物赋形的方式："阳光中落叶犹如黑色的线"，"阳光慢慢渗透灰色的调子"（《飓风》）；又得以跟踪万物的生长、消逝乃至变形："夜，吸尽了桦皮和铁皮弧心里蓄积的光"（《绵软的地面》），"低低盘旋的月光 / 吮空了水中的贝壳"（《在玛瑙的眼睛里》）。显然，变化多端的光有其特殊的延展路径，"光不在玻璃上返回，/ 而是到来"（《和一位瑞典朋友在一起的日子》）；更多时候，是光本身出现了变形，"庭院外变细变尖的光线 / 像一排木桩"（《父亲的回忆录》），或者呈示为一种幻象："天使将尘埃，鸟，街道 / 磨成一道幽深的光束"（《天使》）。此外，光线强弱和对比的变化，同样牵动着"观察者"感觉的迁移：

> 太阳下才有这样的玫瑰，/ 它是被怀疑的锦缎；才有这样的蝴蝶，展翅在最小的损失中。
>
> （《煽动》，1998）

在最末引述的那首诗里，还有类似的句子："太阳剪着我们身上的羊毛"；"玫瑰"与"蝴蝶"（蝴蝶让人想起关于语言的比喻）因太阳照射而变成两个完全相对的意象。上述在阳光与物象之间，或阳光催发下物象自身出现的变形，为种种巧妙的譬喻所强化，堪与"印象派"绘画高手相比肩。"落叶犹如黑色的线"或者"变细变尖的光线像一排木桩"，我不知道除此以外是否能够找到更为贴合的句子，来表现阳光下落叶的迅速沉降或傍晚时分光线逐步变化的情状。这也许就是人们常说的通感带来的效果，它激活了语言的经络："阳光"这个有些泛滥的语词，在通感的点化下闪耀着异彩。有时，在"观察者"眼中，还会出现这样的情景："阳光。阳光／像一座活跃的建筑一座歌剧院"（《战栗者》），具有动态的空间和声音同时被阳光包容进去。在很多情形下，阳光发挥了某种过滤器的功用，使一部分暗淡下去，沉睡在"观察者"的视阈之外，同时如语言一般将进入"观察者"视野的事物照亮，使其敞开了自身的秘密："山坡上是刺目的光线／仿佛夏天的幻影，正要驱散／夏天"（《幻影》）。甚至，光线穿透了"观察者"的身体和意识，一个显著的例子是，在《慢一拍》里，光线的变幻导致色调渐次由黄色—绿色—白色—蓝色的转换，显然这"折射着心灵的变化"：

> 或许，是蓝色……／是一辆蓝色的客车。又一辆客车／驶来，南方的人流像／蓝色的草坪正将它覆盖。

在光线的映衬下，自然界万物展示了斑斓的风致。与此紧密相连的是，朱朱表现出卓越的对细微声音的甄别能力。任何声音往往是与大自然的气息混合在一起的，这就需要凝神去谛听与分辨，从中抽绎出一种独特的旋律："拨动乐器，成群的树木倒映"，"我找到了自己的弦／它在我的手里拿不动的橡木里／聆听我的声音"（《雨中》）。像里尔克所尊崇的奥尔弗斯那样，当他歌唱时倾听者的耳中会升起"一棵高树"。奥尔弗斯毕竟代表了一种稀有的天籁之音。在寻常的世界中，当一切处于混沌的状态，灵敏的耳力是一种殊异的禀赋，它是各种感官的应和与贯通：

> 染上了石灰的树叶／发出一个女人的／绸衣的呢喃
>
> （《海边的你》，1997）

视觉与听觉（还有对滑腻"绸衣"的抚触）之间获得了巧妙的衔接，产生了奇妙的感受，被从一片茫茫然的背景中剥离开来。

从心理机制来说，对声音的分辨，既是听觉神经高度集中的结果，又是倾听的向外延伸："在远去的世界中，有人越来越清晰／有人用风的铲翻动房屋"（《下午不能被说出》）；只有保持潜心的姿势，才能"听沉向黑暗的沙"。当然，这种"听"根本上是一种语言的"听"。但是，众所周知，现代汉语已不具备塑造声音的优势，它不像俄语、法语或其他西方语言那样，带有明显的音响的印记。因此，诗歌通过对声音的敏锐分析和吸纳（同时还有上述对光线的捕捉），会改变语言的性能。在诗歌语言的肌理中，有一只内置的窃听器，听觉对诸如"飞燕草的触须在天空中被风吹得像铁环叮当作响"（《无题》）的抓取，其实是语言伸出了触手。

基于这点，我以为朱朱的写作为当代汉语诗歌增添了一种特别的韵律，一种在"雨后的秋天将云影推移"的反复回旋下生成的"自由赋格曲"。当然，这种韵律是内在于语言本身的，像一股潜流贯穿语词的溪水，恍若"翅膀悠悠合上／的声音"（《故都》），同时又仿佛"一支灰蒙蒙的罗曼曲"（《一位中年诗人的画像》）。在诗中，朱朱通过有效的克制，保持着一种均匀的语感速度，语句清澈，声调坚脆而平静：

突然听见钟声——／这些寒冷，琐碎的寒冷，／正牵动莫名的快意

（《故都》，1991—1993）

经由语言的"光合作用"及通感而进行词句的重组与嫁接，这成为朱朱诗歌的重要技法。其要点在于，词语在一种突如其来的交错和撞击中，仿佛获得了一次再生，诗句也焕发出前所未有的新意。所获致的主要成果是，在他的诗歌里奇妙的譬喻比比皆是："在黑夜渐渐显露的光辉中／街心的孩子们／像惊讶中忘记叫喊的花朵。"（《扬州郊外的黄昏》）"剧场外的空气是一座山谷涌起的鸟群。"（《秋夜》）"展翅在最小的损失中。"（《驶向另一颗星球》）在这些"错置"的过程中，语词坚硬的"物质化的外壳"被去掉了，其含义与功能得到了重置。如果追溯这种技法在中国现代诗歌中的来源，似可认为它是1930年代朱自清

所概括的"远取譬"[1]的合理扩展，但远比后者更丰富多样，更有质感。

显然，"错置"不同于以往诗歌中的意象叠加方式。后者看重的是意象间的相似性或者趋近性，强调意象的相互关联；而错置充分尊重了意象的独立性，并将意象铺衍成意境，即一种具有高度整体感的场景："人的意识是他角膜里的虹彩，/焦灼地探访旷野的杂物"（《人的意识就是飞蛾》）。这正如《交谈始终令人困惑》里所言："尽管陈旧，我的视线内/事物都有联系。"错置有时表现为标题与正文的错位，像《克制的，太克制的》《希腊》等诗篇，沿着标题的惯常意义无法获知关于主题的任何消息或任何进入诗境的通道，这就在标题与正文之间构成了一种紧张关系；但当阅读最终完成，标题所隐含的意义指向得到了正文的确认，"一根清晰的轴旋转着形成统一"。有时，错置在静与动对比的张力中（如《马厩》），或在一种跳跃、综合的铺叙中（如《最后一站》）得以完成，并赋予了诗篇某种意犹未尽的感染力。

另一方面，就一首诗而言，"错置"会赋予其浓厚的超现实主义意味或情境。典型的如《石头城》，以"一封唐朝的信/送到我手中"为发端，将读者带入了一个似真似幻的世界，穿梭于历史的想象（第2—4节）与现实的观察（第5节）之间的场景无疑是超现实的，二者形成了一种交错关系。《夏日南京的屋顶》的全篇也是由超现实的细节描绘所构成。而局部的超现实主义景象，如"光环丢弃在草丛，/相遇修理工"（《曼陀罗河》）的猝然连接，"犹如白色夏天的鱼涌进岩石"（《琴房》）和"他骑着自行车，穿过了我的手指"（《幻影》）中动宾结构（"涌进岩石""穿过手指"）的不和谐搭配，"耳朵像一座别墅，/在要一杯/没有尝过的酒"（《带耳环的女人》）的感觉沟通，以及"熨好的裤子像宪法，无可挑剔"（《克制的，太克制的》）把私人事件与公众语境进行戏谑式转换，不胜枚举。这种超现实的错置具有一种"强制"的准确性，所带来的奇异效果如同——

---

[1] 朱自清认为"远取譬"的意义在于"发现事物间的新关系，并且用最经济的方法将这关系组织成诗；所谓'最经济的'就是将一些联络的字句省掉，让读者运用自己的想象力搭起桥来"。这是极有见地的。见朱自清：《新诗杂话》，生活·读书·新知三联书店1984年版，第8页。

用两种生活/布置一种生活，将两座城市/并为一座城市

（《过去生活的片段》，1993）

令人目不暇接的错置，或许是语义晦涩的根由，但也造就朱朱诗歌的简约与繁复相交织的句法。这显然是一对"矛盾"：简约显示了向内收缩的力量，是经过对语词删削而生成的一种凝练、适度的句式（如"写作，写作，/听沉向黑暗的沙"）；而繁复则由聚合、丛生的词句引起，显示了蓬勃、向外伸展的趋向（如"在另一个梦中他走下楼梯之下的楼梯"）。这同样是一种交错，一种交错的调谐。有时，为取得简约与繁复的平衡，朱朱甚至不惜动用生僻的词汇和艰涩的句型。这里不能不提及翻译诗文对朱朱诗歌的渗透。[1]如今，恐怕没有人敢于断然否认翻译对中国现代语言及文学的滋养。毋庸置疑，现代汉语的生成与扩展过程本身，包含了对各种翻译文字的包容、化解与吸纳，黄灿然所说的"译文中那股把汉语逼出火花的陌生力量"[2]始终发生着积极效力。而中国现代诗歌在这一过程中，更是潜移默化地接受了节奏、语气等的影响。在朱朱的诗歌中，"像长久置放在空气里的果肉，/南方被经过了，/太阳将它留在自己的眼中"（《为一颗心祈祷》）里的被动句式，"当我爱，是的，墙壁上的/侍女微笑着行走"（《灯蛾》）里的插入语，以及《过去生活的片断》里大量否定词"不"的运用，体现了翻译诗文熏染下诗歌方式的变动。反过来，这些受过翻译影响的诗歌写作，无疑会充实、拓展现代汉语的功能。

所有这些，即为寻求语言的旋律与大自然的旋律相呼应所作的努力，隐含着朱朱关于现代诗歌的某种认识："今天，我们必须承认设计的效用，就像我们认识到一切具备原创性的诗人的魅力；一首诗，一种预先的准备与写作进展中出现的意外因素的结合，一种自我的心灵模式的不断的扩展式重复，是我

---

[1] 正如所有优秀中国现代诗人的作品一样，朱朱诗歌中的外来影响是明显的，他灵活地吸收了如史蒂文斯、塞菲里斯、蒙塔莱、博尔赫斯、特朗斯物罗姆、勒内·夏尔、布罗茨基等众多诗人的诗学营养，将之化为一种创造性的动力。兹不赘述。

[2] 黄灿然：《译诗中的现代敏感》，见《必要的角度》（论文集），辽宁教育出版社2001年版，第162页。

称之为'设计'的那种东西。"[1]这是一种融汇了构想的心智与即兴的灵感的诗学，也许有助于改变当代汉语诗歌已滑入臃肿、疲沓和散漫的境况。显然，写作虽说部分地出自对语言的近乎天性的感觉，但绝非像有些人臆想的那样，是无须训练与节制的天马行空。

四

对新异的语言表达方式的探求，往往与某种独特的精神取向牢固地联结在一起。在朱朱的诗歌中，突兀而别致的词语组合与句式安排，不仅是个人气质偏好的流露，而且更显示了一种对世界进行沉思的经验图示。在此，词语深深浸染了思想的色调：它们是细碎的、切近的，也是深远的、沉降的。在仍然收录于《枯草上的盐》的那批最初的作品里，有一首出于对博尔赫斯的迷恋、以个人臆想笔法描绘风景幻象的诗，呈现了空间的旷远与寂寥：

> 那是南方。火车在一个寂静的货站 / 停住 / 谁也不知道这是终点。岁月 / 已将自己彻底忘记。
>
> （《最后一站》，1990）

当然，这里面还有时间的悠久。这首诗看似描写风景，实则表达了某种情绪或心境："绝望只能消失，只能被沉默 / 沉默地容纳。有 / 呈现在没有之中。"诗的基调是低沉的，充满了一种处于空茫境地的虚无感。我以为，透过辽阔的空间，这首诗从另一面昭示了写作的本质："熟睡的语言"被唤醒之后，冰冷的笔触向何处皈依？倘若确如形而上的谈论，写作是对抗时间侵蚀的一种方式，那么它也可用来抵制现实与内心的虚无——

---

[1]《"诗歌会带给我自尊、勇气和怜悯"——朱朱访谈录》(汪继芳)，《断裂：世纪末的文学事故》，江苏文艺出版社2000年版，第146页。在另一处朱朱说，"进入真正的写作过程里，词语之间的构成关系仍然是意外的、难以把握和超出控制的"，这似可看作对上述见解的补充。

有 / 呈现在没有中

对于朱朱而言,诗歌写作始终伴随对虚无感的克服。对应着诗行间略显迟疑的语气,他常在写作中感受的是"苏醒时一阵虚弱"(《曼陀罗河》)。虚无感既是一种挥之不去的体验,也是一种看待世界的方式:"再一次,我的岁月又空落得什么都可以盛放 / 我的衰老被抵消着, / 被诅咒着,以一块酒杯中的冰, / 面对镜中我燃烧的形象。"(《夜归》)它是一种顽固而古老的"空"的理念,同时包含空间之"空"和时间之"空"。因此,对它的超越性阐释必然包含着悲悯。他如此谈论骄阳:"你不是霜的文字,脆弱又含有人性?"(《秋日》)在前面引述的诗作片断中,光与影的氤氲之气显示了写作的临界状态:由灵感的促动而开始的漫无止境的静候、寻觅或抉择。

不过,写作中这种经验习性的培育与其说受惠于朱朱生活的城市,不如说源自他习惯于居留的市郊。前者为他的写作提供了一种风俗或情调的背景,后者则给予他进行形而上冥思的空间。在一篇短文中,朱朱写道:"市郊……它既是诗人能够辨认的城市母体上的胎记,又是陌生和遥远的先兆;一个既是流失又是返回的缺口,实际上,市郊——它正是每个城市对自身的记忆。"[1]某种浮荡在朱朱诗歌中的幽微的气息,的确是他居住的那座南方城市所独有的:"一座古都,一种缓慢的节奏。"但这些幽微的气息并非直接从城市的体内分泌出来,而是来自他对城市物象的想象性偏离:"一张蜘蛛的 / 黑色大网里,黄昏正在 / 孤立的黑暗中 / 上升。"(《故都》)于是,朱朱试图用一种更加古朴的艺术信念,来挽救日渐分崩离析的城市景象:"但你是在为它偿还着债务的太阳, / 我的墓穴上的太阳。"(《小瓷人》)更多时候,他是站在市郊的阔大的空寂里,审视城市的喧腾的身影:"最倨傲的城市, / 你让我听见血在鸣响。"(《过境·Ⅱ》)——市郊无疑是一处特殊的立足地,一道无形的界线:所有的景象从这里生成,又在这里消逝。同时,它是一面双向的透镜:在这里,城市轮廓与大自然风景相交汇,对应着现代与传统、经验与超验的混杂。

---

[1] 朱朱:《作为线索的空间》,《晕眩》,解放军出版社 2000 年版,第 141 页。

就像波德莱尔眼中的"漫游者"出没于市郊那片幽暗的、令人迷离的丛林，朱朱无疑有更多的机会反顾、整理由城市引发的思绪。往往，他作为"公务员"穿过街市归家时见到的匆促的生活景象，激起了一阵难以言述的悲悯："她们在诅咒，忙碌中／逐渐地沉寂——"（《公务员》）。另一些时候，当他散步在"城边的路"，那些空濛景致所隐匿的意绪，一如他在散文《城边守望》里的表述：

> 水鸟掠过城墙的缺口，山尖上的日冕闪着信号般的银光，某种肉眼看不见的美和神秘，迅疾而丰富地传递着。

市郊的两面形成了互文，它们渗透着"某种先在于我身体中的影响，我们祖先的忧郁，那敏锐于朝露般无常又未臻至幻灭的、清醒的悲观"[1]，同时包含了对日常生存的关怀。

由虚无感滋生的悲悯，可以追溯至朱朱早年的《战栗者》："每一个活着的人。光芒只应照耀在他们的／不幸上。"在写于同一时期的《扬州郊外的黄昏》中，悲悯潜藏着更为深沉的"死亡"诱因："将青春专注于死亡／那喧响之中始终／静寂的面容／微光之中始终到达的召唤。"悲悯是立于更阔大的视点上对虚无的穿越、升华，体现了一位诗人心智的成熟。而对于诗人来说，另一个严峻的主题当然便是与虚无如影随形的死亡，因为"我们轻视的虚无，／已将生死置换"（《过境·Ⅰ》）。在朱朱的诗歌中，虚无感成为死亡感的最终归宿："通往这里的每条路上，／都有死者打着薄冰似的旗帜，／阴暗的甲胄带走最后一线天光"（《过境·Ⅱ》）；"人们要一种装饰的、啁啾的和被允诺的／具体胜过要一首抽象之诗的／不移动的深色底座：／死亡"（《瘟疫》）。——既然虚无天然地被认作是死亡的源头。

在我看来，问题的关键不在于诗歌中是否出现了死亡，而在于它是否被纳入一个如艾略特所说的"更大的经验整体"，进而通过诗歌将之转化为关于生

---

[1] 朱朱：《晕眩·自序》，第4页。

存奥秘的发掘。在根本上，死亡所带来的不应是放纵般的宣泄，而是对生命奢欲的克制和对终极意义的探寻。在朱朱那里，"死有它飘零不定的速度"（《扬州郊外的黄昏》），绝非一种可有可无的轻逸感受，而是某种深入骨髓的生存反应。死亡的速度可以快到"我一想到死亡就会死去"（《带耳环的女人》），也可以延缓为一个不可抗拒的抗拒进程："月亮里肯定有让每天变得更美丽的耐心，／照向我们对死亡的逐渐倾斜。"（《湖上》）朱朱诗歌对死亡的处理表现出少见的分寸感。一种方式是，站在将来或现在的立场，把过去从自己的体内分离出来，以洞察死亡的全过程："我摸着的窗玻璃／变成死亡光裸的毛皮，两层／柠檬黄，从我体内／长出。"（《窗口》）另一种则相反，由已经死亡的自我向前漫游到起点，逐渐展现那一惊心动魄的体验的发生与聚拢，从而形成了朱朱式的"从死亡的方向看"，明显的例证是《灯蛾》《合葬》等。而后面一种方式，越来越成为朱朱诗歌独有的方式。朱朱诗歌对死亡的如此处理，其理由正如普拉斯所说，"不得不把那可怕的小寓言重新表演一遍，才能摆脱它"[1]。但好奇的观众走到木偶戏帷幕的背面，仍然无法搜寻到一出戏的谜底。

然而，不可否认，背负着"寻找记忆中的无名之物"（《过境·I》）的痛苦，诗人对虚无和死亡的强烈感受，最终归结为对诗歌本身的铸造：

> 强大的风／它有一些更特殊的金子／要交给首饰匠。／我们只管在饥饿的间歇里等待，／什么该接受，什么值得细细地描画。
>
> （《厨房之歌》，1998）

这里，诗歌再一次奏响关于"诗是诗的主题"的旋律。对于一件真正的诗歌作品而言，主题并不是外在于词句的缀饰，而应该内化为诗歌形体的一部分：它既加入诗人心性与人格的锻炼，又参与了诗歌的塑形。也许，在一个旁观者眼里，诗歌写作远离了凡俗的生活，或者是与生活对立或背道而驰的："我们离街上的救护车／和山前的陵墓最远，／就像爱着围裙上绣着的牡丹，／

---

[1] 这是普拉斯在准备 BBC 的诗歌朗诵时，针对她的诗作《爸爸》（"Daddy"）做出的解释。

我们爱着每一幅历史的彩图。"这其实是一个根深蒂固的偏见。出于对这一偏见的无声的反拨,"诗是诗的主题"最彻底地贯彻着"无用之用"这一远古的思想:"我们要更镇定地往枯草上撒盐,/将胡椒拌进睡眠。"由此,发生在厨房里的最寻常的情景,同样构成了关于诗歌写作本性的含蓄表述:

> 诗的写作本身,即获得满意的表达的那个过程本身,就已经充满了道德关怀。我们不妨设想一下,它首先涉及的是奢侈与节俭之道,正如一位诗人的妻子有一天在厨房里感叹的,"写诗是一个大到无边的奢侈"。但另一面,它在对词语的使用上又会是最节俭的,几乎带有苦行主义的精神——一旦意识到你拥有着这样悖谬的事实,你又怎么能不为之战栗呢?

那些"在饥饿的间歇里等待"的诗人,的确懂得"什么该接受,什么值得细细地描画"。他们供奉的"更特殊的金子",是"一些持久闪光的、予人安慰的物"。

五

因此,是否可以说,朱朱诗歌提供的正是一些"物",或更确切地说,是"物"的呈现方式,以便于人们更好地理解和认识"物"。在诸如"楼梯上""小镇的萨克斯""沙滩"以及"睡眠,我的小蜘蛛""小瓷人""灯蛾""烙印"等标题之下,"物"以不同的姿态敞开了自身,彰显着自我与世界、词语与意义的联系。语言由于物的敞开而获得更生动的形象。卡尔维诺指出:"词汇把可见的踪迹和不可见物、不在场的物、欲求或者惧怕的物联系了起来,像深渊上架起的一道细弱的紧急时刻使用的桥一样……恰当地使用语言就能使我们稳妥、专注、谨慎地接近万物(可见的或者不可见的),同时器重万物(可见的或者不可见的)不通过语言向我们发出的信息。"[1]。

---

[1] 卡尔维诺:《未来千年文学备忘录》,杨德友译,辽宁教育出版社1997年版,第54页。

按照里尔克的说法,"物"是一种特殊的存在,它蕴含着来自日常生存的经验和记忆:"这物,无论怎样无价值,早已准备好你们和世界的关系,它把你们带到事与人的中间;而且由于它的存在,它的任何外观、它的最后毁灭或神秘的消逝,你们已经经历了一切人性,直至进入死亡的最深处。"[1]对此海德格尔解释说,"物"的本源含义是"聚集",它将天、地、神、人汇聚在一起,使它们彼此趋近、相互映照,共同构成"世界";艺术的功用是对"物"的持存,还原"物"的神秘本性,即"物"之为"物"的"物性";而艺术的真正的价值在于,在展示"物"对天、地、神、人的"聚集"的同时,还能保持艺术质料的原初状态[2]。因而,对于一件诗歌作品而言,其价值应体现在:一方面力图丰富地呈现"物"的物性;另一方面在"运用"词语的过程中并未让词语丧失自身,而是使词语更成其为词语。以此来考量朱朱诗歌中物的特性,这一点表现得尤为鲜明。

在朱朱的诗歌中,"物"作为结构诗篇的视角发挥着作用。这意味着,"物"显示了他对世界的一种观看——换言之,与世界的静默无声的交往。这令我想到朱朱所钟爱的思想家瓦尔特·本雅明,他们的忧郁气质有近似之处。正如桑塔格指出的,具有与"物"一样沉重特质的本雅明"觉察到,忧郁症患者与外部世界的深切交往,往往发生在与物之间,而不是与人之间;这是一种真正的交往,能够揭示出意义来。准确地说,患忧郁症的人因为一直被死亡所追捕,所以他们才最懂得怎样阅读世界;或者说,这个世界只对细察详审地阅读它的忧郁症患者呈现自身,其他人则无此机缘。越是没有生命力的事物,就越需要更加有力、更加敏锐的头脑去思索它们"[3]。在物的内里凝结着一种幽谧的力量,朱朱诗歌中的物的复杂图景及其对物的富于独创的透视,对接着他与世界的多向度的关联。

---

[1] 里尔克:《艺术家画像》,张黎译,花城出版社 1999 年版,第 163 页。

[2] 海德格尔:《艺术作品的本源》,见《林中路》中译本,孙周兴译,上海译文出版社 1997 年版,第 4 页"以下"。

[3] 苏珊·桑塔格:《〈单向街〉》英文本导言,见孙冰编:《本雅明:作品与画像》,文汇出版社 1999 年版,第 248 页。

然而，人们在现实生活特别是艺术创造中，与"物"的关系往往是微妙的。在此，那种理想化的以词及物的意愿，同某种经典现实主义的观念一道，将受到质疑。在词语与"物"之间产生了某种令人惊诧的互逆，越发精细的描绘，越发让人产生虚幻感："我们观看一个物件，单独面对它，然后试图以最客观、最中立的方式为自己描写它，于是它便逐渐占据了全部地盘，变得硕大无比，挤压我们，压迫我们，进入我们体内，夺取我们的位置，使我们无比狼狈。要不就是完全相反的现象，我们死盯着这个物体，久而久之，他不是变为一种魔鬼，而是变为我们无法理解的、虚幻的、非现实的东西。"[1]最终，词语本身的客观性（或真实性）引起了怀疑。

我认为朱朱的《青烟》(2001)给出了一个范例，提醒写作者进入词与物的并非单一的关系。在画家与模特的交叉观视中，《青烟》提供了一种观看的诗学。画家"盯住自己的画布"，他关注的是模特的姿势、神情以及由此衍生的意味。模特起初的观看是僵硬的，她被迫呆坐在那里，"一只苍蝇想穿透玻璃飞出，最后看得她想吐"；随后，她"透过画家背后的窗，可以望见外滩"；末了，"她感觉自己 / 不必盛满她的那个姿势，或者 / 完全就让它空着"，甚至可以跑出那个"表情的模壳"，使自己游离于绘画的现场，并得以反观那幅源于她的画像。显然，模特和画家关于艺术真实的看法是不对等的，她疑惑于"画中人既像又不像她"。不过，有一点是确实的：

　　唯独从她手指间冒起的一缕烟
　　真的很像在那里飘，空气中飘

也许，《青烟》接近卡尔维诺理解的卢克莱修的《物性论》："关于不可见物和无限的、不可预期的或然性的诗——甚至是关于空无的诗。"[2]画家反复涂抹

---

[1] 这是在米歇尔·福柯主持的一次讨论会上，一位参加者的发言。见杜小真编：《福柯集》，上海远东出版社1998年版，第31页。

[2] 卡尔维诺：《未来千年文学备忘录》，杨德友译，辽宁教育出版社1997年版，第6页。

的那缕青烟正是这样一种"物":它具有可见的形状、色彩乃至动态,但它的若隐若现和若有若无,使之趋于无形;它成了一种介于有与无的悬浮物。而画家即使"不停地涂抹",似乎也难于准确地描画这种物的虚无缥缈感。这一最后揭示的细节,同时揭示了艺术创造(写作)在表达词与物关系时面临的难题。

原载《诗探索》2004年秋冬卷

熔铸的执着
——论绿原诗歌中的理性化色彩

张立群

作为绿原的诗友,诗人牛汉曾经在《荆棘与血液——谈绿原的诗》一文中这样评价过:"从诗的角度来说,我倒觉得绿原诗里一直有着一种时起时伏、若明若暗的理念化倾向。"[1]而在《绿原的诗》一文中,诗人周良沛则又有"绿原诗中表现的全部知性,起先都是来自自身的不幸遭遇和各个时期在底层人民之间而有的活生生的感受、思索和剖析,以及同时接受的先进的——由切合抗战现实的民族的、爱国的思想到马列思想的引导。由于有这些思想准备,他又是诗人,必定会发而为诗,发而为'知性'强的诗,但绝不是概念化的诗的哲理和哲理的诗。有思想的自觉,有艺术的自觉,才有'将太阳同向日葵融解在一起'的诗"[2]。虽然,上述两种评价在表面的概念使用上存有不同,但如果联系诗人绿原的具体创作和生活历程的话,我们似乎不难发现:诸如"理念化""知性""哲理"等词语(事实上,关于类似的论述远远超过以上所列举的)尽管有语义色彩和程度之间的差别,但它们在具体指涉绿原的诗歌时,其整体含义却是基本相同的,即这些词语最终所要说明的都是贯穿绿原诗歌写作中的

---

[1] 牛汉:《荆棘与血液——谈绿原的诗》,《学诗手记》,生活·读书·新知三联书店 1986 年版,第 74 页。

[2] 周良沛:《绿原的诗》,《诗刊》1992 年第 2 期。

"理性化色彩"。那么,这种"理性化色彩"究竟如何在绿原的诗歌写作中予以呈现并展开其历史情境的呢？所谓"熔铸的执着"正是以此为逻辑起点进行阐述的。

一

尽管,最初登上诗坛的绿原是以《童话》诗集的方式,让众多读者在他的"童音"与梦一般的天国中迷醉,而徜徉于其"童话"中那奇妙、梦幻与淡淡哀伤的境界,也会让人不自觉地想起曾经一度流行于1930年代诗坛的、如下之琳式的现代派诗歌。[1]但即使在这一时期,诗人也往往有这样的诗句"不是没有诗呵,/是诗人的竖琴/被谁敲碎在桥边,/五线谱被谁揉成草发了。//杀死那些专门虐待青色谷粒的蝗虫吧,/没有晚祷！/愈不流泪的,/愈不需要十字架；/血流得愈多,/颜色愈是深沉的。//不是要写诗,要写一部革命史啊。"(《憎恨》,1941),这些以"浑身都是敏感的触角"[2]的方式传达出诗人当时险恶的生存环境,以及战争的烽烟正焚毁那一个个如梦般的"童话"。而后,在1949—1956年,绿原便进入了其怒张式的政治抒情诗时代。在《给天真的乐观主义者们》(1944)、《终点,又是一个起点》(1945)、《复仇的哲学》(1946)、《伽利略在真理面前》(1946)等作品中,绿原不但关注时代风云以及挣扎于社会最底层的人物的命运,而更为重要的是,绿原正在这些具有时代性和战斗力的诗篇中和过去的自我进行"告别"。于是,在诸如"有战士诗人/他唱真理的胜利/他用歌射击/他的诗是血液/不能倒在酒杯里"(《诗人》,1949)、"人活着/像航海//你的恨,你的风暴/你的爱,你的云彩"(《航海》,1949)的诗句中,诗人对真理的追求、战士的认可、人生的理解正以理性融合情感的方式出现在读者的面前。

---

[1] 关于绿原接受现代派特别是下之琳诗歌的影响,具体可见《人之诗》的"自序"部分(人民文学出版社1983年版)、罗惠《我写绿原》(《新文学史料》1983年第2期)的部分介绍。

[2] 牛汉:《荆棘与血液——谈绿原的诗》,《学诗手记》,第70页。

当然，1949年前在绿原诗歌中呈现出的"理性化色彩"以及诗风前后的转变，除了与诗人自觉反叛当时黑暗专制社会以及适应时代要求有关外，还与埋藏于绿原心中的幼年生存体验有关。绿原从小父母双亡，是在比他年长十九岁的哥哥的抚育下长大成人的。父母的过早离世、几个姐姐相继送人当了童养媳，以及生活的清苦，不但使他缺少儿时的快乐，而且也造成了他身体上的羸弱以及性格上的内向、心灵上的孤寂。这种现实的生存环境不能不在诗人幼年的记忆中留下所谓"苦难的心理原型"。因而，虽然最初的绿原是以一种单纯、透明、充满幻想的"童音"方式登上了诗坛，但这种在详细考察诗人生平之后的"独特表达方式"除了是寄予一种对不幸童年的精神补偿外，更多是在于具体表达方式与创作风格上的不同。而一旦外在的环境再度发生变化和诗人自我逐渐在成熟的嬗变中走向广阔的"大我"空间后，那么这种潜在的因子就会适时而发，并在犀利与备份中释放出哲理与思辨性的色彩。而从"童真"到"莽汉"的转变过程不但是绿原1949年前诗歌创作的整体趋势，也无疑是符合诸如"七月诗派"那种融时代、艺术于一体的综合性之"创化"的历史特点的。[1]

自1949年下半年创作出《从一九四九年算起》，到1959年写成《又一名哥伦布》之前，绿原进入了他创作上的一段"低回时期"[2]。在这一时期内，虽然新中国的诞生让诗人感受到了无比的幸福，但由于长期忙于机关工作，无法更深入地进入生活的内部，所以完成于这一时期的诗歌大多显得有些空泛乏力，而这对于始终在诗歌创作上有不懈探索精神的绿原来说，无疑是可以明显感受得到的。写于1953年至1954年间的《雪》(1953)、《快乐的火焰》(1954)、《小河醒了》(1954)等作品，是诗人努力摆脱束缚之后的创作，其朴实、活泼、自然、明朗的生活气息曾一度让人耳目一新。然而，无论就当时的发表机会，还是1955年的身陷囹圄，都使得这种探索被人为地中断了。

---

[1] 李怡：《从"童真"到"莽汉"的艺术史价值——绿原建国前诗路历程新识》，《贵州社会科学》1998年第5期。
[2] 关于绿原诗歌四个时期的具体划分以及每一个时期的诗歌特点，具体可见刘扬烈：《诗神·炼狱·白色花——七月诗派论稿》中的"第十二章绿原论"，北京师范学院出版社1991年版。

1955年5月13日，绿原因"胡风反革命集团"骨干分子的罪名，被投入监狱。至此他基本中断创作达二十余年之久，直到1979年才获得重新发表作品的机会。然而，监狱的生涯并没有使其意志彻底消沉，在1955年至1962年单身监禁的七年里，绿原虽然在心灵上遭受炼狱式的煎熬，但他依旧通过顽强自学的方式，练就了德语翻译的技能。对苦难的反复咀嚼和深入灵魂的体验，不但使其意志得到了巨大的磨练，同时也为其深刻认识人生、社会、时代奠定了坚实的基础。完成于这一时期的著名的"潜在写作"文本《又一名哥伦布》(1959)、《手语诗》(1959)、《面壁而立》(1960)，以及完成于十年浩劫中的《重读圣经》(1970)、《信仰》(1971)等均在"理性化色彩"方面达到了诗人的顶峰。与此同时，诗人也由于其坎坷的经历、中年的成熟心态，渐次达到了诗歌艺术与自我人格意义上的双重成熟。在最近一次接受访谈中，绿原在回忆1980年代初期重获新生后的具体诗歌创作时曾经说道："停笔二十多年，到80年代重新拿起笔来，我发现距离自己过去的艺术思维很远了，对过去的作品几乎不认识，在感情上已经无法相互交流。原来我已开始变成一个老人，对很多事物不再是从前的感觉和看法，所以在我的笔下，诗风、文风也就跟从前不大一样了。多年来，我已不再写那种激昂的政治抒情的作品，也没有《童话》式的唯美的诗句。现在我写诗试图表现的，只是自己对人生的一点感悟。所以我的诗风比较沉稳，和从前的风格相比，几乎判若两人。这里有很多原因，主要是我经历了太多的变故，再写，在思想感情上已不可能像青少年时代那么单纯了。"[1]这足以证明诗人重新面对诗歌时无论从心态，还是从情感方面都已经有了崭新的认识，不过在这种认识中，集中传达的仍然是一种理性化的东西。而完成于这一时期的《秋水篇》《高速夜行车》以及1990年代的《忆昙花一现前后》《读冯至〈十四行集〉》《紫色雨》等都是以较为典型的哲理诗、具体象征和寓言的方式以及对生命的深刻感悟与认知，对这种"理性化色彩"进行了具体而外在的表达。

---

[1] 2004年10月19日下午，刘士杰访问绿原并撰文。见刘士杰：《不屈的意志　不懈的追求——访老诗人绿原先生》，《诗探索》2005年第3辑（理论卷）。　　——编者注

至此，我们在全面联系诗人生活经历的前提下，已经可以较为清楚地看到常常弥漫于绿原诗歌中的"理性化色彩"的具体成因了：除了幼年的苦难经历和适应时代性、社会性的外在要求之外，生存背景的强烈转变、炼狱式的生涯、岁月流逝中成熟与坚定都是形成这种理性化色彩的重要原因。当然，在此过程中，我们同样不能忽视绿原本人勤奋好学、博览群书，兼备古今中外哲学、历史、文学等多方面知识的事实。于是，所谓的"理性化色彩"便在绿原的诗歌中以多样化、多层次、多角度的方式予以展开了。

二

纵观绿原的诗歌创作历程，我们可以清楚地发现所谓的"理性化色彩"大致是从如下几个方面予以表达的。首先，是强烈的理性思辨色彩。写于1948年的《诗与真》虽然在知名程度上无法与后期的一些广为传颂的作品相比，但在这首题记为"诗没有技术　真理没有衣服　人没有世故"的短制当中，绿原还是以"诗是人类底兄长 / 它指责生活底幻想 / 诗给人以高度的自由 / 人必须有海水的方向 / 诗和真理都很平常 / 诗决不歌颂疯狂 // 人必须用诗找寻理性的光 / 人必须用诗通过丑恶的桥梁 / 人必须用诗开拓生活的荒野 / 人必须用诗战胜人类的虎狼 / 人必须同诗一路勇往直前 / 即使中途不断受伤"的直抒胸臆的方式表达了他对诗歌如何乃至为何寄予理性（或曰诗人对自我诗歌功能）进行了一种形象的表达。而在稍后的《诗人》（1949）当中，绿原又以"解读诗人"（诗歌内容，见上）本身的方式，对诗歌写作者本身寄予了一种理性的承担。自然，在这种前提下，诗人诗歌中的"理性化色彩"就获得了相对稳定意义上的"写作基础"。

如果说当年的"童话"诗歌常常由于天真、明朗和淡淡的哀伤而掩盖了诗人心中童年的苦难经历，那么炼狱时期的绿原已经将诗歌中的"理性"暴露得一览无遗。以著名的《又一名哥伦布》为例，在这首写于囹圄时期的作品之中，绿原通过古今中外的对比与象征，将自己比喻为五百年前航海探险的哥伦布。然而，对比当年乘坐"圣玛丽娅"号航船、在空间无边无际的海洋上行进的哥伦布,今天的"哥伦布"却是以单身牢房为孤独的"圣玛丽娅"在时间的航线上"没有分秒,没有昼夜"——

> 这个哥伦布形销骨立
> 蓬首垢面
> 手捧一部《雅歌中的雅歌》
> 凝视着千变万化的天花板
> 漂流在时间的海洋上
> 他凭着爱因斯坦的常识
> 坚信前面就是"印度"——
> 即使终于到达不了印度
> 他也一定会发现一个新大陆

这里,值得注意的是,历史上的哥伦布在历尽千辛万苦之后,虽然"他终于没有到达印度/却发现了一个新大陆";然而,今天中国式的"哥伦布"却只能凭借着"常识"和"坚信"去寻找"新大陆"。诗结尾处的"即使终于到达不了印度/他也一定会发现一个新大陆"已经清楚地说明这个代表真理与目的的"新大陆"在当时是无法获得任何承诺的。不过,正是这样一种可以坚定信念的意志,却使诗人当时的艰难处境、忧患意识以及透过诗歌可以体验到的宽广意境得到了深刻的表达。

《重读圣经》是绿原在这一时期另外一篇重要的作品。在这首可以与《又一名哥伦布》并称为"双璧"的诗中,绿原以"'牛棚'诗抄第N篇"的别样自诩和借喻的方式,将圣经神话故事与现实高度融合在一起:

> 今天,耶稣不止钉一回十字架,
> 今天,彼拉多决不会为耶稣讲情,
> 今天,马丽娅马格达莲注定永远蒙羞,
> 今天,犹大决不会想到自尽。

> 这时"牛棚"万籁俱寂，
> 四周起伏着难友们的鼾声。
> 桌上是写不完的检查和交代，
> 明天是搞不完的批判和斗争……
>
> "到了这里一切希望都要放弃。"
> 无论如何，人贵有一点精神。
> 我始终信奉无神论：
> 对我开恩的上帝——只能是人民。

整首诗不但笔力沉重、深刻犀利，而且又在不失明朗、乐观的情怀中浸透了诗人对人生、世道的深入思考，因而其本身投射出来的厚重感、批判意识以及自觉的理性思辨色彩，也就在同类作品中达到了前所未有的高度。

与强烈理性思辨色彩相对应的是绿原诗歌中的哲理化倾向和知识化倾向。哲理化色彩和知识化色彩是绿原诗歌的另一显著特征，同时也可以视为是理性化色彩的又一外在表现。当然，所谓哲理化倾向往往由于其含义的原因而具有内在的层次感。在《绿原论》一文中，陈丙莹曾这样论述道："有的论者认为哲理化是绿原诗歌的致命伤。事实上恰恰相反，绿原政治诗的独创性正在于他把哲理的艺术引入革命诗、新诗。我们还没有见到有哪一个诗人如绿原这样重视哲理，大量地运用哲理，如此成功地把哲理诗化。"[1]确实，浸透于绿原诗中的哲理由于时代语境和诗人个性特点的原因，并非是那些现代玄学派的沉思与默想，而是融合社会现实、革命哲学的以及生命体验的一种理性发挥。比如，在绿原闻名一时的政治抒情诗中，读者不但可以体会到情感的激越，而且还能在同时得到一种思索的激发。因而，这种融合情感但又并非裸露理念的作品，就并不仅仅是写出了人生的哲理，更重要的是，它们还以激动人心的方式，让读者在阅读与思考中通向诗的哲理。

---

[1] 陈丙莹：《绿原论》，《抗战文艺研究》1987年第2期。

在绿原诗歌哲理化表征的过程中，常常时隐时现于诗人作品中的宗教意识以及宗教情怀也是非常值得注意的现象。事实上，许多研究者已经在《重读圣经》等作品中发现了绿原的宗教情怀，而反复在作品中出现的宗教人物、宗教题材、宗教色彩，在绿原的诗歌中也并非只占领少数地位。但在这些诸如"晚祷""十字架"等意象、类似以诗解读宗教故事的篇章，以及诗人在受难之后于炼狱环境下写出的大量作品中，最终与宗教救赎相关的却是如何思考现实的社会人生与永恒的真理。比如，在《伽利略在真理面前》（1946）这个与"中世纪教会"密切相关的作品中，诗人的最终目的是要引申到现实中的"政治犯""人的标准"以及对真理的追求。所以，这些所谓的宗教意象到最后也就成了一种表达哲理化倾向的"符号象征"，并在狂飙似的政治理性冷却下来之后，转化为一种特定哲学理性的物质承担。

同样地，知识化倾向在绿原诗歌的"理性化色彩"当中也起到重要的作用。然而，这里所谓的"知识化"并非就是简单指向绿原大量阅读之后，在作品中常常表现出的知识性倾向，它在某种程度上还指代绿原诗歌接受的诗学影响乃至师承关系。早在考察 1949 年之前绿原诗歌的创作过程时，有论者便指出"陀思妥耶夫斯基气质与歌德性格的重叠，便代表了绿原追求的最重要的方向"[1]，而生性好学和受难之后自我排遣时的阅读与补充，也无疑为这种知识性的写作素养创造了"客观的条件"。因而，在后来的《歌德二三事》《西德拾穗录》《秋水篇》等作品中，俯仰古今，融哲学、历史、文学于一体，不但表现出一种更为深远的境界，而且还常常在个性气质、知识融合的过程中，传达或曰加重了诗人诗歌原来就存有的"理性化色彩"。或许正因为如此，熟悉绿原诗歌创作的友人才会进行如下的评价："如果说，解放初期新诗创作中那种缺乏艺术感染力的空洞歌颂，与他诗创作上潜伏的理念化倾向容易不自觉地合拍起来；那么他后来多年在孤独中被迫冷静思考问题的经历，他从事文艺理论翻译的习惯，以及他的诗作固有的冷峻的论辩性质，更从主观上助长了那种理念

---

[1] 李怡：《从"童真"到"莽汉"的艺术史价值——绿原建国前诗路历程新识》，《贵州社会科学》1998 年第 5 期。

化的倾向。"[1]

最后，融形象、情感于一体也是绿原诗歌"理性化色彩"的重要特征。强调"理性化色彩"的诗歌往往由于侧重理性的表达，而使其在一定程度上排斥诗歌的情感与具体的形象。但是，如果一旦形象和情感过度地得以放逐，则会使诗歌的说理变得生涩、干枯。绿原是一位善于处理诗歌情、理以及形象的诗人。

与以形象说理相一致的还有绿原诗歌中浓郁的抒情性。许多研究者都曾经注意到绿原一生很少写情诗，然而这并不是诗人缺乏抒情的依据与理由。事实上，从"童音"时期开始，绿原的诗歌就已经表现出了坦诚而率真的抒情性；政治抒情诗时代的绿原更是以浓郁的感情色彩、尖锐有力的讽刺，将对下层人民的同情和黑暗社会的愤怒发挥到了极致。只不过，绿原很快由于所谓的"反动集团"而陷入了逆境，于是其情感的抒发也相对变得内敛，其形象表达也显得相对深沉。但是，这样的现实条件也造就了绿原诗歌理性表达的均衡性。而自新时期特别是 1990 年代以来，呈现在绿原诗歌中那种近乎超然的心态、深刻的理性则正是这种多重结合在岁月淘洗下的自然延伸。

正如绿原在一部诗集的序言中所说的那样："诗人是在生活之中，不是在舞台之上。生活远比舞台更宽广，更严峻，更难通向大团圆的结局。因此，诗人只能够、也只应该按照生活的多样化的本色，来进行探险式的创作，而不能是，也不应是舞台上常见的、用一种程式向观众展示一段既定人生的表演艺术家。"[2]贯穿于绿原诗歌中的"理性化色彩"是对真理的追求、对艺术的执着、岁月的坚定等多方面因素共同熔铸的结果。虽然，绿原并没有以理论和口号的方式宣扬过自己的诗歌追求，但对诗歌理性的真善美追求却始终伴随着他的创作实践，并在时光延展的过程中，逐渐融入他的生命并进而成为其生存的重要方式。因此，无论就三言两语即能启发读者的心智，还是诗人本身将诗歌视为崇高而神圣的事业，都是其艰难、孤独但又不乏自信的诗歌旅程的必然结

---

[1] 牛汉：《荆棘与血液——谈绿原的诗》，《学诗手记》，第 74—75 页。
[2] 绿原：《〈人之诗〉续编》"序言"，宁夏人民出版社 1983 年版。

果。"但诗不能有庸俗的胜利/理想和果实最后总归可能",绿原诗歌的理性化色彩是血肉熔铸后的一次结晶,而熔铸过程中的执着则是引人瞩目的一次心路历程。

原载《诗探索》2005年第3辑(理论卷)

书《邵燕祥诗选》后

何西来

诗人邵燕祥和杂文家邵燕祥

邵燕祥是诗人,"少年忧乐过于人"。少年作诗,少年成名,18岁那年他的第一本诗集《歌唱北京城》就问世了。从14岁发表诗作,到为他开诗歌创作研讨会,已经整整60年了,一个华甲乾回,今年又是丁亥年。他的诗龄,比初唐的王勃,加上中唐的李贺的年龄都要长;比19世纪俄国的莱蒙托夫,加上匈牙利的裴多菲的年龄也要长。那几位诗人,由于种种原因,都没有活到而立之年,便夭亡了,陨落了。在漫长的诗国历史的接力中,燕祥跑出了属于自己的不短的一段,跑得坎坷艰难,也跑得充实辉煌。在中国当代诗界,他是当之无愧的第一流的桂冠诗人之一。他也偶作古体诗,"眼"之所在,警策之什,也是第一流的。

邵燕祥又是杂文家,他的第一篇杂文也发表在差不多14岁前后的那两年。他是先以诗家名世,然后才以杂文家名世的,那已经是1980年代以后的事了。在我心目中,20世纪八九十年代以来,他是中国杂文界的第一支笔,真正继承了鲁迅的传统,敢于抽刃向大恶,没看丝毫的奴颜和媚骨;是社会转型期浊流翻涌、沉渣泛起时的中流砥柱,是时代的良知和灵明。

有人说,燕祥的诗好,杂文比诗更好,但最重要的是人好。我不想在他的诗文之间有所轩轾,它们在不同的时段都是燕祥生命存在的形式,都是他用血泪、用汗水，用不知疲倦的劳作锲而不舍地浇灌起来的。它们出于同一个邵燕祥之手，诗缘情思，文重理路。蚌病成珠，好的诗文都要千古才人拿命去换。惜命，缺钙，就要付出人格的代价，那同时也就是诗文的末路了。但邵燕祥敢于担当，铁肩担道义，辣手著文章。

近二十六七年来，燕祥每有诗文集出，必送我一册，我都翻阅过。为了准备这次研讨会的文章，我又从头到尾读了他自选出版的《邵燕祥诗选》。《诗选》出版于1994年11月，他送我是次年的5月。共收短诗158首，长诗12首，他在此前的代表性的重要诗作，大体都在里面了。全面研究邵燕祥的诗歌创作，需要专门的著作，需要研究者对他已出的所有诗集作过细的、系统的阅读，并参考他的其他有关生平材料，而后寻绎出规律性的东西，并得出有学理性的认知与结论。这就不是我的这篇短文所能承担的了。我在这里只讲以下几点认识，主要以这部《邵燕祥诗选》为依据。

心灵镜面上的历史留痕

邵燕祥不是闲云野鹤，也不是山野隐逸，他是尘世的跋涉者和思想者。即使作为"右派分子"的贱民被逐入荒野时，他也没有想要逸世高蹈，闭目不见"百姓长年陷身于水火"。在《云南驿怀古》里，他说"从来草野高于庙堂"，他的"草野"是指百姓和离开庙堂的智慧。他写道："永远是如此行色仓皇，漏夜奔忙，说什么关山难越悲失路／负重致远的才是民族的脊梁。"作为抒情主人公，他就属于这负重致远的行列中人，就是"民族的脊梁"中人，所以时刻关注着"莽苍苍，一万里关山风起云扬"。

他说，他在这本诗选里所选的诗，"可以说是用所谓诗的口吻断断续续诉说的作者的人生"。他是有意要"让读者循着诗行的蜗迹，略窥作者40多年的行迹和心迹"的，所以无论短诗还是长诗，他都按编年的方法排序，每篇作品都标出具体的写作时间。逐篇读下来，你会感到是在阅读抒情主人公的心灵史。因为作品真实地抒写了诗人在当时曾经有过的切身体验，又氤氲着彼时彼地的历史情境和时代氛围，再加上既无事前的饰伪与造作，亦无事后的隐讳和遮掩，就使得这些诗作具备了某种弥足珍贵的认知意义。人们不难从这些个体生命历史的诗化了的心灵镜面上，发现岁月的留痕。

少年诗人写于旧中国的几首诗，无论在技法上，还是在思想情感的熔冶上，都显得稚嫩。但这是纯真的稚嫩，显示了作者的才情，亦不无少年老成的忧郁。少年的倔强，到了晚年，依然能从燕祥的做人、裁诗、为文中辨析出来，它支持诗人走过了60年间的历史吊诡和风雨人生。他的风雨鸟的意象，似乎能够见出高尔基《海燕歌》的意绪。风雨鸟呼唤着风雨，在风雨中搏击。它是少年燕祥的自明心志，亦是晚年燕祥的文魄与诗魂。

在1950年代的前期，在共和国的早晨，他像那个时代的所有年轻人一样，热情地、全身心地投向新生活、歌唱新生活，用他还没有完全蜕去童声的歌喉，没有任何保留。最有代表性的是《到远方去》《中国的道路呼唤着汽车》，他还歌唱高压送电线，歌唱水库，歌唱地质队员篝火旁的五月的夜。单是写武汉长江大桥的诗，他就选了三首，比之为琴，为洞箫。1980年代黄鹤楼新楼落成后，他还专门写了《遥致黄鹤楼文》，文中仍念念不忘他当年洞箫的比喻。

长诗《贾桂香》标志了诗人的命运，同时也是他诗歌创作的转折点。而从1959年到1977年，整整18年间，没有一首诗入选，可以说是历史留白。燕祥自己写道："在编年序列中发现空白，那空白也是无声的言语，诉说一段历史。"

随着思想解放潮流的推涌，特别是国人痛定思痛的反省，知识界出现了文化反思的潮流。邵燕祥作为敏锐的诗人和思想者，始终站在潮流的前头，大呼猛进。当短小的抒情诗不足以表达他的情感和沉思时，他的长诗写得多了，以至专门出了抒情长诗集。从《敲门声》《燕子的歌》《不要废墟》《长城》，可以看出燕祥进行反思型历史沉思的逐渐深化的轨迹，当然是诗化的反思。如果诗人的反思也是连续展开的心灵镜面，那上面就有了更多、更深致的历史留痕。

他是诚实的自省者，敢于严格解剖自己

在中国的知识界，自1980年代初到世纪末和世纪之交，曾有这滥觞于反思文学，中经文化寻根而渐次展开、渐次深化的我称之为世纪反思的文化潮流。它是一次以知识分子为主角的民族反思，为民族的振兴、国家的崛起准备着条件。

这一反思中有两种方式，多数是反思者或做纯客观的冷静描述与分析，或作为受难者，在陈述自己苦难的心灵历程时侧重于控诉和揭露历史的迷雾、环境的凶险，还有主政者的决策失误与个人品性等，也有接触民族根性、追问文化传统的负面性的。凡此种种，无疑都对促进民众的觉醒起了积极的作用，扮演着新的启蒙者的角色。然而，他们作为思想者、先知先觉者，都或多或少对历史采取一种居高临下的态势。我的朋友刘再复曾深感沉痛地说，我们中国人所缺的就是忏悔意识。他甚至把这一点作为整个中华文化的负面特点进行了系统的学术指陈。他是敏锐的。他看到了问题的严重性。但我不十分赞成在学理上把问题泛化为、上升为全称的概括。因为我们毕竟还有伟大的巴金写《随想录》，步其踵武者还有如燕祥等。像巴金在叩问历史的责任时也审问着自我的灵魂一样，燕祥在历史的反思中，也把自我摆了进去。他是经过地狱和炼狱的人，是在血水、泥水里打过滚，并曾经遍体鳞伤、九死一生的人，但他并不以受难者自炫，以胜利者自欺，以过来人自居，更不以先知先觉而自夸。他有一种当代知识分子群体非常难及的自省精神。在审视历史的时候，他首先把自己摆进去，审问自己的灵魂。他说："人生是硬碰硬的，来不得半点虚妄和自欺。"因此，他决不自诩他的小我为"大我"，更不把自己视为超凡入圣的大人物，他是芸芸众生里面的一个，是一只"负重的蚂蚁"，奔忙在长长的蚁群里，从无蚁王的奢望。他对自己的审视结论是："一个失败的人生。"他甚至专门出了一本书，就叫《人生败笔》，警醒自己，也使我们这些同代人和后来者警醒。敢于直面人生，敢于正视"失败的人生"的人，也许才是真正的优胜者。

他说："受够了命运的惩罚之后／我要对自己进行报复／对自己有过的致命的天真／对自己有过的迷惘和软弱／对自甘麻木的市侩之心／对玩世不恭的犬儒之道……"这是真诚的自省，这是在解剖历史的罪错时，首先把自己的灵魂摆在手术台上，面对道德伦理的解剖刀，不护短、不辩解，不怕自揭疮疤。这样，他才取得了面向更广阔的社会人生的眼光和见识，取得了疗救社会病苦的资格，取得了批判邪恶的权利。

他是永远的乐观主义者，相信明天比昨天长久

燕祥早慧，虽然 1940 年代末即咏怀写诗，而且诗歌中流露着敏感少年的忧郁，但他的诗写得多起来，为他赢得才名并为天下所知，却是 1950 年代前期。那是经过长期战乱之后而开始的一个新的时代的早晨，旧中国的污泥浊水和被涤荡干净，举国上下充溢着建设新生活的热情，对未来满怀着希望与梦想。乐观、自信是那个时代的主旋律和主色调。诗人邵燕祥，作为个体生命，这个时候也正经历着他的人生的早晨。那个时代的主旋律和主色调，与他个体生命的节拍正相吻合，从而形成强烈的共振，发而为诗，也就激动了整整一代人的年轻的心。诗人感到那个时代是他的，国家是他的，所以他要"到远方去"，自己去，也号召同伴们去。既是物理的远方，也是心理的、精神的远方；既是空间上的、幅员辽阔的祖国的远方，也是时间的、历史传承性的远方。

正因为他自觉到自己是那一代人的歌者，所以诗中的抒情主人公常常是复数的"我们"。他不想突出个人，而只想把个人融入集体，融入前进的建设者的行列。他的诗就是响亮的号角，队伍的前进才需要号角，一个人是不需要的。所以，《在夜晚的公路上》，他把自己想象为地质队员的一分子，高吟"我们的年纪十八、十九／顶多不过二十挂零"。而"我们"的生命体验则是"有一个波涛澎湃的大海／歌唱在每个人宽广的前胸"。

那时，诗人，"我们"，都把个人与社会、与国家、与时代视为连体，无论在什么地方，做什么事情，总会念着北京。地质队员们在极其艰苦的野外工作的条件下，在《五月的夜》望着"牛粪堆在暮色里冒起青烟"，一个想象的飞跃，便把画面组接到天安门广场的节日之夜，那里"开屏的焰火"正"把快乐的心照亮"。

诗人说，"我们架设了这条超高压送电线"，仍是复数的"我们"。这时，他又与新中国最早的超高压输电线的架设者融为一体，不分你我，都是"我们"中的一员，心中充满了主人翁建设自己国家的真诚与自豪。

而在武汉长江大桥的工地上，诗人听到"我们的钻探船轰隆轰隆响"，他

从中听到的是诗，是乐，是时代的强音。毛泽东在大革命时期写的《菩萨蛮》里面有"黄鹤知何去，剩有游人处"的名句，而邵燕祥则想象，大桥落成之日，"黄鹤飞来不找黄鹤楼"了。一个"我们"，诗人便化己身为钻探机手，身为工地上的每一个筑桥者。站在滚滚东去的江畔大桥的工地上，燕祥没有崔颢笔下乘风驾鹤而去的昔人缥缈，亦无崔颢难以排遣的乡愁乡思；也没有苏东坡谪贬黄州，想象遗世独立、羽化而登仙的旷达与潇洒。因为，他是热情而乐观的入世者。

那是一个新时代，年轻的燕祥出自内心地觉得他就属于这个时代。他的直觉告诉他，他必须，并且只能是这个时代的歌者。所以，在《中国的道路呼唤着汽车》一诗中，他以各种意象表明，"我们需要汽车！"，需要中国自己的汽车：

> 我们要让中国用自己的汽车走路，
> 我们要把中国架上汽车，
> 开足马力，掌握方向盘，
> 一日千里，一日千里地飞行……

这架势，这气象，要多自信有多自信。24年后，国家经历了十年浩劫，被西方发达国家远远地抛在后边，相差几十年，百废待兴；另一方面诗人自己历尽人生的劫波，有一种"若将不及"的紧迫感，他又写了《中国的汽车呼唤高速公路》。虽然字里行间不无悲怆的沧桑之感，但依然入世，依然热情，只是呼唤声更深沉、更急切了。不改的是他的深入骨髓的乐观主义的精神，它出于诗人对国家、对民族、对自我的自信。

灾难过后，他曾设想《假如生活重新开头》，他的这个"我们"该取何种姿态，该如何自处？他说：

> 假如生活重新开头，
> 我的伙伴，我的朋友——
> 还是迎着朝阳出发，

把长长的身影留在背后,
愉快地回头一挥手。

在同一首诗的最后一个诗节,诗人更深情地写道:

时间啊,时间不会倒流,
生活却能够重新开头,
莫说失去了很多很多,
我的伙伴,我的朋友——
明天比昨天更长久!

这末了一句讲得多好!燕祥甚至拿它做了一本他的诗文选编合集的书名。他的确像世纪之交许多负责任、有思想的中国知识分子一样,对已往的历史曲折和迷雾进行了认真的反思,但这反思的内容虽然揭着过去的疮疤,其指向却在未来,在明天。这是中国世纪文化反思的主流取向,也是这场反思的价值所在、精义所在。邵燕祥因此而成为这一历史文化反思潮流中在诗界和杂文界最重要的代表人物之一。

他的《生活是这样吗》和《问自己》,都是对不堪往事的追忆,是对造成苦难的深层原因的叩问与追索。尽管这样的追忆无疑是痛苦的,但他决不会沉溺于以往的痛苦而不能自拔。即使曾是"右派",曾是贱民,但贱民自有贱民的快乐,他郑重地申明:"在亲者和仇者的面前/我就是我/我是受伤的战士/不是替罪的牺牲/我永远是快乐的……"燕祥平生最敬重的是具有战士品格的人,他也以此自期。即使负伤,也仍然是战士;就是倒下,也应该像真正的战士那样。

因此,他关注着、遥望着远方的《地平线》。他说:"不因长久的眺望而晕眩,/不因长久的行旅而疲倦,/我奔走着,我向往着……"发挥的仍是《假如生活重新开头》的中心意念,不改其乐观主调。

燕祥专门写了一篇《我的乐观主义》以明心志。乐观主义在他,既是一种历史观，也是一种人生哲学，更是一种精神、情感和气质。燕祥称自己的乐观主义是"成年的乐观主义"。成年，是对于未成年说的，是对于青少年时代说的。那么，什么是成年的乐观主义呢？就是饱经忧患、受尽磨难之后，诗人仍坚持着的乐观主义。诗人用一系列诗的意象来烘托、描绘、刻画这个"成年的乐观主义"。他说，这个乐观主义并非总在那里微笑，而是"在泥泞里滚过"，"在铁砧上经受过锤击"，并在"锤击下喷出火花"，它还经受到棒打，经受过揉搓，"然后在冰冷刺骨的河水里漂过／它的每一根纤维／都一尘不染了"，它还被践踏过，被抛弃过，被出卖过，被告过密。诗人说，乐观主义在自己怀里被他捂热，而他也被乐观主义捂热，彼此把温热给予对方，彼此都一步一跌地长大了、成年了。诗人的结论是：

> 没有经历这挫折的
> 没有见识过卑鄙的
> 不是成年的乐观主义

少年时代正处于人的生命的上行期，表现出乐观主义的情怀亦不难，但把这种乐观主义的信念坚持到成年，永不放弃，成为一种深深烙印在灵魂上的标识，一面高高飘扬在精神界域的旗帜，如燕祥这样，就难了。唯其难，则更可贵。

邵诗中圣洁的女神意象

每一位诗人，差不多都有自己笔下的女神意象。她们既可能是灵感的源泉，也可能是爱情理想的人格化的对象，表现出人性美中最理想、最辉煌的部分。

最早出现在邵燕祥笔下的类似的女神意象，是在《传说》这首诗里。铸钟匠在铸钟，他的女儿舍弃血肉之躯，纵身跳入烈焰蒸腾的熔化的钢水之中，化为钟的魂魄，化为悠远的钟声，得到了永生。这是一个真正的诗的意象。诗人说她是"女儿，妻子，又是神明"。写这首诗时，诗人已被打入另册，成了

"贱民",外部环境十分险恶。家庭成了他唯一可以停泊生命之舟的港湾,而那"神明",则是"北京湾"里最圣洁的标识。许多遭遇和燕祥相近的人,就因为没有了这个港湾,或港湾内风涛乍起,险恶一似外海,而性命不保。铸钟姑娘纵身入火化钟的传说,使诗人的切身感受得到了象征性的表达。他从作为女儿又作为妻子的现实存在中,领悟到了圣洁和神明,在钟声里获得永生的女神意象。初读燕祥这首诗时,是20多年以前,我心头为之一惊,眼前为之一亮,一时浮想联翩。我想到了莎士比亚的朱丽叶,歌德的甘泪卿;还想到了当代作家王蒙笔下的凌雪,流沙河《故园九咏·吾家》坐在檐下"一针针为我补破鞋"的"贤妻"。然而,从更深层次上说,铸钟姑娘身上何尝没有以诗自喻明志的成分?不妨设想,王蒙如果没有凌雪、东菊那样的港湾,流沙河如果没有那个曾经遮风挡雨的"吾家",燕祥如果没有毫不犹豫跳入烈焰的"铸钟姑娘",没有那个神明,他们能不能活着挺过来都很难说,更不要说裁诗作文的灵感了。

神明在天上,但女儿、妻子却在人间。天上的女神,诗国的意象,无不由人间的真情升华而来。《无题》是与《传说》大体同一时期的作品。近在海畔的诗人,忽然看到升起的云朵,便异想天开地想象着随云归去,以慰远方的相思。云归,当然会带回风雨。于是,便有了"一天夜雨拍打着你的窗扉,／让你想象着海涛澎湃"。一时回不去,但诗人许诺他会突然不期而至地回去,给"你"一个意外的惊喜。诗名《无题》,其实是有题,这让我想到李商隐的《夜雨寄北》。一样的夜雨相思,李商隐只是希望于他日相见时西窗剪烛,再来忆说今日的情愫。燕祥则即时借了云的传语,化为雨,去拍打窗扉。相近的意象,30年后燕祥在其《五十弦》的第十一首,还这样追忆当年的相思:"直到风雨来了　无月无星／我就是风雨敲你的窗。"不过,他说,他已将相思化为"你的影子",听到风雨敲窗,"你点起灯我就在你身边／伴你的是我"。

与直露的政治抒情诗不同,燕祥的诗笔只要一涉及情爱,总会显出少有的蕴藏与缠绵。1982年1月,邵燕祥写了《银婚》。诗是这样开头的:

> 不知不觉,我们走过了
> 短暂又漫长的四分之一世纪

> 太平洋西岸冲积平原上
> 两只小小的会说话的蚂蚁

时间以世纪计算，它是无始无终，哪怕长到四分之一个世纪，也是短暂的；何况聚会少而别离多，而欢会总会感到短暂。然而又漫长，别离，思念，每一分钟的相思仿佛都漫长得不见边际。无论短暂，还是漫长，都是被诗情放大了的心理时间。空间，用的是四大洋中最大的太平洋的意象。而太平洋西岸的冲积平原，即地理学上的中国大平原，是全球最大的平原。以如此浩渺广袤的时空，对称出"两只小小的会说话的蚂蚁"，遂形成一种在意象两极巨大反差中的对比张力，这是审美的和艺术的张力。在中国古代诗人中，杜甫最善于运用这种意象两极对衬的手法来营造其悲壮阔远的独特诗境，如"飘飘何所似，天地一沙鸥"，"江汉思归客，乾坤一腐儒""关塞极天惟鸟道，江湖满地一渔翁"等。燕祥写的是新诗，但在意象经营上却颇得杜家诗法的真髓。

33年前铸钟姑娘的象征性意象，圣洁的女儿、妻子、神明的意象，在银婚纪念时，还原到人间夫妻，便成了"多的是散文，少的是诗"蚂蚁的意象。一只蚂蚁对另一只蚂蚁说：

> 我的随和成了你的性格
> 你的任性成了我的脾气
> 尽都是些小小的悲欢
> 成了我们珍藏的秘密

他们在患难与共中整合了人生，整合了精神与灵性，各自成了彼此的一部分："我们还将像一对蚂蚁／出入生活中，出入梦里／一条小路蜿蜒到灯前／伸展进儿女的记忆。"这是对银婚之后的来日的设计。诗人并不自视为超凡脱俗，高人一等，而是作为芸芸众生中的普通成员，像蚂蚁那样奔忙，那样辛勤劳作。

燕祥似乎对蚂蚁的意象有特殊的偏爱，他一如庄生梦蝶，分不清自己是诗里的蚂蚁,还是诗里的蚂蚁是红尘里的自己。在《五十弦》的第九首,他说:"我们自有我们的南柯一梦/我是负重的蚂蚁/而你是灰姑娘冠冕辉煌。"在扑朔迷离的槐花香里,中国古老的南柯一梦的传奇和西方灰姑娘的童话,被编织进同一个诗境。但"我"并没有南柯太守的飞黄腾达,也没有成为白马王子,而仍然是"负重的蚂蚁","你"却不再是如"我"一样的冲积平原上的蚂蚁,却完成了灰姑娘的传奇蜕变,无比辉煌。

与《五十弦》相比,《最后的独白》实际上是激昂的政治诗,人物有一种不吐不快的渴望。一吐为快,则不免直露。《五十弦》是一组追忆的诗篇。不仅取名受李商隐《锦瑟》诗的启示,源于"锦瑟无端五十弦,一弦一柱思华年"。而且在造境上和意象的运用上,也是李商隐式的,《锦瑟》《无题》式的。写得缠绵、朦胧、凄惨、多义,看似追忆少年时代的情事,有些似有定解,多数却无定解。有定解者,认真追索,亦难定解。"春水船如天上坐,老年花似雾中看。"

《五十弦》是陈年老酿,虽然并不是每一首俱佳,却总体上可以反映邵燕祥达到了他诗美的最高境界,一如老杜之有《秋兴八首》,玉谿生之化入"沧海月明珠有泪,蓝田日暖玉生烟"。一样的白头吟望,一样的梦的灵风,一样的"楚雨含情皆有托"。写到《五十弦》,燕祥的诗笔终于蜕尽了少年意气和英锐之风,但却不入淡远一路:意象的丛聚与切换,变得更隽永,更耐咀嚼、耐寻味了。女儿、妻子、神明似乎无处不在,然而又似有若无。她们都幻化为更宽泛的象征或隐喻了,一任细心的鉴赏者在涵泳与吟诵中,用自己的生命体验和人生感悟,去填补燕祥的诗意留白。

原载《诗探索·理论卷》2007年第2辑

幻视的能力：彭燕郊的早期诗作

陈太胜

一

即使是对于真正熟谙诗歌的人而言，要想清晰明了地说明诗歌在我们人类的文明事业中意味着什么，也并非易事。这种说明有时大而无当，听起来像是空泛的布道，而不是对真实存在的东西的揭示。而且，这种说明还经常与认识上的悖论相伴生，越是了解得多，越是会感到难以说明，只有一知半解的人才拥有盲目的自信。然而，在任何时候，这个问题并非没有必要，因为它不仅仅关乎我们对已经存在的诗歌的认识，也关乎诗歌未来的命运。在中国现代，"为人生而艺术"与"为艺术而艺术"成了似乎不能通约的二元对立，这代表了源远流长的面对艺术的基本问题时的一种两难：艺术家究竟应该让传神之笔描写外在的现实人生，还是内在的那个与"纯艺术"相关的精神世界？于是，这个问题在大多时候转变成了艺术与政治的老套话题。艺术家（诗人）或者被认为是时代的"传声筒"，或者被认为是那种信仰纯艺术的居住于"象牙塔"中的人。其实，这种理论上的二元对立，都有对艺术家进行漫画式表述的嫌疑，在艺术家的创作中其实并未显示出它们的势不两立，恰恰相反，杰出的艺术在两者中达到了惊人的平衡。在这种时候，艺术家（诗人）依靠自己的特有的禀赋（我在此文中称之为"幻视"），用诗歌应该有的独立的、个人化的声音，用甜美的悦耳之音"宣讲"了与他的时代有关的声音。在这种时候，诗人宣讲这种声音是出于纯粹的自愿，一种发自内心的需要，而不是外在的强迫。因此，这样的诗不是用强制的口吻在宣讲某种既成之理，而是用音乐、用节奏、用形象向我们启示关于人性的某种知识。本文希望带着这样的认识来表达我在全面阅读了彭燕郊早期诗作后的激动和敬仰。在诗人的早期诗作《山国》中，有这样的句子：

> 这中间
> 一种从矿脉里冒出来的
> 纯金的毫光
> 闪耀起来[1]

这处于全诗最后两节中的四行诗，如果结合这首长诗的上下文来看，"纯金的毫光"一词可被视为一个不折不扣的与政治有关的隐喻，它是营养不良的、苦难的山国中的"希望"，并与特定的一群人有关。然而，我想说，在这儿，这个隐喻读起来并不像一个苍白的口号，因为它不是在宣讲某种特定的强加于人的信念，它是为灾难的"山国"（谁也不难看出它是"中国"的象征）呼唤一种希望。这种希望自有感人的力量与它存在的理由。因此，这个政治的隐喻之所以有力量，乃在于它是诗性的。《山国》一诗在这个意义上正可以代表彭燕郊写作的一种倾向，他是以一个人（诗人）的身份，用诗性的文字表达一种或许是政治化的思想，而不是急切地想超越诗人身份，以政治家的口吻向大众宣讲空泛的政治理念。就理想化的层面而言，诗歌的声音应该是这种独立的个人化的声音，诗歌也正是借此确立自己在人类文明中的重要性。一种急欲将诗歌与散文化的宣传等同的做法，其实是以诗的名义消灭诗。

在今天的读者读来，彭燕郊诗歌中最陌生化的一面，是那些与乡土中国有关的诗。第一次读到这首《卖灯芯草的人》，我的震动和惊讶无以复加：

---

[1] 本文所有诗作均引自《彭燕郊诗文集》，湖南文艺出版社 2006 年版。

远远望去像一只落到地面的大鸟

脚步轻轻飘过没有搅动一粒尘土

好像走的不是他而是他的白色羽毛

羽毛的雪白染上他没有血色的脸

染上早已褪色的衣服没有穿鞋的赤脚

一堆雪白的羽毛乘着自己发出的风贴着地面飞

看见他的人都赶紧向两边让路

生怕不小心弄脏羽毛的雪白

不小心妨碍羽毛的蓬松的招展

不小心碰到它弄成一堆乱麻

害得它不能顺利地从这嘈杂混乱的地面飞走

谁也知道可是谁也不愿去想

灯芯草的雪白是不受玷污的

柔直轻脆的灯芯草不可能纠缠成一堆乱麻

他和灯芯草

这只雪白的大鸟

也不想从地面飞走

只想在尘土里寻觅一点人们遗落的饭粒米屑

    我很惊讶于语言在这儿具有的独特的力量。在这首小小的诗中，诗人在不经意间安捧了两个看似相对立的角色：卖灯芯草的人和看见他的人。这首诗前六行的描写在语调上是相当轻快的，这种轻快甚至消除了这个有着没有血色的脸、穿着褪色的衣服和赤脚的人的现实存在，使他进入一种近乎纯美的、超脱于尘世的诗意情境里。鸟和羽毛的比喻在这儿不是一种简单的修辞，而是一种表达诗人所看到的幻觉的自然而然的方式。诗人在这儿似乎是从现实中获得某种超越于现实之上的"幻视"的能力。在诗人极力主张要紧贴地面的地方，我们却看到了语言轻盈的、超凡脱俗的一面。这首诗塑造的动人的形象自有一种魅力，它没有浪漫主义的滥情，它始终与坚实的土地联系在一起。反复地阅读这首诗，甚至使我猜想，这里卖灯芯草的人何尝不可以理解为是诗人自身的隐喻？或者至少，是诗人借这个人物形象表达一种模糊的诗学观念。诗人，像落到地面的鸟，像一堆雪白的羽毛乘着自己发出的风贴着地面飞，但它并不想从地面飞走，它的歌永远关乎一种实在的现实，只是它的美又必然基于这样一种"幻视"。

有着这样诗学气质的诗人，其写作路子必然会是相当宽广的，诗人有效地用自己的写作解决了在理论家和评论家间争论不休的关于艺术与生活的问题。诗人似乎是用自己的直觉知道如何将现实中所观察到的东西，通过语言的"幻视"使之成为诗。在彭燕郊的早期诗作中，出现了一群乡土中国的劳动者形象，他们比上述那个卖灯芯草的人要更接近泥土，但这种接近，对生活真实之物的直视，在表达苦难的时候，并无损于他们朴素的美。《珍珠米收获》中的山村少女，《扒薯仔》中的小孩，《西照的阳光斜斜地》一诗中"翻挖斜坡上的菜土"的年老的农人，《掳鱼排》中的渔夫，《敲土者》中的农人，都以其鲜明的形象在阅读者的心目中留下深深的印痕。这当中的《敲土者》一诗被作者编入散文诗集中，在我看来，它的质地仍然是诗的，像："地肤裸露着，呈着庄严的黑色，土肌绒软而有弹性，像黑种的美女。敲土者弓身向着她，'扑，扑，扑……'一杵槌，一杵槌地，钟表的嘀嗒般，再现了时间本身的寂静。辽阔的原野，没有回音。那寂寞的声音，就像一朵朵小小的星花，闪动着，时生时灭。"这里的节奏感，丝毫不亚于分行排列的诗。而这里向我们展现的辛劳的劳动者形象，与那种只展现其劳苦的一面截然不同，诗人用自己的文字使这种劳作带上了与土地相应的纯朴的美。在我的印象中，现代诗人还没有人能够这样广泛、深入并如此动人地写出中国乡土农村的劳动者形象。

二

行走于中国乡土中的彭燕郊，用自己的敏感与真正的诗人气质，培养起了相当惊人的观察的能力，这种细致甚至会使人产生这样一种印象：在他笔下，只须把所见之物描写下来，无须美饰，就会成为诗。《路亭》一诗是相当典型的：

> 有一些磨破了底的穿烂了的草鞋
> 有一些甘蔗粕
> 有一些驴马的粪溺的气味
> 有一些把青石板烧成焦红的篝火的遗迹
> 有一个神龛
> 有一座中国的乡村到处都奉祀的
> 土地公公的神像
> 有一把香插着一片溅满鸡血的黄纸
> 有一条在百尺的悬崖下冲激着的寒冷的溪流
> 有一株盘生在指路碑上的小松树
> 有两边各十一级的两条石阶
> 接连着沿着山形的回转伸来的山路
> 一座山把它驮在半天高的背上
> 还有一座山在它背后围护着
> 像是为疲乏的旅人准备的一张椅子

诗人甚至为自己的细致的观察创造一种独特的与之相应的形式，"有……"的句式就像是向盲人细数他所观察到的若干事物，草鞋、甘蔗粕、粪溺的气味、篝火的遗迹、神龛这些事物使"路亭"这一事物显得充实。"两边各十一级的两条石阶"甚至精确地将"十一"这一数字描写出来。这种惊人的精确如果不是诗人随意的编撰，那么它必然出于诗人写作上近乎"写实"的一种信念，这种信念来自近乎客观的观察。这是一种惊人的对诗人所见的事物进行"陌生化"描写的技巧，诗人在什么时候都像第一次看见这样的事物，并将它描写出来，并在这种对日常事物看似相当逼真的描写中挖掘出某种独特的诗意。在这里，幻视的能力似乎是在不经意间形成的，对所写之物看似无距离的描绘，在阅读者心中恰恰营造了艺术应有的距离。

另一首诗《窗》写的是古老房子的一面窗户，诗的前三节全是对窗和窗台的精细描绘，这里引用的是其中的前两节：

> 这是一面永不打开的窗户
> 神龛一样地被固定在墙上
> 窗棂是代表吉祥的复杂图案
> 连续重复成为阴影的网络
> 上面糊的报纸早已变黄
> 正中端正地贴上过年才换的
> 红纸剪的"福禄寿"这三个字

> 窗台已成为永久性的展览架
> 陈列着不知什么时候放上去的
> 跌了腿的老花眼镜，崩缺的玉石烟嘴
> 有倒翘八字胡须的"仁丹"匣子
> 长满铁锈的"海盗牌"香烟罐头
> 大大小小几只药瓶，几块零星骨牌
> 折断了的"不求人"还剩下一只完好的小手指
> 还有几个发亮的蟑螂壳和一些鼠粪

这两节几乎全是对一些物象的描绘和列举，在今天的读者看来，它具有某种陌生的出土文物一般的感觉。在这儿，已然消失的属于那旧世界的东西被文字所复活，再一次真切地出现在我们面前。诗人并不在这儿说明这个窗户是旧的中国的代表，但我们从中读出了这一点。无论是窗棂上代表吉祥的复杂图案与其上面贴的"福禄寿"三字，还是窗台上陈列的跌了腿的老花眼镜、崩缺的玉石烟嘴、仁丹匣子等，都给我们这种相当真实的感受。阅读者的这种感受来自于诗人观察和描绘的能力。英国诗人华兹华斯在《抒情歌谣集》1815年版的序言中讨论写诗所需要的五种能力，其中第一种即是"观察和描绘的能力"，这是一种"按照事物本来的面目准确地观察,而且忠实地描绘未被诗人心中的任何热情或情感所改变的事物的状态"的能力,这种能力以"较高的智力处于被动和服从外界对象的情况"为前提。显然,这是很有见地的说法,这也是华兹华斯的诗超越一般的浪漫主义诗人的地方。秉有这样一种能力的诗人似乎不再信任抒情的滥用,而是将它限定在特定的范围里,诗人彭燕郊正是这样的人,他并不是迫不及待地强迫性地赋予事物以某种超越它自身的意义,而是使意义自己显现出来,或者至少是在精细地描绘事物自身以后。这样,意义的展示显得更令读者信服。这种认真观察和仔细描绘的做法,体现了诗人对待他所看到的事物的自我克制的态度,语言在这儿没有被滥用。亦即是说,幻视的能力在这儿没有化身为神启般的"抒情"的语调,而是变身为一种通过观察和描绘而生长出来的从语言形象中挖掘深意的能力。在这里,阅读者不是被动地接受诗人的"神启"理念,而是与诗人合谋,通过语言的形象获得理解。

三

我在这儿讨论的早期诗作,是指诗人彭燕郊写于1938年到1949年的诗,如果注意到诗人写作的年龄,差不多是18岁至30岁前这样的一个年龄段。这在大多数诗人的写作中,尚且是一个激情吞没理智和形式的年龄。在这样的年龄,又生活在那样一个独特的战争环境中,诗人本人又作为一个新四军战士,如果诗人并没有独特的对诗的追求和"专业"精神,诗就极易沦为表达某一时代意识的工具。在彭燕郊的诗中,一方面,不难理解地出现了一些表达时代精神时直抒胸臆的诗;另一方面,他对时代精神的表达出现的那种相当克制的表述方式,使我再次从他身上确证那个似乎生来要作为真正的诗人而存在的人的形象。如果要为《旅途上的插话》一诗寻找可能的背景,肯定并不困难,它可能与诗人刀光剑影的鞍马生涯有关。然而,这首诗却再一次体现了现代汉语诗中一种相当陌生的气质:

旅人们的第一夜的睡眠是这样的——

半夜里受了凉，我醒来了
从洒满茅屋的沁凉的清光里
我看见我的黑马还站在那里
还没有入睡
踢着前蹄，斜斜地抬起俊美的颈脖
还在咬嚼干草……
立刻，沿着波浪和飞溅的泡沫筑起的海堤
和那诱人的丰饶的田野，那随山势转折的道路
和异乡的怪样的口音和怪样的口味
汇合起来，构成的旅人无法排遣的惆怅
便来袭击我了
我的黑马，我的忠实的旅伴
是不是走过的陌生的旅途上
见到的一切，和对于家乡舒适的马厩和食料的
深深的怀念使你难以入睡
越过了高耸的戴云帽的山
投宿在这山隈的石板路边的野店里
我们已经出了县境——高兴吧
我的踏实的伙伴
我们现在是异乡人了
越过那平常不轻易越过的高山
要去那平常不轻易去到的地方
还有许多的像这样的旅人的夜
许多的旅人必须忍受的生疏和寂寞
在等待我们，在鼓舞我们向更远的旅程奔赴
我们全习惯这些的……
那么，我们又为什么一定要在此地停留
白白地忍受这夜的凄凉呢

> 我们就再往前走好了
> 让你在月光下咬嚼带露的野草
> 让你用悠长的嘶鸣向身后的山谷告别
> 然后，穿过弥漫林间的薄雾
> 以你的清脆的蹄声
> 震动整个月夜的寂静
> 更加忘情地向前奔驰
> 那不更合你的心意
> 也更合我的性格吗……

对于有阅读耐心的人来说，文字在这里具有某种"催眠"功能，它能使人由看似相当现实的描绘进入"梦境"，一种超越于现实之上的幻觉。这里，一个与黑马一起奔向远方去的"我"的形象，已经由现实深入到生活和生命的某种本质中去了。革命，或者是后来的抗战这样的主题，如果拿来概括这样的诗，可能会显得单薄，诗的意义似乎是一种"象征"，已经将这些内容包括在内，但又超越了它，特别有意思的是，在诗中，"我"对家乡、此地和前方的感受，全是通过对"我的黑马"的想象性感受及两者的对话实现的。"黑马"在这儿成了缓和全诗的语调的有效中介，使"我"的感受节制而有深度，这使这首诗从它的时空背景中凸显出来，成为特异的有关于人（旅人）与他的生命的隐喻。与那种直白的宣读观念的诗完全不同，这首诗在有意无意间超越了它的时空印记，在任何时代的读者心中都能成为一种好诗。

与《旅途上的插话》一诗相似，《路毙》写一个士兵的死，但并走直线的距离使之立即成为对战争的直白的控诉，它凸显出来的是对生命的感受，而不仅仅是一次战争，又唯其如此，它更广、更深入地表现了战争。另外，像《冬日》这样的诗，政治是在艺术的范围里被表达，并被赋予其正当性的。彭燕郊本人非常认同的中国现代诗歌理论家梁宗岱，就曾认为诗歌是全人格的表现，它表现着人性，同时也不得不折射着时代精神。在《试论直觉与表现》（1944）中，梁宗岱指出："人性是极为复杂的，时代精神更复杂：最明显的不见得是最代表的或最持久的。"也就是说，直接浅显地表现所谓"时代精神"的作品不见得就是好的文艺作品。梁宗岱举到过歌德这个例子，他说："身历德国两次极强烈的对外战争的歌德始终没有试着去反映当时战争的情绪，而只毫不动容地歌唱他个人的哀乐（《东西诗集》及其全部抒情诗），或沉潜于他上天入地的理想底追求（浮士德）。德国人却一致承认他最能代表德国民族性，欧洲人也公推他是西方近代精神底典型。反之，与他同时的以作战歌为职业的福格特，除了在歌德谈话中偶一听到他底名字外，已默默无闻了。"由此可见，诗歌作品的时代精神并不等同于表现时代事件，而在于对"个人哀乐"或"上天入地的理想底追求"这些属于人性的东西的表现。[1]显然，那种将时代精神与人性相对立的诗，是一种浅显的幼稚的病象。在真正杰出的像《旅途上的插话》和《路毙》这样的诗中，时代精神恰恰是在人性的基础上得到合情合理的体现的。

四

就我对彭燕郊早期诗歌的阅读而言，他的诗非常明显地体现出与文学史所强加给"七月派"的那种单一的战斗的现实主义的总体风格的不相吻合。他早期诗作中的很大一部分，都可被列入新诗史上最好的作品之列。

彭燕郊具有一种惊人的把现实变成想象的诗的能力，与那种夸张的强制性的语言暴力完全不同，这是节制的更为有力的声音。在此，诗确证了自己在人类文明中独特的作用和力量，它不仅仅是一种知识、一种呼吁，同时是娱乐人的带有甜美声调的音乐。最后，我想提一提《阳光》一诗：

> 人们抓住她的小手
> 把她牵到墙脚下
> 让她把脸朝向阳光
> 可怜的小生命

---

[1] 梁宗岱：《试论直觉与表现》，《梁宗岱批评文集》，珠海出版社1998年版，第238页。

不住地眯着眼睛

前颧显现出好奇的皱纹

两手沿着背后的墙壁

微微颤动地摸索着

全身收缩在静默里

像在倾听来自天外的仙乐

不愿受一点最小干扰

呵，是什么

使她从没有眸子的眼窝里

流出眼泪？

像一座阴暗的房子

突然把所有的窗户打开

饥渴，感激

和发自内心的喜悦

竟使一个盲女

在接触到光和热的时候

变得和仙女一样美丽

  这首诗同样以一种完全陌生的气质令我折服，诗人的才华在此得到了充分展现。诗的前半部分的描写精力弥满，盲女在阳光下的表情使人屏住呼吸；诗的后半部分"阴暗的房子"的比喻实在是巧妙，"饥渴，感激/和发自内心的喜悦"在穷尽盲女内心的同时，将读者引向结尾处触目惊心的"美丽"一词。这首诗之所以令我喜欢，还在于它的包容性，它似乎是一种隐喻：诗难道不可以被视为这样的"阳光"吗？如果你相信，诗可能就会具有这样一种"光和热"，将盲女变得像仙女一样美丽。正是在这儿，诗找到了可信的未来。

原载《诗探索·理论卷》2008 年第 1 辑

在民间的黑夜里"独自成俑"
——关于诗人梁小斌的随感

张清华

> 真正现代的作品在时间上是永恒的。因此,除可供判断的当前的时代外,现代就是与永远同时,就是与一切同时。
>
> (玛丽娜·茨维塔耶娃)

一

一个好的诗人与时代之间的关系可能是这样的复杂。茨维塔耶娃说,荷尔德林与他的时代整整错过了18个世纪。"错过",显然是一个真正优秀的诗人对时代的一种贴合与切近的方式。由此他得以成为永恒的同行者,由此也是使他成为最具有时代感的诗人。

如果从这样的一个意义上我们来看梁小斌,就足以使问题变得清晰起来,因为他就是一位地地道道的迟到者,一位不折不扣的错过者,一个完完全全的局外人。当他成为一个"朦胧诗人"的时候,他只是扒上了一列火车最末端的一个车厢,赶上了这场宴会的最后一个座位。他写下了《中国,我的钥匙丢了》《雪白的墙》那些红极一时的诗歌,但不幸也被这个"时代的订货"(茨维塔耶娃语)定型化了,被一种群体性的修辞所遮覆。人们命名了一个时代和一个群体,却将一群诗人与时代的关系变得简单和浅表化了。朦胧诗和它们的创造者们的命运，就是被这样一种关系轻巧地删改和简化了。他们由此变得"短命"了许多，梁小斌当然也没有例外，他迅速地被某个时间的雪崩掩埋或"雪藏"了，成为"词语中的亡灵"（欧阳江河语），或者概念中的牺牲者。

　　但这是一个表面的结果或者想象。真正的诗人不会被集体性的命名最终覆盖和埋葬，梁小斌自动地退出了历史的旋涡，走到了时代的边缘——正像茨维塔耶娃所说的，"任何现代性都是——郊区"，正是这一点使他存活下来，作为一个诗人、一个独立的思想者。他自己走进了时间的黑夜，并在真实的思考中，在时代的黑夜里"独自成俑"。

　　"成俑"是一种非凡的状态。它比之以"化蝶"为期待的"成蛹"来得要坚忍、彻底和决绝，俑是一种石头的性状，一种彻底的固化，一种不可逆的状态；而蛹则是化蝶前的黑暗，它会有飞升或升华的时刻，有破茧而出的指日可期，因此蛹只是代价，而俑则是结局。坚持以黑暗和固化为结局而不是代价，这是一个真正诗人的境地，一个可以不朽的牺牲。在这个意义上，我认为梁小斌恰恰捍卫和保有了他自己的诗人身份。在几乎终止分行文字的写作的时候，他仍然保有了诗人的内心与思考的品质。

二

　　一本他寄赠与我的《独自成俑：梁小斌笔记1986—1990》（天津社会科学院出版社2001年版）支持我写下了上述题目。这个隐身和行走在民间黑夜里的人，这个没有自己的"单位"和固定职业的人，这个当代中国文学中奇特的个案，他的思想和生活令我产生着奇怪的联想和冲动。

　　一个人是如何一夜成名，又是如何销声匿迹、被主流社会迅速地"边缘化"的？梁小斌是一个例子。在1980年代之初，他的一首《中国，我的钥匙丢了》，几乎成了这个年代的精神标签和代名词。它不但含义丰富地隐喻出一代人的"精神创伤"，也暧昧地影射了这已然"胜利"了的年代里一代人的"精神现实"。这是有独立思考和清醒头脑的一群的，不愿意轻易忘却历史和抹去记忆的一代人的精神现实。虽然，在主流化的解释中，人们似乎只是理解了它的"历史"含义，但在这年代微妙而不断变化的语境中，其现实的含义也在不断地浮现和生长着。在很多人看来,"中国,我的……丢了"最初也许只是一个很奇特新鲜的、可以模仿的句式,但相对于那些昂扬而肤浅的"时代精神"的传声筒式的写作而言,它所暗含着的一个"废墟"的主题、一个"迷惘的一代"式的主题,却在更深层次上解释着这时代真实的精神状况。

我不知道这是否是梁小斌的诗引起了普遍重视的原因?当人们谈论他,并将他的名字与北岛、舒婷、顾城等这些名字联系在一起的时候,并没有在写作方式上对他的诗给予太多考虑,"雪白的墙"也并不是像北岛们那样的特别复杂的修辞或表达方式,相比"卑鄙是卑鄙者的通行证/高尚是高尚者的墓志铭"的句子,它也谈不上有特别的精警和深奥。就文本的意义而言,那时梁小斌不过是"后来者"中的一个罢了,但在"今天派"无数的追随者中,梁小斌却是最好的一个。后来的事实也证明了这一点,他的命运和几乎所有的朦胧诗人一样,他没有走向一个"体制内诗人"的辉煌,甚至也不曾拥有那种"去国"或"流亡"的荣耀和悲壮,他是彻底地选择了民间,走向了体制外的生存。这一点在最初或许有被迫的因素,但如今在他,则是清楚而坚定的选择。这就足以证明,他是一个诚实和勇敢地面对现实的人,一个遵循了最初的思想逻辑的人,因而也是一个真正的诗人。

这本《独自成俑》,可以说是记录了一个作茧自缚的人、一个某种意义上的"始作俑者"的真实的心路历程。因为他选择了"思想",所以必然产生类似于"黑夜"的情境,宛如"狂人"和"零余者"的遭际。一旦试图思想,必定要受到世俗的误解与庸众的拒绝。如果把它和梁小斌后来的生活联系起来考虑,就会产生一个互为印证的关系,一切就变得很容易理解。1984年,一个大雪纷飞的冬日,合肥制药厂的厂务人员把一份将他除名的正式文件送达到不知所措的梁小斌手中,而他竟然在寒风中满怀歉疚地将劳工科长送出很远,他为他们冒雪前来感到颇为过意不去。他局促地说道:"本应我自己去拿的,竟让你们跑了一趟……"这是一个在世俗生活中多么苍白而无力的梁小斌。然而就在这件事发生不久前,他却在北京师范大学的一次演讲中首次提出了"走出优雅"的口号,他在那里说出了这样具有"划时代"意义的、包含了自我否定的话:"必须怀疑美化自我的朦胧诗的存在价值","必须识破法则!面对冷酷!

经历真实……"[1]

这真是奇妙的回应。生活,合乎逻辑又让他意想不到地回击了他。这个时代的主流逻辑就是这样的奇怪,梁小斌不能不碰得头破血流——在世俗生存那里,同时也在延续写作的可能性上。他意识到了非常关键的问题,朦胧诗正因为其浮出地表、获得了社会承认与大肆模仿之后所衍生出来的致命痼疾,正由于写作者潜意识中根深蒂固的自恋倾向,而产生出自我的遮蔽和扭曲,无可挽回地将写作的意义导向虚妄与虚无。正像后来朱大可所描述的必然滑落——"从绞架到秋千"一样,在变化了的社会语境中,再继续原来的趣味已经有害无益。我以为这正是梁小斌后来在诗歌写作上一度搁笔的一个原因,他不愿意重复别人,也不愿意重复自己,那种看起来优雅、实际已坠入了小资趣味的表演性的写作,不再能传达这个时代的真实思想,不再能诞生出创造性的美感。

很显然,1980年代前期日常生活的暗淡和残酷,正像揳入存在的闪电一样进入梁小斌的思考之中。而这时,整个时代的情调还滞留在某个乌托邦的想象里,当人们还在迷恋着"黑夜给了我黑色的眼睛/我却用它寻找光明"这样的"深刻却又虚假"的句子的时候,一根劣质的烟草,一次旅程中被争议和放大了的"一口痰所带来的恶心感",却使梁小斌感到真实生活的"悄然迫近"。他迅速地赶在"第三代"浮出水面之前,在1984年写下了那首《断裂》,并预言了自己内心的危险倾向——"我与黑暗有关"。

三

这也许就是命。这个暗示使他从此走向了告别的路,内心的深渊使他变得比诗人还要固执和孤独,他没有理由不经历一个再度的黑夜,一个真正远离灯光和舞台的民间世界的黑夜。

"民间和思想的黑夜",我使用了这样一个词语,是想说明当代知识分子的一种精神境遇。读这本《独自成俑》,我相信即便不与他交流一个字,我也能

---

[1] 梁小斌:《独自成俑:梁小斌笔记1986—1990》,天津社会科学院出版社2001年版,第288页。

从精神和灵魂上把握住他。他那踏着人民大会堂的红地毯去领取的奖状,为什么那样来不及回味地就变成了一张冷冰冰的除名通知书?这既是时代那无法不叫人感冒的荒诞气候的作祟,更是生活那个巨大真实的来临在一个人身上和灵魂中的反映。梁小斌是一个当代中国人精神生活的见证和活的化石,他表明了一个双向的文化关系:知识者的独立思想倾向,会因为其置身的文化格局的自然变动,而不由自主地倒向民间;同时,也只有民间才会孕育着接近真实的思想,但民间的原始与黑夜又必定会在很长的时间内掩藏起这些思想的光芒,使之湮没于个体的心灵世界中。民间对于知识分子而言,既是精神的流放地,也是人格与思想的保护所。

这样说还是言不及义。我们看到了一个失败的梁小斌,一个被排除在包括"知识的体制"和"知识分子的游戏圈"在内的等级圈子之外的梁小斌,一个甚至丧失了"诗人"身份的梁小斌;也看到了一个成功的梁小斌,一个在民间真实地思想着、并用了黑夜与困兽般的语言书写和表达着的梁小斌——"独自成俑",便是其"思"与"化"的状态,这个"俑"比之那个可以化蝶的"蛹",来得还要悲壮得多。它自我的包裹和不可改变的硬度,既隔绝了他与世界的联系,也促使他完成生存的固化与思的蜕变。

我也正是在这个意义上,来承认和肯定梁小斌特有的"一惯性"和"成长性"的。在所有的"被命名"和被经典化的朦胧诗人中间,少有人能像他那样,成功地保全了自己的独立人格,并发展了自己的主题。可以说,"独自成俑"之后的梁小斌,比之"雪白的墙"时代的梁小斌更有意义,看看现在的梁小斌的思想的真实记录,再看看那座在岁月中被虚构了光芒的子虚乌有的"雪白的墙",一个孩子已然长大、苍老,一个思想之"蛹"已经完成了"化蝶"的旅程。雪白的墙并没有截断历史,丢了的钥匙也许永远也找不回来了,那一份也许并不那么真实的"优雅"的美,那些"崭新的希望",而今在他自己的语言的烛照之下变得这样脆弱和虚幻:"……鼓声啊,/你充满什么幻想?/我的昔日的创伤,/被震得鲜血流淌。"(《少女军鼓队》)那时的梁小斌,看见一队街头练习军鼓乐的少女就曾激动于这样伟大而不免夸张的联想——"民族的处女,/站在祖国的手心,/身上闪着炽炽光明,/比天上的宝石还要珍贵……"而现在,他的思想则是这样的阴暗,透着最渺小的真实——

有个女人住在郊外很远的地方,我风尘仆仆走很长的路去探望她。她说,我知道你来找我干什么。这句话掩饰了我的隐秘。

但是,反过来说,是女人的话,使我回忆起我究竟是如何完成艰难的旅程的。所有的道路均被这句话照亮。

(《隐秘》)

这是尼采式或者克尔凯郭尔式的寓言了,哲学的寓言。在当代中国人习惯的各种语体中,唯独对这一种似乎还不那么适应。因为我们的人民和我们的写作者们总是离生活近、离生存远,离生命近、离存在远的。我们附着在体制上的思想,常常像掉在地上的豆腐,沾了太多的灰尘,但倘若试图进行清洗,那又是更加徒劳的。而梁小斌却在他的黑夜里渐渐学会了直接在"心灵的留言板"上书写的能力,他无须再去通过种种的修辞的转化,而可以径直奔向生活的真实,并如闪电一般揭示出存在的残酷:

这分明是命运的力量。命运力量的描述是通过展现来完成的,一个人的全部姿态一览无余地暴露在世界的面前。如果你不愿意,世界就强迫着你,世界处在优雅的位置上,欣赏着你的弯曲和屈辱……

(《姿态·四》)

一根绳索套在我的脖子上,请帮个忙,不是踢板凳,而是把我脚下的大地一脚踢开。这样,就是绳索断了,我也不会落到大地上。

(《愿望》)

我的日常生活是我的流放地。初次接触日常生活,与我生活中对优美姿态的想象是完全不一样的,我认为自己的实际生活境遇和姿态很丑,是一种自我分裂的人格。只有让自己的灵魂进入自己的肉体之中,与它生活在一块,接受日常生活的再教育。我被死死地钉在一个丑恶的姿态上……像一只飞蛾被图钉钉在墙上……

(《姿态·五》)

这实际上也是诗了，尽管表现出来的文类样式只能被定义为"随笔"。我想，即便是单从"文体"的意义上谈论他也是很有意思的，类似《愿望》那样的句子，如果分行排列开来，无须删减词句，也便是极纯粹的诗了。而且，在叙述上，我还可以举出更加具有"先锋"味道的篇章来。比如《让我叙述》中所显示的"超验"能力，与小说家余华的一篇《死亡叙述》简直可以有异曲同工之妙："求求你，让我叙述，让我的眼睛跑到我的面容之外，让我看见我在车轮底下。让我叙述……那像青石板一样裂开的我的头颅，让我叙述，里面有鹅卵石和烟蒂。让我叙述，用镊子撬开裂纹，为了头颅的完整，把车轮上的头盖骨，装在塑料袋里，随骨头第二天送到，既然面容已经由化妆师塞了棉花修正缝合好了，这些碎头骨就装在死者口袋里吧！"这也应该是哲人的种种"存在的噩梦"里叫人不寒而栗的一种吧。

四

不知为什么，在这篇文字行将结束的时候，我却突然产生了与梁小斌联系一下的冲动。

我拨响了他在合肥的家庭电话，居然通了，接电话的人正是梁小斌，一个很有磁性的声音。虽然声音是互相陌生的，但我们的谈话进入得非常之快，没有经过什么寒暄与过渡。当我问到他的"近况"的时候，他说，这几乎是无所谓的，对于一个诗人来讲，所谓近况不过是一两句话的事情——他正在做着一个类似"影视工作室"之类的事情。现在最重要的是，他期待着人们在"历史的误会之外重新看待梁小斌"，真实的和"作为个人的梁小斌"。在这一点上，他居然和我的看法一样。他说，"实际上我并不是一个什么朦胧诗人，而只是一个'外省诗人'而已"。我很清楚他讲这话的意思，正是因为人们把一个概念套在了他的头上，这么多年来他才被作了概念化的理解，当然也将他塞入概念而一起遗忘。尽管在我看来，他在1980年代初的作品也同样有着与朦胧诗类似的"优雅"，但接下来很快地他就对这一切产生了怀疑，开始注意到了"日常生活的意义"，这是非常重要的，也许这才是当代真正的写作起点。1984年的《断裂》就是标志——他似乎对自己的这一点非常强调。"而人们只是看到了一个被误解了的梁小斌。"他说,"实际上,我的诗歌观念的变化早于第三代诗人,与后期朦胧诗也截然不同。"

"为什么会把注意力转向随笔写作?"我问他。

"随笔和诗的文体分野,意义并不大。我不过是还没有将它们处理成诗而已——"他说。

"的确,现在它们看起来也就是诗了。"

"现在这个样子,也许更符合我的心态,因为我的写作说到底,是一种研究而不是发泄。诗歌在某种性质上有发泄性的一面,而随笔却可以更冷静、随意和原始,可以更倾向于观察和研究……"

"研究而不是发泄"——我注意到了他的这句话,他是把自己定位在一个生活与社会的观察者的角色上,可见他既置身其间,又返身其外。个体的生存状况本身有多重要?重要的是人是否在思想,在思想什么。梁小斌正是用自己的文字忠实地记载他思想的历程,这就足够了。

"从根本上说我依然是个诗人,我的随笔就是不分行的诗。"

附记

此文原稿写于2003年秋,那时我还在山东,梁小斌还在合肥。2005年春的某一天,我在北京初次见到了他。此时他也已经以自由撰稿人的身份来到了北京。我的感觉是,他不但是一位令人敬重的诗人,也是一位让人喜欢的兄长,博大、质朴、深邃——好似辜鸿铭先生所赞美的中国人之三大美德都集中在了他一个人身上。他似乎有两个命,一个是生活在现实之中,另一个则生活在现实之外,恍兮惚兮的幻念之中。经过这么多年的磨难与修炼,我觉得小斌已变得至为超然和沉静,他对一切之坦然与释然,令人着迷又敬重。也难怪会有一位优秀的女性看上他,现在他俨然是一位幸福的新人了。

想到此,我当初对他的某些略显苍凉的想象,大概也必须要修正了。

原载《诗探索·理论卷》2008年第2辑

在历史和诗神的祭坛上

谢　冕　孙绍振

读诗有多种心态，有的诗可以躺在床上读，有的诗却要正襟危坐。读艺术精品，为了享受独自吟哦的陶醉；读当代新潮，旨在追求智性的苦涩。然而，读沈泽宜的诗，却别有一番心境。

表面上看，这是一个人，一个1950年代的北大人，从青春到迟暮的心灵自传。然而，他的重要性，恰恰在于，不是单独一个人，他的生命卷入历史的旋涡，承载着一代人生命的沉浮。年轻的时候，他把生命交给了诗，以诗为生命。每一首诗都是生命的记录，在那浪漫主义席卷天下的年代，足以令人羡慕，也足以令他自豪。如今，展示在眼前的卷帙，虽然其物理重量并不要求超大的砝码，然而其历史的深长意味，肯定超越了他年轻时代的期许。震撼着读者心灵的，不仅仅是以诗为生命的天真痴迷，而且是以生命为诗的沉郁顿挫。不论是意象华彩的还是语言淡定的，都散发着从生命的炼狱中蒸腾上来的血腥和恐怖，当然还有悲壮的、凄美的磨砺。这种悲剧性灾难和自我救赎，属于历史，也属于民族的记忆。然而，幸而不幸，沉入记忆，却可能变得抽象，变得缥缈。从这个意义上说，从这里发出的声音才不可等闲视之：它具有在时光隧道里回荡，余音不灭的启示性。有时，它让你不知不觉地忘记了诗，直面心灵的历史和历史的心灵，既惊心动魄又坦荡豁达，历史和现实的距离既遥远又邻近。

可以用很多标准来衡量诗，最根本的准则，无疑是在苦难中的精神涅槃。

这里的每一行诗，是生命换来的，生命无价，诗也变得相应的昂贵。几十年的生命，铸就了一场刻骨铭心的、最深意义上的悲剧，一个个意象群落都渗透着悲剧感。命运是如此的不公，居然选择了他这样一个人，来承受施虐者的凶残。明明他的躯体并不十分强壮，明明他的心灵又是那样浪漫而脆弱，为什么要选择他背上这样的十字架？历史是不会回答的。但是，正因为他童话般的天真，精神酷刑才显得更加惨烈。悲痛、悲哀、悲凉、悲郁、悲悯、悲凄正因此而转化为荡气回肠的悲壮。心灵的血泪史，构成了跨越世纪的震撼力。从这个意义上说，与其仅仅把它当作诗，不如当作历史祭坛上的牺牲。

写到这里，我们想起鲁迅为殷夫《孩儿塔》所作序中的话："这《孩儿塔》的出世并非要和现在一般的诗人争一日之长，是有别一种意义在。这是东方的微光，是林中的响箭，是冬末的萌芽，是进军的第一步，是对于前驱者的爱的大纛，也是对于摧残者的憎的丰碑。一切所谓圆熟简练，静穆幽远之作，都无须来做比方，因为这诗属于别一世界。"

打开沈泽宜的诗集，最受关注的莫过于那首在1957年5月19日北大民主墙上的《是时候了》，这是历史的永恒的宣言啊。但是，他却把它放在了附录里。也许，他青年时代的唯美主义至今阴魂不散，认为这样强烈的政治抒情，与诗意不完全相容吧。然而，时隔52年，当年阅读的心潮仍然排闼而来：

> 是时候了，
> 年轻人
> 放开嗓子唱！
> 把我们的
> 痛苦和爱情
> 一齐都
> 泻到纸上。
> 不要
> 背地里不平
> 背地里愤慨

> 背地里忧伤，
> 心中的
> 甜、酸、苦、辣
> 都抖出来
> 见见天光！
> 即使批评和指责
> 急雨般
> 落到头上……

北大大饭厅前墙上，墨汁未干的第一印象，只是痛快，记忆深处还有为朦胧的意念找到铿锵明快的语言而奔走相告。但是随着形势的转折，在批判会场上，"是时候了"，被引申为大逆不道的鼓动叛乱的纲领。诡秘的历史把它改编为历史的名言，内涵向正反两面增值。不回到历史语境，很难体悟到其中与时俱增的浩茫和丰厚。

但是，不能忘记了它是诗。从当年的诗学话语来说，这里抒情主人公是形象是如此富有青春的冲击力，语言甚至充满了错位的反讽。"是时候了"，本来是为斯大林称赞为苏联"最有天才的诗人"马雅可夫斯基的，是他的红色经典长诗《列宁》开头的第一句。这个回避动词的名词谓语句，以突兀的气势，使对领袖的崇拜带上了鼓动家的自豪，而沈泽宜的自豪却不是来自颂歌，而是相反，冲击压抑的痛快淋漓。

从这个意义上说，阅读沈泽宜，绝对不能忘记他是一个诗人，他的生命的重要性不能完全放在历史的祭坛上，而且应该放在诗神的天平上。

他很早就以身许诗，乳名"新新"，有意与"星"同音。对光明的向往，实际上是唯美的追求，这一点，似乎与生俱来。后来的经历证明，过早如此许身，是单纯得有点傻气的。迷信浪漫和善良，使他早期的诗，有过多的孩子气的童心；对浪漫诗学的执拗，注定了他不但在现实中，而且在诗学上，道路曲折坎坷。哪怕厄运当头，躯体和思想均遭流放和苦役，在诗歌中，他仍然沉溺在某种空灵的幻美中，浪漫的星光照不透四周的遭遇。相对于严酷的苦难，在一个很长的时期，浪漫对于他的诗歌是一重透明的罗网。

　　从这里，不难看到他的矛盾。虽然，他在《自白》中说："我把最真实最隐秘的内心独语留给了诗，它百分之百地真实、诚实。"他还引用北岛说："'一生中我曾多次撒谎／却未曾违背／一个儿时的诺言／为了这／那和孩子的心不相容的世界／就再没有饶恕过我'，我也大抵如此。我的散文作品中有礼貌语言和不得已的妥协。"其实，他还是太浪漫了，太天真了，诗不能完全靠诚实，它还是一种精致的想象，一种幻境的自由，诚实只是道德的要素，如果不是在想象中把真诚和自由结合起来，是没有艺术的震撼力的。当然，诗人的本能迫使他在真实和诗学的假定之间寻求平衡，在创作实践中，他不能不和自己这种天真单纯的诗学搏斗。《映山红》就有点风骨了，毕竟是生命的记录。在那个年代，映山红以它的地域名山丹丹，早已垄断了象征红色革命精神专利，居然被想象成"当你一旦怒放，就吹响反抗的最强音／为奋斗者壮威，给寂寞者鼓勇／把团团热气向久经践踏的人们吹送"。在探索感觉和语言的历程中，这样的诗句与其是说不够深邃，不如说是情感和理念在想象中还不够和谐。想象之所以重要，还因为思想只有在本体和喻体精密的交接点上，才能获得自由。换一个角度说，他早期的诗最缺乏的，不一定是艺术的想象力，而是在想象中让深化思想和意象达成天衣无缝的和谐。但从"映山红"开始，对善和美的无条件依赖，唯美的浪漫，似乎开始出现了裂痕。请看他的笔记：

　　　　泰戈尔说："人类的历史在很有耐心地等待着被侮辱者的胜利。"
　　　　我说："被侮辱者呵，在你自由之后，忙着去把别人侮辱？"

　　对人心险恶的感知，冲破了他的浪漫的心理惯性。把善和恶、美和丑的搏斗收入心境，恶的主题在他的诗中出现，这就有了难能可贵的深邃。但是，要把这样的思想和形象水乳交融地结合起来，可能还要等待。至少要等到《动物园又到了批珍禽异兽》：

　　　　感伤主义诗人呻吟道，不对！

> 谁说野兽没有感情？
> 它正想念山林想得心碎。
>
> 野兽伸了个懒腰，仿佛说
> 我原本无家可归。

此诗是写于1976年11月某日，地点是某下水道工地。处于劳役之中，他的心灵不但反抗现实，而且反抗他的浪漫，他的艺术出现了新契机。值得注意的是，情绪是平静的，不再是浪漫主义者所夸耀的那种"强烈的感情的自然流泻"，语言也不是华彩的，而是朴素的，诗人似乎成功地抑制了夸张的心理定势，追求到某种扫却铅华的境界。这就是我们所期待的冷峻的思想与朴素的话语的统一。记住，这一年他42岁（他生于1933年），从十几岁就立志献身于诗的诗人，耗费20多年的生命，才找到了自己的语言，找到了自己。

未来，似乎应该从今天开始。那么多恶和丑，一直是浪漫视觉的盲点，如今激发着他才思的居然有"卑鄙"和"杀机"。他的诗学境界开始两极扩张，哪怕是在散花的天女身边：

> 散花天女襟袖间洒落的不是繁衍和幸福
> 而是骇人听闻的卑鄙，毛骨悚然的杀机！

唯美的诗人终于学会了写丑，语言中的浮华逐渐为严峻的精练所代替。虽然速度远远落在血泪和苦难，但是毕竟他的艺术在挺进。请看他凭吊圆明园的诗句：

> 美，零零碎碎地躺了一地
> 任你去想象，勾勒
> 无例外地将每一幅画稿
> 每一页诗笺

> 都涂上凄清的颜色

美是"破碎"的，色调是"凄清"的。当然，这并不是他心灵的全部，生命是丰富的，即使在厄运的重压下，不但有痛苦和煎熬，而且有爱情，可爱并不是甜蜜的，而是苦涩的。这个在强暴面前时时做出受难者大无畏姿态的诗人，在爱情面前却是柔弱的、胆怯的，让我们来重温《邂逅》：

> 你缩拢了肩膀
> 依靠在我胸口
> 发香和体热一阵阵晕眩
> 树那样站着，我不敢低头吻你
> 留下了一生的遗憾

在这里，是不是可以说，唯美和浪漫找到了一个新的变奏，特别在他的十四行诗，在爱情的母题中，他的情绪由于节制而显得深刻：

> 两滴雨要在太空相遇
> 多么难。所以它们在我们的伞上
> 如此兴奋地交谈，而我们呢？
> ——在伞下面躲着

1980年代中期，无疑是沈泽宜诗歌探索的高潮，正是思想成熟、扬弃了浪漫、追求智性风格的时期。如果前期他的拿手好戏是激情的话，此时他常常表现出前期绝对要回避的冷峻，以对情绪的控制迎来哲思的深邃。在艺术上，他转向不事张扬的哲思。如《听说》：

> 以后的故事都将从江边开始
> 既然有一个说谎的夜晚

就会有一个诚实的白日

在勇猛开拓的历程中,情绪的从容成为他新阶段的标志,很显然他的蜕变并不轻松。他知道,在诗神的祭上,要提高自己的阶位,需要提炼多元的话语。有时,他不能不冒着"邯郸学步"的风险,把拿手的抒情哲思的和谐隐藏起来,代之以不和谐的反讽。如:

诗人以诗稿擦皮鞋
烟灰掉进眼中
怎么揉也揉不出去

一个孩子把被系住的蜻蜓
放归蓝天
诗人见了,号啕大哭

而在《夜游》中,他驾驭的话语,其扭断逻辑的脖子的气魄,完全可以与后新潮诗人并驾齐驱:

我早想沿街卖唱了
你总不在
风一路殷勤关照
奇迹尚未发生
最好别哭
也别想笑

倚栏杆准会坏事
漂走最后一个码头
凭一个简单的信号搭桥

> 要是遇雪受阻
> 真不知
> 我来看你还是
> 你来看我为好

甚至出现了北岛式的诡异的反逻辑的哲思。如，他笔下的"小虫子"：

> 绕着树干爬了半圈
> 我的头发就全白了

在走向冷峻，他的语言库存受到了严峻的挑战。所幸，在非激情的语言积累上，他很快显示了足够的丰富。作为一个从1950年代过来的诗人，他令人惊羡之外，不但在艺术上有足够的勇气攀登不息，而且有足够的才智追上新诗艺术前卫。但是，从根本上说，驾驭这样的话语，他并不如那些新潮诗人游刃有余。他的拿手好戏似乎不在这里，他的活跃的情绪，在这样的话语中得到的表现，远远还不能达到自如的程度。但是，这是一个过渡，没有它，他就不能从浪漫的硬壳中挣脱出来。可喜的是，沈泽宜的灵气使得他驾驭它，又不拘守于它。

当他把浪漫与冷酷、传统与现代结合起来，达到水乳交融的状态时，他的话语显然是高度精致了，既保持他年轻时期的佻达，又有世纪末的沉着，在浪漫中渗透着惊心动魄的冷酷。他的《感觉》可谓这方面的代表：

> 而天是蓝的
> 草丛中阳光涌动
> 热烈而惆怅的气息
> 自麦地传来
> 大地如梦　生命
> 简单得像一声呼哨

> 从这头到那头
> 迅速传向田野的空旷与辽阔
> 你站立不动
> 分不清那种感觉
> 是热爱还是忧伤
>
> 1995年夏

细心的读者可以从中感到某些后新潮的警策和深沉,这表明他的诗艺进入一个新的境界,虽然历史已经不会让他充当前卫。在经历了那么多灾难以后,在付出了青春的、中年的代价以后,在追随了这么多流派之后,他的心境和诗境都走向了真正的成熟。尤其是表现抚摩着晚年的创伤之时,在他对故乡的、对城市的观照中和默默欣赏中,他创造一种平静、悠闲、深沉的风格:

> 闲来无事,眺望灯火
> 怎样被积木般的城市点燃
> 如此神奇,如此灿烂。于是
> 便原谅了它的浮躁,说谎
> 和铺天盖地的广告
>
> 在一群伙伴中,我不过是
> 一名打弹珠的少年,如今
> 像一株被冬天掠夺一空的桑树
> 高举风中的双臂,张开十指
> 为永远的家园祈祷平安

这里,不但情绪净化了,而且语言也净化了,二者似乎都进入了一种常乐我净的涅槃境界。不管早期浪漫的,还是中期新潮的,话语中那种烟火之气消逝了,所谓大音希声,大象无形者,此之谓也。当然,他的生命是丰富的,在得到昭雪的日子里，他又找回了孩子气的天真：

> 那么，让废墟留给落日吧！
> 轻轻地说声再见
> 我们还有许多事要做

当然，这种孩子气的天真已经不同于 1950 年代，更多的是从灾难中解脱后的坦荡、自信和庄重。在情思的深厚和语言的淡定的张力中构成的意境，以言外之意大大超越言内之意而富于智慧的启示性。令人想到"不著一字，尽得风流"的赞语。当然，他出色的作品远不止这些。也许，他的十四行爱情组诗《西塞娜》，更加珠圆玉润。那里有他的自然流泻，用不着考虑后新潮的追逐，不回避情感和语言流露出古典的和谐和人与诗达到高度的统一，没有遮掩，没有躲闪，只有优雅的含蓄。以下这个片断是很有象征意义的：

> 一条鱼被拦腰剁去一截
> 只剩下了一头一尾
> 那条鱼就是我，西塞娜
> 总也游不进寻常天气
>
> 头依然向往崇高和美丽
> 尾却一再把它嘲弄、讥讽
> 强行焊接事实上不可能
> 没法跳跃也没法游动
>
> 头依然觉得年轻，渴望奇迹
> 尾等待退出，早已衰老疲惫
> 所有理想都成了泡影
> 所有心事都已成死灰

> 只有你，西塞娜，能把它重新合拢
> 如同合拢生与死，春与冬

他坦然呈示自己的矛盾：头颅和躯体分离，理想追求"崇高""美丽"而现实却成了无奈的"死灰"。这是他生命的严峻解剖，从另一个意义上，也是他诗的历程的总结。他的耕耘，是由他自主决定的，然而说到收获，却并不由己。当他写出震撼历史的篇章时，作为诗，是幼稚的；当他诗艺成熟，却并不在诗史的最前沿。这是沈泽宜一个人的特殊命运吗？也许不是，这是许多诗人的命运，把生命许给诗的人，大多是轻率的、冒险的，并没有意识到这是风险极大的生命的赌博。如愿以偿的，往往是少数幸运儿，而且是由于偶然，由于上帝的青睐，意外发现自己的名字写进了诗歌史上辉煌的标题之中。

原载《诗探索·理论卷》2009 年第 2 辑

邵洵美的诗探索

绡 红

邵洵美一生对诗的探索，是他对美的追求。在这个殿堂里，李太白和乔治·摩尔平分天下。由唐诗启蒙的他三十岁时说过："是乔治·摩尔引领我走进文学的宝库。"[1]十七岁开始写新诗，几乎一生致力于新诗发展的邵洵美，晚年却以旧诗抒怀。就这一点，他自己在1968年的家信里说："我的东西只能起一种作用，便是说，留作一种资料，说明我国历史上曾经有过一种东西，它反映着某些人的思想，一种资产阶级个人主义的东西，一种毒草的标本，可以在需要时当作反面教材。将来或者把它们拿给文史参考资料编辑的负责人去看看，有没有用。"[2]他从旧诗到新诗，又复归于旧诗，这一现象或许在某一种条件下，是一种规律？或许不仅仅是他一个人循此道而行？我们或许从他留下的诗与文，以及从他接触的诗与文，可能在他探寻诗歌之美的行程中，理解其中缘由？

"熟读唐诗三百首"是他受教育的必经之路。他记得自己十一岁读《唐诗三百首》时，觉得每一首都好，因为每一首只要读几遍便背得出。先生开始教他写诗，他竟然生出一个念头："希望将来有一本三百零一首的诗选。"[3]也就

---

[1] 邵洵美：《我的生活与恋爱》，上海《六艺月刊》1936年第1期。

[2] 邵洵美：《致其妻盛佩玉家信》，1968年4月。

[3] 邵洵美：《一个人的谈话》，上海《人言周刊》1934年第1卷第26期。

是说,他那时就有雄心,将来自己也要写诗,要写出跟那些唐诗一样好的诗,写得还要更多。

正因为他生活在上海,在私塾的基础上他十五岁踏进圣约翰大学附中,一所美国教会办的学校。那时候教会学校的国文也重视教古文,他的国文教师是位沉浸于艳体诗的才子。他便把《古乐府》当成圣经一般,这丰富了他的词藻,也增进了他对韵律的掌握和对美与爱的感知。同时,洋学校里接触到外国文学,他从英诗所领会到的,想要用中文来复述。但是一个旧式家庭的子弟,并不知道世上有所谓白话文运动。他尝试用旧体诗翻译失败后,因读旧式方言小说而得到白话的启示,便用通俗的语言(也就是生活里的口语)来翻译。这就是他自己摸索着写新诗的开始。他说自己写新诗从没有受谁的启示,最初还以为是自己的发现。后来同学借给他一份《学灯》,他才知道这类工作正有许多前辈在努力[1]。

那时他暗恋着表姐盛佩玉。当他翻《诗经》"有女同车"一节,读到"佩玉将将"句,似是看到佩玉走来,听到她衣裾上珠环玉佩发出的锵锵之声。再看下句有"洵美且都"。("洵美"——实在美)于是他决定改名,将"洵美"对"佩玉",以誓爱她终生,邵云龙留作学名。佩玉织了件毛背心作为二人订婚的信物,洵美写了首诗《白绒线马甲》回赠。沐浴在爱河中的洵美做了首散文诗《二月十四日》[2]。他说,那是他创作的第一首诗。

1925年赴英求学途经意大利,在拿波里的博物馆,他无意间瞥见古希腊女诗人莎茀的画像。惊异于她的神丽,从她望着茫茫宇宙的眼珠里他看到了默示,那激起了他心底的诗。在英国、法国,每一个新的环境里总有人向他提到他的长相很像诗人徐志摩。洵美感叹:"一定是,天要把我和志摩拉在一起!"洵美到剑桥,原本是遵父命进政治经济系学习,然而在巴黎路角聆听志摩的一席谈,击破了他内心"父命难违"的压抑的禁锢,恢复到天生的自己。

回到剑桥,诗在召唤,他心思再也不能回复到原有的书本上,课后在图

---

[1] 邵洵美:《诗二十五首》自序,上海时代图书公司1936年版,第2页。上海书店1988年影印。
[2] 邵洵美:《二月十四日》,上海《妇女杂志》1925年第11卷第5期。

书馆，总在诗歌的架子边徘徊。莎茀的画像搅动了洵美的幻想，写满了诗句的草稿越积越多[1]。洵美所寄宿的教授慕尔先生博学多才，从他那里学到地道的英语，在他的引导下理解英诗和英国文学；也是通过他的介绍，认识了一位希腊文学专家爱特门先生，因而得知曾有考古学家从沙漠里掘出莎茀在草叶上写诗歌的故事。洵美也跟这位莎茀诗的英译本作者一样欣赏莎茀诗格之美，认为中国唐诗和希腊诗的诗格在气质上有极端相似的地方。莎茀诗被人发现的一共有五六十个断片，洵美居然在课余，借着希腊字典译了出来，把它们凭自己的想象联系起来，写成一出短剧。慕尔先生帮助他，交付海法书店印刷发行，然而一本也没有卖掉。很遗憾，待我记事，从没在家里见过这本小书！[2]但这是邵洵美第一次精心翻译外国诗歌，也是他办出版的开端。他从外国诗歌汲取营养，从而引发出创作热情，一连写出几十首中文新诗。他从莎茀认识了崇拜她的英国诗人史文朋，从史文朋那里认识了先拉斐尔派的一群，又从他们那里接触到波特莱尔、凡尔仑，那正是唯美主义流派在欧洲盛行的时际。年轻的邵洵美正处于恋爱的狂热中，在回国的轮船上也沉醉于诗的意境里，带回的诗稿足够出版一本诗集。

　　1927年《天堂与五月》出版了，内含诗歌34首，扉页上印了"给佩玉"三字。赵景深评论为《糟糕的〈天堂与五月〉》，洵美写了篇《〈天堂与五月〉作者的供状》[3]。他说：

> 老实说，《天堂》里的诗，除了曾在《晨报副刊》登过的《我只得也像一只知足的小虫》比较过得去外，其余都为自己不满意的。比较满意的以及归国后写的都收集在《五月》里。志摩喜欢我那首《春》。许多首我原本不愿录进去，但滕固说，第一本诗集不过是为孩童时代留些痕迹的，何必选择？这过错滕固应负责。我现在力求将我的过错改去，我已将我

---

[1] 邵洵美：《儒林新史》，上海《辛报》1937年7月4日。

[2] 邵洵美：《儒林新史》，上海《辛报》1937年7月6日。

[3] 邵洵美：《〈天堂与五月〉作者的供状》，上海《申报·艺术界》1927年10月20日。

第二本诗集《花一般的罪恶》编好,等我的书店办来,即能出版。那时我想,总能赎我的罪恶于万一。我知道,过于修饰,以及缺乏情感,是我最坏的错误。我实在对读过《天堂与五月》,尤其是出钱买来读的一般读者致歉!

这些诗,他几乎是单凭激情写的。1936 年,他在第三本诗集《诗二十五首》的自序里写道:"当时只求艳丽的字眼,新奇的词句,铿锵的音节,竟忽略了更重要的还有诗的意象。"他还尝试用各种诗格写,还借用"莎茀格"。他说:"现在看来都幼稚得可怜,人家一提起我便脸红。"这是邵洵美诗探索行程的第一个时期。那个时候,他似乎已立志以诗"点化众生"为己任。《天堂与五月》的《序诗》里看到这样的诗句:

> 我也知道了,天地间什么都有个结束;
> 最后,树叶的欠伸也破了林中的寂寞。
> 原是和死一同睡着的;但须臾的醒,
> 莫非是色的诱惑,声的怂恿,动的罪恶?
>
> 这些摧残的命运,污浊的堕落的灵魂,
> 像是遗弃的尸骸乱铺在凄凉的地心;
> 将来溺沉在海洋里给鱼虫去咀嚼吧,
> 啊,不如当柴炭去燃烧那冰冷的人生。[1]

次年,他参与到有唯美色彩的一份同人刊物《狮吼》的再生,小试牛刀。其后,作为富家子弟的他,毫无犹豫地投入资本,也投入了他的全部身心,出版《狮吼》复活号,同时创办了金屋书店。他新婚燕尔,诗兴洋溢,创作欲旺盛。他大量阅读国内外诗人、文学家的作品。这个时期,他读了许多英国大文

---

[1] 邵洵美:《天堂与五月》的序诗,上海光华书店 1927 年版。

豪乔治·摩尔的文章，翻译了好几篇，从中获取了很多养料。他充分利用他的书店、他的刊物，以他自己的和朋友的诗歌、文章、译作，占领这片文化园地。他的第二本诗集《花一般的罪恶》连同他的译诗集《火与肉》及诗论文集《一朵朵玫瑰》同年问世。《花一般的罪恶》含有新作 15 首和从《天堂与五月》里挑出来的 15 首，仍旧用同一首诗作序。这本诗集也是赠给他的爱妻佩玉的，其中《Z 的笑》《来吧》《情诗》《恋歌》等是明显为她写的诗。集子的扉页印有一朵茶花，佩玉的小名是"茶"。

诗人许芥昱在评论邵洵美的诗时说：

> 从邵洵美在为他的诗集的更名中可以看出，他对感官的赞颂并非没有道德性谨慎的痕迹。他 1927 年首先问世的诗集题名为《天堂与五月》，而次年出版的诗集则以《花一般的罪恶》为题。在他的诗里，他似乎一方面主张感官的真实之外，什么都不存在；而另一方面，他则带着一丝讥讽的笑，承认肌肤是诱惑和暗示，那是罪恶。[1]

徐志摩曾对朋友说："中国有个新诗人，是一百分的凡尔仑。"洵美说，跟志摩虽有深交，但从他那里我只得到过分的奖誉。这几句话要是志摩亲口对我说了，我决不会后来才明白自己的错误。洵美承认自己和每一个写诗的人一样必然地要经受试探："因为我们第一次被诗来感动，每每是为了一两行浅薄的哲学，或是缠绵的情话，或是肉欲的歌颂。第一次写诗便一定是一种厚颜的模仿，再进一步是词藻的诱惑，再进一步是声调的沉醉。"他当时所认为金科玉律的诗论，便是史文朋的"不用格律来决定诗的形式，而是用耳朵决定"以及摩理斯的"不相信有灵感，只知道有技巧"，所以他说那一段时期写的诗，"大都是雕琢得最精致的东西，除了给人眼睛及耳朵的满足以外，便只有字面上所霹示的意义"[2]。关于模仿，他同意志摩的说法："中国需要向外国文学学习

---

[1] Kaiyu Hsu（许芥昱）：*Twentieth Century Chinese Poetry*，Cornell Paperbacks，1970. p.125.

[2] 邵洵美：《诗二十五首》自序，上海书店 1989 年影印，第 8 页。

很多东西：把东方和西方的血液混合在一起，就会创造出一种新的种族。"[1]至于自己"外国诗的踪迹在我的字句里是随处可以寻得的。这不是荣耀，也不是羞耻，这是必然的现象，一天到晚和他们在一起，你当然会沾染一些他们的气息。我也曾故意地去模仿过他们的格律，但是我的态度不是迂腐的，我决不想介绍一个新桎梏，我要发现一种新秩序。"[2]

为支持好友徐志摩的新月书店，他结束了自己的金屋书店。1931 年，他与志摩合作创办《诗刊》。他们和陈梦家、孙大雨、方玮德、卞之琳等诗友共筑诗坛，切磋诗艺，洵美的诗有了长进。他说自己在《诗刊》发表的诗，自那首《洵美的梦》之后，不再有那种"少壮的炫耀"。他研究起新诗的理论来，开始在"肌理"上用功夫。"肌理"英文即 texture，是英国女诗人 Edith Sitwell（西脱惠尔）提示的，钱锺书译为"肌理"。英美诗人对肌理都是有意识地用功夫的。洵美说："一个真正的诗人非特对于字的意义应当明白；更重要的是，对于一个字的声音、颜色、嗅味、温度都要能肉体地去感觉及领悟。"[3]《女人》这首诗是他最初的尝试，结束了他的诗歌探索的第二个时期。

可憾的是亡天妒才，《诗刊》出了才三期，1931 年 11 月 19 日亦师亦友的徐志摩云天夺命。陈梦家和他张罗了第四期《诗刊》，即"志摩纪念号"的出版，而后这本诗刊跟它的主人一样从此销声匿迹了。此后，新月书店曾匆匆出了《声色》创刊号，有洵美的一首《蛇》和朱维基的一些诗，还有徐志摩的散文《一个诗人》和洵美及林徽因、芳信的文章。志摩离去了，他永远留在洵美心里。我们在《中央公园》看到他一首《诗》，看得出，那是对前一天刊出的志摩的诗《远山》的回音。志摩这首诗不曾收在他的全集里，可见是洵美或他的朋友（编辑）储安平收藏了的[4]。

1933 年洵美和朱维基合办了《诗篇》月刊，他们意在探索"纯粹诗"，并

---

[1] Sinmay Zau（邵洵美）: "Poetry Chronicle[1]", *T'ien Hsia Monthly*(《天下月刊》)1936 年第 3 卷第 3 期，中山文教促进会。
[2] 邵洵美:《诗二十五首》，上海书店 1988 年影印，第 2 页。
[3] 邵洵美:《新诗与肌理》，上海《人言周刊》1935 年第 2 卷第 4 期。
[4] 邵洵美:《诗》,《中央日报·中央公园》1933 年 7 月 8 日。

且向读者介绍外国的诗歌。洵美曾写过一篇《纯粹的诗》[1]，介绍乔治·摩尔的纯粹诗论，认为它不应当是主观的表现，诗的取材须要是永久的。这个理念在他的《永久的建筑》[2]中引述。然而，《诗篇》三期之后又无影无踪了。洵美在一篇文章里提到这个失败的尝试，他说，纯粹诗是诗人奢望"一首诗能被一切人欣赏想出的念头"，但其结果，"只是遗下我们几滴珍贵的心血"。洵美自认为，《诗篇》刊出的那几首诗（《声音》《自然的命令》《天和地》《Undisputed Faith》）的时期，是他诗写作"跨进了爱里奥脱的第三个时期"，也就是长成的时期，"脱离的模仿的束缚，批评的本能苏醒了，会寻出每一个诗人的特点，和他所学不像的地方，也就是他的趣味长成了，有了他自己的东西"。[3]

　　洵美这些年同时倾注了许多心思在写作、出版上。他始终认为中国之落后在于文化的落后，在巴黎跟一班中国留学生在"天狗会"的文化交流中，他们豪言壮语地宣称：回国去效仿法国文艺沙龙，去促进中国社会文化的发展，把人们相聚时的应酬方式从麻将扑克转移开。他几乎是单枪匹马地去尝试，充作"文化的班底"（或者叫"文化的护法"）。他的做法是办出版，计划先从办画报开始，因为"图画可以走到文字所走不到的地方，或者文字所没有走到的地方"[4]。他热衷于办画报：《时代画报》《时代漫画》《万象》。在他的内心蕴藏着一个痴想：要像英国报刊大王北岩爵士那样，拥有几百万读者。从他22岁，1928年起到1937年的十年间，他办了《狮吼》复活号、《金屋月刊》、《时代画报》、幽默杂志《论语》半月刊、《时代漫画》、《十日谈》旬刊、《人言周刊》、《时代电影》、《文学时代》、《声色》杂志和《万象》月刊十一种刊物。那个时候，虽然战争的阴霾笼罩，上海民众的情绪和全国一样，在惶惶不安和激昂愤怒的反日之中，但上海市面表面上还平静。在这种相对安定的时局，洵美认为，越是灾难、战争、失意的逆境，越是能激发文学家艺术家的创作热情。他抓住这

---

[1] 邵洵美：《纯粹的诗》，上海《狮吼》复活号1928年第4期。
[2] 邵洵美：《永久的建筑》，上海《狮吼》复活号1928年第3期。
[3] 邵洵美：《一个人的谈话》，上海《人言周刊》1934年第1卷第26期。
[4] 邵洵美：《画报在文化界的地位》，上海《时代画报》1934年第6卷第12期。

个契机,用自己有限的资金,大办出版,特地开办时代印刷厂,从德国引进当时最新的影写版印刷设备来印制优良的图片。上海时代图书公司如日中天,最热闹兴盛的期间,每五天就有两份杂志和读者见面。可是才子儒商,亏损累累,他也知道自己是"诗人做生意,意在抒情"[1],然而他依旧迷醉其中,不以为苦,不舍得收场。这段时期,他本人在文学创作上也毫不松懈,尝试以不同体裁写作,写小说,写散文、随笔。他更是以激昂的热情和冷静的思考,分析国内外局势,写出几十篇时评和政论文。

他太忙了,他又爱朋友,文坛、诗坛、画坛友人不计其数,人们戏称他是"文坛孟尝君"。他喜欢热闹,爱管闲事,又热情助人,为朋友忙。不过,他并没有疏远他的诗。1934年,他说过:"忙尽忙,可是我的记忆里早积上了千百行诗,我相信我们随时可以写下来。"[2]可是,此后的四年间,他再也没有发表过一行诗。不过,他确实关注新诗,关注新诗的成长,新诗人在这种环境里默默地辛勤耕作,他们产出的成果他都看在眼里:他在《新诗并不沉寂》里提到新诗人的技巧在一天天地成熟,介绍1932年成集问世的有卞之琳的《三秋草》、李维建的《祈祷》、戴望舒的《望舒草》、朱维基的《花香街》、曹葆华的《落日颂》、臧克家的诗集,还有方令孺的《鸡鸣寺看月》以及陈梦家的一千行诗(部分刊载《文艺月刊》)[3]。在《诗与诗论》一文里他推荐了卞之琳的《鱼目集》,读了便可知道:"初期的白话诗的秧苗已成熟地结实了:形式已更丰富,意境已更扩大,技巧已更完善了。之琳先生的诗,在技巧方面可以说比徐志摩先生的已更进了一层;形式已不仅是结构上词藻上的美丽,而是有意义的美丽;意境已不仅是有含蓄,有动作,有图画,而是更能与诗人自己的人格合拍的表现了;韵节已不仅以悦耳为满足,它已被利用为传达及点示的力量。新诗已不再是对旧诗革命的产物,它本身已成为一件新艺术了。"[4]别人对新诗的

---

[1] 邵洵美:《珰女士》,上海《人言周刊》1935年第2卷第36期。
[2] 邵洵美:《一个人的谈话》,上海《人言周刊》1934年第1卷第25期。
[3] 邵洵美:《诗坛并不沉寂》,上海《人言周刊》1934年第1卷第1期。
[4] 邵洵美:《诗与诗论》,上海《人言周刊》1934年第3卷第2期。

议论，他也很注意，《新诗与"肌理"》中讲起："梁宗岱的《新诗底十字路口》提醒我们'诗，最高的艺术，更不能离掉形式而有伟大的生存。'他又说明对于新诗努力的步骤，在于创作、理论和翻译；创作所以施行和实验，理论所以指导和匡扶，而翻译则是辅助我们前进的一大推动力。"他认为这议论也说明新诗已走进了成年的时期。他十分注意陈世骧在《对于诗刊的意见》那封长信里的提醒，我们写诗也应像英美诗人那样重视在"肌理"上用功夫。他认为在中国的古诗里就可以品尝到肌理最精妙的诗句，以李白的《将进酒》为例[1]。在英文的学术刊物《天下月刊》发表的"Poetry Chronicle"（《新诗历程》）提到朱维基、陈梦家、戴望舒在艰难的环境里出版他们的诗集。

1936年洵美在他的书店出版了一套《新诗库》，为十位诗人各出版了一本诗集。那是在恶劣的局势下冒着赔本的风险干的一桩好事，其中有方玮德的《玮德诗文集》、梁宗岱翻译的诗集《一切的峰顶》、陈梦家的《梦家存诗》、金克木的《蝙蝠集》、朱湘的《永言集》、罗念生的《龙涎》、侯汝华的《海上谣》、徐迟的《二十岁人》、孙洵侯的《太湖集》以及洵美自己的《诗二十五首》。《诗二十五首》的自序里他说："十年的诗，只有二十五首可以勉强见得来人，从数量方面说，真是寒酸得很。"这二十五首除了《我不敢上天》是《雅典》1929年发表，大都是他发表在其后的《金屋》《诗刊》《诗篇》；《狮吼》复活号上刊出的只有《风吹来的声音》一首；《蛇》刊在《声色》杂志第1期（没有发现其第2期）。而一首《新嫁娘》我始终没能找到它的首刊处。他在自序里回忆了自己写诗的行程，也谈到当时新诗发展到什么程度，可以说是他初步的总结性的发言。他认为："胡适之等虽然提倡了用白话写文章写诗，但他们的成就是文化上的；在文学上，他们不过是尽了提示的责任。他们除了把文言文译成白话以外，并没有给我们看过一些新技巧。这番工作到了徐志摩手里，才有了一些眉目，可惜他自己也是诗人，于是这些新技巧便变了他自己的装饰，而不容易叫大家公开地享受。闻一多是一位诗艺的学者，但他介绍的外国技巧都偏重在形式方面。柳无忌、朱湘等也曾大规模地把外国诗的形式介绍到中国来，但

---

[1] 邵洵美：《新诗与肌理》，上海《人言周刊》1935年2卷4期。

因为是十足的模仿,于是被人讥为西洋的镣铐。孙大雨是从外国带了另一种新技巧来的人,《自己的写照》在《诗刊》登载出来后,一时便来了许多青年诗人的仿制。不久戴望舒又有他巧妙的表现,立刻成了一种风气。……新诗已不再是由文言诗译成的白话诗,新诗已不再是分行写的散文。……每一个时代有每一个时代的韵节,每一个时代又总有新诗去表现这种新的韵节。而表现这种新的韵节便是孙大雨、卞之琳等最大的成就,前者捉住了机械文明的复杂,后者看透了精神文化的寂寞。他们确定了每一个字的颜色与分量,他们发现了每一句断的时间与距离。他们把这一个时代的相貌与声音收在诗里,同时又有活泼的生命会跟着宇宙一同滋长。"他说,这种技巧是胡适之等所不能了解的,因为新诗人已然达到了诗的最特殊的境界,尽有丰富的常识,还是不容易去理会。

淘美后期的诗作练习在肌理上用功夫,他尝试用各种格律写,这种尝试是性质的,不是形式的。《声音》和《自然的命令》是"五步无韵诗",《Undisputed Faith》是"四步无韵诗",《天和地》是"十四行诗"。他分析了前二者的不同,又说"十四行诗"是外国诗里最完整最精练的体裁,正像中国的"绝诗",比之更多变化,用来练习新诗的技巧可以得到极好的成绩。他始终信任柯勒立治的话:"诗是最好的字眼放在最好的秩序里。"他认为,一个真正的诗人一定有他自己的"最好的秩序"。

关于诗的性质,他说:"不喜欢新诗的人都说新诗看不懂,即连胡适之与梁实秋都再三说新诗应当明白清楚。诗要绝对明显,除非写得和散文一样。抒情诗、写景诗、叙事诗、说理诗,都可以算'说明的诗'。但所用的形容词到了'譬喻'便要为止。一个字眼发生'象征作用'时诗便曲折了。凡是伟大的诗都有一种永久的象征性。"他觉得那时候中国的新诗"大部分成绩还极其幼稚,根本谈不上明显与曲折"。

在这时他提出,新诗界有个值得讨论的问题:题材的变换与形式的发展。现代文明促使官能的感受和脉搏的跳动与前不同,再写和往昔一样的诗句,人家不笑他做作,也要说他在逃避现实。题材的变换已不是人力所能拒绝。新诗人要创造新的字汇,他要使最不调和的东西和谐地融合。其实诗人的使命是点化,"诗像是一幅宇宙的图画,没有意心,不可能在一瞟眼间领悟其灵机。懂不懂是一件事,但不能因为不懂而说是诗人的荒荡"。

日寇加快蚕食我国疆土,步步进犯,但是国民党军队不作抵抗,节节败退。这时他亲自执编《论语》,心头的怒火利用笔下"乐而不淫,哀而不伤,谑而不虐"的幽默手法发泄,采取"春秋笔法"与当局的新闻审查周旋。

西安事变后国共合作抗日,他满怀欣喜。然而不敌日军的铁蹄,蒋介石第二次"引退",国民政府迁往武汉。他的新诗这时怎样呢?他为《新诗历程》添上了续篇,表露了他的失望:"战争把我们诗坛正在再度盛开的人造花朵摧残了。"[1] 1937年八一三淞沪战役,邵洵美的家和印刷厂在战区,在打响的前一刻他才携妻儿佣仆和厂里工人逃离。家没了,出版事业毁于一旦,原本有丰硕家产的邵洵美,而今几乎成了无产者。这是他生命中遭遇的第一次惨重打击。在孤岛法租界,他和佩玉艰辛地重建小窝,在这种大变动中,他格外关注自己的情感,立定自己的主意。一大家子生活没有来源,但是他毅然唾弃亲弟弟拖他落水。失去那么多,但他拿得起放得下,这年他三十七岁。当他重新坐定在书桌面前,拿起笔就把早已打好腹稿的"Confucius on Poetry"(《孔夫子论诗》)一气呵成[2]。这篇洋洋大观的英文论著列出夫子对弟子讲述诗歌的意义和重要性。这是他三年前发表那篇《一个人的谈话》文末承诺读者的:"等到将来去伸长,补充及解释。"文中提道:"中国人对诗本来有极密切的关系,在《论语》里孔子讲别的东西不过一两次,讲诗却有十二次,……要知诗的重要部分,本不在乎形式。用白话写自由诗可以,用文言写律诗也可以,现在人对新诗有成见,多半是因为看不惯它的形式,我劝他去读《论语》。"他能够在这种度日维艰之际,静下心来,捧读《论语》,悉心推敲。用英文写,参照的是 W. E. Soothill 的英译本 Confucius the Analects,摘出其中夫子论诗的十几处,加以琢

---

[1] Sinmay Zau(邵洵美):"Poetry Chronicle[2]", *T'ien Hsia Monthly*(《天下月刊》)1937年5卷4期,中山文教促进会。

[2] Sinmay Zau(邵洵美):"Confucius On Poetry", *T'ien Hsia Monthly*(《天下月刊》)1938年7卷2期,中山文教促进会。

磨、更正修饰后用于他的文章。这篇文章受到印度报刊的好评。

1938年他争取同情中国的外国友人帮助，他办起了抗日杂志《自由谭》，又和美国作家项美丽合作，出版其英文姐妹版 *Candid Comment*（《直言评论》）。在《自由谭》他发表了一首民歌《游击歌》，这是完完全全摒弃了他以往那唯美的纯粹诗的路子的诗：没有一句调文弄墨，全然不提风花雪月，是怀着仇恨日本鬼子的纯粹心境，用质朴的乡间语言写就。浓郁的生活气息，把农村游击队员机智抗敌描述得淋漓尽致。当时获得香港《大公报》的赞誉。这首诗歌原创是英文的，事实上是为英国诗人奥登即兴创作的，他曾把事情的经过写在一篇文章里。[1]这可说是文坛的传奇，直到后来，奥登始终以为这首诗是邵洵美翻译的。在《自由谭》也刊登了他译的奥登的诗《中国兵》[2]。他还写了首《结算》，和译的几首奥登的诗一起刊出，都是抗战诗歌。[3]他在《自由谭》的编辑谈话里表示还要写这一类的诗歌，但是由于他所用的笔名与化名很多，我们无法鉴别。在这两份抗日杂志里有很多不署名的诗歌和文章，那自然都是洵美的手笔。

这个时期，他居然写了大量新诗理论研究的文章。在上海的《中美日报》连载的《金曜诗话》里就有《抗战时期的诗和诗人》一文。[4]为抗战而写诗是他诗探索的第四个时期。

洵美是一个爱做学问的人，战前积聚在他脑海里那些对新诗的理论研究的资料，一落笔，一股脑儿写成三十一篇，读诗话读到他引述的中外古今诗人及其作品多达六十多处，可见其探究之用心。新诗理论研究是他诗探索的第五个时期。

《金曜诗话》从新诗发展的现状，到解析为什么有人不欣赏新诗、新诗怎

---

[1] 邵年（邵洵美）：《两个青年诗人奥登与奚雪腕》，上海《中美日报》1938年11月14日。

[2] 奥登（W. H. Auden）：《中国兵》，邵年译，上海《自由谭》月刊1938年第4期。

[3] 邵洵美：《结算》，上海《南风》1939年第3期。第1期刊有他的《伟大的作品》，内有他译的奥登诗《以小可以识大》。第2期译奥登诗《他们携带着恐怖》。第5期译奥登诗《商籁体第十九首》。

[4] 邵洵美：《抗战时期的诗和诗人》，上海《中美日报·集纳》1938年11月25日。

么写、新诗和旧诗的异同、新诗的病根是什么,以及如何推动新诗的发展。

现状是,在抗战期间,诗人应当写抗战诗歌,新诗对青年人是最好的宣传工具。新歌曲和新诗有同样的作用;新歌曲,包括抗日歌曲的流行,不能抹煞黎锦晖和梁得所之功。[1]

他认为中国几十年文化革命中新诗最彻底,从形式到内容适应时代。但是由于成见,有些人总说新诗看不懂。或许他们对旧诗也没有好好读过,不了解新诗是旧诗的进化;不过,象征派的诗的确不容易读懂。[2]更重要的是,没有认真的读诗人,学写新诗的人倒不少,这是畸形发展,是新诗的病根。甚至有的小学老师也在教学生写新诗。[3]新诗并非就是旧诗的白话译文,也并非分行写白话文而已。

另一方面,新诗人的修养不足:"以往大半的新诗人受外国浪漫派诗的影响,但是没有外国浪漫派诗人所必备的修养,写出的东西很多浅薄到肉麻。"[4]再说,霸占中国新诗坛的始终是对外国诗有研究的一些人,外国诗坛从一派到一派,经过多少成功与失败,赞同与反对,几十年或几百年的变迁;在中国几乎是几年几月甚或几天,就由古典派到浪漫派到象征派乃至新象征派,唯美文学与普罗文学几乎同一时期介绍到中国。他说:"几乎在同一个时期,有了梁实秋的古典派、梁宗岱的象征派、现代杂志的意象派、水沫书店的新感觉派、北平几位青年诗人的新象征派。他们有的只介绍了理论,有的只介绍了作品,他们的影响未必走出了自己所有关系的刊物或作品。而普罗文学的热闹,也不过是因为主动者方法高明,从另一方面得到了许多青年的同情。人家的普罗文学是社会现象,我们却是几个先知先觉的努力。"[5]因而新诗人的修养不成熟,读诗人的理解力也难以跟上变化。

他指出,现代中国的文坛上,新诗是被人运用得最多的一种体裁。但是小

---

[1] 邵洵美:《新诗与宣传》,上海《中美日报》1939年2月10日。

[2] 邵洵美:《诗人和他的读者》,上海《中美日报》1938年12月16日。

[3] 邵洵美:《新诗的现状与进展》,上海《中美日报》1939年2月17日。

[4] 邵洵美:《一首诗的产生》,上海《中美日报》1938年12月23日。

[5] 邵洵美:《诗派在中国》,上海《中美日报》1939年1月6日。

说和戏剧的成功却更其来得显明。新诗缺少真正的诗评家,他们是推动新诗发展的力量;然而那时一首新诗发表,要么受到无原则的吹捧,要么受到莫名的鞭笞。真正的诗评家得掌握两个工具:"一是比较——新诗与旧诗的异同;新诗与新诗的比较(可以人或诗来比,或前期与后期比,在技巧上、题材上有没有完成新诗的企图以及利用了它的可能与优点);自己与自己的比较(他本人的诗进展过程与实验的成绩);中国与外国的比较。二是分析——全部诗的分析,社会世界在他的诗里的反映;一首诗的分析,'我们得用一粒谷里可以看见宇宙的眼光来下功夫';一句句子的分析,新诗和旧诗一样,诗人得意的也不过是几句句子。我们假使能找出一句或几句得意的句子,便找得了他全部灵魂的钥匙了。"[1]他认为批评家应当有修养,有见识,有鉴赏力,有高尚的风趣,也希望他们对多种学问下过一些工夫,包括生理学、人类学、史学、语言学,特别是心理学、哲学。不过他说"目前我们没有这样复杂的要求"[2]。只希望在新诗和读者的"中间人"——新诗的批评者,客观地负起解释和介绍新诗的责任,"只要能说出一首诗的好处与坏处,以及这一首是否是新诗"[3]。他曾经说到,要推动文化的进步须得有一班文化的"护法"[4]。在介绍现代美国诗坛概况时他曾指出:"艺术有了'人趣',它才会在人类里生长。"[5]新诗发展也离不开热心人。

1941年孤岛也沦陷了,邵洵美并没有沉沦。佩玉手里的家当"从金的、银的、铜的、锡的、木的,到纸的"都一一出手,夫妻俩半夜深谈:"要发财,有的是路;但是,人生一世,名节第一。"尽管生活拮据到全赖典卖度日,他们也决不落水。那期间洵美写过一首诗《一个疑问》,佩玉看后抄录,诗后有注:"仿莎士比亚sonnet"(十四行诗)。末句有:

---

[1] 邵洵美:《诗评的工具》,上海《中美日报》1939年3月31日。

[2] 邵洵美:《新的诗评与诗评家》,上海《中美日报》1939年3月24日。

[3] 邵洵美:《新诗的中间人》,上海《中美日报》1939年6月17日。

[4] 邵洵美:《文化的护法》,上海《时代》第8卷第11期,上海时代图书公司1935年版。

[5] 邵洵美:《现代美国诗坛概观》,上海《现代》杂志第5卷第6期"现代美国文学专号"。

> 我始终想不明白现在这个时局,
> 究竟是我的开始还是我的结束。

1944年底,形势越来越严峻,洵美只得冒险出走,携长子祖丞与友人但荙荪跟随万籁鸣潜入内地。他们在淳安度过了一段艰险的日子。日本投降了,在返沪的途中,洵美有感而作了两首旧体诗《富春江边》。抗战胜利,《论语》复刊,洵美重又执编。在五十岁的生日时他作了首新诗《五十》自寿,吐露对人生的感悟。

1948年国民党政府的腐败加上金融混乱,民不聊生。他在编辑随笔里附上了一首诗歌《论语征兵歌》[1]。它向作者和读者宣告,这是今日《论语》的办刊方针,《论语》的幽默与诙谐一改而为讽刺与抨击。它和《游击歌》一样,题材贴近生活,用白话和民间常用词语写就,是人人看得懂的诗歌。这是洵美改革新诗的尝试。

1949年后他结束了为之奋斗半生的出版事业,从事外国文学的翻译。那时,虽然伏案全为稻粱谋,但他仍坚守自己的信念,必定要做到自己满意才交稿,收入自然跟不上支出,尤其是几本著名诗人的著作,他安然沉浸于诗的意境里、译诗的享受中。正因为如此,短短几年里他翻译了不多几本,却获得广泛的好评。秦瘦鸥认为,"邵洵美写过大量新诗,然而比较起来,他在翻译方面的贡献更大。翻译诗歌难度更高,但他译的拜伦、雪莱、泰戈尔诸人的诗作,都能符合'信、达、雅'三项要求。"[2] 翻译文学作品正是利用他中文英文俱佳的特长;翻译英诗,更是他擅长的乐事,在译的过程中,也是他自己再创作的过程,这是他诗探索的第六个时期。1957年出版的《解放了的普罗米修斯》是他最用功的。赵毅衡评说:"邵洵美所译的几部雪莱的长诗,难读,更难译,他译笔华美而熨帖,才气纵横。——与查良铮并世无二,'南邵北查'。笔者少年时最喜读这二人的译文,后来读原文,反没那种美的战栗。"

---

[1] 邵洵美:《论语征兵歌》,上海《论语》半月刊"编辑随笔",1948年第149期。
[2] 秦瘦鸥:《从纨绔子弟到翻译家》,上海《文汇报》1986年10月8日。

1957年，新的《诗刊》诞生了。臧克家手持创刊号来访，洵美无比兴奋。上海文艺月刊的曾文渊前来约稿。从《读毛主席关于诗的一封信》[1]可以看出这些年他一直在关切新中国新诗的动态。他注意到有许多新诗人成绩斐然，但是而今"新诗发展的幅员是如此广阔，大家对新诗的要求又是如此迫切，可是新诗人到现在为止所尽的力量是不够的，他们的作品在质和量上都远远地落后于时代和现实所给予他们的机会"。他认为不是才能不足，也不是不认真不努力："缺少新诗的理论文字是一个很大的因素。"虽然至今新诗还没有什么一致公认的形式或技巧，决不需要有定型的限制，也应当"百花齐放和百家争鸣"。最好的方法是把许多新诗集、新诗选集和散见在各报刊的成功的作品加以分析和批评；可能的话，让诗人自己来解释和说明，叙述他们本人的经验，提供他们对新诗建设性的意见。他还提出：

> 如何接受诗歌的民族遗产方面（包括古诗、旧词、民歌、俗曲等）所花的力量也不够；更应当从历史的发展着眼，中国的诗歌经过的多次改革，究竟从他们前期的旧诗里继承了些什么，扬弃了些什么，看看有多少东西可以被我们接受和发展。现阶段新诗究竟不过是一株幼芽，它总共不到五十年的历史，这需要大家的力量使它成长和发展。

正当他欢庆自己为新中国的文化事业能够出力之际，1958年，一场无妄之灾，使他入冤狱四载。正值困难时期，备受饥饿疾病的磨难，但洵美生性天真，见文友贾植芳，居然还有雅兴在卫生纸上作了首七言诗《狱中遇甄兄有感》。[2]可惜贾教授不敢卒读，没有记下这精彩的篇章。这次的打击几乎是致命的，冤狱归来，家没了，他失去了所有的一切。佩玉携幼子到南京女儿家为生，他只能住进长子家。祖丞的家也遭难，家徒四壁。身体彻底垮了，形销骨立，口唇发绀，呼吸窘迫，严重的肺心病，全无生活自理能力。然而他没有放

---

[1] 邵洵美：《读毛主席关于诗的一封信》，《文艺月刊》1957年7月。
[2] 贾植芳：《提篮桥难友邵洵美》，《上海滩》1988年第5期。

弃，他还有一本《英汉词典》，他还有一支笔。再度奋起重拾笔杆，在贫病的苦恼里，支撑他生命的是诗的意境翻译的享受。他艰难地继续他的翻译生涯。

持有理想主义完美主义的诗人邵洵美遭受命运的作弄，他半生喜乐半生灾难。战争的摧残，无辜的迫害，他都挣扎地扛了过来；未料到动乱在全国展开，他无力面对，绝望中选择了放弃。

动乱年代洵美了无收入，靠子女的补贴不足以维持生活，挚友施蛰存伸出援手。病益发严重，他日夜坐卧不宁，喘咳不息，几度入院抢救。然而家书里却不见一字哀叹，他用颤抖的手录下诗作。如许年来，他一直在把英诗译成新诗，却不料再见他的诗时，竟是旧体诗。字迹虽然歪斜扭曲，但文句深刻，寓意深邃。顽疾捆住他的身体，不时扼住他的呼吸，但捆不住他的思想，扼杀不了他的灵气。

1968年，也就是他离世三月前，在家书里抄录了以前作的三首诗：

> 老友庄永龄、陆小曼先后死，得句如下：
> 雨后凄风晚来急，梦中残竹更恼人。
> 老友先我成新鬼，窗外啼嘘倍觉亲。
> 陆小曼死后第二天得句云：
> 有酒也有菜，今日早关门。
> 夜半虚前席，新鬼多故人。
> 注：唐诗有"可怜夜半虚前席，不问苍生问鬼神"。[1]

在《论语》的"鬼故事专号"的封面上曾有他题写的"夜半虚前席"手迹[2]，该期刊有以《儒林新史之一页》为题的徐志摩日记四则；闻小曼噩耗又复引用此诗句，足见其思念志摩联想翩翩。第三首是在一次抢救后出院写的：

---

[1] 邵洵美给其妻佩玉和幼子小罗的信，1968年3月2日。见盛佩玉：《盛氏家族：邵洵美与我》，人民文学出版社2004年版，第308页。

[2] 邵洵美：《论语》半月刊第93期"鬼故事专号下"，1936年。

> 天堂有路随便走，地狱日夜不关门。
> 小别岂知（居然）非永诀，回家已是隔世人。[1]

　　这二十多年间不见他的诗影，却不料，再见他的诗是旧体诗，在新诗和旧诗间徘徊多年之后，探索一生的邵洵美最终回到了原点。他深感"旧诗所留传给我们的丰富宝贵的文化遗产，是一个取用不竭的泉源"。其实在《读毛主席关于诗的一封信》里他就说明白了。毛主席主张"诗当然以新诗为主体，旧诗可以写一些，但是不宜在青年中提倡，因为这种体裁束缚思想，又不易学"。洵美写道，新诗是白话写的，白话是人民大众日常运用的语言，我们的文艺首先是为工农兵服务的，诗当然必须以新诗为主体。毛主席说到"旧诗可以写一些"，他认为："非但可以写一些，而且如果能写的话，不妨多写些。就一般对旧诗有修养的人来说，这是他们所已经熟练的技巧，这是他们表现他们'诗意'的最适宜的工具。他们可以用这种形式写新事物，也可以用这种形式写旧事物，要是能多写些文情并茂的好诗出来，同样也值得鼓励。"他自己也就是这一类"能写的人"。他十分欣赏毛主席的旧体诗，指出有几首极好："造意新奇，不落旧套，句法自然，毫无做作，处处显出炼字的功夫。我最爱那首七律《长征》，五十六个字，把红军坚忍不拔的意志、乐观的精神以及整个英雄的事迹完全表现了出来。"[2] 1968年毛主席诗词邮票发行时，洵美特地买来欣赏。

　　早在八一三前，他在《忙蜂室诗话》[3]里就坦陈自己倾心于旧文学的神趣："我读诗毫无成见，新诗读旧诗也读，中国诗读西洋诗也读。说也奇怪，我读西洋诗选本《金库诗选》[4]，不时感到它已陈旧，调子熟而且俗；但是中国的《唐诗三百首》却真使我百读不厌，读一次有一次新的发现。"他的脑海里，不

---

[1] 邵洵美：《给幼子小罗的信》，1968年3月28日。《我的爸爸邵洵美》，上海书店出版社2005年版，第345页。

[2] 邵洵美：《读毛主席关于诗的一封信》，《文艺月刊》1957年7月。

[3] 邵洵美：《忙蜂室诗话》，《论语》半月刊第115期。

[4] *The Golden Treasury of The Best Songs And Lyrical Poems In The English Language*，Oxford University Press,1929.

时在玩赏那些经典的诗句。因而，在《直言评论》出现补白的四首他凭记忆英译的唐诗宋词，就不足为怪了。[1]他曾在家书中提到"最近寻到许多以前写的诗句，每首记录一个时期的历史，句子有的很新鲜，又反映出得当时的思想情况"[2]。遗憾的是，洵美离世后家人遍寻不得。祖丞曾见父亲不时在一张张小纸片上写英文字句，其中肯定有不少他一闪而过的念头和精彩的诗文，可惜也同样遭到泯灭的命运。不过，洵美委实有不差的旧诗功底。那首如画的《黄山口占》[3]，描绘出站立在天都峰峰顶的诗人邵洵美那悠哉游哉。诗云：

  一步跨上黄山巅，黄山吐雾我吐烟。
  我比黄山高七尺，黄山比我早成仙。

看，多么气宇不凡，多么惬意、自信而又自谦！

这是邵洵美1955年左右忆起自己二十年前游黄山时所作的一首，重又抄录，这首诗前写道；

  一九三五年作黄山游，在天都峰口占数语，读如佛偈，又像扶乩盘中济癫和尚诗，怪哉！怪哉！

原载《诗探索·理论卷》2010年第1辑

---

[1] 1938年9月1日在孤岛的抗日杂志 *Candid Comment* 第1期有四首未署名的英译中国古诗词：杜甫的《春望》，李清照的《蝶恋花》，晏殊的《木兰花》和苏轼的《吉祥寺赏牡丹》。

[2] 邵洵美：《给小罗的信》，1968年3月28日。《我的爸爸邵洵美》，上海书店出版社2005年版，第345页。

[3] 盛佩玉：《盛氏家族：邵洵美与我》，人民文学出版社2004年版，第184页。

窗中·风景
——叶维廉诗歌的存在之思

张志国

> 我们歌唱，因为世界在我们心中诞生；我们歌唱，
> 因为我们如大地，在无垠的寂静中拥抱着一草一木的真实。
>
> （叶维廉《生日礼赞》）

古往今来，诗意一直通过我们沟通世界与大地的"窗口"显现出来，与我们神会。它默默无声，难以为人察觉地发生在与人类亲密无间的"窗口"中；它如光闪逝，偶尔被敏感的艺术家意会到、捕捉住，才得以部分地呈露出来，成为真正的艺术。因而我们不得不承认，举凡真正的艺术皆具有这样的窗口。叶维廉无疑是从"窗"中捕捉到了这一诗意的诗人，在《生日礼赞》中，诗人为我们勾勒出了诗意是如何穿梭在"大地"与"世界"之间的：在"我们如大地"的"天人一体"本体论观念基础上，"世界在我们心中诞生"。在此，"大地"并非作为客体而外在于主体，相反，"天地与我并生，而万物与我为一"，这正是"世界"得以建基之所在。巴斯拉在《空间的诗学》对屋中的现象学发现——即"房屋是现象学研究人类内里空间之密切价值的优先实物"[1]似乎同

---

[1] 转引自王建元:《战胜隔绝——叶维廉的放逐诗》，见廖栋梁等主编:《人文风景的镌刻者——叶维廉作品评论集》，台北：文史哲出版社1997年版。

时印证了诗意之窗与我们生存居所之窗存在着的亲缘关系。然而幸运或不幸，当初民的神思飞越了刻满壁画的洞穴，穿过了永远敞开大堂和廊柱的神庙，在高楼林立，钢筋水泥的现代都市群落中它停歇在了何处？或许因为伫立在我们眼前的窗口同样地默默无声，同样地与我们亲密无间，或许因为我们在日复一日古铜色的生活中，早已盲视，当窗以其透明的光泽、既有却无的姿态将自身隐藏在四面八方，它们才幸免为人的有限性拘囿于具体时空而无始无终地真实存在，迎候着灵性的栖息。我们难以想象，在空间如此密集、节奏如此紧张的都市生活中，如若没有那一扇扇敞开平和与宁静的窗，那沉重如坟墓的高楼大厦，那急速旋转的轮胎将会怎样窒息了心灵的升腾，颤裂了心灵的静水⋯⋯以透明与沟通为特征的窗正以前所未有的速度扩展着，从边缘向中心，向厚重的墙壁，向公共空间之门：从静止到运动，到车、到飞机甚至到更为复杂的媒体之窗⋯⋯皆映射着人们寻求政治透明、人际透明、自然透明、心灵透明与沟通的努力与抗争。正缘于窗与心灵的契合，才有了沟通内外的"心灵之窗"的比喻，也正缘于此，古今中外的诗画里，"窗"的形象或隐或显地一直流传着，并将永远流传下去。

"窗"这一诗歌形象曾经朝向中国传统意义上"立象以尽意"的重具体物象之"意象"，在西方也曾经朝向康德"一种理性观念的最完满的感性形象显现"[1]的象征意义上的"意象"。然而与"梦"这一意象不可同日而语，"梦"由于其非现实性、其不可触摸的缥缈，本身被寄寓一种或美好或恐怖的强烈情感，它往往因开启另一亦真亦幻的世界而成为一种隐喻。"窗"则因其平凡不过的现实性，即便被带入诗歌，却也很少被人们灌以饱和的情感，它成了它自身，被我们直接注视到，而非让我们猜测它所隐喻之物，它和其开启的空间一同出现，甚至共同营构一种"窗中列远岫"意境；与"镜子"这一意象也不同，不论中国的"悲白发""破镜"能否"重圆"传统的伤逝感，还是西方的"上帝之镜""魔镜"传统的神秘感，由于生活中我们视线里的镜中空间相对狭小，其封闭性、虚幻性往往使诗人将之视为自己内在生命的写照，"镜子"指向封

---

[1] 朱光潜：《西方美学史》下卷，人民文学出版社1979年版，第391页。

闭的内部空间的隐喻同样使它自身虚脱了。或许这正是"窗"的幸运,正如诗句"开轩面场圃"所揭示出的,"窗"以其"实""有""隔""关"的有限性、封闭性的空间存在,同时敞开着"虚""无""通""开"的无限性、开放性空间存在,它始终连结着"窗内"的心灵世界而与"窗外"的真实大地声息相通、互观互照。

这并不意味着"窗"有朝一日不会像"梦"那样,在被人类赋予强烈情感的同时,开启另一隐蔽的隐喻空间,在叶维廉以及罗门等诗人的诗歌中就出现了"窗"的这种功能。然而由于"窗"坚固的现实性和"能出能入"的沟通性以及在生活中难以为人察觉的"空无"特性,除了在一种特别的禁闭的生命状态中,它是不可能承载人类太多的情感和寓意的,在艺术中它还将是它自己,仅仅作为一种具象而显现。所以,直到当今建筑,尽管窗在不断地扩张,不断地取代墙、取代门仍不为我们所惊奇、所赞美,似乎命中注定它不会进入人们审美视野的中心。"窗"在我们日常居所尤其是观念中总是处在边缘,它从不奢望像窗外的朝阳、明月、杨柳那样招惹诗人投去寄情寓意的一瞥,它只是提供我们沟通内心与窗外世界、回归人类活泼原初生命的通道。"窗"在绝大多数的诗画中一直隐藏于边缘,边缘成为它真实存在的场所。但这一边缘却开启出另一空间或境界,带来诗歌深层结构的飞升,它成为一种不为人识别的介质,窗内与窗外的介质、灵与物的介质,世界与大地的介质……

窗前吟咏:叶维廉生命哲学的转向

如何进入叶维廉早期的诗,进入那曾被诗评家古远清称作"由于超出普通人的思维方式,剔除了叙述成分,严格地把自己的诗歌限制在'名理前的视觉'状态中,因而成为台湾现代派诗中最难解的作品"[1]世界?如何面对叶维廉"走向西方而又回归东方"[2]的后期诗歌转向,面对叶维廉诗歌创作的40年

---

[1] 古远清编著:《台港现代诗赏析》,河南人民出版社1991年版,第135页。
[2] 杨匡汉主编:《叶维廉诗选》序,中国友谊出版公司1993年版,第10页。

生涯、19辑近250首存留下来的诗作呢？直接从叶维廉自己的诗学批评和诗论中来反观他自己的诗歌创作，难道不是我们最保险的一条捷径吗？但是叶维廉早就以其诗学家特有的机智和批评经验堵死了这条单纯而刻板、机械又线性的思维之路，他警告我们"我写的理论并不是针对自己的诗"，"譬如对于传统的了解，对于我的诗有没有影响，这就很微妙了，有时有，有时没有，有时是一种挑战"，"而现在有些人却以我谈诗的文章看我的诗了，这有时是风马牛不相及的"[1]。我们仅有的一线求生稻草就这样被割断了，我们坠入诗歌看似迷乱的绚丽世界不能自拔。我们小心翼翼地踩在滑动着的诗歌形象上，与其一起流转，唯恐失足后心灵的悚惑不安。但这正是我们可以真正立足的坚实大地，当我们回首瞻望时，才发现自己始终站在一块稳定的基石上，这块基石如色斑一样的凸现出来——"窗"。

在叶维廉早期诗歌中，"窗"这一形象出现机率占到诗歌总数的百分之五十。这一数字暗示了什么？"窗"如何有意或无意地进入了叶维廉的诗歌创作？它在诗中如何呈现自身，起到了什么作用？难道透过叶维廉诗歌中"窗"我们就不能隐隐听到"窗"在艺术史中的回响吗？如果我们听到了，那么叶维廉的"窗"就仅仅是这种历史的回响吗，它出现了什么新质？它在其后期创作中消失了还是转化了、又被谁取代了？这些都是我们应该仔细追问的，因为这是我们脚下唯一可循的坎坷征途。

前期："窗内—窗外—内心"，从有限到无限的追逐困境

"薄弱的冲动，驰过朝花的眉目，加深了多少寒窗的孤独。"（《我们忽略了许多事实》）1955年，年仅18的诗人已经离家六年了。诗人的这一离家既有着一切少年特有的梦想和冲动，可又有着多少生活的无可奈何？诗人这样回忆道："赤色的新的残杀风卷而来，吹走了古城中露店间风生的谈笑……。一

---

[1] 梁新怡等：《与叶维廉谈现代诗的传统和语言》，见《叶维廉文集》第七卷，安徽教育出版社2003年版，第363页。

个夜里,在全面清算来临之前,弃家渡海到了香港。其后,那追随了我的全部的幼年的狗便由疯而至死。那一度养育我的稚心的纯美的乡风和祥和的山水再也没有重见。"[1]诗人从故乡广东中山沿海的一个小村落"被时代放逐"[2]到一个起初陌生、事后厌恶的遍布私欲、纸醉金迷的现代都市香港,可谓真正意义上的"离家":离开忍受渔樵生活中饥饿不安的家,离开饱含祥和与纯朴的山水之家,离开根深蒂固的传统文化之家。诗人的这一"薄弱的冲动",使飘零无根的他在香港严酷的处境中真正地受挫了,他因无限的梦想开始经受折磨。这一折磨不仅仅源自物质上的贫乏,更沉重的是来自内心的"创伤":"对于香港我没有什么好说的。中国人奴役中国人。中国人欺骗中国人……我们贫乏的力量再也不敢在事物间作太热切的旅行……不敢认知我们尚未认知的城市,不敢计算我们将要来到哪一个分站,或分清我们坐卧的地方,我们什么也不知道,我们只期待月落的时分。"[3]诗人顿生的渺小感使他清醒地认识到自己的"有限性",外面的世界的确不可捉摸,"不敢认知"奇迹般地转变作内心的"无法认知"。难道要让诗人放弃自己的梦想,放弃人类的认知吗?"天变、死亡、饥饿",生活的皮鞭在身后一鞭一鞭地驱逐,诗人追寻"认识世界"的信念又在前方不断地闪耀。我们必须"追索和盘算一些解释",尽管"我们追不上,算不清。它们追过了思想,追过了世界。"(《我们忽略了许多事实》)诗人在"去认知世界"与"无法认知"的夹缝中孤独着,愈是萌生去认知的"冲动",愈"加深了""孤独",但"冲动"又不可避免,只好消息为一丝"薄弱的冲动",谨小慎微地从夹缝之窗探出摸索世界的诗之触角。

  秉持顽强生存信念和美好梦想的诗人因遭遇形体和文化的双重放逐而顿生的断裂、无根感,势必更大地激发他对生存本身的"追索"——窗外是美好的"朝花",窗内为此而萌生冲动,冲动却无法获得,反而加深了窗内的——"孤独"。这种"追索"与"孤独"主题在艺术史上不断地回响,在中国古代诗歌

---

[1]叶维廉:《叶维廉自选集》,台北:黎明文化事业股份有限公司1978年再版,第2页。
[2]杨匡汉主编:《叶维廉诗选》,第356页。
[3]这是1956年叶维廉写的《城望》诗中的结尾部分,见《叶维廉文集》第七卷,第363页。

中具体呈现为两种情境：其一是思念的孤独，表现为闺妇的思夫和游子的望月怀乡：从最早的《诗经·郑风·子衿》："挑兮达兮，在城阙兮。一日不见，如三月兮"，女子站在城门前两边开阔的观楼上，焦急地走来走去等待情人，历经汉代《古诗十九首》的"明月何皎皎，照我罗床帷。忧愁不能寐，揽衣起徘徊"，发展到魏晋时期，闺中女子的思念情境明显已转由男性诗人来建构，如曹丕《燕歌行》："贱妾茕茕守空房，忧来思君不敢忘，不觉泪下沾衣裳。"曹植《七哀》："明月照高楼，流光正徘徊。上有愁思妇，悲叹有余哀。借问叹者谁，言是宕子妻。"那起初站在城阙上的女子已经进入闺房，在门内窗前因思念而开始独守孤独了。到了唐宋时期，窗内人对窗外人苦苦等待而不得这一孤独情绪逐渐寄托、凝聚在可触摸的实物"窗"本身上，难以缓解的孤独才得以栖身、宁静下来，这在苏东坡《江城子》梦忆亡妻的"夜来幽梦忽还乡，小轩窗，正梳妆"，李清照《声声慢》的"守着窗儿，独自怎生得黑！"无名氏《九张机》的"停梭一饷，闲窗影里，独自看多时"中得以微妙地显现。不仅如此，"窗"同时开始代表窗外之人，被寄托以美好憧憬：王维《洛阳女儿行》："春窗曙灭九微火，九微偏偏飞花璞"中的"春窗"成为女子婚嫁之喜的寄托，李商隐《夜雨寄北》："何当共剪西窗烛，却话巴山夜雨时"中的"西窗"则被寄托以共享夫妇橘红而温馨的暮年之乐。

窗内人因热切思念、追索窗外人不得而孤独，窗外人却因漂泊在外、远离故土、亲人而孤独。这种窗外人因漂泊而生的思念与孤独往往被"治国平天下"的儒家理想视为缠绵于儿女私情的"脆弱"甚或"无能"，故而一方面男性诗人往往假借女子之口，以闺妇思夫来曲折表现自己的思念；另一方面更明显地体现在男性诗人望月怀乡的举动中，而此一举动的原型最初仍是与对女子的思念和追逐分不开：《诗经》中《陈风·月出》"月出皎兮，佼人僚兮"，以月的高高在上比喻女子的可望不可即。《齐风·东方之日》"东方之月兮，彼姝者子，在我闼兮"，月亮虽不可即，可是如月亮一般美好的女子就在我的夹屋中，这获得后的喜悦亦反衬出不可得的痛苦与孤独。一直到唐朝为我们所熟知的王维《九月九日忆山东兄弟》"独在异乡为异客，每逢佳节倍思亲。遥知兄弟登高处，遍插茱萸少一人"，李白《静夜思》"举头望明月，低头思故乡"，诗人思乡却不得团圆的孤独才被身为游子的诗人表达出来。

然而中国诗人的望月怀乡又有多少能与其追逐功名不得之孤独割裂而论呢？这种追逐功名不得的孤独，就是第二个主题。在"学而优则仕"的儒家文化，《墨子·修身》"功成名遂，名誉不可虚假"等的熏陶下，寒窗苦读成为中国传统士大夫们积极入世的表现。晋人车胤和孙康勤学的故事为后人留下"萤窗雪案"的典故，元代乃至今天广为学子铭记的"十年窗下无人问，一举成名天下知"[1]都将"学"的目标指向"窗"外的仕政世界。而又有多少学子如愿以偿，当他们失意、落魄时，孤独之苦便再难以遏止：陈子昂《登幽州台歌》那"前不见古人，后不见来者。念天地之悠悠，独怆然而涕下"的千古绝唱何曾停歇过。即便是以写静谧的山水诗著称的诗人王维在《老将行》中也不禁感慨道"少年十五二十时，步行夺得胡马骑……。自从弃置便衰朽，世事蹉跎成白首……。苍茫古木连穷巷，寥落寒山对虚牖……。誓令疏勒出飞泉，不似颍川空使酒……。莫嫌旧日云中守，犹堪一战取功勋。"把人生最美好的青春埋藏在窗前的王维们，如今却被遗弃在"穷巷"中，再无出头之日；曾经窗外的繁华梦想，仅余"寒山对虚牖"的寥落，然而位处边缘"在野"的"虚牖"仍时时怀着请缨卫国杀敌的"在朝"衷肠，那《冬晚对雪忆胡处士家》"寒更传晓箭，清镜览衰颜。隔牖风惊竹，开门雪满山"看似达观的背后，又有多少入仕之艰的无奈。宋代陆游《金错刀行》"黄金错刀白玉装，夜穿窗扉出光芒。丈夫五十功未立，提刀独立顾八荒"更显窗外之志不得的孤独与酸楚。

叶维廉，则是不断追索人生理想的现代"窗内人"与被现代中国放逐在外的"窗外人"的复合体，其前期诗歌中的"窗"既传承着古代诗人共同的命运——"窗外"既是"追索"理想的方向又是"望月怀乡"的方向，它是谋取功名与幸福之所也是遭受放逐与漂泊的危险之地，而"窗内"往往成为抚息失落与孤独的当下处所——同时又超越着传统诗人；其一，中国古代诗人"窗外"追索的只能是"朝花"，"残花败柳"是面对社会的怯懦无能，往往被女子吟哦。

---

[1] 元·刘祁《归潜志》卷七："故当时有人云：古人谓：'十年窗下无人问，一举成名天下知。'……"，见王实甫《西厢记》注释40，人民文学出版社1994年版，第72页。

其二，中国古代诗人"窗内"的孤独并非个体意义上的孤独，它们或在望月思乡中寻找到儒家亲和的人际情感，或在山水中融入道家平静的天人一体。对窗外事物的不满和窗内心理的恐惧在"怨而不怒，哀而不伤"的儒家审美心理和道家"返璞归真"的自然心态支配下，至多消息在无声无息的"窗"与山水中。而20世纪以来，尤其是接受西方浪漫主义、象征主义等思潮的中国现代诗人，在遭遇传统文化的"前放逐"情境下，固然依旧对窗外寄以美好的情思，如艾青的《窗》"在这样绮丽的日子／我悠悠地望着窗／也能望见她／她在我幻想的窗里／我望她也在窗前／用手支着丰满的下颌／而她柔和的眼／则沉浸在思念里／／在她思念的眼里／……她能望见我的影子。……因我也是生存在／她幻想的窗里的"，但一方面他们已经开始敢于表达对"窗外"的不满或"窗内"的恐惧，另一方面他们的孤独是在凝融一体的传统文化崩离后，被母体文化放逐的个体"无根"之孤独。叶维廉的特殊性在于，其孤独，又由于形体的屡遭放逐，故而是双重文化时空（中国传统文化和中国现代文化）放逐下的"无根"之孤独；其怀乡，既是对大陆母体文化时空（含传统和现代）的思念，又是对被现代文化、现代文明所摒弃和破坏的传统文化、山水自然的思念。

"寒风儿童一般地，戏弄在我们窗下，窗外是那重病的，垂死的花圃。"这是冯至写于1927年的《冬天的人》，如果说前半句还处于温和的诗风下，在这一简短的心理过渡后，后半句就已经暴露出现代人特有的情绪体验和审美心理了。和冯至一样的漂泊不定，当年冯至来到北满中心都市哈尔滨后的痛苦写照《北游》，如今被身在香港的叶维廉同样咀嚼着。叶维廉在《我和三四十年代的血缘关系》一文中写道："但我那时很穷，书买不起，只有猛抄，抄了五大本：五本中抄得最多的诗人包括冯至、卞之琳、何其芳、王辛笛、穆旦……"[1]除了诗人出于学习"五四"以来诗人在"语态、意象、构思"等诗艺上的考虑，诗歌难道就仅仅是这些技艺吗？叶维廉是在诗中感同身受着和自己一样痛苦挣扎着的灵魂。冯至此时的诗歌与叶维廉内心的应和，使两个飘零的游子穿越时空融汇在一起，两人的诗歌因此具有了先天的互文性："他逆着凛冽的夜风，

---

[1] 杨匡汉主编：《叶维廉诗选》，第169页。

上了走向那大而黑暗的都市，即人性和他们的悲痛之所在的艰难的路。"冯至在《北游》中这句引言切中着叶维廉的生存体验；在哈尔滨的冯至写道"我像是游行地狱，一步比一步深——我不敢望那欲雨不雨的天空，天空一定充满了阴沉，阴沉……"，而叶维廉在20年后路经香港，反思自己诗路旅途的第一站时，借助但丁《神曲》中维吉尔带领但丁进入地狱这一情节，自己化身但丁，把香港比作地狱，不安地写道："那时，坑穴中大亮，欢乐声翻滚，那些雪白的身躯的追逐使但丁眩了目……不开心的是但丁，他无从把在他心中酝酿了许久的伟大的训词向他们宣读，让他们知道穴外有山有水有爱……不知道有泪的但丁就如此第一次懂得了悲哀。"（《香港素描》）二十年前的苦楚可想而知；而当冯至哀叹着："一切都模糊不定，隔了一层，把'自然！'呼了几遍，把'人生！'叫了几声！我是这样的虚飘无力，何处是我生命的途程？"叶维廉回应道："而那昔日眩惑的梦／和未来的理想时代／都从天空进入坟墓。如今在山和山之间／呼召之声已不存在／世界只是一片模糊。"（《十四行》）"我们贫乏的力量再不敢认知我们尚未认知的城市，不敢计算我们将要来到哪一个分站，或分清我们现在坐卧的地方。我们什么也不知道，我们只期待月落的时分。"（《城望》）；此后，冯至的"屋窗便结了冰霜，我的心窗也透不进一点新的空气，我像是一条灰色的蛇，一动不动地入了冬蛰——"，叶维廉的"窗紧闭着，房子塌下，掩埋了一梯长的乱语，和野兽跪下流泪的场面。"（《致我的子孙们》）

在"寒窗的孤独"中，叶维廉既聆听着"去吧，泛湖去，无舟可渡。独上西楼，月复如钩？"（《信札二帖》）的历史回响，又体味着现代人的生命遭受不安定、不规则、瞬间性侵袭所带来的孤独感、焦虑感。在遭受形体和文化双重放逐的诗人看来，此时窗外已经不再是"朝花"，而是世界之暗夜。与穆旦在《理智和感情》中"你看那窗外的夜空，黑暗而且寒冷，那里高悬着星星，像孤零的眼睛，燃烧在苍穹"一样，叶维廉窗外的夜也是恐怖的、伟力的，侵袭性的，诗人以薄弱的欲望支撑着"夜、阎罗的手／显示：毁灭和再生，然后把世界交给新的太阳"（《一点预言》）。窗外是冬夜，是不安，"北风，我还能忍受这一年吗？冷街上，墙上，烦忧摇窗而至，带来边城的故事"（《赋格》）。这里的"烦忧"已经不像古代诗歌中对"宦子""功名"等明确对象的追求所带来的烦忧，对叶维廉而言，带来这一烦忧的是"我们忽略了许多事实"，世界无法认知的生命体验。这一体验是身处边缘的现代诗人所共有的内在情绪。"20世纪以来，中国的政治与社会结构、教育制度及文化氛围都发生了巨大的变化。民主共和推翻了数千年的君主专制；1904年科举制度的废止断绝了传统知识分子最主要的擢升途径；19世纪末以来引进的西式教育制度使教育重心由传统的人文素养向科技理工转移。诗长久以来在传统文化中享有的优越地位——即作为道德修养的基石、政治权力的阶梯、人际沟通最精致典雅的形式——随着以上的变化而丧失。"[1]传统诗人主宰之世界早已崩离，而现代社会随着科技分工的日益细密，人们整体认知与综合感受世界的能力日益专业化、零散化，另一方面即食性、轻松化的大众传媒和消费主义日趋成为主导，情深义重的诗歌难以吸引大多数的现代消费群体，诗歌有史以来第一次面临证明其正当性的历史语境。现代诗人面对文化水准缺乏一致性、多元化的读者，游摆在诗歌服务于社会以重建诗的社会价值和受法国象征主义影响、标榜"纯诗"以认同孤绝自我的两极。前者往往采用一种相当狭隘的文学定义，拒绝纯粹的美学考虑。这种态度可见于20世纪三四十年代的抗战诗歌和1950—1980年代的政治抒情诗，陈世骧认为这样的诗人，"他的源泉显然是公众的，他的想象和视野绝对遵照官方认可的道德和美学……他的自我否定必须是完全的，以符合强大的集体主义……"[2]而后者存在着诗人和读者之间的隔阂，为了证明疏离读者的诗有其存在的正当性，现代诗人一直表达这样一种信念，即诗为自身而存在。这一观念可以追溯到吸收了王夫之、严羽、司空图等的传统诗学观的王国维的"境界说"，其后有朱光潜、宗白华、梁宗岱、梁实秋等，其外又得到了艾略特、奥登、波德莱尔、里尔克等现代主义诗歌的增援。而作为经受多重文化错位的现代诗人叶维廉，对这种被母体放逐的边缘处境体味更为深刻。

传统诗人主宰之世界早已崩离，而现代社会提供给诗人的生存处境又是动

---

[1] 奚密:《现代汉诗的另类传统——从边缘出发》，广东人民出版社2000年版，第2页。

[2] 奚密:《现代汉诗的另类传统——从边缘出发》，第66页。

荡、不安的：在再也寻不到"纯美的乡风和祥和的山水"的殖民都市香港，"窗外"世界不仅是无法认知、带有侵袭性的动荡的"暗夜"，而且人与人之间的关系也如同"窗外的枯枝，为风吹动时偶然相遇，仅仅一下轻的磨擦，便完结两者日夕渴望交谈"，这转瞬即逝、难以真正沟通的偶遇更加剧着"我们焦急的生命"。个体的人一旦从人类整体中孤立，生命的易逝是无法同自然的永恒性相抗争的，孔子一句"子在川上曰：'逝者如斯夫，不舍昼夜'。"（《论语·子罕》）早已勘破了其中的奥秘。人际间的隔阂只会加剧生命的孤独感和无常感："窗格上玻璃不停的悸颤"即可轻易地"震碎我们每个新的愿望"（《城望》）。当诗人体味到人类的理智无法完整地认识、把握如此丰富、多变的现象界，人与人之间心灵的沟通如此缥缈、冷酷时，作为个体的诗人该追求什么，该守护什么？他的使命是什么？又该如何生存？

1955年叶维廉来到台湾，相继就读于台大外文系、台师大英语研究所。逃离"地狱"的诗人舒心地写道："一种再生的乡土家园的气息缓缓在心中苗长，对当时的国人克难的伟大的耐力和美德非常之景仰，和香港的纸醉金迷的物质生活，私欲生活完全不同。"[1]生活环境的变迁使叶维廉能够安心地思索与创作，诗人在日记、信札里写诗，探索中国诗歌传统的问题，"三四十年代过度说教化、散文化的问题，还有由于空间的切断而产生的游离不定、焦急的心理状态的问题，如何在诗的创造里找到均衡，在传统诗与现实切断的生活中重建文化的谐和感而重新可以沐浴于根生于古典的美感经验中。"尽管诗人已经开始尝试理性地探索，写出《陶潜的〈归去来辞〉与库莱的〈愿〉之比较》《艾略特的方法论》等一系列比较文学论文，在艾略特的"客观应和的事象""非个性论""压缩的方法"与中国古典诗歌强调的"自身具足的意象""诗人纯然倾出""连接媒介的省略"中找到了某种内在的共通性。但正如诗人评价当时的文章说："没有什么学者的训练，很多时候凭直觉。"最明显的如《〈焚毁的诺墩〉之世界》以诗论诗，后来被收入诗集《赋格》。此时这种学术的训练不如说是在开拓诗人的创作视野，叶维廉参与到后来倡导现代中国诗人必须站在纵

---

[1] 叶维廉：《叶维廉自选集》，第2页。

的（传统）和横的（世界）坐标点上，去感受，去体验，并以现代为貌，以中国为神的现代诗派"创世纪"诗社中。此时，台湾当局严厉的政治肃清和有形无形的镇压，迫使诗人追问："现代主义为什么会在台湾产生，最主要的还是政治上的突然变化，使得人们和大陆上的母体文化在链上完全切断了。这一切断，就使人们造成一种心理上的游离状态。我们怎么去肯定？我的希望要放在哪里？古代已经离我们很远了，而客观的世界已经是支离破碎，唯一可以肯定的，可能就是主观的世界。像屈原一样，像闻一多一样，我们面临了精神的放逐，面临了认同的危机。"[1]理性的思索并不如人们想象的，总是那样冷酷无情，总是那样强壮有力，总是能够轻易地抑制住不羁的非理性，相反当它面对无法企及的边缘时，它会反过来加深这种迷乱的感受、阵痛的程度。那笼罩诗人心头的生存困境和艺术困境于是伴随艾略特那幻灭着的《荒原》"摇窗而至"了。

"窗，介于孤独与合群之间。世界的第四面。虚无的。多形的。我们靠着有力的窗而生存着。窗内，游离的思想驻定，尤其在冬天，当一卷北风压缩了世界的时候，窗内是安全的。"（《赤裸之窗》）正如我们所说，除了在一种特别的禁闭的生命状态中，"窗"是不可能承载人类太多的情感的，这种压抑、禁闭的生命体验无疑是对当时台湾严酷政治和文化钳制的真实反映。此时台湾诗坛，以"门窗"来隐喻和抗击当时政治气氛、寻求生命舒解的诗不胜枚举：1959年商禽《长颈鹿》中年轻狱卒发现囚犯的脖子逐月增长，报告典狱长说："长官，窗子太高了！"而他得到的回答却是："不，他们瞻望岁月。"1965年《门或者天空》中那个没有监守的"被囚禁者"，即是被台湾当局意识形态监守而非形体监守的台湾知识青年的缩影，在他艰难地做了"一扇只有门框的"门后，就只重复着"推门，出来，出去……"一个动作。这种情境在大陆经历"文革"幻灭后的"朦胧诗"中亦有回响："童话诗人"顾城以他童真的心灵渴慕"在大地上画满窗子，让所有习惯黑暗的眼睛，都习惯光明"（《我是一个任

---

[1] 杜甫发：《现代经验的反省——叶维廉答客问》，《南洋商报》"文林"版，1981年7月。转引自杨匡汉《现代主义在台湾地区》，载《文艺理论》1998年4期。

性的孩子》)。此处的"门""窗"由于其隐喻意义显然已成为真正的意象,兼具囚禁与解放的双重功能,但是"窗"在指向其隐喻的同时,我们依旧牢牢地把握住"窗"作为具象的现实性和沟通性:"窗内是安全的",诗人只有在窗内才能找到心灵片刻的宁静。然而"薄弱的冲动"又难以遏制:"从窗外看,敏感诗人忽觉寒星的微颤",他"开了窗,耐不住太多的安乐"。窗外是冰冷的阳光,是灵与肉的囚锁之地、放逐之所,这里有"夜的静",也有"忙乱"的思绪。如果说开启"窗"就是"赤裸"出内心的欲望、忙乱、惊惶,关闭"窗户",就是回到心灵的理性现实中:"安全再占有了房间,房子与冬天隔绝,他再不觉得自己是赤裸的。"窗外是严酷生存处境在内心私密空间的投影,无论是冬夜,是阳光,凝视窗外就是凝视自己的内心,就是在追问"我是谁?我从哪里来,到哪里去",因此"薄弱的冲动"画了一个圈,从窗内冲到窗外,又从窗外回置到内心。现实中的诗人难道就是守护、追问自己孤独、彷徨的内心吗?这种冲出去又不得不返回的"郁结",既是传统诗人向现代诗人过渡时不可避免的"郁结",也是台湾现代诗人面对文化无根、政治压抑时的"郁结"。这使"忧时忧国"的叶维廉身心备受煎熬,在谈到自己后期诗歌的转向时,诗人说:"趋向喜欢用简单的意象能够达到复杂的感受,而不是用以前那么繁复的处理方法。你知道,这可能跟我胃病开刀也有点关系啦……这也是一个可能,因为我郁结得太久了,所以我写完《愁渡》之后已经开始放松自己,我不希望再陷在这种深沉的忧时忧国的愁结里面,所以我自己冲出来,特别选择其他题材来写。当然啦,你看我在《醒之边缘》里面是否完全已经脱离呢?事实上并不是这样的,很多主题和感受都是重新出现,只是比较放松一点。"[1]

中国文化放逐的虚位,直接影响到自我的虚位。文化的"前放逐"曾使中国大陆的现代诗人如穆旦《我》"从子宫割裂,失去了温暖,/是残缺的部分渴望着救援,/永远是自己,锁在荒野里",一直渴望找回那个似乎永远无法再现的凝融的中心。这是中国现代主义特有的剧痛,也是其他东方国家在现代所经验的剧痛。我们从"窗"的历史传承和新质这一独特视角,可以窥见叶维廉早

---

[1] 梁新怡等:《与叶维廉谈现代诗的传统和语言》,见《叶维廉文集》第七卷,第356页。

期诗歌在对生命与文化的追问中展现出的现代诗歌所处的边缘处境。而对于既要承受着文化的"前放逐",又要面临香港殖民文化对乡土文化的泯灭以及台湾当局的政治压力,甚至前往美国,与母体时空彻底隔绝的叶维廉,在漂泊无根、"他人即地狱"(萨特在《门关户闭》一剧中的名言)的现代社会中,其被禁闭的生命将做出何种选择?

后期:"窗中——风景",无限观照中有限之神游万物

"认识你自己"的追问,从有限性的人出发是永远无解的悖论,人在把自己作为认识对象的同时,已经不自觉地把自己从自己根植的大地中分割出来。失根的人要在自己创造的无根世界里认识自己、认识世界,只能不停地原地旋转。海德格尔和福科认为,人是有限性的具体的存在,"然而现代的意识哲学看不到这一点,硬是把人的有限性遮掩起来了,故意或无意地把有限的人当作谈论一切问题的基础;硬是把无限的、绝对的、创造者的角色归之于有限的人,让有限的人不堪重负、膨胀欲裂;硬是在抛弃了真正的无限之后,还乐观地梦想着进行一次从有限到无限的跃迁"[1]。像许多青年诗人那样,叶维廉早期诗歌中对"上帝""虐待狂"(《致我们的子孙们》)的责难——如今似乎也平静下来:上帝驱逐亚当、夏娃出伊甸园曾被诠释为人类的始祖由于偷食智慧果,如同上帝一般无所不知,"专制"的上帝看到曾经的"玩偶"已经"觉醒",于是惩罚人类去人间受难。如今我们可能会庆幸,人类的始祖幸好没有食得生命果,否则生命无限的人类可能根本就不会萌生"认识你自己"如此有限的问题。上帝惩罚人类,在我看来,是因为亚当、夏娃起初"赤身裸体并不羞耻",到后来听到耶和华的脚步,"我就害怕,因为我赤身裸体,我便藏了"。这是无忧无虑的人类第一次"害怕","害怕"的原因首先在于获晓自己"赤身裸体",这种"知"意味着人类开始把自己从自然中割裂出去,从此失根而不自然。既

---

[1] 米歇尔·福柯:《词与物——人文科学考古学·译者引语》,莫伟民译,上海三联书店2001年版,第11页。

然人类无法从有限追索无限,唯一的道路就是回归"太初时代",谦虚地融入无限的大地来认识有限的人。

在前期诗歌中,叶维廉认识世界的薄弱冲动回旋了一道"窗内—窗外—内心"的心路轨迹,窗内世界因无法认知的窗外世界而倍感焦急、愁闷。诗人以有限"此在"之人妄图超越自身、追逐认识无限存在的冲动最终回置有限的内心中,生命长久郁结。此时以冯至《十四行集之六》来感应叶维廉的心境最为贴切:"像整个的生命都嵌在/一个框子里,在框子外/没有人生,也没有世界。//我觉得他们好像从古来/就一任眼泪不住地流/为了一个绝望的宇宙。"冯至虽已感悟到有限之人不应将自己反锁在"框子"中,"框子"外还有"世界""人生",但对于将个体生命价值置入社会统一体中的冯至,他势必仍困于人类的有限性中,在从有限追逐无限的紧张张力中发出沉痛的悲壮呼喊:"四围这样狭窄,好像回到母胎;神,我深夜祈求/像个古代的人:给我狭窄的心/一个大的宇宙!"(《十四行集之二十二》)最终他仍旧祈求的是宗教之"神"或内心"对面的一个'生命'"[1]。

面对古代的远逝、客观世界的支离、生命的郁结,叶维廉没有选择"五四"时知识分子冲出铁屋子的激进言行,也没有选择冯至将生命框于人类有限性中沉思默想,但却秉承了鲁迅等知识分子以批判精神反抗绝望的生命意志和冯至等中西现代诗人对人类命运的大关怀。生命的经历和时代主题的变迁,使叶维廉选择在平静的窗与风景的交替中,完成其生命境界的超越和转化,从有限存在融入无限存在,从殚于生命困境的玄思到以批判的精神重新诠释道家思想,于自然山水中展开对现代文明、现代都市、殖民文化、文化工业等弊病的批判。这与中国传统士大夫永远朝向"窗外"的追索姿态一脉相承。

在叶维廉前期诗歌的"窗"之情境中,有一路传统主题一直延续并转化着:"大地,赋生之神,万物的怀抱,梦与真实的伟大的形体……我脚下再不

---

[1] 这是冯至在《谈诗歌创作》答记者问时,对《十四行集》有宗教情绪一问而说的,原话为:"说是神也好,说不是神也好,我似乎在与对面的一个'生命'对话,我向他申诉我的内心世界。"出自《冯至全集》第五卷,河北教育出版社1999年版,第244页。

是一望无垠的灰烬,再不是荒冷的桥梁,再不是百鬼夜行的城市,我像在自己的家园里走着,四方都蒙着阳光……午后微风从远方来扣这一扇纸门窗。……窗外林木开拆,一片白云横过深远的山谷"(《生日礼赞》)这原本是一首"患了无可救药的怀乡病"(《夏之显现》)的诗人的思乡之歌,是对童年生活山水经验的美好记忆。而当诗人远离大陆母体文化之后,"国"虽"破"但"山河"仍"在",彼时彼地的山水风景依然可以成为诗人精神怀乡的中介与寄托:"我们在意大利的提洛尔山群中感着,在英国的湖区中感着,在承德的绿色山波中感着,这些仿佛都曾唤起我童年在乡间的田野引向远山深谷的冥思"[1]。窗外不再仅仅是世界之冬夜、仅仅是异化的人际关系,窗外是自然,自然亦即故乡。自然之夜取代了世界之暗夜:"广大无边的夜君临我们曾是狭窄的心间,教谕我们爱谕谅解凌驾在万德之上。……在广大无边的夜里,我和她的心灵相叠伸展,漫入辽阔的山川的话语里……"(《生日礼赞》)随着"窗外"焦点从异化社会到自然山水的转移,诗人在前期诗歌中对人类世界之"暗夜"的惶恐也由于寻到了新的、出口:"在惘吓的沉沉黑夜的中央,顿然灯火明亮,好一个安详美丽的港口……今夜,清澄无云"而渐变为对自然转化之夜的赞美。此时的"夜"回归到太初之时的"空无"与"混沌"本质,成为抵挡灾难、孕育新生的场所:"夜把你和我,裹在一个小世界里。外面是迷茫与异客。"((残冬四月独游多伦多愁思十二韵》)"在混沌的黑暗里,一环曰乾,一环曰坤。深裹着一个苔芽"(《太初之生》)。而《庄子·应帝王》中"混沌凿七窍而死"的寓言也被重演为"把万物形消体去的"《夜国》:"恍恍惚惚,惚惚恍恍,在无涯的无里,夜,因着人的存在,有了眼睛,有了视野,有了形体,有了国度。"这是一种人与夜互相依存的态度,自然为我们孕育了生之大地,我们应如"孩子"般"凝望"(《下弦月》)、寂静地倾听与祝福(《松鸟的传说》),以大地为根基将美好的大地转化入人类建立的世界之中。因此在这一生命出现转机的一瞬,诗人忙"把窗户打开让白天冲击四壁,街道守了一夜而终于把屋宇舒放",进而猛力"推开胸怀而见明日"(《圣·法兰西斯哥》),冲破人类世界与自然大地之

---

[1] 叶维廉:《幽悠细味普罗旺斯》,广西师范大学出版社2004年版,第19页。

间种种心与形的阻隔,终于在《醒之边缘》一片"方的窗　打开　方的窗　打开　方的窗　打开　方的窗　张开的手掌　飞扬　张开的手掌　飞扬……河向　路转　树态　花姿　然后跃出黑暗的边缘　让微明点亮张开的手掌"声中投入生命与自然的拥抱里。

　　生命何以出现了转机？转机的出现既来自个体的领悟及对诗学传统的继承,也来自对现代社会生存处境的感受。而其实在早期诗歌中,叶维廉就一直尝试生命的转化却未得出路:"夜:阎罗的手 / 显示:毁灭和再生 / 然后把世界交给 / 新的太阳"(《一点预言》);"酒尽 / 灯灭 / 希望的冬 / 在夜中 / 我们发现相交在一起"(《酒》):"此刻的沉闷 / 也许,从远方 / 有人从雪地寄来一张祝福……"(《堂前》);"自我中的阿拉法与俄梅戛 / 历史,历史永远是青春的"(《致我的子孙们》)……诗人面对放逐后的艰难处境,只能以个人的生命意志支撑在生死之间,在错乱的时空交叠中,诗人把生命寄托在虚无的未来和"远方"以及历史长河中以对抗现实生命的困境。这种转化观由于囿于已经分离的人类个体的有限性中,往往原地旋转,不彻底而空幻。其结果往往是"明日未生又为今日所杀死,我们也难忘昨日于今日凌乱的结合中"(《追》)。然而此中亦有生命转化的另一条平静小路:"我渺小,一个陌生人 / 且无诗可奉: / 抬望眼 / 鸟点破天蓝"((信札二帖·之一》),"良朋幽邈 / 搔首延伫 / 夜洒下一阵爽神的雨"(《赋格》),直到《愁渡》的结句"听;山根好一片雨,涧底飞百重云"叶维廉才将融入窗外的风景踩成一条生命的康庄大道。在对王维山水诗及道家美学"齐物论""以物观物"的诗学研究中,叶维廉对生命转化的感悟与思索渐为深入,在其后期诗歌中大致经历了两个阶段:(一)从窗中走进风景,即解除种种人为枷锁的过程;(二)于风景中反观窗内,即心形解放后能自由出入,游物与游心的过程。

　　第一阶段从1971年诗集《醒之边缘》到1987年诗集《三十年诗》,是诗人将有限生命融入无限风景的努力时期。此时诗歌中出现了大量与"窗"有关的词语:名词"界""门""站""关""眼睛""港口",动词"打开""出""入""渡""越""凝视"……皆体现出一种超越有限自我的生命意识,即"自我虚位""去智存真",转入自然风景中。在走进自然风景的同时,我们不禁要思索，从形体到心灵，人类为何屡遭囚禁，进而渐入人文风景之中："我们都有过这样一瞬间的欲望；走出箱子一样的房间……把身体从一个无形的罐头里抽出来……我们便有了随着我们的脉搏起舞的欲望。……但是，我们走出了房间以后，身体仍然是一个箱子……因为我们的心灵也是一个方方正正的箱子……放眼门外……河流……随物赋形，曲得美，弯的绝，曲曲折折，真是一种舞蹈……我们的生活呢，竟是如此的直，四四方方的，……想想啊，你们要四四方方的生活呢，还是要曲曲折折的自然呢？"[1]如果说"窗"多限于思，"门"则多提供行动。显然叶维廉在诗歌中追求自然境界，正如其对道家美学的诠释，用意在于将人从逻格斯中心主义、文化工业、殖民文化等权力构架的思维和文化枷锁中解放出来，恢复人类鲜活如初的、能够感受真实现象界的人之初性。诗人甚至这样说："诗人的诗并不是如此的伟大——生活的情态比任何都重要。"[2]表面看来似乎是在以生活解构诗歌等艺术的价值，实质上却肯定了获得生活情态的前提仍是诗意。

　　窗外是自然，人应该谦虚地取法自然。然而进入现代以来，一方面人类的灵性遭受到以科技主导的逻格斯中心主义、工具理性以及文化工业、殖民的侵蚀，光泽日趋黯淡；另一方面自然亦遭受到工业文明的严重破坏，人类的生存环境日益恶化。这内外困境若追根溯源，皆与人类"自我"的盲目自大与强烈膨胀有关。人类将自我凌驾于万物之上，以征服自然作为肯定自我的方式，发展到极端就是以对待物的方式来对待人类自身，以人类之间的征服作为肯定彼此自我的方式。而若要实现人与人之间真正的心灵沟通单单于人类内部呼吁情爱、争相批判并不能锄却"病根"：冯至曾在水城威尼斯美好地幻想："它是个人世的象征，千百个寂寞的集体。一个寂寞是一座岛，一座座都结成朋友。当你向我拉一拉手，便像一座水上的桥。当你向我笑一笑，便像是对面岛上／忽然开了一扇楼窗。"然而转瞬的喜悦过后，便到了梦醒时分："等

---

[1] 叶维廉：《四四方方的生活，曲曲折折的自然》，该散文诗写于1977年6月28日，见叶维廉《解读现代到后现代·代序》，台北：东大图书股份有限公司1992年版。

[2] 叶维廉：《叶维廉文集》第六卷，第222页。

到了夜深静悄，只看见窗儿关闭，桥上也敛了人迹"(《十四行集之五》)。叶维廉早在香港时就体验到的人与人之间的冷漠与欺辱，使他在其后的诗歌中不愿写"社会"："你走出去就是这样的了，人挤逼，空间也逼……"，"如果我写出来，像过去那么繁杂浓密的诗，我又不愿意再进入那种郁结的心境"[1]。在叶维廉看来，要实现人与人之间的真正沟通必须从谦虚地面对自然、放弃人类自我膨胀这一根基出发。所以叶维廉"消隐自我""以物观物"地融入窗外风景，同时却将批评的矛头转向人类社会，试图为之解困：一方面转向工具理性、殖民文化、文化工业对人类灵性的析解、宰制及泯灭：从 1970 年代《香港素描》中满布着的"渡轮震着泡沫""码头排泄着车辆货物的渣滓""东倾西斜的失血的脸""满地意淫以后的小报""雪白身体的追逐"和股票至上的场景，流淌出精神价值被弃后的阴冷与紧张气氛，"不知道有泪的但丁就如此第一次懂得了悲哀"一直持续到 20 世纪末《纪元末切片》"一个数位生物工程师 / 依着数位与位元的逻辑 / 一步一步地 / 把男体女体的器官析解"从而"完结了感情孕生的纪元"，无不潜藏着批判意识；另一方面转向现代工业文明带来的生态破坏：在 1970 年代的美国，诗人通过将现代都市场景与素朴自然的并置凸现一边是令人《陌》生的世界：人为造成的"污浊的空气""没有水族的河"和人类的"病房"，一边是"树林的外边是草原，草原上是绿色，绿色里有马，鹿，马，鹿……"亦真亦幻的自然界；在 1980 年代的中国，诗人灞桥情"怯"："烟确是来了 / 是夹着尘埃的发电工厂的黑烟 / 柳絮拂衣我该如何语？站在钢筋水泥的灞桥上 / 看干涸的河床上 / 远远的几个人影 / 在挖掘，挖掘的 / 可是唐宋积淀下来的沙土？"；在 1990 年代的日本《东京速写》：自然"满身爬着钢铁的绳索，把她横的直的割切一身的伤痕"，而"自由自在的溪涧河流突然被切断，改道，说是为了工业上的需要"。由于欲想迫切地指陈"病症"，诗歌有时不免流露出说解痕迹，招致"理大于情"[2]的批评，而这种理性说解正是叶维廉山水诗所尊崇的呈现"具体经验"观极力反对的。然而恰恰是在这种看似的矛盾

---

[1] 梁新怡等：《与叶维廉谈现代诗的传统和语言》，见《叶维廉文集》第七卷，第 363 页。
[2] 杨匡汉：《旅雁上云归紫塞》，见《人文风景的镂刻者——叶维廉作品评论集》，第 306 页。

之中，更可见诗人对人类生存处境的忧患，也可以解释叶维廉从诗人到关心文化之人的自身定位的转变心路。

窗外是自然，而自然往往又联结着对故乡的思念。1981 年诗人在《追寻》中写道"每次你说：等待太久了／便把心的窗子打开／空气突然充满了土地的温柔／那幸福的一刻仿佛已经来到"，投入自然犹如投入母体文化的怀抱中。前期困扰诗人的被放逐与痛苦追索的怀乡情绪在后期诗歌中仍会无意流露出来，直到 1980 年代中期诗人再次回大陆，多年深沉的怀乡之情得以缓解，才能将明快的景物呈现与沉静的生命思索融为一体，以《浪涛之歌》"把生命打开，看出去，是层层的波浪，层层波浪是生命的风景"。

第二阶段始自 1993 年诗集《移向成熟的年龄 1987—1992 诗》至今。大陆之行成为叶维廉走向生命成熟的契机，此时诗人在"维持他一贯的对外在世界冷静观照、与自然的亲密契合之外，更进而对复杂的内在生命的潜入（如《沉渊》）以及对形而上的与未知的领域的探索（如《远航》）"，而正如洛夫所言"这两种表面矛盾而实互补的发展，正形成了一种微妙的均衡，也许这才是诗人成熟时的真实面貌"[1]。

这一新的变化似乎与其早期诗歌中的"存在意识"有交叠之处，然而生命转化观早已发生了质变。诗人已经尝试从无限中观照有限之人，以气之运行协调人与自然的关系。早在 1970 年代末，诗人已在诗歌中朝向道家的"无为独化"，"道说：凝视凝视：凝：你终将沉入风景里，成山化水随风而逐云；凝视凝视：凝：风景终将沉入你的内里，成血化气随呼吸而越腾。"（《沛然运行》）然而这一理想生命境界的达成却受到种种文化与现实忧虑的干扰，直到 1980 年代中期怀乡之情稍歇，面对着"知天命"的年龄，诗人才获得更为纯粹地探讨生命本体的时机。其中对生命感悟的起伏，从 1980 年代中期《向肉身辞别》追求道家"心斋"："离开，弃肉身与一切知觉，你便升起，依着水烟，倚着火焰"，到 1987 年《反视之歌》生命"延绵，向千百之外，向亿万之外，向零之内，向内之内。精粗不具的一种存在，即是开始，无始之始"，生命的时空内

---

[1] 叶维廉：《移向成熟的年龄 1987—1992 诗》，台北：东大图书股份有限公司 1993 年版。

外开通,无边无际、无始无终,至1992年夏《转折》回忆十年前父亲离去的印象:"透明/窗外的景色/在寂寂中微颤/也许/血的运行/已经冲破了阻塞/也许/气的调度/已经唤醒了/生命剩余的细胞",在这一外一内的呼应中,健康的身体与生命是如此"美好",而身躯也不再是一种心灵的枷锁,须得舍弃:"外:晨光、太阳花雨、夜潮浪,静的秘流/内:吐纳、循环、脉彭湃,动的玄寂//风暴发而山崩地裂,情欲起而神分体毁",生命的外与内皆有自己运行的秩序,而真正能汇通两者并保持其各自运行免受彼此干扰的则是"躯壳":"分而能合,合而仍能分者,乃因你我之躯壳/外拒风暴的狂蛮,内制情欲的泛滥。"(《躯壳之颂》)。健康的生命固然美好,然而有限之人必将面临死的考验,生死之间人类将如何像世界一样永恒地驰行,叶维廉有三种彼此相关的生命转化的感悟:(一)生命并非一个时间概念,乃气的永恒运行,与大道合一,万变万化。叶维廉在阐释道家的"有""无"时曾说:"老子说:'有无相生',像'美',像'道','有''无'也是语言建构的范畴。假如把'有'视作一种具体的存在,把'无'视作'不存在','存在'和'不存在'严格地说,都不是固定的东西,自然现象、人的生命、世界中的事物都不断地生成转化,不断地从所谓存在状态(我们暂时借用英文的 Being)转化(Become/Becoming)到不存在的状态(Non-being)。我们永远在转化(Becoming)中。"[1]用诗人自己的诗来阐释即:"在变与不变之间/若即若离地/生命永远是/日减一日的死亡/死亡永远是/日加一日的新生",因为"你我确实知道/有一种永久的运行/风霜不毁的运行/出山入水/出花入树/或因鱼而潜渊/或因鸟而跃日/生命啊/原是永不中止的运转/像你我无法看尽的河流那样/不断地完成不断地修改/向那没有边缘的大漠。"(《驰行》)生命不应仅仅被看作一个有限时间的起始与完结,它自始至终都是一种与自然同化的气脉,"如是/我将解体/化入/构造/万物万化的/元与/气"(《木片的自述》),个体的人应以其生命的气脉感应着无限空间中自然气脉的延展和运行,于不变中之万变,于万变中之不变,从而超越个体有限的生命时间。(二)生命是依循着自然气脉不断超越旧我,重

---

[1] 叶维廉:《道家美学与西方文化》,北京大学出版社2002年版,第106页。

获新生的精神运行:"我不知道如何去看人类 / 我只知道 / 作茧自缚 / 不是我的
与生俱来。"(《木片的自述》),生命是人在"内在的光"和"素朴的原质"此一
自然之气牵引下的运行,于运行中人类的生命"不断地完成不断地修改 / 向那
没有边缘的大漠。"所以诗人歌唱:"腐朽中的新生 / 都是神奇的,都是庄严的。
善哉,善哉 // 如是,我将化入构造万物万化的元与气中。"(三)个体生命在生
生不息的他者中得到了延续:"说转生,说轮回,我的死便是他者之生"(《木
片的自述》),这一"转化观"早已超越了个体灵魂的转世之说,而是将个体之
"我"彻底地与一切的自然界整体与人类整体中的"他者"平等相待,将个体的
生命融归自然万物或融归生生不息的人类整体中,从中体味"元""气"的永恒
运行。唯有如此生命才是值得肯定的"腾腾""健康"的新生,人类才能真正拒
绝一切不自然的死。这不仅是诗人个体生命的理想境界,更是其超越个体而对
一代代人类之整体应该如何更好生存的深沉瞻望。

窗之灵视:"齐物论"静默凝视中的沟通即拯救

"窗",成为叶维廉存在之思在诗歌中最忠实的记录者和转化者。反言之,
叶维廉诗歌在对"窗"的揭示中揭示了他生命哲学的转化。那么,"窗"到底赋
予诗人以一种何样的目光?又是如何赋予的?如果说整部哲学史是一部"看"
的历史,那么作为眼睛空间延展的"窗"到底提供给诗人何种"看"的方式?
是否影响着人类与自然、人类社会内部的关系?推窗揽史,我们试图穿过历史
与文化的迷雾,揭开"窗"永恒不变的本质。

在叶维廉的诗歌中,无论是前期"窗内——窗外"的生命追逐模式,还是
后期"窗中——风景"的生命转化模式,"窗外"似乎皆以其空间的开阔和时
间的延展成为舒解心灵郁结的通道,成为生命朝向的方向、精神拯救的寄托。
纵观中外艺术史,窗外即拯救的情境比比皆是;在西方,古希腊哲学家柏拉图
在《理想国》中以囚徒从洞穴中走到洞外世界,感受阳光的存在象喻着人类艰
难求知之路,也是灵魂升向理性世界、最后认识善的理念之路。洞外太阳所象
征的纯粹理性,是人类必须凝神观照的力量;在基督教人类诞生记中,象征

人类得以拯救的鸽子（圣灵）从挪亚方舟的窗口飞出，方才意味着人类寻到了生存的陆地；英国埃尔斯特教堂的彩色玻璃窗画，描绘着约翰·吉福德牧师向《天路历程》的作者约翰·班扬指点着迷津，基督徒从人间这座"毁灭城"穿过一道道的"小门""城门"，终于打开天国"大门"，进入天国。诸此情境洋溢着浪漫的气息，同样渗透到了人类社会之中：中世纪传奇故事中被困于高高海堡囚窗里的美丽公主渴望得到窗外英勇骑士的拯救；19世纪英国诗人济慈同样在《夜莺颂》中聆听到"这歌声还曾多次／迷醉了窗里人，她开窗面对大海／险恶的浪涛，在那失落的仙乡"；法国司汤达则在《红与黑》中，描述了不满足于上流社会生活方式的马特尔小姐渴望得到窗外另一世界中于连的拯救；奥地利卡夫卡《审判》中"K被强加于他的审判的情势耗得心力交瘁……不过他至少还能透过窗户看到一瞬间中闪现的空间，看到外面世界的诗意，无论如何，这诗意毕竟存在，就像是一种永远现存的可能性，它在他被逼得走投无路的生活中投入一丝银亮的反光"[1]；英国伍尔芙《到灯塔去》的精神之旅亦是从窗口到灯塔；澳大利亚作家泰格特的短篇小说《窗》以病房中两个病人透过一扇窗户看到不同的风景来展现两个灵魂；捷克作家米兰·昆德拉在《慢》中引用谚语"他们凝望仁慈上帝的窗户。凝望仁慈上帝窗户的人是不会厌倦的：他幸福"来比喻他们甜蜜的悠闲生活……在中国，人类诞生同样被诠释为冲出囚禁之屋——盘古冲破"天地混沌如鸡子"，在缝隙敞开的瞬间开天辟地；在封建社会的政治体制中，窗外往往是士大夫理想的仕政舞台；进入近现代以来，知识分子开眼看世界，窗外交替着西方的坚船利炮、政治体制、价值理念……"窗"不仅仅是一个空间概念，打开窗户亦可观历史，"窗"植根于现在却连接着过去而指向未来时间……。这种艺术情境中视野越来越开放、寄意越来越丰富的"窗"根源于人类对生存居所——母胎和建筑的生存体验。无论婴儿的出生还是人类对光亮的生理需求，窗（缝隙）皆是基本通道。在原始人居住的幽暗低矮的洞穴里，狭窄的门缝即是最初的窗，而在洞壁上似乎应开启"窗"的场所，匍匐着的原始"艺术家"们创造了大量动物形象——正如鲁迅所说这

---

[1] 米兰·昆德拉：《被背叛的遗嘱》，余中先译，上海译文出版社2003版，第232页。

"是有缘故的，为的是关于野牛，或者猎取野牛，禁咒野牛的事"[1]。这些壁画不是"死"的，它们具有某种神秘的巫术力量，它们或是部落的图腾，或是诅咒的对象，或是启蒙的教材，它们在先民的想象中如潮水般汹涌着——这便是最初的"艺术"，或许更是诗意创造中的最早的"窗"。然而斗转星移，随着时代变迁，无法为人类的理智与感觉所把握的动荡世界变得日益部门化、零散化，人越来越感到生命冲不出去的禁闭与压抑，激烈的竞争使得窗内外空间日益紧逼，工业污染下的阳光与空气似乎也不再明澈、清晰，我们只有在不断扩展的建筑之窗中、在天蓝色（伪饰）的车窗里展望这一变异的自然，寄寓人类远古的诗思？

自古及今，窗虽然如同人类那样，从赤身裸体到开始遮以枝叶，不断更换着"时髦"的质料装束：草木窗、纸窗、纱窗、玻璃窗……然而不变的是人们从"窗内"朝向"窗外"的生命追逐姿态。

然而窗外即是拯救吗？叶维廉诗歌中生命追逐的困境早已昭示，窗外世界中隐藏着种种不安定因素及权力的架构，如殖民文化、政治钳制、经济霸权、文化工业，甚至日益理性工具化的析解语言……需要我们以批判精神给予爆破，还生命以真实与自由。窗外是拯救，也是惩罚：婴儿出生的啼哭，初民对窗外的恐惧，进入文明社会尤其是现代文明之后，"这时我才知道，即使在天门，也有通到地狱的路，就像毁灭城一样"[2]。上帝之门，曾是召唤人类追索的终极目标，也是人类遭受洪水之灾的窗口；古希腊哲学家渴望进入洞外的理性世界，也在萨特的《门关户闭》后，窗外的他人成为了我的地狱；窗外的仕政世界，既是中国士大夫的人生理想，也是屡遭放逐的痛苦之源。西方知识分子面对这种惩罚，于悲剧式的"弑父"反抗中直指窗外世界，以打开另一扇新窗；中国传统知识分子于惩罚中上下求索，依旧追逐着儒家理想中的窗外世界，但亦有一路，正如窗是沟通人类居所和自然界的桥梁一样，转而面对窗外平静的山水，从边缘反抗中心。

---

[1] 转引自朱铭编著:《外国美术史》，山东教育出版社1990年版，第19页。
[2] 约翰·班扬:《天路历程》，西海译，上海译文出版社1997年版，第167页。

窗外并非拯救，根源无疑在于窗外是权力与欲望之所在，代表着强势文化与群体，而窗内与此存在着本能的依附与受制约关系。如何实现真正窗内外的沟通，冲破政治、经济、文化等霸权的阻隔，建立人与人间的和谐沟通，获得生命的拯救，叶维廉后期诗歌无疑启示我们，人类需要在"齐物论"的平等观念下，学会静默凝视窗外的自然世界。

当我们学会舍弃对窗外世界的强烈欲望，平静地凝视窗外自然时，我们时常会"看"到另一个新奇的世界：清晨当我们缓缓地睁眼看时，世界逐渐离我们远去，空间被对象化着，最终被切分为一个个僵硬的、与我们抗衡着的可见空间，一种从母体分裂出来的陌生感使我们恐惧。而当我们闭目感觉时，有如夜之黑暗消融了一切：空气顺畅地穿过鼻腔，流入体内，又循环地静静流出。窗内窗外的隔阂渐渐消失，时间也意识不到。我们呼吸着的窗内空气与窗外空气，与整个宇宙大气静谧地转换着，气将室中人和大地如此亲密地融为了一体；触觉告诉我们身边床枕的存在，它们也告诉我们人自己的存在；风告诉我们它的温度，我们也告诉风我们的温度；雨在我们的耳朵里落着，我们的耳朵在雨中飘着……一切都是那么亲昵无间，无阻无碍。而当"僵化"的眼睛再次打开，感觉遥远了，大地对象化了，客观的空间诞生了，窗内与窗外分成了两个世界，人类开始把自己从自然之气脉中孤立了出来。这里究竟发生了什么？哪一个是我们真实存在的世界？

单纯以我们被体制化的"物眼"来分析世界，就有了自己之外的空间，就会有迷途，就会被绊倒。而生命世界势必也相应地呈现为"窗内——窗外"的追逐模式，而若以生命的"意眼"看，生命又多了一种"窗中——风景"的转化维度。此中的"风景"并非单纯限于客观景物，更准确地说它是一种"自然的气象"，是杜甫饱含"荡胸生层云"的胸怀。叶维廉在和画家萧勤谈绘画时的一段话或许可以帮助我们理解这两种生命世界："我觉得西方的民族性，建筑性很重；油可以漫漫地建。中国人不大讲究外在的建筑，这恐怕最后跟'气'也有关系。"[1]

---

[1] 叶维廉：《予欲无言——萧勤对空无的冥思》，见《叶维廉文集》第四卷，第74页。

这就是"窗"的复杂存在：文明曾不断地使它显现为各种质料、各种形状、各种颜色，成为可触可摸之"有"，但"窗"无始无终地在空间上首先保持其自身作为一个不断开启着、生成性的"口子"，它的透明性、开放性、沟通性使它显现为"无"。它是有与无、实与虚、关闭与开启、惩罚与拯救互为转化的共生。叶维廉的诗歌不仅划出了这样一条生命衍变的轨迹，同时在有无之间时刻将其对人类生存世界、对文化生态的忧虑、思索与批评注入诗歌中，于王维山水的清静中更显杜甫山河的沉郁。

原载《诗探索·理论卷》2010年第2辑

屠岸的十四行诗

郑 敏

（一）哲理穿上布衣裳

中国的新诗始自白话文运动之后，起步较晚，且因不可能直接继承自己的古典诗歌传统，在新诗格律方面多以自由诗为主。在1940年代，冯至先生的《十四行集》可能是当时取得国内最高评价的第一本十四行诗集。今天我们很幸运地又迎来另一本同样值得我们重视的21世纪初的中国十四行诗集：《屠岸十四行诗》。

十四行（sonnet）自然是西方的一种诗歌格律。它的格律最常见的有两种：a（abab cdcd efg efg）、b（abab cdcd efef gg），也即两节四行加两节三行；或三节四行加结尾一个两行。后者读来结尾更突出地表达作者诗中所要传达的主要思想。屠岸的十四行用过 a、b 两种形式，似乎更多用 a 式。sonnet 虽是一种欧美的诗体，它却于20世纪已经在我学院派诗人中流传，并为中国诗人所喜爱，多用来表达一种凝练含蓄的感情。屠岸先生选择这种诗体来表达他的内心世界，确实收到诗如其人的效果！情理相融，不温不火。下面我将举例说明屠岸先生怎样运用十四行体写成《屠岸十四行诗》，表达他对生命、社会、人生的一些看法。

《新苗》（b 型）：在前三个四行诗节中写黑土经受了播种机痛苦的压挖，留下深深的伤痕。然而，诗人立即就以一种积极的语气描写在黑土的"伤痕"

中生长出：

> 一群小生命，一片绿，一片青
> 沿着深深的履痕向上冒

至此，诗已经进入到高峰的前期。在第三个四行诗节中诗人以激动的心情自问：

> 黑土的胸膛上经受过什么？/阳光的抚慰？/暴雨的洗劫？/撒籽的拖拉机？/喷火的坦克？/生活的播种？/生灵的毁灭？

其后在全诗的最后两行写道：

> 十二级大风在徘徊中停息，
> 新苗发起了对死亡的进击！

至此，此首诗在完整的十四行诗的艺术形式中表达了作者深刻的生命哲学："奋斗中生存"，诗人在叙述黑土的复杂的经历中包含了正反两种力量：阳光和暴雨，撒籽和喷火，生活和毁灭，说明诗人认识到宇宙中总是二元或多元共存，也因此矛盾是人在生存中不可避免的。只有勇敢面对客观的挑战，增长智慧，付诸行动，才能生存。

另一首《日坛之夜》在前三个四行诗节中写肿瘤病人在死神面前，充满惶惑和恐惧，但在诗的最后两行病人问道："窗外为什么亮一抹星辉？"陪伴者答道："是信心"，病人因此得到战胜病魔的信心。

以这两首诗为例，可以看出诗人能以积极的态度看待人生旅途的不平坦，而坚定地生活下去。

《日影》是一首含意很深的诗，诗的进展如下：先描写潮水冲过沙滩，留下了小小的沙窝，在日光照烁下，成为许多小沙窝，仿佛是"红日的印鉴"，使诗人忆起家乡水潭所映的日影。感叹道：

  潭底的日影也将永系心头。

  表述了游子不忘家乡抚育之恩。至于"红日"自然是革命的象征。潮水是革命的潮流和力量，力量使海滩形成接受红日的一个个沙窝。这里诗人的联想自然是革命时代的到来及群众的走向革命。
  《江流》虽然是描写大江东去的壮景，但诗人在第三个四行诗节的末行，却意外地写道："我惊奇，有时候它竟然向西方回程"，但在诗结尾的十三、十四行又写道："江流九曲，终于向东海驰骤"，诗人用委婉的诗语肯定了对革命前途的信心，并说出了充满智慧的一句话：

  历史的逆流只能是顺流的前奏。

  多么令人惊叹的结尾。这种出乎意外的转折，所含的智慧和艺术是难以比拟的，既符合历史的规律，又发挥了诗歌在进行中的含蓄美，以达到诗语蓄美的特殊艺术功能：高尚的意识，终于战胜了历史的逆流。
  屠岸先生的诗并不炫耀辞藻，而是让深刻思想之光透出朴素而凝练的词句和严谨的艺术形式！因此他的十四行诗是"哲理穿上布衣裳"。

（二）屠岸十四行诗的格律

  （A）4433 ABAB CDCD EFG EFG
  《日影》《莲蓬山》《燕塞湖》《文豹》《镜石》《毓璜顶》《密云》《一切都可能淡忘》《枯松》《野樱桃》《落英》《桃花》《金银花》《紫叶李》《合欢》

（B）4442　ABAB　CDCD　EFEF　GG

《江流》《新苗》《丁香》《童话》《春菊》《狗道》《金丝网里》《呼吸》《墨锭》《忧思》《日坛之夜》《浪花》《渤海日出》《泰山日出》

屠岸先生所受的汉诗教育与他的同时代人不同。五四文化以后中小学语文课，自然以白话文作品为主，极少讲解古典诗文。虽然也选有少量古典汉语的诗歌，但教师多只讲解古诗文内容要意。大学生虽然可能专修古典诗词，但在写论文与诗歌创作方面也绝大部分都用白话。极少议及"日常口语"与"文学白话"的艺术区别。尤其在诗歌中二者即使形似，诗语却常常寓有言外之意。屠岸先生自幼就在母亲的吟诵古典汉诗中长大，对诗歌语言的美感耳濡目染，不知不觉中，吸收了古诗的典雅与奥义。这种文字的感性倾向，增加了屠岸十四行诗的典雅美。白话诗在不理想的情况，容易流向语言无力，结构松散。这种缺点屠岸先生的十四行诗是不会犯的。在严守十四行诗的格律要求之下，诗人能从容地以相当朴实的诗歌语言，传达出值得读者深思的奥义。这正是诗人屠岸诗风可贵之处。

中国新诗经过五四新文化运动和新中国成立60年的文艺新思潮，目前又面对全球化时代国际文化交流的新时期。我们应当以现当代的诗学研究，理解几千年中国古典诗歌的艺术和今天西方的现代及后现代诗学。今天解构主义已经提出"哲学是诗歌的近邻"，而古典汉诗一直在强调"境界"，说明中国的古典诗学早已在实践这西方20世纪才提出的诗学理论了。因此我们今后应当多进行中西诗学比较研究，以最新的诗歌与哲学思潮理解汉诗的昨天与今天，与世界诗学进行交流！！

原载《诗探索·理论卷》2011年第1辑

茨娃密码
—— 张枣诗歌的微观分析

张光昕

一

让我们的故事从异国他乡的一个邮局柜台开始吧。在有条不紊的工作气氛中，一个中国小贩和一位法国邮局小姐在为一件中国货讨价还价，前者要价三个法郎，后者只想出两个，相持不下。站在他们身边的是准备邮寄手稿的茨维塔伊娃（Tsvetajeva），她兴致勃勃地走过去充当了两人的翻译。"他是个中国人，他有点慢"，这位俄国女诗人用一种极为郑重的口气，为那位讲法语的买家找到了一条充足理由，仿佛这个迟缓、狡黠的天朝子民像是茨维塔伊娃的老朋友一样。[1]交易成功止于双方的妥协，而这个令人莞尔的场景则进驻了中国诗人张枣创作于 1994 年的一首组诗的开场：

> 亲热的黑眼睛对你露出微笑，
> 我向你兜售一只绣花荷包，
> 翠青的表面，凤凰多么小巧，

---

[1] 关于茨维塔伊娃与中国人交往的故事可参阅茨维塔耶娃：《中国人》，汪剑钊主编《茨维塔耶娃文集·回忆录》，东方出版社 2003 年版，第 302—312 页。

金丝绒绣着一个"喜"字的吉兆——

　　　　　　　　　　　　　（1：1—4）[1]

　　这是一首名为《跟茨维塔伊娃的对话》的十四行组诗，张枣将一只精致的"绣花荷包"佩戴在了这首诗"光洁的额头"，或许也是"我多年后的额头"（张枣《姨》）。按照张枣的创作意识，一切文本都具有互文性。作为邮局轶事的互文，《跟茨维塔伊娃的对话》转而以一种中国视角重新讲述了一段发生在异国他乡的故事。在这里，"我"，是一个带有南方口音的中国小贩（张枣会把他想象成自己吗？），虽然与"广告美男子"（11：7）相去甚远，却是一个古典意境的兜售者。在盈盈笑意间，"我"用缓慢的民族节律细数着"绣花荷包"风华绝伦的图案，抚摸着它柔软的金丝绒，迷恋着它"'喜'字的吉兆"——这些都是纯粹的中国手艺。而原本在一旁承担翻译工作的茨维塔伊娃，如今成了"我"的兜售对象——"你"，这位女诗人被她邻国的同行擢升为这场漫长对话的主角之一。于是，"我"和"你"围绕着"绣花荷包"（绘有小巧的凤凰）酝酿着言辞，又被古典意境包围（"喜"字洋溢的完美想象），刚好凑成一个封闭的圆。这情形，令人想起张枣后来写出的《祖母》，在这首诗的最后，出现了一种微妙的格局：偷桃木匣子的小偷、祖母和我，"对称成三个点，协调在某个突破之中。/圆"（张枣《祖母》）。

　　在"绣花荷包"散发的古典意境中，这秩序井然的四句诗统一采用了"通韵"的写法："笑"——"包"——"巧"——"兆"，一以贯之，在另一种意义上画出了一个"圆"。然而，这种自给自足的诗艺免不了将自己"协调在某个突破之中"，它如同一颗潜藏在诗卷缝隙里"屏息的樟脑"，时刻准备着"紧握自己如同紧握革命"（张枣《夜色温柔》）。然而革命的螺丝刀就在顷刻间旋开了"通韵"的长钉。当"我"向茨维塔伊娃宣讲完那段自恋般的"广告语"

———————

[1] 本文所引《跟茨维塔伊娃的对话》中的诗句只标明其在整首组诗中的节数和行数，如此处的"11：7"，指这里引用的是该组诗第 11 节第 7 句中的诗句；另如"3：5—6"，指组诗第 3 节第 5 行至第 6 行的诗句。下同。

之后，在一个斩钉截铁的破折号之后，在重复了刚才那番有趣的讨价还价之后，"我"登时被革命"紧握"了一下：

> 两个？NET，两个半法郎。你看，
> 半个之差会带来一个坏韵
>
> （1：5—6）

此言一出，还没等读者发难，眼疾手快的"我"就略带娇嗔地率先抱怨起来，向着茨维塔伊娃，也向着读者：瞧，就因为你跟我争执，这里出现了一个"坏韵"！古典式的"通韵"秩序被一个从天外飞来的"NET"（"不"）击中了七寸，因"半个之差"而形成一个断裂，并且令此后的韵法为之一变，封闭的"圆"被打破了。如果我们再向后耐心地读上几行就会发现，"交韵"和"抱韵"的格式开始相继出现，并合力统治着该诗其后的韵律样式。关于这一点，张枣在后面的诗句中做过一个生动的对比：古典式的"通韵"就好像一个浑厚的"男低音"（3：5）抛出了一个"既短暂又字正腔圆"（7：10）的"您早"（3：5），并且，"代词后颤'R'"（3：7）；而充满破坏力的"坏韵"则类似一个"清脆的高中生：/啊——走吧——进来啊——哭就哭——好吗"（3：5—6），这种既绵延又震颤的韵律，如同"马达般转动着"（3：8），跌宕而快速。诗犹如此，历史是否也仿照着诗歌被一个莫名的"坏韵"撞了一下腰呢？

这个"坏韵"让绣在荷包上那个"喜"字尴尬万分，像一把匕首挑开了说谎者身上仅剩的一条底裤。为了尽快修复这个"坏韵"，弥合上这个"圆"，也为了能适时地与茨维塔伊娃押上韵，此刻的"我"仿佛一下子撕掉了那副小贩的皮囊，露出了一个诗人的本来面目，以便与这位女主人公两厢对称。因为"我"现在已经不那么关心价钱了，反而对诗歌本身的问题更加认真起来，一种与茨维塔伊娃对等的诗人身份，被这突如其来的韵法转换召唤而来，在这里，我们依稀听到了张枣本人的声音。"通韵"被破坏了，新的身份格律也随即建立起来。"我"要跟茨维塔伊娃对话，就是要像一个伟大诗人那样坐在她的对面，用一口浓重而轻滑的湘音楚语与她娓娓倾谈，"让她坐到镜中常坐的地方"（张枣《镜中》），与她重新组成一个"圆"。

可以想见，对话双方在此时组成了一个最基本的"圆"，即一种原始的、直接的、面对面的对话格局："我"——"你"。这是古典形式的恩惠，信息在"我"和"你"组成的一个封闭的"圆"中发出、接收又反馈回来，形成一个闭合线路。在从小贩到诗人的身份转换中，为了实现这种伟大对话的可能，"我"扮演了一个诱惑者的角色：像一个善解风情的绅士主动搭讪一位女孩那样，"我"，用一只神秘的"绣花荷包"来向茨维塔伊娃炫耀，诱惑她讲出内心的价码和她不为人知的生活（也许是一种窘迫潦倒的生活），用一个故意为之的"坏韵"，来让这位充满热情却时运不济的女诗人中计（也许是命中注定的），以便让她面对面地出现在"我"的眼前。

在本诗的另一处，"我"的这种愿望继续升级，从一个诱惑者变成了偷窥者："城南的路灯吐露香皂气，/生活的她夜半淋浴，双眼闭紧，/窗纱呢喃手影，她洗发如祈祷……"（11：3—5）"我"的偷窥行为不带有任何色情含义，而是只想恢复一种原始的对话格局，希望能实现与"生活的她"面对面的交谈，可是这种面对面的对话也许就像历史本身一样，仅仅是一次性的。"我"在这里只能采取"看"的姿态，看一个受难的女人在寂静的夜里伫立在氤氲水汽中沐浴，这一场景令人顿生宗教情怀，它在一定程度上为我们提供了一种对完美"圆"的想象，就像那只精致的"绣花荷包"上的"喜"字带给我们的"吉兆"。

按照张枣暗地的设计，这只"绣花荷包"其实是个潘多拉盒子，里面装着一个呼之欲出的、魔鬼般的"坏韵"，它被无辜的茨维塔伊娃打开，并永久地携带着这个坏韵（或称"坏运"）颠沛流离。张枣在这里不但创造性重构了一个"我"与茨维塔伊娃发生对话的契机、一个崭新的"圆"，而且为后者追认、描述了一个"坏韵"发生的症候、或曰起源。这个起源既来自诗歌内部（即语言的、形式的、结构的因素），也来自诗歌外部（时代的、个性的甚至命运的因素），它们被来自异邦的"绣花荷包"悄悄裹挟，配制成一个充满玄机的"坏韵"，强塞给了茨维塔伊娃，同时也成就了茨维塔伊娃。

二

茨维塔伊娃曾在一封信中对里尔克（Rainer Maria Rilke）说："您的名字不能与当代押韵——它，无论是来自过去还是来自未来，反正都是来自远方。您的名字有意让您选择了它（我们自己选择我们的名字，发生的一切永远只是后果）。"如果茨维塔伊娃对里尔克的判断有道理的话，那么它同样适用于张枣对茨维塔伊娃的判断，这或许也是他对诗人（也包括张枣本人）这一职业的总体判断：诗人先天携带着一个属于自己的"坏韵"，诗人与时代之间总存在着"半个之差"，这或许也成了诗人的原罪。他们的名字都来自远方的一个乌有之乡，这"半个之差"的"坏韵"正横亘在诗人之名与时代之名中间的一处幽灵地带，它永远地折磨着诗人，召唤着他们踟蹰行进在朝向远方的路上，像"一个英雄正动身去千里之外"（柏桦《望气的人》）。

> 像我们走出人行道，分行路畔
> 你再听不懂我的南方口音；
> 等红绿灯变成一个绿色幽人，
> 你继续向左，我呢，蹀躞向右。
>
> （1：7—10）

与其说"坏韵"的发生让"我"与女主人公的关系由密转疏，不如说全诗内在韵法的改弦易辙暗示了对话的双方需要拉开一段距离、"分行路畔"，借以让"半个之差"（此处的"韵"与"音"形成一个"半韵"）翻一个身，继续沉睡在这片幽灵地带。在这里，"南方口音"渐行渐远，路口的"红绿灯"复活为"绿色幽人"，为两位萍水相逢的诗人指明各自离去的道路："你继续向左，我呢，蹀躞向右。"这个对称的动作仿佛有一面镜子树立在路的中央，树立在两人分手的地点："你"向左，"我"向右，本来是一回事，我们都互为对方的幻影，"你""我"都走不出这面镜子。

张枣深知，跟茨维塔伊娃对话，其实是在与他体内的另一个自己对话，这"另一个自己"在镜中呈现为茨维塔伊娃的形象，一个他乡的知己。这一切，对于茨维塔伊娃也同样成立。或者干脆，"我"和女主人公分别在镜中呈现出的形象，被张枣重构出的崭新的"圆"圈拢在了一起，合二为一，再通过镜像的复制、颠倒和反转等作用，最终汇成一个"多元决定"的第三者。这个神秘的第三者既来自外部世界，与T. S. 艾略特（T. S. Eliot）所谓的"客观对应物"有些类似；也同时接受当事人内心意识的调遣，带有一定的幻觉色彩。因此，它在全诗中现身为一连串复杂多变的、极不稳定的、暧昧不明的形象，在"我"与茨维塔伊娃对话的过程中，这些亦人亦物、非人非物的形象，这些"万变不离其宗的化身"（张枣《色米拉恳求宙斯显现》），会一直伴随在对话者左右，串联起一条潜伏的形象链，或形成一个场景，时刻准备与"我"和茨维塔伊娃"对称成三点"，缔造一种崭新的"圆"形对话格局："真实的底蕴是那虚构的另一个，/ 他不在此地，这月亮的对应者，/ 不在乡间酒吧，像现在没有我——/ 一杯酒被匿名地啜饮着，而景色 / 的格局竟为之一变。"（10：5—9）

　　正如张枣有言在先："你和我本来是一件东西 / 享受着另一件东西：纸窗、星宿和锅。"（张枣《何人斯》）在这首依照《诗经》原作进行创造性改写的作品中，诗人指明了自己的这种造型方式，即预先设置一面隐形的镜子，将"我"的言说对象与镜中的自己化为一体，反之亦然。紧接着，继续利用这个合体和这面镜子来构造出一系列第三者形象，这些形象成了一条不稳定的、活跃的、具有开放性的所指链。作为二度镜像，它们介于存在与空无、真实与虚幻之间，充满了多种可能的意义阐释途径，因而是一种多元决定的产物："上午背影在前，下午它又倒挂。"（张枣《卡夫卡致菲丽丝》）

　　于是，我们在《跟茨维塔伊娃的对话》中看到，在"我"与"你"甫一转身之际，那个第三者形象来了："不是我，却突然向我，某人 / 头发飞逝向你跑来，举着手……"（1：11—12）一个既非"我"，又非"你"，既向"我"，又向"你"狂奔而来的形象，头发飞逝，举着手，自我塑造成一个亦真亦幻的人形。"某人"的片刻闪现在这里构成了一个第三者，构成了这一时刻的对话格局："我"——（"某人"）——"你"。但这里出现的只是一个不稳定的第三者形象，该格局随即又发生了更迭：

> 某种东西，不是花，却花一样
> 递到你悄声细语的剧院包厢。
>
> （1：13—14）

"某人"携带"某种东西"而来，像一个风尘仆仆的信使捎来了乌有乡的消息。如果说，全诗是从那段茨维塔伊娃亲身经历的邮局轶事起始的（对于这个故事本身而言，存在一个对话格局：中国小贩——（绣花荷包/茨维塔伊娃）——邮局小姐），那么作为互文，在组诗《跟茨维塔伊娃的对话》的第1节中，同样也会找到那个中国小贩（非"我"）或者邮局小姐（非"你"）的影子，但那并不是某一个确切的形象，张枣只能将他/她抽象化、模糊化，称其为"某人"；同理，"某人"高举之物也有可能是邮局轶事里的"绣花荷包"，但张枣又同时指出，它"不是花，却花一样"，因此我们只能称它为"某种东西"。从"某人"到"某种东西"，第三者形象发生了改换，正符合了它变动不居的属性。此刻，正是"某种东西"充当了那个圆形对话格局中飘忽不定的第三极，现在的情形则是："我"——（某种东西）——"你"。

"某种东西"从一个未知之地被蒙面邮差递进了茨维塔伊娃的"剧院包厢"，似花非花，异常神秘。如果按照本诗女主人公对里尔克所讲的那样，这件不明物体莫非就是诗人那个来自远方的名字？这个名字像一封信笺那样千里迢迢地被送达到它的所有者手中，从而让这个名字的所有者、这个诗人承担下选择这个名字的一切后果——"你在你名字里失踪"（8：13）。他/她被指定下一种命运，就像那只绣着"喜"字的"绣花荷包"给茨维塔伊娃带来了真实的"坏韵"。在这些动作的背后，定然有一种更为强大的幽暗力量，一个玄奥的偷窥者，它躲在流变的第三者身后，靠咒语推动着这个"坏韵"在诗歌迷宫中的传递，也推进着诗人在现实世界的跋涉。"永恒像野猫"（11：7），正是在这种幽暗力量的凝视之下，我们的女主角获得了一个属于自己的名字——玛琳娜——一个典型的西方人的名字；而与之相对，张枣在传统的中国语境中为这种法力无边的幽暗力量拣了个好听的词——万古愁。

三

> 我天天梦见万古愁。白云悠悠，
> 玛琳娜，你煮沸一壶私人咖啡，
> 方糖迢递地在蓝色近视外愧疚
> 如一个僮仆。他向往大是大非。
>
> （2：1—4）

"我"在白云悠悠间梦回唐朝，时间停滞；而茨维塔伊娃坐在"剧院包厢"里，悄声细语。这很可能就是上演过她心爱的戏剧《雏鹰》的那家剧院，因为初恋的失败，少女时代的茨维塔伊娃曾决定在这里开枪自杀。尽管这次行动并没有成功，但呼啸而过的死神却将置身于剧院中的女诗人反转为舞台上的剧中人，一个戏剧角色，让茨维塔伊娃倾其一生都投入到一出跌宕的、充满"坏韵"的戏剧当中。如今，她坐回包厢，"某种东西"已经递到了她的手中（或许就藏着一个"坏韵"），就像多年以前她带进剧院的那把手枪。玛琳娜的戏剧开场了，茨维塔伊娃凝视台前，这情形，令人想起让·雅克从他的名字里跳出来声色俱厉地审判卢梭。舞台成为一个开放的场域，充当了那个活跃的第三者，它轻而易举地施展穿越时空的本领，让茨维塔伊娃的"悄声细语"，搭乘这块飘向云间的魔毯，化为"我"每日叨念的"万古愁"。

由于"我"和女主角受"绿色幽人"的指派已经各分东西，甚至受时空阻隔，不再谋面。二人的对话格局也由先前那种"在场"的对话（尽管有时以"某人"或"某物"为中介）彻底转换为如今这种"不在场"的对话。这里的对话格局可表示为："我"—（戏剧）—"你"。戏剧具有召唤时间飞重组空间的再现能力，作为对话格局的中间项，它已经发育成熟，并衍生出一套相对独立的符号系统。在戏剧舞台上，被演员表演出的戏剧内容构成了"我"与茨维塔伊娃对话的介质和发生场，由于这个第三者仰仗着一种强大的幽暗力量做后台，它便具有了一种混淆真实世界与虚幻世界的法术。为了保持通话，"我"和茨维塔伊娃有时也不得不一同卷入这个光怪陆离的世界，不断地改变着自己的位置，改换着自己的形象，就像掉入井中的爱丽丝闯进了那个迷局般的仙境。

于是我们看到，玛琳娜——茨维塔伊娃的镜像——"煮沸一壶私人咖啡"，这是一个来源于日常生活的、具象的动作；而"方糖"却如同一个头脑简单的"僮仆"一样"愧疚"，这又是一个爱丽丝幻象。"方糖"与"咖啡"搭配成一个"坏韵"，"像黑夜愧对白昼"（张枣《罗密欧与朱丽叶》）。"咖啡"已煮沸，供玛琳娜独饮，在酽浓的气息里，她"用紧绷的零碎打发下午"（3：3）。"咖啡"代表了现代西方人有序而无趣的生活程式，就像T. S. 艾略特描述过的那样："我是用咖啡匙子量走了我的生命"（艾略特《J. 阿尔弗雷德·普罗弗洛克的情歌》）；"方糖"在远处的"愧疚"暗示着玛琳娜的生活中"甜"的缺席和物的贫瘠，对于一个诗人来说，这些现实生活的"坏韵"也的确堪称"万古愁"。

这些戏剧动作充满了丰富的象征性。利用这种象征性，本诗将"我"跟茨维塔伊娃的对话格局内嵌进戏剧情节的微观结构中（如"方糖"和"咖啡"间的"坏韵"）。在这里可以参照米哈伊尔·巴赫金（Mikhail Bakhtin）的一个区分，他认为作家在自己的作品中应当反映人类生活与人类思维本身的对话性，因此整个作品将被构造成一个大型对话，作者只是这个对话的组织者和参与者；不仅要有作者的音调，而且还要有"剧中人"（包括所有赋予生命的事物）的音调，每句话都是双重声音的，都能听得见争论，这就是微型对话，它是大型对话的回声。[1]在本诗中，幕后的幽暗力量将这种对话性逐步"向内转"的过程中，大型对话不断地激起层层微型对话，从而导致了一派众声喧哗的戏剧氛围。在这种持久的争论中，张枣势必会带领我们触摸到这一系列对话的核心成分，那便是直接面对诗歌本身的问题：

---

[1]参阅米哈伊尔·巴赫金：《陀思妥耶夫斯基的诗学问题》，刘虎译，中央编译出版社2010年版，第80—81页。

> 诗，干着活儿，如手艺，其结果
> 是一件件静物，对称于人之境，
> 或许可用？但其分寸不会超过
> 两端影子恋爱的括弧。
>
> （2：5—8）

由戏剧这种自足的符号系统充当发生场的对话格局，会从一种本体的意义上揭示对话性的涵义，这同时也是一种诗歌的本体论。张枣提出过一个著名的诗观，叫作"元诗"（metapoetry）理论，这种"诗歌的形而上学"告诉我们："诗是关于诗本身的，诗的过程可以读作是写作者姿态，他的写作焦虑和他的方法论反思与辩解的过程。因而'元诗'常常首先追问如何能发明一种言说，并用它来打破萦绕人类的宇宙沉寂。"[1]"元诗"就是关于诗的诗，就是让诗歌自说自话，就是在诗中探讨写作本身，这是一个标准的"向内转"。比如在以往的对话中，"我"略带责怪地指出："你看，/ 半个之差会带来一个坏韵"，或者充满惋惜地说道："你再听不懂我的南方口音"，这些诗句实际上已经带有十分明显的"元诗"色彩。作为"元诗"语素，"坏韵""口音"等自辩式的词汇成为诗歌核心地带开向外界的一扇扇气窗，有了它们，才可能保证整个诗歌机体的顺畅呼吸。

茨维塔伊娃在一部名为《手艺》的诗集中宣称："我知道，维纳斯是双手的事业，/ 我是手艺人，——我懂得手艺"（茨维塔伊娃《去为自己寻找一名可靠的女友》）。同玛琳娜煮沸一壶咖啡一样，写诗也是"双手的事业"，是一门不折不扣的手艺。鉴于一切文本都具有互文性，善于锤炼诗艺的张枣对此赞同般地点了点头，并唱和式地强调："诗，干着活儿，如手艺。"在"元诗"理论的关照下，张枣开始郑重其事地提出关于诗歌本身的命题，表达了一个诗人的"写作焦虑和方法论反思与辩解"。也就是说，全诗对话格局不断"向内转"的

---

[1] 张枣：《朝向语言风景的危险旅行——当代中国诗歌的元诗结构和写者姿态》，《上海文学》2001年第1期。

主要目的,是为了实现张枣与茨维塔伊娃在"元诗"这一母体之上的对话,即关于诗歌本身的对话。于是,仰仗文本的对话性,一种"张枣——(元诗)——茨维塔伊娃"的对话格局诞生了。

四

张枣认为,作为一项工作,诗歌"干活"的结果是表达了"一件件静物"。"静物"具有两面性。一方面,它们共同诠释了诗歌写作的一个安静的本质,这个本质培养了诗人对永恒的向往之心,从而与世俗世界保持着距离,与"人之境"遥相对称。对称是对话的必要条件,就像先前的"我"为了跟茨维塔伊娃对话,从小贩变成了诗人;就像"你""继续向左","我""踉跄向右"。对称的诗与人之间是押韵的吗?会不会也存在着"半个之差"的原罪?对于"人之境"来说,诗歌能否揭示并解释人类的困境?是否有用?"或许可用?"——张枣或茨维塔伊娃都在进行着这种内心争论,向自己,也向对方发问——"但其分寸不会超过/两端影子恋爱的括弧。"诗人在这里立刻清醒地为诗歌的功用划清了界限,把诗歌放进了一个"恋爱"的小天地。恋爱是一种自给自足的、美妙和谐的押韵状态,诗歌天然适合生存于其中,像它天然适合被放入象牙塔:"人在搭构新书库,/四边是四座象征经典的高楼,/中间镶嵌花园和玻璃阅读架。"(3:10—12)在这个典雅的括弧之内,诗人修习着一种永恒的知识,维持着一种天长地久的完美梦想。

另一方面,由于"静物"缺乏自主性,容易受到外力的操纵,因而暴露了诗歌在客观世界面前的消极性。这种消极性会演变为诗歌对客观世界的一种颠倒的、错误的表述,类似阿尔都塞(Louis Althusser)意义上的"意识形态"概念。由于这种消极性具有相当强大的自我复制能力,在某种程度上,它也再生产了人类的历史。在本诗中,作为静物之一的"圆手镜"为我们展示了这种消极性的巫术:在自己的括弧里复制出一个颠倒的世界,犹如"黑白时代的底片"(3—4)。它可以不费吹灰之力"错乱右翼和左边的习惯"(2:10),让"两个正面相对""翻脸反目"(2:11),挑起"红与白"的"决斗"(2:12)……诗的功能显然已经溢出了括弧的边界，知识衰变为意见，词架空了物在滥用特权，世界成了符号化的产物，"哦，一切全都是镜子！"（张枣《卡夫卡致菲丽丝》）茨维塔伊娃成了"静物"的牺牲品。这位极端浪漫的俄国女诗人因"红与白"（红军和白军）的"决斗"吃尽苦头，"圆手镜"的巫术让她在政治立场上的忽左忽右，却从未被哪一边真正地接纳，导致了她一生的苦难和孤独。因此，诗的消极性最终带来的是人的"迷惘"（2：12）：

> 我们的睫毛，为何在异乡跳跃？
> 慌惑，溃散，难以投入形象。
> （4：1—2）

"静物"的消极性引发了一场关于"看"的危机，就像"抱怨的长脚蚊摇响空袭警报"（7：8）。在一个逐渐被符号化的世界里，人，尤其是诗人，应该如何去"看"？如何去从事写作？更为重要的是，我们究竟该如何在一种良性的"看"中还原那些消极的"静物"？"静物"对世界进行了消极性改造之后，让习惯"照镜"和习惯"被照"的人们生成了一种"歧视"，这是一种病态的"看"，是充满敌意的"看"："人周围的事物，人并不能解释；/为何可见的刀片会夺走魂灵？/两者有何关系？绳索，鹅卵石，/自己，每件小东西，皆能索命，/人造的世界，是个纯粹的敌人……"（9：1—5）这种来自日常世界的巨大的消极性，在一点点戕害着我们原初的愿望，干扰着我们的判断，让我们看不到"亲热的黑眼睛"露出的"微笑"。相反，在这一危机下，"我"只能"摘下眼镜"，充当"聋哑人的翻译"（10：1），而"夜半沐浴"的"她"只能"双眼闭紧"（11：4），"回身隐入黑暗"（11：6）。

由"看"的危机引发的最为显著的精神灾难便是预言的失效。在词与物和谐共振的时代，诗歌可以看成是一种预言，它引导人们憧憬幸福的生活，勘探人类灵魂的深壕，它言辞间布满了魔力，是一幅为人类心灵绘制的地形图。按照柯勒律治（Samuel Taylor Coleridge）的说法，诗歌行为本身是一种"神的创造行为幽暗的对等物"[1]。对于大半生流落他乡的茨维塔伊娃来说,她从很早开始就将诗歌看成自己的一种命运:"像一群小小的魔鬼,潜入 / 梦幻与馨香缭绕的殿堂。/ 我那青春与死亡的诗歌,/ '不曾有人读过的诗行!' // 被废弃在书店里,覆满尘埃 / 不论过去还是现在,都无人问津,/ 我的诗行啊,是珍贵的美酒,/ 自有鸿运高照的时辰。"(茨维塔耶娃《我的诗行,写成得那么早》)然而,在残酷的现实世界中,这个珍贵的"鸿运"却被一个强悍的"坏韵"无限期地向后拖延着,茨维塔伊娃被迫尝尽了世间的苦难,一直期待实现她的诗歌预言:

> 流亡的残月散发你月经的辛酸,
> 妈妈,卡珊德拉,专业的预言家,
> 他们逼着你的侧影吸外国烟,
> 而阳光,仍舒展它最糟糕的惩罚
>
> (4:8—11)

在这里,"月经"仿佛是"残月"吐露的一句消极预言,两者也构成一个"坏韵",不但酿造了女人身体内部的"辛酸",而且暗示了她在外部世界的"流亡"宿命(人类学家在这方面有更精彩的阐释)。张枣将自己隐藏在了一个低矮的儿童视角当中(或许是人类的童年?),称她的谈话对象为"妈妈"。紧接着,他浓墨重彩地召唤出了特洛伊城的女祭司"卡珊德拉",这位"专业的预言家"、悲剧的神话女主角。张枣不但将笔锋朝向对"元诗"的探索,而且把此刻的对话格局改写为:"我"(敏感的儿童)——(神话)——"你"(受难的母亲)。卡珊德拉成为玛琳娜的一个神话镜像,玛琳娜则是卡珊德拉的现实"侧影"——她正在流亡的途中被迫吸着外国烟。作为童年期的人类对世界的解释方式,神话告诉我们一个关于"预言家"的预言:卡珊德拉将遭受"惩罚"!

---

[1] 转引自肯尼斯·勃克:《济慈一首诗中的象征行动》,哈罗德·布鲁姆等:《读诗的艺术》,王敖译,南京大学出版社2010年版,第63页。

由于她在阿波罗那里获取了预言的能力,却拒绝了阿波罗的求爱,后者在请求和她接吻的时候沾湿了她的舌头,让卡珊德拉的预言无人相信:"影子含着回忆的橄榄核,/那是神,叫你的嘴回味他色情的/津沫,让你失灵,预言之盒/无力装运行尸走肉,沐浴在/这被耀眼的盲目所统辖的沙滩。"(5:2—6)

预言的"失灵"是一个十足的"坏韵",是神嫉妒般的惩罚,也形成了诗歌的原罪。作为神力"幽暗的对等物",诗歌承担了预言失效的灾难性后果,让它制造出的"一件件静物"成为"预言之盒""无力装运"的"行尸走肉",被"耀眼的盲目"所"统辖",引发"看"的危机。这种"看的羊癫疯"(5:8)始终折磨着茨维塔伊娃,让她深陷于一个"静物"杂陈的迷局当中,忍受着"一项最危险的事业"(海德格尔语)带来的"惩罚":"不是人/更不是你本身,勾销了你的形体;/而是这些弹簧般的物品,窜出,/整个封杀了眼睛的居所,逼迫/你喊:外面啊外面,总在别处!/甚至死也只是衔接了这场漂泊。"(9:7-12)"看"的危机让那些"弹簧般的物品""封杀了眼睛的居所",不但逼迫在"漂泊"途中的玛琳娜"吸外国烟",而且逼迫她"喊"出:外面啊!别处!

五

> 照镜,革命的僮仆从原路返回;
> 砸碎,人兀然空荡,咖啡惊坠……
>
> (2:13—14)

爱伦堡(Ilya Ehrenburg)回忆说:"对于通常被称为政治的那种东西,茨维塔伊娃是天真的、固执的、真诚的。"[1]如同一个"向往大是大非"的"僮仆",茨维塔伊娃压根不懂政治,相反,她遵从于另一套规则的调遣,它们被放进括弧内,造成了"政治的美学悬置"(克尔凯郭尔语),那个被悬置起来的部分就是诗歌的、美的逻辑,是向往永恒的逻辑,也就是诗歌表达出的那个安静的本

---

[1] 伊利亚·爱伦堡:《人·岁月·生活》,冯南江、泰顺新译,花城出版社2004年版,第93页。

质，茨维塔伊娃显然遭遇了"看"的危机，她只专注于括弧内的唯美化狂欢，忽略了更重要的判断："完美啊完美，你总是忍受一个 / 既短暂又字正腔圆的顶头上司, / 一个句读的哈巴儿，一会说这 / 长了点儿，一会说你思想还幼稚"（7∶9—12）。

然而苏联当时的时代逻辑却要根本捣烂这个括弧，清洗对话的发生场，从而让全民接受一个历史的"大他者"的检阅，将这种"看"的危机普泛化。在斯大林治下，所有参与政治生活的人均无一幸免。难怪齐泽克（Slavoj Zizek）把斯大林主义定义为一种"性倒错"[1]，这可以认为是一种"静物"的消极性灾难。在那个"性倒错"的年代，"圆手镜"骇然肆虐，那个一度"愧疚"的"僮仆从原路返回"，站在了"革命"的一边——她原来立场的对面，一个外面，一个别处。

即便是这样，茨维塔伊娃也并没有挽救自己，这或许缘于她先天携带的那个"坏韵"，或许归咎于"看"的危机，这个"坏韵"既让她以全部的热情迷恋诗歌写作，崇尚静物（永恒）里那个安静的本质，与现实生活拉开"半个之差"；"看"的危机又让她遭受诗歌消极性的摆布，在静物（镜子）面前迷失自己，丢掉名字，用美学判断代替政治判断，用词代替了物，无可救药地酿成她大半生的厄运。茨维塔伊娃告诉帕斯捷尔纳克："要知道，词比物大——词本身也是物，物只是一个标志。命名——使其物化，而不是分散地体现……"她当初的这种"物化"观点，正说明了诗歌的结果是"一件件静物"，她在"看"的危机下选择了"静物"的消极性，这让她走火入魔。

茨维塔伊娃的尴尬境遇也暗示着整个人类历史发展的"坏韵"："真相之魂夭逃——灰烬即历史。"（4∶14）纯正之物已然消逝，赝品虚像横行市井："非人和可乐瓶，围观肌肉的健美赛, / 龙虾般生猛的零件，凸现出未来"（5∶13—14）。如果诗所制造出的这"一件件静物"走向极端，这种消极的"围观"便会弥漫整个世界，成为"看"的世界性危机，那结果便是——"完蛋了"（3∶2, 4, 9, 13）！

---

[1] 参阅斯拉沃热·齐泽克：《幻象的瘟疫》，胡雨谭、叶肖译，江苏人民出版社2006年版，第68—69页。

就像张枣说:"如果词的传诵, / 不像蝴蝶,将花的血脉震悚。"(3:13—14)

与"咖啡"和"方糖"的"坏韵"不同,"蝴蝶"和"花"在这里构成了一种微观的对话格局,人与"静物"的关系却没能达到那种和谐的押韵关系。在"看"的危机之下,"词的传诵"最终导致了人的迷惘和历史的疯狂,也就是说,"词"的自渎酿成了"物"的悲剧。张枣在"元诗"的括弧里推导出了这个不幸的结论,但他紧接着又警醒我们:"词,不是物,这点必须搞清楚"(8:9)。为了救赎诗歌的原罪,为了克服"静物"的消极性以及"看"的危机,在搞清楚了"词"不是"物"之后,我们必须尝试用一种方式——哪怕是一种革命的方式——"砸碎"那面妖言惑众的镜子,哪怕镜中的人影"兀然空荡"。咖啡杯猛地坠地,是不是某种哗变的信号?"我们每天都随便去个地方,去偷一个 / 惊叹号, / 就这样,我们熬过了危机。"(张枣《枯坐》)

身处异乡的她由于在政治上亲近了马雅可夫斯基,让她又一次陷入孤绝。对此,她痛心疾首地总结道:"我不是为这里写作(这里的人不理解——因为声音),而正是为了那边——语言相通的人。"[1]在付出了高昂的代价之后,茨维塔伊娃终于摸清了"分清敌友"这个"政治的首要问题"(施米特语),她分清了"这边"和"那边",她清楚自己必须洞穿政治的迷雾,找到自己真正的栖身之所。作为一名俄罗斯诗人,她必须回归母语的怀抱,然后向全世界宣称:"俄语是我的命运。"(张枣《德国士兵雪曼斯基的死刑》)

"如果你真的想亲眼见到我,你就应该行动……"茨维塔伊娃今生都未曾与里尔克谋面,这让她每一次这样热情洋溢地邀约都显得意味深长。"咖啡惊坠"警示我们:"经典的一幕正收场"(8:1)。是时候请我们的女诗人走出"剧院包厢"了,走出去就是走出"洞穴"(柏拉图语),就是面对世界的真相,因为"她等待刀尖已经太久"(茨维塔耶娃《生活》)。这是茨维塔伊娃在艰难抉择之后做出的决定——行动:

---

[1] 苏杭:《致一百年以后的你:茨维塔耶娃诗选》前言,外国文学出版社1991年版,第8页。

> 你回到莫斯科，碰了冷钉子，
> 而生活的踉跄正是诗歌的踉跄。
>
> （7：1—2）

在写作《跟茨维塔伊娃的对话》之时，张枣已去国八年，个中滋味可想而知："母语之舟撇弃在汪洋的边界，/ 登岸，我徒步在我之外，信箱 / 打开如特洛伊木马，空白之词 / 蜂拥，给清晨蒙上肃杀的寒霜。"（4：3—6）对于他这位始终依靠母语写作的中国诗人，写诗是他语言上的还乡。在这种文化乡愁的蛊惑之下，茨维塔伊娃顶着"兀然空荡"的危险，决定付诸行动，她最终回到了危机四伏的莫斯科，回到了她的祖国，因为她听到"那边"在说："没有你，祖国之窗多空虚。"（6：11）茨维塔伊娃成了张枣放飞的一只"夜莺"，她代替张枣先行实现了还乡的梦想，让诗人回到母语，如同"生词像鳟鱼领你还乡"（6：12）一样，是一种知行合一的梦想。于是，本诗在"元诗"的层面上形成了这样一种对话格局：张枣——（母语）——茨维塔伊娃。母语如"樱桃，红艳艳的，像在等谁归来"（6：1），它的等待成为一种"纯粹逻辑"（6：9），我们只有仰仗行动，才能抵达那里，抵达知行合一，像"木兰花盎然独立"（8：11）。

那个"纯粹逻辑"永远等候着行动，如同"一面镜子永远等候她"（张枣《镜中》）。行动就是敞开诗歌的胸怀，使它们"被手势的蝴蝶催促开花的可能"（10：4），让"词"有效地匹配上"物"；行动就是通过诗歌聆听预言，在诗歌中挽救它的失灵，就是让自己的作品甩掉"坏韵"；行动就是去想方设法化解"看"的危机，摆脱"静物"的消极影响，力图在写作中证明"看见即说出，而说出正是大海"（5：7）；行动就是对话，就是让"谈心的橘子荡漾着言说的芬芳"（8：3），就是"生活有趣的生活"（8：10）。在茨维塔伊娃的世界中，行动就意味着还乡，名副其实地回归母语，回归存在之家。

六

在一次诗歌课上，张枣沾沾自喜于翻译了勒内·夏尔（Rene Char）。据说，这位在"二战"时做过阿尔卑斯地区游击队队长的法国诗人,在一次危急关头,将一首即兴诗写在纸片上,瞒过了敌人的十面围困,成功地把情报传递给了前来援助的战友,赢取了这场战斗的胜利。很奇妙,正是诗歌,这种看似无用的语言,帮助人们克敌制胜,获得生存的喜悦和尊严。这就是张枣在诗歌中呼唤的知行合一,一条辉煌的法则。

这种梦想也召唤着渴望触摸母语的茨维塔伊娃回国,用她无比热爱的母语在祖国的土地上写作。那是她人生中最难以忍受的一段日子,也是她最后的日子:"作协的电话空响:现实又迟到,/这人死了,那人疯了……"(7:6—7)母语之舟驶回港湾,搭载着它受难的女儿走向一个逼仄的终点。行动的茨维塔伊娃回到祖国,就像多年以后,张枣用他"亲热的黑眼睛"在中国的讲台上"露出微笑"一样,谁都不会料到,两位辗转半生的诗人终究都选择了一个令人悲伤的终点——祖国。"这些必死的、矛盾的/测量员"(张枣《卡夫卡致菲丽丝》),都试图在行动中兑现那些反复萦绕着的文化乡愁,借此我们方才明白,"生活的踉跄正是诗歌的踉跄",不论是对于茨维塔伊娃,还是对于张枣,这一定是刻骨铭心的。

左与右,红与白,生与死……没有哪一个地方是安定、永久的居所。"踉跄"才是生活的本来面目,我们从诗歌中瞥见了它——诗歌是一种行动。那些充满了不确定的指认,那些"看见"后的"说出",才是行动的诗歌告诉我们的:"手艺是触摸,无论你隔得多远;/你的住址名叫不可能的可能——/你轻轻说着这些,当我祈愿/在晨风中送你到你焚烧的家门。"(8:5—8)在茨维塔伊娃的生命中,诗歌这种"手艺"赋予了她潜在而强大的行动力,去无限地靠近那个不可能的"住址",一个多年以后踏进的门扉,在那里,诗人期待实现一种"珍贵的抵达"(张枣《在夜莺婉转的英格兰一个德国间谍的爱与死》)。

钟鸣从张枣诗歌中提取了一种特有的写作方式,或语法关系,即"设局——迷失——寻找主体和客体的对偶及倒置关系——最后,歧问,悬念——也就是斯芬克斯之谜的伎俩。答案其实尽管简单,不过,弯弯绕,还是孳乳了环境,隔离出了某种距离，让人有所期待。"[1]张枣诗歌中遍布着这样的迷局和疑问，他也等待着我们递出的答案。在张枣的诗歌行动中，他一边探测着自己的最佳位置，一边又对它加以否定："对吗，诗这样，流浪汉手风琴／那样？丰收的喀秋莎把我引到／我正在的地点：全世界的脚步，／暂停！对吗？该怎样说：'不'？！"（12：11—14）"我"回来了，然而"我"在哪里？在落叶纷飞中，"我"与那街边无家可归的行吟诗人其实走着同样的路，尽管我们擦肩而过，"分行路畔"，他却始终在体内与"我"为伴："饮酒者过桥，他愕然回望自己／仍滞留对岸，满口吟哦。某种／悲天悯人的情怀，和变革之计／使他的步伐配制出世界的轻盈。"（10：10—13）

在经过了几番"踉跄"地追问后，笛卡尔（Rene Descartes）告诉我们，只有"不"是永恒的。"有什么突然摔碎，它们便隐去∥隐回事物里……"（张枣《卡夫卡致菲丽丝》）张枣跟茨维塔伊娃的对话就定格在这个永恒之词上面。让行动的诗歌行使"还乡"的使命，无论如何，他们，我们，都愿意停留在这一刻：

　　没在弹钢琴的人，也在弹奏，
　　无家可归的人，总是在回家：
　　不多不少，正好应合了万古愁——
　　　　　　　　　　　　　　（11：10—12）

茨维塔伊娃终生携带着一个诗人特有的"坏韵"，她此生热爱诗歌，却因诗歌受难，在绝望中结束了自己的生命，"作为一个人而生，作为一个诗人而死"（茨维塔伊娃评价马雅可夫斯基语）。而天才般的张枣感叹道："我最怕自己是自己唯一的出口。"（9：14）然而他却恰恰中了自己诗歌的"谶"[2]，在自己的世界中迷途，爱于镜中，死于镜中，一生都在飘零中追寻着一个美丽的"空址"。他回国教书，查出绝症，又返回图宾根，接受治疗。躺在万般痛苦的病

---

[1] 钟鸣：《诗人的着魔与谶》，《今天》2010 年夏季号，总第 89 期。
[2] 钟鸣：《诗人的着魔与谶》，《今天》，2010 年春季号，总第 89 期。

床上，张枣随手抓起儿子的作业本勾画着："搁在哪里，搁在哪里 // 老虎衔起了雕像 / 朝最后的林中逝去。"（张枣《灯笼镇》）

"最后的林中"，美丽的"空址"。弥留之际，他喊出了一句"救命"[1]，这个"空袭警报"没能搭救自己，祖国，没能搭救自己。和茨维塔伊娃一样，他们这些"兀然空荡"的灵魂只能回归"万古愁"，一种"世界的轻盈"，一种无边的幽暗力量。如果可以，张枣同他隔着时空之岸的知己——玛琳娜·茨维塔伊娃——会在"万古愁"中，在他们身后传诵的诗歌中持久地互望，像两座等待被"老虎""衔起"的"雕像"。

里尔克死后，悲伤的茨维塔伊娃写道："我与你从未相信过此世的相见，一如不信此世的生活，是这样吗？你先我而去（结果更好！），为着更好地接待我，你预定了——不是一个房间，不是一幢楼，而是整个风景。"对于张枣，这个在本命年里被"老虎"衔走的诗人（张枣属虎，享年四十八岁），我们同样可以说，你先我们而去，为了更好地接待我们——这些平凡的对话者——你不但预定了整片风景，而且邀约了风景中的美人，"诱人如一盘韭黄炒鳝丝"（张枣《大地之歌》），在轻盈与微醺之中与我们彻夜长谈。

原载《诗探索·理论卷》2011 年第 3 辑

---

[1] 张枣在去世前几个小时给他的国内友人发过短信，内容是"救命"，以及一个未知的英文地址。

精神与文化的背负者
——骆一禾论

闫 文

　　骆一禾的诗歌，清晰地折射出具有 1980 年代特征的精神气质——充满热血、自信、健康、简劲的理想主义。他是一个相信道德必将战胜恶，并且自觉执着于拯救文明之途的"圣者"，所以他的诗歌，显示出与众不同的厚重感和对生命民生的哲思，表现出一位宿儒的情怀。有人认为诗歌是一种"轻"，而社会和道德是诗歌背负不起的"重"，这当然是利于诗歌本身作为"纯文学"朝着健康发展的正途，但是那些纯粹抒情的诗歌无疑又是为人所诟病的"轻飘飘"，没有质感，很容易就消逝了。

　　骆一禾的可贵之处在于，当人们在诗歌写作中放下道德和信仰、放弃执着于崇高，而去寻找一些轻便的路径的时候，他还在孜孜不倦的书写，并希冀以长诗记录东方文明的发展历史，希冀塑造另一个"大时代"。"鲁迅对日本人说过一句意味深长的话，意思是中国近百年历史的耻辱，应从元朝外族入侵时思考起——那时中国华夏文明即演成稳定形式。鲁迅又说：这是一个大时代，其所以大，乃是不唯可以由此得生，亦可以由此得死，可以生可以死，这才是大时代。他所说的乃是五四时期，中国文明在寻找新的合金，意图焕发新的精神活火。而这一努力，迄今尚未完成，中国的有志者，仍于 1980 年代的今日，寻找自己的根，寻找新思想以冲刷陈腐的朽根，显露大树的精髓，构成新生"。[1]在骆一禾看来，1980年代和五四时期都是能够称得上为"大时代"的关键时刻，是一个冲刷腐朽、重建新生的时代。不管有没有其他人的参与，坚持走在属于一个人的"修远"之途，这就是骆一禾的精神的气度。

骆一禾在诗中这样写道：在天路上，走着我一个人。一个人建造一个精神的庙宇，诗人的伟大和影响力就在于此处。密茨凯维支评价拜伦："他是第一个向我们表明，人不仅要写，还要像自己写的那样去生活"，骆一禾在《海子生涯》一文中认为这样的评价对于海子来说非常合适，其实这样的评价用在骆一禾自己的身上也是一样。从后来人的一些回忆文章中，我们得知骆一禾是一个热情的、有责任感的诗歌编辑，他不放弃任何一个有潜质的诗人、认真地为作者寄回退稿，他对海子一直的影响和支持，以及在海子去世后，废寝忘食地为海子编诗集，这都是骆一禾精神以及人格魅力的见证。他经常在自己的诗作中提到"无因之爱"，即无缘无故的爱，诗人有种圣徒般的精神，所以当我们读到"黄昏坦荡／令人感动／我不能言不由衷／也不能欺世盗名"（《黄昏·二》）、"我们一定要安详地／对心爱的谈起爱／我们一定要从容地／向光荣者说到光荣"（《先锋》）这样的诗句，会有种强烈的感动，这是种生命的纯粹，能够和罪恶竞技的伟大而健康的情怀。骆一禾诗歌的冲击力便在于：康健的力量、爱、质朴无畏，这些精神，对于失去血性的、苟且的、功利的现实，无异于一种狠狠的敲击。

素朴裹不住的想象和热情

骆一禾的诗歌充斥着纯净的气质，清新而质朴是他的诗歌语言的特征之一。在诗人的审美世界里，素朴自然远比华丽藻饰更具有切近灵魂的魅力，因为它直观却脱俗、真挚且真实。就像《国风》中那些简单而直白的句子"蒹葭苍苍，白露为霜"，白描带来的苍凉之美经久而弥显。所谓洗尽铅华可以是妇女对待自己妆容的淡雅如菊的追求，也是一种超脱的人生境界的向往，当然文

---

[1] 骆一禾:《水上的弦子》，《骆一禾诗全编》，上海三联书店1997年版。

学艺术亦是如此,"一语天然万古新,繁华落尽见真淳",这是元好问对陶渊明的评价,也是诗歌在无论语言表达还是情感抒发上的一个令人"高山仰止"的境界。骆一禾诗歌这样的句子:"我凝视着/你在水上慢慢漂浮/自由地滑动/好像聪明的木头/稚气地做了一个美丽的动作/我一下子就爱上你了"(《爱情·二》),简单、凝练甚至直白的表达方式,遥追《国风》的遗韵。没有任何修饰却能够打通作者和读者鸿沟,让读者心领神会这种爱情突然袭击灵魂的感觉,而诗中女主人公的冰雪聪明以及女人特有的可爱也昭然若揭。骆一禾的这种纯然的才情流露的诗作很多,更增添其诗歌自然的气质,如"宽阔的河流/渐渐平滑/向归鸟的眼睛放出白光/这是一种魅惑朋口高拔的树林寂静"(《归鸟》)。诗人无疑是热爱自然的,他的笔下有"平原""树林""大河""归鸟""豹"之类充满自然生气和清新气质的意象,这些意象在诗人想象力的重新组合之下,展示出刚劲、蓬勃的生命力。而且很多诗作都是直接以自然物象为题,如《鸟儿》《深树林》《乌桕林》《平原》《海滩》……

  诗人的语言是清新素朴的,但是这样的语言下却蕴藏着激情的跳跃与张扬。览遍《骆一禾诗全编》,不难发现其诗作中充满理想主义的宣泄。素朴的语言裹不住绚丽而热烈的情感,所以我们看到的是诗人往往不满足于简单的物象的白描,骆一禾总是"强势"地让这些物象退居二线,跳将出来,恣情挥泻,所以景物渐渐成为作者抒情的"傀儡"。他的大部分处理自然的物象的方式是这样的:

> 风
> 高高地吹着
> 土地有很多芳香很多悲怆
> 在芳香和悲怆里
> 有它的深厚
> 它的柔软
> 为什么
> 野鹿的眼睛

在山火里
痛得黑沉沉的

(《九月》)

或者
我常常走来看你
鲜血流遍全身
我已经带有了许多往事
万有的黄昏记得我吗
你的双手触摸我的眼睛

(《黄昏·二》)

  景物自身的特征已经被抹去，要么被拟人化、成为诗人的抒情工具，要么成为诗人的抒情对象。所以能够给读者留下深刻印象的景物描写并不多。"风/高高地吹着"，简单到没有任何诗歌技巧，因而难免会给读者造成"通俗、大白话"的阅读感受。"芳香而悲怆的大地"，也只是诗人用自己的情感而强行贯之的修饰成分，至于如何柔软、如何深厚，很难想象得出。"万有的黄昏记得我吗/你的双手触摸我的眼睛"，无异于当下常见的那些控制不住情绪的抒情诗，落俗套而让人觉得反感。这种满腔热情的释放对于诗歌来说，有点像一顿营养过剩的饕餮盛宴。"黄昏"是骆一禾诗歌中最常见的意象，其实是那样的苍白，读者只是知道它或许象征文明的衰落，除此之外，所知甚少。当然这种理想主义式的抒情也会因为它的宏大壮阔而打动读者，可惜这是一把双刃剑，它也会因为情感的夸张和热烈而失去真实而素朴的部分，导致读者很难进入诗人的诗歌世界甚至精神世界。

  与那些书写精细内心情感的诗歌不同，骆一禾诗歌的抒情出发点总是一个"大"字，似乎他的视界中从未出现凡尘的琐屑生活，他也是不屑于表达这些东西的，我们看看他诗歌中的意象"世界的血""大河""大敦煌""大黄昏"，……这些气象宏大的意象，他经常使用的修饰性词语亦是：辽阔、雄壮，他所能视及的范围一开始就是辽阔北中国、亚洲。如果他能够使用通灵之术，召唤出来的动物一定是"豹",注意,而且一定要是"愤怒的豹子""受伤的豹子"。很少能有诗人能够像骆一禾一样,作为一个诗歌勇者,孜孜不倦地在自己的"辽阔"的诗歌世界中纵横奔突,似乎从不知疲倦。但是一般情况下,读者不会总能够被诗人的想象力带着,贯通"世界的血"与"大海"。纯粹关注宏观而轻视生活细节的诗歌的缺陷是:很难走进读者的内心并引起共鸣。

尽管自然物象是其诗歌的主打底色,但是大部分描写显得生硬而刻意,仿佛一种强行制造的陌生感。比如《灵魂》中的句子"在古城上空 / 青天巨蓝丰硕""我看到 / 正是在那片雪亮晶莹的大天空里 / 那辽阔而稀薄的蓝色长天",有意识的营造一种宏阔的意境,结果呈现矫揉造作之感;或如"大黄昏 / 你那一滴滴的汗 / 你那一滴滴的血"(《黄昏·四》),"大黄昏"为何物?竟仅仅弱化为一个概念。"血"和"汗",只会让人觉得诗歌缺乏想象力的悲哀;"开大花的田野 / 吹浪如织的田野 / 河口"(《世界的血·飞行》),"大花"能有多大?"大"就好吗?这样的句子读多了,你就会觉得只要会使用诸如"大"之类的修饰语,就可以写诗了,只要把形容词和副词用得奇怪一些,如"巨蓝",就可以写出独特的诗歌了。诗人也许自己都没有觉察,虽然他想做"水上的弦子",不愿意"诗中飘满上古,人生飘满墓碑",他希望营造一个新鲜的诗歌世界,然而事实上他对传统传承的又最多,这种中华民族"龙的传人""大"的意识,以及诗人经常以一个以天下为己任的"宿儒"形象出现,无不说明,其实他自己被传统文化化得最深。

但是他的诗歌开阔的诗歌视界又几乎是当下诗人无人能及的。短暂的有生之年,却留下《骆一禾诗全编》这样宏大的诗集,不光展示了诗人旺盛的创造力,也体现了其广博的知识系统,以及哲思的深度。诗集在时间上从古代的"瓶画"到现代"凡·高的葵花",空间上从"黄河"到"滔滔北中国"到"亚洲"再到"世界",很少诗人能够拥有他这么开阔的视野并且将其付诸笔端,我们看到的一些诗集往往带有一个诗人的生活印记,而骆一禾却能够抛开狭小的个人空间,将视界投向"三种时间",这是一个诗人伟岸的情怀的体现。他的诗歌是一种"背负",诗人背负了太多的东西,由"背负"而产生的厚重感、责任感、知识分子的良知又深深震动读者。

热爱生命并质朴无畏

虽然时代的语境已经充斥相对主义和怀疑主义，但是骆一禾能够一直"热爱生命并质朴无畏"。也许就是因为骆一禾的热情，他创造了另一条诗歌的道路。深切的爱投向众生异象，大爱、"无因之爱"，作为一个"背负者"，他的诗歌中满是深切的人文关怀和对社会的关注。

  布谷鸟
  叫着我的青春
  世界沉默成一个角落
  灰色的马群
  于微明中
  站成一条急流的白线

  我背起善良人深夜的歌曲
  玉米和盐
  还有一壶水

  为什么
  盲石匠刻下的梦想
  都闭着眼睛
  为什么野鹿的长角
  在山火里
  痛得黑沉沉的

  生存如山
  需要杂乱而众多

旷观被外力所压碎

我不愿我的河流上
飘满墓碑
我的心是朴素的
我的心不想占用土地

(《生为弱者》)

这首《生为弱者》和骆一禾其他的一些诗歌一样，表现出诗人对天下苍生的"同情"之心。这些弱者是一些疲惫的人，"因劳顿而面色如韭的人"，或者种油棕，或者放羊，或者割胶，或者身为石匠渔夫农夫……通过骆一禾的诗作，我们几乎可以了解中国的一个剖面口在骆一禾的笔下，这些人的共同特征是劳顿而贫穷着，生活尽管以它最残酷的一面展示出来：比如连年的饥荒、坏的收成、繁重的工作量，但是这绝对是一群坚韧并且善良的人。《诗歌》中"那些野惯了的人／肮脏山梁上的人　海边闪光的／乌黑的镇子／那些被忽视在河床下／如卵石一样沉默的人／在灾荒中养活了别人的人／以浑浊的双手把人抱大的人……从风雨中归来的人／放羊的人／以及在黑夜中发亮的水井／意在改变命运的人"；《夏天》中"这时候／那个铁匠打造了精细的银碗／在空气浑浊的屋角闪烁／太阳大块地压着他的棚子"；《大河》中"迎着天上的太阳／蓝色的门廊不住开合／涂满红漆的轮片在身后挥动／甲板上拥挤不堪／陌不相识的人们倒在一起沉睡"；《日常生活》中"你看见一个孩子，在街角上／吹着一个塑料喇叭，它花花绿绿／怎么也吹不响／于是这个孩子只好用喉咙发出愉快的叫声／而你正在被生活押往贫民窟／黑烟熏黑的屋瓦伸手可及／你仍将拥有一点电器"。这些形形色色的人物组成1980年代中国民生图，生活从来不是充满美酒和巧克力的，因为你生为弱者。尽管你青春的时候，布谷鸟也曾激动着你的热血，世界之大也完全可以忽略。怀着美好的愿望、背负着善良人的祝福而活着，逐渐发现"盲石匠刻下的梦想／都闭着眼睛"，所有飞翔的梦想总会跌落于现实的深谷，因为你生为弱者。"野鹿的长角"，这个精美的、茁壮充满灵气和生命力的生灵，在山火里也痛得黑沉沉的。所以诗人不由得发出"生存如山"的感慨，然而诗人又是"热爱生命并质朴无畏的"，所以他的诗歌又从始至终贯穿一种积极的态度，对待生活中的邪恶、无聊、价值体系的坍塌，诗人从来也没有表现出绝望，而是发掘出另一条通往道德和光明之路。

相较而言，另外一些诗人却走进艺术的象牙塔，或者为了活得轻松一些而有意识地逃避沉重，这是当下非常普遍的现象。诗歌成了娱乐生活、消费文化的佐料。孙文波在他的《我不想像某某那样写诗》中说："唉！要写出悲哀太容易了。只要把郊区/混乱的景象搬到纸上；就会看见低矮的房舍、肮脏的街道，走在路上神色疲惫的人……"然后又在其后附加大篇幅的受难的众生相，其实要写出悲哀真是不那么容易。为什么？孙文波自己在诗歌后有所解答："所以，不写这些，只是为了不让它们挤满自己的心灵：那么混乱，那么沉重。只是为了能够活下去。"从现代精神立场分析，可以说诗人是对现实的愤慨，有点"垮掉的一代"意味。但是一旦逃避这种"重"，诗歌就真的再也真实不起来了，在和现实的角力中，一丁点分量也没有了。这究竟是诗歌的悲哀呢，还是当下混乱的价值体系的悲哀？盲目地追求一种"轻"，一份灵魂的"舒适"，也是要以沉重的代价作为交换的，那就是诗歌的不断边缘化，不断失去影响力直至走出大众视野，诗歌的世界风平浪静，现实的世界却是平静下面的腥风血雨，这是现代化生活的悲哀。所以很多诗歌评论家都发现了骆一禾诗歌这个可贵的气度，如西渡说骆一禾为当代诗歌带来了风骨，很可惜这点重要的诗歌方向在 1990 年代没有继承、没有回响。现在重读骆一禾的诗篇，将发现我们的诗歌失去的不光是一条道路，还有精神的深度、成熟的气质以及悲悯的情怀，这其实是我们诗歌最不该缺失的。

诗歌担负的文化功能

骆一禾想象诗歌的世界，亦是独特的。他说："我头枕着河流/河流从我的头颅里奔过"，又说，"新月像一朵花贯穿着我的两只耳朵"……仿佛地之子，视野和胸襟一样广阔，文思在时间和空间的无边跨度中纵横捭阖。从骆一禾的诸多诗篇中可以读出，他对《圣经》之类的西方文明的青睐，诗人好多诗篇也相当于神话的构造，比如《舞族》《曙光三女神》《和平神祇》，所以他的诗歌带有明显的"神性特征"。北塔曾这样评价骆一禾："具有神性特征的诗人往往是浪漫主义者和理想主义者。骆一禾乐于放纵自己的想象，越是放纵，他的想象力就越强、越野，神的视角和速度使他的想象力更加超凡，他思维的走动简直是漫无涯际，古今中外，随时往还。"[1]他在自己的诗歌中简直像极了一个巨人，想象的世界里能够"头枕河流"，"新月像一朵花贯穿着我的两只耳朵"。他的视界的宏阔、想象力的无拘无束，也使得自己的诗歌都具有一种宏观的感觉，这也是对诗人思维方式的塑造，他关注的事件、书写的角度也必定是有历史感和空间感的。

> 太阳照耀着一百万年的河流
> 河流广大
> 鹿无知地躺在被枪击的地方
> 这就是他们最后的地方
> 这种暗算和遭暗算的事情
> 河流已经不知看到过多少回了
>
> 　　　　　　　　　　（《新月》）

"太阳""河流"这些万古不变的物象是经常被诗人入诗的词汇。当代很多诗人写作都会涉及"太阳"这样意象，比如"我曾正步走过广场／剃光脑袋／为了更好地寻找太阳／却在疯狂的季节里转了向"（北岛《履历》）；"太阳升起来／天空血淋淋的／犹如一块盾牌"（芒克《天空》），和他们明显带有隐喻性质的"太阳"不同，骆一禾的诗歌中的"太阳"，是一种历史的物象，更纯粹，更久远，它和"河流"一起，成为历史的见证，或者是文明的载体。历史是怎样发生并结束的呢？诗人概括的从容但是触目惊心："鹿无知地躺在被枪击的地

---

[1] 北塔：《"在那里：诗神在黑铁上发烫"——重读骆一禾的诗》，《文学界》专辑版2009年第4期。

方""这种暗算和遭暗算的事情／河流已经不知看到过多少回了"。"鹿",有灵性、代表着善良和美,但是总是被捕食或被捕猎,所以又象征着弱者、被伤害者、历史的牺牲者。它经常出现于诗人的笔端,"为什么野鹿的长角／在山火里／痛的黑沉沉的"(《生为弱者》),它的出现总是和痛苦锥心的记忆联系在一起,这究竟是被伤害的遍体鳞伤的阵痛,还是绝望之后的漆黑?而一直以来,"鹿"似乎从没逃过厄运,鹿也好,人也好,历史总是一刻不停地轰隆隆地碾过,见证历史的河流见证的是鹿遭暗算的命运,何尝又不是劳苦众生的轮回。"这就是他们最后的地方",每个人都有一个最后的地方,虽然一生漫长的看起来是这样:"大部分时间人走在沼泽地里,背着长而空的布袋。"但是在太阳和河流看来,生命只是轰然倒地的一刹那。

骆一禾的诗歌到处充满这种"痛的黑沉沉"的历史感,但是也不乏对当代经验的书写,比如:"即旋风起而尘暴下来／黄色天空　结满原子／水锈画出城市／吸附着尘埃和面容／对于良知,这个纪元偏于掠夺","黄色天空一旦消失／重量就四面逼近／皎洁近于邪恶"(《尘暴》)作为精神的背负者,骆一禾表现出儒家的忧心天下的情怀,对时人价值体系坍塌的隐忧,对构建道德的焦灼,使得他的诗歌具有一种警世的力量。骆一禾认为诗歌不光具有审美功能,还兼具伦理、社会知识等综合性的功能,是神话、经书、史诗文化的综合体。所以在诗人看来,诗歌的意义并不是一般意义上的审美或经验揭示,它还应该有一个承载文明的高度,能够涵括、总结民族精神。诗人在诗论文章《水上的弦子》上写道:"斯宾格勒认为人类文明一如人生,也有它的春夏秋冬,有它的诞生、成长、解体与衰亡,文明之秋,已不再如春天那样万物生长,而是企图对已成长的生命进行最系统的注释,将已生长并在逝去的创造精神及其产物定型化。这种文明之秋,也许正在远东华夏文明中进行。诗人正企图通过史诗去涵括本民族的精神及历史……"[1]骆一禾诗论的特点与众不同表现在:"他是从一种文明觉醒与消长的历程,或者说是从一种文化形态学的视角,去构想诗歌的价值形象的,这与常见的从意识形态或美学的紧张中提出诗学话题的方式判

---

[1] 骆一禾:《水上的弦子》,《骆一禾诗全编》,上海三联书店1997年版。

然有别"。[1]

  骆一禾的思想很大程度上受到西方哲学家斯宾格勒的影响，认为文明的发展和一个人的生命轨迹类似，都有出生、成长以及衰亡的过程，像一个抛物线。而且骆一禾认为，我们华夏民族的文明早已经过来抛物线的最高点，已经无可挽回的向下坡路滑去，结合1980年代中国的现状，价值体系一下纷乱起来，道德已经有被非道德压垮的趋势，骆一禾这样的想法也是非常符合当时的思想状况的。面对这样的状况，骆一禾认为诗歌是非常有必要地去承担起记录、注释并保存中华文明的责任。带有这样的诗学观念，骆一禾在自己的诗歌中可谓身体力行。很多批评的文章都会注意到骆一禾常用的意象："黄昏""陶瓷""麦地""黄河""亚细亚"等，一般来说，在骆一禾的诗歌中，"黄昏"代表华夏文明的式微，"陶瓷"当然是东方文化的主要代表之一，"麦地""黄河"很显然是农耕文明的象征，"亚细亚"自然意指东方。

> 陶瓷是属于农业的
> 温饱和饥渴都在上面留下影子
> 一个农民
> 身上种着两袋历史
> 温饱的历史和饥渴的历史
>
> 春天盛满一器清水
> 夏天盛满果实
> 冬天发红的木炭栩栩如生
>
>   （《瓶画：九影如神》）

  从陶瓷瓶画上，后人能看到华夏民族成长的过程：看到平民或英雄，看到花和不朽的女子以及爱情，看到鲜血与杀掠，还有大地的良心。它们记录了

---

[1] 姜涛：《在山巅上万物尽收眼底》，《巴枯宁的手》，北京大学出版社2010年版。

农业文明，记录了淳朴而自然的生活状态，无论温饱还是饥渴，都是四季的恩赐。而这些朴素的勾画之瓶，或者碎在你不经意路过的干涸的河床上，或者碎在乌鸦不栖的沙漠，不期然的邂逅一定能唤起藏于你身上名为集体记忆的密码，于是，你一下子看到历史挥动它幽暗的翅膀掠过了许多的世纪，拖着永生的步子，再次在你眼前汹涌起来。

> 漫游者深入麦浪
> 不可知的荫凉，我自身的影子
> 深入青花、盐的遗骨
> 王国和铜
> 在深入浓荫的深夜里睡于杀气
>
> （《漫游时代》）

漫游者和麦浪组成诗意的成分，刻入我们的集体经验。漫游状态永远令人神往，它是平原生活所塑造的气质，而铺天盖地的壮阔的麦浪，又让漫游者找到了精神的皈依，一种朴素的依靠和心灵的慰藉。青花、盐、铜，这些带有诡异色彩财富象征物煽动着一批批永无歇止的纷争。

> 沉重的风雨和水纹
> 已经积满了平原
> 平原上就该有这样平坦的黄昏呵
> 一下一下撞你的心
> 每一步都踏在灵魂上
>
> （《世界的血·大黄昏》）

历史事件已经积的比风雨和水纹还沉重，还精彩，不光积满了平原，还积满了从古至今，所以我们现在面对的黄昏，不是单一的黄昏，是万有的黄昏，充满积淀的黄昏，滴血的黄昏。直面这样的黄昏，你怎么可以平静下来，这是和灵魂有关的考验，是一次次来自历史的洗礼。

总之，骆一禾的诗歌是一种"旗帜"性质的诗歌，作为精神的向导，应该为后来人研究并传承，"导火的绒神"飞"背负者"，这种精神气度之于诗歌是永远不该被遗忘并抛弃的，它是美德、是气量，也是责任感。骆一禾在《风景》中如此写道："我生活在一个疲劳不堪的世纪／办事员在门洞里进进出出／风流和腐烂怎样生活／狂徒们也怎样生活／每日里的批判／只是为把内心污辱／而我时时被判为陈旧／也只是因为热爱麦田上空的风景／并且常常走近岩层的风景"（《风景》）。他不光是当代诗歌的勇者，也是"热爱麦田"的抱朴见素的纯粹的诗人，和世界上的恶有着康健的角力。

原载《诗探索·理论卷》2011年第4辑

灵魂话语的建构
——兼论灵焚散文诗探索的意义

罗小凤

我曾在多篇文章和多次学术会议上阐述"灵魂话语的建构"问题,一直深得灵焚的理论同情。[1]其实,灵焚对散文诗的探索最贴合这一问题范畴,无论他所塑造的是"情人"还是"女神",都是为了给人类文明冲击下处于漂泊状态的灵魂寻找一方归宿的居所。在"灵魂焚烧"的诗人眼中,如何"让生命能够保持鲜活的本真,让灵魂获得安宁与平静",正是"生命抵达审美境遇的必经之路"。[2]灵焚自己曾明确指出,"灵魂话语"的维度正是他一直所努力建构的:"我迄今为止的创作,其实都是在进行着一种属于我自己生命历程中的'灵魂叙事'。"[3]确实,在当下诗歌遭遇"灵魂话语缺失的迷途"而患上严重的"轻""平""白"[4]的综合病症之时,灵焚的散文诗文本以一种多维的灵魂话语建构了一个极其丰富而拥有高度、深度、宽度、厚度的立体的诗歌世界,这个世界无疑是独特的、新异的。或许,这便是众多面对灵焚散文诗的读者感觉吃力的关键所在。我亦曾多次意欲涉笔于灵焚,袒露阅读感受,却总觉无从下

---

[1] 灵焚:《跋:从灵魂的漂泊到生命寻根》,《女神》,中国青年出版社2011年版,第231页。
[2] 灵焚:《跋:从灵魂的漂泊到生命寻根》,《女神》,第232页。
[3] 灵焚:《跋:从灵魂的漂泊到生命寻根》,《女神》,第231页。
[4] 详见罗小凤:《灵魂话语缺失的迷途——当下诗歌病症之探》,《艺术广角》2011年第6期。

笔。因为灵焚太丰富了，他的文字所至之处皆是风景，皆是玄妙，皆是哲理，皆是深层体验，皆是诗的至境。因此，任何潦草的阅读对他的诗都是一种亵渎，任何草率的评说对他的文本都是一种侵犯，任何轻率的结论对他的美都是一种伤害。面对灵焚的散文诗，就仿佛面对一个巨大的黑洞，任何言说都是空虚的，任何话语都无法抵达他所构筑的那个庞大而深邃的诗歌世界。这便是灵焚散文诗的意义所在，也正是我们需要不断言说不断论评不断挖掘的潜在驱动力。

据笔者涉猎散文诗的目力所及，灵焚的散文诗创作在当下散文诗群中无疑是卓尔不群的一个"异数"。他以人类情怀的宽度、智性抒情的厚度、审美指向的深度、难度写作的高度构筑其丰富而深邃的灵魂话语，从而敞开了一个独特而杰出的诗歌世界，为当代散文诗坛树立了一个新的标杆，对规避当下散文诗与新诗的弊病以及看清散文诗今后的发展态势均具有无可忽视的重要作用。

人类情怀：灵魂话语的宽度

灵焚曾出版一本诗集《情人》，此中"情人"并非现实的情人实体，而是寄托着诗人终极理想的，即他追寻的那一方可供安顿人类漂泊的灵魂的居所。诗人曾指出："每一个人出生的家庭不能由自己选择，人所降生的时代也无法选择，那只是一种生命降临的偶然事件。这种偶然，决定了灵魂在这个世界上漂泊的命运。"[1]诗人认为，人由于降临世界时无法选择自己所降生的时代、所从属的文化传统，因此一降生便被抛入特定时期的人类文明的笼罩之下，而人类文明对人类生命原初状态的侵蚀使人类的灵魂无可置疑地被抛入"漂泊的命运"而一直处于"漂泊"状态，从而，"人类灵魂的志向总是'在别处'"，"灵魂就是这个世界的'异乡人'"。[2]诗人深刻而敏锐地意识到人作为人类世界的一分子降临于人类文明秩序的序列之中时灵魂漂泊的本质问题，因此，诗人在

---

[1]灵焚:《跋：从灵魂的漂泊到生命寻根》，《女神》，第229页。
[2]灵焚:《跋：从灵魂的漂泊到生命手根》，《女神》，第229页。

诗集《情人》中便开始反复思考灵魂的漂泊问题,《情人》《异乡人》《飘移》《房子》等诗都旨在探寻人类所面临的灵魂漂泊的境遇及其成因。在对漂泊的灵魂的思考中,此一时期他所思考的是用一种"不可靠近的终极之美"来"安抚"人类漂泊的灵魂,因而他塑造了"情人"形象,却剥离了"情人"的实体所指含义,而指向所有人安抚灵魂的居所,象征着"不可靠近的终极之美",[1]诗人将此"情人"形象作为其终极理想的核心目标。二十多年之后,灵焚又出版一本诗集《女神》,"女神"亦非传统中所言的"女神",而是一切生命存在的本源,是生命原初状态之美的象征,这种至美的生命原初状态未经任何人类文明的侵蚀,是安顿(不再是"安抚")灵魂的理想居所,承载着诗人对生命之根的追溯与生命之美的理想境界的探求。《第一个女人》《女神》等作品都试图构造一个创造所有人类生命的"神",这个"神"是一切生命的发源,也是人类生命最本真之美的负载体。如《第一个女人》,这是灵焚的喋血之作,"母亲"并非单指现实中的"母亲",而指所有人的"母亲",是所有人类生命的孕育者,亦是人类生命至美的孕育者。自幼失去母爱的诗人将"母亲"形象从个人私情的感伤中抽身而出,从对母亲的个体感知出发,抵达对整个人类的母亲的体悟,其视野跨越古今中外的时空囿限,而追踪"母亲"的原型价值和意义,探寻"母亲"这一原型意象的终极意义,塑造出了整个人类和人类文明的伟大"母亲"形象。

可见,无论是"情人"时期[2]的"情人"话语,还是"女神"时期的"女神"话语,其实都统摄于灵焚的人类情怀视阈之下对灵魂话语的建构之中。虽然"情人"与"女神"的侧重点和出发点不同,但都属于"人类情怀"的场域,无论是"情人"话语,还是"女神"话语,灵焚的话语据点都并非一己之私的小情绪、小感触,而是从个体经验提升为集体经验的表达,抵达"人类"性的大情怀、大境界。这是灵焚一以贯之的话语路线。灵焚一直坚持着这种诗歌情

---

[1] 灵焚:《我和我的"情人"》,《情人》,海峡文艺出版社1990年版,第134页。
[2] 李仕淦将灵焚的创作分为"'情人'创作期"和"'女神'创作期",这种时间界线的划分对于纵向考察灵焚的诗歌轨迹是毋庸置疑的,但笔者认为,灵焚笔下的"情人"与"女神"在精神内脉上其实是统一的,无法截然切割。

怀，他的诗不是个人领域的狭隘写作，亦非特定群体的圈子式写作，而是关注所有人、关注整个人类的命运。

灵焚的诗歌情怀与话语路线后来发展为21世纪以来散文诗的核心追求。灵焚曾被誉为"我们"散文诗群的"精神领袖"（爱斐儿、周庆荣语），而"我们"散文诗群曾在与中国诗人俱乐部合作编纂的《大诗歌》中明确倡导"大情怀、大境界"。这种"大情怀、大境界"绝非1949年后新诗领域内的国家话语控制下的"大"，绝非"大我"的政治化抒情，而是在精神境界、诗歌情怀与胸襟视野上的"大""宽""广"。在灵焚眼中，一切人类都是"我们"，而不仅仅是某个帮派或某个群体，因此，"我们"既是一个群体的声音，作者也试图写出所有人类的声音。对此，灵焚自己曾坦言："'大诗歌'要达到作品'大'的审美，其作品中的抒情、叙事等就不会仅仅始于'我'而终于'我'。始于'我'，写作容易把读者带进作品，这是写作者比较普遍的经验。然而，在作品中的'我'一定要上升到'我们'，进而扩展到'你们'，抵达'他们'的世界，最终是作为人的情怀审视世界。也就是说，你不能只是停留在自己的世界中写作，必须与他者一起，共同完成一个通过你这个个体来审视的世界，这个世界应该是对人类存在、思考、境遇的功能、生命境界与状态的把握与呈现。"[1]散文诗的丰碑鲁迅曾以"小感触"而抵达人类的广阔视野，拥有宽度、广度和普适性，灵焚同"我们"散文诗群的其他诗人一样，都秉持"我—我们—你们—他们"的创作路径，而以"人"的情怀审视世界，审视人类存在、思考、境遇的功能、生命境界与状态。

审美指向：灵魂话语的厚度

灵焚的诗学追求与其好友周庆荣迥然有别。周庆荣曾提出"意义化写作"："倡导散文诗的意义化写作能更多地关乎我们当下生活，凸显我们自身

---

[1] 灵焚、钟世华：《关于散文诗的一些思考——答钟世华编辑的书面访谈》，《女神》，153页。

的态度,并能将理想的精神赋予清晰的现实指向。"[1]周庆荣的"意义化写作"提倡关乎当下生活,让理想精神获得现实指向,着重的是一种"现实指向",而灵焚所追求的是"审美指向",如果说灵焚的散文诗写作也划归"意义化写作",则是一种审美视阈下的审美"意义"。诗人笔下,许多诗都呈现"审美主体与对象的关系",是二者之间的对话(对于灵焚的话语策略,后文将详述),如《献诗》,诗人反复在题记中阐明"这是审美主体与对象的关系",[2]诗中诗人亦有呈露:"作为审美主体,人与对象的关系应该是有性别的""你与风景的关系,决定了你与呼唤的关系"等,都显示了灵焚诗歌的审美指向,这种审美指向塑造了灵焚的诗歌话语所追寻的深度。

灵焚的诗塑造就了两个最为经典的审美意象,即"情人"与"女神",二者都是美的化身,前者是人类文明背景下灵魂处于漂泊状态中所追寻的"不可靠近的终极之美",后者象征人类生命存在的起源与归宿,是一种近似于"神"的力量的生命源初之美,二者都是诗人为漂泊的灵魂寻找栖居之所的理想寄托。在诗人的语境中,"情人"原本是一种现实的存在,本实指曾走入诗人爱情领地却又出走的初恋,这是引发诗人诗情的原动力。但进入诗歌文本之后,"情人"已并非现实中的实体,"而是一种寻求中的在者,她与我相挽相遇了,她成了我对生命思考的所有旨归",诗人的情感"从世俗的层面深入到理性的深处,迈向生命冰凉的台阶",从而发出带有终极性的反问:"人类的所有精神的苦难性努力不都是在寻找情人吗?"[3]诗人由"情人"这个现实基点出发,抵达了对生命本身的思考和对人类的生命之美的寻找。在诗人笔下,人类文明的冲击导致人的灵魂处于漂泊无依、无所栖居的状态,因此他以象征终极之美的"情人"话语对抗人类文明的冲击,追寻人类文明背景下人类漂泊的灵魂,试图以这种美为人类漂泊的灵魂寻找栖息之所与精神归宿。而"女神"正是诗人在"寻找"的路上所寻求到的救赎方案的执行者,诗人寻找与塑造"女神"的

---

[1] 周庆荣:《理想,其实并没有走远》,载《诗刊》2010年第9期。
[2] 灵焚:《献诗》,《女神》,第17页。
[3] 灵焚:《我和我的"情人"》,《情人》,第134页。

过程即"生命寻根"的过程,诗人试图探寻生命的本源,因而以"女神"系列构造了一个"崇高的理想世界"以安顿灵魂之存在,这个"崇高的理想世界"正是"女神"所能建造的"现代伊甸园",是对抗人类文明冲击的理想乌托邦。这个"理想乌托邦"其实是诗人所有审美理想、生命理想的聚焦,是人类救赎与安放灵魂的"彼岸世界"。

"情人"与"女神"这两个经典意象,其实在精神内脉上是统一的,"具体而神圣的统一",[1]二者在灵焚诗歌整体的构架中以"互文"的形式相互完成。"情人"所象征的"终极之美"是灵焚在"情人时期"(为阐述方便,权且挪用李仕淦的切分法)所寻找的"安抚"人类灵魂的居所,"女神"所象征的"生命之根"是诗人在"女神时期"所探寻的"安顿"人类灵魂的居所,二者都是不同阶段对安放人类漂泊的灵魂之归宿的想象性预设。"情人"与"女神"相互完成,一方面"情人"被统摄于"女神"之中,"情人"是"女神"在诗人某一时期为探寻安放人类灵魂之归宿的一种存在形态,这或许正是灵焚在出版《女神》时重新将诗集《情人》中的《情人》《房子》《异乡人》《飘移》四首诗连同《故事》《形而上问题》以"情人"为辑名作为一辑的内在原因;另一方面,诗人一直在为人类漂泊的灵魂寻找安顿之归宿的路上,不同时期所觅得的形态不一样,女神是他近期所找到的安顿人类灵魂的归宿,是生命之根,是生命的原初之美,其实同属于"情人"所象征的"终极之美"范畴,只不过这种"终极之美"在诗人的不断寻找中更明确更清晰。

无论是对或远或近、时而切近真实时而缥缈虚无的"情人"的追寻,还是对丰满鲜活地在场于生命现场的"女神"的发现,诗人的诗笔总饱蘸审美指向,这种"审美指向"是诗人为人类漂泊的灵魂寻找居所的精神向导。在人类文明的冲击下,人类的灵魂处于漂泊无依的"无根"状态,那么,诗人如何为这漂泊的灵魂寻找栖息的归宿?灵焚所寻找的答案由"终极之美"转向"生命之根",这种生命之根是人类生命最原初的状态,是最和谐、最自然、未经过任何人类文明破坏与侵犯的状态,这依然属于一种生命的终极之美,只不过这

---

[1]灵焚:《跋:从灵魂的漂泊到生命寻根》,《女神》,第230页。

种终极之美有了更明确的指向,即生命的原初状态。

智性抒情:灵魂话语的深度

灵焚的诗避免感情的直接发泄,而以智性抒情的方式在感性与理性之间腾挪跌宕,以哲思与智慧凝聚诗意,在情智合一的基础上使人动情,更使人深思。常先由个体感知的某一基点出发,而后渐渐扩伸,由个体的有限经验推衍到无限的普遍的人类经验,由个体的现实感知拓展到终极意义的探寻,增加了灵魂话语的深度。这种智性抒情的方式在灵焚笔下主要体现为引入哲学维度和神性维度。

(一)哲学维度的引入

学哲学出身的灵焚无可避免地在其诗歌领地里潜藏着哲性话语的力量,尤其是他对柏拉图的深入研究使柏拉图思想潜移默化地潜入其诗歌血脉。但哲学不等于散文诗,哲学维度的引入并不等于灵焚将散文诗写成哲学,更不等于"散文诗+哲学",近来有学者认为可以将灵焚的散文诗当作哲学予以阅读,看似褒奖,其实是对灵焚散文诗作为诗的本体存在的一种否定,因为哲学质素的过于强大势必削弱诗意质素的力量,正如余光中所指出的:"我深信,毫无诗意的哲人未免失之枯燥与严峻,反之,耽于个人经验而不能提升普遍真理的诗人,也恐怕难成大家。"[1]灵焚的成功在于他能恰到好处地处理好哲学维度与诗意的关系,他能巧妙地驾驭哲思与诗意的交融。诗人引入哲学是为了挖掘其诗歌话语的终极指向,在毫不破坏诗意的前提下将诗意导向"思"的境界。无论是诗人对漂泊的灵魂的思考,对终极之美的幻想,还是对生命本源的追溯,对新伊甸园的构建,都是诗人对生命存在之终极"意义"的追踪。这种"终极"探寻既使其诗泛溢着智性光彩,又不折损其丰厚的诗意,形成了"智性抒情"的特殊抒情方式。

"存在之思"是灵焚智性抒情的主旋律。灵焚的诗歌理念深深印记着存在

---

[1] 余光中:《诗与哲学》,《余光中集》(第六卷),百花文艺出版社2004年版,第299页。

主义的影子,这与他在出国留学前曾"如饥似渴"地阅读西方存在主义哲学家的著作不无关系。他曾坦承:"尼采、萨特、海德格尔等人的哲学思想,让我们这些从禁锢时代走来的青年获得了新的审视世界的眼光。"[1]灵焚的诗歌观念与散文诗文本中浸润了这种"新的审视世界的眼光"。灵焚在自己的文章中曾多处引用海德格尔有关存在主义的理论以阐述其诗歌观点,而海德格尔认为哲学本身就应是存在的,是"关于存在的理论和概念的解释,又是存在的结构及其可能性的理论和概念的解释"。[2]显然灵焚也深受此观念的影响,而在其诗中处处贯穿着"存在"之思,处处引入存在主义的观点和视阈,如《飘移》《房子》《异乡人》《情人》等诗。诗人从一开始创作便关注人的存在问题。他指出:"人一出生似乎就被某种意志抛弃'在别处',活着的每一天就是在不断寻找回归家园的路径。"[3]因此诗人的诗都将生命的存在作为审美思考的审视对象。在灵焚的诗行间,处处流淌着存在主义的影迹,如"风景,最初的出现就在这种水位的彼岸,在一湖心灵的彼岸"(《献诗》)、"思念在此岸的世界播种,只能在彼岸的土壤里收割。两岸之间没有道路,除了你眼睛里湛蓝的音色、文字里痉挛的波纹,以及正在积攒的一朵杏花的勇气"、"记住,彼岸还很远,此时应该把悬崖还给星座"(《舞蹈,或者生命的现场》)。这里的"彼岸"正是存在主义的关键词,诗人引入其诗作为自己所追寻的"理想世界"的隐喻,毫无造作痕迹。"无论某种价值的信仰如何虚构完美的现实,人们还是不能满足于仅仅只是面对他者时所拥有的心安理得"(《冲动·仪式》)、"所以,有了我们与他者的出场"(《回望·说说阳光》)、"在自己与他者的空旷地带,情感与本能为生命的翔舞提供了可能"、"谁都不再是自己的主人,也不是他者的过客;谁都只是一对正在相互完成的过程"(《故事》)等诗句中则引入了"他者"这一关键词。"他者"(the other)本是西方后殖民理论中的一个常见术语,与"自我"(self)是相对的概念。后殖民理论将西方人称为主体性的"自我",而将殖民地的人

---

[1] 林美茂:《认识你自己(代后记)》,《灵肉之境》,人民出版社2008年版,第365页。
[2] 海德格尔:《现象学基本问题》,英译本,印第安大学出版社1982年版,第11页。
[3] 灵焚:《女神》,第231页。

民称为"殖民地的他者",或直接称为"他者"。西方人将"自我"以外的非西方世界视为"他者",将两者截然对立起来。黑格尔和萨特将"他者"概念从后殖民理论中抽离出来从哲学上予以考察,强调"他者"对于主体"自我意识"形成的重要的本体论的意义。灵焚在其诗中显然是引入了萨特挪用"他者"的内涵指涉。海德格尔曾在《形而上学导论》中把存在论的问题看成是形而上学的基本问题,探寻"究竟为什么存在者存在而无反倒不存在?"[1]灵焚亦深受影响,他曾专写一组诗《形而上问题》诗意地探讨海德格尔曾思考的问题。

审美学视阈是灵焚智性抒情的另一重要的哲性维度。《献诗》显然是典型代表。诗人在诗中反复独白:"这是审美主体与对象的关系""作为审美主体,人与对象的关系应该是有性别的",这些诗句中审美主体与对象的关系是解释学美学的重要问题,诗人巧妙地纳入其诗歌场域,从审美主体的立场出发观照世界,观照人类灵魂的漂泊问题和人类生存与存在的处境问题。正是在审美学视阈下,诗人塑造了"情人""女神"等经典而唯美的主打意象,并将"不可靠近的终极之美"、生命源初之美作为安顿人类灵魂的"居所",显然是与其审美指向一脉相承。《回望》《舞蹈,或者生命的现场》《初夏,伊犁河谷的造访与告别》等诗中,都引入了审美学视阈。

海德格尔曾说:"一切冥想的思都是诗,一切创作的诗都是思。思与诗是邻居。思想的诗人和诗意的思者本身意味着诗与思在不同中相互包容,达到同一。"[2]灵焚的散文诗实践了海德格尔对于"诗与思"之关系的阐释,创造了诗与思"在不同中相互包容,达到同一"的至美境界。

(二)神性维度的引入

海德格尔非常注重文艺的"神性维度"。具体而言,"神性维度"是指文艺作品中所蕴含的超越世俗世界而引领着终极期待与救赎意识的维度,这种维度常引领人们自觉地向灵性、无限性挺进,向超越的神圣者皈依。对此,海德格尔尤其注重诗歌中神性维度的引入。他曾指出:"思者道说存在。诗人命名神

---

[1] 海德格尔:《形而上学导论》,熊伟、王庆节译,商务印书馆2005年版,第3页。
[2] 海德格尔:《诗·语言·思》,彭富春译,文化艺术出版社1991年版,第6页。

圣者。"[1]哲学功底深厚的灵焚既是一个"思者",以其散文诗道说"存在",亦命名神圣者,在其作品中引入神性维度,因此,其诗中"女神""上帝""神"等各类"神圣者"经常出入。

神性维度的引入不等于灵焚与宗教有关。他是个无神论者,引入神性维度,依然是为了塑造他的审美乌托邦,抵达审美指向。诗人笔下的"神"是审美视阈中的"神",而非宗教视阈的神。灵焚自己曾坦言,"以人的方式活着",但又"必须以人的理性与审美拥有神",这便是灵焚引入神性维度的关键内因。灵焚的"情人"被"神"化,象征一种终极之美;"女神"更是被"神"化,象征人类的生命之源。《女神》一诗中灵焚一方面引入神性维度,一方面又解构了"神",而在对"神"的解构中建构了存在于任何生命现场的"女神"。

灵焚引入神性维度,还表现在其诗中充满一种原罪与救赎意识。原罪与救赎观源自《圣经》中人类始祖亚当与夏娃偷吃伊甸园中的禁果的神话原型,认为人一出生即有罪,需要向"神"或"上帝"忏悔,承认自己的罪过和自己的悔悟。文学中引入"忏悔",其实"就是内心展开灵魂的对话和人性的冲突"。[2]灵焚亦是如此,他援引"忏悔"方式,并非向"上帝"或"神"忏悔,而是为了更好地呈露自己的内心情感,在"忏悔"中展开自己与灵魂、世界的对话。因此,灵焚诗中的原罪与救赎意识亦是诗人通过"忏悔"展开灵魂的对话和人性的冲突。具体而言,灵焚诗歌场域中的"原罪"是指人类对生命本源与本源之美的背叛之罪,"救赎"则是探求人类对这种"罪"的审美救赎之途。在灵焚的视阈中,男人是女人的罪人,是母亲的罪人,是情人的罪人,是女儿的罪人,诗人从儿子、情人、父亲三个身份立场,袒露了他的原罪意识与救赎意识。《第一个女人》是诗人从儿子角度呈露了对母亲的忏悔:"对于母亲,我是有罪的""我是一个有罪的孩子。性别就是我的罪状""就这样,母亲的死与我有关"等,诗人在从"我"的出生到生长直至"母亲"死亡的整个过程中呈露"我"的"罪",一一展现人类对"母亲"犯下的一桩又一桩"罪",这是作

---

[1] 海德格尔:《人,诗意地安居》,郜元宝译,广西师范大学出版社 2000 年版,第 36 页。
[2] 刘再复、林岗:《罪与文学》,(香港)牛津大学出版社 2002 年版,第 13 页。

为"人"之存在的"我"对"母亲"的忏悔。对"原罪"的忏悔与自省之后是诗人所探求的救赎路径。诗人以不想出生企望救赎自己，以憎恨疾病和爱护所有的女人来对抗罪恶，以呼吁对阴谋、忘恩与背叛的挑战来企求让女人回到母亲、妻子和女儿的位置，呼吁人类珍爱创造人类生命和人类文明的"母亲"。这种救赎意识已上升到对人类生存秩序与文明秩序的呼吁，对人作为"人"之存在价值与意义回归的呼吁，抵达了"母亲"这一原型最深刻的终极内蕴。《牵挂》是诗人从父亲角度对所有女性的忏悔，认为女性在人类历史上所受的一切罪都是男人作为父亲的失职："这一切只能承认男人作为父亲的失职！"（《牵挂》）诗人回望人类几千年的历史，重新检省古代四大美女、杜十娘、浔阳江头的商女等女性的悲剧故事，认为人类历史上的"红颜祸水论"实在荒唐，他看到"红颜"为帝王的荒淫赎罪，或成为政治阴谋的交易品等历史情形而痛心。诗人满怀忏悔意识地追问："难道父亲真的无法阻止那些美的无辜？""父亲该用什么才能从夜色里赎回你的欢颜？"无比痛切地呈露了诗人的忏悔与赎罪意识。可见，灵焚引入神性维度，其实是为了更好地展开人与灵魂、世界的对话。

有难度的写作[1]：灵魂话语的高度

具有深度、厚度与广度的诗歌内容固然是诗之灵魂话语的核心成分，具有难度、高度的诗歌艺术更是诗之灵魂话语的关键质素。古往今来，优秀诗人的诗歌内容常有叠合，在诗的内容相同之时，不同的诗歌艺术却能使诗迥然有别，并由此决定诗的优劣，正如谢有顺曾指出的："诗人一旦取消了写作的难度，并且不再对语言产生敬畏感，真正的诗歌必将隐匿。"[2]

然而，一直以来，不少论者阐释了灵焚散文诗的内容，他们对"情

---

[1] 其实，"有难度的写作"也涵括了诗歌精神与内容上的难度，前已论及，此处专指诗歌艺术上的难度。

[2] 谢有顺：《心怀谦卑，敬重书写》，载《诗选刊》2005年第9期。

人""女神"内涵的深度挖掘,对灵焚散文诗中所蕴藏的哲学意蕴的追踪,都已抵达一定深度,但对灵焚散文诗艺术的阐释却鲜有触及。事实上,灵焚的散文诗在语言、诗歌艺术等方面的造诣更值得研究者投注目光,因为正是这有难度的高超的诗歌艺术,让灵焚的散文诗成其为诗,而与散文划清了界限,并让灵焚成其为灵焚,标刻了其诗歌话语的高度,提高了散文诗的门槛。这对于信奉"口水主义"和"回车键主义"的当下诗坛无疑是一种强劲的冲击,同时对呼唤"有难度的写作"的声音(陈仲义、王明韵、童蔚等都曾呼唤"有难度的写作")亦是一种无意识而又自觉的回应,均具有极其重要的启示意义。

(一)意象抒情和典故隐喻等象征手法的娴熟运用

灵焚的散文诗喜欢采用意象抒情和典故隐喻等象征手法曲折地暗示所要传达的情感、感觉,使诗歌结构呈现多层面、多重的意蕴,具有非常强的召唤性和暗示性,构造出富于张力的艺术空间和想象空间。

灵焚运用象征手法的惯常策略是意象抒情。他所塑造的许多意象都蕴含着隐喻、象征意义,如"情人""女神""母亲""女人""风景""异乡人""房子""花""阳光"等意象都隐喻着深远而丰富的内涵。对于"情人""女神"两个经典意象的隐喻与象征意蕴在前文已作阐述,在此不再赘述。"母亲"在灵焚笔下蕴含着多重意蕴,既以儿子的身份立场喻涵了对"母亲"角色的体验,更喻指所有人类的母亲,孕育着人类生命与生命力量的"女神"。"异乡人"的意象中隐喻着现代文明背景下人被"异化"后找不到故乡的"异乡"感,更隐喻着人类文明产生以来人类的源初生命之美遭到侵蚀而被异化后灵魂无处安放无从还乡的"异乡"感。现实生活场景中的任一小感触、小体验,灵焚都能赋予深厚的隐喻、象征意蕴,他巧妙地将这些丰富而多重的深邃意蕴附着于意象载体,从而构筑了一个卓尔不群的艺术空间。

灵焚的散文诗还极其擅长采用典故来隐喻、象征自己的感觉。《牵挂》中援引了"女人是男人的一条肋骨""女娲捏土造人""沉鱼落雁""闭月羞花""杜十娘怒沉百宝箱"等典故,《第一个女人》援引了后羿射日、嫦娥奔月、女娲补天、商契降生及潘多拉的盒子、夏娃的伊甸园神话、日本创世女神的神话等典故,《女神》中则引入了商契之母水中受孕、夸父逐日等神话,《冲动》中的

"在水边自恋的人，终究将随着水仙花的清香一同枯萎"化用了古希腊神话中那喀索斯（narcissus）的故事，这是"自恋"情结的渊源。诗人在神话故事等典故所展开的隐喻世界中创设出其蕴含丰富的诗意空间。

沃尔夫冈·伊瑟尔曾指出："看一部作品不应当看它说出了什么，而要看它没说什么。正是在一部作品意味深长的沉默中，在它的意义空白中，隐藏着作品效果的效能。如果一部作品的未定性与空白太少或干脆没有，就不能称为好的艺术作品，甚至不能称之为艺术作品。"[1]显然，灵焚深谙此中奥义，他的散文诗中处处是隐喻与象征，处处隐藏、朦胧着其所要传达的"言外之意""旨外之旨"，增加了诗歌话语内涵的暗示能与纵深度，极大地提升了散文诗的语言纯度与密度，为散文诗艺术提供了可能性的探索与尝试。

（二）悖论话语形成的语言张力

悖论话语是灵焚诗歌形成语言张力的一种独特话语方式，提升了灵魂话语的韧度。美国新批评家克林斯·布鲁克斯认为诗歌的语言就应是悖论的语言，他指出诗歌语言的"各种平面在不断地倾倒，必然会有重叠＼差异、矛盾"。[2]他将悖论语言视为诗歌区别于其他文体的最本质特征："诗人要表达的真理只能用悖论语言。"灵焚在其散文诗中常将矛盾对立、正反并置的词语调遣搭配，使词语与词语在彼此纠结之中形成富有弹性的语言张力。在灵焚笔下，生与死、过去与未来、水与火、神性与反神性、有限性与无限性、古与今等交错缠杂，形成一种强劲的语言张力。"水与火"的悖论是灵焚散文诗中使用频率颇高的一对范畴，本来"水火不相容"，但灵焚却以此为基点，反向衍生以揭示生命的本质。如《生命》一诗中，诗人反复以水与火的关系衍变诗的逻辑：

水被火点燃，是由于从水里提取了火。

---

[1] 沃尔夫冈·伊瑟尔：《文学的召唤结构》，转引自金元浦《文学解释学》，东北师范大学出版社1997年版，第386页。

[2] 克林斯·布鲁克斯：《悖论语言》，赵毅衡编《"新批评"文集》，中国社会科学出版社1988年版，第313页。

火，点燃多少，水就孕育多少。水从植物的根茎叶脉到达果实，而众多的果实却在灰烬里昂起高傲的头。

（《生命》第 1 节）

　　水，一团液体的火，把冷的硬度和长度一瞬不歇地在膨胀的欲望里溶解。

（《生命》第 2 节）

　　夏天，水已经把每一条河流装满，就是一株青草也蓄积够了勃起的力量，任何一阵风走过，都要高傲如火焰一般跃动，活着，只选择朝上站立，摆出火的姿态。

　　是的，火揭示着全部生命的造型，在宇宙中心，策划一场大水，如何绕过太阳的疆界抵达每一条毛孔的河床。

　　然而夏天，炎热让太阳的统治无所不在。

　　火在行动，水在上涨。

　　把太阳捣碎，成为零零碎碎的星星，再把星星碾成粉末，只剩下夜色。然后，在这火的灰烬里种植大面积的青草。让青草在每一个清晨，结出晶莹透凉的露珠。

　　这是火到达水的最短路径。

（《生命》第 3 节）

　　灵焚对悖论逻辑的使用使其诗歌语言形成一种"又瓷又弹"（周庆荣语）的张力，诗人通过这种张力在隐藏与表现之间呈现其未明说却暗示了的含义，留下富足的想象空间，此正为灵焚的独特所在。《女神》《第一个女人》《舞蹈，或者生命现场》等诗中都采用了悖论修辞，形成了独特的语言风格，极大地拓展了诗歌空间的张力。

　　（三）言说策略

　　灵焚的散文诗在言说策略上极富特色，常采用声音的分化、倾诉体抒情模式等抒情策略进行言说,展现了其灵魂话语的灵活度。

(1)声音的分化

灵焚的散文诗使用最多的代词是"你"和"我",但在灵焚的诗歌语境中,"你"与"我"都已经被抽空了代词所指,成了"漂浮的能指","你"不是"你","我"不是"我","我"可以同时是"你",是"我",是"他/她",是一切"人",因为诗人笔下的"我"在其人类情怀的渗透下,由于所立足的是"人类",因而可以指涉任何人,指涉与代表整个人类;而"你"则是诗人所塑造出来的抒情对象,是诗人为安顿人类漂泊的灵魂而追寻的理想的居所,是象征"终极之美"的"情人"与象征生命原初之美的"女神"。"你"非你,"我"非我,主体意识和抒情对象都溶解在对"人类"的话语语境之中,这无疑是灵焚言说策略的独特之处。《女神》中的"你"显然指"女神",指创造生命与生命的原初之美的一种"神性"力量,"我"则指人类,指人作为存在体而存在的生命本身。《第一个女人》中的"你"指超越古今中外一切时间与空间意义的人类的"母亲","我"则是"母亲"的"儿子",指超越古今中外一切时间与空间意义的人类。《牵挂》中的"我"是诗人从父亲的身份立场对所有女性的一种自白,"你"则是诗人将"女神"置身于"女儿"的角色,所指涉的依然是超越古今中外一切时间与空间意义的"一切"女性。几乎灵焚所有诗中的"你""我"都不再是日常指涉所用的"你""我",抒情主体的声音与抒情对象的所指均发生了分化或设定,形成了灵焚独特的抒情策略。

(2)倾诉体的抒情模式

诗人兼诗学批评家艾略特非常关注诗歌的声音,他将诗歌的声音划分为三种:"第一种声音,诗人对自己或不对任何人讲话;第二种声音是对一个或一群听众发言;第三种声音是诗人创造一个戏剧的角色,他不以自己的身份讲话,而是按着他虚构出来的角色对另外虚构出来的角色说他能说的话。"[1]一直以来许多学者将此三种声音概括为独白、宣讲和戏剧性对谈。其实第二种声音

---

[1] 艾略特:《诗的三种声音》,王恩衷编:《艾略特诗学文集》,北京国际文化出版公司1989年版,第294页。

不一定是宣讲，还可以是"倾诉"。灵焚的散文诗中处处回荡着这种声音。灵焚的散文诗几乎都采用了以第一人称"我"和第二人称"你"为主角的"倾诉体"的抒情模式，都是"我"或"我们"对"你"的倾诉。诗人一直处于倾诉之中，设置了一个虚拟的抒情对象"你"，既是抒情对象，也是审美对象。诗人在对"你"的倾诉中淋漓尽致地袒露了自己灵魂深处的声音，袒露了内心深处一切难以言传的感觉、情绪、意识甚至潜意识，包括罪过、忏悔、赎罪等各种心理。《牵挂》中的"父亲"对"女儿"、《第一个女人》中的"儿子"对"母亲"、《开始，或者一个清晨的思念》中的"情人"对"情人"、《女神》中的"人"对"生命的创造者"……诗人不断变换身份和立场，从不同视角展开对"女神"形象的塑造，在这种"倾诉"中，诗人呈露了他对在人类文明背景下为漂泊的灵魂寻找安顿之居所的渴望、梦想、心志。"情人"时期对"情人"的倾诉和"女神"时期对女神的倾诉，所展现、追寻的都是一种"美"，前者是安抚灵魂的"终极之美"，后者是归宿灵魂的生命之根，都是为追求一方安放人类灵魂的居所而诗意构想的"美"。倾诉体抒情模式的纳入使诗人带有终极指向与审美指向的诗歌理想在娓娓倾诉中更容易与读者达成灵魂共振，从而获得审美同情，实现诗人的审美"导向"理想。

　　灵焚以其建构的具有高度、宽度、深度、厚度的灵魂话语努力进行散文诗写作的各种探索为中国散文诗写作提供了一种新的可能。灵焚的出现，为一直以来沉寂的散文诗弹出了一个响亮的音符，其试图撬动新诗版图的努力尝试与探索，让诗歌版图不再仅仅是"新诗"独唱，而使散文诗在近些年尤其是新世纪以来唱出了强劲之音。

　　当然，灵焚也存在其书写局限。他对"情人"和"女神"意象的塑造依然是男权话语语境中以男人之眼所欣赏、期待与构造的"情人"和"女神"，是按照男人意愿塑造的诗歌形象，审美主体所操持的均为男性立场，字里行间的男性性别特征非常明显，因而无可避免地带有局限性。

原载《诗探索·理论卷》2016年第2辑

后 记

王光明

春节前吴思敬先生亲自打来电话，说 2020 年是《诗探索》创刊 40 周年，打算出一套丛书，分派我选编"诗人论"。我马上就答应了，一来前后任主编谢冕先生、吴思敬先生都是我由衷尊敬的老师，他们布置的作业必须完成；二来自己与《诗探索》的因缘由来已久，算得上是个相当资深的作者、读者和编辑。

最早与《诗探索》的关联是在 1980 年。我的老师孙绍振先生开完著名的南宁诗歌会议回到福建师大，带着会场辩论的意气风发，耳提面命给我布置作业："光明，我们要办一个诗歌理论刊物，我同学谢冕当主编，你去写一篇近年诗歌论争的综述。"这样我就成了 1980 年创刊号上《探索新诗发展问题的意见综述》的作者。次年，孙先生又把我推荐给谢冕先生，作为北大中文系进修生，我荣幸成了谢先生的编外弟子和《诗探索》的编外编辑。1980 年代初的中国，思想解放运动焕发了许多读书人的青春，谢冕先生比当初有人敬称的"十八岁的教授"还要年轻一岁，骑着自行车在充满时代活力的北京城出席各种文学活动。我至今还清晰地记得有一次跟他骑车穿过天安门广场去朝阳区一个地方开编辑部会议的情形。回想起这段经历，我就对吴思敬先生的一句名言更加坚信不疑：杰出人物都有超凡的精力。

谢冕先生、吴思敬先生都不是凡夫俗子，这是《诗探索》能够走过 40 年的艰难岁月坚持到今天的根本原因。因为他们，《诗探索》成了改革开放以来中国诗歌的一个见证。

  一部杂志的选本主要源于刊物主编当初的功劳,没有他们的运筹帷幄和亲自组稿,40年后选编者不可能面对那么多名家好稿,不可能有初读与重读的欣喜。在本书交稿之际,无论作为编者、读者与作者,我都要隆重向主编致敬!另外,要感谢首都师范大学文学院硕士生胡司棋、博士生洪文豪的帮助,他们为我查找、下载、整理了所选文章的电子文件。此外,根据目前的出版要求和丛书体例,对选文中少量字句和引文(注释)做了技术处理,特此说明。抱歉的是,限于篇幅,很多好稿不得不放弃,为了将篇幅留给精彩的选文,本书也主动免除了序言的唠叨。

2020 年 6 月 29 日